증편 한국구비문학대계

7-23

경상북도 의성군

이 저서는 2008년 정부(교육과학기술부)의 재원으로 한국학중앙연구원(한국학진흥사업단)의 지원을 받아 수행된 연구임.(AKS-2008-AIA-3101)

증편 한국구비문학대계

7-23

경상북도 의성군

천혜숙 · 김영희 · 김보라 · 백민정

한국학중앙연구원

역락

발간사

　민간의 이야기와 백성들의 노래는 민족의 문화적 자산이다. 삶의 현장에서 이러한 이야기와 노래를 창작하고 음미해 온 것은, 어떠한 권력이나 제도도, 넉넉한 금전적 자원도, 확실한 유통 체계도 가지지 못한 평범한 사람들이었다. 이야기와 노래들은 각각의 삶의 현장에서 공동체의 경험에 부합하였으며, 사람들의 정신과 기억 속에 각인되었다. 문자라는 기록 매체를 사용하지 못하였지만, 그 이야기와 노래가 이처럼 면면히 전승될 수 있었던 것은 그것이 바로 우리 민족의 유전형질의 일부분이 되었기 때문이며, 결국 이러한 이야기와 노래가 우리 민족을 하나의 공동체로 묶어 주고 있는 것이다.

　사회와 매체 환경의 급격한 변화 가운데서 이러한 민족 공동체의 DNA는 날로 희석되어 가고 있다. 사랑방의 이야기들은 대중매체의 내러티브로 대체되어 버렸고, 생활의 현장에서 구가되던 민요들은 기계화에 밀려 버리고 말았다. 기억에만 의존하여 구전되던 이야기와 노래는 점차 잊히고 있다. 한국학중앙연구원이 1970년대 말에 개원함과 동시에, 시급하고도 중요한 연구사업으로 한국구비문학대계의 편찬 사업을 채택한 것은 바로 이러한 시대적 상황에 대한 우려와 잊혀 가는 민족적 자산에 대한 안타까움 때문이었다.

　당시 전국의 거의 모든 구비문학 연구자들이 참여하였는데, 어려운 조사 환경에서도 80여 권의 자료집과 3권의 분류집을 출판한 것은 그들의 헌신적 활동에 기인한다. 당초 10년을 계획하고 추진하였으나 여러 사정으로 5년간만 추진되었으며, 결과적으로 한반도 남쪽의 삼분의 일에 해당하는 부분만 조사하게 되었다. 그럼에도 불구하고 한국구비문학대계는 주관기관인 한국학중앙연구원의 대표 사업으로 각광 받았을 뿐 아니라, 해방 이후 한국의 국가적 문화 사업의 하나로 꼽히게 되었다.

21세기에 들어서면서 한국학중앙연구원에서는 미완성인 채로 남아 있는 구비문학대계의 마무리를 더 이상 미룰 수 없다는 생각으로 이를 증보하고 개정할 계획을 세웠다. 20년 전의 첫 조사 때보다 환경이 더 나빠졌고, 이야기와 노래를 기억하고 있는 제보자들이 점점 줄어들고 있었던 것이다. 때마침 한국학 진흥에 대한 한국 정부의 의지와 맞물려 구비문학대계의 개정·증보사업이 출범하게 되었다.

이번 조사사업에서도 전국의 구비문학 연구자들이 거의 다 참여하여 충분하지 않은 재정적 여건에서도 충실히 조사연구에 임해 주었다. 전국 각지의 제보자들은 우리의 취지에 동의하여 최선으로 조사에 응해 주었다. 그 결과로 조사사업의 결과물은 '구비누리'라는 이름의 데이터베이스에 탑재가 되었고, 또 조사 자료의 텍스트와 음성 및 동영상까지 탑재 즉시 온라인으로 접근할 수 있는 시스템을 갖추었다. 특히 조사 단계부터 모든 과정을 디지털화함으로써 외국의 관련 학자와 기관의 선망의 대상이 되고 있다.

이제 조사사업의 결과물을 이처럼 책으로도 출판하게 된다. 당연히 1980년대의 일차 조사사업을 이어받음으로써 한편으로는 선배 연구자들의 업적을 계승하고, 한편으로는 민족문화사적으로 지고 있던 빚을 갚게 된 것이다. 이 사업의 연구책임자로서 현장조사단의 수고와 제보자의 고귀한 뜻에 감사를 표하지 않을 수 없다. 아울러 출판 기획과 편집을 담당한 한국학중앙연구원의 디지털편찬팀과 출판을 기꺼이 맡아준 역락출판사에 감사를 드린다.

2013년 10월 4일
한국구비문학대계 개정·증보사업 연구책임자 김병선

책머리에

구비문학조사는 늦었다고 생각하는 지금이 가장 빠른 때이다. 왜냐하면 자료의 전승 환경이 나날이 달라지고 있기 때문이다. 전승 환경이 훨씬 좋은 시기에 구비문학 자료를 진작 조사하지 못한 것이 안타깝게 여겨질수록, 지금 바로 현지조사에 착수하는 것이 최상의 대안이자 최선의 실천이다. 실제로 30여 년 전 제1차 한국구비문학대계 사업을 하면서 더 이른 시기에 조사를 했더라면 하는 아쉬움이 컸는데, 이번에 개정·증보를 위한 2차 현장조사를 다시 시작하면서 아직도 늦지 않았다는 사실을 실감했다.

구비문학 자료는 구비문학 연구와 함께 간다. 자료의 양과 질이 연구의 수준을 결정하고 연구수준에 따라 자료조사의 과학성이 결정되기 때문이다. 실제로 1차 조사사업 결과로 구비문학 연구가 눈에 띄게 성장했고, 그에 따라 조사방법도 크게 발전되었다. 그러나 연구의 수명과 유용성은 서로 반비례 관계를 이룬다. 구비문학 연구의 수명은 짧고 갈수록 빛이 바래지만, 자료의 수명은 매우 길 뿐 아니라 갈수록 그 가치는 더 빛난다. 그러므로 연구 활동 못지않게 자료를 수집하고 보고하는 일이 긴요하다.

교육부에서 구비문학조사 2차 사업을 새로 시작한 것은 구비문학이 문학작품이자 전승지식으로서 귀중한 문화유산일 뿐 아니라, 미래의 문화산업 자원이라는 사실을 실감한 까닭이다. 따라서 학계뿐만 아니라 문화계의 폭넓은 구비문학 자료 활용을 위하여 조사와 보고 방법도 인터넷 체제와 디지털 방식에 맞게 전환하였다. 조사환경은 많이 나빠졌지만 조사보고는 더 바람직하게 체계화함으로써 누구든지 쉽게 접속하여 이용할 수 있는 데이터베이스를 구축했다. 그러느라 조사결과를 보고서로 간행하는 일은 상대적으로 늦어지게 되었다.

2차 조사는 1차 사업에서 조사되지 않은 시군지역과 교포들이 거주하는 외국지역까지 포함하는 중장기 계획(2008~2018년)으로 진행되고 있다. 한국학중앙연구원 어문생활연구소와 안동대학교 민속학연구소가 공동으로 조사사업을 추진하되, 현장조사 및 보고 작업은 민속학연구소에서 담당하고 데이터베이스 구축 작업은 한국학중앙연구원에서 담당한다. 가장 중요한 일은 현장에서 발품 팔며 땀내 나는 조사활동을 벌인 조사자들의 몫이다. 마을에서 주민들과 날밤을 새우면서 자료를 조사하고 채록하여 보고서를 작성한 조사위원들과 조사원 여러분들의 수고를 기리지 않을 수 없다. 조사의 중요성을 알아차리고 적극 협력해 준 이야기꾼과 소리꾼 여러분께도 고마운 말씀을 올린다.

구비문학 조사를 전국적으로 실시하여 체계적으로 갈무리하고 방대한 분량으로 보고서를 간행한 업적은 아시아에서 유일하며 세계적으로도 그 보기를 찾기 힘든 일이다. 특히 2차 사업결과는 '구비누리'로 채록한 자료와 함께 원음도 청취할 수 있는 데이터베이스를 구축해서 세계에서 처음으로 인터넷과 스마트폰으로 이용할 수 있는 디지털 체계를 마련했다. '구슬이 서 말이라도 꿰어야 보배'인 것처럼, 아무리 귀한 자료를 모아두어도 이용하지 않으면 소용이 없다. 그러므로 이 보고서가 새로운 상상력과 문화적 창조력을 발휘하는 문화자산으로 널리 활용되기를 바란다. 한류의 신바람을 부추기는 노래방이자, 문화창조의 발상을 제공하는 이야기 주머니가 바로 한국구비문학대계이다.

2013년 10월 4일
한국구비문학대계 개정·증보사업 현장조사단장 임재해

한국구비문학대계 개정·증보사업 참여자(참여자 명단은 가나다 순)

연구책임자

    김병선

공동연구원

    강등학   강진옥   김익두   김헌선   나경수   박경수   박경신   송진한   신동흔
    이건식   이경엽   이인경   이창식   임재해   임철호   임치균   조현설   천혜숙
    허남춘   황인덕   황루시

전임연구원

    이균옥   최원오

박사급연구원

    강정식   권은영   김구한   김기옥   김영희   김월덕   김형근   노영근   서해숙
    유명희   이영식   이윤선   장노현   정규식   조정현   최명환   최자운   한미옥

연구보조원

    강소전   구미진   권희주   김보라   김옥숙   김자현   김혜정   마소연   박선미
    백민정   변진섭   송정희   이옥희   이홍우   이화영   편성철   한지현   한유진
    허정주

주관 연구기관 : 한국학중앙연구원 어문생활사연구소
공동 연구기관 : 안동대학교 민속학연구소

일러두기

- 『증편 한국구비문학대계』는 한국학중앙연구원과 안동대학교에서 3단계 10개년 계획으로 진행하는 "한국구비문학대계 개정·증보사업"의 조사 보고서이다.
- 『증편 한국구비문학대계』는 시군별 조사자료를 각각 별권으로 간행하는 것을 원칙으로 한다. 서울 및 경기는 1-, 강원은 2-, 충북은 3-, 충남은 4-, 전북은 5-, 전남은 6-, 경북은 7-, 경남은 8-, 제주는 9-으로 고유번호를 정하고, -선 다음에는 1980년대 출판된 『한국구비문학대계』의 지역 번호를 이어서 일련번호를 붙인다. 이에 따라 『증편 한국구비문학대계』는 서울 및 경기는 1-10, 강원은 2-10, 충북은 3-5, 충남은 4-6, 전북은 5-8, 전남은 6-13, 경북은 7-19, 경남은 8-15, 제주는 9-4권부터 시작한다.
- 각 권 서두에는 시군 개관을 수록해서, 해당 시·군의 역사적 유래, 사회·문화적 상황, 민속 및 구비 문학상의 특징 등을 제시한다.
- 조사마을에 대한 설명은 읍면동 별로 모아서 가나다 순으로 수록한다. 행정상의 위치, 조사일시, 조사자 등을 밝힌 후, 마을의 역사적 유래, 사회·문화적 상황, 민속 및 구비문학상의 특징 등을 중심으로 설명하고, 마을 전경 사진을 첨부한다.
- 제보자에 관한 설명은 읍면동 단위로 모아서 가나다 순으로 수록한다. 각 제보자의 성별, 태어난 해, 주소지, 제보일시, 조사자 등을 밝힌 후, 생애와 직업, 성격, 태도 등을 중심으로 서술하고, 제공 자료 목록과 사진을 함께 제시한다.

- 조사 자료는 읍면동 단위로 모은 후 설화(FOT), 현대 구전설화(MPN), 민요(FOS), 근현대 구전민요(MFS), 무가(SRS), 기타(ETC) 순으로 수록한다. 각 조사 자료는 제목, 자료코드, 조사장소, 조사일시, 조사자, 제보자, 구연상황, 줄거리(설화일 경우) 등을 먼저 밝히고, 본문을 제시한다. 자료코드는 대지역 번호, 소지역 번호, 자료 종류, 조사 연월일, 조사자 영문 이니셜, 제보자 영문 이니셜, 일련번호 등을 '_'로 구분하여 순서대로 나열한다.

- 자료 본문은 방언을 그대로 표기하되, 어려운 어휘나 구절은 ( ) 안에 풀이말을 넣고 복잡한 설명이 필요할 경우는 각주로 처리한다. 한자 병기나 조사자와 청중의 말 등도 ( ) 안에 기록한다.

- 구연이 시작된 다음에 일어난 상황 변화, 제보자의 동작과 태도, 억양 변화, 웃음 등은 [ ] 안에 기록한다.

- 잘 알아들을 수 없는 내용이 있을 경우, 청취 불능 음절수만큼 '○○○'와 같이 표시한다. 제보자의 이름 일부를 밝힐 수 없는 경우도 '홍길○'과 같이 표시한다.

- 『증편 한국구비문학대계』에 수록된 모든 자료는 웹(gubi.aks.ac.kr/web)과 모바일(mgubi.aks.ac.kr)에서 텍스트와 동기화된 실제 구연 음성파일을 들을 수 있다.

차례

● 현대 구전설화

● 민요

● 근현대 구전민요

2. 다인면

3. 단촌면

● 현대 구전설화

● 민요

● 근현대 구전민요

4. 비안면

▌조사마을

5. 안사면

6. 안평면

▌조사마을

▌제보자

● 설화

● 민요

7. 의성읍

의성군 개관

　의성군은 경상북도의 중앙에 위치하며 여러 시군과 경계를 접하고 있는 교통의 요충지이다. 동쪽으로는 청송군, 서쪽으로는 상주시와 예천군, 남쪽으로는 군위군과 구미시, 북쪽으로는 안동시 및 예천군과 경계를 이루고 있다. 남북 간 길이(33km)가 짧고, 동서 간 길이(52km)가 긴 지형이다. 의성읍을 중심으로 한 동부지역과 안계면을 중심으로 한 서부지역은 원래 다른 군이었는데, 1914년 일제 행정구역 개편 때 의성군으로 통합되었다. 현재 군청 소재지는 의성읍 후죽리 509-2번지이다.

　태백산에서 남으로 뻗은 태백산맥과 서남으로 뻗은 소백산맥이 소쿠리 형국으로 만난 분지에 의성군이 자리 잡고 있다. 동부지역에는 금성산, 비봉산, 오토산, 황학산, 반암산, 산두봉, 늑두산 등이 솟아 있으며, 평야가 발달한 서부지역에도 해망산, 청화산, 비봉산, 국사봉 등의 명산들이 넓은 분지를 감싸고 있는 형국을 하고 있다. 동부가 산악지대인 데 비해서, 서부는 외부에서 흘러드는 위천과 쌍계천의 양안으로 넓은 평야가 발달해 있고 군내에서 발원한 소하천변으로도 농경지가 풍부한 편이다. 특히 가음면과 금성면 일대, 그리고 봉양면에서부터 비안면, 구천면, 단밀면, 단북면, 안계면, 다인면 쪽으로 논이 많은 곡창지대가 형성되어 있다. 그 가운데 특히 안계들이 유명하다.

의성군에서는 논농사 외에도 주로 마늘, 사과, 고추, 홍화의 특수작물을 재배한다. 특히 '의성 마늘'의 명성은 전국적으로 알려져 있다. 토양 및 기후조건이 마늘 재배에 적합하여, 안계, 단밀, 단북 등 서부지역의 주곡 생산지를 제외한 전 군에서 마늘 농사를 짓고 있다. 특히 의성읍과 금성, 사곡, 가음, 안평, 신평면은 마늘 주산지로서 100ha 이상의 재배면적에서 매년 1,000M/T 이상의 생산량을 올리고 있다.

　　의성군의 기후는 산맥으로 둘러싸여 바람의 영향을 적게 받는 편이나, 내륙분지여서 한서의 폭이 매우 크다. 그래서 여름에 덥고 겨울에 추우며, 일교차와 연교차가 심한 편이다. 또 강수량이 적은 데 비해 일조량과 증발량은 많아 비교적 한건한 지대에 속한다. 인근 안동에 안동댐과 임하댐이 축조된 후로는 안개 낀 날도 많아지고 겨울에는 더 추워졌다고 한다.

　　의성에 관한 가장 오래된 기록은 『삼국사기』 권2 벌휴왕 대의 '조문국(召文國)'에 관한 기사이다. 조문국은 삼한시대의 성읍국가로서 인근의 넓은 지역을 다스렸다가 신라 벌휴왕 대에 신라에 복속된 이후 조문군으로 강등되었다고 한다. 통일신라 경덕왕 대 관제와 지명 등을 중국식으로 바꾸는 과정에서 이곳은 '문소군'(聞韶郡)으로 바뀌었다. 그러다가 고려 태조 대 김홍술 장군의 의로운 충절을 기려서 '의성부(義城府)'로 개칭 승격된 이래, 조선조를 거치면서 군현으로 강등되거나 속현이 넘나드는 변화를 겪게 된다. 1895년 고종 32년에는 전국의 고을을 23부 331군으로 조정하면서 의성현과 비안현을 각각 군으로 승격하여 대구부에 예속시켰다가, 1907년 고종 44년 13도제를 실시하게 되면서 다시 경상북도로 이관하였다. 1914년 일제강점기에는 다시 지방 행정구역을 통폐합하면서 현서면을 제외한 비안군 전체, 용궁군 신하면, 그리고 의성군 전체를 통합하여 지금의 의성군이 되었다. 1940년에는 의성면이 의성읍으로 승격하여 1읍 16개 면이 되었고, 1990년 다시 신평면으로부터 안사면이 독립하여 1읍 17개 면이 되었다. 그래서 현재는 의성읍과 더불어, 단촌면, 점곡면, 옥산면, 사곡면, 춘산면, 가음면, 금성면, 봉양면, 비안면, 구천면, 단밀면, 단북면, 안계면, 다인면, 신평면, 안평면, 안사면의 17개 면이 의성군에 속해 있다.

조선시대의 역도로는 안기도(安奇道) 소속의 철파역과 청로역이 있었고, 유곡도(幽谷道) 소속의 낙동·안계·쌍계역이 있었다. 특히 낙동역은 참(站)이 설치되어 있어서 당시 교통의 요충지가 되었던 곳이다. 낙동강에서 도리원까지는 위천을 통한 수운(水運)도 이용되었다. 그리고 일제강점기(1936~1942년)에는 청량리를 기점으로 하고 경주를 종착지로 한 중앙선 철도가 준공되었다. 의성군 내에서는 의성역, 탑리역, 단촌역, 비봉간이역으로 이 중앙선이 통과한다. 군내 도로 교통망의 중심은 의성읍이다. 또한 의성읍은 남쪽의 대구와 북쪽의 안동을 잇는 국도상에 위치하여 국도 등의 교통에서도 요충지 구실을 해 왔다. 국도 5호선과 28호선 외에도 국지도, 지방도, 군도 등이 속속 연결 확장되고 있어, 머지않아 거의 100% 포장 도로망이 현실화될 전망이다. 또한 1995년 대구와 춘천을 연결하는 중앙고속도로가 개통되어 의성의 봉양면과 안평면을 통과하게 된 후로는 서울까지도 일일생활권으로 좁혀지게 되었다.

의성군 내에는 아홉 군데서 오일장이 선다. 의성장은 2일과 7일, 안계장과 탑리장은 1·6일, 안평장과 옥산장은 3·8일, 봉양장과 점곡장은 4·9일, 신평장과 단촌장은 5·10일에 선다. 동부지역에서는 의성장이, 서부지역에서는 안계장이 가장 규모가 크다. 전통 시장 외에도 읍면 단위 소재지를 중심으로 '슈퍼마켓' 형태의 상가가 형성·확산되어 왔다. 그러나 최근 교통의 발달로 전국이 1일 생활권화되면서 오일장은 물론이고 읍면 소재지 상가들도 나날이 위축되어가고 있는 실정이다.

근대 이전의 교육기관으로는 군내 여러 곳에 있었던 서원과 서당을 들 수 있다. 조선조 초기 의성군과 비안군에 각각 설치된 의성향교와 비안향교는 소실과 중수, 보수와 확장을 거듭하면서 오랫동안 명실공히 이 지역

유교 교육 및 문묘제향의 전당이 되어왔다. 또한, 중종조 이후에는 현령의 명에 의해 또는 문중 차원에서 서원이나 서당들이 건립되어 향교를 대신하여 강학의 역할을 담당했다. 의성 오로리의 장천서원(長川書院)은 사액서원으로 이 지역 인재 교육의 요람이 되었는데, 임란 때 소실된 후로 춘산면 빙계리로 이전하고 빙계서원(氷溪書院)으로 개칭하였다. 이 서원은 김안국, 이언적, 류성룡, 김성일, 장현광 오현을 추향한 것으로 전해지나, 이제는 주춧돌만 남아있다. 점곡면 사촌리의 만취당(晩翠堂)은 김사원이 강학과 인재 양성을 위해 세운 서원으로 지금도 마을의 자랑이 되고 있다.

근대 교육기관으로는 일제강점기 의성심상고등소학교(1911)를 비롯, 면 단위로 점차 1-2개의 초등학교가 들어서면서 근대식 학제와 교육이 시작된 한편으로, 일제의 황국신민화 교육에 대항하기 위한 사립학교나 야학도 적지 않게 설립되었다. 해방 후에는 초등학교가 40여 개로 늘어났지만, 1980년대 말부터는 급격한 이농현상으로 많은 학교들이 폐교되었다. 앞으로 폐교의 수는 더 늘어날 전망이다. 군내의 중등교육기관으로는 17개의 중학교와 10개의 고등학교가 분포되어 있다. 아직 고등교육기관에 해당하는 대학교는 존재하지 않는다. 최근에 이르러 이곳에 영진전문대학 야간학교 의성캠퍼스가 들어서고 경북대학교 경영대학원이 의성 군청에 설치되면서, 지역사회 내 고등교육의 수요를 부분이나마 충족시킬 수 있게 되었다. 그 밖에도 새마을 독서대학, 노인대학, 여성대학 등 성인을 위한 평생교육의 장이 마련되고 있다.

의성군 단촌면에는 고찰 고운사가 있다. 고운사는 현재 의성, 안동, 봉화, 영주, 영양의 5군을 관장하는 대한불교 조계종 제16교구 본사이다. 사찰 경내에 있는 석조석가여래좌상은 보물 246호로 대좌와 광배를 완벽하게 갖춘 통일신라시대 불상으로 알려져 있다. 그 규모나 역사적 유구성으로 하여, 한국 거찰의 하나로 손꼽히는 사찰이다. 그 외에도 금성면의 수정사, 다인면의 대곡사를 비롯한 수많은 사찰들이 군내 여러 곳에 자리 잡고 있다. 천주교와 기독교가 들어온 역사도 오래되었다. 현재 안동교구에 속하는 의성군 내 천주교 성당은 본당 3개소(의성, 다인, 안계)와 공소 2개소(탑리, 쌍호)가 있다. 최초로 알려진 안사면의 쌍호공소가 들어온 것이 거의 150년 전이라고 한다. 기독교도 1910년 의성읍 도동에 세워졌던 초가 교회가 시초이다. 1919년 일어난 3·1운동사에서도 의성군내 교회들이 큰 역할을 한 것으로 알려져 있다. 3월 1일 서울에서 일어난 만세운동이 대구를 거쳐 3월 12일에는 비안면 쌍계동 교회를 중심으로 군내로 퍼져나갔다고 한다.

의성군은 경상북도의 중앙에 위치하지만, 역사 문화적으로는 북부에 위치한 안동과 더 밀접하게 연관되어 있다. 안동을 중심으로 남으로 의성, 북으로 봉화, 동으로 청송, 울진, 서로 예천에 이르는 지역을 흔히 안동문화권이라고 이르고 있다. 특히 이 지역 유교의 학맥은 퇴계와 긴밀하게 연결되어 있었던 만큼, 과거의 의성은 역사 문화적으로 안동의 그늘에 있었다고 해도 지나치지 않다. 한편으로 의성 지역에서는 서애 류성룡 선생이 의성 사촌에서 태어났고 학봉 김성일 선생의 본관이 의성인 것을 들어, '의성이 아니면 안동이 없었다'는 말로 반격하기도 한다.

의성 군민들은 고대 조문국의 역사에 관심을 가지고 그것을 선양하려는 의식도 강한 편이다. 『신동동국여지승람』(제25권 의성현)에서도, "그 옛터가 현의 남쪽 25리에 있으며 지금은 조문리라 부른다"고 하며, 또 조문리에 있는 어정(御井)을 가리켜 조문국 시절의 것이리라고 기록하고 있다. 학계에서는 지금의 금성면 대리리가 그 옛터, 곧 당시의 도읍터였던 조문리일 것으로 추정하고 있다. 현재 대리 1리에 있는 경덕왕릉은 능주(陵主)인 경덕왕이 마을의 오극겸이란 분의 꿈에 현몽하여 세상에 알려졌다고 한다. 『여지도서』(1760)에는 오극겸의 현몽에 관한 전설과 함께, 영조 원년(1725) 묘를 증축하고 능지기를 배치한 기록이 전한다. 같은 책에는 이곳에서 기우제를 지냈다는 기록도 있다. 적어도 1909년까지는 이곳에서 향사를 지낸 것으로 보인다. 일제강점기에 들어서면서 일제 탄압으로 향사가 약화되고 폐지되었지만, 지역 내 뜻있는 인사들의 노력으로 음성화되어 지속되었다. 그리고 마침내 해방 후에는 '경덕왕릉 보존회'가 모습을 드러낸다. 1960년에는 국립중앙박물관에서 이 왕릉을 발굴하였는데, 여기서 금동관과 금제 귀걸이가 출토됨으로써 조문국의 실체와 경덕왕릉의 존재가 마침내 의성의 역사로 재조명을 받게 된다. 그 후로도 의성군에서는 여러 차례의 학술회의와 연구서 발간을 통해 조문국의 역사 복원 작업을 전개해 왔다. 그리고 현재는 이곳에 조문국 역사박물관을 건립 중에 있다.

대리 1리가 문익점이 가져온 목화의 시배지(始培地)라는 사실도 의성군의 자랑거리이다. 지금은 이곳에 '문익점 면작 기념비'가 세워져 있다.

의성군을 대표하는 민속문화재로는 가마싸움, 연날리기, 씨름, 줄다리기, 기와밟기를 들 수 있다. 가마싸움은 매년 추석 명절 읍내 서당에 재학 중인 학동들이 남북의 양파로 나뉘어 벌인 모의싸움이다. 기와밟기는 음력 정월 보름에 행해지는 여성 집단놀이로, 의성읍 중앙에 위치한 유다리를 경계로 남북으로 나뉘어 대결하는 점에서는 가마싸움의 형태와 다르지 않다. 각 팀이 공주를 옹위하여 사람 다리를 만든 후 동네를 행진하면서 기세를 돋운다. 선창자가 "이 기와가 누 기완고 나랏님의 옥기왈세" 등의 가사를 선창하면 나머지는 "꼭개야 꼭개야 너도나도 꼭개야"라는 후렴을 부른다. 그렇게 행진을 해서 유다리에 이르면 양팀은 상대의 진용을 부수기 위해 서로 나아가고 물러나기를 거듭한다. 두 놀이는 수백 년 전부터 해 온 것이지만, 지금은 세시로 행하지는 않는다. 지금까지도 의성에서 성행하는 세시놀이는 연날리기 대회이다. 의성문화원 주최로 도리원 남대천 냇가에서 정기적으로 연날리기 대회가 크게 열리고 있다.

지금 비안, 단밀, 다인 등은 옛날의 비안현, 단밀현, 다인현으로서 조선

후기까지도 상주나 예천의 영현으로 속해 있었던 탓에, 아직도 그 문화의 영향이 남아 있다. 특히 비안현 지역은 의성군에 통합된 지 100여 년 가까이 되었지만 아직도 비안향교가 건재해 있을 뿐 아니라 옛날 읍민으로서의 자부심도 남아 있다. 지리적으로도 예천이나 대구와 더 가까워서 시장도 그 쪽을 많이 이용하는 것을 보면, 여전히 의성의 동부와 서부는 경계가 존재한다. 그런가하면 지리적으로 안동과 더 근접한 신평면 북부는 생활권이 안동 쪽으로 더 친연되어 있다.

본군의 구비문학 조사는 2011년 2월부터 6월까지 공동연구원 천혜숙과 박사급 연구원 김영희를 중심으로, 박선미(박사과정), 이선호(석사과정), 김보라(석사과정), 백민정(석사과정), 권희주(석사과정), 한지현(석사과정), 차정경(학부) 등이 조사보조원으로 참여하여 총 14회에 걸쳐 이루어졌다. 조사의 최종 결과는 아래 표와 같다. 그리고 아래 첨부한 지도는 조사지 현황을 의성군 지도상에 표시한 것이다.

◾ 의성군 자료 보고 현황

조사마을 \ 구연된 편수	설화	현대 구전설화	민요	근현대 구전민요	기타	합계
금성면 대리 2리	11	2	1	4	0	18
금성면 운곡리	8	2	11	22	0	43
다인면 송호 1리	15	1	6	1	0	23
단촌면 관덕 1 · 2리	13	6	5	6	0	30
비안면 쌍계리	6	9	6	7	0	28
비안면 옥연 1리	9	0	13	4	0	26
안사면 만리 1 · 2리	8	1	5	5	0	19
안평면 금곡 2리	4	0	20	9	4	37
의성읍 도동리	11	4	0	0	0	15
점곡면 서변 2리 · 사촌 3리	7	0	5	4	0	16
합계	92	25	72	62	4	255

■ 의성군 조사지 지도

　이상에서 조사된 구비문학 자료들은 대체로 한국의 보편적 유형들을 재확인하게 해주는 동시에 의성이라는 지역적 특징을 아울러 보여주고 있다. 경북에서 사통팔달의 중앙에 위치한 의성인 만큼, 상당히 다양한 면모를 보이는 것도 특징이라고 할 수 있겠다.

　의성에서는 산과 하천으로 둘러싸인 내륙 분지에서 논농사 중심의 생업을 영위해 온 지역답게, 마을 단위의 갖가지 지명유래담, 마을 동신과 관련된 신화 또는 전설, 명산이나 절터와 연관된 전설, 마을의 인물이나 문중과 관련된 전설들이 두루 확인되고 있다. 이를테면 의성의 3대 명당이라 일컬어지는 금성산, 오토산, 사자굴과 관련해서는, 이른바 공동소유의 명산, 명산이 낸 인물, 명산에서 행해진 기우제 등을 주제로 한 설화 담론들이 확인되었다. 또 동신당 관련 설화 외에도 관덕 2리의 '용문과 용무덤' 전설은 생업, 신화, 의례의 연관을 보여주는 흥미로운 자료이다. 또

한 사촌 김씨 집성촌인 사촌과 서변 마을을 중심으로 사촌 김씨 문중담이 전승되어 온 한편으로, 사촌 김씨 문중 땅을 주로 부치고 살았던 마을들에서 전승되고 있는 풍수담의 사례는 계층 간의 갈등을 함의한 대립담론의 국면을 드러내주고 있다. 마을의 이야기판이 예전과 같지 않고, 그래서 마을의 전설을 온전히 구술하는 제보자를 만나기가 쉽지 않은 현실에서 이상과 같은 설화 전통의 중요한 흐름들을 확인할 수 있었던 것은 그나마 다행이다.

신이담류나 민담류의 설화 전승이 줄어든 대신, 경험담이 대폭 늘어난 변화도 지적해두어야 할 것이다. 주로 근대 이후 형성된 것으로 보이는 경험담류에는 호랑이, 뱀, 늑대 등의 동물에 대한 직간접의 경험담, 집지킴이와 연관된 경험담, 그리고 6·25전쟁과 피난의 경험담들이 압도적으로 많다. 그 외에도 김호생(운곡리), 손태인(쌍계리), 김대완(서변 2리) 씨등, 몇 마을에서 전통 상여소리꾼의 존재를 확인할 수 있었던 것, 비교적 온전하면서도 특이한 상여 소리, 지신밟기 소리 일체를 채록할 수 있었던 것은 무엇보다 큰 소득이었다. 또한 오래된 부요들을 놀라운 기억력으로 재구해 준 김분난(금곡 2리) 씨의 사례와 동시에 '아리랑 춘향'(옥연 1리)과 같이 부요 전통의 근대적 변모를 확인케 하는 흥미로운 사례도 확인되었다. 위의 표에서도 보여주듯이, 이러한 근현대 민요와 경험담류의 증가는 의성군 구비문학의 현주소를 보여주는 것이라고 생각된다.

1. 금성면

증편 한국구비문학대계 ● 경상북도 의성군

조사마을

경상북도 의성군 금성면 대리 2리

조사일시 : 2011.3.18, 2011.4.9
조 사 자 : 천혜숙, 이선호, 권희주, 백민정, 한지현, 강찬

대리 2리 마을 전경

대구-의성 간 28번 국도를 끼고 금성초등학교 앞에 자리 잡은 마을이다. 파평 윤씨, 함창 김씨 등이 개촌하였다고 전해지나 확실한 기록은 없다. 신라시대의 성읍국가인 조문국의 수도가 있었던 마을로도 알려졌다. 원래는 죽리(竹里), 거음(車音) 등으로 불리었다. 죽리는 파평 윤씨가 개촌할 당시 대나무가 많아서 붙여진 이름이고, 거음은 조문국 시대 무사들의 주둔지로서 수레의 왕래가 잦았으며 그 큰 소리가 끊이지 않았다고 하여

붙여진 이름이라고 한다. 특히 거음 마을은 사품, 산운 마을과 함께 금성산이 안 보이는 명당지라고 알려졌는데, 중앙선이 들어설 때 언덕을 깎아서 금성산이 보이게 되는 바람에 그 지기(地氣)를 잃었다는 말이 전한다.

대리는 '큰 마을'이란 의미이다. 대리 2리의 자연 마을명은 '새비실'이다. 일제강점기의 잡지 『미광(微光)』(1926)에는 대리와 새비실의 유래에 대한 설명이 있다. 조문국 시대 이곳에 시장이 발달하여 사람들이 많이 모이게 되면서 큰 마을이란 뜻의 대리로 불리었고, 또 조문국이 융성하면서 사람들이 너무 사치하자 절검장려라는 경계의 뜻으로 사비곡(奢非谷)이라 불리었다는 것이다. 한편 김홍대가 펴낸 『김文誌』(1991)에서는 대리가 대밭마을에서 유래되었다고 해석한다. 이 마을이 죽리(竹里)로도 불렸던 것을 보면 개연성이 있다. 검리(儉里)란 지명도 보이는데, 이는 사치하지 않는 마을이란 뜻의 '사비곡'과도 관련이 있어 보인다. 마을에서는 '새 벼슬이 많이 났다'고 하여 새비실이라 불렸다는 지명 유래담도 구전되고 있다. 오랜 역사만큼이나 여러 지명들이 번갈아들고, 그와 함께 민간어원설적 부회도 다양하게 이루어졌음을 볼 수 있다.

대리가 위치한 금성면은 조선조까지 조문면, 억곡면, 산운면, 상천면으로 나누어져 있던 것이, 1914년 행정구역 개편에서 억곡면은 조문면, 상천면은 산운면에 각각 병합되면서 두 개 면으로 되었다. 1934년의 리동 명칭 및 구역 변경 시에 다시 산운, 조문 두 면을 합하여 금성면으로 개칭했다. 이때 대리가 1, 2, 3동으로 분동되었다. 금성면의 북동부에는 금성산, 비봉산, 오토산을 주봉으로 하는 지맥이 산지를 형성하였고, 남서부에는 구릉과 함께 넓은 들이 펼쳐져 있다. 또 서쪽으로는 쌍계천이 흐른다. 1934년의 분동 후, 대리는 1988년 동이 리로 바뀌었고, 1989년에는 대리 3리가 다시 3, 4리로 분동되었다.

대리 1리-4리의 네 마을은 조문국에 대한 역사적 기억과 자부심을 공유한다. 역사학계에서는 이곳이 조문국의 수도였을 것으로 추정한다. 28

번 국도를 따라 북쪽으로 넓게 형성된 고분군의 존재도 그러한 추정을 돕는다. 『召文誌』(1991)에서도 "수도의 명을 죽도(竹都)라고 했으며 그 죽도가 현 금성면 대리일" 것으로 추정하고 있다. 또한, "죽도 동편에 비봉산, 북편에 오동산, 서남 간에 봉현산과 봉대가 있는데, "봉(鳳)은 오동이 아니면 깃들지 않고(非梧桐不座) 죽실이 아니면 먹지 아니한다(非竹實不食)"고 하니 이런 속설을 종합해 보면 대리가 죽리임이 틀림없다"라고도 했다.

대리 2리 마을회관 내 연행 현장

현재 대리 1리에 있는 경덕왕릉은 옛날 이 마을에 살았던 오극겸이란 분의 꿈에 왕이 나타나 현몽을 하여 발견하게 되었다는 전설이 전한다. 『여지도서』(1760)에도 오극겸의 현몽 전설과 함께, 영조 원년(1725) 이곳 현령 이우신이 능을 증축하면서 능지기를 배치하고 하마비를 세웠다는 내용이 기록되어 있다. 또한 같은 기록에 날이 가물면 이곳에서 현령이 직접 기우제를 올렸다고 하는 것을 보면, 이 사묘가 국가 사전에 수용되었을 가능성과 더불어 지역 내에서도 신앙시된 곳임을 짐작할 수 있다. 1909년까지도 조문국 향사를 지냈다는 기록도 전한다. 일제의 탄압으로 음성화되기는 했지만, 조문국 향사는 뜻있는 지역민들의 노력으로 지속되어, 해방 후에는 마침내 '경덕왕릉 보존회'가 결성되기에 이른다. 또한, 1960년에는 국립중앙박물관이 이 고분을 최초로 발굴하였다. 이때 금동관이나 금제 귀걸이들이 출토됨으로써 조문국의 역사와 경덕왕의 존재가 확실시되었고, 의성 전역의 자랑거리가 되었다. 그 후 의성군에서는 몇 차례 학술회의를 거쳐 조문국 관련 연구서들을 발간하는 등으로 조문국 역사만들기 작업을 활발하게 해 왔다. 현재는 이곳에다 조문국 역사박물관을 건립 중에 있다.

대리 1리는 목화 시배지(始培地)로도 알려진 곳이다. 대리 1리의 경덕왕릉 가까운 곳에는 '문익점 면작 기념비'가 서 있다. 사실은 1935년 일제가 군수물자를 위한 수탈의 목적으로 목화 생산을 장려하고자 세운 것이었지만, 지금은 지역의 큰 자랑거리가 되었다. 조문국 향사 시에는 이 기념비 앞에서도 행제한다. 그래서 산운과 대리 마을에서는 면작 재배와 관련된 이야기들이 많이 전승되고 있다.

대리 2리의 가구는 백여 호 남짓이다. 청송 심씨가 주성이었다가, 지금은 함창 김씨, 밀양 박씨, 경주 김씨로 주성이 바뀌었다. 마을 여성들 가운데는 가음면, 춘산면, 의성읍, 비안면 등에서 시집온 분들이 많다. 1936년 개통된 중앙선 탑리역이 마을 내에 있어, 교통이 편리한 편이다. 탑리역 앞에 위치한 마을이라 하여 '역전'이라고도 불린다. 군내 인구가 급격히 줄면서 이 마을에도 하루에 30회씩 왕래하던 버스가 4회로 줄어들었다.

1965년경 전기와 간이상수도가 들어왔다. 동제나 세시놀이에 대한 기억은 뚜렷하지 않다. 생업으로는 벼농사를 기본으로 하면서 과수 농사를 많이 짓고 있다. 복숭아, 자두, 배, 포도, 마늘 농사를 짓는데, 가장 고소득 작물은 복숭아이다.

제보자에 대한 정보를 듣고 마을을 찾았으나, 그 중 한 분은 최근 불행한 일을 겪어 두문불출 중이었고, 다른 한 분은 끝내 입을 열지 않으셨다. 다행스럽게도 여성 경로당에는 이야기를 좋아하는 분들이 몇 분 계셔서 그 분들을 대상으로 조사가 이루어져, 흥미로운 설화와 민요를 얻게 되었다. 특히 금성산이 가까이 있는 마을이어서, 이 산과 관련된 전설을 많이 채록할 수 있었다.

경상북도 의성군 금성면 운곡리

조사일시 : 2011.4.1, 2011.4.9, 2011.4.16
조 사 자 : 천혜숙, 백민정, 차정경, 한지현, 강찬

금성면 소재지인 탑리에서 약 7km 떨어진 곳으로 금성산의 왼쪽 끝자락에 위치한 마을이다. 그래서 마을의 동쪽과 남쪽으로 금성산이 가까이 바라다보인다. 마을은 동쪽으로는 사곡면과 춘산면, 서쪽으로는 제오리, 남쪽으로는 수정리, 북쪽으로는 만천리와 인접해 있다. 지방도 930호선이 마을의 북쪽을 통과하여 금성면 중심부와 사곡면으로 연결된다.

『의성군지』나 『경북마을지』에서는 15세기 동래 정씨가 개촌한 마을이라고 하나, 정확하지는 않다. 마을에서는 만천(晚川) 박씨가 처음으로 들어왔고, 그들이 떠난 후 의성 김씨가 들어와 정착했다고 전해진다.

지대가 높아 구름이 낄 때가 많다고 하여 '운곡'(雲谷)이라는 지명을 얻었다. 동쪽의 섬듬, 중앙의 양지듬, 북쪽의 음지듬이라 불리는 세 개의 자연마을로 구성되었다. 성지골, 회치골, 절골 등은 지명만 남아 있을 뿐 사람이 살지는 않는다. 절골은 원래 수정사가 있는 곳이어서 일컬어진 것인데, 빈대가 많아 절이 다른 곳으로 옮겨갔다는 전설이 전한다.

백여 호가 넘는 대촌이었다가 현재는 74호로 줄어들었다. 동래 정씨 26호, 의성 김씨 24호 외에는 각성들이 산다. 의성 김씨 문중 재실인 학운재(鶴雲齋)와 동래 정씨 문중 재실인 운강재(雲岡齋)가 마을 한가운데 자리 잡고 있어 세거해 온 두 주성의 세를 짐작케 한다.

큰 들이 없고 땅도 비옥하지 않은 산촌이다. 과거에는 무척이나 가난했다고 하나, 지금은 논농사를 자급자족할 정도로 지으면서, 마늘, 고추, 자두, 포도와 같은 밭작물을 많이 하고 있다. 그중에서도 마늘이 주된 소득 작물이다. 요즘은 마늘만으로도 가구당 연간 5천만 원 정도의 수입을 올릴 수 있는 부촌이 되었다.

1960년대 들어서 마을의 진입로가 확장되었고, 전기와 수도도 들어왔다. "안어른들은 평생 시장 한번 못 가보고 죽는다"는 말이 있었을 정도로 보수적이고 낙후된 곳이었으나, 20여 년 전 마을 앞으로 큰 도로가 나면서 많이 달라졌다.

당제에 대한 기억은 분명치 않다. '희치골'에서 머슴들이 '희치' 또는 '회초'를 하면서 제사를 지내고 놀았다는 이야기가 전하는데, 동제인지 '풋구'인지 정확하게 알 수 없다. 화전놀이의 전통은 있었으나, 요즘은 매년 4월 1일 단체 관광을 다녀오는 것으로 바뀌었다.

금성산 가까이 있는 마을이어서 금성산과 호랑이에 대한 이야기가 많다. 호랑이를 직접 보았거나 우는 소리를 들었다는 사람도 많다. 상여 선소리꾼 김호생 씨에 대한 제보를 듣고 이 마을을 찾았으며, 이 분으로부터 <상여 소리>를 비롯한 의식요를 다수 채록했다. 그 밖에도 구연에 적극적인 안어른들로부터 다양한 경험담들과 민요, 신민요에 이르는 중요한 자료들을 얻을 수 있었다.

운곡리 마을 전경

운곡리 마을회관 내 연행 현장

구옥련, 여, 1930년생

주 소 지 : 경상북도 의성군 금성면 대리 2리
제보일시 : 2011.3.18
조 사 자 : 천혜숙, 이선호, 권희주, 한지현

비안면 화신 2리 오리마을 출신이다. 논이 30여 마지기나 되는 풍족한 집에서 9남매 중 막내로 생장했다. 아명은 옥금으로, 비안초등학교를 졸업했다. 17세 때 일제의 위안부 공출을 피해서 예천 용궁에 있는 외가로 피신하였다가 몇 달 후 해방이 되어 집으로 돌아온 경험이 있다. 19세에 혼례를 올리고 묵신행을 하여 20세 되던 해, 당시 군위에 있었던 시집으로 신행해 갔다. 시댁이 의성 단촌을 거쳐서 대리 2리로 이주하게 되어 이 마을로 들어와 살게 되었다. 마을에서는 비안댁의 택호로 불린다.

23세 때 초산으로 어렵게 아들 하나를 얻었다. 남편의 다른 부인[외동서]이 낳은 아들들도 있다. 외동서가 처음 아들을 낳았을 때 미역 두 오리, 쌀 닷 되, 깨 한 되 등을 가지고 가서 축하해준 비안댁을 이웃은 이상하게 여겼지만, 그 부분에 대해서는 자신을 그다지 닦달하지 않고 살아온 분이다. 독실한 불교도로, 평생 거짓말을 하지 않고 살았다고 강조했다. 밀양 박씨인 남편과는 사별하고, 지금은 아들과 함께 살고 있다.

대리 2리 조사 첫날 마을회관에서 만났다. 처음부터 이야기 구연에 큰 관심과 자신감을 보인 분이다. 어린 시절 어머니 친구들이 모인 이야기판에서 이야기를 들은 경험이 풍부하다. 그 당시 들었던 이야기를 비롯하여 사찰에서 스님들에게서 들은 법문 이야기에 이르기까지 설화 보유량이 상당한 편이다. 자신의 이야기 역량에 대한 자부심이 앞선 탓인지 다른 제보자의 이야기를 끊는 경향이 다소 있었다.

주로 권선징악적 교훈의 의미가 강한 이야기들을 구연하였으며, 특히 법문 이야기하기를 즐겼다. 이야기를 시작할 때는 늘 무슨 이야기를 하겠다며 제목을 붙였고, 이야기를 마무리할 때도 나름대로 이야기의 주제적 의미를 요약하곤 했다. <아들로 변한 동삼> 외에 8편의 설화와 신민요 한 편을 구연했다.

제공 자료 목록

05_18_FOT_20110318_CHS_KOR_0001 아들로 변한 동삼
05_18_FOT_20110318_CHS_KOR_0002 제 복을 타고난 셋째 딸
05_18_FOT_20110318_CHS_KOR_0003 불씨 꺼뜨리고 산삼 얻은 며느리
05_18_FOT_20110318_CHS_KOR_0004 친구 배반하고 소 된 사람
05_18_FOT_20110318_CHS_KOR_0005 스님의 효성
05_18_FOT_20110318_CHS_KOR_0006 제 살 베어 남편 풍병 고친 큰내기
05_18_FOT_20110318_CHS_KOR_0007 새비실 지명 유래 (1)
05_18_FOT_20110409_CHS_KOR_0001 좋아하는 꽃 물어 며느리 고른 원님
05_18_MPN_20110318_CHS_KOR_0001 금성산에 묘 파러 간 이야기
05_18_MFS_20110409_CHS_KOR_0001 신민요 (2)

김선이, 여, 1928년생

주 소 지 : 경상북도 의성군 금성면 운곡리
제보일시 : 2011.4.1
조 사 자 : 천혜숙, 백민정, 한지현, 차정경

의성군 금성면 운곡리에서 태어나 동군 옥산면 오류동으로 이주하여, 그곳에서 유년시절을 보냈다. 초등학교를 1년 다니다 중퇴했다. 17세 되

던 해 운곡리의 경주 김씨 집안으로 시집 왔다. 서른 살 무렵 숙박업에 종사하게 되면서 의성읍으로 나가 살다가, 60세가 되어서 고향 마을인 운곡리로 돌아 왔다. 귀향한 지 4년 만에 남편과 사별하고, 현재는 혼자 살고 있다. 슬하에는 3남 2녀를 두었는데, 모두 성가하여 외지에서 산다.

작은 키에 살집이 없는 가녀린 체구이지만, 단단하고 강인한 인상이다. 조사 첫날 이 분이 마을회관으로 들어서자 할머니들이 이구동성으로 "노래 잘 하는 사람 온다."고 소리쳤다. 제보자는 조용히 있다가 기회가 있으면 녹음기 쪽으로 몸을 살짝 구부린 채 진지하게 노래를 불렀다. 설화는 많이 구연하지 않았지만, 다른 분의 이야기를 열심히 들으면서 끝까지 이야기판을 지켰다. 경험담 한 편 외에 <노래가락> 두 편을 구연했다.

제공 자료 목록
05_18_MPN_20110401_CHS_KTS_0001 호랑이 경험담 (1)
05_18_MFS_20110401_CHS_KSE_0001 노래가락 (3)
05_18_MFS_20110401_CHS_KSE_0002 노래가락 (5)

김옥순A, 여, 1928년생

주 소 지 : 경상북도 의성군 금성면 운곡리
제보일시 : 2011.4.1
조 사 자 : 천혜숙, 백민정, 한지현, 차정경

운곡리 태생이다. 15세 때 위안부 공출을 피해 의성군 수정리 절골로 시집을 갔다. 그러다 남편이 일본으로 징용을 가게 되면서, 제보자만 남기고 시댁 식구들도 모두 일본으로 건너갔다. 17세 되던 해 혼자 남게 된 제보자는 친정으로 돌아와 살았다. 해방 후에는 일본에서 돌아온 남편과 합가하여 울산으로 이주했다. 그곳에서 남편은 봇짐장사를 하거나 방앗간 보조로 일했다. 셋방살이로 근근이 살면서 이사를 열두 번이나 해야 했던 고생스러웠던 기억을 지금도 잊을 수 없다. 슬하에 7남매를 두었으며, 모두 성가하여 외지에서 살고 있다. 남편과도 사별하고, 현재는 혼자서 집을 지키고 있다.

남편이 노래를 잘 불렀다고 마을에서 정평이 나 있다. 모심기 철이 되면 서로 자기 논으로 와서 선소리해달라고 남편을 불러댔을 정도라고 한다. 청중들이 '영감 하던 노래'를 하라며 그녀를 부추겼고, 제보자도 진지하게 응해 주었다. 주로 남편에게 배운 노래를 기억해 내서 불렀다. 녹음기를 향해 큰소리로 열심히 노래를 불렀으며, 마무리 부분에서는 "좋다!"라며 신명을 내곤 했다.

<노래가락> 외 신민요 세 편을 구연했다.

제공 자료 목록
05_18_MFS_20110401_CHS_KOS_0001 노래가락 (2)
05_18_MFS_20110401_CHS_KOS_0002 양산도 (1)
05_18_MFS_20110401_CHS_KOS_0003 창가
05_18_MFS_20110401_CHS_KOS_0004 양산도 (2)

김옥순B, 여, 1934년생

주 소 지 : 경상북도 의성군 금성면 대리 2리
제보일시 : 2011.4.9
조 사 자 : 천혜숙, 백민정, 한지현, 강찬

　대미산 너머에 있는 골짜기에서 태어나 가음면 가산에서 성장하였다. 무학이다. 17세 되던 해, 친척의 중매로 이 마을의 경주 김씨 집안으로 시집 왔다. 슬하에 딸을 둘 두었다. 남편과 사별하고 현재는 혼자 살고 있다. 마을에서는 가산댁의 택호로 불린다. 남편 생전에는 농사를 주업으로 했으나 지금은 집 앞의 텃밭을 가꾸는 정도로만 농사를 짓고 있다.

　활달한 성품이며 목소리가 호탕하고 박력이 있다. 말솜씨도 좋아서 이야기판을 자주 웃음판으로 만들었다. 베짜기를 배우지 않고 시집와서 고생한 경험담, 아이 낳고 배가 고파서 시모 몰래 음식을 훔쳐 먹은 경험담, 피난 시절의 경험담 등을 재미있게 들려주었다. 실제로 베를 못 짠다고 시조모로부터 나물대나 도투마리로 머리를 얻어맞기도 했던 경험을 실감나게 구연했다.

　흥미로운 신민요 한 편을 제공했는데, 사설뿐만 아니라 노래가 불렸던 맥락까지 구체적으로 설명해 주었다.

제공 자료 목록
05_18_MFS_20110409_CHS_KOS_0001 신민요 (1)

김정곤, 여, 1933년생

주 소 지 : 경상북도 의성군 금성면 대리 2리
제보일시 : 2011.3.18, 2011.4.9
조 사 자 : 천혜숙, 백민정, 한지현, 강찬

　의성읍 치선동 태생이다. 십 리를 걸어서 의성읍에 있는 초등학교에 다녔다. 25세에 이곳 대리 2리로 시집왔다. 마
땅한 배우자를 찾느라 혼인이 늦어졌다고
했다. 16세 무렵에 친정어머니가 베짜기를
배우라고 해서 속이 상했으나, 베짜기를 익
히고 능숙해져서 혼인 전에 이미 여덟 새를
짤 수 있었다고 한다.

친척의 중매로 이 마을의 밀양 박씨 집안
으로 시집와서, 슬하에 2남 2녀를 두었다.
혼인한 지 2년 만에 첫아들을 낳은 덕분에 시집살이는 수월한 편이었다.
마을에서는 영남댁이란 택호로 불린다. 시집온 이후에도 베를 잘 짠다는
칭찬을 많이 들었다. 평생 농사를 짓고 살았다. 남편이 개인택시 사업을
하기도 했으나, 현재는 남편의 건강이 좋지 않아 택시업도, 농사도 그만
두었다.

조사 첫날 마을회관에서 만난 분이다. 목청이 맑고 사설에 대한 기억도
좋은 편이었다. 마을 분들은 이구동성으로 제보자의 시어머니인 춘산댁이
소리를 잘했다고 입을 모았다. 처음에는 소극적이었던 제보자는 마을분들
이 시어머니에게 배운 노래를 하라며 거듭 권유하자 마지못해 구연을 시
작했는데, 구연능력이 기대 이상이었다. 발음이나 가창이 정확할 뿐 아니
라 사설에 대한 기억력도 뛰어난 편이다. <칭칭이 소리> 앞소리를 거의
완벽하게 재현해 냈다. 제보자가 구연한 <칭칭이 소리>는 시어머니가 부
르던 것을 듣고 익힌 것이다. 유성기를 통해서도 노래를 배웠다고 한다.
<칭칭이 소리> 외에도 사설이 아주 특이한 신민요 등을 세 편 채록했다.

제공 자료 목록
05_18_FOT_20110318_CHS_KOR_0007 새비실 지명 유래 (1)
05_18_FOS_20110318_CHS_KJG_0001 칭칭이 소리 (1)
05_18_MFS_20110409_CHS_KJG_0001 피난가는 노래

05_18_MFS_20110409_CHS_KJG_0002 청춘가 (4)
05_18_MFS_20110409_CHS_KOS_0001 신민요 (1)

김태순, 여, 1935년생

주 소 지 : 경상북도 의성군 금성면 운곡리
제보일시 : 2011.4.1
조 사 자 : 천혜숙, 백민정, 한지현, 강찬

조사자들이 마을회관에 들어섰을 때 제일
적극적으로 맞아준 분이다. 조사취지를 정
확하게 이해하여 곧장 이야기판을 만들어주
었다. 직접 설화를 구연하기도 했지만, 이야
기판과 노래판의 흐름이 끊기지 않도록 시
종일관 진행자 역할을 해 주었다.

안평면에서 생장하여 17세 때 이 마을로
시집온 이후로, 60여 년 동안 마을을 벗어
난 적이 없다. 슬하에 1남 5녀를 두었다. 37세에 남편과 사별하고 지금은
혼자 살고 있다. 현재 이 마을의 부녀회장이다.

구연한 이야기로는 <목 끊어 금성산에 묘 쓰고 부자 된 사람>, <호랑
이 경험담 (1)>이 있다.

제공 자료 목록

05_18_FOT_20110401_CHS_KTS_0001 목 끊어 금성산에 묘 쓰고 부자 된 사람
05_18_MPN_20110401_CHS_KTS_0001 호랑이 경험담 (1)

김호생, 남, 1934년생

주 소 지 : 경상북도 의성군 금성면 운곡리
제보일시 : 2011.4.16
조 사 자 : 천혜숙, 백민정, 한지현, 강찬

강릉 김씨 집안의 장남으로 운곡리에서 태어나서, 평생을 이 마을에서 살아왔다. 충남 당진에서 세거해 오다가 증조부 대에 이곳 운곡리로 이주하였다고 하니, 4대째 이 마을에 살고 있는 셈이다. 증조부는 서당 훈장을 했다고 한다. 호적상으로 1934년생이나, 실제는 79세이다. 26세 때 중매로 혼인한 부인과 11년 전 사별하고, 지금은 혼자 살고 있다.

조사 첫날 마을 분들이 소리꾼으로 추천한 분이나, 마침 출타 중이어서 2차 조사 때 제보자 댁으로 찾아가 만났다. 할아버지 혼자 사는 집 같지 않게 현관에는 무와 나물 등이 정갈하게 정돈되어 있었고, 집안도 깨끗이 청소된 상태였다. 자기 관리가 철저하고, 삶에 대해서도 낙관적인 태도를 견지하고 계신 분이다. 슬하에 1남 2녀를 두었으나, 불의의 사고로 두 딸을 잃었다. 이 분은 딸들의 죽음을 운명이라 여기고 담담하게 받아들였다고 했다.

젊은 시절부터 동네 어른들이 소리하는 것을 어깨너머로 보고 배웠다. 그래서 40대부터 마을을 벗어나 군내 여러 곳을 다니며 소리꾼으로 활동했다. 부르는 곳은 어디든지 갔다. 요즘도 터다지기나 상·장례를 위한 선소리 요청이 오면 응하고 있다. 소리에 대한 보상은 대부분 현금으로 받았다. 소리에 대한 사례는 특별히 금액이 정해져 있지는 않다. 초빙한 집안의 인심이나 경제적 형편에 따라 가변적이지만, 적어도 10만 원 이상은 받았다고 한다. 10년 전에는 단촌면 천석꾼 집안의 함안 박씨 할머니

초상에서 상여 소리를 해 주고 무려 60만 원을 받아 본 경험도 있다.

의성문화원에서 소리를 가르치기도 했다. 요즘도 주중에는 의성문화원에 출입하면서 원하는 이들에게 무료로 소리를 가르치거나, 난타와 장구를 배우거나 하면서 소일하고 있다.

출중한 외모에다 적극적이고 주도적인 성품을 지녔다. 고령의 연세에도 발음이 정확하고 목청이 좋아 선소리꾼의 자질을 갖추었다. 자신의 구연 능력에 대한 자부도 아주 강한 편이다. 6년 전 경북 농요 경연대회에서 대상을 받은 일을 자랑하면서 상패도 보여주었다. 그때 부른 <의성 기와밟기 소리>를 자청해서 부르기도 했다.

구연한 민요로는 <의성 기와밟기 소리> 외에도, <지신밟기 소리>, <상여 소리>, <덜구 소리>, <청춘가 (5)>, <장구타령> 등이 있다. 조사자가 제목을 말하기만 하면 바로 그 노래가 입에서 흘러나오는 것으로 보아 더 많은 민요를 보유하고 있을 것으로 기대된다. 한마디로 표현하자면 걸어 다니는 민요 백과사전 같은 분이었다. 구연 도중 과도한 설명과 해석을 보태느라 자주 구연의 흐름을 끊어버리는 것이 아쉬운 점이었다.

제공 자료 목록

05_18_FOT_20110416_CHS_KHS_0001 빈대 때문에 옮긴 수정사 절터
05_18_FOS_20110416_CHS_KHS_0001 지신밟기 소리
05_18_FOS_20110416_CHS_KHS_0002 상여 소리
05_18_FOS_20110416_CHS_KHS_0003 덜구 소리
05_18_FOS_20110416_CHS_KHS_0004 아시논매기 소리
05_18_FOS_20110416_CHS_KHS_0005 칭칭이 소리 (2)
05_18_FOS_20110416_CHS_KHS_0006 의성 기와밟기 소리
05_18_MFS_20110416_CHS_KHS_0001 청춘가 (5)
05_18_MFS_20110416_CHS_KHS_0002 노래가락 (9)
05_18_MFS_20110416_CHS_KHS_0003 양산도 (4)
05_18_MFS_20110416_CHS_KHS_0004 오봉산타령
05_18_MFS_20110416_CHS_KHS_0005 장구타령

박월란, 여, 나이 미상

주 소 지 : 경상북도 의성군 금성면 대리 2리
제보일시 : 2011.3.18
조 사 자 : 천혜숙, 백민정, 한지현, 강찬

의성군 봉양면 덕운동에서 생장하여, 21세 때 대리 2리의 경주 김씨 집안으로 시집왔다. 슬하에 2남 3녀를 두었으며, 모두 성가하여 외지에서 살고 있다. 논농사, 밭농사, 사과농사를 하면서 살아왔다.

조사 첫날 마을회관에서 만났다. 주로 다른 분의 이야기를 열심히 경청하고 응수하면서, 청중 역할에 충실했던 분이다.

시댁 이야기인 <백일기도하고도 딸 낳은 시종조모의 심술> 한 편을 구연했다.

제공 자료 목록
05_18_MPN_20110318_CHS_PWR_0001 백일기도하고도 딸 낳은 시종조모의 심술

심무섭, 남, 1944년생

주 소 지 : 경상북도 의성군 금성면 대리 2리
제보일시 : 2011.4.9
조 사 자 : 천혜숙, 백민정, 한지현, 강찬

대리 2리 태생으로 평생을 이 마을에서 살았다. 개인택시 사업을 하면서 농사도 짓고 있다. 개인택시는 43년 전부터 해 왔다. 현재는 마을의 동장 일도 맡고 있다. 슬하에 아들 둘을 두었다.

통통한 체구에, 인자하고 친절한 분이다. 조사자들이 다른 마을로 이동할

때 이 분의 택시를 이용하곤 했는데, 택시
안에서 의성 및 마을과 관련된 전설들을 들
을 수 있었다. 역사의식이 투철한 편이고, 특
히 의성 지방의 역사에 대해서 관심이 많다.

<목화씨를 처음 심은 동래 정씨> 외 2
편의 설화를 구연했다.

제공 자료 목록

05_18_FOT_20110409_CHS_SMS_0001 목화씨를
처음 심은 동래 정씨
05_18_FOT_20110409_CHS_SMS_0002 새비실 지명 유래 (2)
05_18_FOT_20110409_CHS_SMS_0003 금성산에 묘 쓰고 부자 된 사람

정덕용, 남, 1928년생

주 소 지 : 경상북도 의성군 금성면 운곡리
제보일시 : 2011.4.1, 2011.4.9
조 사 자 : 천혜숙, 백민정, 한지현, 차정경, 강찬

마을에서 노래를 잘하는 분으로 알려졌
다. 운곡리 조사 첫날 마을회관에서 만난 분
이다. 할머니들의 적극적인 추천과 요청으
이 있어 노래판으로 모셔지게 되었다. 할머
니들로 구성된 노래판의 청일점이었지만 거
리낌없이 여러 편의 노래를 신명나게 불러
서 좌중의 감탄을 자아냈다.

동래 정씨로, 의성군 춘산면 금계리에서
생장하였다. 15세 때 가족을 따라서 선조 대에 살았던 운곡리로 이주했
다. 슬하에 3남 3녀를 두었다.

이날 구연한 노래들은 제보자가 12~15세 남짓 되었을 때 듣고 익힌 것이라고 한다. 청년 시절에도 도시의 거리에서 앰프를 울리는 유행가를 들으면, 그 소리에 매료되어 자리를 쉬이 뜨지 못했을 정도로 노래를 좋아했다고 한다.

하얀 피부에 잘생긴 외모이며, 미성을 지녔다. 고령에도 불구하고 고운 음색으로 여러 편의 신민요를 불러주었다. <청춘가 (3)>, <노래가락>, <양산도 (3)>, <태평가>를 각각 한 마디씩 불러주겠다며 구연했는데, 워낙 목청이 좋고 가사 전달이 또렷하여 전혀 그 연세의 노인 같지 않았다. 네 편의 신민요 외에 민요 <모심기 소리>를 채록했다.

제공 자료 목록

05_18_FOS_20110409_CHS_JDY_0001 모심기 소리 (3)
05_18_MFS_20110401_CHS_JDY_0001 청춘가 (3)
05_18_MFS_20110401_CHS_JDY_0002 노래가락 (4)
05_18_MFS_20110401_CHS_JDY_0003 태평가
05_18_MFS_20110401_CHS_JDY_0004 양산도 (3)

정복남, 여, 1924년생

주 소 지 : 경상북도 의성군 금성면 운곡리
제보일시 : 2011.4.1, 2011.4.9
조 사 자 : 천혜숙, 백민정, 한지현, 차정경, 강찬

동래 정씨로 운곡리에서 생장했다. 17세 되던 해 10월, 같은 마을의 의성 김씨 집안으로 시집갔다. '동네 혼인'을 했지만, 2월에 혼약하고 10월에 혼례를 올릴 때까지 신랑 얼굴을 보지 못했다. 처녀 시절, 친정집 바로 건너편에 시댁의 논이 있었지만 한 번도 내다본 적이 없었다고 한다. 슬하에 3남 4녀를 두었다. 모두 성가하여 외지에서 살고 있으며, 현재는 부부만 집을 지키고 있다. 무학이며, 평생 농사를 짓고 살아왔다.

운곡리 마을회관에서 만났다. 연세보다 정정해 보이는 편이다. 마침 마을회관에서 건강 춤 교실이 있던 날이었는데, 고령에도 불구하고 모든 춤 동작을 열심히 따라 하는 모습을 볼 수 있었다.

조사취지를 누구보다도 정확하게 이해했던 분이다. 그래서 <모심기 소리 (1)>을 부르는 것으로 시작하여 열심히 노래판을 만들어주었다. 다음 조사 때에도 역시 큰 관심을 가지고 참여했다. 나름대로 옛날 노래와 신식 노래에 대한 구분의식이 있어서 다른 분의 노래에 대해 판정을 내리기도 했다. 사설에 대한 기억이 상세하고 노래 실력도 좋은 편이다. 여섯 편의 설화 외에 여러 편의 민요와 신민요를 구연했다.

제공 자료 목록
05_18_FOT_20110401_CHS_JBN_0001 토끼 잡아먹으려다 아들 잡아먹은 부부
05_18_FOT_20110401_CHS_JBN_0002 팥죽 할머니 잡아먹은 호랑이
05_18_FOT_20110401_CHS_JBN_0003 미녀 탐내다 호랑이에게 잡아먹힌 중
05_18_FOT_20110401_CHS_JBN_0004 희치골 산신의 영험
05_18_FOT_20110401_CHS_JBN_0005 축지법을 한 이친 할배
05_18_MPN_20110401_CHS_JBN_0001 호랑이 경험담 (2)
05_18_FOS_20110401_CHS_JBN_0001 모심기 소리 (1)
05_18_FOS_20110401_CHS_JBN_0002 아기 재우는 소리
05_18_FOS_20110401_CHS_JBN_0003 모심기 소리 (2)
05_18_FOS_20110401_CHS_JBN_0004 사우 노래
05_18_MFS_20110401_CHS_JBN_0001 노래가락 (1)
05_18_MFS_20110401_CHS_JBN_0002 청춘가 (1)
05_18_MFS_20110401_CHS_JBN_0003 청춘가 (2)
05_18_MFS_20110401_CHS_JBN_0004 노래가락 (6)
05_18_MFS_20110401_CHS_JBN_0005 노래가락 (7)
05_18_MFS_20110401_CHS_JBN_0006 노래가락 (8)

정성재, 남, 1928년생

주 소 지 : 경상북도 의성군 금성면 운곡리
제보일시 : 2011.4.9
조 사 자 : 천혜숙, 백민정, 한지현, 강찬

동래 정씨로 이 마을 태생이다. 일제강점기 때 만주로 가서 살다가 해방 후 귀국했다. 해군 16기생으로 복무했는데 휴가 나온 도중 6 · 25전쟁이 발발하여 참전하게 되었다고 한다.

두 번째 조사 때 마을회관에서 만났다. 이야기하는 것을 즐기는 분으로 자신의 생애 경험담을 상세하게 들려주기도 했다. 특히 소대장으로 한국전쟁에 참전했던 자신의 과거에 대해 아주 자랑스럽게 여기고 있다.

슬하에 3남 2녀가 있으며, 모두 성가하여 외지에서 산다. 부인과는 사별하고 지금은 혼자서 살고 있다. 이야기판을 혼자서 주도할 정도로 적극적이었으나, 전통적인 설화나 민요와는 다소 거리가 있는 것들이었다. 빈대 때문에 망한 수정사에 관한 전설 한 편을 채록했다.

제공 자료 목록
05_18_FOT_20110409_CHS_JSJ_0001 빈대 때문에 옮겨간 수정사

아들로 변한 동삼

자료코드 : 05_18_FOT_20110318_CHS_KOR_0001

조사장소 : 경상북도 의성군 금성면 대리 2리 710번지 마을회관

조사일시 : 2011.3.18

조 사 자 : 천혜숙, 이선호, 권희주, 한지현

제 보 자 : 구옥련, 여, 81세

구연상황 : 금성면소에 들렀다가 가까운 마을인 대리 2리로 갔다. 조사자의 제자인 민속학
과 졸업생이 사는 마을이어서 미리 연락되어 있었다. 마을회관에는 할머니들이
여덟 분 정도 모여 계셨다. 방문 취지를 설명하자 몇몇 할머니들은 옛날 이야
기는 다 잊어버렸다고 했다. 가운데 앉아 계시던 구옥련 제보자가 클 때 옛날
이야기를 많이 들었다며 관심을 보여서 이야기를 청했다. "먼저 효부효자이야
기부터 할까?" 물으시며 구연을 시작했다. '손순매아' 유형의 이야기이다.

줄 거 리 : 시집을 가서 홀시아버지를 모시고 살았는데, 시아버지가 풍병에 걸렸다. 여
기저기 문의했더니 어떤 사람이 아이를 고아 먹이면 풍병을 고칠 것이라 했
다. 며느리는 아들은 또 낳을 수 있다고 신랑을 설득한 후에, 절에서 공부하
다가 다니러 온 아들을 솥에 집어넣고 고았다. 시아버지가 그것을 먹고 풍병
이 나았다. 얼마 후, 스님이 아들을 데리고 와서 대소가 어른들을 모이게 하
고는 시아버지가 먹은 것은 아들이 아니라 법당 앞에 있던 동삼이라고 했다.
그 부부의 효성이 지극하여 동삼이 아들로 화한 것이었다. 그 후로 부부는
효자 효부로 널리 칭송되었고, 아이도 높은 사람이 되어 잘 살았다.

옛날에 호불시아바시하고(홀시아버지하고) 시집가이꺼래 신랑하고 이래
살았는데. 아들을 하나 낳아가 키았는데 아들 하마(벌써) 몇(몇) 살 먹었는
데. 절에 공부를 하러 보냈는데, 목욕하러 한 달에 한 번쓱 오거든. 스님
디리올(데려올) 때도 있고 이래 오는데.

그라고 또 시아바씨가 보이까, 시아바시가 바람 병이 풍병이 왔부렸어.
이래가지고 노인들 놀러도 못 가시고 사랑에 앉아 계시는데. 누구라도 오

만 인제 문약을(문의를) 하는 기라.

"저런 병을 곤칠 수 없나?"고 문약을 하이,

한문은(한번은) 참 어떤 사람이,

"아아를(아이를), 아아를 거 해가주고 약을 믹애만(먹이면) ○○○○○ 믹애가지고 그래 하만 그 병을 곤칠 수 있다." 이캐.

(조사자 : 아를 고아, 고아가주고.)

아를 꽈아가주고. 그라이께 이제 여자가 들었거든, 자기가 물었으이. 그래 이 여자가 그 양반보고,

"우리는 다음에 나이 젊으이 또 놓오만(낳으면) 자식이 그거 하이까네 아무거시 목욕하러 오거든 그래 약을 해가주고 아버님 디리자(드리자)."꼬 카이,

고 또 양반도, "그라자." 이래 돼가주고,

그래가 참 아무 날 목욕 하로 떡 오기, 오는 날인데, 물을 항거(가득) 끓있어(끓였어), 솥에. 물을 끓있는데 마치(마침) 아가 들왔다. 들어오는데, 고마 소두뱅이(솥뚜껑을) 열고 밀어옇었부는(밀어넣어버린) 기라, 밀어옇었부고,

그래가 그걸 꼬아가주고 시아바지 공경해가주고, 시아바지 병도 곤치고. 그래, 인제 곤치고, 곤치고 나이꺼네 생각키긴(생각나긴) 생각키지.

그래 있다이꺼네, 실컷 있다가는 인제 스님이 자기 아들을 디러(데려) 왔더래요.

(조사자 : 아 데리고? 예.)

그래가 어옜노 카면,

"그래 아이구, 우리 아들 없는데, 아무거시가 왔나?" 카민서 그카이,

스님이 얘기를 하더래요.

"집안 대소가 어른들 좀 모다라(모으라)." 카더란다.

여 호부(효부) 호자(효자) 호부 얘기. 그래 집안 어른들하고 참, 동네 동

장 구장 모둟고(모으고) 해가주고 이얘기를 하는데,

"그래, 이 집에 이 어른들이 이 양반들이 호부 호자다. 호부 호자고 호성이(효성이) 뻗치가주고 우리 법당 앞에 동삼이 세 뿌리가 있는데 젤 큰 거 복판에 한 뿌리가 인제 화해가주고 아들로 변해가 갔다." 이거라.

그래가주고 그 아버님 빙(병) 곤치고 그랬다꼬, 호자라꼬, 동네 모둟고 집안 어른들도 모딕키가주고(모으게 해서) 얘기를 스님이 그래 하이거네, 다 곧이듣고 모도 참 호부 호자. 그래가 인자 그랬는데, 얘기를 그 아아는 뭐 살았으이께 공부 시키가주고 높은 사람 돼가, 잘 돼가주고 그래 잘 살았답니다.

제 복을 타고 난 셋째 딸

자료코드 : 05_18_FOT_20110318_CHS_KOR_0002
조사장소 : 경상북도 의성군 금성면 대리 2리 710번지 마을회관
조사일시 : 2011.3.18
조 사 자 : 천혜숙, 이선호, 권희주, 한지현
제 보 자 : 구옥련, 여, 81세
구연상황 : '아들로 변한 동삼' 이야기에 이어서 제보자는 부자 된 이야기를 하나 더 하겠다며 계속 구연했다. 청중은 흥미롭게 들었으며, 더러는 강한 공감을 표명하기도 했다. '내 복에 산다' 유형의 설화이다.

줄 거 리 : 옛날 어느 사람에게 세 딸이 있었다. 하루는 딸들을 불러 누구 복으로 먹고 사느냐고 물었다. 첫딸과 둘째딸은 "아버지 복으로 먹고 산다"고 대답하였지만, 셋째 딸은 "내 복으로 먹고 산다"고 답했다. 첫딸과 둘째딸은 좋은 곳으로 시집을 보내고, 내 복에 먹고 산다는 셋째 딸은 숯장수를 따라가라고 쫓아냈다. 숯장수를 따라간 셋째 딸은 숯 굽는 부석돌이 모두 금인 것을 알아보고 그 금을 팔게 했다. 부자가 된 숯구이 총각과 혼인하여 잘 살았다. 친정집은 그 딸이 떠난 후 거지가 되었다. 제 복이 있으면 숯장수를 따라가도 부자가 된다.

부자 된 이얘기는, 옛날에 어떤 사람이 딸을, 여어도(여기도) 엄마는 없고 호불아바씨가(홀아버지가) 딸을 서이를(셋을) 키왔는데. 건진(거의) 모두 과년 돼가 치울 때가 이래 돼 가는데. 사랑에서 아버님이 딸을 서이를 불러다놓고, 맏딸한테, 둘째딸, 싯째딸한테 전부,

"넌 누(누구) 복으로 먹고 사노?" 카이꺼네,

큰, 맏딸도,

"아부지 복으로 먹고 삽니다." 카고,

둘째딸도,

"아부지 복으로 먹고 삽니다." 카고,

막내이가,

"지(제) 복으로 먹고 살아요." 카거든.

"난 내 복으로 먹고 산다." 카이,

"그래." 카미 인자,

큰 딸도 바리바리 해가(해서) 시집보내고, 둘째딸도 그래 보내고. 막내 딸 지 복으로 산다 카는 거는 하문은(한번은) 옛날에 숯장사, 숯장사들, 숯껑 파는 숯장사. 숯장사가 인제 총각, 숯장사 팔러 당기는데,

"숯 사소 숯 사소." 카는데.

절숙옷,1) 하마(벌써) 시집 갈 때 됐으이 절숙옷 한 불(벌) 해가(해서) 딱 해가 가방에 딱 해 놓고, 해 놨는데. 그래 인제 숯장사가 오이께 고마 아바씨가 내보내더란다.

"그 가방을, 고거 들고, 절숙옷 해가 옇어 난 가방을 들고, 숯재이 따라 가라." 카는 기라.

그 따라가라 카이 따라갔지.

그래 이래 숯장사도 가다가 숯도 못 팔고 겁 나가, 처자가 따라오이 겁

---

1) 예단 또는 혼수로 만들어 둔 옷.

나가 자꾸 가더래요. 골짜아(골짜기) 골짜아 가디만은, 집이 쪼만한 초가 집이 한 채 있는데 그래 떡 갔는데. 그래 거 가서. 가이까 그럭저럭 해도 빠지고 이라이 저녁을 해주는 거 묵고(먹고). 시어마씨 호불(홀) 노인이, 노모가 계시더래요. 그래가 인자 이 사람이 색시하고 지녁을(저녁을) 먹고 잘 때는 저 모자간에는 부엌에 잘라꼬, 처자는 방에 자라 카는 기라. 그래 이꺼네,

"안 된다." 카미,

"같이 자자." 카고.

그래 같이 자고. 이래가주고, 아침에 또 자고 아침이 되이 아침을 해가 주고 노모가 이고 아들 숯 굽는 데 가주고 가더래요. 그래가주고.

"지가(제가) 이고 가지요." 카미,

"길만 갈치 주소." 카미 그래 따라가고.

그래 다음날 밥해가 지가 이고 갔는데, 이고 갔는데 인제. 그 사람이 밥 무울(먹을) 딴에(동안에) 집지께이로 짚고 떡, 이, 숯, 숯 부석을 돌아보 이꺼네 숯 부석 쌓아 났는 기, 이짝 뜨럭겉이(다락같이) 쌓아났는 기 전부 돌이, 그기 자기 눈에 금이라.

그래가주고 그 사람 보고,

"보소, 인자 숯껑 굽지 말고 이거 전부 돌을 이거 전부 깨가주고."

이 사람 눈에는 전부 돌 아이가?

"돌을 전부 하나쓱 집에 다 져다 놔라." 캤는 기라.

그래가주고 그걸 다 져다 놓고 그래 낸제(나중에),

"이게 금이다."

그래 금을 팔았는데, 금 파이 돈이 얼마라? 말도 못하지, 베락부자 됐붔지. 그래가주 이 양반 목욕시게고, 절숙옷 해 입해고, 해가주 동네 한분(한번) 집안 모다가주고 옛날 족두리 사모 씨고 예를 이뤘고.[2] 그래가 아들 놓고 딸 놓고 잘 살았대요.

그런데, 이 집에 이 사람 오고 나서 친정은 걸뱅이(거지) 됐대요. 이 집에서 냉제(나중에) 이 딸이,

(조사자 : 복이 나갔다.)

소가를 시케 보냈단다.3)

이기 지 복 먹고 산다 카는 그기라. 이 말이 맞어, 지 복으로 먹고 살어. 지 복만 있으만 숯쟁이 따라 가도 부자 되고.

(청중 : 진짜 지 복이다.)

불씨 꺼뜨리고 산삼 얻은 며느리

자료코드 : 05_18_FOT_20110318_CHS_KOR_0003
조사장소 : 경상북도 의성군 금성면 대리 2리 710번지 마을회관
조사일시 : 2011.3.18
조 사 자 : 천혜숙, 이선호, 권희주, 한지현
제 보 자 : 구옥련, 여, 81세
구연상황 : 구옥련 제보자는 "두 자루 했제? 이제 미느리(며느리) 본 이야기 하자"며 이야기를 구연했다. "다 하려면 하루 종일 해야 된다"는 제보자의 말에 좌중은 놀라워했고, 이 이야기가 끝난 후에도 이 분의 기억력에 거듭 감탄했다.
줄 거 리 : 삼대(三代)를 걸쳐 부엌의 불씨가 꺼지지 않았던 집에 셋째 며느리가 들어온 후로는 자주 불씨가 꺼졌다. 그것 때문에 소박 당할 처지가 된 셋째 며느리가 잠을 안 자고 부엌을 지켰다. 한밤중에 머리 긴 처녀가 들어와 불씨를 꺼뜨리고 나갔다. 며느리가 그 처녀의 뒤를 쫓았지만, 어느 곳에선가 사라졌다. 그 사라진 곳이 산삼밭이었다. 며느리는 산삼 잎을 뜯어 와서 시아버지께 보이고, 시아버지와 머슴들을 데리고 가서 산삼을 캐어 와서 이 댁이 큰 부자가 되었다.

옛날에 또 어떤 부인이 인제 살림도 그대로 사고(살고) 어른들도 모도

---

2) 혼례를 치렀다는 의미이다.
3) 한 살림을 보태주었다는 의미로 한 말이다.

(모두) 계시고 이런데. 며느리가 인자, 미느리 하나 보고, 둘 보고, 서이(셋을) 봤는데. 이 집에는 삼대를 불을 안 꺼자(꺼뜨려), 부석에(부엌에).

　(조사자 : 아, 불씨.)

　부엌에, 옛날에, 숯 묻어가 왜 불 묻어놓고 아침에 밥 해먹고 이라잖아. 불을 안 꺼주는데, 아 이거 막내 미느리 보고는 불을 자꾸 꺼자. 인자 잘 못하면 소박 당케 됐어. 쫓기(쫓겨) 가게 됐는 기라. 자꾸 불을 꺼주이께(꺼뜨리니까), 삼대가 불을 안 꺼주던 집에 불 꺼주면 인제 이 집은 잘 안 된다.

　(청중 : 잘 안 된다 카데.)

　그래가 이 색시가 가만 생각커이, '시집을 못 살고 쫓기(쫓겨) 갈 판이고 내가 인제 안 되겠다.' 싶어가, 잠을 안 자고 부엌에 밤새도록 고 저런 문 같은 거 여만(열면) 도장 같은 거 있는데 고 숨어가지고 봤대요.

　그래 보이 부석(부엌) 불 묻어났는 걸, 아침에 보만 꺼지고, 불 묻어났는데, 그래 밤중 되이께 처자가, 머리 꽁대기 지단한(기다란) 처자가 오디만 부지깽이 가주고 술술 히싰부고(헤집어버리고) 가더란다. 그래 붙잡었는 기라, 그걸. 붙잡아가주고, 사무(사뭇) 붙잡지는 못하고 보고, 그 처자 부지깽이 하고 가주(가지고) 가는데. 아, 갔분(가버린) 뒤에 부지깽이 그것만 자아가주고(잡아갖고) 따라갔어.

　그 처자를 따라가이, 어데 어데 산에 가이꺼래 방석만한 자리에 없어지더란다. 그기 인삼밭이라. 산삼이라. 삼밭인데.

　그래갖고 없어가주고, 거어 없고, 꼬쟁이를 꼽아(꽂아) 놓고, 부지깽이 거어 꼽아 놓고. 이걸[4] 뜯어가주고 집에 와가주고 아침을 해디리고.

　그래 사랑 시아버님한테,

　"아버님요, 사물약취하고(이러저러하고) 지가 간밤에 잠을 안 자고 그

───────────────

4) '인삼'을 말하는 것이다.

래 도장 뒤에서 지켜보이께네 처자가 와가주고 불을 허짓기부고(헤집어 버리고) 가는데 지가 밤에 따라갔심니더. 죽을 요량하고 따라가이 그래 어데 가이 그래 없어지는데 보이 이걸 뜯어 왔다." 카미, 비이거든(보이 거든).

그, 그래, 삼 이푸리(이파리)거든. 그래가주고 큰 머슴아, 작은 머슴아 연장 괭이하고 제구를 쥐케가주고(손에 쥐여서) 시아버지하고 그래 거 찾 아가가주고 캐가주(캐서) 파이께 고마 부자 됐답니다. 부자 돼가 잘 살았 답니다.

친구 배반하고 소 된 사람

자료코드 : 05_18_FOT_20110318_CHS_KOR_0004
조사장소 : 경상북도 의성군 금성면 대리 2리 710번지 마을회관
조사일시 : 2011.3.18
조 사 자 : 천혜숙, 이선호, 권희주, 한지현
제 보 자 : 구옥련, 여, 81세
구연상황 : 제보자에게 더 구연해주길 청했더니, "또 더하라고? 책 한 권 만들따."며 이 이야기를 구연했다. 스님에게 법문으로 들은 이야기라고 나름대로 제목을 붙 인 후에 이야기를 시작했다.
줄 거 리 : 남의 돈을 떼어먹으면 소가 된다는 법문 이야기이다. 옛날에 아주 친한 두 친구가 살았다. 중병에 걸린 한 친구가 다른 친구에게 논밭 문서를 주면서 식구들을 보살펴 달라고 부탁했다. 병든 사람이 완쾌되어 친구에게 맡긴 재 산을 돌려달라고 했지만, 욕심이 난 친구가 돌려주지 않았다. 꼼짝없이 재산 을 잃은 사람은 솔가해서 마을을 떠났다. 이주한 후로 부지런히 노력해서 웬 만큼 살게 되었다. 어느 날 키우던 소가 새끼를 낳았는데, 그 송아지에 재산 을 가로챈 친구의 이름, '왕중조'가 쓰여 있었다. 그 송아지가 친구의 환생인 것을 알고 죽일 작정을 했는데, 그 상황을 알게 된 친구 아들이 찾아왔다. 그 리고는 재산을 돌려주면서 대신 '왕중조'가 쓰인 송아지를 달라고 하여 내주 었다. 아들은 송아지를 데려가 아버지처럼 돌보다가 그 송아지가 죽자 예를

다하여 좋은 곳으로 보냈다. 이 사람은 자신의 재산을 되찾아서 잘 살았다.

옛날에 말이 우리 옛날 어른들 남의 돈 뒷돈 띠먹으면(떼먹으면) 소 된다는 말이 있지요? 소 된다 카는 긴데, 이건 스님 법문인데.

그래 어떤, 이우지(이웃에) 같이 살은 친구가, 아주 친한 친구, 형제겉이 친한 친구가 둘이 살았는데 한 사람이 고마 병 들렸어. 병 들려가주고 암병이라 캐가주고 죽는다고 생각하고,

"친구야, 내 우리 식구하고 이거 친구가 맡아라. 내가 병, 병원 가가주고 수술해 내가 나으마는 이건 나를 주고." 카미,

밭문새(밭문서) 논문새 뭐 다 집문새하고 친구 맽겨놓고 병원 가 수술한다고 했는데, 이 사람이 살았어, 빙(병) 곤치가주고. 살았는데, 이 미덥다고 친구, 친구한테 와여 얘기를 하이꺼네,

"언지(언제) 나를 줬노?" 카더래.

그걸 보고 욕심이 나부려가주고. 그래가주고 인자 꼼짝없이 띠었는데(떼었는데), 동네 동장한테 캐도 안 되고 누구한테 캐도,

"그 사람이 그럴 사람이 아인데."

막 이카는 기라.

그래 고마 띠이가주고, 이제 살길이 없어가주고 고마 식구끼리 보따리 짊어지고 '어느 골짜아로 어데 가 얻어먹어도 어데 가 사지' 카미 갔부랬어. 어떤(어느) 동네, 어더로 갔부랬는데.

그래 이 사람들이 가가주고 또 어예 알뜰히 해가주고 뭐 쪼매(조금) 벌어가주고 또 뭐 참 초가집도 사고 뭐 이래 살기가 됐어 이제. 송아지 한마리도 사고. 그래 송아지 한 마리 사이(사니) 일 년을 믹여 키워놓으이까송아지 또 낳았거든. 송아지를 낳았는데, 송아지한테 이름 석 자가 쓰있더래. 제 친구 이름이요. 왕정존데. 임금 왕자(王字), 가운데 중자(中字), 주인 주자(主字). 왕중조, 이름이 딱 쓰있더래, 한자로.

그래가주 이상시럽어가(이상스러워서) 송아질 보고,

"송아지야 송아지야, 니가 왕중조냐?" 카이,

"으웨으웨." 카더라네, 송아지가.

그카고 그래 있다이까네, 또 어느 날 인제,

"니가 왕중조 같으면 내 손에 죽어야 된다. 내가 너를 죽여도 기냥 죽일 게 아이고 너를 쥑이가주고 불포(불고기) 해먹을 기다."

하도 분해가주고 안 카나. 그카이꺼네 송아지가 눈물 뚝뚝 뚜끼더란다(떨어뜨리더란다). '음메' 카면서러.

그래 있다이꺼네, 하 또 어느 날 낼 모레 카머 날을 받아 놨다. 이제 송아지 죽이는 날이라고 날을 받아놨는데, 낼 모레쯤 되면 송아지 죽을 날인데 왕중조 아들이 왔더래요. 아들이 와가주고, 어예 어예 물어가 찾아왔다 카민서 와가주고 그래 이 양반한테 절을 하며,

"지가 왕중조 아들입니다." 카더란다.

왕중조는 벌써 죽어부렸어. 그 질로 고마 죽었어. 죄 많아가 죽었지.

(조사자 : 그랬구나. 그래서 송아지가 됐구나.)

죽었부고. 소에, 소에 태어났단 말이지. 남의 뒷돈 띠먹으만 소 된다 카는 그 말이 똑바로 그 말인 기라.

그래가 인제 왕정조 아들이 그래 절을 하면서러, 논문새 밭문새 내놓고,

"지가 왕정조 아들입니다." 카매,

"이거 줄 챔이이(참이니) 소를 돌라." 카더란다.

"소, 울아버지 그거 태어났다." 카미,

저 알았어요. 선몽을(현몽을) 대더래요, 밤에 자다이꺼래 아들한테 선몽을 대가주고,

"아무데 아무데 가가주고 아무게 내 친구한테 가가주고 송아지를 몰아오라꼬. 그 내가 소여울로 태어나가 그래 됐다." 카면서,

그래 그카이, 그 논문새 밭문새 다 주는데 안 주겠는교?. 그래 송아지 거어 줬부고. 그래 그 사람은 송아지 몰고 가가주고 그 좀 사다이꺼래(살다 보니), 그 송아지 그 죽으이꺼네 자기 아부지맨트러(아버지처럼) 막 면포베 하고 전부 좋은 거 다 해 입헤가주고 장사 치루고 사십구제 지내고. 그래 인제 저거 아바이도 누명 벗구로 좋은 데 보내주고.

그래 이 사람도 그대로 그대로 인제 논 밭문새로 찾어가주고 잘 사고 그랬답니다.

스님의 효성

자료코드 : 05_18_FOT_20110318_CHS_KOR_0005
조사장소 : 경상북도 의성군 금성면 대리 2리 710번지 마을회관
조사일시 : 2011.3.18
조 사 자 : 천혜숙, 이선호, 권희주, 한지현
제 보 자 : 구옥련, 여, 81세
구연상황 : '친구 배반하고 소가 된 사람' 이야기의 구연이 끝난 후, 구옥련 제보자가 스님 법문 이야기를 하나 더 하겠다면서 이 이야기를 구연했다. 의성 관음사 절의 보살계 수계 법회 때 초청받아 온 제주도 약천사 주지스님으로부터 들은 이야기라고 했다. 청중들이 좋은 이야기라며 깊은 공감을 드러냈다.
줄 거 리 : 아들 낳고 혼자 된 여자가 먹고 살길이 없어 절에 가서 공양주를 하고자 했으나 절의 스님이 거절했다. 하는 수 없이 아기를 절에다 버리고 갔는데, 스님이 아기를 거두어 길렀다. 그 후 여자는 그 절의 신도로 드나들면서 버린 아이를 몰래 지켜보았다. 아이는 잘 자라서 법문 잘 하는 스님으로 널리 알려졌으며, 그 소문이 임금에게까지 알려졌다. 스님의 법문을 들으러 왔던 임금이 부모와 효성에 관한 글귀를 써서 스님에게 보냈다. 그 글을 읽은 스님은 자신을 낳아 준 어머니를 생각하여 찾게 되었고, 결국 죽을 처지에 있던 어머니를 절로 모시고 와서 효성을 다하고 살았다는 이야기이다.

옛날에 시집을 갔는데, 얼라를(아기를) 하나 놓으이 아들인데, 얼라 하나 낳아놓고 양반이 고마 일찍 갔부렀어. 이래가주고 옛날에 머 벌이묵고

살 길, 살 길이 없어가주고, '하, 안 될따. 절에 가여 공양주 해야 될따' 싶어가주고, 절로 찾아갔어.

저 양산 통도사 절 겉은 데 그런 데 찾어가이, 그래 가가주고.

"스님예, 지가 뭐도 잘 하고 뭐도 잘 합니더. 공양주 쫌 시게(시켜) 주이소." 카이,

가마(가만히) 보이 색시가 너무 인물이 일색이라. 또 양산 통도사 겉은 데는 전부 신도들 공부하는 스님이제. '저 스님들 공부하는 데 색시가 너무 잘 나갖고 그것도 지장이 있겠고, 또 얼라도 그 좀 울고 하면 지장이 있겠고, 아무래도 스님들 공부하는 데 지장이 있어 안 되겠다.' 싶어가, 안 된다 캤어. 안 된다 카이,

"스님요, 지가 뭐도 잘 하고 뭐도 잘 하고 반찬하고 잘 한다고 시게 주이소." 카이꺼네, "안 되겠십니더." 카이,

그래 인자 얼랄(아기를) 업고 나갔지. 나가다가 얼라 자이꺼네 고만에 두디기(포대기) 딱 싸가주고 절 문 앞에 뱊에(밖에) 문 뱊에 거다가 딱 자구로(자도록) 고마 싸 놔놓고 갔부랬어, 여자는. 아(아기) 엄마는 갔부렀고. 아아는 거어서(거기서) 자고 있다 낸제(나중에) 울지, 깬께. 우이꺼네 스님이 나와보이 가가 아까 간(갠) 게라, 그 얼라(아기).

"아이구 이늠아, 니캉 내캉 인연인가 보다."

카미, 그걸 안고 들와가지고 인제 스님들한테 우유도 뀛여 믹이고(먹이고) 머도 뀛이 믹이가주고 그걸 키았어요. 키아놓이(키워놓으니) 한 여덟 살 되이꺼네 만날 그 스님들 절에 공부하는 거, 염불하는 거, ○○하는 거 다 보고 아이고 그러이 뭐 잘 하더랍니더. 그기 여덟 살 먹은 것도 일부러 지께고(지껄이고) 이라는데.

그래 공부를 시게가주고 스님이 어에(어찌) 됐노(됐나) 카만(하니), 어디 절마중(절마다) 댕기매(다니며) 나이 차가지고 법문하러 댕깄어, 절에. 그렇기 법문하러 댕깄는데. 하 문은(한 번은) 또 어에가지고 하도 법문 잘

한다꼬 소문이 나가주고 어데 저 저 임금 귀에 드갔어(들어갔어). 임금이, 임금이, 옛날 임금이 그래,

"아무 날 아무 때 어느 절에 법문 잘 하는 그 스님이 거게 와가 법문한단다."

카는 그 소리가 귀에 들와가주고 임금이 거(거기) 가셨어(가셨어). 거 가가주고 스님 법문 하는 거 딱 듣고 그래 집에 와가주고 글귀를 시(세) 글귀를 적어가주고 편지를 적어가주고 이 사람 집에 보냈어, 이 절에.

그래가 스님이 출타했다 오이꺼레(오니까),

"스님예, 스님한테, 스님 편지 왔습니더."

카민서러 보이까레(보이니까), 그래 참 부모에 대해가주고 옛날하고 임금에 대해가지고 써가주고 적어놨는데, 보이꺼레 참 이래 생각커이 잠이 안 온다. 자기 어마이(엄마) 생각에. 어마이 안 낳았을 리가 없잖아.

그래가, 그 어마이가 그래 놓고도 저 어디 골짜아(골짜기) 혼자 오도막집에 사민서러(살면서) 이 절에 댕겼어. 댕기도 어에(어찌) 아노(아는가) 그자? 깐(갓난) 얼랄(아길) 땐 아직 어마이도. 어마이는 '내 아들이다' 카지만도 아들은 모리고(모르고) 이래는데.

하 문은(한 번은) 이 어마시가, 이 옆에 보살님들이,

"아이고, 저 스님 어에 저래 법문을 잘 하시노? 어떤 사람이 저런 아들을 낳았노?"

카미, 이카이꺼네 그만 이 어마시 말했붔어.

"내가 낳았습니다." 이카더란다.

"내 아들입니더." 카더란다.

그래가주고 그 말이 옆에 가고 옆에 가고 하이 낸제(나중에) 스님 귀에 드갔는 기라. 그래 스님 귀에 드가 봐 놓이, 그 소리 듣고 그냥 있었는데, 또 임금 글귀 그거 보고 밤에는 부모 생각나고 밤에 잠 못 이루고. 밤에 고마 나섰대요.

한날 어떤 보살이 와가주고,

"그 할매가 어데 어데 골짝 거기 보살님이 거게 산다."

그래가주고, 가이꺼네 마실에 드가여, 밤은 한참 됐는데, 물으이꺼레(물으니까),

"아이고 그 할매가 오새(요새) 사흘째 불이 없니더."

카더란다, 집에.

그래가주고 그래 갔다. 가이꺼네 보이꺼네 기진역진(氣盡脈盡) 해가주고 그 질로 인자 아들 봐나놓고 죽을라꼬 밥을 안 뭈어(먹었어). 밥 안 묵고 불도 안 쓰고 탁 접치가 누볐는데 이래 보이 자기도 어마이도 모르지만도 고마 어매 소리가 나는 기라.

"어매." 카이꺼레,

그냥 눈을, 이래 눈을 떠보디만,

"아이고, 누가 날 떠러 어매라 카노?"

카미, 눈물 출출 흘리미 기운 없어가주고 막 울지도 못하고 눈물 출출 흘리고 이래.

그래 고마 그 어마이 둘러업고 옛날 초롱불 들고 그래 절에 들어왔대요. 그래 절에 와가주고 방 깨끗하이 방 하나 그거 해 놓고 어마이 이제 거어 놔두고. 막 좋은 것 다 대접하고 잘 잡숫고 하이꺼네 새로 회복 돌아가주고 그래 어마시는 잘 사고 그 스님도 높우기 잘 됐고 그랬답니더.

제 살 베어 남편 풍병 고친 큰내기

자료코드 : 05_18_FOT_20110318_CHS_KOR_0006
조사장소 : 경상북도 의성군 금성면 대리 2리 710번지 마을회관
조사일시 : 2011.3.18
조 사 자 : 천혜숙, 이선호, 권희주, 한지현

제 보 자 : 구옥련, 여, 81세

구연상황 : "또 더 할까"며 묻고는 바로 이어 구연했다. 이 이야기가 끝난 후에 좌중에
서는 옛날에는 혼인을 앞두고 닭꿈을 꾸면 그 혼인은 절대 못 한다고 했다든
지, 소꿈도 좋지 않게 여겼다는 말 등이 오갔다.

줄 거 리 : 홀아버지 밑에서 자란 처녀가 혼인을 두어 달 앞둔 어느 날, 장닭이 자신의
허리에 올라서서 홰를 치는 꿈을 꾸었다. 큰내기인지라 안 좋은 일이 있음을
직감하고 남장을 하고서는 신랑 될 사람의 집을 찾아갔다. 신랑이 풍병을 앓
고 있는 모습을 보고는 자신의 허벅지 살을 베어내어 구워 먹여 병을 낫게
하고는 돌아왔다. 얼마 되지 않아 병이 다 나은 신랑과 혼인을 하고 아들딸
낳고 행복하게 살았는데, 어느 여름날 자신의 허벅지 흉터를 본 남편과 시부
모가 의심하며 쑥덕거렸다. 혼인 전에 자신의 허벅지살을 먹여 치병해준 사
실을 밝히니, 감복한 시부모와 남편이 울며 용서를 빌었다. 그 후 아들딸과
더불어 잘 살았다.

옛날에 선도 안 보고 참 이양묵고(이양먹고)[5] 약혼하고 날짜 받아 시집
갔는데. 거도 어마시는 없고 아바시하고 살았는데. 그 처자를 인제 참 치
우기[6] 됐는데.

날짜는 한 달, 한 두어 달쯤 남았는데, 날짜, 결혼 날짜는. 처자 꿈을
꾸이 꿈이 아주 희안해, 아주 안 좋애. 지녁어(저녁에) 자는데, 처자 자는
데 장닭이 여 허리에 올라서가주고 큰 홰를 치며 우더래요.

'아무래도 이거 무슨 일 있다.' 카민서. 처자도 큰내기라. '아무래도 무
슨 일 있다.'꼬, 자기 꿈을 해석을 해가주고. 신랑 그 참 바지저고리 해 놨
는 거 그걸 입고 머리를 고마 옛날 머리 땋았는 머릴 둘린머리(상투머리)
해가주고. 남자겉이 해가주고 남복을 채려가주고, 아바시한테 이얘기해
놓고, 그 동네를 물어 물어 찾아가는 기라, 신랑 약혼 했는 동네를.

그래 찾아 갔는데, 똑바로 그 집을 찾아 갔는데, 사랑에 가이까 시아버
지가 사랑에 계시고 이런데. 그날도 쪼매(조금) 저물 때 가이 저녁 때 되

---

5) 경상도 지역에서 서로 혼약한 것을 '이양(이약) 먹는다'라고 표현한다. 그 어원은 아직
정확히 밝혀지지 않았다.
6) '치우게'로 '시집보내게'의 속된 표현이다.

이 저녁도 들루코(들이고) 저녁 먹고 그러고 하룻밤 자기가(자게) 됐는데.

"그래 이 마실에(마을에) 어디 환자가 없십니꺼?"

그 처자가 물었어, 시아버지한테. 물으이꺼레 그래 자기 아들이 환자라 카더란다. 풍병이, 바람빙이 들었단다. 그래가주고,

"볼 수 있나?" 카이,

"볼 수 있다." 카네.

"그래 저짝 방에 가면 있다." 캐가주고,

"그라만 제 시키는 대로 하이소. 지가 병을 고칠 챔이이(참이니), 화리에다(화로에다) 화리 숯불 피워가주고 칼 갈아가주고 그래 돌라." 카더란다.

그래가 돌라 카는대로 해주이까네 적수(적쇠) 하고, 적수 하고 다 갖다 주이까네, 다리 신더벅지(허벅지) 자기 꺼를 삐지가주고(빚어서). 큰내기라 카이. 신더벅지 삐지가주고 불포를 했는 기라[7] 고기맨터로(고기처럼) 불 포를 해가지고. 그래가 그 환자를 쪼매끔(조금씩) 쪼매끔 믹이고(먹이고), 한 이틀 믹이고 나이까네 뜨물이 나온다 카데.

(조사자 : 뭐가?)

몸에 뜨물 겉은 기 나온다 카데.

(조사자 : 아, 뜨물. 아, 네.)

그래 마카(모두) 씰고 닦고 청소를 하고 한 사흘 지내고 다 믹에(먹여) 놓고는 이제,

"어에 돼도(어떻게 되어도) 이제 음석을(음식을) 마이 주지 마고, 우야고 우야고." 카미,

다 시게(시켜) 놓고 난 다음에 지는 왔부렀지.

그래 거 병 곤치가주고 그 날짜 되이 또 잔칫날 되이 참 초행 치르는데

---

7) 불고기처럼 불에 구웠다는 의미이다.

그 사람 다 곤치가주고(고쳐서) 왔더래요.

그래가 살았거든. 살았는데, 아들 놓고(낳고) 딸 놓고 살았는데. 이 사람이 또 면서기를 했단다, 그럴 찍에(적에). 그래가 아들 놓고 딸 놓고 살았는데.

어에가지고 면, 참 나이되고 하마 아(아이) 서넛은 놓고 하면 쫌 미덥잖아, 양반이라도. 그럼 여름 되만 옷을 벗어가주고 비있어(보였어), 숭터가(흉터가). 비있거러, 비있는데, 그 양반이 보고 그걸로 탈로 잡어. '무슨 병을 앓아가 저런가 어얀가?' 싶어가, 그걸 인제 자기 어마시하고 쑥떡거리고 이얘길 하거든.

낸제(나중에) 보이 아, 자기 귀에 들어와가주고 '아 이래가 안되겠다.' 싶어가, 그래가주고 시아바이하고 시어마이하고 신랑하고 다 모다놓고(모아놓고) 지가 이야기를 했대요. 딱 날짜까지 딱딱 시간까지 딱딱 해가주고, 옛날 어느 날 어는 때 둘른머리 해었고 지가 와가주고 이 양반 병 고칬찮냐꼬.

"지는 그래가 신더벅지가 비가주고 그래 난 숭터다(흉터이다)." 카더란다.

막 잘못됐다고 용서해 돌라꼬, 시어머니 시아바이 절을 하고 울고 하더라만. 이 양반하고 마. 그 안, 무암(모함) 안 덮허씰라고 모리면. 숭터가 많잖아, 여 딱 비뿌이꺼네(베어버리니까). 그랬답니다.

큰내기라 카이. 그래가주 아들 딸하고 잘 살았답니다.

새비실 지명 유래 (1)

자료코드 : 05_18_FOT_20110318_CHS_KOR_0007
조사장소 : 경상북도 의성군 금성면 대리 2리 710번지 마을회관
조사일시 : 2011.3.18

조 사 자 : 천혜숙, 이선호, 권희주, 한지현

제보자 1 : 구옥련, 여, 81세

제보자 2 : 김정곤, 여, 78세

구연상황 : 마을에 큰 인물이 없었느냐는 조사자의 질문에 육군 준장이 났다고 했다. 그
가 별자리가 되었을 때 동네에서 잔치를 성대하게 했다는 이야기를 서로 나
누었다. 그러던 중에 제보자가 이 이야기를 구연했다.

줄 거 리 : 대리 2리의 동네 이름은 원래 '새비실'이다. 옛날에 새로 벼슬한 사람이 났다
는 말이며, '비실'이라고도 불린다. 벼슬한 사람이 진성 이씨라는 말도 있지
만, 현재 진성 이씨의 후손은 이곳에 살지 않는다.

이 동네는 대리 2동인데 동네 이름이 새비실이거든요.

(조사자 : 새비실.)

새비실, 옛날에 새 비슬(벼슬) 했는 사람이 났다꼬, 그래 새비실이라꼬
해요.

(조사자 : 아 새 비실, 예.)

옛날에 새로 비슬 했는 사람 났다꼬 새비실.

(제보자 2 : 벼슬했는 사람이 진성 이씨.)

(조사자 : 아, 그래요? 옛날에?)

(제보자 2 : 진성 이씨. 그래가주고 동네이름이 새비실이 됐다. 진성 이
씨가 저 저, 저 저 뭐고, 도산서원 이퇴계 선생이 진성 이씨지.)

(조사자 : 예 맞습니다. 이퇴계 선생이 진성 이씹니다. 예. 그 후손은 지
금 여기는 살지는 않겠네요.)

(제보자 2 : 여는(여기는) 잘 없어.)

좋아하는 꽃 물어 며느리 고른 원님

자료코드 : 05_18_FOT_20110409_CHS_KOR_0001

조사장소 : 경상북도 의성군 금성면 대리 2리 710번지 마을회관

조사일시 : 2011.4.9

조 사 자 : 천혜숙, 백민정, 한지현, 강찬

제 보 자 : 구옥련, 여, 81세

구연상황 : 마을에 갈치 파는 장사꾼이 오자, 경로당에 있는 할머니들이 밖으로 나갔다. 유일하게 제보자만이 조사자들과 함께 경로당에 남았다. 이때 제보자는 지난 번 1차 조사 시에 미처 하지 못했던 이야기를 준비해 놓고 있었던 듯, 이 이 야기를 들려주었다.

줄 거 리 : 옛날에 어느 고을 원님이 며느리를 뽑기 위해 고을의 처녀들을 모두 불러 모 았다. 어떤 꽃이 제일 좋은가 차례로 물었더니, 가난한 집 처녀가 목화꽃이 제일 좋다고 답했다. 그 이유를 묻자 귀한 몸을 가리는 꽃이기 때문이라 답 하였다. 이에 '큰내기'라고 판단하여 그 처녀를 며느리로 삼았다.

옛날에 고을에 원님이 이제 며느리 볼라 카니, 볼라꼬 어는(어느) 골에 가이, 샘에 물 길러 온 아가씨가, 막 처녀들이 밍이나(몇이나) 있는데. 그 래, 그 처녀들 가는 데를 거 얘기해가주고, 마을에 얘기해가주고,

"거 좀 인도해라." 카이,

그래가주 가가주 처녀들 밍이 불러와가 쭉 밍이 앉았는데, 부잣집 처녀 도 있고 가난한 집 처녀도 있는데. 그래 인제, 수단 좋고 그재? 통 너린 (넓은) 거를 며느리 볼라꼬, 며느리 볼라고, 그래 인제.

(조사자 : 수단 좋은 사람? 수단 좋고 뭐한 사람?)

수단 좋고 인자 통큰 내기를 며느리 볼라꼬, 인제 그래 인제 고을원님 이 인제 처녀들한테 인제 문답을 하는 기라, 그래 처녀들한테.

(조사자 : 뭐라고?)

처녀들한테 인제,

"꽃 중에 무슨 꽃이 제일 크고 좋으노?" 카미 묻거든.

그래 부잣집 딸 또 하내이(하나는),

"사랑 앞에 목단꽃이 크고 좋습니다." 카고.

또 한 처녀도 또 뭐,

"무슨 꽃이 좋습니다." 카고.

제일 가난한 집 처녀는,

"목화꽃이 제일 크고 좋습니다." 이카거든.

"그래, 목화꽃이 어째 그래 좋으노?" 카이.

"일천천금 이 몸을 기루는(가리는) 이 목화꽃이 안 좋습니까?" 카이,

옛날에 목화꽃 그 비(베) 해가 전부 옷 입고 안 했나. 그 그 그, 큰내기라. 그래가주고 무릎팍 탁 치미(치며) 인자 그 사람을 며느리 봤단다. 제일 가난한 집 처녀, 수단 좋고 통이 너르고.

목 끊어 금성산에 묘 쓰고 부자 된 사람

자료코드 : 05_18_FOT_20110401_CHS_KTS_0001
조사장소 : 경상북도 의성군 금성면 운곡리 200번지 운곡경로회관
조사일시 : 2011.4.1
조 사 자 : 천혜숙, 백민정, 한지현, 차정경
제 보 자 : 김태순, 여, 77세
구연상황 : 노래판이 거의 끝나가는 분위기에서 제보자들은 마을에 관한 이야기를 하기 시작했다. 마을회관에서 정면으로 바라다보이는 잘 생긴 산에 관해서 묻자 그 것이 바로 '금성산'이라고 했다. 그 산에 묘를 쓰고 벼락부자가 된 청로 사람 이야기라며 구연을 시작했다.
줄 거 리 : 청로 어느 댁에서 어른이 죽자 목을 끊어 금성산에 묘를 썼다. 그러고 나서 그 집은 벼락부자가 되었다. 또 공군 장교가 헬리콥터로 와서 부모 중 한 분 의 묘를 썼다는 말도 있다.

(조사자 : 이 산에 이름이 있습니까, 앞산?)

예, 여어(여기) 금성산.

(조사자 : 아, 여기가 금성산.)

○○○ 그 어른이 돌아가시고 목 끊어가 저어(저기) 썼거든. 비락부자 (벼락부자) 됐어. 그래가 그거 어예(어떻게) 알고.

(조사자 : 청로에?)

응, 청로.

그래가 거서 파가주고,

[목소리가 작아서 청취 불능]

그 집은 아주 유명하기 잘 살았어.

(조사자 : 그랬는데도 계속 부자가, 부자를 유지했는가요?)

그 그, 맹 그, 그 살림살이, 유지하고 살았어. 그라고는 못 쓰고(다른 사람들은 묘를 못 쓰고).

저게 인제 아주 높은 공군장교가, 엄마를 썼다 카는지, 아부지를 썼다 카는지, 묘 하나 있어.

(조사자 : 또 하나 있어요?)

헬리콥타로 와가주고 썼다 카데.

빈대 때문에 옮긴 수정사 절터

자료코드 : 05_18_FOT_20110416_CHS_KHS_0001
조사장소 : 경상북도 의성군 금성면 운곡리 261-1번지 김호생 씨 자택
조사일시 : 2011.4.16
조 사 자 : 천혜숙, 백민정, 한지현
제 보 자 : 김호생, 남, 79세
구연상황 : 잠시 공백이 흘렀다. 이때 조사자가 주변에 빈대로 망한 절터가 있는가 물었더니, 바로 이 이야기를 구연하였다.
줄 거 리 : 오래전 절골에 수정사라는 절이 있었다. 그러나 빈대 때문에 망하여 현재의 터로 옮겼다는 설이 있다. 물이 없어서 망했다는 설도 있다.

절골 카는 데, 이 이 골에 가면 있어. 절골이라고 있어. 빈대 때밀에(때문에) 망했는 게 아이고, 물이 없어 망았다(망했다) 카는 수도 있고. 그래 그래 뭐 우에(어떻게) 된동(됐는지) 몰래. 말로는 빈대가 하도 많애가지고

저 수정사로 욍겼다(옮겼다) 카거든. 이 절골에 있던 절이 저 너메 수정사라고 큰 절이 있어. 여게 있다가 그리 욍겼다 카고.

또 어떤 사람은 물이 없어가 욍겼다 카고 카는데, 몰래 그 뭐, 하두 오래 돼노이 뭐 아나 뭐? 그래 뭐, 몇 백 년 됐는동.

(청중 : 물은 옛날에는 지일 때는 물이 있었지. 그기 없, 절이 없앴부이, 물, 물도 ○○ 없앴부고 하니 지절로 고만 물이 딴 데로 돌렸붔는 거지.)

목화씨를 처음 심은 동래 정씨

자료코드 : 05_18_FOT_20110409_CHS_SMS_0001
조사장소 : 경상북도 의성군 금성면 대리 2리에서 금성면 운곡리로 가는 택시 안
조사일시 : 2011.4.9
조 사 자 : 천혜숙, 백민정, 한지현, 강찬
제 보 자 : 심무섭, 남, 68세
구연상황 : 조사자들은 다음 조사지인 운곡리로 가면서, 차편이 마땅치 않아 대리 2리 이장이 운행하는 개인택시를 이용하였다. 택시를 타고 운곡리로 이동하는 길에 문익점 면작기념비(文益漸綿作記念碑)가 있었다. 조사자가 문익점 면작기념비에 대해 궁금해하자, 운전하면서 자연스레 이야기를 들려주었다.
줄 거 리 : 우리나라에 목화씨를 처음 가져온 사람은 문익점이지만, 처음 심은 사람은 문익점의 부인인 동래 정씨이다.

문익점이 왜 여 왔냐면은 문익점 선생이, 문익점은 성이 문씨거든. 근데 문씨의, 문익점 선생의 부인이 동래 정씨라. 이 안에 여 가면 동래 정씨가 집성촌으로 많다고. 사는데 그 처가댁에서러 와가주고.

가오기는(가져오기는) 문익점이 가왔지만 심는 거는 동래 정씨에서 심았다, 심었어. 그래가지고 뭐 좀 시끄러웠어. 가오기는 가와도 심기는 우리가 심었다느니, 뭐 이런 이얘기가 많이 있었어.

새비실 지명 유래 (2)

자료코드 : 05_18_FOT_20110409_CHS_SMS_0002
조사장소 : 경상북도 의성군 금성면 운곡리에서 금성면 탑리역으로 가는 택시 안
조사일시 : 2011.4.9
조 사 자 : 천혜숙, 백민정, 한지현, 강찬
제 보 자 : 심무섭, 남, 68세
구연상황 : 금성면 운곡리에서 조사를 끝낸 뒤 탑리 기차역으로 이동하면서도, 차편이
　　　　　마땅치 않아서 대리 2리 이장의 개인택시를 한 번 더 이용했다. 택시 안에서
　　　　　금성산을 바라보면서, 대리 2리에 호랑이 이야기가 전해지는지 물었다. 운전
　　　　　하던 제보자가 이 지명 유래담을 구연해 주었다.
줄 거 리 : 새비실은 새 벼슬이 났다는 뜻에서 '새벼슬'이라 부르다가 이후 '새비실'이
　　　　　되었다.

　우리는 원래 옛날에, 거게가(거기가) 대리 2리가, 오새(요새)는 속칭이
새비실, 이카거든. 샙, 새비실, 안 새, 바깥 새 아이고, 새비실.

　"어데 있노?" 카만,

　"새비실에 있다." 카만 다 알아.

　아는데 그 행정상으로는 대리 2리거든.

　이 왜 새비실이고 커면은, 우리는 잘 모르는데 어른들 이야기가, 거기
우리 고 아까 분에(전에) 회관에 있는 고 안 마을에, 안 길에 새 벼슬이
났다고, 새 벼슬 새 벼슬 캤는 기 새비실 됐다 이래 됐는 기라.

금성산에 묘 쓰고 부자 된 사람

자료코드 : 05_18_FOT_20110409_CHS_SMS_0003
조사장소 : 경상북도 의성군 금성면 운곡리에서 탑리역으로 가는 택시 안
조사일시 : 2011.4.9
조 사 자 : 천혜숙, 백민정, 한지현, 강찬
제 보 자 : 심무섭, 남, 68세

구연상황 : 조사자 일행을 태우고 운전하면서 '새비실 지명 유래 (1)' 이야기를 들려주었다. 마을에 묘를 잘 써서 부자 된 사람이 있는지 다시 물어보았더니, 제보자는 금성산에 묘를 써서 부자가 된 우종걸 영감 이야기를 구연했다. 이야기가 끝난 뒤에는 금성산에 관한 부연설명이 이어졌다.
줄 거 리 : 금성산에 묘를 쓰면 부자가 된다는 말이 있다. 하지만 묘를 쓰고 나서는 가뭄이 들기 때문에 사람들은 묘를 파곤 했다. 옛날에 의성 김씨 우종걸 영감 댁에서는 널을 묻고 그 위에 개 뼈를 덮는 묘책을 이용해서 금성산 정상에 묘를 썼다. 묘를 쓴 이후로 비가 오지 않자 금성, 가음, 춘산, 사곡의 4개 면 내 사람들이 산에 올라가 묘를 파냈다. 개 뼈를 유골로 오인하고 묘 파내기를 마무리했다. 그래도 가뭄이 계속되자 다시 올라가 깊이 있는 묘를 파냈다. 그런데도 그 집은 부자가 되었다.

우리 마을에는 묘 써가주고 부자 됐단 말은 없고, 금성산에 묘 쓰면은 부자 된다 캤거든.

저 저 저기(금성산) 저기 묘를 써버리면은 비가 안 와요, 비가, 비가 안 와가주고. 이 저 산 있는, 저저 저 산이 금성면, 가음면, 춘산면, 사곡면, 옥산면은, 옥산은 안 될, 사곡, 사(4) 개 면이 접해가 저 산을 둘러싸고 있는데.

우리 어릴 때 산에 묘 파러 마이(많이) 갔거든. 묘, 묘 파면, 묘 써놓으면 비가 안 온다 이래가주고 비만 안 오면 인제 묘 파러 인제 사 개 면에서 저어 올라가고 마이 했는데.

옛날에 그 여, 우리 여기에 의성 김씨 우종걸 영감댁에서 그 묘를 써가주고, 저 산 정상에 써가주고, 에, 하도 비가 안 와가주고 가가(가서) 전부 팠어, 팠는데. 저 집에서는 인제 본 그 유골은 밑에 옇고 그 담에 한층 묻었부고, 그 우에 개뼉다귀(뼈다귀) 겉은(같은) 거 이렇게 뭐 해놓고 인제 덮어 놨거던.

그러이 모르고 파면, 첨머이(처음에) 팠을 때는 개뼉다귀 겉은 이기 사람 인골인 줄 알고 그냥 파고 치았어(치웠어). 치았는데 늦게 맹 또 그래가[8] 또 파가주고 인제 마지막 인골 다 파냈는데, 그 집에 딱 부자 됐거든.

그 그는(그런) 이야기는 있어, 저기 그 산에.

토끼 잡아먹으려다 아들 잡아먹은 부부

자료코드 : 05_18_FOT_20110401_CHS_JBN_0001
조사장소 : 경상북도 의성군 금성면 운곡리 200번지 운곡경로회관
조사일시 : 2011.4.1
조 사 자 : 천혜숙, 백민정, 한지현, 차정경
제 보 자 : 정복남, 여, 88세
구연상황 : 김태순 씨가 김선이 씨를 향해 "금곡영감이(김선이 씨의 남편) '김정승 이정
승 나오는 옛날 이야기'를 잘 하지 않았냐?"고 물으며 이야기를 청했다. 기억
이 선뜻 나지 않아 머뭇거리는 김선이 씨를 대신하여 제보자가 이야기를 구
연하였다.
줄 거 리 : 옛날에 할머니가 산에서 토끼 한 마리를 잡아서 매어놓았다. 토끼 잡을 물을
끓이고 있을 동안 토끼가 방에 누워있던 아이를 솥에 집어 넣어버렸다. 이를
모르고 할머니는 그것을 푹 고아서는 양푼이에 담아 상에 내놓았다. 영감이
양푼이 안에 있던 고기를 보고는 모양이 꼭 아들의 고추와 같다고 했다. 어
리석은 할머니는 토끼의 고추도 그렇다고 대답했다. 다시 영감이 고기를 보
고 아이의 손과 똑 닮았다고 했지만, 할머니는 여전히 별일 아닌 듯이 답했
다. 그때 지붕 위에 올라가 있는 토끼를 보았다. 이미 아이를 먹어버린 영감
이 속상한 나머지 토끼를 잡으려 지붕에 불을 질렀다. 토끼는 "내 좆 봐라"
라고 영감을 놀리면서 달아났다.

옛날에 옛날 쪼맨할(자그마할) 때 산에 올라가이 토깨이를 한 마리를
잡아놔아놓이꺼세, 붙들어 매놔. 토깨이 잡을라고 물 끓이다(끓이다) 보이
꺼네, 요놈 토깨이가 방아(방에) 눕은 아아를(아기를) 갖다가 솥에 옇어뿌
렸어.

이제 할마이는 모리고(모르고) 꼰다. 꽈아가주 가주(가지고) 와여. 떠가
(떠서) 보이 영감이,

---

8) 여전히 비가 안 오고 가물었다는 의미이다.

(청중 : "영감님요, 영감님요." 칸다, 이제.)

그래, 그래, 양푼이에 퍼다 노이,

"요거 꼭 우리 알라(아이) 자지 겉다." 카이,

"토깨이 자지 본데(원래) 여사(예사) 그리라(그렇다)." 카고, 또,

"요거 우리 애, 저 아무개 손 같다." 카이,

"토깨이 손 여사 그리라." 카이.

할마이가, 옛날 하도 어리석다 말이라.

그랬는데, 토깨이가 지붕코에 올라가가, 저 그래가주고 보이(보니) 토깨이가 지붕코에 있거든. 아아는(아이는) 먹었붔다. 그래가 영감 속상해가지고 그만 불 질렀붔다, 지붕걸. 옛날에 고오 지붕 우에 있는 거 불 질러뿌이, 집 타이(타니까) 토깨이가 폴짝 폴짝 뛰이.

"조놈우 영감 보래(봐라). 지 아아(아이) 지 잡아먹고, 지 집 불 지른다."

[청중 웃음]

(청중 : 그래가 저 뒤, 뒷산으로 뛰이가미.)

"내 좆 봐라." 칸다.

[청중 웃음]

토깨이 잡을라 카이,

"에이, 영감아, 아나(옜다) 내 좆 봐라."

카고 달라(달아나) 갔붔다(가버렸다).

[청중 웃음]

팥죽 할머니 잡아먹은 호랑이

자료코드 : 05_18_FOT_20110401_CHS_JBN_0002
조사장소 : 경상북도 의성군 금성면 운곡리 200번지 운곡경로회관
조사일시 : 2011.4.1

조 사 자 : 천혜숙, 백민정, 한지현, 차정경

제 보 자 : 정복남, 여, 88세

구연상황 : '토끼 잡아먹으려다 아이 잡아먹은 부부' 이야기가 끝나고 계속해서 구연한
이야기이다. 구연이 끝난 후, 김태순 씨가 '호랑이가 자기 손을 토란잎에 싸
서 아이들에게 엄마 손이라며 들이미는 이야기'도 있다며 덧붙이려 하자, 제
보자가 그건 다른 이야기라고 일축했다.

줄 거 리 : 옛날에 할머니가 손수 만든 팥죽을 머리에 이고 딸네 집으로 가고 있었다.
호랑이가 나타나 팥죽 한 그릇을 주면 잡아먹지 않는다고 위협하자 할머니는
호랑이에게 팥죽을 내주었다. 팥죽을 다 준 뒤, 더 줄 게 없어진 할머니는 결
국 본인의 두 팔과 두 다리까지 차례로 떼주었다. 팔다리가 없어진 할머니는
결국 딸네 집에 가지 못하고 호랑이에게 잡아먹혔다.

옛날에, 옛날에 할마이가, 할마이가 인제 팥죽해가수고 한 버지기 이고,
이제 딸네 집에 간다고, 등너메, 등너메 간다고. 미희 자꾸 해도(해달라)
카더마는.[9] 가다이꺼세(가다니까) 호랭이가 나와서,

"할마이, 할마이, 그거 이고 가는 거 뭐고?" 카이,

"팥죽." 카이,

"팥죽 한 그릇 주면 안 자아먹지(잡아먹지)." 캐가,

또 팥죽 한 그릇 자(줘). 또 넘으이 또 그캐, 또 한 그릇 줬거든. 이놈
팥죽 다 머었봤다(먹어버렸다). 다 머어(먹어) 버지기 내삐리뿌고(내버리
고) 이제 덜렁덜렁 가이,

"할마이, 할마이, 덜렁덜렁 걷는 거 뭐고?"

"팔." 이라 카이,

"그거 하나 띠(떼어) 주면 안 자아먹지."

또 띠(떼어) 잤봤다(줘버렸다). 그러이 이얘기제.

그래가 또 다 띠 잤부이꺼세 고마 내주에는(나중에는) 호랑이, 고마 팔
이하고(팔하고) 다 띠뿌이꺼세(떼버리고) 똘똘 구부이(구부니), 고만에 호

---

[9] 손녀딸이 자꾸 이 이야기를 해 달라고 졸랐던 일이 생각난 듯하다.

래이가 고만 자아(잡아) 멌붔다. 딸네 집은 못 가고 자아(잡아) 믹혔붔다
(먹혀버렸다).

미녀 탐내다 호랑이에게 잡아먹힌 중

자료코드 : 05_18_FOT_20110401_CHS_JBN_0003
조사장소 : 경상북도 의성군 금성면 운곡리 200번지 운곡경로회관
조사일시 : 2011.4.1
조 사 자 : 천혜숙, 백민정, 한지현, 차정경
제 보 자 : 정복남, 여, 88세
구연상황 : '팥죽 할머니 잡아먹은 호랑이' 이야기가 끝나고 좌중이 유사한 이야기들을
　　　　　 꺼내면서 분위기가 산만해졌다. 이때 제보자가 큰소리로 다른 호랑이 이야기
　　　　　 를 구연하였다.
줄 거 리 : 옛날에 어느 부부가 딸을 하나 낳았는데, 인물이 너무 좋아서 시집보낼 데가
　　　　　 없었다. 부부는 부처에게 가서 시집보낼 데를 물어보았는데, 그럴 때마다 부
　　　　　 처 뒤에서 듣고 있던 중이 부처의 말인 것처럼 속여서 중에게 주라고 했다.
　　　　　 부부가 고민 끝에 그 절의 중에게 딸을 시집보냈다. 중은 색시를 궤짝에 넣
　　　　　 어 숨기고는 둘이만 살려고 깊은 골짜기로 들어갔다. 마침 상처(喪妻)를 한
　　　　　 왕이 사냥을 나왔다가 서기가 크게 비치는 것을 보고 따라가 보게 했다. 군
　　　　　 사들이 들이닥치자 중은 겁이 나서 도망가버렸다. 왕은 궤짝 안에 갇혀 있던
　　　　　 절세미녀를 왕비로 삼고, 호랑이 한 마리를 대신 궤짝에 넣어두었다. 돌아온
　　　　　 중이 색시를 꺼내려고 궤짝 문을 열었다가, 안에 있던 호랑이에게 잡아먹히
　　　　　 고 말았다. 공은 닦은 대로 가고 죄는 지은 대로 간다는 옛말이 있다.

　옛날에 옛날에 이늠우 딸을 하나 낳았는데, 하도 인물이 있어가주고 만
날(매일), 하늘에 치울라(치우려고) 카마(하면) 높아 못 치우고, 땅에 치울
라 카마 먼지 묻을까 봐 못 치우고.
　만날 부처 앞에 가여(가서),
　"부처님, 어야든동(어떻게 하든지간에) 우리 딸, 그래, 그런 데로 치아
(치워) 돌라(달라)." 카이,

그래 만날 부처 뒤에서 듣던 중이,

"니 딸 상부 중 줘라." 카거든.

만날, 니 딸 상부 중 줘라 그래.

딸 치울 때 되이, 하도 인물이 있어가, 인제 할 수 없어가 인제 부처 말 듣는다고 절에 와가주고 상부 중 좌뺐다(줘버렸다). 좌뿌이 이 중이 거어10) 있으마 뺏겔 게고. 하꼬에다(상자에다)11) 색실 옇어가 짊어지고 인제 골짜기 첩첩산중에 가 혼자 사, 둘이 살러 가다이(가다 보니),

임금이 인제 상체했부고(상처해버리고) 인제 저 사영하러(사냥하러) 인제 부하들 디리고 가이(가니), 어느 골짝에 가이 뭐 서기가 쫙 뻗쳐있으이꺼세,

"여봐라, 저 뭐고 가봐라." 카이꺼세,

인제 그런 사람들 오면 옛날엔 설설 매잖아. 고만 하꼬를 놔두고 고마 달라(달아나) 갔붔어.

"여 뒤에 귀짝이(궤짝이) 있다." 카이,

"그 귀짝이 뭔고, 들셔 봐라." 카이,

보이, 참 달겉은 색시거든. 그래가 고만 그 왕비로 가주(가지고) 갔부이.12) 그랬부고 인제 호랭이 잡았는 걸 그 귀에(궤에) 옇어놨부고 색시를 디리(데리고) 갔부이,

고만 호랭이 나가가주고 고만 중,

[말을 바꾸면서]

아, 그래가,

"엄머이(어머나) 무섭지, 난 무섭더라." 카이,13)

---

10) 절을 가리킨다.
11) 'はこ'로 '상자'라는 의미의 일본어이다.
12) '데리고 가버렸다'는 의미로 말한 것이다.
13) 도망갔던 중이 궤 속의 색시에게 한 말이다.

문 요래 열고 싸그래뿌이, 그카는데 뭘 또 그래 했노?

가다 어데 가서 둘이 살라고 보이, 내놔 보이 호랭이라가(호랑이여서) 자아믹혀(잡아먹혀) 버렸잖아.

그러이꺼세 공은 닦은 대로 가고, 지는(죄는) 진(지은) 대로 간다, 옛날에.

희치골 산신의 영험

자료코드 : 05_18_FOT_20110401_CHS_JBN_0004

조사장소 : 경상북도 의성군 금성면 운곡리 200번지 운곡경로회관

조사일시 : 2011.4.1

조 사 자 : 천혜숙, 백민정, 한지현, 차정경

제 보 자 : 정복남, 여, 88세

구연상황 : 조사자가 동신제를 지내는지 묻자 제보자가 옛날에는 있었는데 지금은 없어 졌다고 했다. 청중들 사이에 '신당이 있다' 또는 '없다'고 논쟁이 벌어지기도 했다. 옛날 희치골 산신이 영검했다면서 이 이야기를 들려주었다.

줄 거 리 : 옛날에 희치골 산신이 영험이 있었다. 약 2백여 년 전까지만 해도 마을 머슴들이 '회초' 할 때면, 희치골 신령께 제사를 지내는 습속이 있었다. 한 해는 짓궂은 머슴들이 제사 지내면서 "매일 개 한 마리씩 물방천방에 물어다 갖다 놔 달라."고 빌었다. 그랬더니 매일 동네 개가 한 마리씩 없어져 그곳에 가 있었다. 머슴들이 잘못을 비는 제사를 다시 올렸다.

옛날에 여, 여게 인제, 저 머슴들 있잖아, 머슴들 있었는데. 여여 희치 골 카는 데, 그 희치골이라꼬, 희치(회초) 먹거든요.14) 머슴들 여름에 막 떡 해가, 희치 먹잖아.

(조사자 : 희치, 예, 예.)

그런 데에 갔는데 희치골 골짜아 가면 못 있는데 바우(바위)가 이래 있

---

14) 회초를 '희치'라고 하는 것을 보면 희치골이란 지명도 머슴들이 회초를 한 골이란 데서 유래된 것으로 보인다.

는데,

　[두 팔을 둥글게 해서 앞으로 펴면서 평평한 단 모양을 만들어 보이며]
　요 요 이래 바우 거머이(까맣게) 있는 데 요 쪼매 요런 거 있다. 그런데, 니 안 가 봐 모린다(모른다). 거게 옛날 호래이 있다 캤거든.

　그런데, 인제 머슴들이 인제 떡 해가주 인제 마이 큰 집에 가면 인제 산에 대고 술 하고 가주(가지고) 가가(가서) 제사지내러 간다 카이. 제사지내러 갔는데, 옛날에 우리 할배네 때, 그 뭐 한 백 년 벌써 넘었지. 이백 년 될라? 우리 할배네 때.

　(청중 : 산음골 카는 데 거어 뭐가 있어도 있어, 무섭어.)

　그래가 지내러 가마 인제 머슴들이 지질궂인(짖궂은) 머슴이 거어 가 제사 지내마(지내면서),

　"신령님, 어야든동 그 저 이래 지내거들랑 하루 개 한 마리쓱(마리씩) 물어다 주고."

　물방천방 카는 데, 우리 논 그 물방천방이라 캐. 개 한 마리 물방천방 갖다 물어다 놓으라 캐노이, 이늠 하루 지녁어(저녁에) 자고 일나이 동네 개 한 마리 또 거 갖다 물어다 놓고.

　(청중 : 우야꼬.)

　그래가주 인제 참말로, 그 사람들이 거어 가 또 새로 제사 지내고. 잘못 됐다꼬. 그래가 고마 그래 지녁마중(저녁마다) 개 한 마리 그 동네 꺼 물어다 거 갖다 놔뻐리고. 그 참 옛날 희안하지.

축지법을 한 이친 할배

자료코드 : 05_18_FOT_20110401_CHS_JBN_0005
조사장소 : 경상북도 의성군 금성면 운곡리 200번지 운곡경로회관
조사일시 : 2011.4.1

조 사 자 : 천혜숙, 백민정, 한지현, 차정경

제 보 자 : 정복남, 여, 88세

구연상황 : 앞 이야기('호랑이 본 경험담 (2)')에서 호랑이가 축지법을 쓴 것처럼 빠르다
는 말과 함께 "그 영감 택호 뭐로?"라고 하면서 마을에서 축지법을 했다는
이친 할배 전설을 구연하기 시작했다.

줄 거 리 : 송하 아버지인 이친 할배는 축지법을 쓸 줄 알았다. 축지법을 써서 잠깐 백
리를 갈 수 있었다. 의병대장으로도 활약했다.

(청중 : 그 영감 택호 뭐로?)

이친 할배.

(청중 : 이친이가?)

그 저저 송하 적아부지, 이친 할배.

(조사자 : 아, 이친 할배.)

그 그전에 그 대동재 아릿채(아랫채), 아릿채 타넘었다는데 뭐.

(청중 : 축지법 했거든요. ○○○○○ 백 리 저 잠시 갔붰다. 축지법 해
가주고. ○○○○)

그때 의병대장질 했거든.

(조사자 : 아 그분이요? 아하.)

예.

(청중 : 이 동네 유명했다.)

(조사자 : 아, 그랬어요?)

빈대 때문에 옮겨간 수정사

자료코드 : 05_18_FOT_20110409_CHS_JSJ_0001

조사장소 : 경상북도 의성군 금성면 운곡리 200번지 운곡경로회관

조사일시 : 2011.4.9

조 사 자 : 천혜숙, 백민정, 한지현, 강찬

제 보 자 : 정성재, 남, 84세

구연상황 : 마을회관의 할아버지 방으로 이동했다. 정성재 제보자와 다른 한 분(김문호 씨)이 화투를 치고 있었다. 두 분께 마을의 개관과 마을의 역사를 들을 수 있 었다. 조사자들이 이야기를 듣고 자리에서 일어나려 하자, 제보자가 "사실 따 지고 보면 우리 마을이 몇 백 년은 더 되지요."라며 이야기를 시작하였다. 조 사자들은 서둘러 녹음기를 꺼냈다. 이야기가 끝난 후에도 절골과 수정사에 대 한 잡담이 오갔다.

줄 거 리 : 수정사는 빈대가 너무 많아서 지금의 자리로 옮겨갔다. 옮긴 후로 천 년이 흘렀을 정도로 수정사는 역사가 깊은 절이다.

지금도 있을 께야, 뭐 찾아보면. 그런데 뭐 원청(엄청) 낙후된 곳이다 보이, 그래 캐지를 못해서 그런데. 그것이 완저이(완전히), 말은 왜냐면, 그때 그 뭐고?

(청중 : 빈대가 많았어요.)

빈대가 많애가주고 다 없앴부고.

그 뒤에 몇 년 후에 그 수정사 있잖아, 그리 이사 갔거든. 그러이께 요 사실 보면 천 년이 넘었다고, 거의. 수정사도 우엔가(어떻게 된 건지) 근 천 년 가까이 되거든. 천 년은 못 됐지만서도 그것도 수백 년 근 천 년 가까이 돼지, 수정사 된 지도.

금성산에 묘 파러 간 경험

자료코드 : 05_18_MPN_20110318_CHS_KOR_0001

조사장소 : 경상북도 의성군 금성면 대리 2리 710번지 마을회관

조사일시 : 2011.3.18

조 사 자 : 천혜숙, 이선호, 권희주, 한지현

제 보 자 : 구옥련, 여, 81세

구연상황 : 조사자는 제보자에게 금성산에 얽힌 전설이 있는지 물어보았다. 제보자는 자신이 시집오고 몇 년 지나지 않았을 때의 일이라며 이 이야기를 시작했다. 청중들도 유사한 경험을 공유하고 있는 듯, 한마디씩 보탰다.

줄 거 리 : 마을에 오랫동안 비가 오지 않자, 사곡마을과 청송 골짜기 사람들이 등에는 똥물을 지고, 손에는 괭이를 들고 금성산에 올라갔다. 누군가 묘를 쓴 자리에 괭이로 몇 번을 쪼고 나서 똥물을 들이부었다. 그러면 이윽고 검은 구름이 끼고 천둥이 치면서 소나기가 내렸다.

　옛날에, 옛날 내 저 철뚝 너메 우리네 과수원 하고 거어서 시집 살았거든. 그때 하도, 비가 디게(되게) 안 와가주고, 사곡 사람하고 여 청송 골짝 사람하고, 인제 그때는 미(묘) 썼났는 기라, 거게. 미를(묘를) 파야 비가 온다고 캐가주고,

　(청중 : 미 쓰면 인제 그 집에 부자 된다 캐가주고.)

　분정을,15) 분정 짊어지고 괭이 연장하고 뭐하고 항그(가득) 해가주고 주욱 올라가이. 내 그때 시집 살 때 그 및 살 안 먹었다.

　(청중 : 주로 사곡 사람이 많이 했지, 사곡 사람.)

　스무 한 및(몇) 살 먹었을 땐데, 그 올라가디만 그 깽이 쫓아가주고, 그 자리에 인자 미 써 난 자리, 한 및 분(번) 서너 분(번) 쫓아가지고, 고마

---

15) 똥물을 말하는 것이다.

분정을 갖다 확 부었부고 이라이께, 각중에(갑자기) 구름 찌데예. 내 그것 참 안 잊었분다. 각중에(갑자기) 구름이 거렇게 찌디만은(끼이더니만),

(청중 : 희안해, 참말로.)

와르르 따르쿵 천둥 하디이만 고마 소내기가 좌르르 오데.

(조사자 : 직접 경험을 하셨네요.)

내가 젂어(겪어) 봤지.

(청중 : 파 디배만(뒤집으면) 비가 온단다.)

사람 항거(많이) 올라가가주고 꽹이 서너 번 드놓고 분정 부었부고 나이 고마 각중에 구름 찌더라 카이, 검은 구름 찌더만.

(청중 : 분정 카는 거는 똥물.)

(조사자 : 아, 분정.)

(청중 : 화장실 똥물. 그 구덩이에 파만, 그거 그라면 비가 오더란다.)

(조사자 : 예. 그걸 부어요?)

천둥을 우르르 그디만 고마 소내기가 좌르르 오더라 카이. 내 그거 생진(생전) 안 잊었분다 카이.

호랑이 경험담 (1)

자료코드 : 05_18_MPN_20110401_CHS_KTS_0001
조사장소 : 경상북도 의성군 금성면 운곡리 200번지 운곡경로회관
조사일시 : 2011.4.1
조 사 자 : 천혜숙, 백민정, 한지현, 차정경
제보자 1 : 김태순, 여, 77세
제보자 2 : 김선이, 여, 84세
구연상황 : '희치골 산신의 영험'이 끝난 후 바로 김태순 제보자와 김선이 제보자가 호랑이를 직접 만난 경험담을 들려주었다.
줄 거 리 : 의성의 금성산과 그 맞은 편 산에는 서로 다른 호랑이가 살았다. 가끔 이 두

호랑이가 쌍을 지어 나타나기도 했다. 금성산 호랑이는 흰색, 맞은편 산 호랑이는 노란색을 띠었다고 한다. 흰색 호랑이는 수컷이고, 노란색 호랑이는 암컷이라는 말도 있다. 어느 날 안 씨네 집 위쪽에서 호랑이가 내려왔다. 그 모습을 보고 안 씨 영감이 식겁하여 죽었다.

금상이(琴さん이) 우리 집에 노다,

[잡담으로 청취불능]

도치 끝에 그 밑에 거 중복 거게, 삼 갈래길 있는 데. 저짜 저 저 저 호래이 한 마리, 금성산 호래이 한 마리, 둘이 그 쌍 지아가(지어서) 있단 데요.

쌍 지아가 있는 거 금상이 그카다(그러던가)? 뭐 과함을(고함을) 질렀부마 마 둘이 픽석 히져가(헤어져서), 하나는 저짝(저쪽) 위대 골짜기로 갔고, 하나는 금성산 절로(저리로) 갔부리고. 호래이가.

금상이 멫(몇) 분(번) 봤다 카이.

"그래 니(너) 무서버(무서워) 어예 그리 여 놀러 오노? 그래 가거라. 일찍 가거라." 이카마,

"뭐 하노?"

그런데 금성산 호래이는 희고, 저짝 호래이는 누렇고 그렇터더라.

그래가 내가 그면,

"누런 놈이 암놈이가, 백, 백놈이 암놈이가?" 카이,

"백기 수놈이라." 카데.

(조사자 : 백기 수놈.)

"백기 수놈이고 노란 거는 암놈이고." 그카더라.

그래 멫 번 봤다 캐. 호래이 꼬리는 촤르르 이래, 이래 가더란대. 꼬리가 길다란 기 끝이 폭시리 한 기.

(제보자 2 : 안씨 집 있는데, 고 고게 물 거게 보로 가이께네, 안씨 집 있는데 거게 왜?)

어! 그래 거 있다 카이. 위대, 위대서 니러(내려) 온다.

(제보자 2 : 거 니리(내려) 오는데 그르릉 그르릉 그는데 뚜벅뚜벅 니리 와노이, 이 영감이 식겁해가 그 질로(길로) 가가 그 영감 죽었데이. 식겁을 해가.)

백일기도하고도 딸 낳은 시종조모의 심술

자료코드 : 05_18_MPN_20110318_CHS_PWR_0001
조사장소 : 경상북도 의성군 금성면 대리 2리 710번지 마을회관
조사일시 : 2011.3.18
조 사 자 : 천혜숙, 이선호, 권희주, 한지현
제 보 자 : 박월란, 여, 나이미상
구연상황 : 금성산에 묘 파러 간 경험담이 끝나자 제보자가 백일기도 하고도 딸을 낳았던 시종조모의 이야기를 들려주었다.
줄 거 리 : 금호 할매와 그 남편(제보자의 시종조부)은 아들을 얻기 위해 새벽 백일기도로 공을 들었다. 마지막 기도를 드리고 나서 철둑 밑으로 가다가 어떤 여자가 지나가는 것을 봤다. 아이를 낳으니 딸(제보자의 시종고모)이었다. 그런데 동생(제보자의 시조부)은 공을 들이지 않고도 어린 나이에 손자를(박월란 제보자의 남편)을 얻자, 그 아들을 미워했다.

백일기도 갔는데요.

(조사자 : 아 기도하러, 기도하러 가신 경험 있으세요?)

금호 할매 시종고모 놓을 때 두 어른이 사시로 백일기도 가는데 새벽마중 가여(가서), 불을 써 놓고 기도하고. 이제 백일만에 마지막에 철뚝 밑으로 가이께 어떤 여자가 싹 지내가더란다.

그래가 종조부님이가,

[방바닥을 손으로 치면서]

"아우!" 카미, 땅을 치며 한숨 쉬더란다.

(청중 1 : 남자를 봐야 되는데.)

(청중 2 : 남자를 봐야 아들이지.)

그래 보이(낳으니) 시종고모라, 고모고.

우리 아버님은 나이 열여덟 살에 우리 영감재이를 낳아 놓으이. 그 할매가 종조모 아이가? 우리 아버님한테는 숙몬데, 그때 누군고, 새실덕이 시호덕이 시고모가 이래 보마, 심술이 나가 우리 영감재이 그땐 인물도 안 있었나, 알라라도(아기라도). 약간 좋고 해놓이 여어(여기) 가마(가면) 새로(혀를) 툭 차고, 절로(저리로) 가마 또 자시(자세히) 안 보고 툭 차마.

또 우리 고모님은 오시만,

"아이고 아무거서야, 느그 할머니 살아 있이마 조선없일 긴데."16)

바로 이붗에(이웃에) 사람들도 그캤단다.

고마 이래 보마 그기 살가분(살가운) 정은 없고 이 누쿠는(누구는) 기기를(기도를) 했는데 딸 낳았부고, 우리 영감은, 또 뭐 나이는 어린 데다가 아들 놓고 해놓이, 억시기(엄청나게) 싫어 걸더란다(하더란다).

호랑이 경험담 (2)

자료코드 : 05_18_MPN_20110401_CHS_JBN_0001
조사장소 : 경상북도 의성군 금성면 운곡리 200번지 운곡경로회관
조사일시 : 2011.4.1
조 사 자 : 천혜숙, 백민정, 한지현, 차정경
제 보 자 : 정복남, 여, 88세
구연상황 : 앞의 '호랑이 경험담 (1)'을 구연한 후, 지금은 우리나라에 호랑이가 없어졌지만 예전에는 있었다면서 자신의 아들이 경험한 이야기를 들려주었다.
줄 거 리 : 아들이 고등학교에 다니던 시절 친구와 함께 수정사 절에서 공부하고 있었다. 친구는 곯아떨어져 잠을 자고 아들은 책을 보고 있을 때 다리박골 위에

---

16) '조선에 없이 귀한 손자로 여길 것인데.'라는 뜻이다.

서 호랑이 우는 소리가 들렸다. 친구가 놀랄까 봐 늑대 우는 소리라고 애써 둘러댔지만, 친구는 놀라서 곧 넘어갈 지경이 되었다. 절터에서 나던 호랑이 소리는 5분이 채 되지 않아 멀리 있는 절골에서 울렸다. 축지법에 능한 호랑이가 먼 거리를 어느새 이동한 것이었다.

우리, 우리 진한이,[17] 저저 뭐고, 그때 고등학교 댕길 때가? 공부한다고 저저 수정, 저저 절터 가가주고 인제 동장이랑 둘이 텐트 쳐 놓고 있다이.

동장은 곯아떨어져 자고, 지는 책 본다꼬 그때 촛불 가져가 써놓고 보다이. 그 다리박골 우에(위에) 더러, 고리 다리박골 아이가, 쩌르르릉 걷더란다. 그래가주고,

"원오야, 원오야,"[18]

호래이라 카마 대번 자빠지고,

"원오야, 원오야, 늑대 우는 소리 난다." 이카이.

고마 일나가(일어나서) 이카민서 넘어갈라 카더란다.

"정신 차리라. 늑대 우는데 뭐." 카고, 그랬는데.

쪼매 있다이께 오 분도 안 돼가주고 절곳테 저어 들어 저르릉 그는데, 절골까지 저르릉 걷더란다, 마 산이.

(청중 : 호래이 우마는(울면) 여어(여기) 졑에서(곁에서) 카는 걸이 칸다.)

금방 우에 캤는데 금방 어여 들어 저르릉 그더란다. 그래 호래이는 천리 간다 안 카나.

(조사자 : 하루 저녁에.)

호래이는 막 이래 이래 뛰마,

(청중 : 덤벙덤벙 뛧부잖아.)

덤벙덤벙 뛧부이. 축지법, 그래.

---

17) 제보자의 아들 이름이다.
18) 함께 공부하러 간 친구 이름으로, 지금 이 마을의 동장이다.

칭칭이 소리 (1)

자료코드 : 05_18_FOS_20110318_CHS_KJG_0001
조사장소 : 경상북도 의성군 금성면 대리 2리 710번지 마을회관
조사일시 : 2011.3.18
조 사 자 : 천혜숙, 이선호, 권희주, 한지현
제보자 1 : 김정곤, 여, 79세
제보자 2 : 구옥련, 여, 81세
구연상황 : '금성산에 묘 파러 간 경험'담을 구연한 이후로 금성산에 묘 쓰고 부자 된 이야기를 비롯한 6·25전쟁 피난시의 경험담, 개인의 생애담 등으로 이야기 판이 풍성해졌다. 한 분이 베를 못 짜서 시어머니께 구박받은 경험을 이야기 한 것을 계기로 '베틀 노래'를 기억하는 분이 계신지 물어보았다. 그 말을 듣고 청중들은 제보자에게 노래를 권했다. 그동안 조용히 있는 편이면서도 다른 분의 구연에 개입하는 품이 예사롭지 않았던 터라 조사자도 독려해 보았지만 다 잊어버렸다고 했다. 그러자 청중 한 분이 이번에는 이 분의 시어머니가 칭 칭이를 잘한 것을 기억한다며 그 노래를 해 보라고 권유했다. 한참을 주저하다가 이 노래를 불러 주었다. 역시 시어머니께 듣고 배웠다고 했다. 구옥련 제보자도 짧지 않은 사설을 보탰다. 청중들은 노래를 부르는 동안 박수를 치며 후렴을 붙여주었다. 김정곤 제보자는 노래가 끝나자 '죽기 전에 언제 할 꼬?'라며 농담을 하기도 했다.

(청중 : 칭칭이 소리쳐 주께, 자 자.)

치야 칭칭나네
임아님아 우르[19]임아 치야 칭칭나네
인지가면 언제오나 치야 칭칭나네

[가사가 기억나지 않은 듯 웅얼거리자, 제보자 2가 갑자기 다음 사설을

---

19) '우리'를 잘못 발음한 것이다.

보냈다.]

춘삼월 호시절에 치야 칭칭나네

만년끝에 ○○○[20])에 치야 칭칭나네

울도담도 없는집에 치야 칭칭나네

바람불어 꺼친(거친)집에 치야 칭칭나네

눈비와서 썩은집에 치야 칭칭나네

머리곱고 키큰처녀 치야 칭칭나네

누-(누구)간장을 닉일라고(녹일라고) 치야 칭칭나네

난도야(니도야) 글아이라[21]) 치야 칭칭나네

수자(총각)간장 닉일라고 치야 칭칭나네

요래곱게 생겨났지 치야 칭칭나네

달아달아 두른[22])달아 치야 칭칭나네

이태백에 노든(놀던)달아 치야 칭칭나네

입매좋고 키큰처녀 치야 칭칭나네

요래곱게 생겨났나 치야 칭칭나네

해초생강 마늘밭에 치야 칭칭나네

월곡소가 여기로다 치야 칭칭나네

그약쓰다 안되거든 치야 칭칭나네

실어가소 실어가소 치야 칭칭나네

우수야달밤에 날실어가소 치야 칭칭나네

비가오면 개골산에 치야 칭칭나네

눈이오면 백두산에 치야 칭칭나네

---

20) 소리미상

21) '그런 게 아니라'를 줄여 말한 것이다.

22) '둥근'을 잘못 발음한 것으로 보인다.

백두산에 솔을숨겨(심어) 치야 칭칭나네

그학은 젊다만은 치야 칭칭나네

쉬는것이 더욱섧다 치야 칭칭나네

이빠진데 박씨박고 치야 칭칭나네

머리쉰데 묵치리하고(먹칠하고) 치야 칭칭나네

노자노자 젊어노자 치야 칭칭나네

늙고병들만 못노나니 치야 칭칭나네

어제청춘 오늘백발 치야 칭칭나네

요만하고 끝이로다

[노래가 끝나자 다 같이 웃으며 박수를 쳤고, 청중 중 한 분이 '좋다'라고 소리쳤다.]

(청중 : 하나도 그른, 하나도 그른 소리 아이다.)

지신밟기 소리

자료코드 : 05_18_FOS_20110416_CHS_KHS_0001
조사장소 : 경상북도 의성군 금성면 운곡리 261-1번지 김호생 씨 자택
조사일시 : 2011.4.16
조 사 자 : 천혜숙, 백민정, 한지현
제 보 자 : 김호생, 남, 79세
구연상황 : 지난 1차 조사 시 소개를 받았던 제보자를 만나기 위해 자택을 방문했다. 현관문을 활짝 열어놓은 채 기다리고 계셨다. 깨끗이 청소된 응접실에는 소파와 나무의자가 가지런히 놓여있었다. 제보자는 조사자들에게 소파 쪽으로 앉길 권했고, 찾아온 친구에게는 의자를 권했다. 조사취지를 설명한 후 지신밟기에 관해 묻자 제보자는 이에 대한 설명을 자세하게 했다. 그리곤 가방에서 무언가를 꺼냈는데, 징이었다. 그 징을 치면서 '지신밟기 소리'를 불러주셨다. 그 징은 늘 지니고 다니는 것이라 했다. 구연이 끝난 후 지신밟기의 과정과 의미를 다시 한번 설명해 주었다. 정월이 되면 요즘도 자신을 초빙하는 곳이 많으

며, 사례도 받는다고 자랑했다.

지신지신 밟으세
어루화지신을 밟으세~
지신지신 밟으세
지신지신을 밟으세~
상주본이 어데냐
경상도 안동땅~
안동땅 지치달어
제비원이 본일세~
제비원에 솔씨를받아
속천○○ 떤졌더니~
밤이면은 이슬을맞고
낮이면 태양을받아~
그솔이점점 자라나서
황장목이 되었네~
황장목 정장목
도리끼지동(기둥) 되었데이~
앞집에는 김대목
뒷집에 이대목~
쪼막도끼 손에들고
시르랑시르랑 톱질이야~
시르랑 톱질이야
부앙연에 톱질아~
짲인(곧은)나무는 굽다듬고
굽은나무는 재따듬어서~

초가삼간 지을적에

역력히도 지었네~

홀애비단 속적삼

홀애비단 접저구리~

얼싸좋다 들어갈때

난전대 걸쾌자~

비나니다 비나니다

성주님전에 비나니다~

이댁가정 대주양반

만수무강 하고요~

이댁가정 귀한애기

금자동아 옥자동~

세상에는 둥떤동23)

나라에는 충신동~

부모에는 효자동

형제간에 우애동~

일가에는 화목동

친구에는 유신동~

잡구잡신은 물알로가고

만복은 이댁으로~

그렇게 울리면서, 이게 할라면은 한정이 없어, 이기. 끝도 절도 없고 간다이(간단히) 간다이 이제 하마 또, 그래가 한 바쿠(바퀴) 돌면 풍물을 치고 그래 인제 집을 밟어주고 지신을 밟어주고 또 딴 집에 초대하면 또 다른 집에 가고 이라거든.

---

23) 무슨 의미인지 알 수 없다.

그래 가면 인제 그 앞에는 농, 농자(農者), 농사는(農事는) 천하지대본(天下之大本)이라고, 기를 써 가주고 인제 들고 이래 나가고.

상여 소리

자료코드 : 05_18_FOS_20110416_CHS_KHS_0002
조사장소 : 경상북도 의성군 금성면 운곡리 261-1번지 김호생 씨 자택
조사일시 : 2011.4.16
조 사 자 : 천혜숙, 백민정, 한지현
제 보 자 : 김호생, 남, 79세
구연상황 : '지신밟기 소리'가 끝난 후, 상여 소리를 청했다. 그러자 장례를 치르는 과정
과 방법을 설명하면서 상여 소리를 가창하였다. 소리를 하는 중간에 상여 소
리에 관한 설명을 하느라 구연이 자주 중단되었다.

"에헤헤에헤에헤이~ 나무아이미타불" 카만, 전부 인제 다 미고(메고) 그래. 행상꾼들도 앞소리 그래 하만, 행상 믹이는(메기는) 사람도, "나무아이미타불" 카매, 인제 절을 한단 말이다. 마지막으로 간다고 앞소리 한다고. 동네에 절을 한다꼬. 행상꾼들도 그래. "나무아이미타불" 카매, 세 분(번)을 그래 한다꼬.

그래 하매 인제 그 절을 하고, 그래 인제 앞소리 믹엔다꼬(메긴다고). 앞소리 믹애마(메기면),

에헤에 헤에에
간다간다 나는간데이
이너화넘차 너호에이

카마, 앞소리꾼이 그래 하면 인제 뒷소리꾼이 천부(전부) 행상을 미고 "너~" 그기 후렴이거든. 후렴은 인제 다른 소리는 안 하고 "너화넘차"만 한다고.

너회이 이너회이

너화넘차 너호에이

이제 후렴을 고래 한단 말이라. 그라마 또 앞소리꾼이,

에헤에헤 어야갈꼬

어이갈꼬 원통해서 어이갈꼬

너회이 이너회이

이너화넘차 너호에이

대궐같은 집을두고야

원통해서야 어이갈거나

너회이 이너회이

이너화넘차 너호에이

인제 이래 계속 이래 한단 말이라.

그래 인제 행상꾼이 가고 앞소리 믹엔 사람 앞에 참 우에(위에), 행상 우에 덩그렁 탄단 말이다. 그래 타고 인제 앞소리 해가 가고 이래 하마, 그래 가다가 또 인제 쉰다꼬. 걸이(거랑이) 있이마 상주들 부린다꼬. 그기 인자 돈 내노라꼬 카거든, 상주백관들.

상주백관 많다더니

어데야가고 아니오노

이너회이 이너회이

이너화넘차 너호에이

카매, 이제 상주들이 또 와가지고 자기 이제 인제, 아버지 엄마 탔는 행상 앞에 또 와서 상주들이 절을 한다꼬. 절을 하만, 그라고 이제 봉투를 내놓는다꼬. 그라만 앞소리꾼은 봉투를 받는단 말이다. 받어가 인제 주머

이 옇고(넣고), 또 가고 이라거든.

그래 인자 가다가 걸이 있이마 또 그래가 또 하고. 또 오리막에(오르막에) 올라가만 또 인제,

> 못가겠네 못가겠네
> 깨끌져서(가팔라서) 못가겠네
> 상주백관은 어디가고
> 우리가도 아니오노

카만, 또 상주들이 인제 또 와가주고 돈 내놓고. 그래 인제,

> 애통하소 애통하소
> 이댁상주님 애통하세이

애통하다. 부모가 가는 데 한 번 가면 다시 못 오는 길을 떠나니 애통하고 통곡하라 이 말이다. 그래 인제 와가주고 또, 그 부모가 가는 마지막 가는 길에 또 그래 앞소리 대주이꺼세(대어 주는데) 그래 기냥 있을 수 있나? 또 와가 봉투를 내놓오마, 또 잘 모셔돌라꼬.

그기 인제 우리나라에 옛날에 미풍양식(미풍양속), 옛날에 그 우리 그 동방예의지국(東方禮義之國)이라 카고 부모한테 효도하고. 부모 한번 돌아가시만 여막을 쳐 놓고, 산소 앞에 상주, 효자들으는 삼 년을 거게 여막 쳐 놓고 상주질 하잖아. 낯도 안 씻고. 그 아침저녁으로 한 바꾸(바퀴) 돌고, 저녁 해가주고 또 갖다 바치고 절하고. 그기 인자 역사가 그래 있잖애.

그기 인제 그라고, 그래 인제 행상 해가주고 다 올러가마. 탁 올라가가주고 행상은 다 끝나만 행상을 놓고 행상 줄은 천부(전부) 다 끊어가주고, 짚으로 맨들기 때문에 끊어가주고 불을 사리고(사루고).

그래가주고 인제 그 또 덜게(달구) 다린다꼬. 이제 드가, 드갈 때, 하관 카는 게 있거든. 하관으는 인제 그 미(묘) 구디이를(구덩이를) 파가지골랑

이제 그 옇어가주고, 그 하관 카는 거, 취토하잖아.

덜구 소리

자료코드 : 05_18_FOS_20110416_CHS_KHS_0003
조사장소 : 경상북도 의성군 금성면 운곡리 261-1번지 김호생 씨 자택
조사일시 : 2011.4.16
조 사 자 : 천혜숙, 백민정, 한지현
제 보 자 : 김호생, 남, 79세
구연상황 : '상여 소리'가 끝나고 달구질하는 과정을 상세히 설명하면서 자연스럽게 '덜
구 소리'를 부르기 시작했다. 도중에 설명을 보태느라 노래가 자주 중단되었
다. 끝난 후에도 설명이 길게 이어졌다. 제보자는 상주를 웃기고 울리는 선소
리꾼의 역할을 분명히 인식하고 있었다.

　　　우호어 돌기여~

　그것도 맹 앞소리꾼이 하거든. 그라만 또 그 후, 후럼이,

　　　우호어 돌기여~
　　　천지천황 생긴후에 우호어 돌기여~
　　　일열영책 되었구나 우호어 돌기여~
　　　산지조종은 곤룡산 우호어 돌기여~
　　　수지조종은 한가수라(한강수라) 우호어 돌기여~
　　　곤룡산 일직맥에 우호어 돌기여~
　　　한반도가 생겼으니 우호어 돌기여~
　　　좋은명산 찾일라고 우호어 돌기여~
　　　팔도강산을 밟어보니 우호어 돌기여~
　　　함경도 백두산은 우호어 돌기여~
　　　두만강이 둘려있고 우호어 돌기여~

평안도 묘향산은 우호오 돌기여~

대동강이 둘려있고 우호오 돌기여~

황해도의 구월산은 우호오 돌기여~

새류강이 둘려있고 우호어 돌기여~

경기도의 삼각산은 우호어 돌기여~

임진강이 둘려있고 우호오 돌기여~

충청도의 계룡산은 우호어 돌기여~

백마강이 둘려있고 우호어 돌기여~

전라도의 지리산은 우호어 돌기여~

공주금강 둘려있고 우호어 돌기여~

경상도의 태백산은 우호어 돌기여~

낙동강이 둘려있고 우호어 돌기여~

낙동강 일직맥에 우호어 돌기여~

금성산이 둘려있고 우호어 돌기여~

대명산이 어데던고 우호어 돌기여~

이자리가 명산일세 우호어 돌기여~

할말은 많다만은 우호어 돌기여~

이만저만 마칩시데이 우호어 돌기여~

맹 이런 식으로 하는 기라.

아시논매기 소리

자료코드 : 05_18_FOS_20110416_CHS_KHS_0004

조사장소 : 경상북도 의성군 금성면 운곡리 261-1번지 김호생 씨 자택

조사일시 : 2011.4.16

조 사 자 : 천혜숙, 백민정, 한지현
제 보 자 : 김호생, 남, 79세
구연상황 : '덜구 소리'가 끝나고, 조사자가 '논매기 소리'에 관해 물었다. 그러자 논매기
　　　　　방식에 대한 설명을 해주셨다. 아시논매기, 두벌논매기, 세벌논매기 과정에 대한
　　　　　자세한 설명 후, 예로 '아시논매기 소리'를 구연하기도 했다. 노래가 끝난 후
　　　　　에도 두벌, 세벌논매기의 정황과 후렴구를 예시로 들면서 긴 설명을 덧붙였다.

　　　업치고 채치세(제치세)

　　카만, 또 뒤에 사람이

　　　업치고 채치세
　　　에이야 후후야 밀치세
　　　에이야 후후야 밀치세

　　이제 그기 인자 논매기 소리거든.

　　　잘하고 못하네
　　　에이야 후후야 잘도하네

　　그래 인자 그거 그거 인제 '아시논매기' 소리고.

칭칭이 소리 (2)

자료코드 : 05_18_FOS_20110416_CHS_KHS_0005
조사장소 : 경상북도 의성군 금성면 운곡리 261-1번지 김호생 씨 자택
조사일시 : 2011.4.16
조 사 자 : 천혜숙, 백민정, 한지현
제 보 자 : 김호생, 남, 79세
구연상황 : 세벌 논매기가 마무리되는 광경을 묘사해주면서 자연스럽게 '칭칭이 소리'로
　　　　　넘어갔다. 소리를 하는 중간에 논매기하던 당시의 배고프던 시절을 회상하기
　　　　　도 했다.

그래 나가가, 나가마 인제 다 매가주고 해는 어슥하고 해는 서산에 넘어가고 하매(벌써) 담에 모, 하매 날이 덥우가 후유, 제일 덥울 때 그때 시불(세벌) 논매잖아. 그래 글 때 인제 막, 술은 어리하게(얼큰하게) 먹고, 전부 막 술 먹고 막 새참 국시 먹고, 이래 술이 취하지 고마. 다 해갈 때는 고마 천부 나와가 막 지심재이(지게목발) 쥐고.

치나칭칭 나네

카마(하며), 또 앞소리 믹애만(메기면)

쾌지나칭칭 나네
노세노세 젊어놀아
쾌지나칭칭 나네
늙어지면 못노나니
쾌지나칭칭 나네
이팔청춘 소연네여(소년네야)
쾌지나칭칭 나네
백발을보고 윗지(웃지)마라
쾌지나칭칭 나네
어제청춘 오늘백발
쾌지나칭칭 나네
이내일신도 이래됐데이
쾌지나칭칭 나네

그라마 막 막 마구 막 칭칭이 한다고, 막 나락 밟아 가매(가며), 으이이, 술은 쳤제(취했지). 그거 맹- 일 디게 그케 옛날 어른들은 육십까지 못 살았거든. 전부 허리끈 매 가매(가며), 배고프면 허리끈 조루마(조르면) 배가

덜 고르, 덜 고프잖아. 허리끈 조라가매 무신 산아제한이 있나? 자식은 놓는(낳는) 대로 다 키운단 말이야, 안 죽으면 그거 다 키와야 되거든.

'쾌지나칭칭이'가 있고 '칭칭이'가 있어, 맹 한가지라. 그 매 한가지라. '쾌지낭'자 자아(주위) 붙이마 달렸어. 이것도 주로 인제 경상도거든. 경상도 인제 칭칭이거든. 쾌지나칭칭이거든.

[빠르게 노래하며]

쾌지나칭칭 나네
노자노자 젊어서노자
쾌지나칭칭 나네
늙고병드마 못노나니
쾌지나칭칭 나네
이때저때 어느때냐
쾌지나칭칭 나네
춘삼월하고 호시절에
쾌지나칭칭 나네
꽃도피고 잎도필때
쾌지나칭칭 나네
너맘도산란 내맘도산란
쾌지나칭칭 나네
늙기전에 놀아보세
쾌지나칭칭 나네
쾌지나칭칭 나네

그거 앞소리 하기 달렸어.

의성 기와밟기 소리

자료코드 : 05_18_FOS_20110416_CHS_KHS_0006
조사장소 : 경상북도 의성군 금성면 운곡리 261-1번지 김호생 씨 자택
조사일시 : 2011.4.16
조 사 자 : 천혜숙, 백민정, 한지현
제 보 자 : 김호생, 남, 79세
구연상황 : 잠시 공백이 있은 후, 제보자가 '의성 기와밟기 소리'에 대해 설명했다. 2006
년 상주 농요경연대회에서 '의성 기와밟기 노래'의 앞소리꾼으로 대상을 받았
다는 자랑도 덧붙였다. 조사자들에게 상장과 사진을 보여주기도 했다. 마침내
그 노래를 한번 불러보겠다며 구연을 시작하였다. 사설은 누군가 만든 창작
사설인 것으로 짐작된다.

대한민국 경상북도
에루화 옥기왈세
의성군 민속놀이
에루화 옥기왈세
고려시대 기와밟기
에루화 옥기왈세
한마당 놀아보세
에루화 옥기왈세
이기와가 무슨기와
에루화 옥기왈세
이기와가 무슨기와
에루화 옥기왈세
크나큰 문소루는(聞韶樓는)
에루화 옥기왈세
중천에 솟아있고

의성가면 구봉산 앞에 큰 문소루가 있다꼬. 옛날에 그거 인제 그 문소

루가, 옛날엔 인제 문소라 했거든. 의성군이 아이고 문소랬다꼬. 금성군
이. 그기 인제 그 시조가 이 집에 의성 김씨에 그 웃대 시조가 그래 만들
었는데. 내가 알기론 그래.

크나큰 문소루는
에루화 옥기왈세
중천에 솟아있고
에루화 옥기왈세
넓고넓은 유다리는
에루화 옥기왈세
억거리에 뻗쳐있고[24)
에루화 옥기왈세
구봉산에 높은봉은
에루화 옥기왈세
만기고색 그대로고
에루화 옥기왈세
육곱개[25) 맑은물은
에루화 옥기왈세
세상티끌 씻어내고
에루화 옥기왈세
인생한번 죽어지면
에루화 옥기왈세
우리청춘 다시오나
에루화 옥기왈세

---

24) 어깨로 연결되어 만들어진 다리를 형용한 듯하나 정확하지 않다.
25) '육고개'로 고개 이름인 듯하나 정확하지 않다.

늙은부모 잘모시고

에루화 옥기왈세

어린자식 사랑해라

에루화 옥기왈세

인륜도덕 모르면은

에루화 옥기왈세

금수와도 다름없대이

에루화 옥기왈세

부모간에 화럭하고(화락하고)

에루화 옥기왈세

형제간에 우애하여

에루화 옥기왈세

일가창립 하여보세

에루화 옥기왈세

일가창립 하여보세

에루화 옥기왈세

일가창립 하여보세

에루화 옥기왈세

[말로 징소리를 흉내내며]

'땅따땅 따땅다' 카면 인제, 인사 딱하고 이래 나오거든.

모심기 소리 (3)

자료코드 : 05_18_FOS_20110409_CHS_JDY_0001

조사장소 : 경상북도 의성군 금성면 운곡리 200번지 운곡경로회관

조사일시 : 2011.4.9

조 사 자 : 천혜숙, 백민정, 한지현, 강찬

제 보 자 : 정덕용, 남, 84세

구연상황 : 정덕용 제보자가 마을회관의 노래판에 합류했다. 지난 1차 조사 때 주요 제
보자로 많은 노래를 불러줬던 분이다. 그래서 조사자들이 마을에 온 목적도
이미 잘 알고 있었다. 잠시 앉아서 쉬다가 "내가 소리 하나 하께."라고 하고
선 '모심기 소리 (3)'을 불렀다. 기억이 잘 나지 않는 듯, 한 소절 부르고 가
사를 열심히 생각하여 다시 이어 부르곤 했다. 구연이 끝나고 난 뒤에는 멋쩍
은 듯이 웃으셨다.

그러고 보자, 저기.

[한참을 생각하다가]

고 및(몇) 가지 생각나는 대로 하께. 으잉?

　　해는지고 저문날에
　　주인양반 어디갔노

그리고 또 인자, 또 다음에 고기(그게) 또 보자. 인자 맞는 그기 있거
든.26) 아이고 그게 또 잊어부렸네.

[가사를 생각하다가, 여의치 않자 모심기 노래하는 방법 등을 설명하였
다. 이윽고 다시 구연을 시작한다.]

　　서마지기 이논뱀에이(이논배미)
　　반달같이도 심아내소
　　지가무슨 반달이고
　　초생그믐이 반달이지

이칸다.

[청중들 웃음]

---

26) 앞의 가사와 대구(對句)를 이루는 가사가 있다는 의미이다.

상주함창 공갈못에

연밥따는 저큰아가

연밥줄밥 내따줌세

내품안에이 잠들거라

이래.

잠들기는 어렵지않지만

연밥따기가 늦어간다

카는, 고래.

[청중들 웃음]

모심기 소리 (1)

자료코드 : 05_18_FOS_20110401_CHS_JBN_0001
조사장소 : 경상북도 의성군 금성면 운곡리 200번지 운곡경로회관
조사일시 : 2011.4.1
조 사 자 : 천혜숙, 백민정, 한지현, 차정경
제 보 자 : 정복남, 여, 88세
구연상황 : 운곡리 마을회관에 들어섰더니 열댓 분 할머니들이 4시에 방문하기로 한 건
강 체조 강사를 기다리고 있었다. 강사가 도착하기까지 한 시간도 채 남지 않
았는데도 조사자들을 반갑게 맞이해 주었다. 조사취지를 말씀드리니 제보자
가 "내 옛날 노래 하나 해도 되나?"라며 바로 '모심기 소리'를 시작했다. 구연
도중 노래가 중단되자 옆에서 노래를 따라 부르던 청중 김태순 씨가 가사를
상기시켜 주기도 했다.

이물꼬저물꼬 다헐어놓고

쥔네야양반은 어디로갔노

쥔네양반은

[가사가 막혀 잠시 멈추었다.]

> 양사초롱 불밝혀서
> 첩의집으로 놀러갔네
> 첩의집은 꽃밭이요
> 나의집은 연못이라

그 모심기 할 때.
(조사자 : 맞습니다. 또 더 있죠? 사설이.)
(청중 1 : 꽃의, 꽃은 뭐, 봄한철이요.)
(청중 2 : 꽃과 나비는 봄한철.)
(청중 1 : 그래 꽃과 나비는.)

> 꽃과나비는 봄한철이요
> 연못에고기는 부시장추27)
> 얼씨구나 절씨구나
> 지화자 좋을시고

아기 재우는 소리

자료코드 : 05_18_FOS_20110401_CHS_JBN_0002
조사장소 : 경상북도 의성군 금성면 운곡리 200번지 운곡경로회관
조사일시 : 2011.4.1
조 사 자 : 천혜숙, 백민정, 한지현, 차정경
제 보 자 : 정복남, 여, 88세
구연상황 : 제보자는 '모심기 소리'를 끝낸 후 "자장가도 불러 줄까?"라며 이 노래를 가
창하였다. 가사가 막힐 때마다 옆에 앉아 있던 김태순 씨가 첫 소절을 언급해

---

27) '사시장철'을 잘못 말한 것이다.

주어 구연을 이어나갈 수 있었다.

자장자장 우리자장
우리애기 잘도잔다
앞집개야 짖지마라
우리애기 잠든다

잠깬다, 참.
(청중 : 뒷집개는)

뒷집개야 짖지마라
우리애기 잠깬단다

그카지.
(청중 : 그것도 있던데, 금자동아.)

금자동아 옥자동아
칠기청청 보배동아

모심기 소리 (2)

자료코드 : 05_18_FOS_20110401_CHS_JBN_0003
조사장소 : 경상북도 의성군 금성면 운곡리 200번지 운곡경로회관
조사일시 : 2011.4.1
조 사 자 : 천혜숙, 백민정, 한지현, 차정경
제 보 자 : 정복남, 여, 88세
구연상황 : 조사자는 좌중에게 또 생각나는 노래가 없는지 물었다. 그러자 김옥순A 씨
가 남편에게 배운 정체 모를 노래 한 곡을 불렀다. 그 노래를 듣고 정태순 제
보자는 "운계댁, 청춘가 잘 하던데."라며 청춘가를 청했다. 그때 한 청중이
"모심기 소리도 중간 밲에 못 한다."라며 민요를 완곡하지 못하는 데 대한 아

쉬움을 토로했다. 조사자가 중간이라도 괜찮다고 했더니 제보자가 '모심기 소리' 단편을 불러주었다.

여게도꽂고야 저게도꽂고
쥔네야양반에 등에도꽂고

모심기 그자? 그래 했다.

사우 노래

자료코드 : 05_18_FOS_20110401_CHS_JBN_0004
조사장소 : 경상북도 의성군 금성면 운곡리 200번지 운곡경로회관
조사일시 : 2011.4.1
조 사 자 : 천혜숙, 백민정, 한지현, 차정경
제 보 자 : 정복남, 여, 88세
구연상황 : 제보자의 '노래가락' 구연이 끝나고 조사자가 다시금 "사우사우 내사우야. 이런 노래도 있죠?"라고 묻자, 바로 이 노래를 불렀다.

내딸죽고 내사우야
울고갈길을 니왜왔노
이왕지사 왔거들랑
발치게잠이나 자고가세

신민요 (2)

자료코드 : 05_18_MFS_20110409_CHS_KOR_0001
조사장소 : 경상북도 의성군 금성면 대리 2리 710번지 마을회관
조사일시 : 2011.4.9
조 사 자 : 천혜숙, 백민정, 한지현, 강찬
제 보 자 : 구옥련, 여, 88세
구연상황 : '좋아하는 꽃 물어 며느리 고른 원님' 이야기가 끝나자 갈치를 사러 나갔던
분들이 돌아왔다. 여전히 어수선한 분위기에서 조사자는 청중들에게 "옛날
노래나 이야기 모두 좋습니다. 생각나시는 것 있으시면." 하고 구연하기를 청
했다. 말이 끝나자마자 구옥련 제보자가 이 노래를 불렀다. 김옥순B 씨가 불
렀던 '신민요 (1)'과 가사가 비슷해서 같은 것인지 물었더니, 자신이 부른 노
래는 1절부터 3절까지 모두 부른 것이라며 내심 자랑스러워했다.

아침에 우난새는(우는새는)

배가고퍼서 울고요

저녁에 우는새는

님이기리워(님이그리워) 운다

너냐나냐 두리둥실 놀고요

낮이낮이나 밤이밤이나

참사랑이로다

오동나무 열매는

알각딸각 하고요

큰애기 앞가심은

몽실몽실 하다네

너냐나냐 두리둥실 놀고요

낮이낮이나 밤이밤이나

참사랑이로다

새끼야 백발은

쓸곳이 있어도

인간의 백발은

쓸곳이 없다네

너냐나냐 두리둥실 놀고요

낮이낮이나 밤이밤이나

참사랑이로다

3절까지 다 했다.

노래가락 (3)

자료코드 : 05_18_MFS_20110401_CHS_KSE_0001
조사장소 : 경상북도 의성군 금성면 운곡리 200번지 운곡경로회관
조사일시 : 2011.4.1
조 사 자 : 천혜숙, 백민정, 한지현, 차정경
제 보 자 : 김선이, 여, 84세
구연상황 : '청춘가 (2)'가 끝나고 정태순 씨는 김옥순A 씨에게 영감이 하던 노래를 더
불러줄 것을 청했다. 그러나 잘 기억이 나지 않는 모양이었다. 정태순 씨는
노래판의 사회자처럼 "청춘가나 노래가락도 기억나지 않느냐?"며 좌중에 옛
날 노래를 주문했다. 그러자 제보자가 기억났는지 "아, 그런 거 한다고?"라고
말하고선 이 노래를 불렀다. 아는 가사가 나오자 정복남 씨가 따라 부르기도
했다. 흥겨운 분위기가 계속되었다.

노자 젊어서 놀아

늙어지면은 못노나니

(청중 : 잘한다.)

화무는 십일홍이요

달도 차이면은 기우나니

인생은 일자춘몽에(일장춘몽에)

아니 놀지는 못하리라

노래가락 (5)

자료코드 : 05_18_MFS_20110401_CHS_KSE_0002

조사장소 : 경상북도 의성군 금성면 운곡리 200번지 운곡경로회관

조사일시 : 2011.4.1

조 사 자 : 천혜숙, 백민정, 한지현, 차정경

제 보 자 : 김선이, 여, 84세

구연상황 : 신민요 네 편을 이어 부른 정덕용 씨가 이번에는 트로트 '엽전 열닷냥'을 부르면서 노래판의 흥을 돋우었다. 청중들이 김선이 제보자에게 노래를 권하자 트로트를 부르기 시작했다. 청중들이 옛날 노래를 부르라며 말리자, 제보자는 "포름 포름 봄배차 하까?"라고는 큰소리로 이 노래를 구연했다.

포름포름 봄배차는(봄배추는)

찬이실오기만 기다린다

옥에갔던 춘향이는

이도령오기만 기다린다

얼씨구나 좋다 절씨구나

아니 놀지는 못하리라

노래가락 (2)

자료코드 : 05_18_MFS_20110401_CHS_KOS_0001
조사장소 : 경상북도 의성군 금성면 운곡리 200번지 운곡경로회관
조사일시 : 2011.4.1
조 사 자 : 천혜숙, 백민정, 한지현, 차정경
제 보 자 : 김옥순A, 여, 84세
구연상황 : 김태순 씨가 다음 가창자로 김옥순A 제보자를 지목하면서 '청춘가'를 할 차
례라고 하자, 이 노래를 불렀다. 청중들은 박자에 맞춰 박수를 쳤다. 노래들이
연이어 가창 되면서 소리판은 흥겹게 달아올랐다. 구연이 끝난 후에도 웃음소
리와 박수소리가 끊이지 않았다.

○○28)야북이라 만장아북에
바람아불어서 쓰러진나무
눈비온다 일어야날까
송죽아같이(松竹같이) 굳으난절기(굳은 절개)
물만난다꼬야 허락하리
비로여소(비록) 기생일망정
절기야조창(절개조차) 없을손가

(청중 : 얼씨구)

얼씨구나 절씨구나 지화자 좋다
아니 놀지는 못하리라 좋다

양산도 (1)

자료코드 : 05_18_MFS_20110401_CHS_KOS_0002

---

28) 소리미상

조사장소 : 경상북도 의성군 금성면 운곡리 200번지 운곡경로회관

조사일시 : 2011.4.1

조 사 자 : 천혜숙, 백민정, 한지현, 차정경

제 보 자 : 김옥순A, 여, 84세

구연상황 : '노래가락 (2)'를 끝낸 제보자가 흥이 났는지 콧노래를 불렀다. 그러자 김태순
씨가 "그거 말고"라며 콧노래를 중단시키고, "영감 하던 노래를 불러보라"며
운을 띄웠다. 제보자는 곧장 이 노래를 불렀는데, 구연하는 내내 박수소리가
이어졌다.

에헤이이요

삼사는발랑에29) ○○○30)되어

어수는흘러시(流水는흘리서) 능라도리

아서라 말어라

아가리 닥쳐라

집어땡겨라

아니놀지는 못하리로다

창가

자료코드 : 05_18_MFS_20110401_CHS_KOS_0003

조사장소 : 경상북도 의성군 금성면 운곡리 200번지 운곡경로회관

조사일시 : 2011.4.1

조 사 자 : 천혜숙, 백민정, 한지현, 차정경

제 보 자 : 김옥순A, 여, 84세

구연상황 : 김옥순A 제보자는 계속 노래를 흥얼거렸다. 그러나 좌중의 관심이 정복남
씨의 노래에 집중되면서 김옥순A 제보자는 뒷전으로 잠시 밀려났다. 잠깐 노
래가 끊기자 그때서야 김옥순A 제보자의 흥얼거림이 좌중과 조사자들의 귀에
들어왔다. 김태순 씨는 제보자에게 흥얼거리던 노래를 처음부터 불러주길 청

---

29) 무슨 의미인지 알 수 없다.

30) 소리미상

하였다. 그러나 소리가 잘 들리지 않았던 탓에 제보자는 하던 노래를 이어 불렀다. 소리를 듣지 못한 것을 알아차린 김태순 씨가 "처음부터, 새로."라며 큰 목소리로 말해주었다. 제보자는 그때야 "새로?"라고 답하고선 노래를 처음부터 다시 불렀다. 손뼉을 치며 흥겹게 불렀다.

양발은(양말은) 떨어져도 촙사양발에
구두는 떨어져도 동라구두에
양복은 떨어져도 새비루양복에(새비로드양복에)
모자는 떨어져도 중절모자요
양푼칠푼 없는놈이 돈있는채로
이종로 저종로 왔다리갔다리

[청중 웃음]

지화자 지화자 지화자바람에
동냥피고 동냥피고 어—
이종로 저종로 헤여맨다(헤맨다)
좋다

(청중 : 좋다.)

양산도 (2)

자료코드 : 05_18_MFS_20110401_CHS_KOS_0004
조사장소 : 경상북도 의성군 금성면 운곡리 200번지 운곡경로회관
조사일시 : 2011.4.1
조 사 자 : 천혜숙, 백민정, 한지현, 차정경
제 보 자 : 김옥순A, 여, 84세
구연상황 : 옛날에 영감에게 배운 노래를 부르라고 청중들이 계속 권유하였다. "다 잊었부랬다."며 기억이 안 난다는 제보자에게 청중 한 분이 '쑥 둘러 빠져라'라는

노래를 권하자, 이 노래를 구연했다. 제보자는 영감에게 배운 노래가 아니고 10대 때 배우고 불렀던 노래라고 했다.

에에헤에헤이요
청산은 발랑에31) 모란봉에 에헤에
어수는(流水는) 흘러서 능라도라
아가리 닥쳐라 집어땡겨라
하이깔레가 쑥둘러빠져도 못노리로다

(청중 : 좋다!)

신민요 (1)

자료코드 : 05_18_MFS_20110409_CHS_KOS_0001
조사장소 : 경상북도 의성군 금성면 대리 2리 710번지 마을회관
조사일시 : 2011.4.9
조 사 자 : 천혜숙, 백민정, 한지현, 강찬
제보자 1 : 김옥순B, 여, 78세
제보자 2 : 김정곤, 여, 79세
구연상황 : 1차 조사(3월 18일) 후 아쉬움이 남아 다시 대리 2리를 방문했다. 마침 1차 조사 때 만난 할머니들이 회관에 모여 있었다. 정오 무렵이라 점심 준비가 한 창이었다. 김옥순B 제보자는 아침에 뒷산에서 캐 온 봄나물을 경로당 밖 수돗 가에서 씻고 있었다. 조사자가 그 옆에 앉아 지난번 불렀던 '신민요 (1)'을 다시 불러주길 청하였다. 1차 조사 때 '신민요 (1)'의 녹음상태가 고르지 못했기 때문이다. 김옥순B 제보자는 지난번에 불러줬다며 번거로워했으나 조사자가 상황을 말하고 부탁하자, 나물을 씻으면서 '신민요 (1)'을 부르던 상황을 설명 하기 시작했다. 자연스럽게 노래로 이어졌다. 구연 도중 제보자가 노랫말을 정 확히 기억하지 못하자 김정곤 제보자가 옆에서 "인제 그거 캐라."고 말하면서 노랫말을 조금 알려주었다. 김정곤 제보자는 함께 노래를 부르기도 했다.

---

31) 무슨 의미인지 정확하지 않다.

오동나무 열매는
알각딸각 하고요
큰아기 젖가심이
몽실몽실

이카더라.
(조사자 : 뒷부분 더 불러주세요.)
고거 뿌이라(뿐이라).
(조사자 : 그거 뭐 십오야 보름달은 거기도 있던데?)
그래.

십오야 보름달은
구름속에서 놀고요
낮이낮이나 밤이밤이나
참사랑이로다

다지 뭐.
(조사자 : 더 없어요?)
더 없다.

[제보자 1과 제보자 2가 함께 구연한다.]

아침에 우는새는
배가고파 울고요

인제 그거 캐라. 그거 안 캤다 참. 그거 잊아부랬다.

제보자 2 저녁에 우는새는 님이 그려(그리워) 운다

카지. 그거 잊아부렀대이, 그쿠 불러도 참.

(조사자 : 그 뒤에 또 없어요?)

아침에 우는새는

배가고파 울고요

저녁에 우는새는

님이기려버(님이그리워) 울고요

낮이낮이나 밤이밤이나

참사랑이로다

십오야 보름달은

구름속에서 놀고요

낮이낮이나 밤이밤이나

참사랑이로다

(조사자 : 좋다!)

피난가는 노래

자료코드 : 05_18_MFS_20110409_CHS_KJG_0001
조사장소 : 경상북도 의성군 금성면 대리 2리 710번지 마을회관
조사일시 : 2011.4.9
조 사 자 : 천혜숙, 백민정, 한지현, 강찬
제 보 자 : 김정곤, 여, 79세
구연상황 : 경로당에서 점심을 함께 한 후, 자연스럽게 노래판이 벌어졌다. 지난 1차 답
사 때(3월 18일) 길게 듣지 못했던 '피난가는 노래'를 다시 한번 불러 줄 것을
부탁했다. 제보자는 가사가 금방 생각나지 않는지 잠시 머뭇거렸다. 조사자가
한 소절 읊조려 함께 시작하였는데, 처음에는 읊조리다가 창가 가락으로 바꾸
어 불렀다. 뒤에 가사가 더 있으나, 잊어버렸다며 크게 웃었다.

꿈에도 생각없는 군위땅 밟아

정처없어 가는걸음 재촉을 하네

유유히 흐르는 시냇가에서

한살림 냄비밥도 맛이 좋더라

신령화산 콩밭에는 똥도 많더라

[웃음]

청춘가 (4)

자료코드 : 05_18_MFS_20110409_CHS_KJG_0002
조사장소 : 경상북도 의성군 금성면 대리 2리 710번지 마을회관
조사일시 : 2011.4.9
조 사 자 : 천혜숙, 백민정, 한지현, 강찬
제 보 자 : 김정곤, 여, 79세
구연상황 : '피난 가는 노래'가 끝난 후, 또 다른 노래는 없는지 물었다. 제보자는 바로
'청춘가'를 불렀다. 노래하는 도중 사설의 의미에 관해 설명을 덧붙여 주었다.
혼인하기 전 라디오를 듣고 배웠다고 했다.

산이 높아야 골도나 깊으지

조그만한 여자속이 좋다

얼마나 들쏘냐(될소냐)

카고.

낙동강 칠백리 뚝떨어져 살아도

(조사자 : 좋다.)

니아오고(너안오고) 내안가니 좋다

수천리로다

카고.

　　　열두칸 기차야 소리없이 가거라
　　　산란한 요내마음~ 더산란 하노라

카고.

　　　일본의 동경이 얼마나 좋아서
　　　꽃같은 날두고 좋다
　　　어디를 가느냐

카고 그카지 뭐.

　　　간다 못간다 얼마나 울었나
　　　정거장 마당에 한강수 되노라

일본 동경에 뭐 신랑 갔붔으이까네 간다 못 간다 카이, 역에 가가 얼매
나 울어가 한강수 됐단다.
(조사자 1 : 할머니 이런 거 좋아요. 할머니 이런 거 정말 좋아요.)
(조사자 2 : 할머니 이거 노래 이름이 뭐예요? 노래 제목이 뭐예요?)
뭐 제목 아무따나(아무렇게나), 우린 그런 거 자아가(주워서) 하고.
(조사자 3 : 제목 없고 그냥.)

　　　청춘 홍안을 네자랑 말어라
　　　덧없는 세월이 좋다
　　　서럽게 가노나
　　　세상 만사를 생각을 하면은

인생에 부염이~ 꿈이로구나

우연히 저달이 구름밖에 나더니

산란한 이내마음~ 더산란 하노나

만경 창파에 둥둥 뜬배야

한많은 이몸을~ 실고나(신고나) 가련만

수치한 강산에 호걸이 춤을추고

황금에 천지에이혜 영웅도 우노나

산속에 자유가[32] 무심히 울어도

처량한 회포를~ ○○○ 하노나

청춘가 (5)

자료코드 : 05_18_MFS_20110416_CHS_KHS_0001
조사장소 : 경상북도 의성군 금성면 운곡리 261-1번지 김호생 씨 자택
조사일시 : 2011.4.16
조 사 자 : 천혜숙, 백민정, 한지현
제 보 자 : 김호생, 남, 79세
구연상황 : 제보자에게 나무하러 가서 부르는 소리가 있는지 묻자, 특별히 정해진 것 없
이 '청춘가'나 '노래가락'을 부른다고 했다. 구연을 부탁했더니 '청춘가'를 불
러주었다.

이팔은 청춘에 에헤에에~

소연(소년) 몸 되어서

(조사자 : 좋다!)

문명에 한문을

---

32) '자규가'로 두견새를 뜻한다.

닭아를 봅시다

청춘홍화가 흐어어

니자랑 말어라

덧없는 세월이 에헤에에~

(조사자 : 좋다!)

백발이 되노라

동두천 소유산(소요산)

홀로산(홀로선) 소나무

나와같이도 에헤에~

외로이 섰구나

이기, 그기 인자 청춘가라.

노래가락 (9)

자료코드 : 05_18_MFS_20110416_CHS_KHS_0002
조사장소 : 경상북도 의성군 금성면 운곡리 261-1번지 김호생 씨 자택
조사일시 : 2011.4.16
조 사 자 : 천혜숙, 백민정, 한지현
제 보 자 : 김호생, 남, 79세
구연상황 : 노래를 부르면서 흥이 난 김호생 씨는 '청춘가'를 부른 후에 이어서 '노래가락'을 불렀다. 노래가 끝난 뒤에 '청춘가'나 '노래가락'은 누구나 다 하는 것이라 말씀하시면서도, 내심 흐뭇해하시는 듯했다.

노래가락은 인제,

노자좋다 젊어서놀아

늙어지면은 못노나니
화무는 십일홍이요
달도차면은 기우나니
인생은 일장춘몽에
아니놀지는 몬타리라(못하리라)

카는 거 이거는 오새(요새) 창 다 하잖아.

양산도 (4)

자료코드 : 05_18_MFS_20110416_CHS_KHS_0003
조사장소 : 경상북도 의성군 금성면 운곡리 261-1번지 김호생 씨 자택
조사일시 : 2011.4.16
조 사 자 : 천혜숙, 백민정, 한지현
제 보 자 : 김호생, 남, 79세
구연상황 : '의성 기와밟기 소리'가 끝난 후, 조사자가 '양산도'에 대한 이야기를 꺼냈다.
　　　　　말이 떨어지기가 무섭게 바로 구연을 시작했다. 노래가 끝난 후 가사는 즉흥
　　　　　적으로 만들어 부를 수 있다고 덧붙였다.

에헤에에 이이요

그기 양산도거든.

세월아 네월아 오고가지를 말아라
알뜰한 내청춘 다늙어 간다
에헤라 디여라 못노리로오다
허덜덜 거리고 못노리로오다

이게 양산도라.

이요오~

니정내정 묵은정은

모지랑 빗자루로 싹싹 씰어다(쓸어다)

한강철교에 떤지고(던지고)

없는정 있는듯이 살어나 보자

세월아 네월아 오고가지 마라

알뜰한 내청춘 다늙어진다

이거 맹 맨들어 옇으면(넣으면) 돼.

오봉산타령

자료코드 : 05_18_MFS_20110416_CHS_KHS_0004
조사장소 : 경상북도 의성군 금성면 운곡리 261-1번지 김호생 씨 자택
조사일시 : 2011.4.16
조 사 자 : 천혜숙, 백민정, 한지현
제 보 자 : 김호생, 남, 79세
구연상황 : '양산도 (4)'가 끝나자 조사자가 '신고산타령'은 또 어떤 것인지 물었다. 그러
자 제보자가 "그게 '오봉산타령'이지."라며 이 노래를 가창하였다.

신고산이 우루루

화물차떠나는 소리요

고무공장 큰애기

담보짐만 사노라

어랑어랑 어허야

어어야디야 내사랑아~

니가먼저 살자고

옆구리 꼭꼭찔렀나

내가먼저 살자고

귀하게도장을 찔렀지(찍었지)

어랑어랑 어허야

어랑탕바람에 다팔아조지고

백수건달이 되었네

장구타령

자료코드 : 05_18_MFS_20110416_CHS_KHS_0005
조사장소 : 경상북도 의성군 금성면 운곡리 261-1번지 김호생 씨 자택
조사일시 : 2011.4.16
조 사 자 : 천혜숙, 백민정, 한지현
제 보 자 : 김호생, 남, 79세
구연상황 : 조사자가 다시 '장구타령'이 무엇인지를 묻자 바로 이 노래를 불렀다. 구연이
          끝난 뒤 앞서 부른 '양산도'와 '오봉산타령' 그리고 '장구타령'은 서로 비슷한
          것이라고 하였다.

석탄백탄 타는데

연기나퐁퐁 나고요

요내복장 다타는데

한심도 모리네(모르네)

어랑어랑 어이야

맹 그 비슷비슷해.

청춘가 (3)

자료코드 : 05_18_MFS_20110401_CHS_JDY_0001
조사장소 : 경상북도 의성군 금성면 운곡리 200번지 운곡경로회관
조사일시 : 2011.4.1
조 사 자 : 천혜숙, 백민정, 한지현, 차정경
제 보 자 : 정덕용, 남, 84세
구연상황 : 건강 체조를 담당하는 강사가 마을회관에 도착하였다. 1시간가량의 체조 시
간이 끝나기를 기다리는 도중 마을회관의 마루에서 판이 다시 형성되었다. 김
태순 씨는 청중들에게 신식 노래 말고 옛날 노래를 불러야 한다고 끊임없이
주지시켰다. 청중들은 정덕용 제보자가 노래를 잘 한다며 구연하기를 청했다.
소주를 한 잔 마신 정덕용 제보자는 곰곰이 생각하고 여러 차례 망설이다가
'청춘가', '노래가락', '태평가', '양산도'를 각각 한마디씩 하겠다며 이 노래
부터 시작하였다. 옆에 앉아 있던 정복남 씨가 신명을 추스르지 못해 일어나
춤을 덩실덩실 추었다.

에헤이 이십팔 청춘에
소연(소년)몸 되고요
백발보고서 좋다
괄세를 말어라

노래가락 (4)

자료코드 : 05_18_MFS_20110401_CHS_JDY_0002
조사장소 : 경상북도 의성군 금성면 운곡리 200번지 운곡경로회관
조사일시 : 2011.4.1
조 사 자 : 천혜숙, 백민정, 한지현, 차정경
제 보 자 : 정덕용, 남, 84세
구연상황 : 노래 한 곡을 가창한 정덕용 제보자가 이어서 바로 구연하였다. 청중들은 모
두 손뼉을 쳤고, 제보자는 춤을 추기도 했다.

노자 젊어서 놀아

늙고도 병드이면 못노나니

하무는(화무는) 십일홍이요

달도차이면은 기우나리(기우나니)

에헤헤헤 백두산 서근 마이두진이요[33]

두만강물은 엄한물아

(청중 : 얼씨구)

남아이십미평국이면[34]

후세여수[35] 대장부냐

태평가

자료코드 : 05_18_MFS_20110401_CHS_JDY_0003

조사장소 : 경상북도 의성군 금성면 운곡리 200번지 운곡경로회관

조사일시 : 2011.4.1

조 사 자 : 천혜숙, 백민정, 한지현, 차정경

제 보 자 : 정덕용, 남, 84세

구연상황 : 정덕용 제보자는 '청춘가 (3)'을 부르고 잠시 쉬고 있었다. 이때 청중 가운데
한 분이 "구월산 밑에 그 노래를 해라"고 권했더니 이 노래를 불렀다. 무슨
노래인가 물었더니, '태평가'라고 했다.

얼씨구나 좋다 절씨구두 좋네

아니노지는 못하리라

아니쓰지도 못하리라

황해도라 구월산밑에

---

33) 무슨 말인지 확실하지 않다.

34) '男兒二十未平國'으로 '남자 되고 이십에 나라를 평정하지 못하면'의 의미이다.

35) '後世여수차'로 정확하지 않다.

주추캐는 저큰아가

너의집은 어디길래

해가져도 가지를않고

주추만을 캐느냐

나의집은 봉산구월산밑에

초가삼간이 내집이요

오실라꺼든 오십시고

가실라꺼든 가십시오

양산도 (3)

자료코드 : 05_18_MFS_20110401_CHS_JDY_0004
조사장소 : 경상북도 의성군 금성면 운곡리 200번지 운곡경로회관
조사일시 : 2011.4.1
조 사 자 : 천혜숙, 백민정, 한지현, 차정경
제 보 자 : 정덕용, 남, 84세
구연상황 : '태평가'에 이어서 불렀다. 정덕용 씨는 목이 옛날 같지 않다고 아쉬워했다.

에헤헤이 여~

양도맹산(양도명산) 흐르는물에

감돌아 든다하고

부벽루와 좋다

아서라 말어라

니가그리 마라

사람의 괄세를

니가그리 마라

그거 한 마디 보자.

[조금 쉬다가]

> 헤에에이여~
> 가노라 오너라
> 오너라 가노라
> 내가 돌어간다
> 허덜떨떨 거리고
> 내가 돌어간다

노래가락 (1)

자료코드 : 05_18_MFS_20110401_CHS_JBN_0001
조사장소 : 경상북도 의성군 금성면 운곡리 200번지 운곡경로회관
조사일시 : 2011.4.1
조 사 자 : 천혜숙, 백민정, 한지현, 차정경
제 보 자 : 정복남, 여, 88세
구연상황 : '아기 재우는 소리'가 끝나고 조사자는 '노래가락'을 부를 수 있는지 물었다.
그러자 제보자가 기꺼이 불러주었다. 청중들은 가창하는 내내 박수로 박자를
맞추었다.

> 꽃좋다 소문을듣고
> 은도마리36)가 다모였네
> 꽃이사 곱더라만은
> 가지높어서 못꺾을래
> 꽃이사 꺾든지말든지
> 꽃이름이나 짓고가소

---

36) 무슨 의미인지 알 수 없다.

꺾으면 유정화요(有情花요)

못꺾으면은 무정화로다(無情花로다)

청춘가 (1)

자료코드 : 05_18_MFS_20110401_CHS_JBN_0002

조사장소 : 경상북도 의성군 금성면 운곡리 200번지 운곡경로회관

조사일시 : 2011.4.1

조 사 자 : 천혜숙, 백민정, 한지현, 차정경

제 보 자 : 정복남, 여, 88세

구연상황 : '모심기 소리 (1)'이 끝나자, 조사의 취지를 파악한 몇 분은 "옛날에 했던 거 문화재 만드는 것."이라며 나름대로 해석하고는 좌중에 옛날 노래를 불러주길 강조하고 부추겼다. 정복남 제보자가 공감하면서 이 노래를 구연했다.

울너메~ 담너메~

임숨겨 놓고요

호박꽃이 난들난들 좋다

임생각 나노라

[잠시 노래를 중단하였다.]

우리 클 때 저녁마다 했는 거다. 이거는.

(조사자 : 이거는 청춘가죠?)

(청중 1 : 청춘가, 청춘가.)

(청중 2 : 꽃과 나비는 고마, 잊었부렸다.)

[그리곤 바로 생각이 났는지 이어 불렀다.]

종달새 울거들랑

봄온줄 알고요

하모니카 불러들랑 좋다

임온줄 아시오

[쑥스럽게 웃으며]

청천초목에 불질러놓고요

진주야 남강에 좋다

물길러 갑시다

청춘가 (2)

자료코드 : 05_18_MFS_20110401_CHS_JBN_0003
조사장소 : 경상북도 의성군 금성면 운곡리 200번지 운곡경로회관
조사일시 : 2011.4.1
조 사 자 : 천혜숙, 백민정, 한지현, 차정경
제 보 자 : 정복남, 여, 88세
구연상황 : 김옥순A 씨의 '창가'가 끝나자 김태순 씨는 그 다음 가창자로 제보자를 지목
했다. 그러자 정복남 제보자는 '청춘가 (2)'을 바로 가창하였다.

바람이 불란가

눈비가 올란가

앞천방 수양버들 좋다

반츰만37) 쳐놓으라

노래가락 (6)

자료코드 : 05_18_MFS_20110401_CHS_JBN_0004

---

37) '쏜만'의 의미이다.

조사장소 : 경상북도 의성군 금성면 운곡리 200번지 운곡경로회관
조사일시 : 2011.4.1
조 사 자 : 천혜숙, 백민정, 한지현, 차정경
제 보 자 : 정복남, 여, 88세
구연상황 : 김선이 씨의 '노래가락 (5)'가 끝나자마자 정복남 제보자가 구연한 노래이다. 손뼉을 치며 불렀으며, 김태순 씨를 비롯한 몇몇 청중도 손뼉을 치며 박자를 맞추었다.

    꽃은꺾어 머래다꽂고
    잎은따여서(따서) 입에물고
    송이꺾어 짝지짚고
    농해농산 배틀나고
    일력서산을 구경가세
    얼씨구나좋다 절씨구나
    아니놀지는 못하리라

노래가락 (7)

자료코드 : 05_18_MFS_20110401_CHS_JBN_0005
조사장소 : 경상북도 의성군 금성면 운곡리 200번지 운곡경로회관
조사일시 : 2011.4.1
조 사 자 : 천혜숙, 백민정, 한지현, 차정경
제 보 자 : 정복남, 여, 88세
구연상황 : '사우 노래'를 가창한 정복남 제보자가 이어서 계속 불렀다. 청중 모두 손뼉을 치며 노래판을 즐겼다.

    나비야 청산을가자
    호랑나비야 너도가자
    가다가 저무거들랑

꽃밭엔따나(꽃밭에라도) 자고가세

꽃밭에 푸대접받거든

잎에엔따나(잎에라도) 자고가세

잎에서 못자기되면은

운곡경로당 푹쉬다가소

좋다.

[청중 모두 박수를 쳤다.]

노래가락 (8)

자료코드 : 05_18_MFS_20110401_CHS_JBN_0006

조사장소 : 경상북도 의성군 금성면 운곡리 200번지 운곡경로회관

조사일시 : 2011.4.1

조 사 자 : 천혜숙, 백민정, 한지현, 차정경

제 보 자 : 정복남, 여, 88세

구연상황 : 정복남 제보자는 가사에 대한 기억이 불분명하여 노래 앞부분을 여러 번이
나 부른 후에야 가사를 완성해서 불렀다.

꿈아꿈아 무정한꿈아

오셨던님을 왜보냈나

다음에 오시거들랑

자는나잠을(자는내잠을) 깨와나주소

이북 소리

자료코드 : 05_18_MFS_20110409_CHS_JBN_0001

조사장소 : 경상북도 의성군 금성면 운곡리 200번지 운곡경로회관

조사일시 : 2011.4.9

조 사 자 : 천혜숙, 백민정, 한지현, 강찬

제 보 자 : 정복남, 여, 88세

구연상황 : 운곡리 1차 조사 때 소개받은 소리꾼 김호생 씨를 만나기 위하여 마을을 다시 찾았다. 1차 조사 때 뵈었던 분들께 인사를 하기 위해 먼저 마을회관으로 향했다. 마을회관에 모여 계시던 할머니들께 인사를 드린 후 지난번 조사 때 만났던 주요 제보자들의 연락처와 인적 사항을 다시금 확인했다. 잠시 담소를 나누다가 혹시나 하는 마음으로 노래가 더 있는지를 물었다. 그러자 정복남 제보자가 이 노래의 가사를 읊어주었다. 구연이 끝난 후, 그 당시에는 이 노래를 부르면 잡혀갔다는 부연 설명을 해 주었다.

백두산아 백두산아

이북서 왔는 사람,

백두산아
우리부모 일가친척
그곳에 있는데
나혼자 이곳에서

아,

우리부모 일가친척
그곳에 있는데

카고.

이세월 얼른가거라
내고향 갈란다

2. 다인면

조사마을

경상북도 의성군 다인면 송호 1리

조사일시 : 2011.4.23, 2011.5.22
조 사 자 : 천혜숙, 김보라, 권희주, 차정경, 강찬

송호 1리 마을 전경

송호 1리는 내송화와 외송화로 구분된다. 각각 안송화와 바깥송화라고
도 불리며, 둘을 합쳐 송홧골이라고 부른다. 면소재지에서 송호 3리인 금
릉마을의 고개를 넘어 왼쪽으로 꺾어 들어 1km 정도 가면 외송화에 이르
고 거기서 조금 더 들어가면 내송화 마을이 나타난다. 두 마을은 500m가
량 떨어져 있으나 두 마을 모두 안동 김씨 세거촌으로 마을 간의 유대가
강한 편이다.

조선시대 송호리는 예천군 현남면에 속한 지역이었다. 1906년에는 비안군 현남면에 속했다가 1914년 행정구역 개편 시에 의성군 다인면에 속하게 되었다. 송화, 사호, 금릉의 세 마을로 구성되었으며, 송화의 송(松)자와 사호의 호(湖)자를 합해 송호동이 되었다. 그리고 1988년 의성군 조례 제1225호에 따라 동(洞)이 리(里)로 바뀌었다. 송화는 송호 1리, 사호는 송호 2리, 금릉은 송호 3리의 다른 이름이다. 송화는 내송화 마을 앞에 우거진 송림이 있어서 송홧가루 향기가 마을에 가득하다고 하여 붙여진 이름이다. 그리고 송화란 이름 앞에 내외를 붙이는 것은 두 마을이 산의 안과 바깥에 위치하였음을 이르는 것이다.

두 마을 모두 안동 김씨 세거촌이다. 1600년대 안동 김씨 김대열이 사호 마을(송호 2리)에서 분가하여 처음으로 외송화에 입향했다고 하며, 1760년대에는 역시 안동 김씨인 김운순이 외송화로부터 내송화로 이주했다고 한다. 따라서 두 마을 중 외송화가 먼저 생긴 것을 알 수 있다.

현재 마을 인구는 두 마을을 합쳐 65호로, 안동 김씨가 반 이상을 차지한다. 그 밖에는 김해 김씨, 나주 정씨, 예천 임씨, 강릉 김씨, 인동 장씨, 선산 김씨, 평해 황씨 등의 각성들이 살고 있다.

예전에는 두 마을 모두 좁은 산골짜기에 위치하여 한발이 극심했다. 그래서 무엇보다 물이 귀했던 마을이다. 상수도가 들어오기 전 마을에는 먹는물샘과 허드레샘으로 불리는 두 개의 샘이 있을 뿐이었고, 먹는물샘조차도 수량(水量)이 극히 부족한 데다 수질(水質)도 형편없었다. 마을 어른들은 지금의 구정물보다 더한 물을 식수로 먹었던 것으로 기억한다. 당시는 "길가는 사람 밥은 줘도 물은 안 준다"는 향언이 있었을 정도이다. 마을에서는 물이 귀한 나머지 모내기도 7월이 되어야 할 수 있었다고 한다.

안동댐과 임하댐이 생기고 전천후 농업용수의 보급이 이루어진 후로 논들이 모두 수리안전답으로 바뀌었다. 한발지역이 옥토로 바뀐 셈이다. 그래서 지금은 어느 마을보다 벼농사의 비중이 높아졌다. 주민의 95%가

벼농사를 생업으로 하고 있다. 그 밖에도 사과와 양파를 재배한다.

1943년부터 마을에 기독교가 들어왔다. 처음에는 다른 마을에 있는 교회에 다녔으나 그 교회들이 일제의 압박으로 차례로 문을 닫은 후로는 마을 안의 개인 집에서 예배를 보다가, 1949년 내송화 동편에 예배당을 세웠다. 현재 있는 예수교 장로회 송화교회는 1973년에 개축하였다가, 4년 전 다시 크게 보수한 것이다. 현재는 마을 주민 대부분이 이 송화교회를 다니고 있다.

송호 1리 마을회관 내 연행 현장

마을의 동제가 오래전에 없어진 것도 이렇듯 강한 기독교 신앙과 무관하지 않다. 마을길을 넓힐 때 홰나무 당목을 베어 없앴다. 마을 교회의 집사님이 당목을 베었는데, 아무 일도 없었다고 한다. 이 마을에서는 권사, 집사, 장로 등의 교회 직함이 택호를 대신할 정도이다. 교회를 다닌 이후로는 모여서 노는 일도 드물어졌다.

  의성군에서 준 자료집 『의성의 구비문학』(미간행)에서 설화 제보자에 대한 정보를 보고 이 마을을 찾았는데, 마을에서 이야기와 노래를 채록하는 것은 마을 분들의 침잠된 기억을 떠올려야 하는 힘든 일이 된 듯했다. 그러나 그런 가운데도 유능한 제보자는 숨어 있었다. 밖으로 알려진 분보다는 차춘화 씨와 안종분 씨 두 분으로부터 흥미로운 자료를 얻을 수 있었다.

제보자

김영동, 남, 1945년생

주 소 지 : 경상북도 의성군 다인면 송호 1리
제보일시 : 2011.5.22
조 사 자 : 천혜숙, 김보라, 권희주

송호 1리에서 안동 김씨 집안의 6형제 중  맏아들로 생장했다. 다인초등학교, 다인중학교 등을 거쳐 안동교육대학을 졸업했다.

가난한 집안에서 부모님은 농사를 지어 가계에 보탬이 되어 주기를 원했으나, 제보자는 공부가 좋아서 학업에 매진하였다. 친구들이 모두 농사일을 할 때 자신은 중급 한자 1,800자를 외울 정도로 학업에 흥미가 있었다. 교육대학을 졸업한 후 의성군 일대에서 42년 동안 초등학교 교사 생활을 했으며, 올해 정년을 맞아서 퇴직했다.

슬하의 2남 1녀는 모두 성가하여 외지에서 살고 있다. 제보자는 주중에는 대구에서 지내다가, 주말이면 어머니가 계신 마을로 내려와서 농사일을 거들고 있다.

『의성문화』(21호, 22호, 23호)와 '의성신문'에 마을에서 전승되는 설화를 소개하는 글을 싣기도 했다. 의성군에서 조사한 구비문학자료집에도 이 분이 제보한 자료가 실려 있어서, 미리 약속을 정하고 마을로 찾아가서 만났다. 그러나 구비문학의 현장 자료에 대한 인식이 약한 편이다. 제보자는 설화의 내용을 자의적인 구술체 문장으로 기록한 원고를 준비하고, 조사자들을 기다리고 있었다. 구연은 그 기록된 원고를 소리내어 읽는 방식으로 이루어졌다. 재차 조사취지를 설명하고 자연스러운 구술을 유도해 보았지만 결국 원고를 읽는 방식에서 벗어나지 못했다. 자신이 쓴 글에 대한 집착 때문이 아닌가 생각되었다.

제공한 자료는 이미 위의 저널들에 기고한 것들로, <인색한 부자의 패망>, <아기장수>, <마을을 잘 살게 해준 홰나무의 은덕> 세 편이다. 구연이 아니라 낭독된 자료라서 어색하기 이를 데 없지만, 구전 자료가 대학교육을 받은 제보자에 의해서 오히려 기록으로 고착되는, 또는 구술체 문장으로 재창작된 양상을 보여주는 자료라 여겨서 채록했다.

제공 지료 목록
05_18_FOT_20110522_CHS_KYD_0001 인색한 부자의 패망
05_18_FOT_20110522_CHS_KYD_0002 아기장수
05_18_FOT_20110522_CHS_KYD_0003 마을을 잘 살게 해준 홰나무의 은덕

김인숙, 여, 1932년생

주 소 지 : 경상북도 의성군 다인면 송호 1리
제보일시 : 2011.5.22
조 사 자 : 천혜숙, 김보라, 권희주

본동 두 번째 조사 날 마을회관에서 만난 분이다. 예천에서 태어나 이 마을로 시집을 와서 현재까지 살고 있다.

마을회관에서 벌어진 이야기판의 현장에 있었지만, 자신을 드러내기를 꺼리고 촬영하는 것도 싫어했다. 그래서인지 적극적으로 참여하지는 않았고, 계속 누운 상태에서 조금씩 개입하는 정도였다. 몸이 안 좋은 듯이 보이기도 했다. 다른 제보자들이 마을 근처에 위치한 산이나 지명에

대해 이야기를 하자, 자신이 아는 이야기를 보탰다.

전설 <가물면 비봉산 말래이에 산소 판다>, <달모산의 지명 유래> 두 편을 구연했다.

제공 자료 목록

05_18_FOT_20110522_CHS_KIS_0001 가물면 비봉산 말래이에 산소 판다
05_18_FOT_20110522_CHS_KIS_0002 달모산의 지명 유래

김치동, 남, 1936년생

주 소 지 : 경상북도 의성군 다인면 송호 1리
제보일시 : 2011.5.22
조 사 자 : 천혜숙, 김보라, 권희주

안동 김씨로, 대대로 송호 1리에서 살아
온 토박이다. 송호국민학교와 안계중학교를
거쳐서 고학으로 부산 해동고등학교를 졸업
하였다. 집안은 가난했지만, 학업에 뜻이 있
어 부산대학교 국문학과를 들어갔다. 안 해
본 일이 없을 정도로 학비를 벌었지만 결국
대학을 마치지 못했다. 돈이 없어 공부를 마
치지 못한 억울함과 분노로 1960년 해병대
에 입대했다가, 2년 후 제대를 한 후 귀향하여 지금까지 농사를 짓고 살
아왔다. 지금도 부인과 함께 벼농사를 크게 짓고 있다.

마을 이장직을 오랫동안 맡아 왔다. 그래서 마을사람들의 주민등록번호
와 주소, 가족 수까지 달달 외고 있을 정도이다. 동장을 연임하면서 송호
마을의 제반 시설을 갖추는 데 힘을 많이 쏟았다.

슬하에 아들 셋을 두었다. 현재는 각종 사회정화단체와 새마을지도자협

회에서 교육하는 일을 맡고 있다. 주로 마을 현황에 대해서 사실적 제보를 해주었다. 구연한 자료는 <죽고개와 떡방구 전설> 한 편이다.

제공 자료 목록
05_18_FOT_20110522_CHS_KCD_0001 죽고개와 떡방구 전설

박도현, 여, 1929년생

주 소 지 : 경상북도 의성군 다인면 송호 1리
제보일시 : 2011.5.22
조 사 자 : 천혜숙, 김보라, 권희주

밀양 박씨로, 의성 단북면 새솔마에서 생
장했다. 16세에 송호 1리로 시집왔다. 슬하
에 4형제를 두었다.
　본동 조사 둘째 날 마을회관에서 만났다.
처음에는 수줍게 노래를 따라 부르다가 점
점 신명이 나서 적극적으로 참여했다. 전에
는 소리를 참 잘했다고 자찬하면서 자신의
기억이 소진했음을 한탄하기도 했다.
　<도라지타령>, <신고산타령> 민요 두 편을 구연하였다.

제공 자료 목록
05_18_FOS_20110522_CHS_PDH_0001 도라지타령
05_18_MFS_20110522_CHS_PDH_0001 신고산타령

안종분, 여, 1932년생

주 소 지 : 경상북도 의성군 다인면 송호 1리
제보일시 : 2011.5.22

조 사 자 : 천혜숙, 김보라, 권희주

상주시 동막골에서 생장했다. 가난한 집안의 맏딸로 태어나 학교는 다니지 못했고, 어머니의 가사를 도우면서 어린 시절을 보냈다.

18세 나던 해 동짓달에 이곳 송호 1리로 시집와서, 슬하에 3남 2녀를 두었다. 열셋이나 되는 대가족을 거느리고 살면서 고된 시집살이를 겪었다. 평생 농사를 짓고 살아왔다. 지금도 농사일을 할 만큼 정정하다.

본동 두 번째 조사 시 마을회관에서 만난 분이다. <꾀 내어 죽음 모면한 사람>, <돈이 탐나서 어미를 죽인 딸>, <판사가 많이 난 비봉산>, <여덟 번 시집간 숙맥>, <동서 시집살이하다 죽은 며느리> 등 다섯 편의 설화를 구연했다. 권선징악적 주제를 지향하는 내용이나 부도덕한 사람을 경계하는 내용이 대부분이다.

제공 자료 목록
05_18_FOT_20110522_CHS_AJB_0001 꾀 내어 죽음 모면한 사람
05_18_FOT_20110522_CHS_AJB_0002 돈이 탐나서 어미를 죽인 딸
05_18_FOT_20110522_CHS_AJB_0003 판사가 많이 난 비봉산
05_18_FOT_20110522_CHS_AJB_0004 여덟 번 시집간 숙맥
05_18_FOT_20110522_CHS_AJB_0005 동서 시집살이하다 죽은 며느리

차춘화, 여, 1931년생
주 소 지 : 경상북도 의성군 다인면 송호 1리
제보일시 : 2011.4.23, 2011.5.22
조 사 자 : 천혜숙, 김보라, 권희주

강원도 원주 태생으로 객지에 살다가 32 세 때 남편의 고향인 이 마을로 들어왔다. 슬하에 2남 1녀를 두었으며 현재는 경찰에 종사하는 차남 부부와 함께 살고 있다. 마을에 있는 송호교회의 권사이다.

조사 첫날 마을회관에 들어서서 조사 취지를 설명하자 한 분이 나가서 제보자를 모셔 왔다. 젊었을 때부터 노래를 잘하기로 마을에서 이름난 분이었다. 스스로도 자신의 노래실력에 대한 자부가 상당히 강한 편이다. 젊은 시절 제보자가 노래를 부르면 남들이 "참벌이 날아간다"고 말했다고 했다. 논일을 할 때도 자신의 노래를 들은 분들은 "허리가 아프지 않다"고 했다는 자랑도 했다.

그러나 몇 년 전 큰 병을 앓은 뒤로 목청도 기억도 옛날 같지 않다. 게다가 교회를 다닌 이후부터는 이야기와 민요를 구연할 기회도 점차 사라졌다. 그렇다고 해도 제보자의 구연능력은 상대적으로 좋은 편이다. 타고난 미성으로 젊은 시절 배웠다는 신민요를 여러 편 불러 주었다. 또 강원도 출신이라 <정선아라리>도 자연스럽게 불렀다. 노래 못지않게 설화 보유량도 풍부하다. 자라면서 어머니나 다른 어른들로부터 이야기를 많이 들었고, 혼인한 후에는 남편으로부터도 이야기를 많이 들었던 경험이 있다. 두 유형의 '아기장수 전설' 외에도 <여자는 남>, <빈대 때문에 망한 절> 등의 이야기를 상세한 묘사와 탄탄한 줄거리를 갖추어 구연했다. 제공한 자료는 아래와 같다.

제공 자료 목록

05_18_FOT_20110423_CHS_CCH_0001 빈대 때문에 망한 절
05_18_FOT_20110423_CHS_CCH_0002 집 나간 아기장수
05_18_FOT_20110423_CHS_CCH_0003 엄마 때문에 실패한 아기장수

05_18_FOT_20110423_CHS_CCH_0004 여자는 남

05_18_MPN_20110423_CHS_CCH_0001 뱀으로 보인 신랑

05_18_FOS_20110423_CHS_CCH_0001 뱃 노래

05_18_FOS_20110423_CHS_CCH_0002 정선아리랑 (1)

05_18_FOS_20110423_CHS_CCH_0003 정선아리랑 (2)

05_18_FOS_20110522_CHS_CCH_0001 성주풀이

05_18_FOS_20110522_CHS_CCH_0002 아리랑 고개

인색한 부자의 패망

자료코드 : 05_18_FOT_20110522_CHS_KYD_0001
조사장소 : 경상북도 의성군 다인면 송호 1리 김영동 씨 자택
조사일시 : 2011.5.22
조 사 자 : 천혜숙, 김보라, 권희주
제 보 자 : 김영동, 남, 67세
구연상황 : 김영동 제보자에게 미리 연락해서 만날 약속을 해 두었다. 댁으로 찾아가니, 『의성문화』 및 '의성신문' 등에 자신이 제보한 기사와 더불어, 그 기사를 바탕으로 구연할 내용을 글로 작성해 놓고 기다리고 있었다. 구연은 그 원고를 읽는 방식으로 이루어졌다. 조사자들이 필요한 것은 구술 자료라고 몇 번이나 말씀드렸지만, 워낙 자신이 쓴 기사에 대한 자부가 강해선지 구연상황을 바꾸기가 어려웠다. 이 분의 자료는 어색한 구연에 의한 것이긴 하지만 이미 문자화된 것이기도 해서, 기사를 읽어주는 것을 녹음하고 그대로 채록해서 제공하기로 했다. 이 이야기는 전형적인 '장자형 전설'이며 제보자는 할아버지와 아버지에게서 들은 것이라고 했다. 자료 낭독이 끝난 후 조사자가 사람바위가 어디 있냐고 물었더니, 송호마을 인근에 있었다고 하며, 스님이 살던 절이 위치한 골을 '절골'이라고 부른다고 했다. 어린 시절 절골 주변에 올라가면 질그릇 등이 있었다고 덧붙였다.
줄 거 리 : 송호리 절골에서 살던 스님이 부잣집에 시주하러 갔다. 주인이 시끄럽다고 스님을 처마에 매달아 놓았다. 스님은 손이 발이 되도록 빌고 나서야 풀려났다. 스님은 부잣집이 위치한 형국을 자세히 보고는 다시 그곳으로 갔다. 시주하면서 산 위에 위치한 사람바위만 없으면 백석꾼이 될 것이라고 중얼거렸다. 주인이 이 말을 듣고 석수장이를 불러 사람바위를 깨뜨렸다. 3년 만에 부잣집이 망하였다.

고려 중엽 한창 불교가 성할 때 송호리에서 달제리로 넘어가는 중간 지점에 '절골'이라는 곳에서 어느 스님이 이웃마을, 송호리 산 63번집니다. 에 시주를 하러 갔는데 마침 그 날은 인근 마을사람들을 모아놓고 잔

치를 벌이는 날이었습니다.

스님이 대문 앞에서 시주할 것을 청하니 시끄럽다고 그만 스님을 망에 묶어 처마 끝에 매달았습니다. 잔치가 파하고 스님은 손이야 발이야 빌어서 겨우 풀려났습니다. 절에 돌아온 스님은 그 부잣집이 어떻게 해서 부자가 되었는지를 연구를 하게 되었습니다.

하루는 부잣집 뒷산에 산봉우리에서 앞을 내려다보니 집에서 한 이백 메터쭈움 건너 산에 사람 모양의 바위를 발견하였습니다. 그 '사람바위가 부잣집과 어떤 관계가 있지 않을까' 싶어 다시 시주를 가서 그냥 중얼거렸습니다.

"아, 참 원통하구나. 그 바위만 없으면 백석꾼도 될 텐데."

그 말을 주워들은 주인은 스님께 다시 물었스, 보았습니다.

그 말을 들은 주인은 다음 날 석수장이를 불러서 그 바위를 깨트렸습니다.

그 날 저녁 꿈에 산신령이 나타나서,

"너 이놈, 네가 어찌 잘 사는지를 모르고 바위를 깨트리느냐?"

크게 호통을 치고 사라졌습니다.

그 다음부터 망하기 시작하여 삼년 만에 망하고 말았습니다.

지금은 그 바위에 목동들이 걸터앉아 쉬는 곳이 되었습니다. '사람은 자기 분수를 알고 남을 존경하고 도울 줄 알아야 한다.'는 교훈을 주는 전설이라고 생각합니다.

아기장수

자료코드 : 05_18_FOT_20110522_CHS_KYD_0002
조사장소 : 경상북도 의성군 다인면 송호 1리 김영동 씨 자택
조사일시 : 2011.5.22

조 사 자 : 천혜숙, 김보라, 권희주
제 보 자 : 김영동, 남, 67세
구연상황 : 앞의 이야기 '인색한 부자의 패망'이 끝나고 잠시 잡담을 나누었다. 제보자는 아내에게 자신의 구연상황을 카메라로 찍으라고 했다. 사진을 찍은 후, "다음 이야기는"이라고 말하며, 두 번째 이야기의 구연도 역시 준비한 원고를 읽는 방식으로 이루어졌다. 이 이야기는 마을에서 들은 이야기라고 했다.
줄 거 리 : 어느 고을에 중년 부부가 부처님께 시주하고 천재 아들을 하나 얻었다. 아이가 세 살 되던 해 어머니는 모내기하러 아이를 데리고 논에 갔다. 갑자기 어떤 장군이 말을 타고 와서 지금까지 모내기 한 포기 수가 몇 개인지 답하지 못하면 모두 죽이겠다고 위협했다. 이 말을 들은 천재 아이가 장군에게 지금까지 말을 타고 온 발자국 수를 대라고 응수하였다. 답을 하지 못한 장군은 후일을 기약하며 마을을 떠났다. 모내기를 마치고 아이는 어머니에게 콩 한 되를 볶아 달라고 했다. 절대로 먹어서는 안 된다고 당부했는데도 불구하고 어머니는 콩을 볶으면서 맛을 본다고 하나를 집어 먹었다. 이를 알아챈 아이가 울면서 어머니에게 내가 죽으면 뒷산에 올라가 동서남북 방향으로 네 번씩 절을 한 뒤 그곳에 묻어달라고 했다. 이윽고 방 안으로 화살들이 날아 들어왔다. 천재 아이는 어머니가 볶아 준 콩으로 화살을 막았는데, 마지막 화살을 막지 못하고 죽었다. 어머니는 아들이 일러준 대로 뒷산에 가서 절을 했더니, 땅이 갈라졌다. 그곳에 아들을 묻고 집으로 돌아왔다. 갑자기 낮에 고함을 쳤던 장군이 집으로 와서 아이를 묻은 곳을 알려 주지 않으면 죽여 버리겠다고 협박했다. 할 수 없이 어머니는 아들을 묻은 곳을 알려 주었다. 장군은 그곳으로 가서 막 용솟음하여 살아나는 아들의 목을 칼로 베고 재를 뿌렸다. 아들을 배반한 어머니도 죽여버렸다.

의성군 서부지역에 입으로 전해 내려오는 이야기가 있습니다.

어느 고을에 중년부부가 슬하에 자식이 없어서 부처님께 시주하여 아들 하나를 얻었는데 그 아들이 천재로 태어났습니다.

어느 여름철 아들이 세 살 정도 되던 해 어머니가 동네 모내기 품앗이를 갔습니다. 한 삼십 명 정도나 되는 어머니들이 데리고 간 아이들도 한 열 사람 정도 되었습니다. 그 열 사람 정도는 윗논에서 놀게 하고, 한 삼십 명의 어머니들은 열심히 모내기를 하고 있을 때였습니다.

남쪽에서 어떤 장군이 말을 타고 큰 칼로 휘두르며 고함을 쳤습니다.

"여기 모내기하는 사람들 중에서 아주머니들이 모내기 한 포기 수가 얼마인지 모르면은 모두 죽이겠다."라고 고함을 쳤습니다.

어머니들은 모두 벌벌 떨고 있는데 윗논에서 놀던 천재 아이가,

"그럼 장군이 타고 온 말의 발자국 수가 몇인지 말해 보시오."라고 대답했습니다.

장군은,

"다음에 다시 보자."

하고 달아났습니다.

모내기를 마치고 콩을 볶아먹는 풍습이 있는데 이 천재 아이가 어머니께 졸라서,

"콩 한 되를 하나도 먹지 말고 나를 볶아 주시오."라고 했습니다.

콩을 볶을 때 콩이 다 익었는지 하나를 맛을 보았다.

아들은 크게 울면서,

"이제는 나는 죽었다. 내가 죽으면 뒷산에서 동서남북 네 번씩을 절을 하고 묻어주세요."

하고 했습니다.

그 다음에 어디에서 방 안으로 화살이 날아왔습니다. 천재가 콩 하나로 화살 한 개씩을 막았습니다. 마지막 화살에 그만 천재가 맞고 죽었습니다.

어머니는 아들 말대로 뒷산에 동서남북으로 절을 네 번씩 하니 땅이 갈라져서 땅에 묻고 집에 와 잠이 들려고 하니, 낮에 본 장수가 어머니를 협박하여 아들 묻은 곳을 가르쳐 돌라고 협박을 했습니다.

할 수 없이 어머니는 그 아들을 묻은 장소로 데려가서 절을 열 여섯 번을 하니까 땅이 갈라졌습니다. 그때 아기는 살아서 마악 용솟음치면서 올라오는 중인데, 그 장군은 칼로 아들을 목을 쳤습니다. 치고는 잿가루로 재로 뿌렸습니다. 뿌리는 이유는 다시 붙지 마라고, 머리하고 몸통하고 붙지 마라고 뿌렸어요.

[눈시울이 붉어지면서]

그만(그러면) 아들은 영영 죽는 거죠. 그래서 인제 장수는 아들을 죽이고, 또 어머니도 죽였습니다. 왜 죽었냐면 아무리 겁이 나도 자기 자식을 위해서는 자기 목숨까지 버려야 되는 기 부몬데,

"겁이 난다고 그래 어, 아들을 다시 죽일 수 있느냐? 이런 사람은 안 되겠다." 하고는 다시 또 죽였습니다. 그래서 억울한 이야기가 되겠죠.

마을을 잘 살게 해준 홰나무의 은덕

자료코드 : 05_18_FOT_20110522_CHS_KYD_0003
조사장소 : 경상북도 의성군 다인면 송호 1리 김영동 씨 자택
조사일시 : 2011.5.22
조 사 자 : 천혜숙, 김보라, 권희주
제 보 자 : 김영동, 남, 67세
구연상황 : '아기장수' 이야기가 끝나고 조사취지를 다시 설명하면서 자연스러운 구술을 유도해 보았지만, 제보자는 줄거리를 알려주는 데 필요한 것이라며 자신의 원고를 읽는 방식을 고수했다. 질문하면 답변을 해주겠다고도 했다. 이번 이야기의 도중에는 자연스럽게 설명을 덧붙이는 부분이 들어있다. 그러나 다시 나머지 원고를 또 읽는 바람에 내용상 중복된 부분이 있게 되었다.
줄 거 리 : 피죽을 끓여 먹고 살던 시절에 한 스님이 송화마을을 지나가면서 마을 지형이 소쿠리 형태라고 말해 주었다. 그리고는 소쿠리 중앙에 해당하는 지형에 느티나무를 심고, 소쿠리 끝에다 홰나무를 심으면 부자가 될 것이라고 일러주었다. 마을사람들은 스님의 말 그대로 나무를 심었고, 그 후로 마을이 번창하였다. 또 다른 스님이 송화마을을 지나가면서 소쿠리 손잡이 부분에 소나무를 심으면 액을 면할 수 있다고 했다. 이 말을 듣고 마을사람들이 돌아가며 스님이 말한 위치에다가 소나무를 심었다. 하지만 원래 물이 없는 마을이라 소나무가 잘 자라지 않았다. 그래서 온 동네에서 물을 주고 성심을 다해 키웠다. 걱정된 마을사람들은 홰나무에서 동제사를 지내며 가물지 않기를 빌었다. 동제를 지낸 이후로 비가 많이 오고 풍년이 들었다. 1949년 기독교의 유입, 1960년대 새마을 운동과 더불어 마을길을 넓히는 데 홰나무가 지장이

있어 베어버리게 되었고, 자연히 동제사도 지내지 않게 되었다. 여러 혁신의 바람으로 마을사람들은 대부분 교회에 다니고 양옥도 짓고 시내버스를 타고 다닌다.

조선시대에 사호에서 외송화로, 다시 내송화로 이주해 왔습니다. 이때 처음 이주해 온 사람은 천칠백육십(1760) 년경에 영조대왕 땝니다. 김진순이라는 안동 김씨 사람입니다. 에에, 처음에 들왔다고 합니다.

이 이야기는 다인지(多仁誌)라는[38] 책이 있습니다. 다인지라는 책에 나옵니다.

이 사람은 초가집을 짓고 그 당시 피죽을 끓여 먹고 살았습니다.

[구술로 이야기하기 시작한다.]

피죽이 뭔지 잘 모르겠죠?

(조사자 : 피로 만든.)

예에. 피로 만든 게 아이라, 피라는 풀이 있어요. 벼하고 비슷한 게 있어요. 벼가 없을 때 피, 피에서 그 열매를 따가주고 죽 끓여먹었습니다. 아주 옛날이죠? 그죠? 그때 한 스님이 이 고을은 지나가면서, 이 고을은 지역이 소구리(소쿠리) 형태, 삼태깁니다. 그죠?

"소구리(소쿠리) 형태로 되어있어서 소구리 중간에다가 느티나무를 심고 소구리 끝에다가 회나무를 심으면은 마 부자가 될 것이다."

라고 일러주었습니다. 그래서 마을사람들은 나무를 구해서 심었습니다. 지금도 중앙에 마을 중앙에 느티나무가 이백 년가량 되는 나무 있고.

고 다음에 끝에 아까 말씀드렸는, 그 지금 도로, 새마을운동 한다고 길 닦느냐고 갈구치가주고(걸거적거서) 짜르는데.

짜르는 이야기도 또 잠깐 중간에 드리면은 에, 어릴 땐 저는 다섯 사람 아니면 열 사람 주움(쯤) 안아야 될 나문데. 이렇게 홰나무, 홰나무[39]는

---

38) 『다인면지』를 말한다.
39) 회화나무가 표준어이다.

원래 그 사투리고. 예에, 다른 나무가 이름이 있습니다, 표준말로. 그 홰
나무가 언자(이제) 저 어릴 땐 거게 올라가서 놀기도 하고 말이지. 여름에
또 머 자벌레가, 홰나무엔 자벌레가 많아. 자벌레가 인제 막 올라가기도
하고 이랬는데.

그러다가 인제 나중에 이야기 나옵니다만도[40] 동제사를 지냈어요. 동
제사를 지내가 막 푸른 거 뭐 이런 거 헝겊을 놓고 온 동민이 제사도 지
내고 이래가 인자 좀 있다 나옵니다만도 교회가 우리 마을엔 일찍이 들어
왔어요.

(조사자 : 한, 언제쯤?)

고 나중에 또 말씀드릴께요.

고래가주고 빨리 개명을 돼가주고 동제사를 없애고 이런데. 새마을운동
을 할려고 길을 닦으라 그러이께 그 나무가 딱 중앙에 있어서 도저히 자
를 사람이 없어요. 동티, 동티 그런 게 있습니다. 동티난다면 죽는다고,
그 톱을 못 댑니다.

근데 한 집사님이 우리 맹 친척입니다만도, 우리 친척인데, 집사님이
자신 있게,

"내가 한번 잘라보겠다."

그래 가서 톱질해서 홰나무를 짤랐어요. 짜르고도 아무 뭐 그게 없고.
그냥 잘 살다가 지금은 돌아가셨지만도, 그래 됐습니다.

고 다음 이야기는 해드리겠습니다.

[다시 원고를 읽기 시작한다.]

나무는 잘 자라서 번창하여 여러 집이 되고 인구도 늘어났습니다. 그런
데 하루는 다른 스님이 또 와서 지형을 또 살펴보더니,

"지형이 소구리 모양이니 소구리, 소구리 손잡이에 소나무를 심으면은

---

40) 앞으로 읽을 원고에 있다는 뜻이다.

모든 액을 면할 수 있겠구나." 하고 지나갔습니다.

마을사람들은 또 힘을 합쳐서 소구리, 소나무 테라 그러면은 이건 속이고 테 조오(저기) 앞으로 돌아가면서 소나무를 심었어요.

소나무를 심어서 키웠는데. 여기 알다시피 의성은 비가 안 오고 굉장히 메마른 곳입니다. 여러 특히 다인 여기는 일 년 가도 우량이 적고 농사가 잘 안 되고 땅도 메마른 곳인데 그러니까 소나무가 잘 자랄 택이(턱이) 없잖아요, 그죠? 온 동민이 물을 주고 키웠습니다. 키웠는데, 그래 소나무를 키우다보니까 땅이 너무 메말라서 소나무가 자꾸 죽어가니 또 동 어른들이 하는 말씀이,

"자, 우리 동네 제사를 지내보자."

그 당시에 옛날 아닙니까, 그죠? 그래서 동제사를 어떻게 지내나 하면은 홰나무라는 곳은, 안으는 좁고 그 안 지금 느티나무 밑에는 연못이 있습니다. 못이 있었어요. 농사짓는, 못이 있었어요. 지금은 인제 없습니다, 아까 그 오시는 길에. 예에. 못이 있어가주고 거는 안 되고, 앞 여기다가 우리들이 잘 놀던 그곳에 그 막 파란 깃대를 꼽고 이래가주고 동제사를 지냈습니다. 그래서 동네서 동제사를 지내고 소구리 끝에 있는 홰나무에 지내기로 했습니다. 동제사를 지낸 다음부터는 비가 또 자주 오고 풍년도 들고 산에 나무도 잘 자랐습니다.

천구백사십구(1949) 년 예수교가 들어오고 자연숭배 사상이 점점 없어지고, 또 천구백육십(1960) 년대 새마을 운동이 번져서 동제사를 지내던 홰나무는 마을길 넓히는 데 지장이 있어서 어느 집사님이 베어버리고 마을길을 닦았습니다.

그 다음에는 혁신 바람이 불어서 삼십 여 호 되는 대부분의 사람들이 교회에 다니고, 지금은 양옥도 짓고. 교회 마을 중앙에다가 교회를 크게 또 짓고. 우리 뒷집입니다, 그죠? 짓고, 또 시내버스도 요어 산골이지만서도 왕복 2회 다니고 있습니다.

있고, 고 다음엔 이천삼(2003) 년도에는 경로회관도 건립하여 마을이 화기애애하게 살아가면서 아주 부자마을로 변해가고 있습니다. 아마도 일케(이렇게) 부자 된 이유는 마을을 지켜주고 변화를 준 홰나무의 은덕이라고 생각이 듭니다.

가물면 비봉산 말래이에 산소 판다

자료코드 : 05_18_FOT_20110522_CHS_KIS_0001
조사장소 : 경상북도 의성군 다인면 송호 1리 경로회관
조사일시 : 2011.5.22
조 사 자 : 천혜숙, 김보라, 권희주
제 보 자 : 김인숙, 여, 80세
구연상황 : 앞의 이야기 '돈 욕심 나서 어머니를 죽인 딸'이 끝난 후 마을에 있었던 연애 이야기를 지속하였다. 분위기를 바꾸기 위해 할머니들이 살아오신 이야기나 마을의 형편에 관해 물어보았다. 마을에 물이 귀했다는데 기우제는 지내지 않았냐고 물어보자, 지내지 않았다고 했다. 또 비봉산에 얽힌 이야기를 청했는데, 여기저기서 동시다발로 비슷한 이야기들을 하기 시작해서 이야기판이 소란스러워졌다.
줄 거 리 : 비봉산 정상에 몰래 산소를 쓰면 그 집이 잘 된다는 말이 전한다. 그러나 몰래 산소를 쓰면 그 일대에 비가 오지 않는다고 한다. 그래서 날이 가물면 몰래 쓴 산소를 찾아서 파내버렸다.

(청중 1 : 옛날에 날 마이 가물며는 저 높은 산에 올라가 기우제 지내는 사람 있었어.)

(청중 2 : 그런 거 다 갈치주는 모양이래.)

(조사자 : 다 같이 안 가고 그냥 혼자 갔어요?)

(청중 1 : 그래가주고 ○○○)

우리 동네는 안 했지마는, 비봉산에 그, 비봉산 말랭이[41] 높은 산에 올

---

41) 꼭대기를 의미하는 경상도 방언이다.

러가, ○○○

(청중 3 : 그때 왜 홰나무 있었잖아.)

근데 비봉산 말랭이 그 이제, 가만히 그슥하면 거어 산소 누가 갖다 디리(들이) 쓰만(쓰면), 비봉산 말래이.

(조사자 : 비봉산 말래이?)

여게 아무도 모리그르(모르게) 쓰면 그 사람들은 잘 되는데, 비가 안 온다 그래가 미(묘), 산소 찾아 댕기고 파내삐리라꼬.

(조사자 : 산소 썼다구요? 할머니.)

아이래. 그 소문이 나가주고 댕기보이 산소 가만히(몰래) ○○○

(청중 2 : 지금도 가물만 그래 비봉산 구경 가자고 그랬다 카잖애.)

달모산의 지명 유래

자료코드 : 05_18_FOT_20110522_CHS_KIS_0002
조사장소 : 경상북도 의성군 다인면 송호 1리 경로회관
조사일시 : 2011.5.22
조 사 자 : 천혜숙, 김보라, 권희주
제 보 자 : 김인숙, 여, 80세
구연상황 : 조사자가 비봉산을 왜 비봉산이라고 하는지 물어보니, 예전에는 달모산이라고 불렀다며 거기에 얽힌 이야기를 해 주었다. 이 이야기가 끝날 즈음, 옆에 있던 안종분 씨가 다른 이야기를 시작하였다.
줄 거 리 : 비봉산은 예전에 달모산이라고 불렀는데, 천지개벽 시절에 다 묻히고 달만큼만 남아서 달모산이라고 했다.

그 전에 우리들 클 때, 비봉산이 달모산이라 그랬어. 달모산.

(조사자 : 네. 잘모산요?)

응.

(청중 1 : 달모산. 달모산.)

우리들 클 때는 달모산이라 그랬어.

(조사자 : 달모산.)

(청중 2 : 여 또 자주 와야 될세. 또 자꾸 할마이들 이야기 들을라마.)

옛날에는, 옛날에 거거 천지개벽 개벽 됐을 때, 옛날에 물로 심판했잖아. 심판했으이 달모산엔 달만치만 남고, 그래, 고래가주고 그기 인제 달모산 됐는 거라, 이름이. 다 묻히고 달모산은 달만치 남았다 그래. 아주 옛날에 물로 심판했을 때.

죽고개와 떡방구 전설

자료코드 : 05_18_FOT_20110522_CHS_KCD_0001
조사장소 : 경상북도 의성군 다인면 송호 1리 경로회관
조사일시 : 2011.5.22
조 사 자 : 천혜숙, 김보라, 권희주
제 보 자 : 김치동, 남, 74세
구연상황 : 경로회관을 나와서 송호리 마을 이장을 오래 맡았던 김치동 씨의 댁으로 찾아갔다. 조사 취지를 설명하고 마을 개관에 대해서 들었다. 주로 『다인면지』를 보면서 읽어주는 방식으로 설명해주었다. 면지에 나오는 이야기 말고 마을에 관한 다른 이야기를 혹시 아시는지 물었더니, 이 이야기를 시작하였다.
줄 거 리 : 송호골 뒤편에 있는 '죽고개'는 옛날에 한양으로 가는 길로 소 장사꾼들이 이 길을 많이 이용하면서 도둑들이 들끓게 되었다. 그래서 도둑에게 죽을 수도 있다고 해서 '죽고개'라고 불렀다. 그 아래쪽에 있는 바위는 옛날에 부녀자들이 떡을 해놓고 아들을 점지해달라고 빌었던 바위라 해서 '떡방구'라고 불렀다.

우리 마을이 옛날에는 이 저 머 송화골이라 카는데. 이 뒤에 가면은 인제 숫고골, 숫고개라. 죽고개.

(조사자 : 예, 죽고개.)

죽고개 있는 거, 지금은, 지금은, 숫고개 카는데.

옛날엔 죽고개가 옛날엔 육로로도 한양을 댕길 때 서울 인제 소 장사꾼들이 소, 장사꾼들이 가면은 거게 가면은, 왜 죽고개라 했나, 거게 가면은 옛날에 도독놈이, 도독놈이 많애가주고 소장사, 돈 뭐 이래 머 요새로 말하마 강도지. 이래가주고 지금은 숫고개라 맹 있고.

또 그 밑에 니러오면은(내려오면) 숫고개 내려오면은 밭, 두 동네 이 골이라. 오면은 그 바위가 그 떡 왜 절편, 절편 떡매로(떡처럼) 요 반듯한 방구 있어. 그 있는데 인제 떡방구라고 떡바위라꼬.

떡바우라 있는 거게다가 옛날에 예를 들면, 말할 것 겉으마, 떡을 해다 놓고 거어 옛날에 아들 못 놓는(낳는) 아줌마들 그 젖을(절을) 하고 하만은 아들을 놓고 그런 전설이 있어요.

꾀 내어 죽음 모면한 사람

자료코드 : 05_18_FOT_20110522_CHS_AJB_0001
조사장소 : 경상북도 의성군 다인면 송호 1리 경로회관
조사일시 : 2011.5.22
조 사 자 : 천혜숙, 김보라, 권희주
제 보 자 : 안종분, 여, 80세
구연상황 : 1차 조사 때(4월 23일) 남성 제보자들을 만나지 못해 다시 이 마을을 찾았다. 마을회관에 갔더니 할머니들이 너덧 분 계셨다. 지난번 조사 시 뵈었던 분들이어서 방문한 이유를 다시 설명하지 않고 바로 이야기판을 벌였다. 여러 이야기가 오가던 중 안종분 제보자가 이 이야기를 꺼냈다. 청중들은 이야기가 끝나자 친구 중에 그런 사람이 많았다고 했다.
줄 거 리 : 부친상을 당한 사람이 상복 입고 소를 팔아서 돌아오는데, 친구가 그 돈이 탐이 나서 자기를 죽이려고 했다. 친구에게 부모 몽복은 벗어 태운 후에 죽게 해달라고 부탁했다. 그래서 허락을 받고 상복과 행전 등을 벗어 불에 태우기 시작했다. 상복을 태우느라 벌겋게 달구어진 대나무 지팡이로 친구를 찔러 죽이고 목숨을 건졌다.

예전에 왜 저저 부잣집에, 예전엔 부모 몽복(상복) 입으만, 아바이 죽으만 몽복 입으만, 여어 삼각 같은 거 씨고 여 행진(행전) 치고 그라거든. 두루막(두루마기) 겉은(같은) 거 큰 거 입고, 그래가 소를 팔아가주고 오다이께.

이웃 친구가 그 사람을 씨기야 돈을 뺏거든, 친구가. 그래가주고 인제 중간에 오다이께 중간에 허친 짓 않았어.[42]

[청중 웃음]

친군데 그러이 그 사람 하매 실지로 죽을 판이래요. 그래 돈을 돌라 그더란다.

그래,

"○○, 니가 좀 참아라. 나를 쥑이도(죽여도) 부모 몽복은 벗어 놓고 죽어야 안 되나?"

그래 인제 부모 몽복을, 다 행전하고 전부 싹 걷어가주고 불을 놓고 태우는데, 지팽이, 대나무 지팽이 아이껴(압니까)? 그걸 가 불을 이래 쑤석쑤석 하이, 옷 태우느니라 대나무 뻐쩍 마른 거 불이 붙을 꺼 아이껴? 불이 벌겋게 붙으이께네, 그 사람 작정했어.

'저 놈한테 내 이거 안 이려이면(이러면) 내가 죽을 판이께네, 저 눔부터 쥑여야 된다.'고.

그래 대나무 지팽이 이래 불이 붙으이 벌거이께 그 늠을 찔러부렀다. 그래이 찌르이께 돈 안 뺏기고 그 늠 죽었지 뭐. 그러이 죽어 귀신도 몰래고 ○○○○ 죽으이께 어데 맞아 죽은 줄도 모르고.

(청중 : 지 죽을라꼬 지랄했나 보네.)

친구 간에 그럴 수가 없잖는가. 말리(말려) 조야 되는데 그래.

---

42) 무슨 의미인지 알 수 없다.

돈이 탐나서 어미를 죽인 딸

자료코드 : 05_18_FOT_20110522_CHS_AJB_0002
조사장소 : 경상북도 의성군 다인면 송호 1리 경로회관
조사일시 : 2011.5.22
조 사 자 : 천혜숙, 김보라, 권희주
제 보 자 : 안종분, 여, 80세
구연상황 : '꾀 내어 죽음 모면한 사람' 이야기가 끝나자 한 청중이 "옛날에 친구가 도
둑놈 된다."라고 했다. 제보자는 어머니와 딸 관계도 그렇다며 돈 욕심이 나
서 어미를 죽인 딸 이야기를 구연했다. 이 이야기가 끝난 후 요즘에는 딸이
아들 못지않다는 이야기가 오갔다.
줄 거 리 : 소를 팔고 돌아오는 어머니의 돈이 탐이 난 딸 내외가 어머니를 죽여 짚동에
다 끓인 물을 끼얹어서 말아놓았다. 어머니를 기다리던 아들이 누이 집으로
가서 물어보았지만, 딸은 시치미를 뗐다. 조카 아이가 있다가 뒤안에 묶어 놨
다고 말했다. 가 보니 짚동 속에 죽은 어머니가 있었다. '딸년이 도둑년'이란
말이 그래서 나왔다.

어마이도 안 그랬다 그디껴? 어마이 소 팔아가주고 오는 거, 저저 사우
하고 딸하고, 쥑이가주고(어미를 죽여서), 멍석에다 둘둘 말아가주고 짚동
에, 짚동 속에 요래 묶어났는데.

소 팔아가주고 온다고 그케 찾아도 없디이, 누나가,

(청중 : 옛날에 그런 일이 많았어.)

질식해 있으이께, 동생이 그래 물으이께,

"안 왔다." 그러는거러.

그래 쪼만한 아가 이 할, 그래 물으이께네,

"이, 할매 어제 여어(여기) 왔다."꼬 거들어.

"그래 어옜노?" 카이께,

"뒤안에 어데 묶어 놨다." 그래.

딸이 물을 끓이(끓여) 퍼얹이가주고, 어마이를. 그래가 끓이 옇어(넣어)
짚동에, 예전에 짚동에 이래 망아 ○○ 크기 공시름하이 여름에 씰라꼬

(쓰려고) 짚을. 거어 푼께 하매(이미) 다 익었더라이더. 쥑이가주 물을 뿌려 퍼었이났으이.

(청중 : 아이고, 뜨거워 어예노?)

뭐 죽었으이 뭐, 뜨거운동 안 뜨거운동.

(청중 1 : 옛날에 딸년이 도둑년이란 소리 그래서 나왔어.)

(조사자 : 아! 그래서 딸년이 도둑년이에요?)

[여기저기서 이야기를 거든다.]

(청중 : 돈 뺏을라꼬.)

(조사자 : 돈 뺏을라고?)

(청중 2 : 저(자기) 어마이 쥑이고 돈 뺏는 게 어딨노?)

돈에 암만 눈이 어두워도 어마이를 쥑이여 그래?

판사가 많이 난 비봉산

자료코드 : 05_18_FOT_20110522_CHS_AJB_0003
조사장소 : 경상북도 의성군 다인면 송호 1리 경로회관
조사일시 : 2011.5.22
조 사 자 : 천혜숙, 김보라, 권희주
제 보 자 : 안종분, 여, 80세
구연상황 : 앞 이야기 '가물면 비봉산 말래이에 산소 판다'에 이어 제보자는 비봉산이 잘 생겨서 인물이 많이 난다는 이야기를 구연했다. 조사자가 그 산에 왜 묘를 쓰면 안 되는지 물었는데, 적실한 답을 들을 수 없었다. '그런 말이 있다'고만 했다. 그리고 묘를 쓰면 가문다고 해도, 몰래 써서 자손이 잘 된 경우도 있다고 생각하는 듯하다.

줄 거 리 : 비봉산이 잘 생겨서 다인 쪽에 판사가 많이 났다. 봉모, 정모 판사 등이 있다. 또 비봉산에 묘를 쓰면 가문다고 하고 기우제도 지내지만, 묘를 몰래 써서 잘된 이도 있다.

비봉산이 여게 산이 잘 생기가주고 여 저 이 쪽에 다인에 판사가 많이

난다 그잖니껴. 여여 봉경석 판사 하나 있지. 자인 또 저 저 정탁현네도 인자 또 판사지. 또 저저 뱀실 있는 거게 또 판사 하나 있어요. 그 건너, 고등고시 했는 사람.

(청중 : 비봉산이 잘 생기긴 잘 안 생겼니껴?)

그래, 그렇지. 다인에 여게 그 또 저 저 저 차고 파는 사람, 그 사람 동생도 고등고시.

(청중 1 : 그게 뭐 아는 모양이지. 그거 잘 생깄는 거.)

(청중 2 : 지절로 됐지.)

그래도 뭐 아는 이는 보만 다 알어.

(청중 1 : 아는 모양이래요.)

울들(우리들) 눈에는 아무것도 아이지만 산소도 잘 쓴 거 못 쓴 거 아니(아는) 이는 다 알고.

(조사자 : 비봉산은 산소 쓰면, 왜 쓰면 안 돼요?)

그 말이 글테(그렇데). 거어 산소 디리만 날이 가문다 그랬어.

그래 예전에 날 많이 가물면 거 산소 썼다고 모두 기우(祈雨) 지내고 하지만은 산소를 누가 알게 쓰나, 가마이(몰래) 써가(써서) 아무 포(표시) 없이.

그래 뭐 쓴 이는 잘된다 그래, 자손이.

여덟 번 시집간 숙맥

자료코드 : 05_18_FOT_20110522_CHS_AJB_0004
조사장소 : 경상북도 의성군 다인면 송호 1리 경로회관
조사일시 : 2011.5.22
조 사 자 : 천혜숙, 김보라, 권희주
제 보 자 : 안종분, 여, 80세

구연상황 : '달모산의 지명 유래'가 끝나고 제보자가 바로 이어서 이 이야기를 구연
했다.
줄 거 리 : 옛날에 숙맥 딸이 시집을 갔다. 큰집에 밥 먹으러 갔는데, 마구 다 주위 먹고
저고리를 훌떡 벗어 허리춤에 차고 '아리랑' 노래를 큰소리로 불렀다. 시모,
시조모가 모두 기가 막혀 쫓아냈다. 그 후로 시집을 여덟 번 갔는데 가는 데
마다 쫓겨났다. 여덟 번째 시집에서는 떡을 해 들려서 친정으로 데려다주었
다고 한다. 그 후로 어디서 살다 어떻게 죽었는지 모른다.

옛날에 숙막(숙맥) 딸을 시집을 보냈는데, 숙막이라노이 못 사잖니껴(살
잖아요)?

밥을 머로(먹으러) 갔는데, 큰집에. 소고기국 끓이났는(끓여놓은), 밥 한
그릇하고, 뭐 쳐어고 뭐고 숙막이 나 주(주워) 먹고. 시어마이 하도 같잖
아 안 머이(먹으니),

"어머님, 안 잡수○○○?"

시조모가 있다가,

"내가 나가(나이가) 팔십 밑까지 살아도 어른, 저게 비리에 물 올라 온
거 첨보고, 너 겉은 사람 첨 봤다."

그래 시할마이가.

그래 시집을 여덟 번을 가도 맹 못산다 그러(그래).

그래가 인제 큰집 밥 먹으러 갔으이께 저고리를 후떡 벗어가주고 허리
에 꽉 차고 소리를 막 아가래기(아가리).43)

[웃음으로 청취불능]

새 새딕이가 큰집에, 좋아가주고 그래,

"아리랑 고개 넘어간다." 카고,

소리를 막 하이, 시어마이 기가 맥히잖니껴? 그래 뭐라 그이께(뭐라고
하니까),

---

43) 입을 크게 벌리고 큰소리로 노래를 불렀다는 의미이다.

"아이고, 어머님요, 우리끼리는 이래 놀아야 잘 한다." 그더란다.

저어 친정 곳에는, 그래가 내중으는(나중에는) 또 가이 못 사고, 또 딴데 가이 또 못 사고 해가주고. 인제 마지막 여덟 군데 갔는 집에는 떡을 해가 친정 들다(데려다) 줬다 그래. 그래곤 어데가 죽었는동 모른다 그래. 숙막을 딜다(데려다) 놓이 되니께.

동서 시집살이하다 죽은 며느리

자료코드 : 05_18_FOT_20110522_CHS_AJB_0005
조사장소 : 경상북도 의성군 다인면 송호 1리 경로회관
조사일시 : 2011.5.22
조 사 자 : 천혜숙, 김보라, 권희주
제 보 자 : 안종분, 여, 80세
구연상황 : '여덟 번 시집간 숙맥' 이야기가 끝나자, 모두 예전에는 시집살이가 매우 힘들었다고 입을 모았다. 청중 한 분이 자기 조모가 손녀딸을 시집보내 놓고 늘 그런 말을 하면서 걱정했다는 이야기를 했다. 그 말을 듣고 제보자가 시집에서는 밥도 제대로 못 먹게 했다며, 이 이야기를 구연했다.
줄 거 리 : 풍양 부잣집으로 시집간 여자가 못된 맏동서 때문에 밥도 제대로 먹지 못하고 혹사를 당했다. 일 년 뒤 근친(觀親)을 갔는데, 친정아버지가 야위어 제대로 서지도 못하는 딸을 보고 화가 나서 사돈의 뺨을 때렸다. 배를 하도 곯다가 친정에서 갑자기 너무 잘 먹은 여자가 그만 장염으로 죽어버렸다. 친정 식구들이 사돈집으로 찾아가니, 마을사람들이 발들일 틈 없이 나와 있고 맏동서는 무서워서 친정으로 도망을 쳤다. 맏동서의 친정 동생이 집안을 망하게 하려고 왔느냐며 던진 칼이 누이에게 가서 꽂혔다(죽었는지는 미상임). 죽은 여자의 친정아버지는 장사(葬事)를 잘 지내달라고 부탁하고 돌아왔다. 사람들이 점잖다고 칭송이 자자했다.

저 미죽에서 저저 풍양 쪽으로 시집을 갔는데, 맏동서가, 어야든동 미죽에서 부잣집으로 시집을 갔는데, 맏동서가 못되가주고, 비를(베를) 인제 한 ○○ 사십 자 쓱(씩) 해가이, 친정 올라그이, 첫 친정[44] 일 년 살아야

되잖니껴?

(청중 : ○○[45] 비 짜는 거 아나?)

글키 비를 쩬다그러. 밥은 한 숟갈 뜨고 나이 사람이 죽기 됐는데,

그래 첫 친정을 인제 글때, 가매를 타고 인제 친정을 왔는데. 시아바이가[46] 문을, 가매(가마) 문을 아바이가 여이께는 딸이 서도 모하고 하도 말라가 홀 꼬부래져가 나오이께, ○○를 들고 섰다가 아바이가. ○○를 탁 놓고 사돈 귀때길 눈까리 빠지도록 ○○○.[47]

"이놈의 새끼들, 사람 가주가."

(청중 : 친정 오는데 그랬는가?)

친정 왔는데, 하도 배를 골리고 일을 시게가주고 가매 문을 아바이가 여이께 나왔는데.

(청중 : 에헤이.)

허리가 굽어가 제와(겨우) 나오이께,

(조사자 : 어머 어떡해.)

고만에(그만에) 아바이가, 아바이가 어씨여(억세요). 귀때이를(따귀를), 사돈 귓때이를 홀쳐올리이, 사돈이.

(청중 : 그래, 어예 디리(데려) 올라? 부끄러워가주.)

글때는 일 년 살아야 참, 그래가주고,

"아버님요, 저저, 아부지요, 그 어른 아무 죄가 없다." 그카이,

그래 친정 와가주고 아바이가 친정.

(청중 : 그래도 우선은 사돈은 때리야 되지.)

그래 마 잘해가주 딸을 믹이고(먹이고) 하이께, 하도 굶다가 뭐 창염이

---

44) 첫 친정, 곧 근친을 오려면 시집을 일 년은 살아야 한다는 의미이다.
45) 조사자들에게 베짜는 것을 아느냐고 물은 말로 보이나, 앞부분이 청취불능이다.
46) '친정아버지'를 잘못 말한 것이다.
47) '때렸다'는 뜻으로 한 말인 듯한데, 청취불능이다.

(장염이) 걸리가 죽어뿌렸어.

(조사자 : 아이고, 어떡해. 하도 굶다가 먹어가주고.)

하도 굶다가 먹으이께.

그래가주 인제 여게서 뭐고 친정에서 그 동네를 가이께, 온 동네 사람이 고마 질가(길가) 마 발 들놀 틈도 없이, 그 집 살림 짜들까 봐. 그래고 인제, 여자는, 맏동서는 친정으로 피란을 가고 하이께, 친정 가이, 남동생이[48] 칼을 집어던졌다.

"○○ 이 마한(망할) 년, 남의 집구석 망훌라고(망하게 하려고) 남의 집구석, 내 집구석 망후러 오나?"

칼을 집어던졌는데 그 칼이 퍽 꼽히네. 그래가주고,

(청중 1 : 아하, 누구도 집에 친정 오면.)

그래가주고 그래 이 사람들이 가이 이왕 지 딸은 죽었부고 살림살이, 어른들이 잘못했는 거 아이고(아니고), 사우가 잘못한 거 아이께(아니니까),

그 사람들 그래 가가주고,

"장사나 잘 지내달라." 그고 오이,

그키(그렇게) 카더래, 점잖다고.

그래 한 마실에 딸을 줬는데 다신 그 짓 안 한다 그러. ○○ 식겁을 했지요. 그리이 옛날에는 시집 가가주고 배를 그렇기 곯고 생목숨 죽는 이가 있다 그이.

빈대 때문에 망한 절

자료코드 : 05_18_FOT_20110423_CHS_CCH_0001

---

48) '죽은 며느리에게 시집살이를 몹시 시킨 맏동서의 남동생'을 가리킨다.

조사장소 : 경상북도 의성군 다인면 송호 1리 경로회관

조사일시 : 2011.4.23

조 사 자 : 천혜숙, 김보라, 차정경, 강찬

제 보 자 : 차춘화, 여, 81세

구연상황 : '정선아리랑 (2)'가 끝나고 조사자가 '청춘가'도 아시는지 물었더니, 다 잊어 버렸다고 했다. 옛날이야기도 좋다고 했지만, 구연을 잘할 수 없게 된 자신의 상태를 거듭 아쉬워했다. 청중 한 분이 차춘화 제보자의 기억을 환기하거나 활발한 대화를 유도하기 위해 이런저런 말을 꺼냈다. 이어 녹음기와 카메라를 보고 노래한 사람을 잡아간다고 제보자를 놀리자 "귀신 씨나락 까먹는 소리를 한다."고 받아치면서 이야기판을 유쾌하게 만들었다. 잠시 일상적 잡담이 오갔다. 다시 조사자가 절골이 어디 있는지 물었더니, 한 분이 호응하였고 제보자가 이를 받아 구연을 시작했다. 다시 반복한 부분에서는 "중이 빈대에 파묻혀 죽었다."라고도 했다. 이야기가 끝난 후 마을에도 빈대가 많았다며, 빈대로 고생한 갖가지 경험담이 오고 갔다.

줄 거 리 : 옛날에 그 골에 절이 있었다고 하여 골 이름이 '절골'이 되었다. 옛날 그 절에 빈대가 기둥을 쌓을 정도로 많았다. 그러다 그만 빈대 기둥이 넘어져서 주지가 거기 깔려 죽는 바람에 절이 망했다.

(조사자 : 어데 절골이 여어(여기) 있습니까?)

(청중 : 예. 예. 어예(어떻게) 아세요?)

(조사자 : 저희들이 책 같은 걸 좀 보니까.)

(청중 : 절골은 옛날에 절이 있어가 절골이라요. 근데 그 절이 지금은 없어졌지.)

(조사자 : 왜 없어졌는고?)

(청중 : 요오 요오, 가깝잖아요. 지금 저어 산중에 들어가야 있잖아요.)

왜 없어졌는지 대 줄까요?

(조사자 : 네.)

빈대가 하도 많아서, 빈대가 절 복판에 기둥을 많이 쌓았다 그러(그래), 그 빈대가 많아서. 고만 그게 넘어져가주고 주지가 깔아(깔려) 죽었다 그러. 그래가주고 뜯었다 그러.

(조사자 : 그런 이야기 좋습니다, 할머니.)

[청중들 모두 웃음]

집 나간 아기장수

자료코드 : 05_18_FOT_20110423_CHS_CCH_0002
조사장소 : 경상북도 의성군 다인면 송호 1리 경로회관
조사일시 : 2011.4.23
조 사 자 : 천혜숙, 김보라, 차정경, 강찬
제 보 자 : 차춘화, 여, 81세
구연상황 : '빈대 때문에 망한 절' 이야기가 끝나고, 빈대와 모기로 고생한 경험담이 오고 갔다. 또 마을에 물이 없어 고생한 경험담도 여러분들이 보탰다. 조사자가 '장수 이야기'에 관해 물었더니, 제보자가 "장수 난 거 그거는 내가 하나 하지."라며 바로 이 이야기를 시작하였다. 친정어머니에게 들은 이야기라고 한다.
줄 거 리 : 일제강점기 때 어머니가 친하게 지낸 원주의 어떤 집에서 있었던 일이다. 본처가 아이를 낳지 못해 첩을 들였는데, 어느 날 첩이 만삭인 상태로 맷돌을 갈다가 자기도 모르는 사이 아기를 낳았다. 그런데 이 아이가 태어나자마자 방바닥을 걸어 다니고 맷돌을 번쩍번쩍 들기도 하였는데 일곱 살 난 아이만큼 컸다고 한다. 이도 아래위로 네 개씩 났는데, 팔(八)자로 꼬여 있었다고 한다. 큰집에 가서 알렸더니 죽여야 했다. 죽이려고 나락섬을 얹어놓아도, 콩섬을 얹어놓아도 제치고 나왔다. 집안에서 두려워했다. 일정(日政)이 알면 집안에 화가 미칠 것이라 여겨 아버지가 도끼를 들고 방 안으로 들어갔더니 그 도끼가 천정에 가서 들러붙었다. 집안에 일 나겠다고 모두 걱정하는 말을 듣고 아이는 일어나 흔적도 없이 사라져버렸다.

내가 그거는 한 얘기 알지.

(조사자 : 그렇죠?)

어디서 났나면, 어디서 그 장수가 났나 하면,

(청중 : 이런 이야기 잘 하세요.)

저 먼 쪽에 이제 원주 이제 그 촌에 이제 그 큰어마이가(본처가) 아들

을 못 낳아서 작은어마이를 두었거든. 그랬는데 이제 그, 그래 큰어마이 작은어마이 서로 샘을 할 거 아이라, 젊어서.

내가 어렸을 때 봤다고. 내가 열하나(열한 살) 났고, 우리 어머이 늘 댕기고 그럴 때니까. 부잣집이야, 그 집, 촌집인데. 그런데 그 작은어마이가 인제 큰어마이는 아무것도 못 낳고 작은어마이가 언나를(아기를) 낳았어. 언나를 낳았는데, 따로 살았거든.

그래 우리 엄마 갔다 오더니 그러더라고. 그래 이제 지사(제사) 지낼라고 콩을 인제 이래 담갔다 맷돌에 가는데. 그 저저 그 작은어마이가 언나를 낳았는데, 얼라를 뱄었는데. 낳, 맷돌질해 낳는 줄도 모르게 낳았어. 나왔어, 아아가.

(청중 : 맷돌질을 하는데?)

어. 그런데 이제 고 그래 배를 홀쭉하이, 보니까 아아가 걸어 댕긴다 그러, 방바닥에. 그래 걸어 댕기는데, 그라이께 겁이 나거든, 그지? 아가 그래, 난 아아가 일곱 살 난 아아만하다(아이만큼 크다) 그러. 낳는 줄도 모르고 어마이 배는 홀쭉했는데, 뭐 배로 나왔는 건 모르고.

(청중 : 어들로(어디로) 나왔는지 모리는구만.)

그래 몰라, 뭐 그래가지고 있데.

그래 그래가지고 콩을 다 갈구서는 맷돌을 들을라 쿠이(들려고 하니), 아가 번쩍번쩍 들었다 내려놓은 거라. 그래가지고 이제 남자보고 얘기하고, 할머니 할아버지 있으니께 큰집에 가 얘기를 하이께,

"거 놔두면 안 돼, 쥑여야 된다."고 아아를.

그래가지고 이제 그 이제 다른 사람 알기 전에 집안에 할아버지 있고, 할머니 있고 그래 노할아버지 있고 뭐 아바이 모도. 아아를 엎어놓고, 큰, 이런 양반,49) 나락섬 모를 게라. 나락섬을, 아아를 엎어놓고 눌러 놨거든.

---

49) 조사자 일행을 가리키며 한 말이다.

그래가 콩섬을 눌러논께 고마 꿈적 꿈적 또 아가 나오는 게라. 그래가지고 고만 못 잡았지, 아아를. 뭐를 눌러놔도 일라(일어나) 나오거든.

(청중 : 장수이께네.)

그랬는데, 그래 인제 그제서는 아바이가 하는 소리가,

"자를 우에든지 쥑여야 되지."

그때 일본 정치 때거든.

(청중 : 그래 맞아.)

"일본 사람들 알면 우리 다 죽는다." 그래.

그래가주고 아바이, 도꾸가(도끼가) 일본 도꾸가 이런 게 있어. 그걸 갈아가주고 아아 찔러 죽일라고 들어오이께, 도꾸가 천장을 가 들어붙는다고 그래. 손에 든 도꾸가 저 가 툭 붙어버린다 그러. 아가 벌떡 일어나거든.

그래가 '저걸 우야나' 싶은데 고마 간 흔적도 몰라. 나가버렸어. 그래 아아 하나 잃어버렸어요. 그걸 나중에는 자꾸 쥑일라 하니께, 고마 야가 내뺐어, 어디로. 그래서 장수, 장수라 그더라고, 모도. 나갔다 그러.

(조사자 : 그런 이야기 좋습니다, 어르신.)

그래가주고 우리 엄마가 카더라고.

아가 하매 낳, 낳, 그래 오래간만에 아들을 낳으이께네 큰어마이도 못 낳고 작은어마이 낳았는데, 이가 났는데, 낳았는데 이가 났는데요, 아래 우에 고(거기) 니(네) 개가 났는데, 이가 말이래 팔(八) 자로 꼬였더란다. 마쿰(모두) 이가 니(네) 개가 요래 꼬였다 그러, 팔 자로.

고래가지고.

"아이고, 그 집 아는 낳았는 게 얼마나 크고 이랬는데 이도 그래 낳고. 아이구, 언나가 나는 무섭더라."

이카더라(이러더라), 울 엄마가 와서.

(조사자 : 어머니가 직접 보셨대요? 직접 보셨어요, 어머니가?)

예. 우리 엄마가, 나는 못 봤는데 우리 엄마가 얘기하더라고. 나는 그때

쪼만했거든. 내가 열하나. 그래 갔다, 그 집에 친하이 놀러 갔다가 와,

"아이고, 무섭더라."

(청중 1 : 무섭제.)

그래 이제 두부, 콩을 인제 갈고 인제 그 어마이가 아아를 낳고 인제, 낳았는 줄도 몰라. 우에 났는지도 모르는데, 아 배는 꺼졌는데 아가 걸어 댕기니 어쩌노 그?

그래가지고 그 이튿날 보니까 일곱 살 난 아아만 하더라고. 그러이께 (그러니까) 이가 팔 자로 여덟 개가 났거덩, 아랫니 윗니. 그래가지고 집안 식구가 모두 무서워서 후덕덕그럴 거 아이라, 할부지랑.

"아이구, 저거 집이 일날따. 저기 일본 사람들이 오면 대번 지를 죽일라고 온다." 이러거든.

고만 그 소리 듣고 마 이틀 만에 어디로 나가부렀어(나가버렸어). 가는 것도 못 보고, 못 봐. 아아만 잃어버렸지.

엄마 때문에 실패한 아기장수

자료코드 : 05_18_FOT_20110423_CHS_CCH_0003
조사장소 : 경상북도 의성군 다인면 송호 1리 경로회관
조사일시 : 2011.4.23
조 사 자 : 천혜숙, 김보라, 차정경, 강찬
제 보 자 : 차춘화, 여, 81세
구연상황 : '집 나간 아기장수' 이야기가 끝난 뒤, 또 다른 아기장수 이야기가 없는지 묻자 제보자가 여자들은 언제든지 입이 가볍다고 운을 뗐다. 한 청중이 제보자에게 '좁쌀 장수 이야기'를 하라고 부추겼다. 바로 구연이 시작되었다. 이야기가 끝난 후에도, 할머니 청중들은 '여자는 입이 싸다'는 말에 공감을 표했다.
줄 거 리 : 옛날 어느 집에 사내아이가 태어났는데, 키도 크고, 머리도 크고, 이도 다 나고, 겨드랑이 밑에 날개도 있었다. 가족들은 아이를 보고 겁이 나서 죽이려 했다. 태어난 지 일주일이 지나자 아이는 엄마에게 좁쌀 서 되와 콩 서 되를

달라고 한 뒤, 어머니의 혀를 자르려고 했다. 엄마는 발설하지 않겠다고 약속하고 모면했다. 좁쌀과 콩을 들고 아이가 집을 나서자 엄마가 그 뒤를 몰래 밟았다. 아이가 바위 문을 열고 들어가는 것을 본 엄마가 그 사실을 남편에게 말했다. 남편은 부인의 말을 듣고 그곳으로 가서 바위를 깨고 바위 문을 열었다. 콩은 말이, 좁쌀은 군사가 되어 막 일어서려던 찰나였는데, 바위가 열려서 말도 죽고 좁쌀군사도 모두 죽어버렸다. 아들도 어디론가 사라져버렸다. 역시 여자는 입이 가볍다.

옛날에 그래 인제 뭐야 참 머슴아를 인제 안 낳다가,

(청중 : 내가 들었어. 맞아요.)

그 전에 옛날에는 아들은 낳으면 아주 고만 무슨 비슬을(벼슬을) 한 것처럼 난리잖아, 그전에는. 딸을⁵⁰⁾ 낳았다 그러. 머슴아를 낳았는데. 인제 그러면 그놈아가 뭐 뭐 그만 여느 아 겉잖고 보니께, 키도 크구 머리도 크구 이놈아 이빨도 다 났지.

(청중 : 낳아 났는 기?)

어, 그랬는데 날개가 어디 났나 하믄(하면) 저드랑(겨드랑이) 밑에 났더라네, 여기에.

(청중 : 날개가?)

똑 저 비릉처럼(비늘처럼) 요래, 매미 나래만하이(날개만하게) 양짝에 요래 났더라 그러. 그래 그거를 씻느라고 모두 보고는 또 겁을 내지 않는가?

(조사자 : 겁내지.)

겁내는데, 그 그 사람, 그것도 죽일라고 그래.

아아가 고만 일주일 만에 고만 뭐라 그러냐면,

"좁쌀 서 되 하고 콩 서 되만 달라."

그런다 그러, 머슴아가.

---

50) '아들을'을 '딸을'로 잘못 말한 것이다.

(청중 : 그래 내가 들었다 그거.)

"그래, 뭐 할라고 그러나?" 카이께,

"내가 어데 갈 데가 있이이께네 날 달라."고.

그래 이제 그래 어마이가 좁쌀 서 되 싸주고 콩 서 되를 쌌는데. 자꾸, 어마이 헤때기(혓바닥) 끊자 그런다 그러. 그래 헤(혀) 짜란다고(자른다고).

(청중 : 헤(혀) 짜른다 캐? 어마이 헤?)

어. 어마이 보고 소문낸다고. 자꾸 어마이 헤를 자릉께(자르려고 하니), 오마이가,

"야 이놈 자슥아, 너를 낳았는데 나 헤를 짜른다?"

"여자들은 입, 엄마는 입을 안 짜르믄 소문 퍼지면 안 된다."고.

(청중 : 아, 지가 큰 자식 안 된다고 입 퍼뜨릴까 봐 칸다.)

지낀다고, 그래, 그러민성 그래거덩. 카이께, 아, 어마이는 아프면 안 자를라 그러지, 짜를라 그러? 헤를 짜르면 죽는데.

"어마이 헤를 짤라야 내가 살지. 어마이 놔두면 내가 죽는다."고.

(청중 : 그래 큰 자식.)

그래 이제 다신 뭔 소리 안 한다고 약속을 했거덩. 손을 걸고 약속을 했어, 아들하고.

그랬는데 인제, 아들 가는 데 가 보지만 않았으면 괜찮은데, 이 오마이가 뒤를 밟았어.

(청중 : 아들 어데 좁쌀하고 가주고 가는 데?)

어어. 콩하고, 콩 서 되 좁쌀 서 되를 지고 가는 걸 뒤를 따라갔거덩. 따라가니까 어찌나 짚은(깊은) 산에 가디만(가더니) 고만, 가 섰으이께(서 있으니) 바우(바위) 문이 열려. 그리 들어간다 그러.

그래가주고 그거를 와서 이제 또 신랑보고 얘기하고, 신랑은 또 재기(자기) 아바이보고 얘기하고.

(청중 : 자슥인데(자식인데) 암말도 안할 낀데(텐데) 거.)

고만 줄줄이 줄줄이 얘기하거덩.

(청중 : 그러이 여자가 입이 싸다 이거야.)

그래. 그래이 자꾸 입 짜르라 그러거덩.

(청중 : 옛말부터 여자가 입 싸다 캤잖아.)

안, 안 할, 안 할라 그래놓고, 가마이 입만 다물었다면 괜찮은데.

(청중 : 큰 자식이 될 낀데.)

그러이께 그 아바이가 듣고 그래 어더로나 아무데 산에 거기 갔다 카거든. 그래 아바이가 거 갔거든. 가가주고 바우가 싹 싸발라서 문도 없거든.

그러이께 이 영감쟁이 집으로 와서 안 갔으면 괜찮은데, 정(釘)을 가주가 막 뚜드려 깼는 기라. 깨이께 바우 문이 털컥 열리는데, 전부 말은 저, 콩은 말이 됐고 좁쌀은 군산데, 말이 인제 일어날라고,

(청중 : 그래.)

다 일나고 무릎 하나만 꿇었다 그러. 그래가 어마이가 지께가주고(지껄여서) 고 바우를 깨가주 고만 좁쌀 군사도 다 죽어뿌리고 말도 죽어뿌렸다 그러. 고만 아들은 아들대로 어더로 가뿌리고 혼자.

그래서 이, 여자는 입을, 헤를(혀를) 짜르라는 거라. 입이 가볍거든.

여자는 남

자료코드 : 05_18_FOT_20110423_CHS_CCH_0004
조사장소 : 경상북도 의성군 다인면 송호 1리 경로회관
조사일시 : 2011.4.23
조 사 자 : 천혜숙, 김보라, 차정경, 강찬
제 보 자 : 차춘화, 여, 81세
구연상황 : '엄마 때문에 실패한 아기장수' 이야기가 끝나자, 청중 한 분이 "여자는 안 된다."며 제보자의 이야기에 공감했다. 청중들 사이에 여자는 입이 싸서 안

된다는 말이 오가던 중에 제보자가 연관되는 주제의 이 이야기를 떠올렸다. 친정어머니에게 직접 들은 이야기라고 했다.

줄 거 리 : 옛날 강화도에 한 부부가 살았다. 남편이 돌을 쌓아놓은 곳에 어떤 귀한 집의 아이가 와서 놀다가 돌이 무너져 깔려 죽었다. 그 집에서는 아이를 찾는다고 야단이 났다. 삼 년 후 장마가 져서 처마로 물이 떨어져 빗방울이 보글보글하는 모양을 본 남편은 그 아이가 죽을 때 보글거리던 피가 연상돼서 웃었다. 캐묻는 아내에게 그 사실을 말하고 말았다. 다시 삼 년이 지난 후 부부가 크게 싸우던 중에 아내가 홧김에 이 사실을 고발해 버렸다. 결국 남편은 감옥에 가고, 죽은 아이의 부모들은 이 집에 불을 질렀다.

우리 엄마 이얘기(이야기) 하는데, 그 유전(예전) 영감 할마이 이래 살다가 오래간만에 아들을 하나 낳았거든. 그께 아들을 하나 낳았는데. 그 아아(아이) 닷서(다섯) 해(살) 나는 게, 보이 그 부잿집에(부잣집에),

(청중 : 내가 자꾸 이얘기 초(初)를 꺼내면 한다 카이.)

봄에 이래 인제 인제 강화도 겉은 데 돌이 많거든. 저 자꾸 줘서 쌓아놓고 인제 복판에다(중간에다) 그런데. 그 아가(아이가) 와, 귀한 집 아들이 와 놀다 고만 돌이 무너져가주고 아아가 죽었어.

(청중 : 그렇지, 맞아요.)

그래 죽었는데 인제, 막 이 모랠51) 치길가주고(치여서) 죽고 이러이께, 아가 이래가 피가 보글보글 나믄(나면서) 죽었거든.

그래이 그걸 영감이 알고 암말도 안 했으면(했으면) 모르는데. 그 집에는 아아를 잃어버리가주고 사흘을 아 찾는다고 야단이래.

근데 삼 년 있다가 장마가 출출 져가주고 처마 물이 떨어져서 이 빗방울이 뽕글뽕글 자꾸 하니께 영감이 웃거든. 그걸 보고 그래, 왜 웃느냐고 자꾸 할마이가 파무, 자꾸 파물어.

그러이께네 암말도 안 하면 되는데,

"아이고 저 빗방울 보니, 저 짝(쪽) 집 아를 내가 그래 돌 틈에 무너져

---

51) '모래를'인데 '돌에'라고 해야 할 것을 잘못 말한 것이다.

가주고 쥑일 때 피가 그래 쏟아졌는데 그게 자꾸 생각난다." 그러거든.

고만 그래 여어 할마이가 알았거든.

그런데 인제 부부지간에 삼 년 있다가 싸움을 해. 싸움을 하이께 이 할마이가,

"저 마한(망할) 놈의 영감쟁이, 남의 아를(아이를) 돌 안간에(사이에) 무너져가 쥑이디이(죽이더니) 날 쥑일라고."

영감 붙들어 영창아(감옥에) 갔고.

할마이가 그래가주고, 그러기 땜에 여자들은 말 안, 입 싸서 안 된다카이.

(청중 : 원래부터 안 돼요.)

그래 그래가주고 영감 삼 년 있다가 그 이야기 핸(한) 거, 그 영창아 갔어. 남의 아들 죽였으니 우예노. 그 집에는 와가주고는 고만 집에 불 홀딱 싸놨버리고. 내 아들 죽였다고.

그래요, 아이고.

뱀으로 보인 신랑

자료코드 : 05_18_MPN_20110423_CHS_CCH_0001
조사장소 : 경상북도 의성군 다인면 송호 1리 경로회관
조사일시 : 2011.4.23
조 사 자 : 천혜숙, 김보라, 차정경, 강찬
제 보 자 : 차춘화, 여, 81세
구연상황 : '여자는 남' 이야기가 끝나자 좌중에서는 "여자로 태어난 것이 죄가 많다.",
　　　　　 "될 게 없어서 여자가 되었다.", "하다하다 할 게 없어서 여자로 태어났다."라
　　　　　 는 말들이 있었다는 이야기들을 주고받았다. 그리고는 과거와 다른 오늘날 여
　　　　　 성들의 위상에 관해서 이야기했다. 조사자가 화제를 돌리기 위해 지킴이 이야
　　　　　 기에 관해 물었더니, 뱀에 관한 경험담들이 쏟아지기 시작했다. 이때 오갔던
　　　　　 여러 경험담 중 하나이다.
줄 거 리 : 뱀을 잡다가 가마솥에 끓이고 있었다. 미영 엄마가 소죽을 끓이는 줄 알고
　　　　　 무심코 가마솥을 열었다가 뱀을 보고는 놀라서 넘어졌다. 그러다가 집에 들
　　　　　 어오는 신랑을 보고 "뱀 들어온다."고 소리를 질렀다. 신랑이 정신을 차리라
　　　　　 고 뺨을 때렸다. 약도 많이 지어다 먹었다.

　뱀을 저저 아래 가마솥에다가 한 솥 안쳤는데, 미영 엄마가 그거를 소
풀 머어 안저, 여이께(여니까) 뱀이 한솥 들었으이께네(들었으니까)

　"엄매야!"

　고만 나가 넘어져가. 놀래가주고.

　(청중 : 한참 짓다가 대가리만 바짝 떠든다 안 카든교?)

　그래. 그래가주고 미영이 아부지가 들어오이께,

　"뱀 들어온다."고,

　막 신랑보고 그러이께, 귀때기를 냅따 때리더래 마누라를, 정신 채리
라고.

그래 약 마이(많이) 지다 먹었어요.

(조사자 : 놀래가주고.)

놀래가주고.

도라지타령

자료코드 : 05_18_FOS_20110522_CHS_PDH_0001
조사장소 : 경상북도 의성군 다인면 송호 1리 경로회관
조사일시 : 2011.5.22
조 사 자 : 천혜숙, 김보라, 권희주
제 보 자 : 박도현, 여, 83세
구연상황 : '아리랑 고개' 노래가 끝나고, 차춘화 씨는 예전에는 자신의 노래 실력이 좋
았다고 자랑했다. 그러던 중 제보자가 갑자기 이 노래를 부르기 시작하였다.
한 청중은 손뼉을 치고 어깨춤을 추며 즐거워하였다.

　도라지 도라지 백도라지
　심심산천에 백도라지

(청중 : 에이!)
잘했는데 인지 잊었버렸어.
[청중이 함께 불렀다.]

　한두뿌리만 캐-어도
　서방님반찬만 되노라
　에헤야 에헤야
　에여라난다 디여라
　니가노던 내사랑

참 잘했는데.

뱃 노래

자료코드 : 05_18_FOS_20110423_CHS_CCH_0001
조사장소 : 경상북도 의성군 다인면 송호 1리 경로회관
조사일시 : 2011.4.23
조 사 자 : 천혜숙, 김보라, 차정경, 강찬
제 보 자 : 차춘화, 여, 81세
구연상황 : 송호 1리 마을회관을 찾았더니 할머니 두 분이 휴식을 취하고 있었다. 먼저
　　　　　조사취지를 설명하자, 한 할머니가 마을사람들을 불러오기 위해 밖으로 나갔
　　　　　다. 10분 정도 지나고, 할머니 네 분이 마을회관으로 들어왔다. 할머니들을
　　　　　모시고 온 분이 대신 조사 취지를 설명하고는, 차춘화 제보자에게 "옛날에 이
　　　　　야기 잘 했으니 한번 해보라."며 구연을 청했다. 제보자는 "다 잊어버렸다."
　　　　　고 거절했지만, 다른 할머니들이 자신들은 입담이 없어 이야기를 못 한다며
　　　　　제보자를 부추겼다. 몇 년 전 병을 앓은 이후로 음성이나 기억력이 예전 같지
　　　　　않다고 주저하다가 청중이 계속 권유하자 이 노래를 불렀다. 청중들이 손뼉을
　　　　　치면서 즐거워했다.

한강수야 높고낮은물에

수산손(水上船) 타고서

에루야 뱃노래 가잔다

에헤야에야 에헤야데야

에루야 뱃노래 가잔다

어허어허

언덕오솔길에 한달기[52] 핀 꽃은

제멋에 게워서(겨워서)

에루와 흔들대누나

에야에야 에루야 뱃노래 가잔다

에허어허 어야 에헤에야

---

52) '한 다발'인 듯하나 정확하지 않다.

이래요.

[박수소리]

정선아리랑 (1)

자료코드 : 05_18_FOS_20110423_CHS_CCH_0002
조사장소 : 경상북도 의성군 다인면 송호 1리 경로회관
조사일시 : 2011.4.23
조 사 자 : 천혜숙, 김보라, 차정경, 강찬
제 보 자 : 차춘화, 여, 81세
구연상황 : 앞의 '뱃 노래'를 들으면서 청중들이 즐거워했다. 조사자가 또 다른 노래가
없는지 물었더니, '손님 대접을 하기 위해 한 곡을 부른 것'이라며 웃었다. 어
릴 때 어른들이 하는 것을 듣고 배운 노래라고 했다. 제보자는 이 마을로 시
집와서 논일 등을 할 때 자신이 노래하면 사람들이 "그 소리 때문에 허리가
안 아프다."고 했다며, 자신의 노래에 대한 강한 자부심을 내비쳤다. 그 후 이
노래를 생각해 내서 부르기 시작했다.

산촌에 머루다래는 얼글어졌는데

우리는언제 임을만나

을글어들글어 될라나

에헤야 데야

열지마라는 아주까리

동박꽃은 열고

콩밭은왜두 아니여나

에헤야 데야

어리고절싸 말말어라

허송세월을 말어라

[청중들이 웃으면서 손뼉을 쳤다.]

정선아리랑 (2)

자료코드 : 05_18_FOS_20110423_CHS_CCH_0003
조사장소 : 경상북도 의성군 다인면 송호 1리 경로회관
조사일시 : 2011.4.23
조 사 자 : 천혜숙, 김보라, 차정경, 강찬
제 보 자 : 차춘화, 여, 81세
구연상황 : '정선아리랑 (1)'을 구연한 후, 예전에는 음성이 '참벌이 날아가는 듯했다'면
서 건강이 좋지 않아 노래를 잘 하지 못하게 된 것을 무척이나 안타까워했다.
청중들은 함께 안타까워하면서도 제보자가 다른 노래를 기억해 내기를 기다
렸다. 잠시 생각하다가 제보자는 마침내 손뼉을 치면서 이 노래를 부르기 시
작했다. 다 부른 후에는 "이런 노래가 옛날 노래."라고 덧붙였다.

살림살이 할맘은

도토리깍지로 하나고

일본동경 갈맘은

연락선으로 하나라

에야데야 한치뒷산에

곤도레딱지가 맛만좋으면

○○겉은 숭년에도(흉년에도)

살아가지

성주풀이

자료코드 : 05_18_FOS_20110522_CHS_CCH_0001
조사장소 : 경상북도 의성군 다인면 송호 1리 경로회관
조사일시 : 2011.5.22
조 사 자 : 천혜숙, 김보라, 권희주
제 보 자 : 차춘화, 여, 81세
구연상황 : 다시 경로회관으로 돌아오니 너덧 분의 할머니들이 쉬고 있었다. 조사취지를

다시 설명하고는 노래하기를 청하였다. 청중 한 분이 노래를 흥얼거리자 좌중의 몇몇 분이 옛날 노래가 좋다고 하였다. 흥얼거리는 청중의 노래를 듣고 있다가 다시 제보자에게 노래를 청하여 들었다.

나경사(낙양성) 십리화에(십리하에)
높고낮은 저무덤은
영영호걸이(영웅호걸이) 몇몇이냐(몇몇이냐)
절대가인이(絕世佳人이) 그누군가
아차한번 죽어나지면은
저모냥저꼴이 되는구나
에라만수 에라대신이야

(청중 : 잘한다. 잘한다.)

저건네 잔솔밭에
솔솔기는 저포수야
저비둘기 잡지마라
날과같이 임을잃고
밤새도록 헤메노라
에라 대신이야

아리랑 고개

자료코드 : 05_18_FOS_20110522_CHS_CCH_0002
조사장소 : 경상북도 의성군 다인면 송호 1리 경로회관
조사일시 : 2011.5.22
조 사 자 : 천혜숙, 김보라, 권희주
제 보 자 : 차춘화, 여, 81세
구연상황 : 앞의 노래를 끝내고 조사자가 제보자의 구연에 감탄하자 오히려 예전만큼

잘하지 못 한다고 아쉬워했다. 한 청중이 "아리랑 고개?"라고 운을 띄우자, 이 노래를 구연하기 시작했다.

[손뼉을 치면서]

아리랑 아리랑 아라리요
아리랑 고개로 넘어간다
아리렁고개다 정거정짓고
정든임오기만 기다린다
아리렁 아리렁 아라리요
다른임은 잘도나오는데
우리야임은 아니나오나

신고산타령

자료코드 : 05_18_MFS_20110522_CHS_PDH_0001
조사장소 : 경상북도 의성군 다인면 송호 1리 경로회관
조사일시 : 2011.5.22
조 사 자 : 천혜숙, 김보라, 권희주
제 보 자 : 박도현, 여, 83세
구연상황 : '도라지타령'이 끝난 후 조사자가 어떤 노래냐고 묻자 "참 잘했는데 이제 모
(못) 해."라고 하고는 다시 이 노래를 구연하였다.

신구산이(신고산이) 우루루루

화물차떠나는 소리에

고무공장 큰애기

벤또밥만53) 싸노라

어령어령 어허야

니가노던 내사랑이로다

참 잘했는데 모한다.

---

53) 벤또(べんとう)는 일본어로 도시락을 의미한다.

3. 단촌면

증편 한국구비문학대계 ● 경상북도 의성군

조사마을

경상북도 의성군 단촌면 관덕 1리·관덕 2리

조사일시 : 2011.3.20, 2011.4.8
조 사 자 : 천혜숙, 김보라, 백민정, 차정경

관덕 2리 마을 전경

관덕 1리의 동편은 구산(龜山), 서편은 봉화산과 거마들이 있고, 북쪽에는 미천(眉川)이 굽이쳐 흐른다. 관덕 1리는 미천의 맑은 물을 사이에 두고 양지쪽에 자리 잡은 아담한 농촌 마을이다. 옛날 봉화대가 있던 마산봉수와 명산으로 알려진 사자골이 마을을 병풍처럼 둘러싸고 있다. 중앙선 단촌역이 가까이 있어서 교통이 편리한 편이다.

1450년경 현령을 역임했던 박웅천(朴雄川)이 이 마을에 정착하면서 형성된 마을로 알려져, 개촌의 역사가 500년은 훌쩍 넘었음을 알 수 있다. 자연마을의 이름은 목촌(木村)으로, 개촌 당시 마을에 나무가 울창하게 우거진 데서 유래된 이름이라고 한다.

관덕 1리 조사현장의 모습

50여 호 되는 가구 가운데 밀양 박씨, 장흥(長興) 마씨(馬氏), 의성 김씨가 주성이고, 그 외에는 각성들이다. 장흥 마씨 도사공 할아버지가 이웃의 하화 1리에서 이 마을로 이주한 지도 350년이 되었다고 한다. 주민들 가운데는 마을 뒤편에 있는 보덕사 신도들이 많다. 마을 터의 기가 세서 교회를 다니는 사람은 죽거나 오래 살지 못 한다는 말도 전하고 있다.

생업은 논농사를 주로 하며, 마늘과 자두 농사도 크게 짓고 있다. 세촌보를 만들어 공동으로 이용하고 있다. 1972년 농로를 확장하였고, 1978년에는 마을의 안길을 연장하고 정비하였다. 같은 해에 노인회관도 완공

되었다. 노인회관 옆에는 몇 년 전 정부 지원을 받아 만들었다는, 다소 소박한 마을박물관이 있다.

마을 뒷산의 사자골에는 보물 제188호로 지정된 삼층석탑이 있다. 그 유래나 역사에 대해서는 기록이 전하지 않으나, 3층 기단 위에 화강암으로 된 3층 석탑의 외형이 신라 석탑의 일반적 유형인 점으로 미루어 통일신라시대의 것으로 추정되고 있다. 사자골은 의성의 삼대 명당 -금성산, 오토산, 사자골- 중의 하나로 손꼽히는 곳이다. 그래서 의성에서 위세가 있었던 안동 김씨(사촌 김씨)들의 묘가 많이 있으며, 석탑 옆에는 사촌 김씨 재실도 있었던 것으로 전해진다.

마을에서는 개촌조인 박응천을 동신으로 모셔 왔다. 동신은 '박나으리' 또는 '박첨지'라고 불려진다. 마을 입구에 있는 오래된 정자나무를 당목으로 모시며, 매년 음력 정월 14일 이곳에서 동제를 지내왔다. 두 상을 차리는데, 한 상은 당목, 다른 한 상은 박나으리를 위한 것이라고 한다. 제관은 깨끗한 사람을 뽑아 돌아가면서 지냈지만, 현재는 제관 일을 기피하여 동장이 전담하고 있다.

동신 신앙이 강하고 영험담이 풍부한 것으로 알려져, 이 마을을 찾았지만, 영험담 몇 편을 들을 수 있었을 뿐, 다른 설화나 민요 제보자를 만날 수가 없어서 옆 마을인 관덕 2리로 이동했다.

관덕 2리는 구산면 사무소가 있던 마을로 원래 천기동으로 불리었다가, 1914년 일제강점기 행정구역 개편 때 단촌면으로 편입되면서 관덕 2동으로 개칭되었고, 1988년 의성군 조례 1225호에 따라 동이 리로 바뀌었다. 관덕 2리는 점곡-단촌 간의 포장된 도로가 마을을 통과하고 있어서 교통이 좋은 편이다. 50여 호가 살고 있는데, 의성 김씨가 과반이다. 다음으로 안동 김씨가 많은 편이며, 광산 김씨, 경주 김씨, 수원 백씨, 영양 남씨도 몇 호씩 산다. 1650년경 의성 김씨가 처음으로 들어왔다고 하나, 정확한 기록은 전하지 않는다. 벼농사가 주업이며, 고추 농사도 많이 하고 있다.

마을회관 맞은편에는 조선 말엽 의성 김문의 효자 김기봉을 추모하여 지은 덕천사(悳川祠)가 있다. 김기봉이 부모님 사후 6년간 묘소 옆에 움막을 짓고 시묘하면서 부모님을 기렸다고 하여 그 효성을 추모하고자 지어진 것이다. 지금도 매년 음력 9월이 되면 군내 유림들이 모여 제향하고 있다.

관덕 2리 마을회관 내 연행 현장

마을의 동제도 아직 남아 있다. 원래 마을의 솔밭 위쪽에 동신당이 있었는데, 학[또는 방울]이 마을 가까운 쪽으로 날아와서 그 쪽으로 신당을 옮겼다고 한다. 금기가 엄한 편이어서, 정월 보름 동제사를 지낼 때면 조심하고 정성을 다한다. 제수용 곡식을 방아에 찧을 때면 그 찧는 발을 바꾸지 않았다든가, 장 보러 갈 때면 고개를 숙이고 사람들과 일절 아는 체하지 않았다든가, 새벽 네 시면 일어나서 찬물로 목욕재계했다는 등의 금기 관련 담론들이 지금도 회자되고 있다.

관덕 2리 주민 가운데는 관덕 3리에 있는 용문(龍門)에 가서 용제를 지낸 경험도 있다. 관덕 3리의 용문에는 옛날에 깊은 소가 있었고, 용과 관련된 전설이 전하고 있다. 주민들이 거마들에 수로를 만들려고 하였을 때 그 소에서 용이 나타나 암벽을 갈라놓고 승천하려 했는데, 마침 빨래하던 여자가 그것을 보고 '뱀 보라'고 소리치는 바람에 용이 승천하지 못하고 그 자리에 떨어져 죽었다는 내용의 전설이다. 후에 그 자리에다 용무덤을 만들고 제사를 올리게 되었다고 한다. 현재 거마보 어귀에 있는 용문은 그때 용이 갈라놓았다는 바위굴을 일컫는 것이다. 이 굴이 수로가 되어 일대의 논밭에 물을 대어왔다는 것으로 보아서, 두 마을이 수로와 용신신앙을 공유해 온 것으로 짐작된다.

관덕 2리에서는 용문 전설 외에도 흥미로운 부요를 다수 채록했다. 서사민요 외에도 화투풀이 각편이 특히 흥미로운 자료이다. 설화는 주로 동신의 영험담을 비롯하여 이물이나 동물 경험담이 대부분이었다.

권숙희, 여, 1938년생

주 소 지 : 경상북도 의성군 단촌면 관덕 2리
제보일시 : 2011.3.20
조 사 자 : 천혜숙, 김보라, 백민정, 차정경

안동시 외하리에서 태어나 관덕 2리로 시
집을 왔다. 택호는 통일댁이며, 슬하에 2남
2녀를 두었다. 53세에 남편과 사별하고, 지
금은 혼자서 살고 있다.

조사 첫날 관덕 2리 마을회관에서 만났
다. 지킴이, 도깨비, 늑대에 관한 이야기가
화제가 되었을 때, '늑대에게 물려간 아이'
한 편을 구연하였다.

제공 자료 목록
05_18_MPN_20110320_CHS_KSH_0001 늑대에게 물려간 아이

김분순, 여, 1931년생

주 소 지 : 경상북도 의성군 단촌면 관덕 2리
제보일시 : 2011.3.20
조 사 자 : 천혜숙, 김보라, 백민정, 차정경

안동(安東) 김씨로 의성군 점곡면 사촌리에서 생장하였다. 18세에 관덕 2
리로 시집 왔다. 농사가 생업이다. 50세 때 남편과 사별하고 지금은 혼자서
살고 있다.

조사 첫날 마을회관에서 만났다. 처음에는 소극적으로 듣고만 있는 편이

었는데, 정순옥 씨가 소리를 받아줄 분을 찾
자 옆자리의 남말분 씨에게 권하다가 본인이
자청하여 나섰다. 노래 한 편을 불러 좌중의
인기를 얻자, 자신감을 얻어서 연달아 여러
편의 민요를 구연했다. 모두 시집오기 전
14-15세 경에 배운 노래들이라고 했다.

이 분으로부터 '화투풀이' 각편을 여러 편
들었다. "세 가지 풀이가 있다"고 했으나 다
재구해 내지는 못했다. 그 외에도 '클레멘타인' 곡조에 얹어 부른 특이한
'심청이 노래'를 제공했다. 전통 민요의 사설에 대한 기억도 좋은 동시에
신민요도 잘 부를 수 있는 분이다. 점진적인 조사가 더 요구된다.

제공 자료 목록

05_18_FOS_20110320_CHS_KBS_0001 화투풀이 (1)

05_18_FOS_20110320_CHS_KBS_0002 화투풀이 (2)

05_18_FOS_20110320_CHS_KBS_0003 베틀 노래

05_18_MFS_20110320_CHS_KBS_0001 청춘가 (2)

05_18_MFS_20110320_CHS_KBS_0002 심청이 노래

05_18_MPN_20110320_CHS_KBS_0001 늑대의 경험 (1)

김우암, 남, 1946년생

주 소 지 : 경상북도 의성군 단촌면 관덕 2리
제보일시 : 2011.3.20
조 사 자 : 천혜숙, 김보라, 백민정, 차정경

안동(安東) 김씨로 이곳 관덕 2리에서 생장했다. 대구에서 직장을 얻어
살다가 30세에 귀향하여 현재까지 거주하고 있다. 마을의 동장 일을 맡아
본 적도 있다.

조사 첫날 마을회관에 들렀다가 이야기판에 합류하게 되었다. 이날 조사가 거의 마무리될 즈음이었지만 조사취지를 잘 이해하였고, 이야기판에도 적극적으로 참여했다.

도깨비 경험담을 두 편 구연했다. 모자를 벗고 손짓을 하면서 도깨비에 홀린 '사우' 형님 이야기를 했는데, '사우'라는 주인공을 아는 청중들이 폭소를 터뜨리기도 했다.

설화 세 편을 제공했다.

제공 자료 목록

05_18_MPN_20110320_CHS_KWA_0001 도깨비에 홀린 동네사람
05_18_MPN_20110320_CHS_KWA_0002 도깨비 본 경험담
05_18_MPN_20110320_CHS_KBS_0001 늑대의 경험 (1)

김차양, 여, 1933년생

주 소 지 : 경상북도 의성군 단촌면 관덕 2리
제보일시 : 2011.3.20
조 사 자 : 천혜숙, 김보라, 백민정, 차정경

의성읍에서 태어나 이곳 관덕 2리로 시집왔다. 슬하에 1남 3녀를 두었다. 현재까지 농사를 짓고 살아왔다. 마을에서는 순호댁의 택호로 불린다.

조사 첫날 관덕 2리 마을회관에서 만났다. 지킴이, 도깨비, 늑대에 관한 이야기가 화제가 되었을 때, 친정 마을에서 있었던 일이라며, 경험담 한 편을 구연하였다.

제공 자료 목록

05_18_FOT_20110320_CHS_KCY_0001 늑대에게 잡혀간 거맹이와 거맹이굴

남말분, 여, 1932년생

주 소 지 : 경상북도 의성군 단촌면 관덕 2리
제보일시 : 2011.3.20
조 사 자 : 천혜숙, 김보라, 백민정, 차정경

농사를 지으면서 관덕 2리에서 한평생을 살았다. 슬하에 아들이 하나 있다. 마을에서 노호댁의 택호로 통한다.

조사 첫날 마을회관에서 만났다. 마을에서 노래를 잘 한다고 알려진 분이다. 과연 노래판에서 서사민요의 긴 사설을 재구해 내서 소문이 사실임을 입증했다. 다만 음성이 너무 약하고 힘이 없는 것이 아쉬웠다.

그러나 지금은 듣기가 어려워진 서사민요 '이선달네 맏아애기'를 이 분에게서 들을 수 있었다. '이선달네 맏딸애기'와 달리, 주인공이 아들인 점이 특이하다. 둘째 조사를 간 날은 출타 중이어서 만나지 못했다. 추가조사가 필요한 분이다.

제공 자료 목록

05_18_FOS_20110320_CHS_NMB_0001 이선달네 맏아애기
05_18_MFS_20110320_CHS_NMB_0001 노래가락 (2)
05_18_MFS_20110320_CHS_NMB_0002 노래가락 (3)

남분여, 여, 1941년생

주 소 지 : 경상북도 의성군 단촌면 관덕 2리
제보일시 : 2011.3.20
조 사 자 : 천혜숙, 김보라, 백민정, 차정경

친정은 안동시 일직면 망호 3리이다. 20
세 때 이곳 관덕 2리로 시집와서 지금까지
살고 있다. 슬하에 1남 5녀를 두었다.

조사 첫날 마을회관에서 만난 분이다. 조
사취지를 설명하고 용제에 관해서 묻자, 적
극적으로 이야기를 들려주었다. 비교적 짧
은 이야기를 선호하는 편이다.

구연한 자료로는 '등천하다 떨어진 용무
덤 (1)', '동신당 옮긴 사연', '동제사의 정성' 외에도 경험담 두 편이 있다.

제공 자료 목록

05_18_FOT_20110320_CHS_NBY_0001 등천하다 떨어진 용무덤 (1)
05_18_FOT_20110320_CHS_NBY_0002 동신당 옮긴 사연
05_18_FOT_20110320_CHS_NBY_0003 동제사의 정성
05_18_MPN_20110320_CHS_NBY_0001 날 궂으면 나타나는 도깨비
05_18_MPN_20110320_CHS_NBY_0002 늑대의 경험 (2)

마신부, 남, 1944년생

주 소 지 : 경상북도 의성군 단촌면 관덕 1리
제보일시 : 2011.3.20
조 사 자 : 천혜숙, 김보라, 백민정, 차정경

장흥(長興) 마씨(馬氏) 문간공파(文簡公派)의 후손이다. 관덕 1리에서 생
장하였고 단촌초등학교를 졸업했다. 마을에 있는 서당에서 한학을 배우기

도 했다. 『천자문』과 『동몽선습』을 배우고
『소학』을 시작하였다가, 서당 훈장이 타계하
는 바람에 한학 공부를 그만두었다. 슬하에
아들 하나를 두었으며, 질녀 둘을 직접 키우
기도 했다. 1999년부터 2005년까지 6년 동
안 마을의 동장 일을 맡아 했다.

조사 첫날 마을 동장을 오래 했다는 제보
를 듣고 직접 자택을 방문했다. 부인과 함께
기꺼이 맞아주었고, 또 여러 가지 이야기들을 들려주었다. 특히 6여년 동
안 동장을 하면서 제관을 지냈던 경험, 당신과 당제에 얽힌 이야기, 그리
고 마을 주변의 산에 얽힌 전설들을 들을 수 있었다. 장흥 마씨 17대조가
이곳으로 와서 자리 잡게 된 내력도 상세히 들었다. 이야기의 논리가 정
연한 편이다. 또 타성에 관해 이야기할 때는 우회적인 표현을 하는 조심
스러움도 있었다.

제공한 자료는 동신의 영험담 두 편 외에, 금성산·오토산·사자골에
얽힌 전설 세 편이 있다.

제공 자료 목록
05_18_FOT_20110320_CHS_MSB_0001 동신의 영험 (1)
05_18_FOT_20110320_CHS_MSB_0002 동신의 영험 (2)
05_18_FOT_20110320_CHS_MSB_0003 제3 명당 사자골
05_18_FOT_20110320_CHS_MSB_0004 의성김씨 묘가 많은 오토산 명당
05_18_FOT_20110320_CHS_MSB_0005 금성산에 묘를 쓰면 날이 가문다

이쌍희, 여, 1941년생

주 소 지 : 경상북도 의성군 단촌면 관덕 2리
제보일시 : 2011.3.20

조 사 자 : 천혜숙, 김보라, 백민정, 차정경

의성군 단촌면 병방실의 진성(眞成) 이씨
집안에서 태어났다. 병방실 마을에서 어린
시절을 보내고 중매를 통해 이곳 관덕 2리
의 안동(安東) 김씨 집안으로 시집을 와서
지금까지 살았다. 슬하에 5남 2녀를 두었다.
'상이댁'이란 택호는 마을 어른이 지어주었
으며, 위쪽 마을에서 왔다고 그렇게 지은 것
이라 했다.

조사 첫날 마을회관에서 만났다. 조사에 아주 협조적이었고 적극적으로
참여했다. 조사 내용에도 관심이 많았다. 그래서 '진주남강', '저 건너 잔
솔밭에' 등 여러 노래를 시도했지만, 사설을 끝까지 기억해내지는 못했다.
평소에는 잘 했다며 스스로도 무척 아쉬워했다. 노래 사설이 지닌 의미에
대해서 진지하게 생각하는 분이다. 남말분 씨가 부른 '이선달네 맏아애기'
를 듣고는 눈물을 짓기도 했다. 노래 사설에 대한 태도나 평소 시를 쓰기
도 한다는 것으로 보아 감성이 섬세한 분임을 알 수 있다.

민요 '아기 재우는 노래' 외에도 '등천하다 떨어진 용무덤 (2)', '도깨비
의 정체' 등 네 편의 설화를 구연했다.

제공 자료 목록
05_18_FOS_20110320_CHS_LSH_0001 아기 재우는 노래
05_18_FOT_20110320_CHS_LSH_0001 등천하다 떨어진 용무덤 (2)
05_18_FOT_20110320_CHS_LSH_0002 동신의 영험
05_18_FOT_20110320_CHS_LSH_0003 도깨비의 정체

정순옥, 여, 1940년생

주 소 지 : 경상북도 의성군 단촌면 관덕 2리
제보일시 : 2011.3.20
조 사 자 : 천혜숙, 김보라, 백민정, 차정경

조사 첫날 관덕 2리 마을회관에서 만났다. 슬하에 4남매를 두었다. 마을회관에서 벌어진 이야기판에서 만났다. 처음에는 소극적으로 듣고만 있다가 화전놀이에 관해 물었더니 적극적인 관심을 드러내기 시작했다. 그리고는 먼저 '노래가락'을 구연하였다. 화전놀이 가서 어른들이 춤출 때 앞소리도 해 주었다고 하며, "노래하면은 하루 점도록(저물도록) 한다."고도 했다. 좌중의 박수를 받은 이후로는 신명이 나서 다음에 부른 '청춘가 (1)'은 꽤 길게 이어나갔다. 17-18세경 처녀 시절에 배우고 불렀던 노래들이라고 했다.

제공 자료 목록
05_18_MFS_20110320_CHS_JSO_0001 노래가락 (1)
05_18_MFS_20110320_CHS_JSO_0002 청춘가 (1)

하기순, 여, 1949년생

주 소 지 : 경상북도 의성군 단촌면 관덕 2리
제보일시 : 2011.3.20
조 사 자 : 천혜숙, 김보라, 백민정, 차정경

전북 무주에서 태어나 관덕 1리의 마신부 씨와 연애 결혼을 했다. 혼인 후 이 마을로 이주해서 현재까지 농사를 지으며 살고 있

다. 슬하에 아들 하나를 두었으며, 질녀 둘을 직접 키웠다.

조사 첫날 자택을 찾아가 만났다. 옆에서 남편이 하는 이야기를 들으면서 조금씩 개입하다가, 설화 한 편을 구연하였다.

제공 자료 목록
05_18_FOT_20110320_CHS_HKS_0001 동제 때 초상나면 곡소리 못 낸다

늑대에 잡혀간 거맹이와 거맹이굴

자료코드 : 05_18_FOT_20110320_CHS_KCY_0001
조사장소 : 경상북도 의성군 단촌면 관덕 2리 420번지 마을회관
조사일시 : 2011.3.20
조 사 자 : 천혜숙, 김보라, 백민정, 차정경
제 보 자 : 김차양, 여, 79세
구연상황 : 앞의 이야기('늑대의 경험 (2)')가 끝나고, 제보자가 친정 마을에서 있었던 늑
　　　　　 대 경험담을 구연했다. 늑대와 놀았던 오빠 이야기를 한 앞 이야기의 제보자
　　　　　 가 그 이야기를 반복하거나 다른 생각을 말하는 바람에 이야기의 흐름이 끊
　　　　　 어지기도 했다.
줄 거 리 : 친정 마을에서 늑대가 아이를 물고 굴로 들어가 잡아먹고는 엎어놓았다. 물
　　　　　 려간 아이 이름이 '거맹이'여서 굴 이름이 '거맹이굴'이 되었다. 그 일이 있은
　　　　　 후로 마을 어른들은 저녁이 되면 아이들을 방으로 들여놓기 바빴다. 나무하
　　　　　 러 그 부근을 가도 너무 무서워서 굴 근처에는 절대로 가지 않았다.

　우리 마을에 늑대 하나 물려가가 죽었부고.[54] 만날 이름이 거맹이래,
거맹이굴이래. 우리 클 땍에 어릴 땍에 그 사람이 좀 컸어.

　(청중 : 늑대가 뭐가 무섭어? 여어서(여기서) 나무하러 가만 같이 있는다
이카던데 우리 오빠가.)

　사람 물어간다. 물어가가주고, 그 골에 가가주고 팍, 이래 먹고 까꿀로
(거꾸로) 팍 엎어놨더라는데.

　그래노이 우리 나물하러 생전에 안 갔어, 무서버가. 거매이굴이라 카고.

　그래놓이 마, 어른들이 그 왜 아들 홑이불 덮여씌우, 내놓으면 눕혜놓
으만 지녁으로(저녁으로) 안고 방에 드가고 이란다, 그 짐승 물까(물어갈

----

54) '아이 하나가 늑대에게 물려가서 죽었다'는 말을 하려고 한 것이다.

까) 봐.

[청중 몇 분이 동시에 자신이 들은 경험담을 이야기하느라 소란스러워졌다.]

무섭다.

(청중 : 장담 씨이께네(세니까) 고마 고만 대들지를 안하는 모양이라.)

만날 같이 나무하고 그랬다 캐. 옆에서 같이 놀고, 개매이로(개처럼) 데리고 가가, 개매이로 옆에서.

[제보자가 다시 이야기를 잇는다.]

우리 그래가주고 한데 잠은 안 잤다.

(청중 : 누벘으만(누웠으면) 되나? 한데는 마 옛날에는 멍석 피고 마당에 마 기냥(그냥) 마 모깃불 피와놓고 마당에서 막 그냥 잤거든요.)

우리 클 때만 해도 마이(많이) 그랬다. 나무하러 가만 그 골에는 아무도 안 간다, 무섭다꼬 늑대 물고 가 거어서(거기서) 처치 다 했다 카이 늑대가.

우리 어릴 땍에, 그 사람은 여남은 살 먹었는가 봐. 어릴 때 그랬는데, 거어 만날 가만 안죽까지(아직까지) 지내치마(지나치면)

"저어 거매이굴이다. 거매이굴이다." 이칸다.

(조사자 : 아 이름이.)

이름이 거매이라가주고, 거매이굴이다, 거매이굴이다 이칸다.

(조사자 : 거게가 어딘데요? 친정 곳인가요?)

야. 요오 읍동요, 읍동, 의성 여어 읍동요.

(조사자 : 읍동에.)

그랬다 카이. 그래가 만날 우리는 만날 아 여럿 이래노이.

(조사자 : 의성 읍동? 읍동?)

읍동.

아아(아이) 안어 들룼는(들이는) 게 일이라, 아아 여러 키라가주고(여럿이라서). 히, 안아 들룼는 게 일이고 이랬다 카이. 무섭다 그게.

등천하다 떨어진 용무덤 (1)

자료코드 : 05_18_FOT_20110320_CHS_NBY_0001
조사장소 : 경상북도 의성군 단촌면 관덕 2리 420번지 마을회관
조사일시 : 2011.3.20
조 사 자 : 천혜숙, 김보라, 백민정, 차정경
제 보 자 : 남분여, 여, 71세
구연상황 : 관덕 1리의 마신부 씨 댁을 나와 마을회관에 들렀으나, 모여 노는 8-9명의 할머니로부터는 별다른 이야기나 노래를 들을 수 없었다. 멀지 않은 거리에 있는 관덕 2리로 향했다. 조사자 일행이 마을회관에 들어섰을 때는 열댓 분 정도의 마을 분들이 화투를 치고 있었다. 일단 양해를 구하고 방문 목적과 조사취지를 설명하였더니, 대부분 할머니들이 적극적인 관심을 나타냈다. 관덕 1리에서 이미 이 마을에 용제, 용무덤, 용문에 관한 전설이 있다는 말을 들었다며 이야기를 청하자, 먼저 남분여 제보자가 구연을 시작하였다.
줄 거 리 : 용이 등천하려고 하는데, 마침 빨래하던 여자가 보고 '구렁이 봐라'고 말하는 바람에 그 여자는 미륵이 되었다. 마을에서 그 미륵에 제사를 지내 왔는데, 도둑맞고 지금은 없다. 그때 용이 떨어져 죽어 묻은 용무덤이 관덕 3리에 있다.

용이 등천할라 카다가(하다가),

(조사자 : 그 이야기 있죠?)

(청중 : 예. 있어요.)

여자가 빨래하러 가가(가서),

(조사자 : 그 이야기 좀 해주세요.)

"구리이(구렁이) 봐라." 캐가주고,

그 사람이 미륵이 되가(돼서), 글때 왜 그 미륵인동, 그 옇어놓고(넣어놓고) 용제 지낸다 카더라.

그 누가 도둑키(도둑해) 갔다 카대? 미륵이가 거어(거기) 있었다, 맨 미륵이라 카던가 그기 있었다 카는데. 그랬는데 그기(그게) 훔쳐갔부고 없다 카데요.

그래가 그기 용문이라고. 그래 용, 그기 참 용인동 죽었는 거 묻었는

모양이더라고요.

(조사자 : 그 용무덤은 어디 있는 거에요?)

저 가마(가면) 있어요.

(청중 : 관덕 3리.)

(조사자 : 관덕 3리에?)

예. 3리에 있어요.

동신당 옮긴 사연

자료코드 : 05_18_FOT_20110320_CHS_NBY_0002
조사장소 : 경상북도 의성군 단촌면 관덕 2리 420번지 마을회관
조사일시 : 2011.3.20
조 사 자 : 천혜숙, 김보라, 백민정, 차정경
제보자 1 : 남분여, 여, 71세
제보자 2 : 이쌍희, 여, 71세
구연상황 : 조사자가 마을의 동제에 관해서 물었더니, 당이 옮겨왔다는 이야기를 제보자
　　　　　가 시작했다. 무엇인가 날아와 앉은 것이 옮기게 된 계기인데, 그것이 학인지
　　　　　방울인지에 대한 이야기가 엇갈렸다. 여기에다 이쌍희 제보자가 영험담을 보
　　　　　탰다.
줄 거 리 : 원래는 동신당이 마을의 솔밭 위쪽에 있었는데 학 또는 방울이 날아와 앉은
　　　　　자리로 옮겨 지금도 제사를 모시고 있다. 그곳을 지나가는 사람은 말을 탔더
　　　　　라도 반드시 내려서 걸어가야 했다. 그러지 않으면 말발굽이 붙어서 움직이
　　　　　지 못 한다.

　　뭐가 뭐 날아와갖고 여 앉았대요. 전에 저 쩌어(쪽에) 있었다 카데. 저
솔밭, 저저저 한, 솔밭 있는 데 그 우에(위에) 있었다 카데.

(조사자 : 근데 옮겼군요.)

(제보자 2 : 거어서(거기서) 거 날아왔다 카더라.)

(조사자 : 그런 이야기 좋습니다.)

(제보자 2 : 거어서 날아왔다 카더라만, 날아와가주고.)

근께 날아와가주고 거어(거기) 앉았대요.

(제보자 2 : 날아왔다 캐.)

(청중 : 방울인가 날아 앉아가주고.)

(조사자 : 방울이?)

학이, 학이 날아와가주고 거어 앉아가주고 그게 인제 참말로 저거,

(청중 1 : 거어 제사를 거어 모시잖아.)

제사를 거어 모시잖아.

[여기서부터는 제보자 2가 계속 구연한다.]

(제보자 2 : 옛날에는 이리 저게 말 타고 가다가도 걸어, 저저 타고 못 왔대요. 그 발굽이 붙어가. 저게 걸어, 저 뭐야, 걸어가야 되지, 말을, 말을 타고는 바로 못 갔다 이카더라만, 옛날에는.)

(조사자 : 예. 어느 쪽에? 어디?)

(제보자 2 : 요 감리, 감리 있는 데 저 쪽에.)

(조사자 : 관덕 3리 있는 데?)

(제보자 2 : 저 돌아가는 데. 그랬다 이카데, 말굽이 붙어가주 못 걸어갔다 이카데.)

동제사의 정성

자료코드 : 05_18_FOT_20110320_CHS_NBY_0003
조사장소 : 경상북도 의성군 단촌면 관덕 2리 420번지 마을회관
조사일시 : 2011.3.20
조 사 자 : 천혜숙, 김보라, 백민정, 차정경
제 보 자 : 남분여, 여, 71세
구연상황 : '동제사의 영험'에 이어 바로 구연했다. 이야기가 끝난 후에도 동제에 정성
을 들여야 한다는 주제의 이야기가 오갔다.

줄 거 리 : 동제를 쓸 떡을 만들기 위해 방아를 찧을 때도 발을 바꾸지 않았다. 제수 장
만을 위해 장을 볼 때도 사람들과 인사하지 않고 고개를 숙이고 갔다. 제일
(際日) 새벽 네 시에는 도끼로 얼음을 깨서 찬물 목욕을 했다. 그렇게 동제에
온갖 정성을 들였다.

떡 방깐도(방앗간도) 발로(발을) 안 바꾸고 찧었어요,55) 옛날에.

(청중 : 발도 디딜방아 찧어가주고 저래.)

발도 이래 방깐에, 옛날에 찧었거든. 찧이가 제사를, 떡 겉은 거 해가지
고 그 올리는데, 발도 안 바깠다(바꿨다) 카이. 디딜방아를 찧어가 계속
찧이야 되고. 그라고 또 제상 보러 가면 보통 사람들 보고 고개 숙이가주
고 사람들 인사도 안 하고, 고개 폭 숙이가 장 봐가주고 그래.

그래, 그만큼 영험이 있었다.

(청중 : 네 시, 네 시 되마 간다.56))

[동제에 관한 다른 이야기가 옆에서 계속됨.]

(조사자 : 아, 네 시요?)

(청중 : 네 시 되마 간다.)

찬물에 목욕하고.

(조사자 : 정성을?)

요새는 뭐, 물이 요래 좋으이 그렇지. 옛날에는 얼음 깨고, 도꾸(도끼)
가지고 얼음 깨가 등 밑에 가 목욕하고, 그래가 그만큼 정결하게 했다.

(조사자 : 목욕을 어데서 했어요?)

목욕? 저 산, 거렁(거랑), 큰 거렁에.

(조사자 : 아, 큰 거렁에.)

거기 가서 목욕하고.

(조사자 : 겨울에 그죠? 아이고.)

---

55) 한 발로만 계속 찧었다는 의미이다.
56) 새벽 네 시가 되면 제사 지내러 간다는 뜻이다.

예. 옛날에는 어데 이런 뭐 그게 있었나?

(청중 1 : 그래도 안 춥다 카데. 안 춥다니더. 정성들여가.)

담배도 안 피우고, 뭐 하이튼 뭐 며칠 날 받아놓으면.

(청중 2 : 초 여흘날 날 받으만 드가지도(들어가지도) 나가지도 모한다, 이전에는.)

동신의 영험 (1)

자료코드 : 05_18_FOT_20110320_CHS_MSB_0001
조사장소 : 경상북도 의성군 단촌면 관덕 1리 934번지 마신부 씨 자택
조사일시 : 2011.3.20
조 사 자 : 천혜숙, 김보라, 백민정, 차정경
제 보 자 : 마신부, 남, 68세
구연상황 : 관덕 1리를 찾아갔던 날은 비가 내렸다. 일단 마을회관으로 향했으나 아무도 없어서 전 동장이었던 마신부 씨 댁을 찾았다. 마신부 씨께 조사취지를 설명하고, 마을 소리꾼도 소개를 받았다. 내외분과 함께 차를 나누면서 마을에서 모시는 당신(堂神)에 관해 물었더니, '박나으리'(또는 박첨지)를 당신으로 모신다는 이야기와 함께, 동제의 절차 및 제관의 금기 등에 대해 두루 설명해 주었다. 그때 들려준 영험담 중 하나이다.
줄 거 리 : 동제의 제관으로 선정된 사람이 기휘(忌諱)를 바르게 하지 못하면 호랑이가 보인다. 그런 일이 있으면 다시 목욕재계하고 제사를 지내면 호랑이가 보이지 않는다.

고 이제 참 옛날에 윗 어른들이 그 전해 내려오는 그걸 보면, 나는 그 날을, 내가 인제 만약 그 올개(올해) 인제 제관으로 선정이 되어가 옳은 기우를57) 못 했는 사람에 한해가주고는 안 좋은 게 있었다 카는 저 얘기가 내려왔어요.

그 뭐 어예(어떻게) 안 좋노? 제사를 지내다 보면은, 그 어른들 말로는,

---

57) 기원(祈願) 또는 기휘(忌諱)의 의미로 말한 듯하다.

그 앞에 인제 막 호랑이가 이래 넘바다보고(넘겨다보고) 있다 이거라.

그래 겁이 나가지고 도오새(도저히) 안 되가(돼서) 다시 집에 와가주고, 새로 겨울게라도(겨울이라도) 추운데 새로 목욕을 하고 가(가서) 지내면 그게 안 보인다 이거라.

동신의 영험 (2)

자료코드 : 05_18_FOT_20110320_CHS_MSB_0002
조사장소 : 경상북도 의성군 단촌면 관덕 1리 934번지 마신부 씨 자택
조사일시 : 2011.3.20
조 사 자 : 천혜숙, 김보라, 백민정, 차정경
제 보 자 : 마신부, 남, 68세
구연상황 : 앞서 구연한 영험담에 덧붙여 구연하였다. 옆에서 부인이 계속 말을 거들었다.
줄 거 리 : 동제에서 금줄을 칠 때 정성을 다하지 않은 제관들의 눈에는 금줄에 뼈다귀
          가 걸린 것이 보인다. 내가 제관을 한 6-7년 동안은 다행히 동네에 큰 재난
          이 없었다.

관심이 없어서 했는 분에 한해가주고는 안 좋은 그런 인제(이제) 평이 나고.

언제든지 그 새끼를 꽈가주고 인제 이래 쳐요.

(조사자 : 금줄을.)

금줄을 치는데, 그 이제 자기가 깨끗하지 못했는 사람들은,

(청중 : 아직 금줄 안 뺐겼을(벗겼을) 걸?)

(조사자 : 못 봤습니다.)

그 어떤 뼉다구(뼈다귀) 겉은 게 이래 걸려있다고 그래요.

(청중 : 있어요. 거어(거기) 가면 있어요.)

(청중 : 아직 안 뺏겼지(벗겼지) 싶우다, 거게(거기).)

(조사자 : 금줄이요?)

그기 이제 쉽게 말하자면 내가,

(청중 : 아직 안 뺐게고 나뒀는데(놔뒀는데).)

그만큼 정성을 모했다(못했다) 카는 이런 뜻으로 아마 그런 현실인가 봐요.

그래가주고 나는 참 거석, 이래 한 육칠 년간 이래 지낼 때, 첫째 우리 동네 뭐 재난이 없었으니까. 첫째 참 상가도(喪家도) 마이(많이) 덜 땋았고 내 육 년간 하는 동안 딱 첨에마(처음에만) 한 분 작고하시고, 그 담에 한 오년 지나가주고 내외분 작고하시고, 그 외에는 생긴(생전) 참 작고한 분도 없어가주고는 그래마 다행 아인강(아닌가) 생각을.

제3 명당 사자골

자료코드 : 05_18_FOT_20110320_CHS_MSB_0003
조사장소 : 경상북도 의성군 단촌면 관덕 1리 934번지 마신부 씨 자택
조사일시 : 2011.3.20
조 사 자 : 천혜숙, 김보라, 백민정, 차정경
제 보 자 : 마신부, 남, 68세
구연상황 : 제보자의 조상 내력과 이 마을에 처음 들어온 마씨 선조, 그리고 마을의 다른 성씨들에 관한 이야기들을 들었다. 이 마을에 사자골이 있는지 묻자, 이 이야기를 구연했다.
줄 거 리 : 의성의 사촌 김씨들은 묘터를 선정할 때 제1은 금성산, 제2는 오토산, 제3은 이 마을의 사자골을 명당으로 친다. 그래서 관덕리 사자골에는 사촌 김씨들의 묘가 많이 있다. 그중 묘터에 있는 비석은 열세 살 난 소년이 썼다고 하는데, 선비가 쓴 것처럼 잘 썼다.

사자골에,

(청중 : 탑 있는 데 거 아니껴?)

쉽게 말하자면 에 사촌 김씨들이 에, 의성을 인제 칠 때, 제 일(1) 금성

산을 젤 좋은 묘터로 선정하고, 제 이(2) 오토산, 의성 앞에 오토산 하고, 제 삼은(3은) 참 여어(여기) 관덕, 여어 사자골로 선정하시가주고, 현재 사촌 김씨들 묘가 여기 좀 사자골에 있습니다.

있는데, 거 참, 비(비석)를 가보면 열세 살 나는 소년이 썼다 그어는데(그러는데), 참 선배가(선비가) 잘 썼는 비가 고(거기) 열세 살 나지 열세 살이 썼다는 걸 못 느낄 정도로 참 잘 썼는 선배 표가, 티가 나고.

그래 사자골 여기 치면 명산이라 그러고. 이제 금성, 의성이 금성산이 제 일(1) 명산이만, 제 이 오토산 명산, 제 삼은 사자골 명산이라. 이래 어른들이 흔히 하시는 그 유래로.

의성김씨 묘가 많은 오토산 명당

자료코드 : 05_18_FOT_20110320_CHS_MSB_0004
조사장소 : 경상북도 의성군 단촌면 관덕 1리 934번지 마신부 씨 자택
조사일시 : 2011.3.20
조 사 자 : 천혜숙, 김보라, 백민정, 차정경
제 보 자 : 마신부, 남, 68세
구연상황 : 사자골과 사촌 김씨에 관한 이야기를 좀 더 들은 후에 오토산의 위치에 관해 물었다. 제보자가 오토산의 위치를 설명해준 뒤, 이 이야기를 구연했다.
줄 거 리 : 제2 명당인 오토산에 있는 묘는 전부 의성 김씨들이 썼다. 묘를 쓰러 올라갈 때 아저씨·조카로 부르던 집안 간이, 내려올 때는 안사돈 바깥사돈이라고 한다는 좋지 않은 이야기도 전한다.

오토산에 그 묘는 전부 의성 김씨들이 썼는데.

뭐 좀 나쁜 해설로 치면은 뭐 올라갈 때는 뭐 아제비, 조카 카다가 내려올 때는 뭐 사돈 뭐 또 부른다 카면서, 인제 좀 나쁜 쪽으로 좀 이야기가 들려오지.

그래도 뭐 그나마 뭐 의성 김씨들 굉장히 그 의성에선 좀 저거를 하고

사시니까.

(조사자 : 그 무슨 뜻이지요? 올라갈 때는….)

그래 한 집안에 인제 사돈간 한다 카는 뜻이지. 올라갈 때는 아재비 조카 카고, 내려올 때는 사돈이 안사돈 바깥사돈 카고 한다 카이.

(조사자 : 아, 집안끼리 사돈한다.)

예. 그러이 인제 안 좋은….

금성산에 묘를 쓰면 날이 가문다

자료코드 : 05_18_FOT_20110320_CHS_MSB_0005
조사장소 : 경상북도 의성군 단촌면 관덕 1리 934번지 마신부 씨 자택
조사일시 : 2011.3.20
조 사 자 : 천혜숙, 김보라, 백민정, 차정경
제 보 자 : 마신부, 남, 68세
구연상황 : 앞서 오토산에 관한 이야기가 끝났다. 조사자가 금성산에 묘를 쓰지 못 한다는 말을 들었다고 운을 띄웠더니, 제보자가 바로 이 이야기를 구연했다.
줄 거 리 : 금성산에 누군가 묘를 쓰면 비가 내리지 않는다고 한다. 옛날부터 의성에서는 날이 가물면 군민들이 모두 금성산에 묘를 파내러 갔다.

그 묘를 쓰게 되면 여기 비가 안 내린다고.

(조사자 : 그카데요).

비가 안 내리기 때문에 가무면(가물면) 거어(거기) 인제(이제) 꼭 의성군민들은 금성산에 가서 그 묘를 파낼라고(파내려고) 하는.

옛날부터 그런 얘기가 있어요.

(조사자 : 그런 얘기가 있었군요.)

등천하다 떨어져 죽은 용의 무덤 (2)

자료코드 : 05_18_FOT_20110320_CHS_LSH_0001
조사장소 : 경상북도 의성군 단촌면 관덕리 420번지 관덕 2리 복지회관
조사일시 : 2011.3.20
조 사 자 : 천혜숙, 김보라, 백민정, 차정경
제 보 자 : 이쌍희, 여, 71세
구연상황 : 남분여 씨의 용 무덤에 대한 이야기가 끝나자마자 이쌍희 제보자가 "나는
　　　　　이래 들었어요."라며 좀 다른 이야기를 구연했다.
줄 거 리 : 용이 등천하려고 했다. 그 모습을 본 처녀가 '용 봐라'고 말했더니 처녀는 그
　　　　　자리에서 죽고, 용은 등천하지 못했다.

　그렇고 나는 듣기를 이래 들었어요. 나는 이래 들었어요.

　(조사자 : 예. 해주십시오.)

　저 이 봇들에 물이 이래, 이래 내려가만은 이래 닐다(내려다) 보면 용이
있는데, 누렇게 보였다 그래요. 그 등천할라 카는데(하는데) 참 뭐 처녀가,
뭐 저 등천할라 카는데,

　"용 봐라." 캐가,

　그 처녀는 그 자리에서 죽었뿌고(죽어버리고) 그 등천을 모(못) 해 갔다
카는 그 이야기는 들었고요. 그랬는데, 마카(전부) 듣기를 각각 들었다 그
지요?

동신의 영험 (3)

자료코드 : 05_18_FOT_20110320_CHS_LSH_0002
조사장소 : 경상북도 의성군 단촌면 관덕리 420번지 관덕 2리 복지회관
조사일시 : 2011.3.20
조 사 자 : 천혜숙, 김보라, 백민정, 차정경
제 보 자 : 이쌍희, 여, 71세
구연상황 : '동신당 옮긴 사연'의 마무리 부분에서 동신의 영험함이 잠시 화제가 되었던

터라, 이에 대한 이야기를 청했다. 제보자는 동제를 중단했다가 마을의 젊은 남자들이 많이 죽어서 다시 지내게 된 적이 있다는 이야기를 해주었다. 청중 대부분이 알고 있는 이야기였다. 이후로 자연스럽게 영험담들이 더 이어졌다. 이 이야기도 그중 하나이다.

줄 거 리 : 옛날에 동제를 지내려고 널어둔 나락을 새가 쪼아먹으면 그 자리에서 바로 죽었다.

　　뭐 옛날에 들은 소린데,

　　제사 지낼라고 나락을 널어가주고 인제 찔라(찧으려) 카면은, 새가 까무면(까먹으면) 새가 고 자리에서 죽었다 카는 그 소리도 듣긴 들었어요. 들었, 들었어요. 난 보지는 모했는데 어른들한테 들었어요.

도깨비의 정체

자료코드 : 05_18_FOT_20110320_CHS_LSH_0003
조사장소 : 경상북도 의성군 단촌면 관덕리 420번지 관덕 2리 복지회관
조사일시 : 2011.3.20
조 사 자 : 천혜숙, 김보라, 백민정, 차정경
제 보 자 : 이쌍희, 여, 71세
구연상황 : 앞 이야기 '날 궂으면 나타나는 도깨비'를 듣고 이쌍희 제보자가 자신도 비슷한 이야기를 들었다면서 구연을 시작했다. 여자들이 깔고 앉는 빗자루를 언급하자 한 청중이 그런 말은 하지 말라고 핀잔을 주었다. 제보자는 개의치 않고 계속 이야기를 이어나갔다. 이야기 도중 서로 언질을 주고받기도 하고, 도깨비의 정체에 대한 의견도 오갔다.
줄 거 리 : 빗자루에 여자의 월경혈이 묻으면 도깨비가 된다. 그것이 여자들더러 빗자루를 깔고 앉지 말라고 하게 된 유래이다. 또는 담력이 센 사람이 도깨비를 붙잡아 꽁꽁 묶어두었는데, 나중에 보니 빗자루였다거나 방앗공이였다. 빗자루나 방앗공이를 갖다 버려도 도깨비로 화한다.

　　그 전에 이야기 들었는 거 나도 있는데.

　　여자들, 여자들 왜 옛날에는 빗자리를(빗자루를) 깔고 앉지 마라 카는

말이,

(청중 : 그런 말을 우예 하노?)

있는데. 뭐 그거 뭐 어데 뭐 나쁘나? 나쁜 거 없지.

근데 빗자루를 깔고 앉지 마라 카는 이야기는 그래가 유래가 있는데. 빗자리를 깔고 앉이면은 여자들이 월경이 있잖아요. 고기(그게) 인제 묻으면은 그기 뭐, 뭐가 도깨비 된다 캤나?

그래가 내제에(나중에) 봐이(보니), 도깨비를 막 디기(아주) 저저 이 장담 씬(센) 사람이 막 붙잡어가주고 창창 얽어맸는데, 내제에(나중에) 보이, 깨고 나이 빗자리더라 카는 그런 이얘기도 있고.

방깐이라(방앗공이라) 카는 이얘기도 있고 뭐. 방깐 왜,

(조사자 : 방앗공이.)

방앗꼬? 방깐을 짊어진, 방깐도 있다 카고 빗자리도 있다 카는 그런 이얘기를 들었어요.

(청중 : 옛날에 몽당 빗자리가 인자 도깨비 된다, 또 방앗꼬 갖다 그런 거 버리만 도깨비가 된다 카는 게 그런 유래가 있긴 있어요. 그것도 전설에 한 가지고.)

(조사자 : 전설이죠.)

(청중 : 전설이고.)

(조사자 : 여러 지방에서 들을 수 있는 이야기기 때문에.)

(청중 : 예. 그거는 흔히 있는 이야기고.)

동제 때 초상나면 곡소리 못 낸다

자료코드 : 05_18_FOT_20110320_CHS_HKS_0001
조사장소 : 경상북도 의성군 단촌면 관덕 1리 934번지 마신부 씨 자택
조사일시 : 2011.3.20

조 사 자 : 천혜숙, 김보라, 백민정, 차정경
제 보 자 : 하기순, 여, 63세
구연상황 : 마신부 씨가 동제에 관한 이야기를 계속했다. 옆에서 남편의 이야기를 거들
던 부인 하기순 씨가 이번에는 이야기를 자청했다.
줄 거 리 : 동제 기간에 초상이 나면 동제가 끝날 때까지 곡소리를 내지 못했다. 그리고
동제가 끝난 뒤에야 장사를 치렀다.

그러이 뭐 초상이 나면 고마 꼼짝도 모하고(못하고) 그 집에서는. 곡소
리도 못 내고 그랬다 카이, 그 제사를 지낼 때까지는.

근데 한 집은 보이 날 받아놓고 거 초상 나가주고 아흐레라? 여드레라?
장사 치렀다고. 제사 끝나야.

(청중 : 그 이후에.)

(조사자 : 제사 끝나야 되니까?)

예. 제사가 끝나야 되니까. 그렇기 엄하더라 카이.

늑대에게 물려간 아이

자료코드 : 05_18_MPN_20110320_CHS_KSH_0001
조사장소 : 경상북도 의성군 단촌면 관덕리 420번지 관덕 2리 복지회관
조사일시 : 2011.3.20
조 사 자 : 천혜숙, 김보라, 백민정, 차정경
제 보 자 : 권숙희, 여, 74세
구연상황 : 늑대를 본 이야기가 여기저기서 나와 좌중이 소란해졌다. 가만히 있던 제보
자가 늑대에게 물려간 사건을 직접 목격했다면서 이 이야기를 구연했다.
줄 거 리 : 친정 마을에서 실제로 있었던 일이다. 아버지와 어머니 사이에서 자던 네 살
난 아기를 늑대가 물고 갔다. 늑대는 아이를 물어다 바위에 올려놓고 왔다
갔다 하며 아이의 혼을 뺐다. 아이의 부모가 마을사람들을 모아서 몰려갔더
니, 늑대는 도망쳐버렸고 아이는 이미 죽어 있었다. 이 일이 있은 후에 마을
사람들은 여름에도 밖에서 잠을 자지 못했다.

직접 물리(물려) 가는 거 봤다 옛날에, 친정에서. 우리, 안동 외하거든,
외한데. 담이 요래 친정으는 요 밑에 있고, 돌담인데.

(청중 : 이거 내 가지고 가야 될따.)

내 이얘기하거든 가(가지고) 가소.

돌담인데, 돌담인데. 그 집에는 인자 신작로가 이래 있고, 연두막(원두
막) 겉은(같은) 데 있고.

그래 그런데 세상아 인자 어마이(어머니) 아바이가(아버지가) 요래 자는
데 아를(아이를) 복판에(중간에) 찡가(끼워) 났거든. 아유 그런데 세상, 네
살 나는 걸 고만에 아침 새복(새벽) 네 시 돼가 물고 가삐맀는(가버렸는)
기라. 물고 갔는데 아가 끌케(끌려) 갔는 모양이래. 막 짜꾹도(자국도) 있
고 이런데. 아우 자다 보이, 자다 보이께 저게 없는 게라, 아가 없는 게라.

쏙 빼가 갔부렀다.

그래 인자 그 앞에 거렁이(거랑이), 인자 우리 냇가에 있어. 친정, 그래 있는데. 보, 삷(섶) 건네가는데 물이 추정 추정 추정 거드란다(거리더란다), 그거 끄고 가니라꼬.

그런데 막 아아는,

"에에! 에에!" 카더라네.

그래가주고 그 건네 인제 앞골 카는 데 솔밭이 있는데, 거어 방구에(바위에) 올리놓고.

그래다보이께 막 사람이 막 그자 아 없다 카이께네 막 일났는 기라. 일 나가주고 가만히 들어보이께네 바우 우에 아를 갖다놓고 막 자꾸 놀기더란다.

이래 자꾸 놀기이까네, 아아가.

(청중 : 혼 빼지.)

응. 혼 빼는 게라.

"에에! 에에!" 카고.

이거는 자꾸 혼을 빼는 게라. 왔다 갔다, 가만(가만히) 있을 때는 또 가만 놔두고.

그래가주고 인자 이 집에가 혼자 있으니까 무서버가 안 돼가주고 동네를 일받았어(동네 사람들을 모았어.). 일받아가주고 가이께네 아가 하마(벌써) 다아 죽어가주고, 막 네 살 나이께네, 다 죽어가주고 하매 이래가 늘어졌더란다. 처억 걸치가 있는 걸.

그럼 우예노. 그건 인제 쫓게갔부고. 가와가주고 참 영장을 했지 뭐.

하이구, 그래 직접 우리가 봤어. 네 살 카이꺼네 우리 그때.

(조사자 : 그때가 몇 살 때였어요? 어르신?)

우리가?

(조사자 : 클 때?)

클 때지, 그때 네 살 났이이께네. 아이구 아이고 참 글때 나가지도 못 하고 그 집에도 안 자고. 우리 친정에도 맹 그 마당에 이래 피고 호불이 불(홑이불) 덮어씨고 자고 이랬는데. 못 자, 무서버서.

(조사자 : 무서워가지고.)

그래 했다 참말로. 옛날엔 그래 마이(많이) 잤다.

늑대의 경험 (1)

자료코드 : 05_18_MPN_20110320_CHS_KBS_0001
조사장소 : 경상북도 의성군 단촌면 관덕리 420번지 관덕 2리 복지회관
조사일시 : 2011.3.20
조 사 자 : 천혜숙, 김보라, 백민정, 차정경
제보자 1 : 김분순, 여, 81세
제보자 2 : 김우암, 남, 66세
구연상황 : 도깨비 이야기를 하던 도중 김우암 제보자가 늑대를 언급하자 화제가 도깨
비에서 늑대로 바뀌었다. 늑대의 특성과 직·간접의 경험을 여기저기서 이야
기하느라 좌중이 매우 소란스러웠다. 어린 시절 늑대고기를 먹었다는 분도 있
었다. 남순여 씨를 시작으로 늑대의 특성에 관한 이야기가 계속해서 이어졌
다. 이때 제보자가 늑대는 사람을 세워놓고 먹는다고 하자, 많은 사람들이 늑
대는 누운 것만 먹는다며 항변하는 등 긴 논쟁이 이어지기도 했다.
줄 거 리 : 늑대는 턱이 짧고, 꼬리가 길다. 직접 보니 개와 똑같았다. 늑대는 턱이 일자
이고 사람을 세워놓고 먹는다고 한다. 반드시 그렇지는 않다. 서 있는 것은
못 먹고 누운 것만 먹는다는 말도 있다. 늑대는 심지어 서 있는 것 중에서 사
람도 혼을 빼서 넘어지면 잡아먹을 수 있다.

늑대는 저게 텍이(턱이) 짜르단다(짧단다).

사람 눕헤놓고.

(청중 : 꽁지(꼬리) 지고(길고).)

(조사자 : 늑대이야기는 뭔데요?)

(제보자 2 : 늑대는 우리가 젊을 때 저어 내가 늑대 봤기 땜으로.)

(청중 : 우리 동네는 아(아이) 물리 가가(가서) 살았는데.)

(제보자 2 : 늑대를 내가 봤기 땜으로. 순실[58] 내가 겪었던 이얘기라. 우리 집이 요게 요오 요어 옆인데, 우리 모친이 그때 여름에 보리 이래 까부는데.)

(청중 : 개하고 늑대하고 똑같애.)

(제보자 2 : 돌아보이 늑대가 있는 게라. 그래가 나도 늑대라 카미 산디비(산등성이) 올라갔거든. 올라가이 산디베 올라가이 뻐히(뻔히) 서가(서서) 있더라 카이 저 늠이. 그래 내 늑대를 확실히 봤다. 늑대는 개보다 텍이 언제나 일자고, 사람 서워놓고(세워놓고) 아무꺼나 서워놓고 먹는다. 주디는(주둥이는) 좀 짧고.)

(청중 : 섰는 거 못 먹고 누벘는(누웠는) 거 먹는단다.)

누벘는 거는 먹지, 섰는 거는 절대로 못 묵는다.

(제보자 2 : 혼 빼가주고, 혼 빼가 눕헤만 먹는다 이카더라.)

(조사자 : 섰는 거는 못 먹어요?)

(청중 : 못 먹어요.)

(제보자 2 : 사람이 넘어지만은.)

넘어지마 펄쩍펄쩍 뛰마 자빠지만은 인제 그때는 인제.

도깨비에 홀린 사우 형님

자료코드 : 05_18_MPN_20110320_CHS_KWA_0001
조사장소 : 경상북도 의성군 단촌면 관덕리 420번지 관덕 2리 복지회관
조사일시 : 2011.3.20
조 사 자 : 천혜숙, 김보라, 백민정, 차정경

---

58) 정확하지 않은 발음이나, '순전히'를 급히 말한 것이 아닌가 생각된다.

제 보 자 : 김우암, 남, 66세

구연상황 : 앞의 노래('베틀 노래')가 끝나자 미완의 '베틀 노래' 가사에 대한 의견이 나
왔고, '베틀 노래'를 잘했던 이웃 사람에 대한 기억이 환기되어 말들이 오갔
다. 조사자가 도깨비 이야기를 혹시 아느냐고 물었더니 제보자가 바로 이 이
야기를 구연하였다. 이야기 내용 중 실제로 도깨비에 홀린 사우 양반의 부인
이 좌중에 끼어 있었다. 청중들은 사우 양반을 대부분 알고 있는 듯이 보였
다. 그래서인지 모두 유쾌하게 웃으면서 경청하였다.

줄 거 리 : 사우 양반이 송내에서 노름을 하고 돈을 따서 집으로 돌아오는 길에 후평 거
랑가에서 도깨비를 만났다. 도깨비에게 홀려 돈을 모두 빼앗기고 형편없는
몰골이 되어 돌아왔다.

아이구, 도깨비 이야기, 왜 사우 아주뱀 이야기하면 될 낀데.

[좌중이 모두 웃었다.]

사우 형님 저어 송내서 노름해가주고 돈 따가 오다게(오다가), 돈 따가
여어 후평 거랑에 오다게. 이눔우 토째비한테 홀케가주고(홀려서) 이놈의
돈 한 보따리 다 뺏겨부고 질밭에 진 데 터럭터럭 걸어오메 이놈우 엉망
진창 해가주고 돈 다 뺏기부, 안 캤나? 그때.

그런 이야기 하이, 이게 바로 그거라 카이.

(청중 : 이야기 하소 그래.)

도깨비불 본 경험담

자료코드 : 05_18_MPN_20110320_CHS_KWA_0002

조사장소 : 경상북도 의성군 단촌면 관덕리 420번지 관덕 2리 복지회관

조사일시 : 2011.3.20

조 사 자 : 천혜숙, 김보라, 백민정, 차정경

제 보 자 : 김우암, 남, 66세

구연상황 : '도깨비에 홀린 사우 형님' 이야기를 끝내고 이번에는 자신이 도깨비불을 직
접 본 이야기를 구연하였다.

줄 거 리 : 젊은 시절에 친구 태자와 함께 거마들에서 물패 당번을 서고 있었는데, 거마

들에서 젊은 아이들 둘이 호롱불을 들고 도랑을 따라 내려오는 모습이 보였다. 그 모습이 논에 물을 대러 온 사람들인 줄 알고 큰길로 내려가 보았지만 아무 자취가 없었다. 도깨비에 홀린 것이 아니라 실제로 본 사실이다. 도깨비는 틀림없이 존재한다.

도깨비 이얘기는, 도깨비 이얘기는 진짜 내가 도깨비 봤거든요.

요거는 몇 년도라 카만은 요게 한 육십, 육십 한 칠년도 쯤(쯤) 될, 되께래요. 우리가 이 거마들에, 거마들에 인제 옛날에 물이 귀하이께 물패섰는 게라. 물, 물패 섰는데, 어디로 카만 요어 요어 ○○ 내려오는 저 지금 지금 박, 박 그 사람 우사 있는 데, 고 어데 태자 저거 논 있는 데, 고 어 깨삐알서[59] 우리 봤거든.

태자하고 내가 가다 보이, 걸마들에서 이눔은 불을 들고 졸졸졸 내리오는 기라. 물도르깨 대는 줄 알고 우리는. 둘이 젊은 아아들이(아이들이) 그때 한 스무 남살 됐거든요. 그래 저게 물, 물 도리깨 댄 줄 아고, 초롱(호롱) 들고 온 줄 알았지.

그래 우리 큰 길로, 그때 비포장이래, 이기. 비포장인데, 그 밑에 내려가 보이께네 이기 사람이 아이더라 카이께네.

(청중 : 아이구, 우야꼬!)

사람 아이라(아니라),

[누군가 마을회관으로 들어와 이 마을에 빈집이 있는가 묻는 바람에 이야기가 잠시 중단됨.]

그래가주고 아랫들 그 지금, 전에 장태수 씨 집 있는 데 글로 내려오는 거 우리가 이 큰길로 가이께네 이눔우 갑자기 젊은 아아들, 왜 스무 남살 되이 젊잖아. 이 저거 들렁 들렁 종일 들고 오는데 보이께 없는 게라. 이거는 우리가 허깼는(홀린) 것도 아니고 완전히 그거는 도깨비라.

거어 ○○○○ 밭에 그 우에서 초롱불 들고 도랑 따라 오는 게라. 얼릉

---

59) '비알'은 비탈이므로 비탈진 공간의 지명인 듯하다.

얼룽거미(얼렁거리며) 오는데, 우리 물도리깨 댄 줄 알고.

(청중 : 불이 촤라락.)

예. 그래가 둘이 딱 내려갔다. 내려가이께네 길인데 마주쳐 보이께네 사람, 그 그기 없어. 불이 없어져.

그래가 이거는 완전 마 이거는 마 이거 보이는 거 아이께 이건 완전 마 도깨비다, 이렇기 인정할 수 있어요.

[청중들이 나름대로 도깨비 경험을 이야기하느라 좌중이 소란해졌다.]

도깨비 같은 건 틀림없이 있다고 봐야 돼요, 예. 그건 내가 내가 그거로 봤기 땜우로(때문에) 도깨비 카이 그게 내 인정되는 거여.

날 궂으면 나타나는 도깨비

자료코드 : 05_18_MPN_20110320_CHS_NBY_0001
조사장소 : 경상북도 의성군 단촌면 관덕리 420번지 관덕 2리 복지회관
조사일시 : 2011.3.20
조 사 자 : 천혜숙, 김보라, 백민정, 차정경
제 보 자 : 남분여, 여, 71세
구연상황 : 앞의 이야기('도깨비불 본 경험담')가 끝나자 도깨비에 대한 경험을 너도나
　　　　　도 이야기하느라 좌중이 소란스러워졌다. 제보자가 옆 사람에게 이야기하는
　　　　　것을 조사자가 다시 청해서 들었다.
줄 거 리 : 궂은 날이면 도깨비들이 중얼거리면서 지나가는 모습을 볼 수 있다고 어른
　　　　　들이 말한다. 우리 어머니가 실제로 보았다고 한다. 어머니가 본 도깨비는 윗
　　　　　도리는 잘 보이지 않고, 아랫도리로 성큼성큼 걸어갔다고 한다.

내가 본 게 아이고, 어른들이 그카더라 카이.

버리(보리) 까부다(까불다) 보마(보면) 도깨비가 마구 날 궂은 날 이래 막 이래 성큼성큼 지내가만(지나가며) 중얼중얼 지께더라(지껄이더라) 캐(해).

지께면서, 우리 엄마가 글때(그때) 그래 이야기하더라꼬.

그래 지께면서네 이래 웃도리는 잘 안 보이고, 아랫도리는 성큼성큼성큼 걸어가는 게 눈에 완전히 보이더라 캐. 보이더라 그래.

우리 엄마 만날 그래 이야기하데. 날만 궂으만 글때는(그때는) 그끄(그렇게) 흔했다 캐. 그런 이야기 하는 걸 들었다 카이.

늑대의 경험 (2)

자료코드 : 05_18_MPN_20110320_CHS_NBY_0002
조사장소 : 경상북도 의성군 단촌면 관덕리 420번지 관덕 2리 복지회관
조사일시 : 2011.3.20
조 사 자 : 천혜숙, 김보라, 백민정, 차정경
제 보 자 : 남분여, 여, 71세
구연상황 : 여기저기에서 늑대를 경험한 이야기를 하여 소란스러운 와중에 제보자의 이야기가 흥미롭게 들려서 이 분 앞으로 녹음기를 갖다 두고 들었다. 앞서 늑대가 서 있는 것만 먹는다는 이야기와 상반되는 경험담이다.
줄 거 리 : 우리 오빠는 산에 나무를 하러 가서 늑대와 놀곤 했다. 늑대가 나무를 넝큼 넝큼 뛰어다니는 중에도 오빠는 나무 한 짐씩 해서 지고 왔다. 오빠가 넘어지지 않아 늑대가 해코지하지 않은 것이다.

늑대는 만날(맨날) 산에 만날 나무하러 가만 되는데, 산에 있는데 같이 놀았다 캐.

(조사자 : 늑대하고?)

뭐 오빠는 늑대가 안 무서벘다(무서웠다) 카데, 그때. 막 넝큼넝큼 뛰고 막 그래 나무, 그래도 그래도 그 나무 다 해가지고 한 짐 지고 오만 맹 해꼬지는(해코지는) 안 하더래. 안 넘어지이 그런지.

(조사자 : 안 넘어지니.)

안 넘어지이 그런지. 그랬다 카마 만날 그런 이야기를 하시더라.

(조사자 : 재밌네요.)

화투풀이 (1)

자료코드 : 05_18_FOS_20110320_CHS_KBS_0001
조사장소 : 경상북도 의성군 단촌면 관덕리 420번지 관덕 2리 복지회관
조사일시 : 2011.3.20
조 사 자 : 천혜숙, 김보라, 백민정, 차정경
제 보 자 : 김분순, 여, 81세
구연상황 : '심청이 노래'가 끝난 노래판에서는 일제강점기 때 배운 일본노래들이 불리기도 하면서 흥겨움이 지속되었다. 누군가 김분순 제보자가 '이수일 심순애' 노래를 잘 한다고 추천했다. 그러던 중 제보자가 갑자기 '화투풀이'가 생각났는지 이 노래를 불러주었다. 구연이 끝난 후 또 다른 화투풀이가 있다는 설명을 덧붙였다.

정월속속 속속한마음
이월매조에 맺어놓고
삼월사쿠라(さくら) 산란한마음
사월흑조에 흩어놓고

(청중 : 화투풀이.)

오월난초 노던아나비
유월목단에 춤을추네
칠월홍돼지 홀로누워
팔월공산을 쳐다보니
구월국화 꽃이나피어
시월단풍에 다떨어지네
시월단풍 들고나보소

꼬리짜른(짧은) 저노루는

산을건너 들을건너

임을찾어 가건만은

요내나는 왜못가노

동지오동 들고보소

이거, 동지오동도 두 가지거든, 화투풀이.

동지오동 오동지

밝으나 달에

처녀총각이 산보가네

섣달우주 들고나보소

우산대는 높이들고

화토밭에 헤맸어도

화토한모 다빌어도

임의소식이 전혀없네

화투풀이 (2)

자료코드 : 05_18_FOS_20110320_CHS_KBS_0002
조사장소 : 경상북도 의성군 단촌면 관덕리 420번지 관덕 2리 복지회관
조사일시 : 2011.3.20
조 사 자 : 천혜숙, 김보라, 백민정, 차정경
제 보 자 : 김분순, 여, 81세
구연상황 : '화투풀이 (1)'이 끝난 후, 제보자는 화투풀이도 몇 가지가 있는데 잊어버려서 찔끔찔끔했다고 아쉬워했다. 조사자가 다른 '화투풀이'를 요청하자 김분순 제보자는 목단꽃 부분에서 가사가 두 가지로 갈린다면서, 기억을 더듬어 사설을 말로 읊었다. 그리고 '화투풀이' 가사가 몇 풀이나 됨을 강조했다. 잊어버린

것을 많이 안타까워했다. 12-13살 무렵 배운 노래라고 한다.

유월목단 들고보소
대문안에 뿌리박아
한강물을 줏었던가(주웠던가)
바닷물을 줏었던가
가지가지 벌어져서
그우에(위에) 꽃이피어
금강산 범나비가
기색없이 날아

그것도 및(몇) 풀이래.
근데 오래 돼가, 잊었부리가.

베틀 노래

자료코드 : 05_18_FOS_20110320_CHS_KBS_0003
조사장소 : 경상북도 의성군 단촌면 관덕리 420번지 관덕 2리 복지회관
조사일시 : 2011.3.20
조 사 자 : 천혜숙, 김보라, 백민정, 차정경
제 보 자 : 김분순, 여, 81세
구연상황 : 조사자가 '베틀 노래'에 관해서 물었다. '베틀 노래' 가사 단편이 여기저기에
　　　　　서 환기되고, 베짜기에 대한 설명들이 오갔다. 그러던 중에 제보자가 '베틀
　　　　　노래' 사설을 말로 구연하기 시작했다.

[말하듯이 구연한다.]

노세노세 베틀노세
옥난강에 베틀노세

앞다리는

앞다리는 높이놓고

뒷다리는 낮게놓고

잉앳대는 삼형제고

눌름대는 호불애비고

그거뿐이래. 더는 몰래.

(청중 : 그거뿐이래. 몰래. 그것도 다 나온데이, 이거.)

더 더 몰래. 그래뺵에 몰래.

(청중 1 : 빨리 짜만 돈이 되고 빨리 짜만 재산 되고 늦게 짜만 ○○하고. 그래가지고 텔레비에 나오더라만 머.)

그래. 그래 텔레비에 하는데 그래 왜 저, 베틀 노세 카는 그걸 글쎄 모른다.

이선달네 맏아애기

자료코드 : 05_18_FOS_20110320_CHS_NMB_0001
조사장소 : 경상북도 의성군 단촌면 관덕리 420번지 관덕 2리 복지회관
조사일시 : 2011.3.20
조 사 자 : 천혜숙, 김보라, 백민정, 차정경
제 보 자 : 남말분, 여, 80세
구연상황 : 이어지는 구연으로 인해 박수 소리가 계속되었고, 청중들은 계속 제보자에게 다른 노래를 청했다. 아무래도 마을에서 노래 잘하기로 알려진 분으로 보였다. 제보자가 조그만 목소리로 이 노래를 부르기 시작했다. 노래가 너무 길고 또 숨이 차서 다 부르지 못하겠다고 중단했다. '이선달네 맏딸애기' 노래는 흔한데, 이 노래는 이선달네의 아들이 주인공인 점이 특이하다. 처녀 시절에 배운 노래라고 했다.

이선달네 맏아애기

이연땅에 장가들어

시어머님 혼사시고

신접버선에 두발장수 감아신고

어른종아 부담해라

아해종아 말몰으라

얼경벌경 가시다가

아배아배 울아배요

집으로

돌아가자 카이, 거어서(거기서)

가나따나60) 집가세를(家勢를)

돌려보소(둘러보소)

집가세를 돌려보니

마당걸에 들어서니

은빛가리가 잡삭했네61)

대문안에 들어서니

동빛가리가 잡삭했네

다리우에 올라서니

사모우에 핑경달아(풍경달아)

핑경소리가 볼만하다

(청중 : 좋다.)

모시국시 시국시는(세국수는)

상치마다(상마다) 있건만은

---

60) '갈 때 가더라도'라는 의미이다.
61) '쌓여있다'는 의미인 듯하나 불분명하다.

톰박톰박 톰박고기가(톰배기고기가)

상처마다 있건만은

방문을 열을지니

횟대끝에 시영도포

어느사외(어느사위) 주실라꼬

저리그리 하여놨노

사위사위 새사위야

옷이나뻐 니가갈래

밥이나뻐 니가갈래

밥도옷도 안나쁘데이

너거딸년 행실봐라

풍너메우는 나이비(나비)

자하 ○○○ ○○○

찬물겉은 흔한거를

도령말고 믿어줘라

간다간다 나는간데이

모시고개 시고개로 나는간다

가오가오 가나따나

아기이름을 짓고가소

아기이름을 무얼지꼬(무얼지을까)

담장화라 지어줄까

가오가오 자게가오(재게가오)[62]

자게간들 내몬(못)사리

앞집에도 아게비오[63]

---

62) '재게', '날쎄게'의 의미이다.
63) '알린다'는 의미인 듯하나, 정확히 알 수 없다.

뒷집에도 아게비라
가오가오 자게가오
뒷동산에 보꿈야새도(뻐국새도)
골고야(골골이) 산란한데
이내나도 홀로사제

아이고 힘이 들어.
[좌중이 모두 박수를 쳤다.]

아기 재우는 노래

자료코드 : 05_18_FOS_20110320_CHS_LSH_0001
조사장소 : 경상북도 의성군 단촌면 관덕리 420번지 관덕 2리 복지회관
조사일시 : 2011.3.20
조 사 자 : 천혜숙, 김보라, 백민정, 차정경
제 보 자 : 이쌍희, 여, 71세
구연상황 : '이선달네 맏아애기'가 끝나자 좌중은 조사자들에게 다음번에는 미리 전화하
고 와달라고 했다. 노래가 자꾸 중단되는 것이 아쉬운 듯했다. 이때 제보자가
"그래, 내가 해보고 싶은 것은"이라고 말을 건네며, 이 노래를 불렀다. 노래
도중에 두어 번 눈물을 보이며 구연을 중단했는데, 앞의 남말분 씨의 노래
('이선달네 맏아애기')의 슬픈 내용 때문이었다. 노래가 끝난 후 자신이 부른
노래가 마음에 들지 않아 한참을 아쉬워했다. 가사에 대한 부연설명을 해주기
도 하였다.

아가아가 잘자거라
앞집개야 짖지마라
뒷집개도 짖지마라
우리아기 잘자거라

[청중 한 분(남말분 씨)을 가리키며]
저 어른 눈물 나구로 해가 내 눈물 날라 칸다.
(청중 : 왜 눈물이 나노?)

　　금자동아 은자동아
　　수명장수 부귀동아
　　금을준들 너를사랴
　　은을준들 너를사랴

아이구, 내,
(청중 : 쪼매(조금) 돈아라.)
[남말분 씨가 가창한 '이선달네 맏딸애기'가 많이 슬펐는지 감정을 추스르지 못하고, 30초간 가창을 중단했다가 한숨을 쉬고는 계속했다.]

　　앞집개야 짖지마라
　　뒷집개도 짖지마라
　　우리아기 잘자거라
　　금을준들 너를사랴
　　은을준들 너를사랴
　　은자동아 금자동아
　　수명장수 부귀동아
　　나라,

아, 아이다(아니다).

　　부모에게 효자동아
　　형제간에 우애동아
　　일가친척 화목동아

친구간에 의리동아

친척

[얼버부리며]

동네방네 햇불동아[64]
나라에는 충신동아

그라고(그리고) 끝인동(끝인지) 모를,
[웃음]
끝까지 잘 했는데 오늘 하이(하니) 안 된다.

---

64) 햇불이 동네방네를 비추듯이 빛나는 존재가 되라는 뜻이다.

청춘가 (2)

자료코드 : 05_18_MFS_20110320_CHS_KBS_0001
조사장소 : 경상북도 의성군 단촌면 관덕리 420번지 관덕 2리 복지회관
조사일시 : 2011.3.20
조 사 자 : 천혜숙, 김보라, 백민정, 차정경
제 보 자 : 김분순, 여, 81세
구연상황 : 정순옥 씨는 "자꾸 하니껴?"라며 자기만 계속 구연하는 것을 쑥스러워했다.
조사자가 소리를 받아주실 분을 찾자, 서로 미루었다. 좌중이 소란스러워졌다.
이때 제보자가 바로 옆에 있는 사람을 추켜세우며 노래를 권하였으나 그분이
쑥스러운 듯 거절했다. 제보자가 "그럼 내 하면 할래?"라며 이 노래를 구연하
였다.

청천 하늘에

(청중 : 좋다.)

잔별도 많고요
요내가슴 속에 좋다
잔수심 많구나

(청중 1 : 잘한다.)
(청중 2 : 하소.)

청천에 지는해는
지고젎어(지고싶어) 지나요
나버리고 가신님은 좋다
가고젎어(가고싶어) 가느냐

(청중 1 : 잘한다.)

심청이 노래

자료코드 : 05_18_MFS_20110320_CHS_KBS_0002
조사장소 : 경상북도 의성군 단촌면 관덕리 420번지 관덕 2리 복지회관
조사일시 : 2011.3.20
조 사 자 : 천혜숙, 김보라, 백민정, 차정경
제 보 자 : 김분순, 여, 81세
구연상황 : '노래가락'을 부른 남말분 씨가 "상호떡이 한번 해봐라."며 김분순 제보자에
게 노래를 권하였다. 김분순 제보자는 "난 니만치(너만큼) 잘 못 한다"라며
주저했다. 몇 분이 '심청이 노래'의 가사 앞부분을 읊어주면서 부르라고 권하
는 걸 보니, 이 노래가 제보자의 레퍼토리로 알려진 듯했다. 노래가 시작되면
서 좌중이 조용해졌다. '심청가'의 내용으로 가사를 만든 데다, '클레멘타인'
곡조를 붙인 흥미로운 노래이다. 노래의 뒷부분은 말로 구술해 주었다. 이 노
래가 끝난 후 좌중에서는 효도에 대한 이야기가 오갔다.

외도한도 한가정에
그에식구 세사람
여시잃로(女息잃은)65) 심청이는(심청이를)
강남다려 안고서
이집저집 당기면서(다니면서)
동냥젖을 맥힌다(먹인다)
젖좀주소 젖좀주소
불쌍하고 가련한
이어린것 살려주소
이와같이 굴겼네(굶겼네)

---

65) '어미'라고 해야 할 것을 '여식'(女息)이라고 잘못 말한 것이다.

근근없이(근근히) 길려내어

나이차고 철달어(철들어)

이제부친 그에부친

진성으로(정성으로) 공경해

어떤하날 주임하여

고양미를(공양미를) 삼백석

부처님께 시주하면

그의눈을 뜬다꼬

망가홍사[66] 심청아야

나의사령(나의사랑) 심청아

그런데 또 뺄라 카이 목이 타네.

[제보자가 다음 내용을 구술로 했다.]

그래가 그 심청이,

"공양미 삼백석을 주마(주면) 그 눈을 뜬다." 캐가주고,

"아버지 대해가(대신해서) 내가 목숨 받치겠다."고,

그래가 가가 참 그 책에도 강물에 빠져 죽을라 그래 가이. 그래 내재에는(나중에는) 심청이 장가를 열흘을 하고 나이, 잔치를 하고 나이. 마지막 날에 가가주고 자기 심청이가 들어왔다는 기라. 그래가,

"아버지, 내가 심청이올시다." 카이,

고마(그만) 무릎팍을 탁 치이(치니) 그 바람에 고마 그 봉사, 눈을 떴다 니더.

---

66) '만고풍상(萬苦風霜)'을 잘못 말한 듯하나, 정확히 알 수 없다.

노래가락 (2)

자료코드 : 05_18_MFS_20110320_CHS_NMB_0001
조사장소 : 경상북도 의성군 단촌면 관덕리 420번지 관덕 2리 복지회관
조사일시 : 2011.3.20
조 사 자 : 천혜숙, 김보라, 백민정, 차정경
제 보 자 : 남말분, 여, 80세
구연상황 : '청춘가 (2)'가 끝나고도 흥겨움이 가시지 않고 박수가 끊이지 않았다. 조사자
가 한 소절 더 청하였더니, 제보자가 이 노래를 부르기 시작했다. 그러나 "팔
월이라 시오일에 해방 꽃 피었다"까지만 부른 후 노래를 중단하였고, 청중들
은 박수를 계속 치며 더 불러주길 기다렸다. 그러자 제보자가 본격적으로 이
노래를 가창하였다. 가사가 기억나지 않아 힘들었는지, 결국 "내가 말이 잘
안 돼."라고 하며 노래를 중단하였다.

팔월이라 시오일날은

해방종소리가 들려오고

가래마다(거리마다) 만세소리

집집마다 빼곡히다(빼곡하다)

다른님은 다오시는데

우루님우는(우리님은) 왜모오나

밤에솥에 앉히는개가

멍멍짖거든 오실랑강(오시려나)

산이높어 못오시거든

작대기나 짚고오소

물이많애 못오시거든

배나둥둥 타고오소

평풍에기리나(병풍에그린) 닭이가

회치거든 오실랑가

살강밑에 흐르난쌀이

싹돋거든 오실랑가

노래가락 (3)

자료코드 : 05_18_MFS_20110320_CHS_NMB_0002
조사장소 : 경상북도 의성군 단촌면 관덕리 420번지 관덕 2리 복지회관
조사일시 : 2011.3.20
조 사 자 : 천혜숙, 김보라, 백민정, 차정경
제 보 자 : 남말분, 여, 80세
구연상황 : 다시 남말분 제보자에게 노래를 권유했으나 계속 사양했다. 조사자가 다른
청중에게 '베틀 노래'나 '시집살이 노래'를 부른 적이 없냐고 물었다. "울도 담
도 없는 집에 이렇게 시작하는 거"라며 조사자가 가사를 환기하자 노래가 생
각났는지 여기저기에서 가사를 끌어내느라 시끌벅적해졌다. 이때 제보자가
"그런 노래 있다."라며 잠시 생각한 뒤 이 노래를 불렀다.

꽃은피어 화산이되고

잎은피어 청산되고

청사초령(청사초롱) 불밝혀라

잊었던낭군이 다시돌아온다

닐~닐리리아

이래밖이 모해. 이건 이렇기 짤라(짧아).

백살같은(백설같은) 흰나비야

부모님몽상을(蒙喪을) 입었던가

가장에몽상을 입었던가

소복단장 곱게나하고

장다리밭으로 날아든다

[웃으면서 말로]
한 마디만 더 하고. 왜 그꿈(그렇게) 모도(모두) 빼노.

앞산에는 봄천자요

가지가지 꽃에자락

굽이굽이 내천자요

동자야 연술을쳐라

마실임자는 ○○주라

잘하지요?

[청중들이 모두 웃었다.]

노래가락 (1)

자료코드 : 05_18_MFS_20110320_CHS_JSO_0001
조사장소 : 경상북도 의성군 단촌면 관덕리 420번지 관덕 2리 복지회관
조사일시 : 2011.3.20
조 사 자 : 천혜숙, 김보라, 백민정, 차정경
제 보 자 : 정순옥, 여, 72세
구연상황 : '동제사의 정성' 이야기가 끝나고, 십여 분간 잡담이 오갔다. 조사자가 화전
놀이를 했는지 물으면서 그때 불렀던 노래를 청하자 제보자가 이 '노래가락'
을 구연하였다. 어른들 춤추는 데 앞소리로 해준 것이라고 했다. 더 불러주길
요청했더니 제보자는 노래는 온종일도 할 수 있다면서 노래가락을 더 이어주
었다.

노세노세 젊어서노세

늙고병들면 못노나니

화무는 십이홍이요

달도차면은 그뿐일세

(청중 : 잘한다.)

[좌중은 웃으며 박수를 쳤고, 아쉬운 조사자는 더 불러주길 요청했다.

대화가 20초간 이어졌다. 조사자의 요청에 따라 더 노래가락이 이어졌다.]

노세노세 젊어서노세
늙고병드이면 못노나니
이팔청춘 소연들아(소년들아)
백발보고도 웃지마소
어제청춘 오늘백발
백발되기도 잠꾼일세(잠깐일세)

(청중 : 아이고 잘한다.)
[박수를 친다.]

얼씨구좋다 절씨구나
아니노지는 못할레라

(청중 : 아이고 잘한다.)
[청중들이 박수를 치며 흥을 돋운다.]

포름포름 봄배추는
찬이슬오기만 기다리고
옥에같은(갇힌) 춘향이는
이도령오기만 기다린다
얼씨구좋다 절씨구나좋네
아니노지는 못할레라

청춘가 (1)

자료코드 : 05_18_MFS_20110320_CHS_JSO_0002

조사장소 : 경상북도 의성군 단촌면 관덕리 420번지 관덕 2리 복지회관

조사일시 : 2011.3.20

조 사 자 : 천혜숙, 김보라, 백민정, 차정경

제보자 1 : 정순옥, 여, 72세

제보자 2 : 이쌍희, 여, 71세

구연상황 : 정순옥 제보자의 '노래가락 (1)'이 끝난 후, 그녀의 노래가 듣기 좋았는지 청중들도 더 불러주길 요청했다. 그만하자며 머뭇거리던 제보자가 갑자기 이 노래를 부르기 시작했다. 청중들은 가창하는 내내 장단에 맞춰 손뼉을 쳤다. 도중에 가사가 기억나지 않아서 이쌍희 제보자가 이어 불렀다. 또한, 이쌍희 제보자가 막히는 부분은 다시 기억을 떠올린 정순옥 제보자가 받아서 채워 주었다.

제보자 1 임보러 갈라꼬

    빈수나67) 머리는

    동남풍 바람에 좋다

    남머리가 도는구나68)

    칠레동팔레동 항갑사댕기는

    고운때도 아니묻고 좋다

    초승지가 왔구나

    [좌중이 박수를 친다.]

제보자 1 보름달 가는것은

    보기도 좋건만은

    임보러 가는것은 좋다

    보기도 싫구나

    받으소, 모도(모두).

---

67) '빗은'의 의미인 듯하나 정확히 알 수 없다.
68) 무슨 의미인지 알 수 없다.

제보자 2 이청저청 마루청밑에

      빙빙도는 장모님요

      백합같은 딸을놓아(낳아)

      꾀꼬리같은

제보자 2 뭐, 뭐, 잊었부렸다. 안 된다. 우에노(어떡하나), 이거?

제보자 1 물없는 갱변에(강변에)

      잔별도 많고요

      청천 하늘에는 좋다

      잔별도 많더라

4. 비안면

▌조사마을

경상북도 의성군 비안면 쌍계리

조사일시 : 2011.5.7, 2011.5.22
조 사 자 : 천혜숙, 김영희, 박선미, 이선호, 김보라, 백민정, 한지현, 차정경

쌍계리 마을 전경

국도변에 위치해 있는 마을이다. 28번 국도가 지나가고 중앙고속도로
와도 가까워 교통이 편리한 편이다. 마을의 동편으로는 화신리, 남쪽으로
는 쌍계산, 북쪽으로는 신곡산과 접해 있다. 마을의 서편으로 위천이 흐
른다. 원래 금계동이었다가, 의성읍과 금성면에서 흐르는 의성천과 군위
로부터 흐르는 위천이 이곳에서 합수된다고 하여 쌍계(雙溪)가 되었다. 쌍
계에서 합수된 강줄기는 강폭이 확대되어 서쪽으로 흘러 비안면을 남북

으로 양분한다. 산간에 위치하면서도 큰 하천과 접해 있어서 평야도 비교적 넓게 형성되었다. 지초지, 후곡지 등의 저수지도 있어서 농사짓기에는 최적의 환경이다.

역사적으로는 유곡도찰방(幽谷道察訪) 휘하의 요역(要驛)이 있었던 오래된 역촌이다. 1914년 행정구역 개편 전까지는 비안군 신동면에 속하였다. 조선 초엽 함안 조씨가 개촌하였다고 하나 정확하지 않다. 김해 배씨(분성 배씨)의 오랜 세거지로서 과거 300여 호 가까운 대촌이었으나 지금은 127호가 살고 있다. 김해 배씨 36호, 밀양 박씨 20호, 경주 이씨 13호가 주성이며, 그 외에는 각성받이들이다.

김해 배씨의 입향조는 16세기 배경신(裵慶信, 1540-1601)으로 문소교수(聞韶敎授)를 제수 받아 강진에서 이곳으로 이주하여 이 마을 배씨의 시조가 되었다. 그의 묘소가 마을 뒤편의 괘소산에 있다고 하니, 이 마을의 오랜 역사를 짐작할 만하다. 배치용(裵致瑢)의 부인 순흥 안씨의 효열각도 있었다고 한다. 배씨 문중에 시집온 순흥 안씨 부인이 시부모와 남편 섬기기를 워낙 극진히 하여 인근과 종친 간에 칭송이 자자하였다. 여러 가지 신이한 일도 있었다고 한다. 순흥 안씨가 타계한 후, 1890년 향중에서 사림 공의가 일어나고 1904년(광무 8년)에 마침내 효열정려의 명이 조정으로부터 내려졌다. 비안현감 임병두의 주선으로 건립되었던 정려비각은 마을 앞으로 국도가 나면서 다른 곳으로 옮겨졌다고 하는데, 배씨 문중의 한 안어른에 의하면 현판이 훼손되는 등으로 이전 작업이 제대로 이루어지지 않은 것으로 보인다.

또 이 마을에는 100년이 넘는 역사를 자랑하는 쌍계교회가 있다. 기미년 3·1운동 때에는 비안초등학교에서 시작된 만세의거가 이 마을의 쌍계교회로 이어져서 온 군 전체로 크게 번져 나갔다고 한다. 당시 의거를 기념하는 기념비가 폐교(1962년)된 쌍계초등학교 교정에 서 있다.

현재 마을의 경지면적은 답 73ha, 전 46ha, 과수 21ha이다. 벼농사 외에도 채소나 과수 농사를 많이 짓고 있다. 1960년대 전기가 들어왔으며, 1970년대 새마을 사업 때 간이상수도가 공급되었고 마을 내 교량공사도 이루어졌다. 그리고 쌍계마을 앞 제방 공사도 이루어져서 농경지 침수피해가 사라지게 되었다. 지금의 마을회관은 1989년에 건립된 것이다.

마을에는 쌍계교회의 신도들이 많다. 동제가 일찌감치 사라진 것도 쌍계교회의 오랜 역사와 무관하지 않을 것 같다. 그런 가운데서 선소리꾼을 만나 긴 사설의 상여 소리를 얻었다. 또 분성 배씨 문중의 자부 어른을 만나서 흥미로운 설화들을 채록하였다.

쌍계리 마을회관 내 연행 현장

경상북도 의성군 비안면 옥연 1리

조사일시 : 2011.5.7, 2011.5.22
조 사 자 : 천혜숙, 김영희, 박선미, 이선호, 백민정, 한지현, 차정경

옥연 1리 박경남 씨 자택 내 연행 현장

　비안면 옥연 1리는 의성군 남부에 위치한 마을로, 의성에서 가장 긴 곡류하천인 위천을 따라 형성되어 있다. 앞산이 강을 따라 병풍처럼 펼쳐지고 있어서 아름다운 경관을 자랑한다. 마을의 서쪽으로는 들판을 사이에 두고 군위군 소보면 율리와 만난다. 구연과 옥포의 두 자연마을로 구성되었다. 1914년 행정구역 개편 당시 앞산 넘어 멀리 떨어진 옥포마을과 합하여 옥연 1리가 되었다. 구연(龜淵)은 마을 앞 위천에 거북이 논다고 하여, 또는 마을 뒷산의 지형이 거북모양이라고 하여 일컬어진 이름이라고 한다. 옥포는 마을 뒷산에 옥바위라 불리는 칠성바위가 있고 앞산이 소쿠리모양으로 마을을 감싸는 모양인 데서 붙여진 이름이다. 옥연의 지명은 구연과 옥포의 한 자씩을 딴 것이다.

　400여 년 전 선산 김씨가 개촌하였고 이어서 경주 손씨가 들어왔다고도 하나, 성씨별 입향의 역사에 관해서는 기록도 없고 의견이 분분하여 정확히 알 수 없다. 현재는 40여 가구가 살고 있으며, 실제 거주 인구는 총 76명이다. 주로 70세 이상의 노인들이 많다. 선산 김씨가 세거해 왔고 그 밖에도 경주 손씨, 동래 정씨가 주성으로 살고 있다.

복합영농을 하는 마을로 벼, 고추, 깨, 양파, 마늘, 감자를 재배한다. 주된 생업은 벼농사이다. 10여 년 전까지는 사과농사도 했으나, 마을의 사과나무가 병들어 죽은 뒤로는 하지 않고 있다.

마을의 앞과 뒤로 산들이 있는 데다 마을 앞으로는 수심이 깊은 위천이 흐르는 입지여서, 과거에는 외지고 교통도 불편한 곳이었다. 마을이 자리 잡은 곳도 해발고도 100~400m의 구릉성 산지이다. 전기가 들어온 지도 30년이 채 되지 않았다. 1976년 마을 앞에 구연교가 가설되고 군도가 확장 포장되면서 마을이 활짝 열리게 되었다. 이후로 전기가 들어오고 전화도 개통되었다.

마을에 도로가 나게 된 데는 특별한 사연이 있다. 1980년대 초, 마을에서 사방사업을 하던 중 큰불이 났는데 도로 사정으로 진압에 어려움을 겪었다. 그로 인해 인명피해를 비롯하여 재산상으로도 큰 피해를 입었다. 매스컴에 보도될 정도로 큰 불이었다. 그 일을 계기로 현재 옥연리를 지나가는 군도가 확장 포장되었다. 안계 장날에는 이 길을 통해 버스가 2회 운행되어, 안계장을 이용하는 장꾼들을 태워다 준다. 마을 내 공용버스로는 안계장날 운행되는 이 버스가 유일하며, 오일장인 안계장날에 맞추어 1일과 6일에 각각 2회씩 운행된다.

옥연 1리 경로당은 마을 입구에 위치해 있다. 농한기인 11월 말에서 3월 초 사이에만 열어두고, 농번기에는 문을 잠궈 놓는다. 자연마을 간 거리가 있어서 마을 사람들이 두루 이용하기엔 다소 불편함이 있기 때문이다. 자연마을별로 모여 노는 공간이 따로 마련되어 있다. 구연마을에는 조사자들이 방문한 박경남 씨 댁이 여성 경로당의 구실을 하고 있다. 이번 조사에서도 두 분을 대상으로 한 소규모 이야기판이었지만 이 댁에서 흥미로운 민요와 설화들을 들을 수 있었다. 특히 '다리헤기 노래(이거리저 거리 노래)'의 귀한 각편들을 얻었다.

옥연 1리 김삼화 씨 자택 앞 조사 모습

　또 마을에는 아직도 상여계가 활동한다. 상여 선소리꾼의 존재도 확인 되었다. 청장년층들이 부족하여 비록 트럭으로 운구하고 있지만 여전히 상여계원들이 중심이 되어 이른바 '동네초상'을 치르는 역할을 하고 있다. 이 마을에는 세대가 다른 두 분의 선소리꾼이 있는데, 두 분 모두 의성군 내 다른 지역까지 알려졌을 정도로 인지도가 높다. 그 가운데 젊은 선소 리꾼이 현재의 동장 김삼화 씨이다. 연세 든 선소리꾼은 활동을 거의 중 단한 듯 보이고, 지금 마을에서는 김삼화 씨가 주로 이 일을 맡아 한다. 동장을 오래 한 이력을 가진 김삼화 씨는 상여 선소리꾼을 다른 데서 불 러오기가 번거롭고 경비가 많이 들어서, 선배 선소리꾼들이 하는 것을 귀너머로 듣고 배워 자신이 직접 선소리꾼으로 나서게 되었다고 한다. 상여 문화가 여전히 살아 있는 데다, 김삼화 씨 사례와 같이 상여 선소리꾼의 바람직한 계승이 이루어진 점이 주목될 만하다.

듬성듬성 위치한 집들, 그리고 얼마 되지 않는 사람들로 조용하고 한적한 마을이지만 곳곳에 마을사람들이 모이는 공동의 여가공간이 존재하면서 이야기와 노래 문화가 여전히 지속되어 온 듯하다. 또한, 상여계를 비롯한 옥연마을 나름의 민속이 오늘날의 사회변화에 맞물려 변화 속에서도 지속되고 있는 점도 인상적이었다.

김달순, 여, 1934년생

주 소 지 : 경상북도 의성군 비안면 옥연 1리
제보일시 : 2011.5.7
조 사 자 : 천혜숙, 김영희, 민윤숙, 이선호, 백민정, 권희주, 차정경

　김해 김씨로 구천면 샘골 태생이다. 유년 시절을 일본에서 보내다가 열한 살에 해방이 되어 고향으로 돌아왔다. 그리고 열여덟 살이 되던 해에 이곳 옥연 1리의 밀양 손씨 집안으로 시집왔다. 남편은 면사무소에 다니면서, 농사도 지었다. 슬하에는 3남 1녀가 있으며, 모두 외지로 나가 산다. 남편과도 사별하여 지금은 혼자서 살고 있다. 마을에서는 점곡댁의 택호로 불린다.

　조사 첫날 조사자들이 탄 자동차가 제보자의 비닐하우스 끝을 건드린 인연으로 만났다. 방금 쳐놓은 것을 밟았다며 다가온 제보자에게 고개 숙여 사과했더니, 곧바로 괜찮다며 너털웃음으로 조사자들을 맞아주셨다. 마을을 방문한 취지를 설명하고 박경남 씨 댁을 찾아간다고 하자, 안내를 자청하고 동행했다. 그리고는 박경남 씨 댁에서 이야기판이 끝날 때까지 자리를 떠나지 않았다.

　박경남 씨가 노래를 부를 때는 유일한 청중으로 흥을 돋우었을 뿐 아니라, 입담까지 좋아 다수의 이야기를 구연해주기도 하였다. 활발한 성격에다 재치있는 입담으로 이야기를 재미있게 풀어나가는 능력이 있다. '머리고개의 지명 유래' 외 3편의 전설과 신민요를 제공했다. 이야기는 모두

시집와서 들은 이야기라고 하나, 누구에게 들었는지는 기억하지 못했다.

제공 자료 목록

05_18_FOT_20110507_KYH_KDS_0001 머리고개의 지명 유래

05_18_FOT_20110507_KYH_KDS_0002 봉우재의 지명 유래

05_18_FOT_20110507_KYH_KDS_0003 죽어서 새가 된 부부

05_18_FOT_20110507_KYH_KDS_0004 죽어서 새가 된 처녀

05_18_MFS_20110507_KYH_BGN_0001 도라지타령

05_18_MFS_20110507_KYH_KDS_0001 노래가락

05_18_MFS_20110507_KYH_KDS_0002 얼씨구절씨구 차차차

김삼화, 남, 1943년생

주 소 지 : 경상북도 의성군 비안면 옥연 1리

제보일시 : 2011.5.22

조 사 자 : 천혜숙, 이선호, 백민정, 한지현, 차정경

함창 김씨로, 예천군 지보면에서 생장했
다. 지보국민학교를 졸업하고 17세 되던 해
에 시집간 누나를 따라서 이곳 옥연 1리로
이주했다. 27세에 10년 연하의 부인과 혼인
하여 슬하에 1남 2녀를 두었다. 자녀들은
모두 성가하여 외지에 나가있고, 지금은 부
부만 마을에서 살고 있다.

평생 농사일을 하고 살았다. 10년 이상
이장 직을 맡아 왔고, 현재도 옥연리 이장이다. 마을 운영의 필요에 의해
서 선소리꾼이 된 분이다. 마을에 초상이 났을 때 늘 밖에서 선소리꾼을
초빙하자니 경비도 많이 들고 어려움이 있다고 여겨, 40대 중반부터 다른
선소리꾼들이 하는 것을 어깨너머로 보고 익히기 시작했다. 현재 옥연 1
리에는 류해홍 씨가 선소리꾼으로는 더 명망이 있지만, 제보자는 그 분과

함께 선소리를 맡아서 하는 선소리꾼이자, 앞으로는 그 분을 이어 소리의 전통을 이어갈 미래의 선소리꾼이라 할 수 있다.

조사 첫날 동장댁을 찾아가다가 마침 자전거를 끌고 가던 제보자와 마주쳤다. 스스로를 동장이라고 소개하고 조사자들을 반갑게 맞아주셨다. 마을에 소리꾼이 있는가 물었더니, 동석해 있던 노인회장님이 바로 동장이 마을의 선소리꾼이라고 말해주었다. 제보자는 조사취지를 곧잘 이해하였고, 조사자들의 점심 걱정을 하면서 일행을 자신의 집으로 초대했다. 그리고 거기서 조사가 이루어질 수 있도록 배려해 주었다.

조사자가 상여 소리를 청하자, 제보자는 부인의 눈치를 보면서 조사자들을 다시 밖으로 데리고 나갔다. 자신의 집에서 최대한 멀리 떨어진 곳에서 마련된 노래판에서 이 분이 불러 준 '상여 소리 (2)'와 '덜구 소리 (2)'는 가락과 사설 면에서 일정한 수준을 지닌 것이다. 이 장례의식요 외에도 노래 두 편과 지명유래담 한 편을 제공했다.

제공 자료 목록

05_18_FOT_20110522_KYH_KSH_0001 구연의 지명 유래
05_18_FOS_20110522_KYH_KSH_0001 상여 소리 (2)
05_18_FOS_20110522_KYH_KSH_0002 덜구 소리 (2)
05_18_FOS_20110522_KYH_KSH_0003 택호 노래
05_18_FOS_20110522_KYH_KSH_0004 상여 소리 (3)
05_18_MFS_20110522_KYH_KSH_0001 노래가락 (2)

김한종, 남, 1933년생

주 소 지 : 경상북도 의성군 비안면 옥연 1리
제보일시 : 2011.5.22
조 사 자 : 천혜숙, 이선호, 백민정, 한지현, 차정경

1933년생으로 선산 김씨 12대 손이다. 6대부터 이곳 옥연 1리에서 세

거해 온 선산 김씨가의 외동으로 태어나 열
일곱 살 되던 해에 혼인을 했다. 슬하에 딸
둘과 아들 둘이 있으나 현재 모두 외지에서
살고 있다. 지금은 한 살 연상의 부인과 집
을 지키고 있다. 평생 농사를 짓고 살아왔
다. 지금도 여전히 농사일을 하고 있으나 농
지 규모가 많이 줄어들었다.

조금 마른 체형이나 정정하고 말끔한 모
습으로, 이목구비가 뚜렷한 외모이다. 목청이 좋고 가사도 분명하다. 다만
귀가 잘 들리지 않아 의사소통에는 다소 어려움이 있다.

화창한 오월의 조사 첫날 만난 분이다. 대부분의 마을 사람들이 일터에
나가 있는 농번기에 집 마당에 앉아서 편히 쉬고 있는 제보자의 모습이
눈에 들어와서 다가가 말을 건넸다. 옆에 있던 부인이 제보자의 청각장애
사실에 대해 귀뜸해주어 더 큰소리로 대화를 시도했더니 몇 마디만에 바
로 조사 취지를 이해했다. 박학다식하여 조사자들이 궁금한 것을 물어보
면 바로 대답해 주기도 했다. 귀만 잘 안 들릴 뿐, 생각과 표현에는 전혀
문제가 없었다. 직접 필담을 시도하기도 하면서, 조사자들과의 만남과 대
화에 진지한 관심으로 임해 주었던 분이다.

'남양 홍씨 열녀비에 얽힌 사연' 외 설화 한 편을 제공했다.

제공 자료 목록
05_18_FOT_20110522_KYH_KHJ_0001 남양 홍씨 열녀비에 얽힌 사연
05_18_FOT_20110522_KYH_KHJ_0002 왜적 물리치다 죽음 당한 12대조

박경남, 여, 1930년생

주 소 지 : 경상북도 의성군 비안면 옥연 1리

제보일시 : 2011.5.7

조 사 자 : 천혜숙, 김영희, 민윤숙, 이선호, 백민정, 권희주, 차정경

밀양 박씨로, 비안면 이두리 서당마에서 생장하였다. 소학교 4학년까지 다니다가 중퇴하였다. 오빠에게 또는 어깨너머로 배워 이미 아홉 살 경에 국문을 다 뗐다. 그래서 혼인 전에는 가사를 외었고 직접 지어 보기도 했다.

중매를 통해 열일곱 살에 옥연 1리 밀양 손씨와 혼인했다. 일 년을 묵히고 시집으로 신행해 왔다. 그로부터 일 년 후 친정으로 근친을 갔는데, 집도 사람도 모두 낯선 느낌이었다고 했다. 시집 온 마을에서는 서당마을에서 시집온 며느리라 하여 서당댁이라 불렀다. 시집온 지 얼마 지나지 않아 첫아들을 낳았고, 두 딸을 더 낳아 슬하에 1남 2녀를 두었다. 지금은 삼 남매 모두 성가하여 외지에서 살고 있다. 몇 해 전 남편과도 사별하여 현재는 홀로 지내고 있다.

조사 첫날, 마을의 다른 소리꾼의 추천으로 만난 분이다. 그 분은 제보자를 민요에서는 문화재급이라고 추켜세우면서 만나보라고 권하였다. 제보자 댁으로 찾아뵈었더니 마침 자택 마당에서 나물 한 줌을 햇볕에 내다 말리고 있었다.

민요 보유량이 풍부하고 기억력이 뛰어난 분이다. 조사자가 물어보는 민요를 바로바로 불러주었다. 82세의 고령에도 불구하고 그 자그마한 체구에서 흘러나오는 맑은 노랫소리가 이 분의 웃음소리와 어우러져 마치 소녀가 노래하는 것 같았다. 성품도 당신의 노래처럼 해맑은 분이었다.

한 번 본 글귀라도 마음에 들면 바로 외우고 오래 기억하고 있다고 했

다. 유년시절에 배운 가사를 지금도 욀 수 있음은 물론이다. 요즘도 사찰이나 식당 등에 붙어 있는 좋은 글귀가 마음에 닿으면 바로 외어 둔다. 그리고 아침이면 조용히 앉아 좋은 경구들을 다시 외곤 한다고 했다.

'다리혜기 노래'의 흥미로운 각편들 뿐만 아니라, 특이한 사설의 민요들을 불러 주었다. 해맑은 장난기로, '호랑이 담배 필 때 이야기'의 서두 부분을 우스꽝스럽게 묘사한 이야기를 구연하기도 했다. 구연한 민요는 모두 12편이다. 몇 해 전에 자신이 부른 '베틀 노래'는 이미 책에 실렸다고 하면서 부르지 않았고, '이선달네 맏딸애기'도 너무 길어 숨이 차다며 부르기를 꺼렸는데, 이 분의 민요 보유의 수준과 양을 짐작하게 해 주는 부분이다. 보유하고 있는 민요가 더 많을 것으로 짐작된다. 추가 조사가 요구된다.

제공 자료 목록

05_18_FOT_20110507_KYH_BGN_0001 호랑이 담배 필 때 이야기
05_18_FOT_20110507_KYH_BGN_0002 고씨네의 유래
05_18_FOS_20110507_KYH_BGN_0001 생금생금 생가락지
05_18_FOS_20110507_KYH_BGN_0002 오동토동 옥비녀야
05_18_FOS_20110507_KYH_BGN_0003 달아달아 밝은달아
05_18_FOS_20110507_KYH_BGN_0004 다리혜기 노래 (1)
05_18_FOS_20110507_KYH_BGN_0005 다리혜기 노래 (2)
05_18_FOS_20110507_KYH_BGN_0006 다리혜기 노래 (3)
05_18_FOS_20110507_KYH_BGN_0007 다리혜기 노래 (4)
05_18_FOS_20110507_KYH_BGN_0008 시집살이 노래
05_18_FOS_20110507_KYH_BGN_0009 베틀 노래
05_18_MFS_20110507_KYH_BGN_0001 도라지타령
05_18_MFS_20110507_KYH_KDS_0001 노래가락
05_18_MFS_20110507_KYH_KDS_0002 얼씨구절씨구 차차차

박재관, 남, 1937년생

주 소 지 : 경상북도 의성군 비안면 쌍계리
제보일시 : 2011.5.22
조 사 자 : 천혜숙, 박선미, 이선호, 백민정, 한지현, 차정경

이 마을에서 생장하여, 비안중학교를 졸업했다. 평생 농업에 종사하였다. 슬하에 2남 2녀가 있으며, 모두 성가하여 외지에서 살고 있다.

쌍계리 두 번째 조사 시 마을회관에서 만난 분이다. 조사취지를 듣자마자 전화번호부를 펼쳐놓고 마을 사람들에게 전화를 하기 시작했다. 마을회관에 노래판이 벌어질 것이니 빨리 오라는 연락이었다. 농번기라 많은 분을 모을 수는 없었지만 제보자의 마음씀이 대단히 고마웠다. 이 분은 다른 제보자(배선두 씨)가 민요를 가창할 때는 춤을 추면서 신명을 돋우었고, 이야기 구연에도 적극적 개입을 하는 보조제보자로서 이야기판을 활성화시키는 데 결정적 기여를 했다. 조사자들에게 노래를 권하기도 했다.

애주가인 제보자는 앞에 놓인 맥주를 계속해서 들이키면서, 술을 즐기지 않는다는 배선두 씨에게도 기필코 술을 권했다. 조사자들에게도 한 잔씩 건네면서 소리판의 흥겨움이 지속될 수 있게 해주었다.

두 편의 민요와 두 편의 마을 전설을 구연한 외에는 보조제보자로 다수의 이야기 구연을 거들었다.

제공 자료 목록
05_18_FOT_20110522_KYH_BSD_0002 서답바우꽃의 유래
05_18_FOT_20110522_KYH_PJK_0001 자라바위 전설
05_18_MFS_20110522_KYH_PJK_0001 노래가락

배선두, 남, 1923년생

주 소 지 : 경상북도 의성군 비안면 쌍계리
제보일시 : 2011.5.22
조 사 자 : 천혜숙, 박선미, 이선호, 백민정, 한지현, 차정경

1923년 태생으로, 쌍계리가 안태고향이다. 경주 배씨로, 윗대부터 이 마을에서 살아왔다. 일제강점기 때 소학교를 다니다가 중퇴했다. 소학교 중퇴 후에는 민족애국 운동에 참여할 길을 여러 면에서 모색하고 실천했다고 한다. 그러느라 주재소 출입도 잦았다고 한다. 스무 살 되던 해에는 만주로 가서 임시정부 요원으로 활동했다. 김구 선생의 경호부에서 일했다고 한다.

광복 후에는 고향인 쌍계리로 돌아와 중매로 혼인을 하였다. 빨갱이 진압을 위한 파견대에서도 활동했다. 이러한 활동 이력 때문에 죽음의 고비를 여러 번 넘기기도 했다.

한국전쟁 이후 30대가 된 제보자는 한동안 장돌뱅이 생활을 하기도 했다. 어렸을 적부터 노래를 좋아했던 터라 한마을 출신의 선배와 함께 장구치고 소리하며 떠돌아다녔다. 40대가 되기까지 십여 년 동안 장돌뱅이 생활로 생계를 유지했다. 이때도 군사정권에 대항하는 운동에 참여하는 등으로 정치적 활동을 꾸준히 했다.

장돌뱅이 생활을 그만둔 후로 귀향하여 농사를 짓고 살아왔다. 현재는 새마을금고 이사장직에 있다. 슬하에 2남 2녀를 두었으나 모두 성가하여

나가고 지금은 부부만 살고 있다.

기억력이 뛰어나서 30대 장돌뱅이 시절에 불렀던 노래들을 여전히 기억하고 있다. 목청이 좋고 신명도 있어서, 고령에도 불구하고 다수의 민요를 흥겹게 가창해 주었다. '장부타령' 외 민요 8편을 제공했다.

마을의 역사와 전설에 대해서도 해박한 편이다. 이 분으로부터 '효자 할아버지와 호랑이' 등 4편의 마을 전설을 들을 수 있었다.

89세의 연세가 믿기지 않을 정도로 정정한 모습이다. 3시간 가량 이야기를 나누었는데도 이야기가 끊이지 않았다. 조사자들이 돌아갈 시간이 임박하여 어쩔 수 없이 판을 마무리했다. 추가 조사가 요구되는 분이다.

제공 자료 목록

05_18_FOT_20110522_KYH_BSD_0001 효자 할아버지와 호랑이

05_18_FOT_20110522_KYH_BSD_0002 서답바우꽃의 유래

05_18_FOT_20110522_KYH_BSD_0003 맷돌바위의 유래

05_18_FOT_20110522_KYH_BSD_0004 일본인이 박은 쇠말뚝

05_18_FOT_20110522_KYH_PJK_0001 자라바위 전설

05_18_FOS_20110522_KYH_BSD_0001 상여 소리 (4)

05_18_FOS_20110522_KYH_BSD_0002 타작 소리

05_18_FOS_20110522_KYH_BSD_0003 칭칭이 소리

05_18_FOS_20110522_KYH_BSD_0004 집터 다지는 소리

05_18_MFS_20110522_KYH_BSD_0001 장부타령 (2)

05_18_MFS_20110522_KYH_BSD_0002 신고산타령

05_18_MFS_20110522_KYH_BSD_0003 양산도

05_18_MFS_20110522_KYH_PJK_0002 장부타령 (1)

손태인, 남, 1927년생

주 소 지 : 경상북도 의성군 비안면 쌍계리

제보일시 : 2011.5.7

조 사 자 : 천혜숙, 박선미, 김보라, 한지현

밀양 손씨로 마을의 토박이다. 상여 소리
꾼으로 인근에서 널리 알려졌다. 슬하에 2
남 2녀를 두었는데, 모두 성가하여 외지에
서 산다. 현재는 농사를 지으며 부인과 함께
살고 있다. 젊은 시절에는 씨름을 잘 해서,
비안면 일대에서 '손장군'으로 이름이 났다
고 한다.

조사 첫날 마을회관의 할아버지 방에서
만났다. 조사 취지를 설명하자 그곳에 모인 분들이 한 목소리로 추천한
분이다. 이미 좀 취한 상태였던 제보자는 처음에는 신명이 나지 않는다,
뒷소리를 받을 사람이 없다는 등의 이유로 구연에 아주 소극적이었다. 그
러나 마침내 구연이 시작되자 춤과 신명과 뛰어난 사설로 좌중을 놀라게
했다.

장례의식요 일체를 청해 들었는데, 처음 부른 노래가 사설이 정연하지
않아 마음에 들지 않는다며 다시 부르기도 했다. 노래를 부르면서 점점
신명이 오르자 일어서서 춤추면서 스스로 도취된 듯이 불렀다. 그 신명이
결국 '창부타령' 등의 신민요로 이어졌다.

청중들이 취기가 과해지면서 노래판이 계속되는 것을 조금씩 지겨워
하였으므로, 아쉽지만 노래판을 마무리해야 했다. 댁으로 따로 찾아뵙겠
다고 했더니 가족들이 '상여 소리' 부르는 것을 싫어한다며 오지 못하게
했다.

요즘은 상여 소리를 하러 다니지 않고 있다. 소리에 대한 사례가 일정
치 않은 데다 제보자가 그 돈을 가계를 위해 쓰지 않고 주로 유흥비로 써
버리는 것을 가족들이 못마땅하게 여겼기 때문이다.

상여 소리의 기능이 옛날과 같지 않게 된 오늘날 존재하는 앞소리꾼의
한 전형이라고 할 만한 분이다. 이 분으로부터 이제는 잘 부르지 않게 된,

아주 흥미로운 사설의 '상여 소리'와 '덜구 소리'를 채록할 수 있었다. 모두 네 편의 민요를 제공했다.

제공 자료 목록
05_18_FOS_20110507_KYH_STI_0001 상여 소리
05_18_FOS_20110507_KYH_STI_0002 덜구 소리
05_18_MFS_20110507_KYH_STI_0001 창부타령 (1)
05_18_MFS_20110507_KYH_STI_0002 창부타령 (2)

최춘옥, 여, 1927년생

주 소 지 : 경상북도 의성군 비안면 쌍계리
제보일시 : 2011.5.7
조 사 자 : 천혜숙, 박선미, 김보라, 한지현

경주 최씨로 안평면 대사리 태생이다. 열세 살 때 초등학교를 졸업했고, 열일곱에 이 마을의 김해 배씨 집안으로 시집 왔다. 혼인 후 한 번도 객지로 나간 적 없이 평생을 이 마을에서 살았다. 5년 전 남편과 사별하였고, 2년 전에는 90세 된 시어머니도 떠나보냈다. 자식들은 성가하여 모두 외지에서 산다. 시집온 당시는 시조부모까지 계신 대가족이었지만, 시집살이의 고통은 크게 겪지 않았다.

독실한 기독교 신자이다. 젊은 시절 병을 앓고 맹인이 되었던 친정 부친이 기도의 힘으로 눈을 뜨게 된 것을 계기로 온 식구가 독실한 기독교 신앙을 갖게 되었다. 자랄 때는 친정 마을에 있던 대사교회를 다녔으며, 시집온 후로는 마침 이 마을에 107년의 역사를 자랑하는 쌍계교회가 있어서 줄곧 이 교회에 다니고 있다.

쌍계리 조사 첫날 할머니 경로당에서 만난 분이다. 마을 앞으로 도로가 나면서 시증조모의 열녀각이 없어지게 된 일, 현판이 사라져버린 일 등에 대해 분개하면서 이야기를 시작하였는데, 해가 질 때까지 일어나지 않고 이야기를 계속하였다.

음성이 또렷하고 힘이 있었으며, 무엇보다 이야기하기에 대단한 열정을 보인 분이다. 집지킴이나 구렁이와 만난 경험담과 더불어 시댁이나 친정 집안과 연관된 경험담을 주로 구연했다. 직접 경험담으로서 자신이 직접 뱀을 죽이거나 쫓은 이야기가 압도적으로 많다. 기독교 신자답게 결코 미신을 믿지 않는 자신의 강인함 또는 담력을 주제로 한 이야기들의 비중이 높은 편이다. 그러면서도 가문담을 이야기하는 경우에는 이른바 '신이지사'(神異之事)를 선호하는 경향이 강하게 나타난다.

'순흥 안씨 열녀각', '산소 이장 시의 영험담' 외 다수의 경험담을 제공했다.

제공 자료 목록
05_18_FOT_20110507_KYH_CCO_0003 절골 물탕의 영험
05_18_MPN_20110507_KYH_CCO_0001 순흥 안씨 열녀각
05_18_MPN_20110507_KYH_CCO_0002 산소 이장 시의 영험담
05_18_MPN_20110507_KYH_CCO_0003 말 알아듣는 집지킴이 죽인 할머니의 경험담
05_18_MPN_20110507_KYH_CCO_0004 황금지킴이 쫓은 할머니의 경험담
05_18_MPN_20110507_KYH_CCO_0005 뱀으로 술 담근 할머니
05_18_MPN_20110507_KYH_CCO_0006 백화주 담궈 시모 봉양한 할머니
05_18_MPN_20110507_KYH_CCO_0007 맹인 아버지의 개안
05_18_MPN_20110507_KYH_CCO_0008 어머니의 피난 경험담
05_18_MPN_20110507_CHS_CCO_0009 짐승보다 무서운 게 사람

머리고개의 지명 유래

자료코드 : 05_18_FOT_20110507_KYH_KDS_0001
조사장소 : 경상북도 의성군 비안면 옥연 1리 233번지 박경남 씨 자택
조사일시 : 2011.5.7
조 사 자 : 천혜숙, 김영희, 민윤숙, 이선호, 백민정, 권희주, 차정경
제 보 자 : 김달순, 여, 78세
구연상황 : 밭에서 만난 한 어르신이 박경남 씨를 이 마을의 가수 또는 문화재라고 추천
했다. 박경남 씨 댁에 도착하여 그 말씀을 전했더니, 문화재라는 말에서 생각
이 났는지 "그 전에 참 문화재, 책 꾸밀라꼬도 저 뭐 많이, 화랑재를, 어예가
주고 화랑재가 됐노, 그런 걸 다 캤다 그이케네."라고 말하며, 마을의 지명들
에 관한 이야기를 꺼냈다. 처음에는 박경남 씨와 김달순 제보자 모두 왜 화랑
재라고 불렀는지 기억이 안 난다고 하다가 박경남 씨가 "거어서 싸웠다 그
다?" 하며 기억을 환기시켰다. 이것저것 떠올리기는 했지만, 두 분의 기억이
뚜렷하지 않았다. 그러자 김달순 제보자가 마을 앞에 있는 머리고개의 지명
유래가 생각이 났는지 이 이야기를 시작했다.
줄 거 리 : 머리고개는 홍수가 나서 그곳이 사람의 머리만큼만 남았다고 해서 붙여진
이름이다.

옛날에 여 여 가면 머리고개 카는 게 있거든요.

(조사자 : 머리고개.)

머리고개, 머리고개는 옛날 아주 옛날에 천지개벽을 대가주고,

(청중 : 이야기도.)

그래 인제 다 와 물에 묻히고, 머리가 머리, 머리만 남고, 또 어데는 뭐
만치 남고, 그래가주고 무슨 고개, 무슨 고개 그칸다 이캅디더.

(조사자 : 홍수가 났는데 머리만 남은 거예요?)

(청중 : 누구의 머리, 말랭이(꼭대기)?)

머리가 아니고, 사람 머리만끔 남고 이 산봉오리가 물에 다 잠기고 머리만끔 남았다 요요 머리만끔만 남고 다 잠겄다 이 뜻이래요.

봉우재의 지명 유래

자료코드 : 05_18_FOT_20110507_KYH_KDS_0002
조사장소 : 경상북도 의성군 비안면 옥연 1리 233번지 박경남 씨 자택
조사일시 : 2011.5.7
조 사 자 : 천혜숙, 김영희, 민윤숙, 이선호, 백민정, 권희주, 차정경
제 보 자 : 김달순, 여, 78세
구연상황 : 머리고개 이야기가 끝나고, 한 조사자가 머리고개가 어디 있는가 물었다. 김
　　　　　달순 제보자가 머리고개 위치를 말해주고는 바로 박경남 씨에게 봉우재의 유
　　　　　래에 대해서 물었다. 박경남 씨가 답한 이야기이다.
줄 거 리 : 봉우재는 물이 찼을 때 보자기만큼 남았다고 해서 붙여진 이름이다.

봉우재는 또 뭐러 카디껴?

(조사자 : 봉우재?)

예. 여 봉우재, 앞에 비는(보이는) 저 봉우재래요. 봉우재는 또 뭐라 카
디껴?

(청중 : 몰래, 뭐 보 만치 남았다 그다?)

아. 그래, 아,

(청중 : 옛날에 그만큼 물이 많이 갔다는 뜻이래.)

학생들 보 카면 알겠나? 보가, 보자기 가지고 보라 카거든, 보. 보자기
마고 또 큰 보자기 있어요. 인제 다 물이 그만치 차고 남었는 기 고만치
만 남았다. 그래서 인제 그걸 따지가주고 봉우재라 이칸다, 말은 그래요.
우리 실지 그런 건 잘 모르겠고.

죽어서 새가 된 부부

자료코드 : 05_18_FOT_20110507_KYH_KDS_0003
조사장소 : 경상북도 의성군 비안면 옥연 1리 233번지 박경남 씨 자택
조사일시 : 2011.5.7
조 사 자 : 천혜숙, 김영희, 민윤숙, 이선호, 백민정, 권희주, 차정경
제 보 자 : 김달순, 여, 78세

구연상황 : '고씨네의 유래' 이야기가 끝나고, 김달순 제보자는 "항상 미리 (고씨네를) 불
러주고 먹으면 뒤탈이 없다."는 말을 덧붙였다. 이어서 바로 "지금 학생들은
모르지만"이라면서 이 이야기를 구연했다.

줄 거 리 : 여름 7월이면 "시애비 도끼짜리요"라고 우는 새가 있다. 옛날에 한 여자가 남
편을 과거 보러 보내고 시아버지를 모시고 살면서 매일 밤 동구 밖 큰 나무
밑에서 남편의 과거 급제를 빌었다. 밤마다 나가는 며느리를 미행한 시아버지
는 캄캄한 밤에 멀리서 보고, 며느리가 비손하는 소리를 연인과 속삭이는 소
리로 오해했다. 화가 난 시아버지는 며느리를 도끼로 쳐서 죽이고 개울가 다
리 밑에 버렸다. 과거를 보고 돌아온 아들은 그 사실을 알고 자살을 했다. 그
렇게 죽은 청춘남녀가 원한이 맺혀 새가 되어서 전국 방방곡곡으로 그 사연
을 알리려고 "시애비 도끼자루요."라고 울며 다닌다고 한다. "꼬르르륵"이라
고도 하는데, 그건 그녀가 죽을 때 상황을 시늉으로 보이는 것이라고도 한다.

여게 한 여름 칠월 달쯤 되까, 새가요.

"시애비 도끼짜리요."

카미 우는 새가 있어요.

(조사자 : 시애비 도끼자리?)

시아버지 도끼짜리요.

(조사자 : 시아버지 도끼자루요?)

말으는 시아버진데 새, 새가 울기 따물에(때문에),

"시애비 도끼자리요." 이칸다 캐요.

진짜 연상(영락없이) 그래 울어요.

아침에 가만 참 고요하긴 아침에 가만 기온이 낮아져가주 엄매나 저
공기 좋아요. 저어테 가만 높은 남게(나무에) 앉아가지고,

"시애비 도끼짜리요."

이래 울어요.

[아주 구성진 목소리에 청중이 모두 웃었다.]

아, 진짜 진짜 그래 울어요. 그래 이 새가 원한이 있어가주고 그렇게, 원한이 맺히가 새가 됐답니다.

그래 이 새가 뭔고 하마는, 옛날에는 글공부 마이(많이) 해가지고, 지금은 취직이지만 옛날에는 과거보러 갔잖아, 서울에.

(조사자 : 그렇죠.)

과거보라, 인제 세 식구가 살다가 아들을 과거보러 보내고 인제 시아부지하고 며느리 하고 살았는 거예요. 살다가 그래 인제 아내 되는 사람은 남편을 과거 보내러 보냈으이, 지금은 케티엑스(KTX) 이거 가주고 및(몇) 시간 내 가지만 옛날에는 서울까지 걸어갔어요. 짚신, 짚신 카만 알아요?

(조사자 : 예.)

신을 이래 맨들어가주고 옹빵에(봇짐에) 차고 가다가 얼어 잡숫고 해결하고 그래가주고 뭐 및 달 갔겠지.

그래가 인자 과거보러 보내놓고 나만 그래 인자 성공하고 오라꼬 자기 나름대로 부인이 기도를 하는 거래요, 하는 긴데.

그래 인제 밤만 되마는 물동이를 끈안고(끌어안고) 옷을 깨끗이 씨이(씻어) 갈아입고 소복을 하고 가가주고 고 동구, 동네는 어느 동넨동 모르는데 동구 밖에 큰 고목나무에 있답니다.

있는데, 고 옆에 가만 또 돌기(돌이) 자그만한 게 요래 있는데 그래이께 이 아낙네가,

'내가 집에서 도와주는 거는 내 정성으로 기도하는 것 밖에 없다.'꼬,

그래 밤만 되마는 밤중 댕기는 옷을 깨끗이 갈아입고 물동이를 끈안고 이렇게 가가주고, 끈안고 갔다, 물을 이고 갔다 카다 뭐 그랬는데. 고 돌 있는데 앞에 갖다 놔나놓고(놓아놓고) 니라놔놓고(내려놓고) 인제 기도하

는 거예요.

"어예든동 저 내 소원성취 이루어 돌라."꼬.

그 저게 새댁이는 꿈이 있어 그라는데, 이 시아버지는 홀시아버지다보니까, '아, 조(저) 여자가 지 혼자 있으니까 혹시 눈이 맞았나?' 첨에는 그걸 모르고 밤만 되면 옷을 깨끗이 갈아입고 나가니께 이 아부지는 무식한 마음에 그런 것은 깨닫지 몬하고, '하아, 옳지. 인제 누구 만나가 좋은 사람 있어 그런가보다.' 싶어가주고 뒤를 이래 따라가보니까.

진짜 그 앞에 놔놓고, 돌기 이래 있으니까, 밤에 오새는 저게 외등 있제, 지금은, 옛날에는 외등 없잖아요. 없고 깜깜하니까. 요거 돌이 이래 있으이께네 그 돌긴동(돌인줄) 모르고 옆에 오만 들킨다꼬 저 먼 데서 보니까 맹 마주 앉아 얘기하는 것 겉은 거라, 그 잘못보고. 그래가주고, '아하, 이 여자가 지 가장 없는 새 눈이 맞아 다른 사람하고 속삭인다.' 싶어가주고.

그래가 오히려 시아버지가 고만에 뭐 진짜 그랬는지 몰라도 도끼를 가때리다 보니까 미느리 맞아가 죽었대요. 죽어가주고 그래 인제 고마 뭐 이 할아버지도 엉겁질에(엉겁결에) 뭐 고 앞에 개울이 있답니더. 거 갖다 가 고마 떤지(던져) 옇었부고(넣어버리고).

그래 아들이 과거를 보고 오니까 다리를 건너 오이께네, 아낙네가 거어와, 팍 업어져가 있더랍니더, 여자가. 그래도, 그렇잖으니까 뭔가 이렇게 프레파스가(텔레파시가)[69] 뭐가 안 통하나 그자? 기분이 이상하더래.

그래 집에 와가주고,

"아부지, 아부지." 인제 인사하고는,

"집사람 어데 갔어요?"

이카이께, 사실을 이얘기 모(못) 하잖아요.

---

69) '텔레파시가'를 잘못 말한 것이다.

"그래, 친정에 잠시 다니러 갔다."

그래돼가주 그기 인자 알아져가주고 고마 이 남자가, '나를 위해서 그만치 정성을 디리다가(드리다가) 부모님한테 이런 참상을 다하는지(당하는지).' 싶어가주고 자살을 했다 캐요.

해가주고 그래 그 청춘남녀가 원한이 맺히가주고 새가 똑(꼭) 두 마리래요. 진짜요, 새가 두 마린데, 새도 이뻐요. 이뿐 게 두 마리가 새끼를 낳아도 한 쌍만 깐대요, 시(세) 마리도 안 놓고(낳고).

고래가주고 방방곡곡 따라다니면서 이, 각, 이, 이 세상에 이 전국에 그다 자기 원한을 맺힌 걸 알렸는다고 아침만 되만,

"시애비 도끼짜리요."

그카고는 또,

"께르르르륵." 카미 이 소리해요.

그거는 인제 이거는 사람이 추측해가 글치 새가 말을 안 하다 보이, 케르르르륵 카는 거는, 시애비 도끼자리 칼 때는, 자기가 죽었는 그 시영한다고(시늉한다고), 께르르륵 그러고.

희안해요. 진짜 거짓말 겉지요.

죽어서 새가 된 처녀

자료코드 : 05_18_FOT_20110507_KYH_KDS_0004
조사장소 : 경상북도 의성군 비안면 옥연 1리 233번지 박경남 씨 자택
조사일시 : 2011.5.7
조 사 자 : 천혜숙, 김영희, 민윤숙, 이선호, 백민정, 권희주, 차정경
제 보 자 : 김달순, 여, 78세
구연상황 : '시애비 도끼짜리요'라고 우는 새 이야기에 이어 '머리빗고 시집가고져라'고
         우는 새도 있다며 이 이야기를 구연하였다. 언젠가 마을 이야기판에서 "이 동
         네 시애비 도끼짜리요라고 우는 새가 있다"고 이야기했더니, 누군가가 이 이

야기를 들려주었다고 말했다.

줄 거 리 : 문경에 사는 처녀가 결혼할 날을 받아 놓고 죽었다. 그래서 한이 맺혀서 '머리 빗고 시집가고져라'고 운다고 한다.

그래도 산중에 가머는 이상하이 우는 새 있다 카던데, 문경에 저짜 가만 또 이래 운다 캐.

"아이구 머리 뺏고(빗고) 얼른 시집 가구져라(가고 싶어라)."

(조사자 : 머리?)

머리 빗고 시집.

(조사자 : 머리 빗고 시집가고 싶어라?)

그기 그것도 처녀가 날 받아 놓고 결혼할라 카다 고마 뭐, 죽는 건 어떻게 죽었는동 그건 모리겠고, 죽어가주고 시집도 못 가보고 죽었으이 원도 많고 한도 많잖아.

그래가주고 그래 우는 새, 문경 가면 그래 운다 이카더라.

구연의 지명 유래

자료코드 : 05_18_FOT_20110522_KYH_KSH_0001
조사장소 : 경상북도 의성군 비안면 옥연 1리 119번지 김삼화 씨 자택 앞
조사일시 : 2011.5.22
조 사 자 : 천혜숙, 김영희, 이선호, 백민정, 한지현, 차정경
제 보 자 : 김삼화, 남, 69세
구연상황 : '노래가락'이 끝나고 김삼화 제보자가 조사자들의 점심을 걱정하면서 자신의 집으로 안내했다. 제보자 댁에서 과일을 먹으면서 구연의 지명 유래에 관해 물었다. 이에 제보자는 옛날 거북바위가 있던 곳으로 조사자들을 안내하여, 그 터를 바라보며 이 지명 유래담을 구연했다.
줄 거 리 : 도로가 나기 전 거북바위는 마을 입구에 언덕처럼 크게 자리 잡고 있었다. 그래서 옛날부터 옥연의 자연마을 이름을 구연이라 한다.

(조사자 : 아, 그러면 저렇게 둥근 게 요 앞에까지 둥글게 있었던 거예요, 언덕처럼요?)

그렇지, 그렇지. 옛날엔 그래 있었던 모양이라.

그래가주고 인제 거북이 겉이(같이) 똑같이 맹 거북겉이 생깄는 모양이라, 하이튼요. 그래가주고 인제 거북 구짜라(龜字라) 해가주고 여어 구연이라고 마을 이름을 지있는 모양이라.

(조사자 : 아 근데 지금 밭 만들면서 다 밀어버렸네요.)

그렇지요. 옛날에 요 터전 잡을 때, 그때가 인제 요 인제 저 맹, 거북겉이 막 이래 혈(穴)이 막, 맹 거북이같이 딱 요래 보마 눈에 고마 완전히 드러났는 모양이라, 거북이겉이.

남양 홍씨 열녀비에 얽힌 사연

자료코드 : 05_18_FOT_20110522_KYH_KHJ_0001
조사장소 : 경상북도 의성군 비안면 옥연 1리 125번지 김한종 씨 자택
조사일시 : 2011.5.22
조 사 자 : 천혜숙, 김영희, 이선호, 백민정, 한지현, 차정경
제 보 자 : 김한종, 남, 79세
구연상황 : 날씨가 좋았던 탓에 마을주민들은 밭에 나가고 집에 없었다. 거리를 배회하던 중에 어느 부부가 마당에 앉아 쉬고 있는 모습을 보고 그 댁으로 들어갔다. 김한종 제보자 댁이었다. 남양 홍씨 열녀비에 얽힌 사연에 대해 질문하자, 옆에 있던 김한종 제보자의 부인이 남편은 귀가 어두워서 구연하기 힘들다고 했다. 조사자가 큰소리로 한 번 더 물어보았더니, 김한종 제보자는 기다렸다는 듯 바로 이야기를 하기 시작했다.

줄 거 리 : 임진왜란 때 왜적에 붙잡힌 한 사람이 선비로서 왜놈들의 손에 못 죽겠다 하여 칼로 자진을 시도했다. 그 모습을 본 부인 남양 홍씨도 남편을 따라 칼로 자신의 몸을 찔렀다. 왜적들은 놀라서 도망가고 다른 조선 사람들이 구조했지만, 회생하는 데는 오래 걸렸다. 그것을 기려서 '남양홍씨열녀비'를 세웠다.

왜정 때, 인제 왜놈들이 여 한국을 인제 점령해 들어왔거든. 그래가주 그 남양 홍씨 그 할매, 에 남편이, 에 그 사람들한테 붙잽혔는 기라.

그래가주 남편이,

"내가 이 선비로서 이 왜놈들한테 내가 못 죽겠다."

자기 인제 칼로 인제 여 어데 찌르고 고마 엎어졌붔는 기라. 엎어지니까 피가 막 나오거든.

나오이께네 그 할매가,

"나도 남편이 저런 데 내가 기양(그냥) 있을 수 있나?" 카미,

자기도 고마,

(조사자 : 죽었구나.)

그 칼에 찌르고 엎어졌는 기라.

그래가지고 그 왜놈들은 그 참말로 피가 그득하이께네(가득하니까) 고마 놀래가주고 왜놈들 나갔부고.

그래 조선 사람 어 이 있다가 인제 구조해가주고,

(조사자 : 네, 맞아요.)

뭐 뭐, 그 전엔 의사도 없고 쑥 겉은(같은) 걸로 이래가주고, 마 참 이래가주 오래 시들어가주 낫우킨(낫게 하고) 낫아가.

그래 열녀비, 남양홍씨 열녀비, 그래 서가 있다고.

왜적 물리치다 죽음 당한 12대조

자료코드 : 05_18_FOT_20110522_KYH_KHJ_0002
조사장소 : 경상북도 의성군 비안면 옥연 1리 125번지 김한종 씨 자택
조사일시 : 2011.5.22
조 사 자 : 천혜숙, 김영희, 이선호, 백민정, 한지현, 차정경
제 보 자 : 김한종, 남, 79세

구연상황 : 남양 홍씨 열녀비에 얽힌 사연을 들려 준 김한종 제보자에게 또 다른 이야기는 없냐고 물었더니 다른 이야기가 더 있다며 방으로 들어가 『비안면지』를 들고 나왔다. 그 후 제보자는 자신의 12대조가 왜적을 물리치다 죽음을 당하였다며, 이 이야기를 구연했다.

줄 거 리 : 임진왜란 때 12대조 할아버지가 왜적들과 싸우다가 목이 끊겼다. 끊긴 목은 왜적들이 가져가고, 몸은 함께 죽은 말가죽에 싸서 묘를 썼다. 매년 세상을 떠난 10월 18일이면 문중에서 묘사를 지낸다.

우리 12대, 12대 할아버지는, 저 왜정 때,[70] 저 왜놈들이 여 부산으로 막 쳐들어와가주고. 저, 여 비안 여 후천에 여 계시다가, 참, 조선 인제 장교로 이미 인부로[71] 디부고(데리고) 저 여여 달미 카는 데, 거어서(거기서) 싸우다가 고마 왜놈한테 목을 끊기가주.

머리는 왜놈들 가갔부고(가져가버렸고). 몸띠는 그때 뭐 미도(묘도) 못 씨고 해가주고, 왜놈들 아마(알면) 파재낀다고. 말글(말을) 타고 그랬디, 말도 죽었붰거든. 말가죽에 싸가지고 저 저 갖다 산에 거어(거기) 저 산소를 디맀는데(들였는데).

수물 여덟 살에, 연세가 수물 여덟 살에 세상 비맀다고(버렸다고). 그러이 그래가주고 인제 음력으로 시월 열여드렛 날 세상 비맀는데(버렸는데) 시월 열여드렛 날, 만날 그 묘사 지내요.

호랑이 담배 필 때 이야기

자료코드 : 05_18_FOT_20110507_KYH_BGN_0001
조사장소 : 경상북도 의성군 비안면 옥연 1리 233번지 박경남 씨 자택
조사일시 : 2011.5.7
조 사 자 : 천혜숙, 김영희, 민윤숙, 이선호, 백민정, 권희주, 차정경

---

70) '임란 때'를 잘못 말한 것이다.
71) '군사를'의 뜻으로 말한 듯하다.

제 보 자 : 박경남, 여, 82세

구연상황 : '다리헤기 노래' 등 여러 편의 구연이 끝났다. 남다른 총기를 지닌 민요창자
임을 단번에 보여준 구연이었다. 다른 노래가 없는지 물었더니, 힘에 겨웠는
지 "자네 한 마디 해라."며 옆에 있던 김말순 씨를 부추겼다. 조사자가 호랑
이 이야기로 화제를 바꾸려고 하자, 박경남 씨가 이 이야기를 시작했다. 조사
자들과 청중은 이야기가 시작되는 줄 알고 기대하고 귀를 기울였다가 시작과
동시에 끝나버리자 모두 크게 웃었다. 옛날 이야기 도입부 묘사를 완벽하게
기억해 낸 각편이다.

줄 거 리 : 옛날 옛적에 툭수바리로 잔치하고, 나무접시로 가마하고, 꼴뚜마리 시집가고,
호랑이가 담배 피던 때 이야기이다.

옛날 옛적예요, 갓날 갓적에, 툭수바리 소연(소년) 쩍에(적에),

(조사자 : 소? 소쩍?)

툭수바리 그는 건, 요래 그릇 요런 기(게) 까만 거 흘러 했는 기 있거든요

툭수바리 소연 쩍에, 나무접시 가매하고(가마타고) 꼴뚜마리 시집갈 때,

호랑이 담배 풀(필) 때요, 이야기.

(조사자 : 아, 예, 할머니, 해주세요. 할머니, 그런 거 좋아요.)

[웃음]

그런 게 옛날이얘기 아이가?

[이야기가 여기서 끝나버리자, 모두 크게 웃는다.]

고씨네의 유래

자료코드 : 05_18_FOT_20110507_KYH_BGN_0002

조사장소 : 경상북도 의성군 비안면 옥연 1리 233번지 박경남 씨 자택

조사일시 : 2011.5.7

조 사 자 : 천혜숙, 김영희, 민윤숙, 이선호, 백민정, 권희주, 차정경

제 보 자 : 박경남, 여, 82세

구연상황 : 마을의 지명 유래담이 끝나고 조금 침묵이 흐른 후, 한 조사자가 여자가 잘

못해서 집안이 망했다는 이야기를 들어봤는지 여쭈었다. 김달순 씨가 옛날에는 자신이 잘못하지 않아도 "아이고, 할아버지, 저가 그거는 안 그랬습니다."는 말을 못했다고 하는 등의 이야기가 오갔다. 박경남 제보자가 불현듯 생각이 났는지 "옛날 이야기 또 하나, 낮 얘긴데 해주까?" 하고는 이 이야기를 구연했다.

줄 거 리 : 옛날에 어느 홍씨 총각이 재를 넘어서 서당에 다녔다. 재를 넘어가다 보면 늘 예쁜 색시가 나타나 구슬을 자기 입에 넣었다가 총각 입에 넣어주곤 했다. 그 후로 총각이 점점 수척해져 갔다. 서당 훈장이 몸이 마르는 연유를 묻자 총각이 사연을 이야기했다. 훈장이 다음에 또 그런 일이 있거든 구슬을 입에 넣은 채로 뒤로 자빠지라고 시켰다. 그런데 다시 그런 일이 있었던 날, 총각은 엉겁결에 앞으로 엎어져버렸다. 뒤로 자빠졌으면 천기를 통하게 됐을 텐데 앞으로 엎어지는 바람에 지리를 달통하게 되었다. 그런데도 어머니 묘터를 구하지 못해서 경주에 있는 징게맹게뜰 한가운데다 어머니의 묘를 썼다. 그 후로 그 들에서 일하는 사람들은 수지밥을 떠서 "고씨네, 고씨네"라고 말하며 그 묘에다 던지고 먹었다. 그랬더니 곡식이 잘 되고 풍년이 졌다. 현재에도 제사상 등에서 음식을 먹을 때 "고씨네" 하고 덜어주는 것의 유래가 이 이야기에서 나왔다.

옛날에 저 홍씨가 이제 참 상채를(喪妻를) 하고 또 인제 새로 들왔는 사람이 이제 또 아들을 낳았거든요. 아이고 홍 뭐시기라, 이름도 잊었붔네.

그래 홍씨가 참말로, 그래 인제 글을 배우러 댕기는데, 만날 요런 재를 하나 넘어야 돼요. 넘어야 되는데, 재를 넘어가다 보만 어 예쁜 색시가 나와가주고, 저게 구슬을 자기 입에 옇었다가(넣었다가) 또 이 총각 입에 옇었다가 자꾸 이라거든요.

그래이께네 자꾸 빼빼 마르는 기라. 그래 인제,

(청중 : 꿈에?)

어? 아 아니, 생시로, 실지로. 그래가주고 인제,

(청중 : 실지로도 그래 될 수가 있나?)

글사장이,

"니가 왜 그래 저게 그래 약해지노?"

그며 카이께네, 그래 사실 이얘길 하는 게라.

"요 인제 재를 넘어오다 보만 꼭 어떤 색시가 하나 나와가주고 구슬을 내가주고 자기 입에 옇었다 이 남자 입에 옇었다가 그란다." 이카거든요.

"그래? 그렇거들랑 고마 니가 저게 구슬을 입에 옇거들랑 입에 옇어가 주고 고만 자빠졌부라." 캤거든. 글사장이요.

그캤는데, 그래 고만 참 오다 보이끼네 또 그래 옇고 하는 기라. 그래 이 사람이 겁결에 고마 엎어졌봤어요. 엎어져가주고, 천기는(天氣는) 몰래 도 지하 지리는(地理는) 고마 잘 아거든요.

그런데, 그래도,

(청중 : 음, 기랬으면72) 천기를 알 낀데.)

그래도 그래도 자기 엄마 미터를(묘터를) 하나 못 구해. 그래가주 삼통 (내내) 애를 쓰다가 그래 인제 한 분은(번은) 저 저쪽 진게맹게 그는 데 거어 경주라 그다 어디라 그도? 진게맹게 들이 있다네요. 들이 아주 넓다 네. 그런데 그 들에 들 복판에다 어마이 산소를 썼어요. 천지에 쓸 데가 없어. 자기가 그키 지리를 잘 알아도요. 어마이 하나 미 씰 데가 몰래, 없 어, 참말로.

그래가주고 거어(거기) 갖다 놓고, 그래놓고는, 인제 만날 모도(모두) 인 제 옛날에는 들에 일하만 전부 밥광주리 가주고 들에 가거든요.

그래 가가주고 인제 그 어마씨 성이 고가라.

(조사자 : 고?)

어 고씨, 고씨라요.

(청중 : 고씨.)

그래가주고 만날 인자 가주가서 누구라도 가주간 수지를,

---

72) '훈장이 시킨 대로 뒤로 자빠졌으면'의 의미이다.

"고씨네, 저게 뭐 곡슥(곡식) 잘 되라." 커고 비거든요.

그래 고씨네, 고씨네 그먼(그러면서) 떤지('던져'의 방언임.). 그라고 나만 그 집 곡슥이 그렇기 잘 돼요.

그래가주고 인제 참 전부 마캉(모두) 가만 술밥을 마캉,

"고씨네 고씨네." 그먼 주고.

또 우리들도 그 전에 이래 뭐 상, 어데서 제사 음식이 나오만 이래,

"고씨네." 그먼 주거든요.

그기 일리가 있어요.[73]

자라바위 전설

자료코드 : 05_18_FOT_20110522_KYH_PJK_0001
조사장소 : 경상북도 의성군 비안면 쌍계리 마을회관
조사일시 : 2011.5.22
조 사 자 : 천혜숙, 박선미, 이선호, 백민정, 한지현, 차정경
제보자 1 : 박재관, 남, 75세
제보자 2 : 배선두, 남, 89세
구연상황 : 앞의 이야기가 끝난 뒤, 박재관 제보자는 젊은 시절 불렀던 노래라며 창가 한 소절을 불렀다. 그러자 다른 제보자와 청중들도 기억이 난다는 듯, 하나 둘씩 이어 불렀다. 창가 가사의 의미를 짚어주다가 자연스럽게 자라바위 이야기를 시작하였다.

줄 거 리 : 어느 고을 원님이 당신 앞 자라바위를 지나다가 말 발이 땅에 붙어 움직일 수 없었다. 또한, 성주골이 고향인 어느 사람도 말을 타고 자라바위 앞을 지나갔는데, 말 발이 땅에 붙어 움직일 수 없었다. 말에서 내려 움직였더니 그제야 발이 떨어졌다. 그만큼 마을 당신(堂神)이 영검이 있었다. 어떤 이유로 사람들은 당신을 가시나무로 막았다고 하는데 현재는 전하지 않는다.

그 자래바위 속에 가다가 그 고을 원이(원님이) 지내갔던지 누가 지내

가다가 뭐 잘 못해만(못하면), 말 발이 붙었다. 말 발이 붙어가주고 꼼짝 모했다, 뭐 그런 전설이 있다.

(제보자 2 : 전설인 동 그거는 확실히 모르지만은, 원래 우리 당이(堂이) 저 건너 저어(저기) 있었거든.)

(조사자 : 당?)

(제보자 2 : 당신(堂神).)

(청중 1 : 제사지내는 거.)

[여기서부터 제보자 2가 구연한다.]

(제보자 2 : 제사지내는 당신이 저 건네 있었는데, 그래가지고 거 또 이제 신찮다고(시원찮다고) 이 동네 앞에 저어 저어 또 있다가. 그래가지고 거어 있다가 또 요분엔(이번엔) 또 뒤우로 저리 저리 옮겼는 기라. 동네 뒤에, 저, 옮겨가주고.

그때는 그 참 뭐 신이(神이) 굉장히 뭐 영검이(영험이) 있었는 모양이제. 여 저 건네로 지나갈 때, 그 어느 여 저저 성주골 뭐 고향이라 카던가(하던가), 뭐, 그분이 말을 타고 여 니리가주고(내려서) 가야 되는데, 말을 타고 가이께네.)

[여기서부터는 제보자 1과 제보자 2가 대화하듯이 구연한다.]

제보자 1 : 옳지, 맞다.

제보자 2 : 이 말이 못 가. 여 지나갈 때는 반다시(반드시) 니리가지고 (내려가지고) 가야되지, 타고는 못 가.

제보자 1 : 그래가지고 말이 발이 붙었다. 이 전설이지.

제보자 2 : 그만치 그때 그 당, 당신에 힘이 그만치 싰다(셌다) 카는 기라.

제보자 1 : 그리고 또 한 가지는,

(조사자 : 그게 맷돌바위요?)

제보자 1 : 그렇지.

제보자 2 : 그거 인제 맷돌바우는 저 뒤에 있고.

제보자 1 : 이건 자래바우지.

제보자 2 : 이거는 앞에 이거는 자래바우고.

(조사자 : 그 말 다리 붙은 데는요?)

제보자 1 : 그기 자래바우라.

제보자 2 : 자래바우 앞에 여게서 말, 발이 붙었다.

[여기서부터 제보자 1이 구연한다.]

그리고 당을 우로(위로) 모시고는, 여 나는 들은 말인데, 우리는 보지는 못 했는데, 까시나무를 하이튼 해가주고 그 당을 막았다 캐.

(조사자 : 아, 못 들어가게? 발이 붙으니까?)

뭐 모르지 뭐. 어예 됐기나, 마이(많이) 뭐 가시나무로 해가주 막았다 캐. 그런 전설이 있더라고.

서답바우꽃의 유래

자료코드 : 05_18_FOT_20110522_KYH_BSD_0002
조사장소 : 경상북도 의성군 비안면 쌍계리 마을회관
조사일시 : 2011.5.22
조 사 자 : 천혜숙, 박선미, 이선호, 백민정, 한지현, 차정경
제보자 1 : 박재관, 남, 75세
제보자 2 : 배선두, 남, 89세
구연상황 : 앞의 '효자 할아버지와 호랑이' 이야기를 끝낸 박재관 제보자가 이어서 이야기를 시작하였다. 서답바우 꽃이라 불린 것과 그 의미에 대해서는 배선두 제보자가 보탰다.

줄거리 : 예전에는 마을 빨래터가 있었는데 지금은 없어졌다. 수도도 없었던 당시 이
　　　　마을은 삼백 호 정도가 살았는데 그 삼백 호 되는 집들의 빨래를 각 집의 부
　　　　인네들이 이곳에 모여서 했다. 바위도 큼직하니 좋았던 이 빨래터에는 주로
　　　　젊은 새댁들이 색색의 옷을 입고 모였으므로 이곳을 특히 '서답바우꽃'이라
　　　　불렀다.

뒤에는 맷돌바위, 앞에는 자래바위라 카는 이거는, 이기 참, 우리가 나
기 전부터 전설적으로 남어 있었고.

여기 또 빨래터가 있었다고, 지금은 다 그걸 다 깼는데. 참 도랑 뭐 이
거 인제 자꾸 인제 개발을 하다 보이. 요게서(여기서) 요 나가마 한 백 미
터 쯤 돼. 거기에 비(碑)도 마이(많이), 한 여남 개 서 있었고. 그 비가 지
금 어디 갔는지도 잘 모르지 뭐.

그랬는데 거기에 빨래를 부인네들이, 그 당시는 수도도 없었다 뭐 그러
이 그재? 이기 삼백 호라. 삼백 호라가주고 있었는 빨래를 거어 가서 부
인네들이 모여가주고, 빨래터도 좋아, 전부 바위가 넙덕한 거 그자? 그러
이 거 가여 빨래를 하고 이랬는, 그 빨래터도 아주 좋았다 카이.

(제보자 2 : 그기 그 저 빨래터가 아이고 서답바우꽃이라, 그 이름이.
서답. '서답'은 이 씻는 거 이거를 가주고 서답이라 카거든.)

(청중 : 빨래거리를 가주고 '서답'이라 캐. 옛날에는 서답이라 캤어. 사
투리지 사투리.)

(제보자 2 : 바우(바위), 방구(바위), 방구에 서답 씻는, 방구 우에(위에),
서답 방구 우에, 그래 나는 여기 인제 서답 카이끼네 아는데, 난 서답도
몰라요.

꽃이 있단 말이래, 서답바우꽃.

근데 거게는 정월 초하룻날도 없고, 언제든지 빨래하는 사람들이 오이
젊은 새댁이들이 오이께네, 전부 옷은 고운 거 뭐 알롱달롱한 거 입고 오
거든. 그래가주고 그 이름이 서답바우꽃이라.)

[다시 제보자 1이 구연한다.]

그래 보통 뭐 이, 십 명 이십 명 뭐 마구 무조건 빨래하고 그랬는 곳이야. 그 지금도 맹 그 터는 있지만은 그기 인제 자꾸 바위도 사라지고 그래. 바로 요기서 한 백 미터 정도 밖에 안 돼, 직선으로.

(제보자 2 : 서답 씻는 방구 우에 꽃이 있다 그 말이라.)

맷돌바위의 유래

자료코드 : 05_18_FOT_20110522_KYH_BSD_0003
조사장소 : 경상북도 의성군 비안면 쌍계리 마을회관
조사일시 : 2011.5.22
조 사 자 : 천혜숙, 박선미, 이선호, 백민정, 한지현, 차정경
제 보 자 : 배선두, 남, 89세
구연상황 : 한 시간 가량 배선두 제보자의 살아 온 이야기가 계속되었다. 이야기가 끝나갈 무렵, 조사자는 자라바위 이야기를 다시 물었다. 그러자 배선두 제보자가 "자라처럼 생긴 바위가 마을 앞에 있었다."고 하였다. 이어서 조사자가 맷돌바위에 대해 물었더니 이 이야기를 구연해 주었다. '맷돌'의 의미가 담긴 독특한 이야기이다.
줄 거 리 : 마을 뒷산에는 지금도 맷돌바위가 있다. 옛날에는 이 바위가 지금처럼 단단하지 않았는데, 그래서인지 장군이 그 바위를 말채찍으로 때렸다고 한다. 그렇기 때문에 맷돌바위의 맷돌은 가는 맷돌이 아니라 말채찍으로 매를 맞은 돌이라고 여긴다.

맷돌바우는(맷돌바위는), 저 뒷산에 지금도 그, 그, 그거는 있어, 맷돌바우라 카는 거는. 맷돌바우 카는 기 있는데, 그 저, 여 뭐 이래 돌리가주고 빠숫는(부수는) 맷돌이 아이고, 채갱이로(채찍으로) 때렸는, 매를 맞았는 돌이라 그 말이라.

(조사자 : 아, 매 맞은 돌이요?)

어. 매 맞은 돌을 맷돌바우라 그래. 매 맞은 돌이라 그래.

(청중 : 장군이, 장군이.)

그 장구이(장군이) 그때는 옛날에는 뭐 방구가(바위가) 그키 안 여무고 (여물고), 뭐 공룡 발자국 있니 뭐 카는 매로. 방구가 뭐 맨 지금매로(지금 처럼) 그키(그렇게) 여무지는 안 했는 모양이제. 그래서 그 장군이 거 앉 아가주고 말채갱이를 가주고 방구를 때렸다 카는 게라.

그래가주고 그 매 맞았는 돌이라 그 말이라.

일본인이 박은 쇠말뚝

자료코드 : 05_18_FOT_20110522_KYH_BSD_0004
조사장소 : 경상북도 의성군 비안면 쌍계리 마을회관
조사일시 : 2011.5.22
제 보 자 : 박재관, 남, 75세
조 사 자 : 천혜숙, 박선미, 이선호, 백민정, 한지현, 차정경
구연상황 : 앞의 이야기가 끝나고, 바로 이어서 구연하였다.
줄 거 리 : 일제강점기 때 일본 사람들은 조선에서 큰 인물이 나는 곳에 쇠말뚝을 박았 다. 쌍계리에도 쇠말뚝을 박은 곳이 몇 군데 있다.

그리고 또 한 가지는 뭐 나는 이 들은 게 뭐 그 야사(野史)라 카까 뭐 이런데. 일본 사람들이 물론 그걸 당신네들이 알 거란 말이야.

그 일본 놈들이 여어(여기) 나와가주고 큰 인물이 나는 곳에 그 쇠말뚝 이 박은 것이 이 고장에도 몇 군데가 있다 카는 거야.

(청중 : 저쪽오 ○○○○○ 그것도 거어도 박았고.)

우리는 모르는데 그 말을, 전설적으로 들었고.

효자 할아버지와 호랑이

자료코드 : 05_18_FOT_20110522_KYH_BSD_0001
조사장소 : 경상북도 의성군 비안면 쌍계리 마을회관
조사일시 : 2011.5.22
조 사 자 : 천혜숙, 박선미, 이선호, 백민정, 한지현, 차정경
제 보 자 : 배선두, 남, 89세
구연상황 : 술을 적당히 드신 청중들을 대상으로 마을의 자연물과 지명에 대해 여쭈었다.
그러던 중 제보자가 자연스럽게 이 이야기를 시작하였다.
줄 거 리 : 마을의 한 효자 할아버지가 시묘살이를 하고 있었다. 그런데 이상하게도 매
일 아침 그곳에 고기가 한 마리씩 놓여 있었다. 할아버지는 그 고기로 밥도
해먹고 제사도 지냈다. 더욱 의아한 일은 밤이 되면 항상 호랑이가 묘 옆에
와서 같이 자는 것이었다. 하루는 할아버지의 꿈에 노인이 나타나 지금 호랑
이가 죽게 생겼으니 빨리 가보라고 하였다. 할아버지가 꿈에서 깨어 노인이
일러준 곳으로 달려갔더니, 호랑이가 함정으로 친 구덩이에 빠져 있었고 사
람들이 창으로 호랑이를 막 잡을 참이었다. 할아버지는 구덩이 안으로 들어
가 호랑이를 껴안고 사람들에게 자기 호랑이라고 말하여 호랑이를 살렸다.
아주 효성이 지극한 어른이었다.

여 우리 고 옛날, 여 저 우리 효자 할부지라고 그, 그 부이(분이), 자게
(자기), 우리 어, 선대 할아버지가 세상 비리이끼네('세상 버리니까'로 돌
아가셨다는 의미임). 그땐 시모살이(시묘살이) 카미 삼 년 그 살거든. 사는
데 그때는 여 지칫골 카는 데 그 이제 마이(많이) 산이 지쳤다고[74], 그래
고 지칫골이라 카는데. 거게(거기) 시모를 사는데.

거기 바로 그 저, 묘가 여 있는 거 겉으면, 묘 옆에 여 망, 막매로(막처
럼) 지이놓고 거서 인제 삼 년을 살거든. 사는데, 그 웅댕이 겉은 요 쪼맨
한 거 요래 있는데.

하루는 자고 일나만(일어나면) 꼭 요런 고기가 한 바리(마리) 씩 꼭 있
어. 고거 잡아가지고 인제 저, 밥먹, 밥 해먹고 그랬는데,

---

[74] 무슨 의미인지 확실치 않다.

(청중 : 제사 지내고.)

언제든지 호랑이가 한 마리가 꼭 옆에 와가주고 밤 되마 옆에 눕었었거든. 눕었었는데, 이건 실, 실화라, 실환데.

고 한 문은(번은) 잠이 들어가주고 있는데, 어데 호랑이가 빠져가주고 지금 죽기 됐으이께네, 어떤 노인이 오디이만,

"니 호랑이가 지금 어데 저 들망을 나아가주고(망을 놓아서) 거 빠자가(빠뜨려서) 지금 그 호랑이가 죽기 됐으이 빨리 가라." 카거든.

(청중 : 함정에. 함정에 빠져가주고.)

그래가주고 그래 마 일나가주고 그 가라 카는 데 그리, 여어서(여기서) 철파('철파리'를 가리킴.) 카는 데 저게라. 철파 카는 그 동네 뒤에 거 갔는데, 가이(가니) 완전히 날이 다 샜거든. 다 샜는데, 보이 사람 쭉 돌아서 가주고 저 뭐, 이제 창 겉은 거 이래 가주 와가주고 인제 뭐 이제 빠졌는 거를 인제 잡을라꼬 시방 카는데. 그 인제 이 어른이 쫓아가가주고 구딩이하고(구덩이로) 대번(금방) 쫓아 니러가거든.

거거(거기) 니러가가주고(내려가서) 호랑이 딱 끌어안고,

"여는 호랑이 내 핸데(건데) 잡으만 안 된다." 카미.

그래 그 어른이 그키 호상이(효성이) 지극했어.

(조사자 : 그래서 호랑이도 살려줬어요?)

그래 인제 호랑이도 살고.

(청중 1 : 그런데 나는 인제 내보다 십여 살이 더 해도 그런 전설은, 전설은 실화라 카이끼네, 나는 그 의미를 안죽도(아직도) 들어본 적이 없어요.)

우리 효자 할부지라고 저저 저 사람이 잘 알지, 니 저 누구로?

(청중 : 우리도 저저 ○○ 어른한테 직접 들었는데.)

(청중 1 : 자네는 들었나? 난 몰라요.)

(조사자 : 그분이 성함이 어떻게 되세요?)

효자 할부지라고 있어.

절골 물탕의 영험

자료코드 : 05_18_FOT_20110507_KYH_CCO_0003
조사장소 : 경상북도 의성군 비안면 쌍계리 마을회관
조사일시 : 2011.5.7
조 사 자 : 천혜숙, 박선미, 김보라, 한지현
제 보 자 : 최춘옥, 여, 85세
구연상황 : '산소 이장 시의 영험담' 이야기가 끝나고 또 다시 열녀각에 대한 이야기가
　　　　　 계속되었다. 이후 잠시 침묵이 흐르다가 제보자가 절골에 있는 물탕 이야기를
　　　　　 꺼냈다.
줄 거 리 : 마을 앞산의 절골에 물탕이 있었는데, 아무리 가물어도 늘 물이 차 있었다.
　　　　　 그런데 마을 사람 하나가 현몽을 얻어 그 물탕의 물을 먹고 병이 씻은 듯이
　　　　　 나았다. 지금 우회도로가 생기면서 그 물탕을 막아버렸지만 절 물이어서 효
　　　　　 험이 있었다. 예전에는 동네에서도 그 물을 먹고 살았다. 아이들의 피부병에
　　　　　 도 효험이 있었다.

앞산에도 물탕이 있는데 거게서 뭐 절이 있었다 카고 뭐, 있었는 자리
가 저어(저기) 있대요.

그렇고, 저 우에(위에) 도암 가는 그 언둑에(언덕에) 거게는 또 보자, 그
어데 낚시를 거게서 났다는데(낚았다는데), 옛날에요.

(조사자 : 아 낚시.)

돌로 정자 맨들어 놓고. 그래 그 이름이 돌쩡자더만.

(조사자 : 음, 돌쩡자가 있어요?)

예. 그렇더라.

(조사자 : 절은 그 왜 망했는 거예요 그거는? 혹시 들어보셨어요? 터만
있었어요?)

있었다 카는 그것만 알마(알면) 돼.

고 밑에 ○○○○로 있는, 지금 우회도로가 다 끊어 ○○○께로. 물탕
이 하나 있는데, 물이 거어는 암만 가물어도 물 안 비요(비어요). 이런데
물을 놓고 환자 하나 대번 곤치더라, 현몽 돼가주고.

(조사자 : 아, 물탕에?)

예. 그 절 물이더라던데.

(조사자 : 아, 절 물이라고. 예.)

그래가 곤쳤네(고쳤네). 곤쳤는 사램이 우리 집에 놀러도 자주 오고, 한 마실에 여어(여기) 살았거든. 이애기하더라.

(조사자 : 지금도 물탕이 있는가요?)

물탕, 지금 저 길이, 길이 다 막아가주고 없어요.

그 물 여어 이 동네, 여름으로 그 물 먹었어요. 그렇고, 거게 뭐 피부병에 뭐 땀띠 옛날에 마이(많이) 나고 이럴 때요, 아아들 헐고 이라면 거어 물 갖다 쓰면 대분(대번) 나았부리. 그 물이 억시(엄청) 좋했는데.

순흥 안씨 열녀각

자료코드 : 05_18_MPN_20110507_KYH_CCO_0001
조사장소 : 경상북도 의성군 비안면 쌍계리 마을회관
조사일시 : 2011.5.7
조 사 자 : 천혜숙, 박선미, 김보라, 한지현
제 보 자 : 최춘옥, 여, 85세
구연상황 : 마을회관의 할머니 방으로 자리를 옮겼다. 그 방에는 최춘옥 제보자와 딸네 집에 와서 머무르고 있는 할머니 두 분이 누워 계셨다. 조사취지와 함께 할아 버지 방에서 들었던 노래에 관해 말씀드렸다. 최춘옥 제보자가 시집올 때 이 야기로 서두를 열었다. 이어서 시댁 증조모의 열녀각이 도로가 나면서 뜯기게 된 일에 대해 안타까워하면서, 그 열녀각의 주인공 순흥 안씨에 대한 이야기 를 시작했다.
줄 거 리 : 열녀각의 순흥 안씨 할머니는 나의 시증조모로 열아홉에 과부가 되었다. 순흥 안씨는 혼자가 된 후에는 친정이 가까웠는데도 친정은 물론이고 일절 이웃을 나가지 않았다. 남의 입에 오르내리지 않기 위해서였다. 남편은 열일곱에 세 상을 떠났는데, 눈비가 오면 밤이라도 가서 그 묘에 이불을 덮어두고 주변을 깨끗이 쓸어두고 돌아왔다. 아침에 보면 삽작이나 대문간까지 짐승 발자국이 함께 있었는데, 호랑이가 할머니를 보호한 것이었다. 밤에도 일하느라 자지 않고 있으니 그 시숙이 부인한테 가는 것이 조심스러워 신을 벗어 쥐고 살그 머니 드나들었을 정도이다. 또 남편이 살아생전 병이 위중했을 때는 솔개가 그녀에게 약봉지를 떨어뜨려 주었고, 그 약을 달여 먹고 나니 남편의 병이 씻은 듯이 나았다. 3년 후 병이 재발하여 결국 세상을 떠났지만, 모두 사람이 하는 일이 아니었다. 그 할머니는 평생을 그렇게 힘들게 살았어도, 며느리는 물론이고 손주 며느리에게도 전혀 일을 시키지 않고 자식만 잘 키우라고 했 다. 자식을 키우는 것이 소원이었다. 그리고 오형제 중 둘째였던 나의 시아버 지는 할머니의 양자가 되었다.

그기 인자 옛날에 처음에 지을 찍에(적에), 음. 우리 할머니가 열아홉 과부예요. 자식이 하나도 없어요. 열, 열녀각 할매한테 양자로 갔는 손이

시더, 바로 징조(증조) 할머니.

(조사자 : 아 그 열녀각 할머니가 증조 할머니?)

징조시더. 근데 그 할머니를, 여 친정도 여 앞엣 집에 및 집 건너 안씨, 순흥 안씨.

근데 할머니가 그렇기 여 참 시집도 잘 하고 잘 살았는 집인데도. 그 혼자 살민서네도 이웃을, 뜨럭을(뜨락을) 썰었으면(쓸었으면) 썰었제 이웃을 안 나가더라니더. 남우 소리 안 들을라꼬.

그랬는데, 우리 할배는 열일곱 살에 돌아가싰다느마. 그런데 막, 그래가 그 해놔놓고 그키 참 잘 한 줄은 몰랬는데. 무덤에 눈이 오면, 이월 달에 할 때 그래가 인제 눈이 오고 하이께네, 이 옛날에 이월 달에 눈이 많이 왔잖니껴. ○○○○○ 이불 덮어놓고 싹 썰어놨다느매(쓸어놨답니다).

[발음이 부정확하여 잠시 동안 채록 불가능함.]

학교 뒤에 지금 학교 폐교로 되었지만, 싹 썰어놓고. 하면 어른들 그 청춘에 그랬는데, 그 어른들인들 뭐 뼈가 아 아푸고. 그런데, 하매 먼저 잠 안 자더라던데요. 집은 시집온 집에, 요요 빈 집이 지금도 있어요.

(조사자 : 빈 집이?)

요 요 요 가면 요 길 저리 올라가는 길 옆에(곁에) 그 큰 집 거기 길이. 그런데 막 시집은 마 삼동세찌리(삼동서끼리) 여럿이가 살아도요. 그 대문이 열어놨시요, 이런데. 밤으로 바느질을 하재, 안 나간다니더.

그래 시숙이 자기 마느래 있어도 마음대로 못 나드지(나들지) 않니껴. 버선을, 신발을 벗었부고, 옛날에 까죽신(가죽신) 끼, 잘 사고 하이까. 그래 가죽신을 벗어 쥐고, 가마(가만히) 한밤중이 넘어야 자기 마느래한테로 가느매. 그래 그냥 다 안 자이꺼네, 일 하니라꼬(하느라고) 안 자여.

그캐 그래 하신 어른이 고만, 비가 오이꺼네는 또 이불 갖다 또 덮어 놨더라느마.

(조사자 : 호, 산소에?)

묘에.

(조사자 : 묘에.)

그런동 저런동도 몰랬는데, 비가 오고 눈이 오이께네 발자춰가 있잖아요. 집안 사람은 다 있어도 모르고. 삽직걸꺼정, 대문깐꺼정은 짐승 자욱이(자국이) 장(늘) 같이 있더라누마. 그래 짐승이 디리구(데리고) 댕겼던구만.

(조사자 : 아. 보호해줬구나.)

같이 인제 나온단데요.

첨에, 내 중간띠기 한다. 첨 그키 그런 줄은 모르고, 효부 하는 행동을 몰랬지요. 인제 그거는 고 때 알고.

그 먼저는 인제 먼저는 막 그거 한다고 묻고 그거 하이꺼네, 새대이(새댁) 집 신랑이 아푸이께 막 의중하이꺼네(위중하니까). 물동우를 옛날에 이래 물 이래 이고 안 댕겼거든요. 빈 동우를 요래 앞에(옆에) 요고 끼고 가니더.

그래 가이,

[발음이 부정확하여 채록 불가함.]

뭐가 새가 크단한(커다란) 새가, 뭘 약봉지를 요만한 걸 가주고, 지금 우리들으는 알지만, 잘 모를 끼시더. 그 뜰기름에다 창호지를 이래 막 적시가주고 좌랬는(절인) 거. 옛날에 책 보만 그런,

(조사자 : 본 적 있습니다.)

예, 예. 창호지. 그랬는, 고런 종이에다 싸가주고 똘똘 감아가, 가는데요 발 밑에다 저 떨좌(떨어뜨려) 주이께네. 사람은 아무도 없고 하이 좌가주고(주워서) '뭔공' 싶어서 주아가 이렇기 치다보이 소래기(솔개)가 있더라. 솔개이.

(조사자 : 소래기.)

소리기 인자 좌주는 데 그걸 품어다 옇어가주고, 누(누구) 보까봐도 겁

안 나나? 이래 살피다가 그래 물을 이고 가가주고 그걸 약을 많이가주고 잡숫고는, 꾓빙(꾀병) 겉더라느마.[75] 삼년 동안을 안 아팠다니더. 병이 낫었는데, 어예가주고 그 병이 재발을 해가주고 돌아가셨다 카더만은. 그래 하매 하는 짓이 전부 마쿰(모두) 사람의 힘으로는 하는 거 아이더라느만.

그래가주고 그 그 할머니가 평생을 살아도, 자기는 일을 그키(그렇게) 해도, 손주 미느리까지 일을 안 시킸다 카던데요.

"나는 자슥이 원이라." 카면서,

아들 키우라 카더래요.

"아들만 키아 도(다오)."

그래놓으니께 양아들을 해 놓으이, 할아버지 인제 저 바로 참 양자 갔는 어른이, 오형지에서 고 둘째를 빼가주고 갔는데, 그 할아버지가, 우리 시조부님이, 평생을 살아도 참 용하다니더.

산소 이장 시의 영험담

자료코드 : 05_18_MPN_20110507_KYH_CCO_0002
조사장소 : 경상북도 의성군 비안면 쌍계리 마을회관
조사일시 : 2011.5.7
조 사 자 : 천혜숙, 박선미, 김보라, 한지현
제 보 자 : 최춘옥, 여, 85세
구연상황 : 최춘옥 씨가 시증조모인 순흥 안씨 열녀각 이야기에 이어, 시증조부의 묘를 증조모 묘 옆으로 이장하던 당시의 영험담을 이야기했다. 열녀 할머니에 대한 숭앙과 믿음이 이야기에 강하게 깔려 있다.
줄 거 리 : 시증조모 열녀각이 있는 논과 학교 뒷산에 있는 시증조부 산소는 서로 마주 통한다. 학교를 지을 때 숙직실하고 교실을 떼어서 두 곳이 막히지 않게 해 주었기 때문이다. 그런데 할머니의 열녀각이 없어져버려서 할아버지 산소를 할머니 산소 옆으로 이장하기로 했다. 나는 일꾼과 아들 내외 그리고 질부들

을 불러서 이 일을 주관했다. 포크레인 기사들도 성심껏 일을 해 주었다. 이
장이 거의 마무리되어 남은 쓰레기를 태우는 일만 남았을 때, 구름 한 점 없
던 하늘에서 갑자기 빗방울이 떨어지기 시작했다. 옷이 모두 젖은 터라, 하는
수 없이 불 놓는 일은 다음날 내가 다시 와서 할 작정을 하고 가족들을 서둘
러 경운기에 태웠다. 집으로 향하고 있는데, 한 조카가 군이 마무리를 하고
가자며 불을 놓아버렸다. 이상하게도 그 우중(雨中)에 쓰레기는 불꽃 하나 없
이 잘 탔다. 나무뿌리도 많았는데 불구하고 남은 것들이 불에 잘 탔다. 이는
불을 잘 놓아서가 아니라 열녀 할머니가 수월하게 해 준 일이다. 나는 꿈에
서도 그 할머니를 자주 본다.

그 산소 막지 마라 캐요.

열녀 할매논은[76] 여게(여기) 원내 여게 가서 보입니다. 여게 있고, 할아
버지는 이짜(이쪽) 학교 뒤에 있고 이런데, 거게를 탁 히시놓고(헤집어 놓
고),[77] 숙직실하고 본교하고는 이만침 마이(많이) 띠와(띄워) 놨어요. 거어
내다보라꼬[78] 이거 안 막데요.

(조사자 : 아 안 막었구나. 양…거 예.)

그래주데요. 그 그건 하마 정부에서 첨부터 학교 세울 찍에 그거 못 막
구로 하더만.

"이거 틔와라(틔워라)." 이카미.

(조사자 : 호오, 틔워줬군요, 서로 마주 보시도록.)

예.

(조사자 : 응, 재밌다.)

그래놨대요. 그래놨는 때미로(때문에) 그 터는 안주(아직), 하도 답답어
가주고, 할매를(할배를)[79] 거어 그냥 못 놔또가주고. 열녀각도 없어졌부리

---

76) '시증조 할머니 열녀각이 있는 논'을 이르는 말이다.
77) 학교 뒷산에 있는 할아버지 산소를 할머니 열녀각이 있는 논과 통하게 해놓았다는 의
   미이다.
78) '할아버지가 할머니 열녀각을 내다보라고'의 의미이다.
79) '할배를'이라고 해야 옳다.

고, 이래가주고 산소를 저 할매 젙에다(곁에다) 옮기 났어요.

(조사자 : 옮기셨어요? 아.)

젙에다 옮기 놓고, 내가 그캤구만. 내가 그 인제 여 광중 해논, 막 파헤치끼 전부 직접 봤거든요.

"할배요, 할배, 인지는(이제는) 할매 찾아 가느매이(갑니다). 올개(올해) 백사(104) 년째 나느마, 할매요. 인지는 할매 젙에 가소."

카미, 그래 해가주고 보냈다. 그래 옮기이 말도 하 몬해요. 그거는 사람의 힘으로는 못 그래요.

그 해 또 많이 가물었니더. 이랬는데, 옮기고 나가주고도 삐를(풀을) 살리자면 물을 많이 줘야 된다꼬요. 요 바로 요 앞에 보이지만, 그래가주고러,

'여 이래 이래 해 놔도 또 힘이 많이 들어야 되지. 내가 또 죽으면 ○○○쥐야 되지.' 이카미, 이카다 말고.

그 날으는 내가 함불에(애초에) 아침부텅 뭐 어예다 뭐 이래 굶었어요. 아침도 안 먹고 일꾼을 붙이가주고 포크레이 불러가주 갔는데.

"야들아, 점심들 오늘 일찍 먹어라."

그 삐를 한 차 가득 갖다났는거 내 굶고 그거 전부 마쿰(모두) 다 내 손으로 끊어가주고 다 했니더.

그래가 손님 있는 데 그래 내 미늘네(며느리네) 그걸 전부 마카(모두) 질부들하고 너이다(넷이다) 불러가주고,

"너거 여어 마카 삽질해라. 이거 못 다한다."

한목에(한꺼번에) 일하매 저어 대전에 갔거든요. 한목에 하니라고.

그래 인자, 그래 인자, 해라 캐놔노이 참 미늘네가, 참 ○○○○○ 보자, 우리 며느리하고 이래 해가주고 너이가 했제, 삽질을. 띠디리가(두들겨서) 저저 포크레이, 그 사람 있잖아, 아는 사람이래가주고.

"이래가 일꾼이 적은데 이런데 어야꼬요?" 카이,

"걱정하지 마소."

"우리 저 팁 좀 더 드림시더. 한 십만 원 더 드림시더. 힘든따나 그래 잘 해 주세이. 우리 열녀 할매 덕이구마." 이카미,

한 ○○○○ ○○○ ○○○[80]

그래 그카이,

"예. 걱정하지 마소. 우예도 안 할니꺼?" 이카민성 참,

인자 잠시도 안 쉬고, 자기 또 하다가 기계 옮기다 니리(내려) 와가주고 또 꽹이질 하고 막 해주더라 카이. 그래가주고 십만 원 더 줬니더.

그래가주고 다 하고 나서 점심 묵는다 카이. 나는 일 시작하면 밥을 못 먹니더. 일을 시작으면 일을 해 놔야 먹지.

"그래 야들아, 얼러(얼른) 머어라(먹어라). 얼러 먹고 또 혹시나 알 수가 있나? 우리 할매가 무슨 일을 할지. 이건 내가 하는 것도 아이대이(아니다). 할매가 하는 거이께네 해라. 다 인제 부지런히, 부지런히 해래이."

이카고 씨게(시켜) 놓고는, 인제 뭐 돌아가면 뭐 남았는 지지곳찌나(자질구레한 것들) 뭐 쓰레기를 조아가주고(주워서) 푸대기에 두 푸대기 옇고, 해가주고 한짜아(한쪽에) 해가 인자,

"인지(지금) 불 놓으면 안 될끼고." 카미,

"○○○○ 내일 모레 와가주고 놓오끼."카민서 해 놔놓고는.

그래 인자 한, 어데서 막 인제 뗏장을 요만한 걸 끊었는걸,

"나머지 저 뒤에 저짜 거 갖다다 놔라. 많애가주고 마음대로 할따."

이카미 그래 해노이 그래, 덜어주고 나이, 인제는 경운기하고 그걸 싹 빗자루로 썰어(실어) 니루코(내리고) 나이끼네, 뭐가 그래 내가 혹시나 싶어 이래 이래 살피고 누워 잠도 안 오니 빗방울 겉은 게 똑 뚫요요(뚫어요). 그 거짓말 겉잖아. 날씨가 좋았어요. 이랬는데, 비래요 비, 아무 구름

---

80) 이후 내용은 발음이 부정확하여 채록이 불가하다.

도 안 찌있는데요(끼었는데요).

"아이고 야들애이, 여 불 못 놓는다. 비 온다 얼르 가자 얼르 가자."

이카고, 마구 한 머리 니라(내려) 보내 놔놓고 막,

"경운기 몰아라."

이래 이카골랑 해 놔노이.

그래 아이고 그라고 나이 고만 막 비가 거어서(거기서) 하매 옷이 다 젖었다. 춥기는 춥제요.

"하이구 야들아, 얼르 가자. 얼르 가자. 뭐 먹을 것도 못 멌따만.(먹었다만), 마카 집에 가, 지녁(저녁) 해 놨단다. 마카 집에 가 지녁 먹고 쉬가주고, 마이 젖었거든 옷 갈아입고 그래 가거라."

대구사람들이 왔거든요. 그래놔놓으이, 그 적시는(適時는) 마카 왔는데, 나도 막 전부 다 함뽁 젖어가주, 내, 주인이 먼저 오진 못하잖니꺼, 아들을 두고 하마.

"가재이, 가재이." 카미,

마지막 인제 경운기에 올라 앉어가주고는 오미, 그래 와가주고는, 그카다 뒤에 불이 사르르. 그래 ○○○○ 있는 이웆이(이웃이),

"숙모요, 숙모요, 여어 불 났부고 가시더."

"그 나중에 내 놓오끼. 내 또 안 오나?" 이카미,

"까짓 뭐 이거 났부도 되느마."

아이고 니리오면서러(내려오면서) 불을 질렀부. 불꽃도 안 비고 다 탔붰어요. 한 개도 안 남어요. 그 생 거를 막 주아 끌어모으고 했는데, 나무뿌리가 많이 있었어요. 다 탔더라 카이, 그래.

"야들애이, 우리가 하는 일 아이대이(아니다). 할매가 다 알아서 한다꼬. 안 성가실라고 이래 한다."

내가 할매를 꿈에 자주 봐요. 얼굴이 어예 생깄는 동도 모르지요. 모리는데도 그래 보이주더라꼬요(보여주더라구요). 할매가 얼굴이 우예 생긴는동 갈치(가르쳐) 주데요.

(조사자 : 근데 맞아요?)

맞아요. 그래 소름이 확 치키(치켜) 올라온다 커이.

[웃음]

말 알아듣는 집지킴이 죽인 할머니의 경험담

자료코드 : 05_18_MPN_20110507_KYH_CCO_0003
조사장소 : 경상북도 의성군 비안면 쌍계리 마을회관
조사일시 : 2011.5.7
조 사 자 : 천혜숙, 박선미, 김보라, 한지현
제 보 자 : 최춘옥, 여, 85세
구연상황 : '절골 물탕의 영험' 이야기를 끝내고, 마을에 대한 이야기를 나누었다. 조사
자가 집지킴이 이야기를 아시는가 물어 보았다. 다른 사람들은 집지킴이를 무
섭다고 하지만 제보자는 때려죽인다고 대답했다. 그 이야기를 청해서 들었다.
줄 거 리 : 피난을 갔다 오니 집이 다 타버렸다. 그때 막내를 가졌을 때였지만 어른들
다 계시고, 남편은 군대 가버리고 해서 혼자서 우악스럽게 살아야 했다. 어느
날 타버린 집의 대문간을 삽으로 다듬고 있었더니, 갑자기 큰 뱀이 삽 앞에
와 섰다. 내가 가라고 몇 번이나 말하고 삽으로 떠밀어도 뱀은 말을 알아듣
는지 고개를 휙휙 돌리면서 나를 방해했다. 화가 나 그만 삽으로 뱀 대가리
를 때려버렸다. 시어머니와 이웃 사람들이 소식을 듣고 놀라 난리가 났지만,
나는 아무렇지도 않았다. 며칠 후에 아무 일없이 막내를 낳았다.

피난을 갔다 왔거든요. 시집 살 직에는(적에는) 까이(까짓) 여사로(예사
로) 여기이, 그짝 집에 사이(사니) 여사로 여기지 머. 시집을 갔, 저 피난
을 갔다 오이께네 집이 싸악 다 탔니더. 우리 집이 한 개도 없니더. 집이
시(세) 챈데, 머 아랫집 그 지금 숭기네 있는 집, 그 집도 우리 집이고. 내
가 사던(살던) 집은 몸채고, 이짜는(이쪽은) 농사마당이고, 농사, 농사 지
이가주고 때리옇는(때려 넣는),

(조사자 : 곳간.)

곳간이고. 여깄는데 지금 저짜이(저쪽) 꺼는 몸채는 터를 팔았붔고, 이 쪼오(이쪽) 꺼 인제 두 집으로 엄치가주고(합쳐서) 그래가주고 여어 사니더마는.

[손으로 그 쪽을 가리키며]

바로 여어 여 집. 그러이, 그 안죽(아직) 막내이를 가졌어요. 집을 인제 제우(겨우), 인제 다 탔붓으이, 아무 것도 없으이 농사 짓는 거 그거뿐이지 아무 것도 없고. 어른들도 마캉 다 각기 안에 있었고 이래놔놓으이, 신랑은 군에 갔부고 없고. 그래가주고 내가 좀, 좀 우악시럽운 모앵이래요. 안 그라고는 안 되고. 우리 집에 환경이 그렇기 돼가주고요. 겁내는 거 없니더. 안 그러면 못 살어요.

그래가지골랑 한 날은 인제 겨우 인제 담, 울담을 쪼매 싸놔놓고 대문이 없으이끼네 이게 제우(겨우) 움만 해가주고 방 하나 꾸리가주 있고. 멀(뭘) 가주고 꼬쟁이가 어데 있어요 아직? 그래가주골랑 저게 대문간을 따듬는다꼬 삽을 가주고 또 올라와 가새(가에) 박고 해가주고 지금도 맹 안죽 대문간이다만은, 고루코(고르고) 이래 막 다지고 하다이,

[두 손으로 크기를 가늠하며]

뱀이 이만한 게 나와.

(조사자 : 어데서?)

어데서 나왔는지는 몰래요. 아이 삽 앞에 딱 와서 섰는데, 이보다 더 질(길) 끼래요. 그런 기 이렇게 굵은 기 와가주고 선다. 이래가주고 아이고 그런, 그것도 말을 아데요, 뱀이가요. 큰 요 삽을 들골랑 애기는 놓을81) 달이고, 사월 달인데. 가가(개가)82) 지금 외국에 있니더만.

[옆에 있던 물병을 들고 뱀을 쫓아내는 시늉을 하면서]

---

81) '낳을'의 방언으로, 제보자가 임신 중이었음을 알 수 있다.
82) '개가'로 그때 뱃속에 있던 아이를 가리킨다.

"아이, 이 짐승아, 여게 내 이래 일하는 데 이래 오만 어야노? 이래 방해 지기지 마라. 내한테 이래 방해 지기면 어데로 가 머어 어야노?" 이카미,

이거를 삽으로 가주고 스윽 이래 떠미이꺼네, 아이 고개를 요래 삑 돌리고 삑 돌리요.

"이기 말을 알아듣네!" 고래 인제,

"말을 알아듣네. 이상하이." 이카민서 군정거리다가(구시렁거리다가),

"아이구 여게 앞에 이라지 마라. 저거 가래이. 내한테 오만 니 죽는데이. 가거라. 가거라."

카미 떠미이꺼네 안 나가.

고만 골이 퍼쩍 났다. 인제 일 그걸 다 해봐야 딴 일하지. 그래 인제,

"쥑일까?"

암말도 안하고 그러마 하지만,

"니 죽는데이. 내 대번 찔러 죽일 챔이라."

이카믄서, 아, 이놈을 고만 참말로 때려 죽였버렸어요. 삽을 가주고 고만 꽉 찍어가주고 대가리를 바짝 뿌사가주고 고만에 죽였붰어. 어찌나, 얼마나 큰데.

고만 우리 어머님하고 막 이웃 사람도 그카두만.

"이 사람이 정신없는 사람이가? 왜 이라노?"

"그거요, 사람한테 따라 댕기는 거 아인교? 그거 쥑이도 괜찮구마."

배는 이만한데 놀(낳을) 달이, 미칠(며칠) 안 있다가 낳았어요. 그래가주고,

"뭐 어떤데요?"

"야야, 아무 집이는……."

"그 사람하고 우리하고 다르구마. 그 가라 캐도 안 가는 거 말 안 듣는 거 때려죽였붰지 머요."

내 그카면서 죽이가주고 갖다다 걸어다 저어 갖다 제방에 갖다 묻어
내삐렀붔니더만은. 내가 그런 짓 잘하니더.

황금지킴이 쫓은 할머니의 경험담

자료코드 : 05_18_MPN_20110507_KYH_CCO_0004
조사장소 : 경상북도 의성군 비안면 쌍계리 마을회관
조사일시 : 2011.5.7
조 사 자 : 천혜숙, 박선미, 김보라, 한지현
제 보 자 : 최춘옥, 여, 85세
구연상황 : '말 알아듣는 집지킴이 죽인 할머니의 경험담' 이야기를 끝내고 자연스레 그
　　　　　 시절에 있었던 다른 경험을 이야기하기 시작하였다.
줄 거 리 : 빨래를 해 와서 널려고 하다가 솔가지 곁에서 황금색 구렁이를 보았는데, 눈
　　　　　 이 부셔서 쳐다보지 못할 정도였다. 그 자리에 빨래버지기를 내려놓을 수가
　　　　　 없어 고방 옆에다 갖다 두고, 마침 담 너머 와 있던 사형양반을 불러서 보게
　　　　　 했다. 그도 평생 처음 본다며 제발 손대지 말라고 당부했다. 내가 뱀을 보고
　　　　　 "네 자리 가지 않으면 해코지하겠다"고 했더니 뱀이 담 밑 구멍으로 사라졌
　　　　　 다. 보통 뱀이 아니라고 여겨, 시어머니가 머리 빗고 남은 머리카락 말아놓은
　　　　　 것을 장대 끝에 매달아 불을 지펴서 그 구멍에 대고 있었다. 그렇게 쫓은 후
　　　　　 로는 보이지 않았다. 미신을 지키는 사람들은 동네 큰 부자가 날 징조라고도
　　　　　 하지만, 나는 대수롭지 않게 여긴다.

　구렁이, 빨래를 한 버지기 씨가주고(씻어서) 널라 카이, 소깝[83] 삣까
리[84] 곁에요(곁에요), 그런 거는 아무도 안 봤다누만, 그런 거. 눈이 비시
(부셔) 못 봐요, 천상 금. 햇빛이 막 니리(내려) 쪼이끼네 막 눈이 바시(부
셔) 못 봐요. 빨래버지기 못 니라(내려) 낳는데요. 그래 이짝에 나와가주고
고방 있는 데다 니라놓골랑 그카데요.
　저기 저 범으네 아부지 삼촌이 저어 우에 있었는데,

─────────────────
83) '솔가지'의 경상도 방언으로 땔나무로 쓰려고 묶어놓은 나무단을 의미한다.
84) '무더기'의 경상도 방언으로 솔가지를 쌓아놓은 무더기를 말한 것이다.

"사형양반요"

담 넘어 넘바다보이 거어 있거든.

"여어 한번 와보래요."

"왜요?" 카더라.

"한번 와 보래요. 이 짐승이 무슨 짐승인데, 사람 눈을 못 볼시더. 한번 보래요." 카이,

"난 안죽(아직) 이적지(이때까지) 살아도 막 때려 쥑이도 그래도 저런 건 안 봤니더." 카이,

가만 와가주고 딜받아(들여다) 보디만은,

"언제요(아니요), 손 대지 마세이. 손 대지 마소. 나도 평생에 첨 봤니더. 손 대지 마소. 눈치는 안 알리꺼?"

"니, 니 자리 가거라. 여어(여기) 있지 말고, 니 자리 찾어 가거라. 여어 자꾸 내 곁에(곁에) 여어 이카면 또 해코지한다."

(조사자 : 할머니가 그러셨어요?)

그래.

그랬디만은 고 어데로 들어가는 꽁댕이가(꼬리가), 저 담 밑에 어더로 드간 땜우로(때문에) 내 지금도 그걸 여어 머리에 담고 있구만. '이기 보통 뱀이가 아이구나.' 싶어. 머리카락을, 우리 어머님이 머리가 좋했니더. 빗골랑(빗어서) 여어 둘둘 뭉치(뭉쳐) 놨는 거 그걸 찾아가주고 와가주고 장대 끄트미이다가(끝에다가) 매가지골랑(매어서) 불을 질러가지고 뒤에 따라가 그 구멍에다 대고 이래 대가주고 있었구만. 담배하고 그라만 가니더, 지 은신처를.

(조사자 : 은신처로.)

찾아가니더.

(조사자 : 연기.)

그래 그랬디이 그래 고만 상구(아직) 안 보이누만.

지금 우리 이웃에 잘 사는 사람 나올 끼래요. 미신 지키는 사람 그카데
요. 나는 그걸 여사로(예사로) 여깁니더.

(조사자 : 업이라 카죠? 업.)

나는 업도 소리도 안 하니더. 마귀라 카니더. 예수 믿는 사람은 뱀이를
아담 하와가 뱀이한테 ○○땜우로.

(조사자 : 그래가 죽입니까? 할머니는.)

그렇지요, 그렇지요.

뱀으로 술 담근 할머니

자료코드 : 05_18_MPN_20110507_KYH_CCO_0005
조사장소 : 경상북도 의성군 비안면 쌍계리 마을회관
조사일시 : 2011.5.7
조 사 자 : 천혜숙, 박선미, 김보라, 한지현
제 보 자 : 최춘옥, 여, 85세
구연상황 : '황금지킴이 쫓은 할머니의 경험담'에 이어서 계속 구연했다. 뱀 경험담이 참
으로 풍부한 분이었다.
줄 거 리 : 보리를 베고 난 밭에 깨와 콩을 심으러 갔다. 깨를 다 심고 콩을 가지러 나
왔더니 씨를 담아간 씨옹새기 안에 큰 뱀이 들어앉아 있었다. 마침 들에 나
왔던 큰시아버님께 뱀이 있다고 했더니, 예삿일이 아니라고 고개를 절래절래
흔들었다. 입도 다물고 눈도 감고 꼼짝도 않는 뱀을 엮은 풀로 성글게 묶어
두었는데, 콩씨를 다 심고 나와 봐도 그대로 들어앉아 있었다. 그 뱀을 메고
집으로 와 약술을 담궈서 시아버지께 드렸다. 뱀독이 강하여 시아버지가 사
흘을 죽다 깨어났다.

내가 뱀이를 잘 봐요.

(조사자 : 응. 그렇구나.)

집을, 고약한 집을 만나 그런동 몰래도, 뱀이가 따듬이(다듬이) 방망이
만 안 하나.

[뱀 크기를 손으로 가늠하며]

내 이 팔이 요래 가늘지만, 글(그럴) 직에는(적에는) 이만치 벌어졌을 직에, 요래요래 손 뻗치면 꼭 요만해요. 대로가에 있는데, 뱀이 이야기하다 별 거 다 나온다. 지금도 저어 밑에 저거 우회도로에 그거 했는 다림시더(다립니다). 그 굴다리 있는 졑에(곁에), 거게 인제 굴다리 이래 안 있니껴, 길가? 그 원래 길이 많이 넙었어요(넓었어요), 세 갈래 길인 땜우로(때문에).

그래 인제 씨를 뿌리러 갔는데 깨하고 콩하고 숨근다꼬(심는다고), 여름인데 버리(보리) 비(베어) 내고. 거어 여기다가 콩 바가치 놓고, 씨옹새기 갖다 놓고. 씨옹새기는 인지 손으로 만들었는 일꾼들이 만들었는 씨옹새기, 이만한데. 거어다 비료 치고 갖다 탁탁 다 터이, 비료 묻으만 녹어요. 그랜 때문에 탁탁 뚜디리가지고 다 털었부고 갖다놓고. 깨 씨 갖다가 놔놓고, 그 인제 콩은 두 되나 되야 거게 두 마지기 숨근다꼬 깨 좀 숨그고 카미.

이래 끈안고(끌어안고) 아칙에(아침에), 이슬, 아칙에 그 복판에(중간에) 풀도 없어요. 이래 갖다다 났는, 한 바가치, 골에다가 인제 이래 이래 보릿골을 이래 오마가주고(오무려서) 둘 다 밟아가주고 그 재죽에다가(자국에다) 놓는데, 그 밟어나가이 사리가(사래가) 기이까네(기니까) 갔다가 나오면 조금 모지래고 이런데. 나와가주고 콩 가줄러(가지러) 오이꺼네, 아이고, 거게 씨옹새기 뱀이 드가가주고 있는데요.

그래 내가,

"큰아버님요."

저게 들에 나왔다가,

"야야, 니 깨를 뿌릴 줄 아나?"

"까이, 뿌리면 안 될니껴?" 카이,

"내가 뿌리주끼이."

큰아버님이가 우리 제일 중간 집에 큰아버님이가, 그래 인제 그 양재기에 담아가 모래하고 갖다가 놨는데, 깨하고 갖다 놨는데.

"큰아버님요, 여어 뱀이 있니더." 카이,

"자가(쟤가) 헛걸 봤나?."

내 뱀이 잘 쥑이는 줄은 알거든요.

"자가 헛걸 봤나?"

"고만 참말이구마. 뱀이도 여사(예사) 뱀이 아이구마. 여어 보래요." 카이,

"왜 이카노?" 카디,

그래 그거 다 뿌리나와가주고 보이,[85] 한참 시간이 걸리잖니껴? 한 백 미터(meter) 되니께. 그 들봐다보이까네,

"아이고 여삿일이(예삿일이) 아이다."

그거 인제 날더러 하는 소리래요.[86]

[고개를 흔들면서]

요래 고갤 이래이래 하믄서

"이기 여삿일이 아인 걸."

내 뭐 하믄 자꾸 그런 기 뭘 그라이께네 장(늘) 큰아버님이,

(조사자 : 아신다.)

고눈는(겨누는)[87] 모앵이래요.

"여삿일이 아이다."

"뭐 여삿일이 아니요? 뱀이가 나왔는데 죽있부면 되는데요. 뭐가 여삿일이 아이라?"

---

85) '깨 씨를 다 뿌리고 나와 보니'의 의미이다.
86) 제보자가 뱀을 잘 죽이는 걸 알고 또 죽일까봐 제보자 들으라고 하는 소리라는 의미이다.
87) '날 겨냥하시는'이란 의미이다.

"언제(아니), 가만 봐 둬라 보자. 그 여삿일이 아인데." 이래요.

그래가 내가, 글쩍에는 짚이 귀해가주고 없었니더. 삼두 갈아먹고 이랄(이럴) 직이래요(적이에요). 오래도 돼요. 그래 이래 댕기며 풀가랑잎이 그런 거 가주고 요래요래 비비가주고 뱀이를 요래 묶어가주고.

"아버님요, 뱀이 묶으소. 여어 묶으소. 거질러 놔야 안 가지. 이거 눈도 안 뜨고 입도 안 놀리니더."

눈을 깜짝도 안 하고요, 뱀이는 사람을 만나만,

[뱀의 혀와 눈을 흉내내며]

알랑랑랑 안 이라니껴? 입을 따악 다물어가주고 있고, 눈도 꼬옥 감아가주고 있어요. 근데 옹새기에 담기가주고 있으이 그래 내가,

"그래 요어 묶으소. 이말무지로라도[88] 그래놓으만 여 걸구치마 안 가구러요."

[뱀이 들어앉아있는 모양을 손으로 흉내를 내며]

그래 인제 묶어가주고 옹시기에다가 고냥 그기 씨옹새이 인지 여어 이래이래 됐는, 이래 해가주고 인제 미는 거 해가주고 요따(여기다) 이래 묶어놔아놓골랑, 그래 다 갈고 나와도 맹 고냥(그냥) 들어앉아, 맹 그냥 있어요. 안 가요.

그래 그거 집에 내가 미고(메고) 와도 암말도 안 해요.

(조사자 : 오와!)

그래 약 했어요.

[조사자들이 웃는다.]

약 했어요. 그래 그 약을 해놨는, 내가 입을 안 띠이, 인제 이래 카니더,[89] 아들 땜우로도 이얘기 안 하니더. 그 지나간 이야기 거어 뭐 잘 했다꼬.

---

88) '대충 되는대로 라도'를 뜻하는 방언이다.
89) 이때까지 아무에게도 말하지 않았다는 뜻이다.

그래가주고 와가주고 술을 담았지요. 그 술 잡숫고 사흘을 죽어버려요,
어른이.

[웃음]

(조사자 : 너무 독해가주고. 오오, 그래 사흘 만에 깨어나셨어요? 어느
어른이, 시어른이?)

우리 시아부지가.

(조사자 : 시아버지. 아.)

그래도 참 별 거 다 해봤니더.

백화주 담궈 시모 봉양한 할머니

자료코드 : 05_18_MPN_20110507_KYH_CCO_0006
조사장소 : 경상북도 의성군 비안면 쌍계리 마을회관
조사일시 : 2011.5.7
조 사 자 : 천혜숙, 박선미, 김보라, 한지현
제 보 자 : 최춘옥, 여, 85세
구연상황 : 앞의 이야기 '뱀 메고 와서 술 담근 할머니'를 끝내고 "예사 일이 아니라니
더 걱정이래요."라는 말을 한 후에 계속해서 이 이야기를 들려주었다. 손으로
꽃모양을 가늠하면서 실감나게 구연했다. 해거름이 가까워지고 유일한 청중
한 분도 집으로 갔는데도 불구하고 별다른 동요 없이 이야기에 열중했다.
줄 거 리 : 시아버지가 시역(時疫)이 있어서 의원에게 물었더니 백 가지의 꽃을 따서 약
을 만들어 먹이라고 했다. 미심쩍어하는 의원에게 어떻든 따 보겠다고 자신
있게 말하고는 1년 동안 갖은 고생을 하며 93가지 꽃을 땄다. 꽃을 다발로
말려서 백화주를 담궈 시부모님을 먹였다. 함께 백화주를 많이 먹은 시어머
니는 평생 아프다는 소리를 하지 않고 건강하게 살다가 돌아가셨다.

이래가주고 인제 어떤 아버님 쪼매(조금) 시양이(時疫이)[90] 좀 있었
어요.

---

90) 철에 따라 생기는 질병을 말한 듯하다.

그 어떤 어른이, 의원인데, 저어 ○○대 의원이 저 상춘 있는 데 저어. 저 어데 사람인지? 신평면 사람이래요. ○○ 이런데 노인이 왔는데, 아주 상노인이래요.

[손으로 수염을 길게 늘어뜨리면서]

수염도 이렇게, 이렇게 긴 노인이 왔는데 약을 하라 캐요.

"그래 저게 백가지 꽃을 딸 수 있어요?"

이래 물어요.

"백가지 꽃 그거 못 따까(딸까) 봐요? 백가지 꽃 못 따까 봐요? 꽃 천진데."

"한 분(번) 따 보소. 따 보소."

"그래 그거 내, 매중(마다) 다 갈치(가르쳐) 주소. 내가 할 챔이께네(참이니까). 어예 해도 다 할 챔이께네." 그래 그카이,

이거는 아무도 몰래요, 참말로 몰래요. 이웃사람도 모르거든.

나는 그 해는 일 년 동안은 궁디(엉덩이) 땅에 안 붙이봤어요. 꽃을 한 송이만 따고, 두 송이 따고 요라는(이러는) 걸으면 수월치.

(조사자 : 그렇지.)

한 가지를 말랐는 거를 요래 한번 ○○○.[91]

이 여기.

[전화가 왔다.]

여러 여어 한 군데 딸라 카만, 없는 데 가만(가면) 여러 수십 번을 가야.

[청중이 전화를 받고 마을회관을 나가느라 인사말이 오갔다.]

그 꽃을 따는데 처음에는 인제 민들레 겉은 거 제일 먼저 피제요? 민들레하고, 일본말로 하면은 이과꽃일까? 뭐 카는 거, 남색 보라꽃 요 땅에서 요래 나와서 피는 거 있지요? 고거 꽃부텅 시작허면은 고, 고기 몇 백 송

---

91) '꽃 한 가지를 한 다발로 만들어야 했음'을 말한 듯이다.

이 될니꺼, 요래 한번 하는 거?

말랐는(말리는) 것도 그늘에 말라야 되요, 햇빛 못 봐요.

[손으로 꽃다발을 쥐는 시늉을 하면서]

그래 말라가주고 한 가지를 이렇토록 딸라 카면은 거어 한 가지 보고 저 산 넘어 산 넘어로 가만 및 송이 따믄(따면) 또 그 미칠 있다가 고거 다 필상하만(필 것 같으면) 또 가고 또 가고 하이. 온 일 년을 따도 구십 세 가지뱆이 못 따봤어. 고거 한 가지가 꼬옥 요래 찌이만 한 불.

그래 해놔놓고 다아 말랴가주고(말려서) 바싹 마른 데로 인제 요래 해 가주고 쟁기가주고 싸서 옇으만.

지금은 마카 비닐 푸대기(포대) 나오지만 사료 푸대기 요새 나오지? 그 그런 옛날에 비료 포대기가 그런 기 있어요. 속에다 녹는다꼬. 술은 오래 먹으면은 소리 나요.

[옆의 할아버지방에서 큰소리가 들리자 한 말이다.]

그래가주고 속에 꺼(것) 띠내삐렸부고(떼어내버리고), 고어따(거기다) 차 곡차곡 자아(잡아) 옇이께네 두 푸대기가 꽈악.

그 해 가을일 다 마치놓고(마쳐놓고) 인제 겨울에 그걸 큰 가매솥에다 가 옇어(넣어). 그 한 가매 삶으만은 한 푸대기씩밖에 안 드가요. 그래 두 가마이 삶아가주고 한테(함께) 합해가주고 또 삶아가주고 그래 그걸 가주고 그기 백화주라.

백화주, 백가지 꽃을 따가주고 술을 맨들어(만들어). 찹쌀을 해가주고 술을 맨들어가주고 그래 그걸 잡수면 딴 병 아무 병이라도 범접도 안 하고 건강하다 칸 땜으로.

우리 어머님, 우리 안어른은 좀 오래 살아, 참 돌아가신 지도 몇 해 안 되니더만은, 아야 소리도 안 해요. 감기도 안 해요. 아예 안 아퍼요.

(조사자 : 시어머님이요?)

예에. 허리도 뿔거져도(부러져도) 허리도 다쳐봤니더만도, 머어 그래 낫

았부이께네(나아버리니까) 뭐.

(조사자 : 백화주를 드셨어요?)

예에. 우리 어머님이 많이 잡샀지요. 그래 뭐 별 약 다하고.

(조사자 : 할머니가 효부다.)

평생을 아야 안 캐봤으이, 우리 어머님이 참 다달지니더(다부집니다).

맹인 아버지의 개안

자료코드 : 05_18_MPN_20110507_KYH_CCO_0007
조사장소 : 경상북도 의성군 비안면 쌍계리 마을회관
조사일시 : 2011.5.7
조 사 자 : 천혜숙, 박선미, 김보라, 한지현
제 보 자 : 최춘옥, 여, 85세
구연상황 : 앞의 이야기를 끝내고 최춘옥 씨의 생애이야기가 20분 정도 이어졌다. 친정
　　　　　이야기를 하다가 자연스럽게 이 이야기를 시작했다.
줄 거 리 : 칠성 삼신에 빌어 낳았다는 아버지가 우리 남매를 두고 청춘 시절에 갑자기
　　　　　눈이 멀어버렸다. 온갖 처방을 해보았지만 낫지 않았다. 거의 포기를 하고 안
　　　　　평 골짜기에 있는 옥련사에 보냈는데 호랑이가 와서 늘 지켜주었다. 그래도
　　　　　낫지 않아서 예수를 믿는 친척의 말을 듣고 산에 올라가 기도를 했다. 할아
　　　　　버지는 예수를 믿는다고 욕을 해댔다. 아홉 달 만에 아버지가 눈을 떴으니
　　　　　우리 집안이 예수를 믿지 않을 재간이 없었다.

옛날에 내가 나고, 우리 아부지가, 친정 또 들썩거린다, 우리 아부지가
눈을 이래 눈을 뜨고 못 봤어요. 뜨고 아무것도, 애기 이래 눕히노만 모르
고도 지내가면서도 밟어도 안 터져요.

[웃음]

우리 아버지가 장대하구만, 크구만, 이런데. 동생들도 마캉(모두) 인지
는(이제는) 다아 더러 죽었부고 인제 내만 남았다. 그래가주고 몇 해 동안
을 앞을 못봐가주고 내가 우리 오빠 있고 내가 둘짼데, 그런데 한, 그때

청춘에 눈을 감았어. 아무치도 안한데, 안 보인데요.

그래가주고 그 질로(길로) 하다하다 못 전디가주고(견뎌서) 절에 가가주고 우리 아버지를 못 나아가주고 옛날에.

저어 우리 할매를 참, 웃대가 쪼매 좀 그대로 그래 사람겉이 살어나놓이,[92] 그래가주골랑 하이 할매가 애기를 못 낳아가주고 그카다가,

그 어떤 친구들이, 친구가 옛날에는 마음도 주만은 그런 할마이를 못 좃잖니껴? 하아 곱운 색시를, 우리 적은 할매가 하나 있어요. 인지 머 오래오래 돼 다 돌아가싰는데. 그래 우리 할매가 얼매나 빌고 그키 그캐도 애기가 안 들어서고 이래가주골랑 그 우리 적은 할매를 모시다가 갖다가 놔놓, 한 일 년 지내이께네 애기가 들어섰어.

그래 우리 아버지를 낳아. 그래 우리 아버지가 저게 머고? 어느 낭기에 (나무에) 칠성에다 막 빌어가주고.

(조사자 : 낳은 아들이구만.)

저어 칠성삼신이라 카미, 우리 아부지 보면 우리 쪼매 클 찍에(적에) 보면 그래 사마귀, 볼따구리한 사마귀가 요래 등에 등골짝에 니리가미, 자로 요래 재봤다 카이. 삼태성이라 카미 고래 있고, 요게서 요리 내려가민서는 칠성별이라 카고 또 고래 고래 있고 요서부터 요머리 카미.

(조사자 : 앞에서는 칠성이고, 뒤에서는 삼태성이고.)

그래도 더러 눈이 그러인꺼네 우야니껴? 머 어데라도 해가주고 낫울 연구지요. 인생이는 사는 거 그게 목적 아이라?

이래가주고 그래 하다하다 저어 옥련사 절 카는 데 저짜 저 어데 있니더, 안평 저어 골 삼춘. 그래 거어 지금은 그 다 허물어졌을 끼라. 우리 아버지 그거 그 독으로(혼자서) 이래 해놓고 그 살았는데. 여덟 달을 거게 있었다 카는데, 인지는 아무 약을 해도 안 되이께네 인제 니 죽거라 카미

---

92) '그런대로 풍족하게 살았다'는 뜻이다.

내삐렸는(내버린) 기라.

머 어에 죽이지는 못하고 그 갖다가 혼채(혼자) 눈 어둡는 사람을 그 산골짝에 아무것도 없이 갖다다 놔놓으만은 그 죽으라고 보냈는 기지 뭐.

그래 있어도 첨머이는(처음에는), 첨머이는 가 있으이께네 머가 오디 다르르르. 이래 문을 문 요만큼한, 기드가고 기나오는, 문은 어데 옳은가 요? 뭘, 발로 가주고 다르르르 이래 기리더라누만.

그래가주고 눈은 어둡고, 아무것도 모르고 문은 요런, 요런 방 요만한 데 앉았어.

"그래 거어 있거라."

아부지가,

"거어 있거라."

그래 여덟 달 있을 동안에 아부지 꼭 지키주더라네요. 호랑이라 캐요.

(조사자 : 호랑이!)

[아주 작은 목소리로]

호랑이라 캐요.

그래가주고 거서도 그래 있다아 손수로 요래 약탕간을 고래 갖다놔 놓고, 밥을 잡숫튼 마든 안 하니꺼. 그래 안 죽으이께네 왔거든.

와가주고 약으로 든데 해도 오만(온갖) 약 다해도 안 돼. 우리 아부지 그 질로, 우리 그 뒤에 집에 도옥동인데 그래 거어서, 우리 위갓집(외갓집) 일가래, 우리 어머이 종질년동 그래 있는데, 장로님인데.

"그래 어예든동 기도해보구로 교회 가자. 고모 교회 가자" 카미,

그래 달기가주고(달래서), 그때 넘에 재넘에 길이 어설픈데, 아주 어설 퍼. 거어 중간에 마을 뒤에 쪼매 올라가면은 폭포가 내려오는 데 있니더. 그 한 두 질(길), 큰 질로도 다 두 질 될 끼래요. 거어 넘어지면 저어 저리 니러 가야 되지 올라가지를 못해요.

양짝 산이 이래 있고 개골인데. 그래 거어 바우 있는데 그래 우예 갔던

동 몰래. 그래 산을 만날 타고 댕기만 그라는데. 우리 할부지는 또 막 안 된다꼬 욕은 얼매나 하노, 옛날 노인이? 우리 할부지가 억시(아주) 완고했 어요.

이래놔놓이, 고만 그 가다 고만,

"예수 믿으면 참 벼락을 맞을라!" 이카미.

꼭 날짜를 따지가 아홉 달 만에 그 등대가 높으이더. 막 기야(기어야) 돼요. 이래 올라가주고 막 쉬는데.

우리 지금 산이 친정산이 거어 있는데 고 산 경계에 거어 가만 거 경계에 너른데(넓은데) 이렇기 널려여. 거어 가 쉬이니까네 우리 아버지가 여 덟 달 지내고 나이께네 아홉달 됐는데, 생전 안 그카던데 거어 양쪽에 모두 소낭기(소나무) 이래 있거든. 손을 올리가주고 맹 눈에 머 껌껌하기(깜깜하기) 땜(때문에) 그랬지, 이카드라만.

그래가주고 우리 어무이는 약했어요. 홀랑홀랑 하이 그런데.

"손은 와 그란데요? 머가 보이니? 머가 보이노?" 이카이,

"캄캄하다." 카더란다.

"머가 껌은 게 어리댄다." 카더란다.

그래 그 질로 눈을 뜨는 질이구만(길이구만).

(조사자 : 그것도 보이니까 캄캄한 줄 알지.)

그래가주고 그 질로 우리 어무이 잠 안 잤니더. 집에 우리 어릴 때 자만 우리 어무이 엎드리 자요.

그래놔놓이, 그래 아버지가 그 질로 낫어가주고 보신제도 많이 쓰고 이 래가주고 우리 클 때 상구(늘) 약(藥) 안 뻤지요(비었지요).93) 가을만 해들 랴 놓으만 저어 단풍잎만 쪼금 노릿해지만 약, 시작해요. 그라만 삼동, 삼 동 그냥 잡숫느마, 하루도 안 비고.

---

93) 약을 떨어지게 하지 않았다는 의미이다.

그래이 열두 적에 한 직에 그래 옛날에 그래 잡숫고 그랬는데. 그래 낫 아가주고 우리들을 마캉 낳아 키우이꺼네 예수 안 믿을 재주가 있어요? 그래가지골랑 그래 그걸 줄금줄금 봐도 하나님 안 섬기고 못 삽니더.

어머니의 피난 경험담

자료코드 : 05_18_MPN_20110507_KYH_CCO_0008
조사장소 : 경상북도 의성군 비안면 쌍계리 마을회관
조사일시 : 2011.5.7
조 사 자 : 천혜숙, 박선미, 김보라, 한지현
제 보 자 : 최춘옥, 여, 85세
구연상황 : 앞의 이야기 '맹인 아버지의 개안'을 끝내고 계속 들려준 이야기이다. 어머니
의 행동을 그대로 흉내를 내면서 실감나게 구연했다.
줄 거 리 : 6·25전쟁 때 피난을 가서 온 가족이 둘러 모여 자고 있었다. 어머니는 항상
바닥에 엎드려 두 손을 모아 기도하는 자세로 선잠을 잤다. 어느 날 누군가
가 오는 소리를 들었지만 자는 척을 했다. 이윽고 인민군이 어머니에게 "누
가 오지 않았냐?"고 물어서, 오지 않았다고 했더니 이불을 도로 덮어주고 떠
났다. 자기를 본 얘기를 절대 하지 말라고 해서, 어머니는 그 이야기를 아무
에게도 하지 않고 돌아가셨다.

피난가서도 우리 어무이가 잠을 옳기(옳게) 안 자다이께네. 뭐어 산에서 뭐어 내리와가주고 묻더라는데, 왔드란데 뭐 직접.

(조사자 : 직접 왔어요?)

총 가지고, 여어 사람 아이고. 저어 기계면에서 그랬단데요.

우리 식구가 많으이더. 거어 나이 열 여섯인강 뭐 이래됐는데, 삼촌네 하고 그날 지역(저녁) 거어서(거기서) 수율날인데 기도를 했다누만은. 그 소리를 듣고 어데서 와가주고 그키 식겁먹었다는데.

그래 우리 어머님 잠을 안 자이께네요, 알았지요. 우리 아버지가 큰아 하고 이래 누벘는데(누웠는데), 나도 누벘는데. 마캉 주욱 누버(누워) 누버

삼촌도 여어 저짝(저쪽) 있는데. 여어 한 밤씩 이불을 요렇게 걷어놓고 지 끼더란데요.

(조사자 : 누군가요? 누군데요?)

거어 간첩들이지.

[바닥에 엎드려서 두 손을 맞잡고 기도하는 모습을 흉내를 내면서]

그래가주고 우리 어머이가 요래가주고 엎드리(엎드려) 기도하거든요. 잠은 안 잤는데, 지녁소리 보이께네 신찮더라느만(시원찮더라느만). 그래 가주고 일나지도 안 하고 자는 척 해야 되지.

(조사자 : 그렇지.)

그래가주고,

"에이고. 다리야." 이카민서 깨는 척 하이께네,

"할무니요, 펀키(편하게) 자지요. 왜 이래 자니꺼?" 카더라누만.

그래가주고,

"에유. 내가 뭐 어예(어떻게) 잤는동 모린다."

이카골랑 그래 일나이,

"그 여어 누가 왔다?" 묻더라누만.

짰기땀(짰기 때문에)94) 그카제요.

왔다? 카더라느만.

"아무도 온 사람 없고, 아무도 온 사람도 없다." 그래.

그랬는데 그래,

"올라 캤는데." 카두만,

"안 왔다." 카이,

그냥 이래 다부(도로) 이불을 덮어놓고,

"그래 여어 절대로 날 봤다 소리 하지 마라." 카더란다.

---

94) '짰기 때문에'로, 미리 약속했기 때문이란 뜻이다.

안 하고 돌아가셨지 뭐.

[웃음]

짐승보다 무서운 게 사람

자료코드 : 05_18_MPN_20110507_CHS_CCO_0009
조사장소 : 경상북도 의성군 비안면 쌍계리 마을회관
조사일시 : 2011.5.7
조 사 자 : 천혜숙, 박선미, 김보라, 한지현
제 보 자 : 최춘옥, 여, 85세
구연상황 : 앞의 이야기 '어머니의 피난경험담'을 끝내고, 친정어머니가 죽었다가 다시
깨어난 이야기를 이어 나갔다. "참 별 걸 다 할따."라고 말하며 각박한 세상
을 탓했다. 이어 이렇게 이야기를 해도 "사람이 무섭지, 짐승은 무섭지 않다."
면서 구연을 계속했다.
줄 거 리 : 나무를 하러 가서 간혹 짐승을 만나곤 했는데, 마주 서서 똑바로 쳐다보면 그
짐승도 꼼짝 않고 서 있었다. 그러다 내 눈이 돌아가면 짐승이 달아났다. 그런
일은 잘 겪지만, 사람을 만나면 무섭다. 한번은 바람이 불고 눈발도 듣는 궂은
날이었는데 나무를 하러 갔다가 다리를 질질 끌면서 오는 사람을 만났다. 무
서워서 그만 되돌아왔다. 나는 사람은 무서워도 짐승은 하나도 안 무섭다.

딴 거 이래 댕기도요 짐승은 하나도 안 무서우니더.

(조사자 : 응. 사람이?)

짐승으는 이래 마주 이래, 들에 가면 주장(늘) 혼채(혼자) 한가할 때 가
거든요. 정슴(점심) 먹으면은 정슴 내주고 정심 먹으면은 들고 때리거든요
(들로 달려나가거든요.) 쉬이 딴 사람들 다아 일도 안○○. 그저 가만, 그
것도 그저 가마 하지만, 소뿔(소풀) 한 짐 해놓고 가만, 눈 대중 마주 서
도 안 대드더만(대들더구만).

내가 이래 낫을 줬거든요. 항상 내가 가면은 들에 가면은 날을 삭삭 갈
아가지고 그래가주고 가누만.

[옷 안쪽을 매만지며]

여어 옷 매달고, 매고 딴 사람은 모르지. 여기 옷 속에 요거따가(여기다가) 낫을 찼거든요, 만날.

옇어가주고 이래 가만, 마주 한 놈이 나오두만은 노로로로 한 기(게) 불개 겉은 기 나오두만. 머지도 안 해요, 등너메 가서 만났는데. 마주 서이 그거 발자취 안 띠느매. 사람 눈이 어예 눈알이 달라주이 돌러가야 저기 내빼지, 안 내빼누마.

(조사자 : 마주 쳐다보고 그냥 서 있어요?)

야, 야. 마, 눈만 깜짝거만, 눈만 요래 돌리만 고만 어데로 갔붔는도 몰라. 그런 거는 잘 겪어도(겪어도), 사람은 만내이 무섭어 몬(못) 살따, 모르시더.

사람을 그냥, 그날 눈이 막 억시(매우) 바람이 불고 막 이랬는데, 눈발이 굵은 기 막 뜯는데(듣는데)[95] 낭글(나무를) 하러 가이께네, 그 간첩이, 처졌던 사람이 못 가가주고 중간에 어데 쳐졌던 사람인가 봐. 다리를 질질 끌면서 내가, 저 먼 데 무인지경이래.

'무서버 모할따.'

집에 왔붔지 머. 자기도 질(길) 모르이꺼네 그 산골에 와가주고 질 모르이꺼네 무서버 안 돼두만.

그래 내가 사람으는 무서버도 짐승은 안 무섭다 카지.

[웃음]

---

95) '듣는데'로 눈발이 막 날리기 시작한다는 뜻이다.

상여 소리 (2)

자료코드 : 05_18_FOS_20110522_KYH_KSH_0001
조사장소 : 경상북도 의성군 비안면 옥연 1리 119번지 김삼화 씨 자택 앞
조사일시 : 2011.5.22
조 사 자 : 천혜숙, 김영희, 이선호, 백민정, 한지현, 차정경
제 보 자 : 김삼화, 남, 69세
구연상황 : 옥연 1리에 도착해서 우연히 마을의 동장 김삼화 제보자를 만났다. 조사취지
를 설명하고 마을 내 이야기를 잘하는 사람에 대해 물었더니 김삼화 제보자
는 입담 좋은 할머니 한 분을 추천해 주었다. 이어서 마을에 대해 묻자, 노인
회장이 있는 곳으로 조사자들을 안내했다. 이야기를 나누던 중에 노인회장이
김삼화 제보자더러 '앞소리 전문가'라며 소리를 권했다. 조사자들이 소리를
요청했을 때에는 잘 하지 못 한다며 사양하던 제보자가 노인회장이 권하자
상여 소리를 하기 시작했다. 할 것은 많지만 그만하자고 도중에 중단했다.

너어화 너어화
너허이 너허호
우리군장 들어이보소
너허이이 너허호
손맞추고 발맞춰서
너허이이 너어호오
먼데사람 듣기좋게
너허이이 너어호오
젙에사람도 보기좋게
너허이이 너어호오

이것도 잘 안 하이 안 된다 그제.

(조사자 : 더, 더해 주세요.)

이제가면은 언제오나

너허이이 너어허어

내년생년삼월 봄이오면

너허이이 너어호

너어화 너어화

너호오이 너어호

상주님네야 들어봐라

너허이이 너어호

내가너를 기를적에이

너허이이 너어호

진자리는 내가눕고

너허이이 너어호

마른자리 너를눕혀

너허이이 너어호

음식이 생기면은

너허이이 너어호

나쁜것은 내가먹고

너허이이 너어허

좋은것은 너를먹여

너허이이 너어허

바람앞에 등불처럼

너허이이 너어허

고이고이 길렀건만

너허이이 너어호

오늘날로 하직하면

너허이이 너어허

이제가면은 언제오나

너허이이 너어호

언제언제 다시오나

너허이이 너어허

명사십리 해당화야

너허이이 너어허

꽃진다고 서러마래이

너허이이 너어허

명년삼월 봄이오면

너허이이 너어호

꽃이피고 잎이필때

너허이이 너어호

그때다시 만나보자

너허이이 너어호

덜구 소리 (2)

자료코드 : 05_18_FOS_20110522_KYH_KSH_0002
조사장소 : 경상북도 의성군 비안면 옥연 1리 119번지 김삼화 씨 자택 앞
조사일시 : 2011.5.22
조 사 자 : 천혜숙, 김영희, 이선호, 백민정, 한지현, 차정경
제 보 자 : 김삼화, 남, 69세
구연상황 : '상여 소리'를 마친 제보자에게 조사자가 "'덜구 소리'는 어떻게 하는 것입니
까?"라고 묻자, 제보자는 '덜구 소리'를 가창하기 시작했다. 류해홍 씨 외에
마을의 선소리꾼으로 활동하고 있는 김삼화 제보자는 상이 났을 때 외부에서

선소리꾼을 불러오면 돈이 많이 들기 때문에 자신이 앞소리를 배워서 해왔다고 했다. 그가 막상 '덜구 소리'를 하려고 하자, 오랜 기간 동안 하지 않은 탓인지 사설이 기억이 나질 않는 모양이었다. 여러 차례 노랫말이나 후렴을 떠올리다가 마침내 '덜구 소리'의 사설을 기억해 냈다.

어허이 덜구여이
앞산을 내다보니
너허이이 너호

아이, 맨 첨에 뒷산을 쳐다 보자.

뒷산을 쳐다보니
너허이 덜구여이
분필봉이 아[96)]

노적봉이 솟아있고
너허이이 너허오
앞산을 내다보니
어허이 덜구여
분필봉이(문필봉이) 분명하대이
어허이이 덜구야
어데지사가 잡았는지
어허이이 덜구여이
경북지사가 잡았는지
어허이이 덜구여이
좌청룡 우백호에
어허이이 덜구여이

---

96) 잘못해서 다시 하느라 낸 소리다.

이명당에 모셨으니

어허이이 덜구여이

국회의원도 날터이고

어허이이 덜구야

대통령도 날터일세

어허이이 덜구야

택호 노래

자료코드 : 05_18_FOS_20110522_KYH_KSH_0003

조사장소 : 경상북도 의성군 비안면 옥연 1리 119번지 김삼화 씨 자택 앞

조사일시 : 2011.5.22

조 사 자 : 천혜숙, 김영희, 이선호, 백민정, 권희주, 차정경

제 보 자 : 김삼화, 남, 69세

구연상황 : 조사자가 김삼화 제보자에게 '모심기 소리'를 요청했으나, 할 줄 모른다고 했다. 그러더니 옛날에 이런 노래가 있었다며 '택호 노래'를 가창하기 시작했다. 시집온 여성들의 택호 뒤에 그 여성을 상징하는 '꽃'을 붙여 부르는 노래로 주로 여자들이 많이 불렀던 노래라는 설명을 덧붙여 주었다.

옛날에 이카더라 뭐. 옛날에 누가 이카더라.

오골조골 대추꽃은

뭐 우감띡이(우감댁의) 꽃이로다

그꽃진다 서러마라

추절들고 단풍들면

어화단풍 다야든대이

이 노래 맹 똑같애요, 고거는.

(조사자 : 그거는 무슨 노래예요, 어르신?)

이거는 인제 마을에 인제 뭐 택호 지이가주고(지어서), 인제 마을에, 마을에 그 가정에 택호를 지가주고, 어데서 왔는 사람 어데서 왔다고 고걸 지이가주고 그걸 이제 그 사람 명칭을 따가주 인제 불렀는 노래라.

이제 뭐 또 자주 댕기는(다니는) 뭐 저저 뭐 자주 댕기는 사람은,

"이산 저산 칠기꽃은 누가꽃이고(누구꽃이고)."

그래 인제 택호 이름을 따가주고 고래 불렀는 노래라. 이것도 옛날 노래라 옛날.

상여 소리 (3)

자료코드 : 05_18_FOS_20110522_KYH_KSH_0004
조사장소 : 경상북도 의성군 비안면 옥연 1리 119번지 김삼화 씨 자택 앞
조사일시 : 2011.5.22
조 사 자 : 천혜숙, 김영희, 이선호, 백민정, 한지현, 차정경
제 보 자 : 김삼화, 남, 69세
구연상황 : 제보자에게 가파른 길을 오를 때 부르는 상여 소리에 대해서 물었다. 부인이 있어서 조심스러웠던지 제보자는 조사자들을 밖으로 안내하고서는 먼저 구연의 지명 유래에 관한 이야기를 들려준 후에 이 상여 소리를 불렀다.

우리군장 들어보소
너허이이 너허어화

앞에 아.

뒤에서는 밀어주오
너허이 너허어호
앞에서는 당겨주고
너허이 너허어호

상주님네야 들어봐라

너허이 너허어호

고국태산을 넘자하니

너허이 너허어호

숨이차서 못넘겠대이

너허이 너허어호

밭상주야(바깥상주야) 들어봐라

너허이 너허어호

고국태산을 넘자하니

너허이 너허어호

너의힘이 필요하대이

너허이 너허어호

맏상주가 여기왔대이

너허이 너허어호

우리상주가 노잣돈준대이

너허이 너허어호

우리군장 들어봐라

너허이 너허어호

높은데는 낮게미고(낮게메고)

너허이 너허어호

낮은데는 높게미고

너허이 너허어호

조심조심 운송합시대이

너허이 너허어호

이래 인제 나가지요 뭐.

생금생금 생가락지

자료코드 : 05_18_FOS_20110507_KYH_BGN_0001

조사장소 : 경상북도 의성군 비안면 옥연 1리 233번지 박경남 씨 자택

조사일시 : 2011.5.7

조 사 자 : 천혜숙, 김영희, 민윤숙, 이선호, 백민정, 권희주, 차정경

제 보 자 : 박경남, 여, 82세

구연상황 : 옥연 1리에 도착하여 알려진 이야기꾼이나 소리꾼이 있는지 수소문했다. 밭일을 하고 있던 한 남자 어르신이 대문 앞에 있는 박경남 제보자를 가리키며, 국보급 소리꾼이라 하였다. 길에서 만난 김달순 씨와 함께 박경남 제보자 댁으로 갔다. 이 댁은 마을 할머니들의 '마실가기' 공간이다. 박경남 제보자는 조사자들을 반갑게 맞이하며 방으로 안내했다. 각자 소개를 하고 조사취지를 설명한 후, 박경남 제보자에게 '생금생금 생가락지' 노래에 대해 물었더니 바로 구연했다.

생금생금 생가락지

호작질로 닦어내어

먼데보니 달일레라

옆에(곁에)보니 처널레라

첫처녀야 자는 방에

말소리도 둘일레라

숨소리도 둘일레라

불소리도 둘일레라

[말로]

그라고 그카는 기지, 뭐.

오동토동 옥비녀야

자료코드 : 05_18_FOS_20110507_KYH_BGN_0002

조사장소: 경상북도 의성군 비안면 옥연 1리 233번지 박경남 씨 자택

조사일시: 2011.5.7

조 사 자: 천혜숙, 김영희, 민윤숙, 이선호, 백민정, 권희주, 차정경

제 보 자: 박경남, 여, 82세

구연상황: 계속해서 "우리들 쪼맨할 적에는"이라며 운을 띄우고선 이 노래를 불렀다. 쑥스러웠는지 도중에 웃음을 보이기도 했다. 어릴 때 불렀다고 했다. 사설이 특이한 노래이다.

오동토동 옥비네야(옥비녀야)

○○천에 주름잡어

입고입고 탈차입고(떨쳐입고)

매물간에 들어서니

오매소식 간곳없네

[쑥스러운 듯이 웃음]

아가아가 시영아가

우리오매 어데가도(어디가든가)

이일천국 배를타고

시일천국 놀러가데

그거 뭐 그런 노래했다.

[웃음]

달아달아 밝은달아

자료코드: 05_18_FOS_20110507_KYH_BGN_0003

조사장소: 경상북도 의성군 비안면 옥연 1리 233번지 박경남 씨 자택

조사일시 : 2011.5.7
조 사 자 : 천혜숙, 김영희, 민윤숙, 이선호, 백민정, 권희주, 차정경
제 보 자 : 박경남, 여, 82세
구연상황 : '오동토동 옥비녀야'가 끝난 후 박경남 씨는 김달순 씨에게 한 마디 해보라며
         노래를 권하였다. 갑작스러운 질문에 김달순 씨는 가사가 선뜻 기억나지 않는
         듯했다. '베틀 노래'를 청했더니 알고 있다면서도 숨이 찬다고 했다. 그러다
         '초가삼간 노래'를 해보겠다고 시작했다. 역시 클 때 배운 노래라고 했다.

달아달아 밝은달아

이태백이 노던달아

저기저기 저달속에

계수나무 박혔으니

금도끼로 찍어내고

옥도끼로 따듬어서

초가삼칸 집을지어

양친부모 모시다가

천년만년 살고지라

천년만년 살고지라

다리헤기 노래 (1)

자료코드 : 05_18_FOS_20110507_KYH_BGN_0004
조사장소 : 경상북도 의성군 비안면 옥연 1리 233번지 박경남 씨 자택
조사일시 : 2011.5.7
조 사 자 : 천혜숙, 김영희, 민윤숙, 이선호, 백민정, 한지현, 차정경
제 보 자 : 박경남, 여, 82세
구연상황 : '달아달아 밝은달아'가 끝난 후 일본 노래를 부르기도 하고, 생애사 및 마을
         에 관한 이야기를 나누기도 했다. 그러던 도중 '베틀 노래'를 불러서 책에 실
         린 적도 있다고 하였다. 불러달라고 청했더니, "가지가지 아니까 생각해서 부

르면 되지만 길어서 다 못할 것"이라며 주저했다. 대신 시댁인 밀양 손씨 문중에서 전해지는 '효부열녀가'를 외워주었다. 그리고도 이십여 분 간 잡담이 오갔다. 옛날 노래를 더 듣고 싶어 한 조사자가 '이거리 저거리 각거리'를 아는지 물었다. 박경남 제보자는 자신감에 찬 어투로 "그건 내가 잘하지."라며 경상도, 전라도, 충청도 것이 각각 다르다고 설명했다. 그걸 어떻게 다 알게 되었는지 스스로도 모르겠다며 각편들을 차례대로 불러주었다.

한나빤나 구리쪽발
천지쳴꼭 길랑날랑
저문자자 희얼나발
삼천찍개 우룽주룽
불러들이 똥에땡꽁

이카고.

다리혜기 노래 (2)

자료코드 : 05_18_FOS_20110507_KYH_BGN_0005
조사장소 : 경상북도 의성군 비안면 옥연 1리 233번지 박경남 씨 자택
조사일시 : 2011.5.7
조 사 자 : 천혜숙, 김영희, 민윤숙, 이선호, 백민정, 한지현, 차정경
제 보 자 : 박경남, 여, 82세
구연상황 : '다리혜기 노래 (1)'에 이어서 바로 불렀다.

하나이께 두나이께
삼신 나그네
은다지 꽃다지
바람에 쥐새끼
팔자장고 고대뽕

그는(그러는) 것도 있고.

[웃음]

다리혜기 노래 (3)

자료코드 : 05_18_FOS_20110507_KYH_BGN_0006
조사장소 : 경상북도 의성군 비안면 옥연 1리 233번지 박경남 씨 자택
조사일시 : 2011.5.7
조 사 자 : 천혜숙, 김영희, 민윤숙, 이선호, 백민정, 권희주, 차정경
제 보 자 : 박경남, 여, 82세
구연상황 : '다리혜기 노래 (2)'가 끝나자 조사자는 또 다른 것을 불러주길 청하였다. 그
러자 바로 이 가사를 읊었다. 제목을 물었더니, 역시 다른 '이거리 저거리 각
거리'라며, 어린 시절 '발 치우는 놀이'를 하며 불렀다고 했다.

에용 대용

진대 모대

이방 갑사

수루매 짱

뽕 눈 책

그기도(그러기도) 하고.

다리혜기 노래 (4)

자료코드 : 05_18_FOS_20110507_KYH_BGN_0007
조사장소 : 경상북도 의성군 비안면 옥연 1리 233번지 박경남 씨 자택
조사일시 : 2011.5.7
조 사 자 : 천혜숙, 김영희, 민윤숙, 이선호, 백민정, 권희주, 차정경
제 보 자 : 박경남, 여, 82세

구연상황 : 제보자는 '다리헤기 노래 (3)'이 끝나자 '다리헤기 노래 (1)'과 '다리헤기 노래
(2)'를 한 번 더 가창하였다. 그리고 이어서 '다리헤기 노래 (4)'를 불렀다. 가
창 도중에 가사가 잘 기억나지 않아 주춤하기도 했으나 끝까지 불러주었다.
노래가 끝난 후, 시연을 보여주기도 했다.

이거리 저거리 각거리
천도만도 도만도
문고리 열고닫고
스미받고 고,

[기억이 잘 나지 않는 듯이]
고받고 그는동 모를따.
[재개하여]

고받고
조리짐치(김치) 장두칼

[말로]
카는 것도 있고.
그제요? 그 여러 가지라.

시집살이 노래

자료코드 : 05_18_FOS_20110507_KYH_BGN_0008
조사장소 : 경상북도 의성군 비안면 옥연 1리 233번지 박경남 씨 자택
조사일시 : 2011.5.7
조 사 자 : 천혜숙, 김영희, 민윤숙, 이선호, 백민정, 권희주, 차정경
제 보 자 : 박경남, 여, 82세
구연상황 : 구연의 분위기가 무르익었다. 제보자에게 '이선달네 맏딸애기'를 아시는가
물었더니, 안다면서도 역시 다 기억해낼까 우려가 되는지 부르지는 않았다.

대신 박경남 제보자는 가사 '우민가'를 낭송했다. 이에 '시집살이 노래'를 불렀는가 물어보니, 기억이 난 듯 자청해서 이 노래를 시작했다. 끝난 뒤 사설을 한 번 더 읊어 주기도 했는데 이때는 한 행이 더 추가되었다. 이것도 클 때 배우고 불렀던 노래라고 했다. 이어서는 자연스럽게 그들의 시집살이 경험이 화제가 되었다.

저 또 내 또 시집살이 노래 하나 할게.

(조사자 : 좋아요.)

> 형님형님 사촌형님
> 시집살이 어떻던고
> 에고야야 말도마라
> 울도담도 없는집에
> 꺼적대기 문단집에
> 바람불어 거친집에
> 도리도리 도리판에
> 수절(수저)놓기 어렵더라

[말로]

그는 거.

히이(형아), 사촌히이 시집가가주고요, 그래 인제.

[가사만 읊는다.]

> 형님형님 사촌형님
> 시집살이 어떻던고
> 에고야야 말도마라
> 울도담도 없는집에
> 꺼적대기 문단집에
> 바람불어 거친집에

눈비와서 썩은집에

도리도리 도리판에

수절놓기 어렵더라

그는(그러는) 거.

베틀 노래

자료코드 : 05_18_FOS_20110507_KYH_BGN_0009

조사장소 : 경상북도 의성군 비안면 옥연 1리 233번지 박경남 씨 자택

조사일시 : 2011.5.7

조 사 자 : 천혜숙, 김영희, 민윤숙, 이선호, 백민정, 권희주, 차정경

제 보 자 : 박경남, 여, 82세

구연상황 : 박경남 씨는 평소에 좋은 말들을 외우는 것을 좋아한다며, 자신이 외어 온 시
몇 편을 읊어 보였다. 절에 붙어 있는 법문이나 식당에 붙어 있는 좋은 시 구
절들도 왼다고 했다. 조사자가 아까부터 듣고 싶었던 '베틀 노래'를 다시 청했
다. 안 되면 한 소절만이라도 불러보시라 권했더니, 되는 대로 해 주겠다며
부르기 시작했다.

일궁에 노던선녀

할일이 전혀없어

삼강을 숙여쓰고

용심자용 올라가서

[기억이 나지 않는지 8초가량 구연을 중단했다.]

뭐 카니라? 그 참말로 쪼매 잊었봤다.

(청중 : 혼자 있으면 알아도.)

좌우, 좌우산천 둘러다보니

비었도다 비었도다

옥란강이 비었도다

노세노세 비틀노세(베틀놓세)

옥란강에 비틀노세

앞집에 도대목아

뒷집에 김대목아

대짜굴랑 둘러매고

대톱을랑 옆에찌고(옆에끼고)

용심자용 올라가서

하늘우에 저달속에

계수나무 박혔으니

금도끼로 찍어내고

옥도끼로 따듬어서

잦은나무 굽따듬고

굽은나무 잿다듬어

비틀한쌍 묶었도다(묶었도다)

노세노세 비틀노세

옥란강에 비틀노세

아이 보자. 그카, 보자. 또 쪼매꿈 홍친다[97].

비틀한쌍 묶었도다

비틀구무 몇구문고(몇구멍인고)

삼삼은 아홉구무

비틀다리 사형제라

---

97) '기억이 나지 않는다'는 뜻으로 말한 것이다.

앞다릴랑 돋아놓고
뒷다릴랑 낮차놓고
비틀

[4초가량 가사를 생각하느라 중단되었다.]

가르새라 지른양은
우리나라 육질레라
앉힐개라 앉는양은
우리나라 금생님이(금상님이)
용심자용 하신듯다
부태라꼬 두른양은
남해남산 쌍무지개
매, 북현으로 두른듯다
물잘치는 저질개는
강태공의 곧은각시
우수강에 던져놓고
요리조리 낚은듯다

[기침을 두 번 하고 나서]

북이라꼬 노는양은
서울이라 옥다락에

옥다락에.

백비들케(백비둘기) 알을놓고
알찾으로 나는듯다

캉캉치는 저바대집

하늘우에 옥황상제

서창문을 반만열고

장기바닥 두는듯다

닐라림대(눌르름대) 호불애비

잉엣대라 삼형제는

관우장비 육현대에

차례차례 앉는듯다

그카고 뭐로, 또.

용두마리 우는양은

만첩산중 깊은곳에

청룡황룡 짝을잃고

알찾으로 나는듯다

고거 뭐라 카는데 또 뭔동 모르겠다.

상여 소리 (4)

자료코드 : 05_18_FOS_20110522_KYH_BSD_0001
조사장소 : 경상북도 의성군 비안면 쌍계리 마을회관
조사일시 : 2011.5.22
조 사 자 : 천혜숙, 박선미, 이선호, 백민정, 한지현, 차정경
제 보 자 : 배선두, 남, 89세
구연상황 : 술을 사들고 쌍계리 마을회관의 할아버지 방으로 들어섰다. 지난 1차 조사 때
뵙지 못한 낯선 분도 있어서 조사취지를 다시 말씀드렸다. 박재관 씨가 마을
의 몇 분에게 일일이 전화를 걸어주어서 노래판이 만들어졌다. 먼저 '지신밟
기 소리'에 대해 물었더니 청중들이 모두 배선두 제보자가 잘한다면서 구연하

기를 권하였다. 기존의 '지신밟기 노래'와는 조금 달랐다. 노래를 끝낸 배선두 제보자에게 무슨 노랜가 물었더니, '저승가는 노래'라고 대답했다. '상여 소리' 사설을 '창부타령' 가락에 얹어 부른 것이다.

어허허 불러보자
불러보자 불러보세
청산리 백계수아(벽계수야)
쉬이감을 자랑마라
일파창해 다시오기가
하도어렵고 난○○○
우리청춘 한번가면
오실날짜 언제런가
가는날짜난 오날인데(오늘인데)
오는날짜는 언제런가
물어보자 물어보자
저건너 저산천
황소한마리 끌거들랑
백화창화가 될려는가
물어보자 물어보자
앞집걸에(거랑에) 수양버들이
머리에닿거든 오시려나

(청중 : 잘한다!)

○○○솥에 ○○○ ○○○
백발이되거든 오시려나
○○○○○ 삶은개가
꿩꿩짓거든 오시려나

(청중 : 어허!)

신작로복판에 ○○○○돌이
바위가되거든 오시려나

(청중 : 어허!)

타작 소리

자료코드 : 05_18_FOS_20110522_KYH_BSD_0002
조사장소 : 경상북도 의성군 비안면 쌍계리 마을회관
조사일시 : 2011.5.22
조 사 자 : 천혜숙, 박선미, 이선호, 백민정, 한지현, 차정경
제 보 자 : 배선두, 남, 89세
구연상황 : 조사자들과 제보자가 트로트를 번갈아 부른 뒤, '도리깨 소리'에 대해 물었
다. 잠시 머뭇거리는 듯하다가 제보자가 가창해 주었다.

오옹헤야
여게(여기) 때리자
일로치면은 버리가(보리가) 밀고
저리치면 밀이가진다
옹헤야

(조사자 : '밀이가 진다' 그래요?)
그거 저저 타작할 적에 하는 소리라.
(조사자 : 네. '밀이가 진다'고요? 가사가 어떻게 되는 거예요?)
가사가?
(조사자 : 네.)
우로 치만 보리가 떨어지고, 좌로 치만 밀이 떨어진다고.

칭칭이 소리

자료코드 : 05_18_FOS_20110522_KYH_BSD_0003
조사장소 : 경상북도 의성군 비안면 쌍계리 마을회관
조사일시 : 2011.5.22
조 사 자 : 천혜숙, 박선미, 이선호, 백민정, 한지현, 차정경
제 보 자 : 배선두, 남, 89세
구연상황 : '타작 소리'가 끝난 후, '어사용'에 대해 물어 보았다. 배선두 제보자가 그 소
리를 아는 듯하였으나, 이내 생각이 나지 않는다고 하였다. 다음으로 '풀 베
는 소리'에 대해서 물었으나, 이것 역시 잘 모르는 듯했다. 조사자가 '칭칭이
소리'를 기억하냐고 묻자, "그거 모르는 사람이 어디 있나?"며 바로 가창해주
었다.

    치야칭칭 나네

    노자노자 젊어노자

    치야칭칭 나네

    늙어지면 못노나니

    치야칭칭 나네

    백구야훨훨 날지마라

    치야칭칭 나네

    너를잡을 내아니다

    치야칭칭 나네

    상산이[98] 바라섰네

    치야칭칭 나네

    너를쫓아 내가왔지

    치야칭칭 나네

    인지가면 언제올라꼬

    치야칭칭 나네

---

98) '쌍쌍이'인 듯하나 확실치 않다.

너만홀로 떠나가나
치야칭칭 나네
가지마라 가지마라
치야칭칭 나네
나를두고 가지마라
치야칭칭 나네
오늘이별이 영이별이면
치야칭칭 나네
어느하시에 다시보나
치야칭칭 나네
무정세월아 가지마라
치야칭칭 나네
아까운청춘 다늙는다
치야칭칭 나네
살다가 떠날때는
치야칭칭 나네
나는죽어 무엇이되면
치야칭칭 나네
너는죽어 무엇되나
치야칭칭 나네
나는죽어 꽃이되고
치야칭칭 나네
너는죽어 나비되어
치야 칭칭나네
범나비가 펄펄날어
치야칭칭 나네

○○○○ 머리우에

치야칭칭 나네

너울너울 춤을 추자

치야 칭칭나네

집터 다지는 소리

자료코드 : 05_18_FOS_20110522_KYH_BSD_0004
조사장소 : 경상북도 의성군 비안면 쌍계리 마을회관
조사일시 : 2011.5.22
조 사 자 : 천혜숙, 박선미, 이선호, 백민정, 한지현, 차정경
제 보 자 : 배선두, 남, 89세
구연상황 : '칭칭이 소리'를 부르는 동안 옆방에 계시던 할머니들이 할아버지 방으로 왔
다. 할머니들에게 '베틀 노래'를 권해 보았다. 조금 기억하는 듯하였으나 결국
부르지 못했다. 배선두 제보자도 '베틀 노래'의 앞 소절을 부르다가 역시 기억
이 나지 않는다며 중단하였다. 이어서 박재관 씨가 상여 소리를 부르다 말았
다. 그러던 도중 조사자가 혹시 '망깨 소리'를 들어 본 적이 있는지 물었다.
청중들은 망깨 소리가 '집터 다지는 소리'라고 하면서 배선두 제보자를 부추
겼다. 배선두 제보자가 앞소리를 메기고 나머지 청중이 후렴을 받았다. 아주
신명나게 불렀고 모두 흥겨워했다.

어허 덜기여어

천근망깨이 공중에놀고

어허 덜기여어

수중고혼 백발이되면

어허 덜기여어

이내땅을 잘때리서(때려서)

어허 덜기여어

지아보자 지어보자

어허 덜기여어

천년집을 지어보자

어허 덜기여어

만년집을 지어보자

어허 덜기여어

때는좋은 춘삼월에

어허 덜기여어

잎도피고 꽃도피고

어허 덜기여어

만발하는 이때건만은

어허 덜기여어

때리기는 볼때리고

어허 덜기여어

너도살고 나도살지

어허 덜기여어

어느재목을 지어보나

어허 덜기여어

경상도 안동땅에

어허 덜기여어

제비원에 솔씨받어

어허 덜기여어

서평대평에 던졌더니

어허 덜기여어

그솔이점점 자러나서

어허 덜기여어

대부돈이 되었도다

어허 덜기여어

황장목이 되었구나

어허 덜기여어

그재목을 갈어낼제

어허 덜기여어

앞집에 김대목아

어허 덜기여어

뒷집에 박대목아

어허 덜기여어

버들유자(柳) 유대목은

어허 덜기여어

옥도끼를 갈우차고

어허 덜기여어

뒷집에 정대목은

어허 덜기여어

은도끼를 갈이차고

어허 덜기여어

그 재목을 내려다가

어허 덜기여어

화분99) 나무는 잿다듬고

어허 덜기여어

곱운(곱은) 나무는 옥다듬어

(청중 : 에헤.)

---

99) '곧은'의 의미로 말한 듯한데 분명치 않다.

어허 덜기여어

지어보자 지어보자

어허 덜기여어

와갓집을(瓦家집을) 지어보자

어허 덜기여어

(청중 : 다 지이간다.)

툇마루는 바디걸고

어허 덜기여어

사까리는(서까래는) 이리걸어

어허 덜기여어

와갓집을 지어놓고

어허 덜기여어

사모에다 펑경달어(풍경달어)

어허 덜기여어

바람이부나 안부나

어허 덜기여어

띠딩떵떵 소리나니

어허 덜기여어

아들을노니(낳으니) 팔형제요

어허 덜기여어

딸도노니(낳으니) 팔형제

어허 덜기여어

모두합하여 열여섯

어허 덜기여어

맏아들은 정승되고

어허 덜기여어

맏딸내미는 대사되고

어허 덜기여어

둘째아들은 판사되니

어허 덜기여어

부귀광명 영화보고

어허 덜기여어

이집안에 가득하다

어허 덜기여어

어허 덜기여어

[모두 웃으며 박수를 침]

상여 소리 (1)

자료코드 : 05_18_FOS_20110507_KYH_STI_0001
조사장소 : 경상북도 의성군 비안면 쌍계리 마을회관
조사일시 : 2011.5.7
조 사 자 : 천혜숙, 박선미, 김보라, 한지현
제 보 자 : 손태인, 남, 85세
구연상황 : 조사자들이 쌍계리 마을회관에 도착했을 때, 남자 방에는 네 분이 담소 중이
었다. 마침 마을에서 이름난 선소리꾼 손태인 제보자가 있었다. 방문 목적과
조사취지를 말씀드리고 손태인 제보자에게 상여 소리를 부탁했다. 손태인 제
보자는 뒷소리 할 사람이 없을 뿐 아니라 신명이 나지 않는다는 이유로 사양
했다. 주위 분들과 조사자들이 뒷소리를 하겠다며 계속 권유했다. 그러자 손
태인 제보자는 먼저 상여 소리에 대해 설명하다가, 못이기는 척하며 앞소리를
매겼다. 제보자는 뒷소리가 끝나는 지점에서 늘 '으이', '에이'로 앞소리 사설
을 시작했다. 제보자 외에 그 방에 있던 사람들 모두가 뒷소리를 받았다. 조

사 시작 전 이미 마셨던 술로 인해 소리가 자꾸 늘어졌다.

너화 넘차 너호호오이
너화 너화 너화 넘차 너호호오
간대 간대이 나는 간대이
너화 넘차 너호호오이
너화 너화

(청중 : 잘한다.)

너화넘차 너호호오
북망산천이 어디에
너화넘차 너호호오이

뒷소리 시게야(시켜야) 되지.

너화 너화
너화넘차 너호호오
님아님아 우리님에이
너화넘차 너호호오이
너화 너화
너화넘차 너호호오
하늘같이 믿던님이
너화넘차 너호호오이
너화 너화
너화넘차 너호호오
어이갈꼬 어이갈꼬
너화넘차 너호호오이

너화 너화
너화넘차 너호호오
님에님에 우리님을
너화넘차 너호호오이
너화 너화

(청중 : 소리해라.)

너화넘차 너호호오이
어이갈꼬 어이갈꼬
너화넘차 너호호오이
너화 너화
너화넘차 너호호오이
가지마오 가지마오
너화넘차 너호호오이
너화 너화
너화넘차 너호호오이
나를두고 어디가오
너화넘차 너호호오이
너화 너화
너화넘차 너호호오이
어와세상 청춘들애이
너화넘차 너호호오이
너화 너화
너화넘차 너호호오이
백발보고 웃지마오

너화넘차 너호호오이
　　　너화 너화

(청중 : 소리해.)

　　　너화넘차 너호호오이
　　　바람강풍 불지마래이
　　　너화넘차 너호호오이
　　　너화 너화
　　　너화넘차 너호호오이
　　　송풍낙엽 떨어진대이
　　　너화넘차 너호호오이
　　　너화 너화
　　　너화넘차 너호호오이

(청중 : 소리해라, 이 사람아.)

　　　명사십리 해당화애이

(청중 : 소리해.)

　　　너화넘차 너호호오이
　　　너화 너화
　　　너화넘차 너호호오이
　　　꽃진다고 서러마래이
　　　너화넘차 너호호오이
　　　너화 너화
　　　너화넘차 너호호오이

우리인생 죽어지면
너화넘차 너호호오이
너화 너화
너화넘차 너호호오이
만수장이 ○○구나
너화넘차 너호호오이
너화 너화
너화넘차 너호호오이
만첩청산 썩들어가
너화넘차 너호호오이
너화 너화
너화넘차 너호호오이
잔디풀 희망삼고[100]
너화넘차 너호호오이
너화 너화
너화넘차 너호호오이
두견접동 벗을삼아
너화넘차 너호호오이
너화 너화
너화넘차 너호호오이
우리인생 사는경로
너화넘차 너호호오이
너화 너화
너화넘차 너호호오이

---

100) 채록이 정확하지 않다.

허무하고 가련하대이
너화넘차 너호호오이
너화 너화

(청중 : 와(왜) 소리 안 하노.)

너화넘차 너호호오이

(청중 : 내 소리 얼매나(얼마나) 하는데.)
[한 청중이 소리를 시작하여 잠깐 동안 채록 불가하다.]

내 앞에 마이크를 대줘야 하지.

상례에[101] 있던미색
너화넘차 너호호오이
너화 너화
너화넘차 너호호오이

(청중 : 이거 인제 고마하자.)

○○버들 자랑마소
너화넘차 너호호오이
너화 너화
너화넘차 너호호오이
서산에야 지는해는
너화넘차 너호호오이
너화 너화
너화넘차 너호호오이

---

101) 무슨 말인지 정확하지 않다.

그리라 큰지하면
너화넘차 너호호오이

(청중 : 아 그만 하소.)

너화 너화
너화넘차 너호호오이
상애로야 흐른물은
너화넘차 너호호오이
너화 너화
너화넘차 너호호오이
다시오기 어려워래이
너화넘차 너호호오이
너화 너화
너화넘차 너호호오이
임에임에이 우리임에이
너화넘차 너호호오이
너화 너화
너화넘차 너호호오이
우리인생 사는경로
너화넘차 너호호오이
너화 너화
너화넘차 너호호오이
허무하기 그지없대이
너화넘차 너호호오이
너화 너화

너화넘차 너호호오이
풀끝에 이슬같이
너화넘차 너호호오이
너화 너화
너화넘차 너호호오이
바람속에 촛불같고
너화넘차 너호호오이
너화 너화
너화넘차 너호호오이
풀끝에 이슬인데
너화넘차 너호호오이
너화 너화
너화넘차 너호호오이
우리인생 사는경로
너화넘차 너호호오이
너화 너화
너 넘차 너호호오이
허무하고 가련하대이
너화넘차 너호호오이
너화 너화
너화넘차 너호호오이

덜구 소리 (1)

자료코드 : 05_18_FOS_20110507_KYH_STI_0002

조사장소 : 경상북도 의성군 비안면 쌍계리 마을회관
조사일시 : 2011.5.7
조 사 자 : 천혜숙, 박선미, 김보라, 한지현
제 보 자 : 손태인, 남, 85세
구연상황 : '상여 소리'가 끝난 후, 조사자가 제보자에게 덜구질 할 때 부르는 소리를 청
했다. 제보자는 '상여 소리'를 할 때처럼 뒤에 있는 분들이 뒷소리를 해 줘야
신명이 난다고 거듭 말했지만 쉽사리 시작하지 않았다. '덜구 소리'에 관한
이야기가 계속해서 오가는 소란스러운 상황에서 조사자들이 뒷소리를 하겠다
며 제보자를 설득했다. 그러자 제보자는 마지못해 맞은편에 앉아 있던 청중에
게 "해도 될라?"라고 양해를 구하고 나서 구연하기 시작했다. 하려면 하루 종
일 해도 한다고 했다.

[손뼉을 치면서]

어허 덜기여어
어허 덜기여어
간대간대이 나는간대이
어허 덜기여어
어이갈꼬 어이갈꼬
어허 덜기여어
간대간대이 나는간대이
어허 덜기여어
간대간대이 나는가고오
어허 덜기여어
바람강풍 불지마래이
어허 덜기여어
송풍낙엽 떨어진대이
어허 덜기여어
명사십리 해당화애이

어허 덜기여어
꽃진다고 서러마래이
어허 덜기여어
동삼석달 숨었다가
어허 덜기여어
명년삼월 돌아오면
어허 덜기여어
잎은숫아 왕성하고
어허 덜기여어
꽃은피어 만발한대이
어허 덜기여어
우리인생 죽어지면
어허 덜기여어
만수산에 ○○구나
어허 덜기여어
만첩청산 썩들어가
어허 덜기여어
꽃은피어 만발하고
어허 덜기여어
한번죽어 ○리지면
어허 덜기여어
만수장에 ○○구나
어허 덜기여어
하늘같이 믿던님이
어허 덜기여어
태산같은 병이드니

어허 덜기여어

소생하기 어려워래이

어허 덜기여

임아임아 우리님애이

어허 덜기여

무정하고 야속하니

어허 덜기여

나를두고 어디가오

어허 덜기여

가지마소 가지마오

어허 덜기여

이대로 영원토록

어허 덜기여

한백년을 살고픈데

어허 덜기여

임이없는 이세상에

어허 덜기여

하늘102)나는 어이살꼬

어허 덜기여

이렇게야 좋은세상

어허 덜기여

한백년을 못살고서

어허 덜기여

이렇게야 떠나가니

---

102) '나는'을 힘주어 말한 것이다.

어허 덜기여

허무하기 그지없대이

어허 덜기여

임에님에이 우리님에이

어허 덜기여

무정하고 야속하니

어허 덜기여

나를두고 어디가소

어허 덜기여

하늘같이 믿던님이

어허 덜기여

태산같은 병이드니

어허 덜기여

소생하기 어려워래이

어허 덜기여

임에님에이 우리님에이

어허 덜기여

무정하고 야속하대이

어허 덜기여

칠칠칠야 깊은밤에

어허 덜기여

슬피우는 저두견애이

어허 덜기여

나는나는 어이하야

어허 덜기여

(청중 1 : 고만.)

이내심정 모르는고
어허 덜기여
슬피우는 나소리에
어허 덜기여
일천간장 다녹는대이
어허 덜기여
우리님은 어디가고
어허 덜기여
나혼자서 어이살꼬
어허 덜기여
너무너무 야속하대이
어허 덜기여
가지마래이 가지마래이
어허 덜기여
나를두고 가지마래이
어허 덜기여
우리인생 사는경로
어허 덜기여
바람강풍 불지마래이
어허 덜기여
추풍낙엽 떨어진대이
어허 덜기여
명사십리 해당화애이
어허 덜기여

고마(그만) 할까?

　　　꽂진다고 서러마래이
　　　어허 덜기여
　　　동삼석달 죽었다가
　　　어허 덜기여
　　　명년삼월 돌아오면
　　　어허 덜기여
　　　우리인생 화목하대이
　　　어허 덜기여
　　　어허 덜기여

노래가락 (1)

자료코드 : 05_18_MFS_20110507_KYH_KDS_0001
조사장소 : 경상북도 의성군 비안면 옥연 1리 233번지 박경남 씨 자택
조사일시 : 2011.5.7
조 사 자 : 천혜숙, 김영희, 민윤숙, 이선호, 백민정, 권희주, 차정경
제보자 1 : 김달순, 여, 78세
제보자 2 : 박경남, 여, 82세
구연상황 : '시집살이 노래'가 끝난 뒤 4~5분 동안 잡담이 오고 갔다. 박경남 제보자는
　　　　　가사를 한 번 더 읊기도 했다. 조사자가 '자장가'의 운을 떼며 불러주길 청하
　　　　　였으나, 가사를 기억해내지 못하였다. 또 다른 조사자가 '청춘가'와 '노래가락'
　　　　　을 아시는가 묻자, 박경남 제보자가 김달순 제보자에게 불러보길 권하였다.
　　　　　김달순 제보자는 잠시 머뭇거리다가 이 노래를 가창했다. 가창 도중 가사를
　　　　　잊어버리자, 박경남 제보자가 후렴구를 불러주기도 했다. 그가 후렴구를 부르
　　　　　는 동안 김달순 제보자는 가사를 기억해내 이어 불렀다. 어젯밤 꿈을 잘 꾼
　　　　　모양이라며, 두 분 모두 오늘의 이 노래판을 무척이나 즐거워했다.

　　　푸름푸름 봄배차는(봄배추는)
　　　봄비오기만 기다리고
　　　옥에갇힌 춘향이는
　　　이도령오기만 기다린다

[제보자 2가 재미있는 듯이 웃었다.]
그카고 모르겠다.
[제보자 2가 후렴구를 불렀다.]

　　　얼씨구나 절씨구나
　　　지화자 좋구나

아니놀지는 못하리라

(조사자 : 좋다.)
[제보자 1이 노래를 이었다.]

백설같은 흰나비야
부모의몽상을 입었던가
소복단장 곱게하고
장다리밭으로 날아든다

(제보자 2 : 좋다.)

얼씨구좋다 지화자좋네
아니놀지는 못하리라

(조사자 : 좋다.)

얼씨구절씨구 차차차

자료코드 : 05_18_MFS_20110507_KYH_KDS_0002
조사장소 : 경상북도 의성군 비안면 옥연 1리 233번지 박경남 씨 자택
조사일시 : 2011.5.7
조 사 자 : 천혜숙, 김영희, 민윤숙, 이선호, 백민정, 권희주, 차정경
제보자 1 : 김달순, 여, 78세
제보자 2 : 박경남, 여, 82세
구연상황 : 조사자가 목이 말라 힘겨워하는 박경남 제보자에게 물을 마실 것을 권했다.
잠시 박경남 제보자가 마실 것을 가지러 갔다. 그 동안 김달순 제보자에게
'도라지타령'을 부를 때 잠시 부르다 말았던 '뽕따러 가세'에 대해 물어보았는
데, 생각이 안 난다고 했다. 그리고는 이 노래를 불렀는데, 전통적 사설에 '얼
씨구절씨구 차차차' 가락을 붙인 것이었다. 그 동안 박경남 제보자도 노래판

으로 돌아와 구연에 참여하였다. 두 분 모두 "오랜만에 노래도 해 보고 재밌다."며 즐거워했다.

새야새야 파랑새야
녹두낭케(녹두나무에) 앉지마라
녹두꽃이 으러지면(떨어지면)
청포장수가 울고간다
얼씨구절씨구 차차차

(조사자 : 차차차)

지화자좋구나 차차차

(조사자 : 차차차)

때는좋다 호시절에
아니놀지는 못하리라 차차차

(조사자 : 차차차)
[제보자 2가 노래에 함께 참여했다.]

가세가세 구경가세
늙기전에 구경가세
인생은 일장춘몽

[다시 제보자 1이 노래를 불렀다.]

아니놀지는 못하리라
얼씨구절씨구 차차차

(조사자 : 차차차)

지화자좋구나 차차차

때는좋다 호시절에

아니놀지는 못하리라 차차차

(조사자 : 차차차)

노래가락 (2)

자료코드 : 05_18_MFS_20110522_KYH_KSH_0001
조사장소 : 경상북도 의성군 비안면 옥연 1리 119번지 김삼화 씨 자택 앞
조사일시 : 2011.5.22
조 사 자 : 천혜숙, 김영희, 이선호, 백민정, 한지현, 차정경
제 보 자 : 김삼화, 남, 69세
구연상황 : 제보자와 옥연 1리에 정착하게 된 계기와 장가 든 시기, 자녀에 관한 이야기
등을 나눈 후 조사자가 남양 홍씨 정려비에 대해 질문했다. 그러자 제보자는
정려비에 얽힌 이야기는 모른다고 했다. 노래를 잘 모른다던 제보자에게 조사
자가 "혹시 파릇파릇 봄배추는"이라고 말을 꺼내자 "아, 그런 것도 있다."며
먼저 말로 가사를 되짚어 본 후 이 노래를 구연했다. '노래가락'인가 묻자 '청
춘가'라고 답했지만, 실은 '노래가락'이다.

파릇파릇 봄배추는

찬이슬오기만 고대하고

옥에갇힌 춘향이는

이도령오기만 기다리네

얼씨구좋다 지화자좋다

이렇게놀다가는 땅팔아먹는다

이카지.

도라지타령

자료코드 : 05_18_MFS_20110507_KYH_BGN_0001
조사장소 : 경상북도 의성군 비안면 옥연 1리 233번지 박경남 씨 자택
조사일시 : 2011.5.7
조 사 자 : 천혜숙, 김영희, 민윤숙, 이선호, 백민정, 권희주, 차정경
제보자 1 : 박경남, 여, 82세
제보자 2 : 김달순, 여, 78세
구연상황 : 두 제보자의 기억을 되살리기 위해 '신고산타령', '청춘가' 등의 노래를 조사
자들이 조금씩 불렀다. 그러나 여전히 생각이 나지 않는지 박경남 제보자가
"각제(갑자기) 그카이 생각키나."라며 잠시 조사자들의 신변에 대해 물었다.
그러다가 박경남 제보자가 김달순 제보자에게 "우리 '도라지타령' 한 번 해보
자."고 제안하고 노래를 부르기 시작하였다. '도라지타령' 한 소절이 끝나자
김달순 제보자가 '뽕따러 가세'로 받았는데 가사를 계속 잇기에 여의치 않아
얼마 부르지 못했다. 이에 박경남 제보자가 다시 '도라지타령'으로 이어서 불
렀다. 한 조사자가 흥을 돋우기 위해 추임새를 넣었다.

[제보자 1과 제보자 2가 같이 노래를 시작했다.]

　　도라지도라지 백도라지

　　심심산천에 백도라지

　　한두뿌리만 캐어도

　　대바구니가철철철 넘는구나

　　에헤요에헤요 에헤이요

　　어혀라난다 지화자좋다

　　니가내간장설설설 다녹힌다

(조사자 : 좋다.)

어허허 좋다.

[모두 박수를 치고, 곧이어 제보자 2가 노래를 시작했다.]

　　뽕따러가세 뽕따러가세

잘 모를따, 잊었부고.

(조사자 : 뽕타령이예요?)

뽕, 뽕 따러.

(조사자 : 뽕 따러 가세.)

[잘 기억나지 않아 머뭇거리자, 제보자 1이 다시 도라지타령을 이어서
부른다.]

> 도라지캐러 간다고
> 요리펑계조리펑계 다해놓고
> 뒷동산에 올라가서
> 시집갈공론만 하는구나
> 에헤요에헤요 에헤요오
> 어여라난다 지화자자좋다
> 니가내간장어리설설 다녹힌다.

(조사자 : 좋다.)

노래가락 (3)

자료코드 : 05_18_MFS_20110522_KYH_PJK_0001
조사장소 : 경상북도 의성군 비안면 쌍계리 마을회관
조사일시 : 2011.5.22
조 사 자 : 천혜숙, 이선호, 백민정, 한지현, 차정경
제 보 자 : 박재관, 남, 75세
구연상황 : 배선두 씨의 소리가 끝나자, 박재관 제보자가 신식 노래를 부르겠다며 이 노
래를 시작하였다.

> 포름포름 봄배추는

찬이슬오기만 기다리고

옥에갇힌 춘향이는

이도령오기만 기다린다

장부타령 (1)

자료코드 : 05_18_MFS_20110522_KYH_PJK_0002

조사장소 : 경상북도 의성군 비안면 쌍계리 마을회관

조사일시 : 2011.5.22

조 사 자 : 천혜숙, 이선호, 백민정, 한지현, 차정경

제보자 1 : 박재관, 남, 75세

제보자 2 : 배선두, 남, 89세

구연상황 : 조사자들이 옛날 노래를 청하자, 배선두 제보자는 '장부타령'이나 '양산도'와
같은 것이 옛날 노래인가 확인했다. 중년 소리이지만 이제 옛날 노래가 되었
다면서, 배선두 제보자에게 '장부타령'을 청하였다. "말도 못 한다. 한정도 없
다."고 배선두 씨의 노래실력을 추켜세운 박재관 씨가 자기가 먼저 부를 테니
뒤이어 부르라고 하고선 먼저 노래를 시작했다. 도중에 사설이 막힌 것을 배
선두 씨가 마무리했다. '장부타령'이라고 했다.

아니아니노지는 못하리라

아니쓰지를 못하리라

잊어라잊어라 꿈이로다

모두다잊어라 꿈이로구나

옛날옛적 과거지사를

모두다잊어라 꿈이로다

나를싫다고 나를마다고

나를박차고 가신님은

하이구 또 모른다. 하하하.

[제보자 1이 모른다고 하자 제보자 2가 바로 이어 불렀는데, 앞부분은
목소리가 섞여 채록 불가능하다. 이제부터 제보자 2가 주도해서 불렀다.]

모진세월은 미련이남아
그래도못잊어 한이로다
얼씨구나~ 절씨구나
태평성대가 여기로다
좋다

장부타령 (2)

자료코드 : 05_18_MFS_20110522_KYH_BSD_0001
조사장소 : 경상북도 의성군 비안면 쌍계리 마을회관
조사일시 : 2011.5.22
조 사 자 : 천혜숙, 이선호, 백민정, 한지현, 차정경
제 보 자 : 배선두, 남, 89세
구연상황 : '장부타령 (1)'이 끝난 후, 박재관 씨는 조사자들에게 노래를 불러보라고 하였
다. 조사자들이 어떤 노래를 부를 지 이야기하던 중에, 박재관 씨가 이런 노
래도 배웠다며 흥얼거렸다. 박재관 씨의 흥얼거림이 채 끝나기도 전에 배선두
제보자는 바로 이 노래를 불렀다.

하하~
어화둥둥 내사령아(사랑아)
걸음마둥둥 내사령아
임아임아 희망안고
허기신으로 불러봐도
한변가신 우루님은103)

---

103) 한번가신 우리님은.

(청중 : 좋다!)

어느날하시에 오시려나
앞집걸에(거랑에) 수양버들이
머리에닿거든 오시려나
병풍안에 그려놓은학이
날개를치거든 오시려나

(청중 : 잘한다!)

가신님은 언제올지
기약없이 떠났구나
얼씨구나~ 절씨구나
태평성대가 여기로다
좋다

[청중이 이어 부른다.]

아니아니쓰지를 못하리라
아니쓰지를 못하

[웃음]

신고산타령

자료코드 : 05_18_MFS_20110522_KYH_BSD_0002
조사장소 : 경상북도 의성군 비안면 쌍계리 마을회관
조사일시 : 2011.5.22
조 사 자 : 천혜숙, 이선호, 백민정, 한지현, 차정경

제 보 자 : 배선두, 남, 89세

구연상황 : 트로트를 한 소절 부른 제보자가 조사자들에게도 노래를 불러보라며 권하였다. 조사자들은 같이 '아리랑'을 불렀다. 조사자들의 노래를 듣고 제보자는 그렇게 부르는 게 아니라며 다시 '아리랑'을 불렀다. 이어서 제보자에게 '신고산타령'은 어떻게 부르는가 물었더니 바로 이 노래를 불러주었다.

신고산이 우루루

화물차가는 소리에

○○○ 목매어

임을잡고 우노라

어랑어랑 어어야아

어어럼마 디어라

몽땅내사랑 이로다

니(너)잘났나 내잘났나

잘났는자랑을 말어라

천원짜리 지화한장

지화가더 잘났더라

[청중과 함께 부른다.]

어랑어랑 어어야

어어럼마 디어라

몽땅내사랑 이로다

양산도

자료코드 : 05_18_MFS_20110522_KYH_BSD_0003

조사장소 : 경상북도 의성군 비안면 쌍계리 마을회관

조사일시 : 2011.5.22

조 사 자 : 천혜숙, 이선호, 백민정, 한지현, 차정경

제 보 자 : 배선두, 남, 89세

구연상황 : '신고산타령'이 끝난 뒤 박재관 씨가 배선두 제보자를 가리키며 "안주(아직)
여(여기) 연구하마 한참 더 나온다."고 말했다. 조사자가 '양산도'와 '신고산타
령'은 다른 거냐고 물었다. 그러자 앞에서 '신고산타령'으로 불렀던 사설을 바
로 '양산도' 가락으로 바꾸어 불러 주었다.

에에히이요오~

니잘났나 내잘났나

자랑을 마라~

백원짜리 지화한장

지 잘났더어

에헤라누워라 못노리로다

가는길을하여도 못노리이라

창부타령 (1)

자료코드 : 05_18_MFS_20110507_KYH_STI_0001

조사장소 : 경상북도 의성군 비안면 쌍계리 마을회관

조사일시 : 2011.5.7

조 사 자 : 천혜숙, 박선미, 김보라, 한지현

제 보 자 : 손태인, 남, 85세

구연상황 : '덜구 소리 (1)'를 마친 제보자는 아무래도 양에 차지 않는 듯 스스로 한 번
더 하겠다고 자청했다. 다시 부른 '덜구 소리'는 조금 더 빠른 곡조였으나, 사
설이 크게 다르지 않아 채록하지 않는다. 다시 조사자가 제보자에게 '지신밟
기 소리'에 대해 묻자, 일단 관심을 나타냈다. 하지만 그 소리는 쌍계리 마을
에서 구 동장이 제일 잘 한다며 부르지 않았다. 대신 '창부타령'을 불렀다. 흥
이 난 제보자는 이 노래를 부르면서 일어나 덩실덩실 어깨춤을 추기도 했다.

아니아니놀지는 못하리라
하늘같이 믿던님이
태산같은 병이드니
소생하기가 어려워래이
님아님아 우리님애이
나를두고 어디를가오
얼씨구절씨구 지화자 좋네~
아니놀고서 무엇하리
하늘같이 믿던님이
세상같은 병이드니
소생하기 어려워래이
님애님애 우리님애이
무정하구 야속하니
나를두고 어디가소
나를두고 가지마소
가지마소 가지를마오
나를두고야 가지마오
얼씨구절씨구 지화자좋네

(청중 : 좋네.)

아니놀고서 무엇하리
신고명산 만장봉에
바람불어 쓰러진나무
눈비맞는다꼬야 ○○○○
콩주팥쥐 굳은절개

매맞는다꼬 떠나가네
얼씨구절씨구 지화자좋네에
아니놀지는 못하리라
처녀처녀 얼씨구 강원도처녀
꽃바구니를 옆에다끼고

(청중 : 잘한다.)

금강산에 올라서니 에이야
창파에 돛단배는
동남풍불기를 기다리고
이구십팔 건방진처녀
연애편지오기를 기다린다
얼씨구절씨구 지화자좋다
아니놀고야 무엇하리

창부타령 (2)

자료코드 : 05_18_MFS_20110507_KYH_STI_0002
조사장소 : 경상북도 의성군 비안면 쌍계리 마을회관
조사일시 : 2011.5.7
조 사 자 : 천혜숙, 박선미, 김보라, 한지현
제 보 자 : 손태인, 남, 85세
구연상황 : '창부타령 (1)'이 끝난 후 마을 개관과 마을사에 대해 들었다. 신명이 오른 제
        보자가 소리를 한 번 더 해도 되겠느냐고 조사자들에게 허락을 구했다. 좋다
        고 하자 이 노래를 불렀다. 제보자는 처음에는 앉아서 부르다가 결국 신명을
        이기지 못하고 일어나 어깨춤을 추었다.

아니놀고야 무엇하리

하늘같이 믿던님이

태산같은 병이드니

우리님은 어디가노

나는나는 어이할꼬

님애님애 우리님애

나를두고 어디가오

가지마오 가지마오

(청중 : 박수쳐.)

나를두고야 가지마오

신고명산 만장봉에

바람불어 쓰러진나무

눈비맞는다꼬 일어서네

콩주팥쥐 굳은절개

매맞는다꼬 일어서네

얼씨구절씨구 지화자 좋대이

아니놀고야 무엇하리

오늘같이 좋은날에

아니놀고야 무엇하리

얼씨구절씨구 지화자좋대이

아니놀고야 무엇하리

잘한다.

5. 안사면

조사마을

경상북도 의성군 안사면 만리 1리·만리 2리

조사일시 : 2011.5.1

조 사 자 : 천혜숙, 김영희, 백민정, 권희주, 한지현

만리 1리 마을 전경

　의성군 서북부 방향에 위치한 안사면에는 면을 종단하는 신평천과 2차
선 군도를 따라 여러 마을이 자리 잡고 있다. 안사면소에서 신평천과 도
로를 따라 서북으로 1km가량 내려가면 왼쪽으로 넓은 계곡이 펼쳐지면서
만리 1리 마을이 나타난다. 오가실(五佳室), 새마(新里), 중터로 불리는 자
연마을에 30여 호가 살고 있다. 비봉산, 선의산, 오두봉, 문의산, 고도산의
다섯 명산에 둘러싸인 아름다운 마을이라 하여 '오가실'이라고 하였고,

그 마을이 번성하면서 아래로 내려와 새로 생긴 마을이라 하여 '신리'라고 했다. 그리고 두 마을의 사이를 통칭 '중터'라고 부르고 있다. 원래 오가실은 예천군 현동면에 속한 벽지 마을로, 또 비안군 정북면에 속했던 신리마을과 경계를 이루고 있었는데, 1914년 행정구역 개편 시 두 마을이 합하여 신평면 만리 1구로 되었다가, 1990년 의성군 조례 제1411호에 따라 안사면 만리 1리로 개칭되었다.

마을의 역사는 적어도 300년이 넘은 것으로 보인다. 수원(水原) 백씨가 개촌하였으며 그 후로 김해 김씨, 평해(平海) 황씨가 입향하였다고 한다. 지금은 평해 황씨가 주성을 이루고 산다. 평해 황씨 17호, 김해 김씨 5호, 의성 김씨 4호 외에는 김녕 김씨, 해주 오씨 진성 이씨, 경주 최씨가 각각 한 집씩 살고 있다.

평해 황씨 입향조 희남(禧男)의 아들인 황승립(黃承立)의 효심을 기려 그 후손들이 지은 정려각 신천정(新川亭)이 지금도 남아 있다. 그 정자 뒤편에는 평해 황씨 문중의 서당이었던 신천재(新川齋)가 있었다. 또 풍산 류씨의 재실인 영모재(永慕齋)가 지금은 관리 소홀로 폐가가 된 채로 남아 있다. 영모재는 만리국민학교가 건립되기 전까지 배움의 전당으로 이용되었던 곳이라고 한다. 대원군의 친필로 알려진 영모재 현판은 현재 하회마을의 류성룡 기념관에서 보관하고 있다. 또 오가실 앞산에는 선학사지가 남아 있다. 지금은 초석과 우물만 남은 터에 분묘가 들어서서 사찰의 옛 모습을 가늠하기 어렵지만, '중들밭'이라 불리는 지명이라든가, 빈대 또는 도적 때문에 절이 패망했다는 전설이 지금도 남아 전하고 있다.

마을에서는 논농사를 주업으로 하면서 양파, 마늘, 참외 등의 특용작물을 재배한다. 경지 총면적은 논 38.86ha, 밭 36.6ha, 임야 570ha 등이며, 오가지, 후곡지, 오독골 등의 저수지가 있다.

동제는 약 40여 년 전에 중단되었다. 지금도 중터 마을에 수령 200년 정도로 보이는 느티나무 당목이 남아 있다.

만리 2리 마을회관

만리 1리에서 산모퉁이를 돌아 군도를 서북으로 따라 내려가면 신평천 너머 양지 방면에 만리 2리 자연마을 작다리가 나타난다. 그 도로를 사이에 두고 만리 2리의 자연촌들이 흩어져 있는 모습이 보인다. 작다리, 돌마골, 만리골, 윗만리골의 4개 자연촌으로 구성되었다. 동으로는 문의산, 서로는 장지산이 마을을 둘러싸고 있다. 조선시대에는 비안현, 용궁현에 속하였다가, 1914년 행정구역 개편 시 의성군 신평면 만리 2구로 되었고, 다시 1990년 의성군 조례 제1411호에 의거, 의성군 안사면 만리 2리가 되었다.

돌마골은 마을 뒷산 조봉에 큰 바위 두 개가 흡사 맷돌과 같이 포개져 있어 그렇게 불리었다. 또 만산, 구만들의 만 자와 마을 리자를 따서 만리골, 벼슬한 사람이 많이 난다고 하여 작다리(爵多里)의 이름이 붙었다. 만리 2리는 16세기 수원 백씨가 처음으로 개촌한 것으로 전해지나, 지금은

만리 1리 조사현장 모습

만리 2리 조사현장 모습

밀양 박씨, 평해 황씨가 주류를 이루고 산다. 모두 47호이며, 윗만리골의 한 집을 제외하고는 다른 세 마을에 골고루 나뉘어 살고 있다. 성씨 분포는 밀양 박씨 15호, 평해 황씨가 8호, 수원 백씨 6호, 청주 한씨 3호 외에는 몇 개의 각성이 1-2호씩이다.

경지면적으로는 논이 28.72ha, 밭이 42ha, 임야 570ha이며, 벼농사를 주업으로 한다. 이 외에 고추, 마늘, 양파, 사과를 재배한다. 동서로 기다란 분지에 신평천이 흐르고 있어 땅이 비옥하다. 물도 풍부하며 사기지, 만수지의 두 개의 저수지가 있다. 또 1932년에 완공된 작다리보와 시납보가 넓은 면적의 몽리를 통해서 식량 생산 증대에 큰 역할을 해왔다.

만리 2리에는 1974년 조립형 개척교회로 시작하여 1980년 교회당을 신축하여 설립된 만리교회가 있다. 그리고 지금은 폐교되었지만 초등학교가 있었다. 동제는 기억하는 이가 많지 않은 것으로 보아 오래전에 중단된 것으로 보인다.

'수원 백씨가에서 태어난 아기장수' 이야기가 군지나 면지에 이미 소개되어 있어서, 지나는 길에 들러서 제보자를 수소문했다. 그러나 정작 그 이야기는 평범한 유형 이상의 것을 듣기 어려웠다. 다만 여성민요 '시집살이 노래'의 흥미로운 각편들을 얻었다.

김말심, 여, 1932년생

주 소 지 : 경상북도 의성군 안사면 만리 2리
제보일시 : 2011.5.1
조 사 자 : 천혜숙, 김영희, 백민정, 권희주, 한지현

1932년생으로 김해 김씨이다. 국민학교 2
학년까지 다니다가 중퇴했다. 17세 되던 해
안계면에서 안사면 신수리로 시집갔다가 이
마을로 이주했다. 슬하에 3남 2녀를 두었으
며, 23세에 혼자가 되었다.

혼인 당시 시부모님은 안 계셨다. 대신
시조부모님을 모시고 살았는데, 두 분이 돌
아가실 때까지 오래 병구완을 해야 했고, 시

조부모의 시집살이를 아주 혹독하게 겪었다. 며느리 김치가 따로 있었고,
고추장도 마음대로 못 먹었으며, 부뚜막 잠을 자야 했던 서러운 기억들을
자주 이야기했다. 무엇보다 밥과 잠이 모자랐다고 했다.

만리 2리 마을회관에서 만났을 때는 이미 술에 취하신 듯했다. 적당히
취기가 오른 제보자는 다른 분이 구연하고 있는 와중에 불쑥 노래를 부르
며 끼어들기를 잘 했는데, 주로 유년시절에 불렀던 일본 노래가 많았다.

구연에 대한 흥미나 관심에 비해 구연능력은 평범한 편이다. '아리랑',
'시집살이 노래' 외에 설화 두 편을 제공했다.

제공 자료 목록
05_18_FOT_20110501_CHS_KMS_0001 방귀쟁이 며느리
05_18_MPN_20110501_CHS_KMS_0001 토째비 홀린 경험담

05_18_FOS_20110501_CHS_KMS_0001 시집살이 노래 (1)
05_18_FOS_20110501_CHS_KMS_0002 시집살이 노래 (4)
05_18_MFS_20110501_CHS_KMS_0001 아리랑

임분임, 여, 1924년생

주 소 지 : 경상북도 의성군 안사면 만리 2리
제보일시 : 2011.5.1
조 사 자 : 천혜숙, 김영희, 백민정, 권희주, 한지현

1924년생으로 이 마을 태생이다. 조실부
모하고 숙모 밑에서 자라서, 어머니의 얼굴
을 모른다. 학교는 문 앞에도 가보지 못했다
며, 자신이 문맹인 사실을 한스러워했다. 혼
자 사는 요즘, 공과금 고지서 등은 이웃 할
머니가 읽어주어 해결한다고 덧붙였다.

일제강점기 때 처녀공출을 피하고자 열네
살 어린 나이에 서둘러 동네 혼인을 했다.
이를 두고 제보자는 "하룻저녁에 혼약하고 하루 만에 시집갔다"고 표현했
다. 그때 만난 남편과 2남 5녀를 두었고, 한 평생 금슬좋게 살았다. 일제
강점기 때는 온 식구들이 시아버지가 계신 일본으로 건너가 4년여 동안
살다 오기도 했다.

1년 전 91세의 나이로 남편은 고인이 되었지만, 죽기 직전까지도 남편
은 아내에 대한 사랑을 직접 표현했을 만큼 자상하였다. 지금도 남편이
매우 그립다고 했다. 그러나 젊은 시절에는 남편이 삽작 안으로 들어서면,
자신은 대문 안으로 쫓아 들어와서는 돌아서 있었을 정도로 수줍음이 많
았다. 그리고 명 잣고 베 짜다가 잠자러 갈 때면, 마치 수풀에 들어가는
것처럼 무서웠다는 등 자신이 살아온 날들을 아주 함축적이면서도 생생

한 묘사로 들려주었다.

이렇게 생애담은 뛰어난 입담으로 재미나게 들려주었지만, 옛날 이야기에 대해서는 지식이 없는 탓인지 기억이 없는 탓인지 기대에 미치지 못했다. 대신 '노래가락'과 '청춘가'를 큰소리로 손뼉을 치며 신명나게 불러주었다. 이날 현장에 계신 분들 가운데 가장 고령이었음에도 목청이 쩌렁쩌렁했다. 다른 분들의 구연에도 진지한 관심을 보였으며, 때로 설명이 필요한 부분에서는 적극적인 몸짓까지 동반하면서 해설을 해 주었다. 여러모로 아주 큰 감동을 주었던 분이다.

제공 자료 목록

05_18_MFS_20110501_CHS_LBL_0001 노래가락
05_18_MFS_20110501_CHS_LBL_0002 청춘가

한태봉, 남, 1935년생

주 소 지 : 경상북도 의성군 안사면 만리 2리
제보일시 : 2011.5.1
조 사 자 : 천혜숙, 김영희, 백민정, 권희주, 한지현

만리 2리 태생이며, 본관은 청주이다. 2남 2녀를 두었으며 모두 성가하여 외지에서 산다. 아내와는 사별하여 지금은 혼자서 고향을 지키고 있다.

외동아들에 대해 교육열이 높았던 부친의 영향으로 인근의 안계 농업고등학교까지 다녔다. 제보자는 학창시절 내내 상위권의 성적을 유지했다고 자랑했다. 농고 졸업 후에는 대구 농협의 서기로 취직하였으며, 35여 년 근무하는 동안 과장, 지점

장을 거쳐, 농협 공판장장을 마지막으로 퇴직했다. 남부럽지 않은 삶을 살았다고 자부하지만, 대학에 진학하지 못한 아쉬움이 큰 듯했다. 그 한을 대학에 다니던 옆집 친구의 노트를 빌려 베끼고 암기하는 것으로 풀었다.

『안사면지』(2005)의 편집위원을 맡은 경력이 있다. 자신의 경력과 능력에 대한 자부심이 아주 강한 편이다. '벼슬이 많다'는 작다리(爵多里)의 지명 유래를 설명하면서도 그 지명 때문에 자신과 같은 인물이 마을에서 난 것이라는 말을 스스럼없이 할 정도였다.

'수원 백씨 집안의 아기장수' 이야기를 제보한 이력을 알고 찾아갔는데, 오히려 다른 노래를 더 구연하고 싶어했다. 이 분은 '청상과부 망부가', '가화만사성', '유관순 추념사'와 같은 제목이 달린 자신의 노래 레퍼토리를 가지고 있었다. 직접 사설을 창작 기록한 것을 조사자들에게 보여주기도 했는데, 민요와 가사의 경계에 있는 어정쩡한 창작물이었다. '청상과부 망부가'는 흔히 '달거리 노래'라 불리는 것과 틀은 유사하지만, 사설의 대부분은 이 분이 지어 붙인 것이었다. '유관순 추념사'는 순전한 자신의 창작으로서, 의성군 대표로 출전한 장기자랑 대회에서 1등을 수상한 작품이라고 자랑했다. 구연 시에는 가락을 붙이지 않고 큰소리로 음송했다. 마을 주변의 전설을 청해서 들었으나 알려진 것에 비해 내용의 구체성이나 구연능력은 평범한 편이었다.

'달거리' 노래 한 편 외에 세 편의 설화를 구연했다.

제공 자료 목록
05_18_FOT_20110501_CHS_HTB_0001 지장사와 숙종대왕
05_18_FOT_20110501_CHS_HTB_0002 수원 백씨 집안의 아기장수 (2)
05_18_FOT_20110501_CHS_HTB_0003 작다리와 돌마골의 지명 유래
05_18_FOS_20110501_CHS_HTB_0001 달거리

황병옥, 여, 1926년생

주 소 지 : 경상북도 의성군 안사면 만리 2리
제보일시 : 2011.5.1
조 사 자 : 천혜숙, 김영희, 백민정, 권희주, 한지현

1926년생으로 만리 1리에서 생장하였다.
평해 황씨이다. 18세 되던 해 9월 초여드렛
날 이곳 만리 2리로 혼인해 왔다. 슬하에 1
남 4녀를 두었으며 모두 성가하여 외지로
나가 있다. 남편과는 사별하고, 현재는 혼자
서 살고 있다.

만리 2리 마을회관에서 만났다. 조사자
일행이 들어섰을 때 마을회관의 할머니 방
에서는 여러분들이 모여 술과 담소를 나누시던 중이었다. 이미 취기가 상
당히 올라 있던 제보자는 조사자들을 크게 반겨주었고, 민요의 구연에도
누구보다도 앞장섰다.

즉석 사설이 아주 능한 분이었다. 노인정에 늙은 귀신이 많다는 사설을
노래로 부르기도 했는데 이곳에 모여있던 할머니들을 풍자한 것이다. 그
외에도 조사 당시의 상황이나 자신의 처지 등에 대해 즉흥적으로 사설을
만들어 노래로 불렀다. 또 자신이 1등을 해야 한다는 장난스러운 말과 함
께 노래를 계속해서 쏟아냈다. 취기가 과해지면서 말이 끊기고 가락이 늘
어져 아쉬웠지만, '아리랑 춘향'을 비롯한 새로운 부요 자료들을 이 분을
통해서 얻을 수 있었다.

노래를 부를 때면 가까이 앉은 조사자의 손을 자주 붙잡곤 했다. 조사
자의 손이 곱다며 어루만지고 자신의 험한 손과 비교하면서 한탄하기도
했다. 조사자 일행이 돌아가려고 하자, 손수 삶은 국수를 차려놓고 먹고
가라며 강권했다. 그만큼 정이 많으신 분이다. 자신이 취기로 한 말들이

모두를 웃기기 위한 장난이었다는 말을 여러 차례 거듭했다.

구연한 민요들은 대부분 시집살이와 관련되어 있다. 특히 힘든 시집살이 경험이 직접 투영된 신세타령조의 노래들이 많다.

제공 자료 목록

05_18_FOS_20110501_CHS_HBO_0001 시집살이 노래 (2)
05_18_FOS_20110501_CHS_HBO_0002 시집살이 노래 (3)
05_18_FOS_20110501_CHS_KMS_0002 시집살이 노래 (4)
05_18_MFS_20110501_CHS_HBO_0001 신세타령
05_18_MFS_20110501_CHS_HBO_0002 아리랑 춘향

황영육, 남, 1946년생

주 소 지 : 경상북도 의성군 안사면 만리 1리
제보일시 : 2011.5.1
조 사 자 : 천혜숙, 김영희, 백민정, 권희주, 한지현

『의성의 구비문학』 자료집에서 '수원 백씨 집안의 아기장수' 전설을 제보한 이력을 보고 만리 1리로 찾아가 처음 만난 분이다. 평해 황씨로 이 마을 태생이다. 부친인 고 황혁진 씨가 마을의 지신밟기 상쇠였다고 한다. 평해 황씨 입향조 이래 누대로 이 마을에서 살아온 집안의 후손답게 평해 황씨 선조 이야기를 즐겨 했다. 마을의 동장과 새마을지도자를 두루 거쳤고, 마을 내에서는 많이 아는 분으로 통한다.

제공한 자료는 '수원 백씨 집안의 아기장수 (1)' 외 설화 세 편이다.

제공 자료 목록

05_18_FOT_20110501_CHS_HYY_0001 수원 백씨 집안의 아기장수 (1)

방귀쟁이 며느리

자료코드 : 05_18_FOT_20110501_CHS_KMS_0001
조사장소 : 경상북도 의성군 안사면 만리 2리 경로당
조사일시 : 2011.5.1
조 사 자 : 천혜숙, 김영희, 백민정, 권희주, 한지현
제 보 자 : 김말심, 여, 80세
구연상황 : 김말심 제보자가 토째비 이야기를 마치자, 할머니들의 생애담과 일상적 경험담들이 15분가량 오고 갔다. 모든 할머니가 조사자들의 내방에 대해 반가워하고 즐거워하는 듯했다. 조사자가 방귀쟁이 며느리에 관해 물어보자, 제보자는 줄거리만 간략하게 말했다. 조사자가 처음부터 해 주기를 청하자 이 이야기를 구연하였다.
줄 거 리 : 어느 집에서 며느리를 봤는데, 꼬장꼬장 말라가는 것이었다. 그 이유를 물으니 방귀를 뀌지 못해서 그렇다고 했다. 시아버지는 며느리를 친정집으로 데려다주려고 함께 길을 떠났다. 가는 길에 누런 배가 가득 열린 큰 배나무가 있었다. 시아버지가 배를 먹고 싶어 하자 며느리는 시아버지의 허락을 구하고는 엉덩이를 배나무 쪽으로 대고 방귀를 뀌었다. 배가 우수수 다 떨어져 시아버지와 함께 주웠다. 시아버지는 쓸 방귀라며 다시 며느리를 집으로 데리고 왔다.

미느리를(며느리를) 보이께로, 미느리를 보이께로, 미느리가 고지고지(꼬장꼬장) 말라. 그래 하도 마른 때문에,

"야야, 니가 왜 그케 마르노?" 이카이,

"방구를 실컷 못 끼가주 그래요." 이카더란다.

그래가주 미느리를 참 뭐 방구 못 끼가주 그래는 거 어예노. 그래가주 앞사아가주(앞세워서) 인제 간다, 저어 집에.[104] 간다고 가다이 배가 이런

---

104) 시부가 며느리를 친정에 데려다 주려고 앞세워서 길을 떠났다는 의미이다.

기 누런 기 한 나무 큰 기 있더라 그러(그래).

"저 배를 하나 따 먹었으만." 카이,

미느리가,

"그마 아버님, 지가 하나 따까요?" 이카더란다.

"그만 니가 딸 수 있나?"

미느리 델따 주러 가다이,

"그래, 딸 수 있다." 카더래요.

그래, 궁디를 거어 배낭케(배나무) 갖다 대디만 땅땅 막 끼이께로(꾸니) 배가 막 고마 우수수 널찌더라 그러. 그래, 뭐 시아바이하고 실컷 줬지(주웠지). 주가주고(주워서),

"야야, 그 방구가 참 씰(쓸) 방구고, 참 우리 집에 좋은 방구다. 집에 가자." 이카미, 더구(데리고) 왔다 그러. 방구를 잘 끼가주고.

지장사와 숙종대왕

자료코드 : 05_18_FOT_20110501_CHS_HTB_0001
조사장소 : 경상북도 의성군 안사면 만리 2리 402-2번지 앞 차량 내
조사일시 : 2011.5.1
조 사 자 : 천혜숙, 김영희, 백민정, 권희주, 한지현
제 보 자 : 한태봉, 남, 77세
구연상황 : 제보자는 '달거리' 노래구연이 끝난 후, 공부도 잘하고 외우는 것도 자신이 있다며 스스로를 자랑했다. 조사자가 지장사와 관련된 전설을 아는지 물어보았더니, 숙종대왕과 관련이 있는 절이라며 이 이야기를 구연했다.
줄 거 리 : 19대 숙종대왕이 어필로 지장사 현판을 썼다. 숙종대왕은 잠행하러 다니다가, 만삭이 된 부인이 밤늦게까지 침자질 하는 모습을 보고 감탄하였다. 이에 그 남편에게(또는 그 아이에게) 미리 글을 주어 장원급제를 시켜 주었다. 그렇게 숙종은 어진 임금이다.

지장사는 내가 거게 거 보면은, 이조 19대 임금이 숙종대왕입니다.

[손가락으로 헤아리며]

사, 저, 저, 저, 태성태세문단세 예성연중인명선 광인효현숙, 숙경, 19대. 19대 어필로 지장사 써 놨어요.

거어 숙종대왕이 어진 임금이기 때문에 밤에 댕기면서 공부하는 선비들을 등용하기 위해서 그래 지나 다니다보니까. 거어 저 침자질 하는 부인이 침자질하고 있는데, 그 참말로 배가 만색(만삭)이래요.

그런데 그 공부를 하고 있으면서 글, '저 사람을 내가 꼭 과거 장원 급제 시킬라.'고 생각을 하면서,[105] 그 뭐 '승이타파에 개삼춘이요, 여이여사 여하고종 난입해라. 홍천지에 임동이라.'카는 그런 참 글을 짓도록 만들어가주고 장원급제 시키가주고 영의정까지 했는 그런 사실이 있어요.

그리이 숙종대왕이 그렇기 어진 임금인데. 그 어른이 지장사 왔다 카만, 거 보면 지장사라고 쓰이 있는데 그기 숙종대왕 어필이랍니다.

수원 백씨 집안의 아기장수 (2)

자료코드 : 05_18_FOT_20110501_CHS_HTB_0002
조사장소 : 경상북도 의성군 안사면 만리 2리
조사일시 : 2011.5.1
조 사 자 : 천혜숙, 김영희, 백민정, 권희주, 한지현
제 보 자 : 한태봉, 남, 77세
구연상황 : 한태봉 제보자의 집 앞마당에서 '아기장수' 이야기를 들었지만 바람 소리 때문에 녹음 상태가 불량일 것으로 짐작되었다. 자동차로 이동하여 한 번 더 청해서 들었다.
줄 거 리 : 수원 백씨 집안에서 아이가 태어났는데, 태어나자마자 시렁 위에 올라앉았다. 집안이 망할 것을 염려해 산에 가서 묻고는 그 위로 큰 돌을 내리눌렀더니 돌이 들썩들썩 거렸다. 그러자 하늘에서 벼락, 천둥, 번개가 치고 용마가 그 위로 울고 지나갔다.

---

105) '저 사람'이 부인의 남편인지, 그 배 속에 든 아이인지 정확하지 않다.

수원 백씨에 거는 첨에 수원 백씨에 애를 하나 낳았는데. 그러이 놓자(낳자) 마자, 그기 오새는(요새는) 이래 물건 없는데, 그 실경이라(시렁이라) 캅니다. 실경에 딱 쫓아 올라가는 기라.

그래가주고 가만히 생각하이, '이거 뭐 집구석 망하겠다.' 싶어가주고. 그 놈을 고마 끈(끌어) 안고 산에 가서 묻었어요. 묻는데, 큰 돌을 치덩하니까,[106] 그 돌이 마 들먹들먹 그랬다 카는 기라, 안 죽을라꼬, 금방 낳았는 애가.

그러니까, 그래서 그 막 벼락을 치고 천둥 번개를 치고 마 용마가 우에(위로) 지내가면서 마 울고 갔다 이런 이야기라.

그러면 그 장수가 나면은 용마를 타고 승천할 그런 장순데 고마 죽있다, 그런.

작다리와 돌마골의 지명 유래

자료코드 : 05_18_FOT_20110501_CHS_HTB_0003
조사장소 : 경상북도 의성군 안사면 만리 2리
조사일시 : 2011.5.1
조 사 자 : 천혜숙, 김영희, 백민정, 권희주, 한지현
제 보 자 : 한태봉, 남, 77세
구연상황 : 동네 터가 좋다는 이야기는 없냐고 묻자, 마을 지명 유래에 대한 이야기를 꺼냈다.
줄 거 리 : 작다리(爵多里)는 벼슬이 많이 나는 동네라는 뜻이다. 돌마골은 돌이 섰다는 의미이다.

여게(여기) 우리 동네가 작, 마, 저 저, 벼슬 작자(爵字), 벼슬 작자, 많을 다자(多字). 마을 리자(里字), 벼슬이 많이 나는 동네라 카는 이, 그, 이름이. 작, 벼슬 작, 벼슬 작, 많을, 많을 다, 마을 리, 작다리거든, 이 동네가.

---

106) 큰 돌에 아이를 깔리게 했다는 의미로 보인다.

이래가주고 이 동네가 상당히 그러이께 이름난 동네지. 그래놓이께 여한태봉이라는 사람이 여서 태어나가주고 그래 뭐 좀 다리이보다(다른 사람보다) 좀 앞섰는지 모르지요 뭐, 으허허.

(조사자 : 좋은 일 많이 하십니다. 돌마골은 왜 돌마골이죠?)

돌마골은 돌이 뭐 섰다 그래데요, 뭐.

수원 백씨 집안의 아기장수 (1)

자료코드 : 05_18_FOT_20110501_CHS_HYY_0001
조사장소 : 경상북도 의성군 안사면 만리 1리 686번지
조사일시 : 2011.5.1
조 사 자 : 천혜숙, 김영희, 백민정, 권희주, 한지현
제 보 자 : 황영육, 남, 66세
구연상황 : 의성군에서 조사한 구비문학 자료집에서 황영육 제보자에 대한 정보를 얻은 바 있어서 만리 1리를 찾아갔다. 마을 입구에서 만난 어르신께 마을회관에 가면 마을 분들을 만날 수 있는지 물어보니, 오늘 새로 이사 온 사람이 있어 전부 그 집에 모여 있을 것이라고 알려 주었다. 그 댁을 찾아갔는데 마침 대문 밖으로 나오는 제보자와 만났다. 조사취지를 설명하고 이야기를 청했더니, '수원 백씨 집안의 아기장수' 이야기를 하기 시작했다. 바람이 심하게 불어 녹음에 지장이 있었지만, 어디 자리를 깔고 앉을 형편이 아니어서 대문간에 선 채로 이야기를 들어야 했다.
줄 거 리 : 수원 백씨 집에서 아기를 출산했다. 그런데 시어머니가 들어와서 보니 산모가 첫 국밥을 먹기도 전에 아기가 시렁 위에 올라가 앉아 있었다. 그대로 놔 둬서는 안 되겠다고 여겨 그 아기 위에다 장작개비를 쌓아두었더니 속에서 들먹들먹했다. 그렇게 아기를 죽였는데, 용마가 나타나 고함을 지르며 주변을 맴돌다 따라 죽었다.

수원 백씨 댁에서 그리 인제 임산부가 그래 열 달을 갖챠가주고(갖추어서) 애기를 출산을 할라 그러니. 할 때, 인제 출산한 아기를 출산을 하고 바로 인제 그 산모가 첫 국밥 먹는다 캅니까? 그거 할 때, 먹기 직전에 그

인제 그 시모되는 분이 그 들어가서 보니까 애기장수가, 실경(시렁) 카만 압니까?

(조사자 : 실경 압니다.)

예, 예. 실경 우에(위에) 올라가 앉았더랍니다.

그래서 인제 그게 전설이.

'이거 이래 내뒀다가는 안 되겠다.' 이래서. 죽인다 카나, 뭐라 카나, 인제 위험성이 있으니까. 소나무, 옛날에는 한옥을 해가주고, 나무를 해가주고 인자, 그걸 뭐, 이렇게 이야기하면 사투리를 써서 뭐 알아들을는지 모르겠습니다만은. 그 솔깝이라 캅니까? 솔가지를 이야기하는데, 그거를 나무가리를(나무개비를) 개려가주고(가려서) 거기다 해 놓으니까[107].

이게 인자 아기장수가 들먹들먹 그면서 이러이게, 그 저 백마라 캅니까? 뭐 말이 과함을(고함을) 지르면서 하늘을 날아오면서, 그 인제 그 아기장수가 죽으이게, 죽을 무렵에. 그래, 인제 용마라 그랬거든요. ○○할 용마, 용마가 인제 하늘을 날아가주, 뭐, 뭐, 한참 맴돌다가 죽었다는 그런 전설이예요.

만리 자연마을의 지명 유래

자료코드 : 05_18_FOT_20110501_CHS_HYY_0002
조사장소 : 경상북도 의성군 안사면 만리 1리 686번지
조사일시 : 2011.5.1
조 사 자 : 천혜숙, 김영희, 백민정, 권희주, 한지현
제 보 자 : 황영육, 남, 66세
구연상황 : 황영육 제보자에게 『의성의 구비문학』[108]에서 성함을 보았다고 말했더니 아는 것은 별로 없지만 마을에 대해서 이야기해주겠다면서 마을의 지명 유래를

---

107) '아기장수 위에 장작개비를 쌓아 놓았다'는 내용이 생략되었다.
108) 의성군, 미간행 원고.

설명해 주었다. 바람 부는 길거리에 서서 들었다.

줄 거 리 : '신리(新里)'라는 지명은 새마을이란 뜻이다. '중터'는 중간에 위치하고 있어
　　　　그렇게 불렸다. 원래 이곳의 지명인 '오가동(五佳洞)'은 다섯 봉우리가 보기
　　　　좋다고 붙여진 이름이다.

여 우에(위에) 가면, 위에 마을에서 쪼금 안으로 들어가면은 선학사라
는 절이 있었어요. 선학사라는 절이 있었고.

요기서 요 마을에는 신리라 카는데, 새 신자(新字) 마을 리자(里字). 신
리라는 거는 한문, 그 한글로 풀이하면 새마을이라는 거, 새마을 맞죠?
예. 신리예요, 요 동네가.

(조사자 : 여기가 신리예요?)

예. 요 입구가 전부 신리고, 요 우에부텀(위부터) 중터라고 하는데, 왜
중터냐 카면은, 요 신리하고 중간에 있다고 중터라 그래요.

요거는 신리하고 중터라는 요 지명은 어느 때에 이걸 썼냐 카면은 우
리 그 왜정 때에 일본 속국으로 되어 있을 때에 속국된 초창기에 고 요기
그 전국에 인제 그 지도를 만들 때, 고때 인제 그 고런 지명이 나왔고.

원래 지명은 오가, 오가동입니다, 여게가. 다섯 오자(五字), 아름다울 가
자(佳字), 다섯 오자, 아름다울 가잔데. 오가동이었는데, 그 오가동이 인제
그 자꾸 이렇게 내려오면서 인자 그 집은 옛날에는 높은 곳에서 인제 그
집을 짓다가 인제 자꾸 땅에 인지는 펀펀한 데라, 반반한 쪽으로 내려 왔
어요.

그래 인제 그래서 여 신리가 되고, 중터가 되고, 오가시가 되고, 오가시
를 오가동이라고 그랬는 지명입니다.

(조사자 : 오가동은 왜 오가동이예요?)

그 왜 인제 그 인제 내가 이야기했는, 다섯 오자(五字), 아름 가자, 아름
다울 가자(嘉字)는 여기 봉이 요래 보면은 다섯 봉우리가 있어요. 그러이
그게 아주 보기가 좋았다는 그런 뜻으로 아름다울 가자(嘉字)를 썼는 기

고, 봉이 다섯 개기 때문에 인제 그 오가(五嘉)라는 그런 지명을 가졌는 겁니다.

선학사가 망한 이유

자료코드 : 05_18_FOT_20110501_CHS_HYY_0003
조사장소 : 경상북도 의성군 안사면 만리 1리 686번지
조사일시 : 2011.5.1
조 사 자 : 천혜숙, 김영희, 백민정, 권희주, 한지현
제 보 자 : 황영육, 남, 66세
구연상황 : 마을의 지명 유래담에서 언급했던 선학사라는 절에 대한 이야기를 제보자가 다시 꺼냈다. 안사면이 유일하게 지명에 절 사자(寺字)를 쓰고 있다는 것을 강조하면서, 신라 때 안사면 일대가 전부 절터여서 자연히 절에 연관된 지명에 많다고 했다.
줄 거 리 : 선학사라는 절이 폐망한 이유에 대해서는 몇 가지 전설이 있다. 마을 간에 쉬이 통하기 위해 선학사 앞에 있는 선잇재를 깎는 바람에 도둑이 들어 망했다는 전설이 있고, 다른 하나는 그 절에 빈대가 많아서 중이 떠났다는 전설이다. 또 그 절에 칡으로 만든 기둥이 있었는데 절이 망하고 팔공산 어느 절에서 가져다가 집 지을 때 기둥으로 활용했다는 말도 전한다.

또 그 선학사는 왜 폐쇄가 됐느냐 그래며는, 고 앞에 가면 선잇재라 캅니, 선이, 선잇재라고 있어요. 선잇재라는 그 재가 있는데, 있었는데. 그 재를 그 넘에(너머에) 마을하고 이 쪽 마을 하고 다니기 좋겠끔 인자 이래서 산을 약간 깎은 모양이라요.

그래서 도둑이 들었다. 그래서 도둑이 들어가주고 절이 폐쇄됐다는 고런 전설 하나 하고.

하나는 고기(거기) 그 절이 빈대가 많애가주고 빈대가 많애가주고, 빈대한테 못 이겨서 그 중이 떠났다는 그런 전설도 있고.

그래 거기 칡으로 만든 기둥이 있었는데, 그 기둥이, 사실인지는 모르

겠습니다만. 팔공산 어떠한 절에 가며는 그 기둥이 거기에서 있다는, 집을 질 때 고걸 가주가가주고(가져가서) 기둥으로 활용을 했다는 그런 전설이 있었습니다.

황승립의 효심

자료코드 : 05_18_FOT_20110501_CHS_HYY_0004
조사장소 : 경상북도 의성군 안사면 만리 1리 686번지
조사일시 : 2011.5.1
조 사 자 : 천혜숙, 김영희, 백민정, 권희주, 한지현
제 보 자 : 황영육, 남, 66세
구연상황 : 황영육 제보자가 만리 1리의 마을사에 대해 자세히 이야기해 주었다. 만리 1리는 수원 백씨가 처음에 들어오고 그 다음에 김해 김씨, 마지막으로 평해 황씨가 들어와, 평해 황씨의 세가 제일 크다고 했다. 또 만리 1리에 있는 '신천정(新川亭)'이라는 정자는 평해 황씨 입향조의 손자인 황승립의 효성을 기려 그 후손들이 설립했다고 한다. 자연스럽게 황승립의 효성을 화제로 삼아 이 전설을 구연했다.
줄 거 리 : 황승립은 효심이 지극해 입향조 산소 옆에다 여막을 짓고 삼년을 기거했다. 가끔 일이 있을 때는 씻지도 않고 더벅머리를 한 채 인가로 내려왔는데, 밤 늦어 돌아갈 때면 호랑이가 길을 안내하고 보호해 주었다. 『영남삼강록』에 기록이 있다.

기록을 어떻게 해 놨느냐 카며는 영남삼강록(嶺南三綱錄)에도 그래 돼 있는데.

우리 할아버지 하도 효심이 지극해가주고 그 여막, 산소 옆에 입향 할아버지 산소 옆에다가 그 여막을 해가주고, 움막을 지가주고 거기서 기거를, 삼년간 기거를 했어요.

기거를 하면서 세수도 안하고 더벅머리에다갈랑 그대로 해가주고 그래 하다가 인가로 내려올 일이 있으면 한 번씩 니리왔다가(내려왔다가), 가실

때는 밤이 늦어가주고 갈 때는 인자 호랑이가 길을 안내를 하고 호위를 해 줬다는, 고런 전설이 면지에도(안사면지) 고래 기록되어 있습니다. 영남, 영남삼강록에도 고 기록이 있고, 있습니다.

토째비 홀린 경험담

자료코드 : 05_18_MPN_20110501_CHS_KMS_0001
조사장소 : 경상북도 의성군 안사면 만리 2리 경로당
조사일시 : 2011.5.1
조 사 자 : 천혜숙, 김영희, 백민정, 권희주, 한지현
제 보 자 : 김말심, 여, 80세
구연상황 : 김말심 제보자의 '시집살이 노래'가 끝나자, 청중들은 이구동성으로 옛날 소
리를 다 잊어버렸다고 말했다. 이때 임분임 씨가 자연스럽게 자신이 살아온
이야기를 구술했다. "왜정 때 색시공출 때문에 하루만에 혼약하고 하루만에
시집갔다"고 재미있게 표현했다. 그 후에 토째비에 홀린 이야기는 없는지 물
었더니 제보자는 직접 경험한 이야기라며 구연을 시작했다. 한 청중이 그런
애기는 하지 말라고 말리기도 했다.
줄 거 리 : 술에 취해 가다 보면 불이 번쩍하며 토째비가 나와 사람을 홀린다. 나도 안
계에 가다가 홀린 경험이 있다. 아무리 길을 가도 꽃밭이었다. 동행하던 사람
을 따라 가도 길을 잃어버리고 다른 곳으로 갔다.

뭐 술 먹고 이전에 술주정해가주고 가다 보만 불이 뻔떡거리고 참 토
째비가 나와서 홀킸어요(홀렸어요).

(청중 : 하이, 그거는 애기할 거 없어, 쯧!)

(조사자 : 아뇨, 그런 이야기 좋습니다. 책에 없는 이야기.)

홀키가주 가여, 홀키가주 가고. 난도 홀킸었는 걸, 뭐.

(조사자 : 할머니, 홀려보셨네요.)

야. 안계 가서러. 그 밑에 거 거서러 홀키가주고.

(조사자 : 그 이야기해 주세요.)

자꾸 가이께로 꽃밭이더라 카이께로.

그런데 다리이(다른 이) 뒤에 요리 알아서러 그때 누간동(누군지) 몰따.

뒤에 알아서 요래 가마(가만히) 가마 따라가도 길을 고마 잊어부리더라 카이. 딴 데로 가더라 카이.

시집살이 노래 (1)

자료코드 : 05_18_FOS_20110501_CHS_KMS_0001

조사장소 : 경상북도 의성군 안사면 만리 2리 84-2번지 경로당

조사일시 : 2011.5.1

조 사 자 : 천혜숙, 김영희, 백민정, 권희주, 한지현

제 보 자 : 김말심, 여, 80세

구연상황 : 황병옥 씨의 '아리랑 춘향' 이후 잠시 동안 노래가 중단되었다. 마을의 지명 유래가 화제가 되는가 하면, 다른 한 쪽에서는 할머니들이 소리에 대한 생각을 말하기도 했다. 황병옥 씨는 자신을 비롯한 할머니들이 부른 노래를 '벌소리'라고 했지만, 임분임 씨는 자신들이 가창한 여러 소리들이 좋은 소리라며 옛날 소리에 대한 자부심을 드러냈다. 이어서 김말심 제보자가 '시집살이 노래'를 불렀다. 박수를 치면서 가창했다.

[박수를 치며]

열두대문 열고가서

시집살이 하고나니

머리 백발되고

이는빠자(이는빠져) ○○○되고

(청중 : 지랄도, 이 빠진 소리.)

으 시집살이 말도마라

여수겉은(여우같은) 시누들이

말도마라 말도마라 으흐

시집살이 말도마라 으흐

꼬치겉은(고추같은) 매분소리(매운소리)

시이미란(시어머니란) 기(게) 시집살이 할적에

배도 마이(많이) 곯고

(청중 : 지랄하네, 하하하.)

밤으로 비도(베고) 많이짜고. ㅎㅎㅎ

(청중 : 비를 얼매나 짰노?)

비 얼매나 짰는동 아니껴, 우리들이? 밍도(무명도) 밤새도록 잣고, 비도
밤새도록 짰어. 엄매나 짰니껴.

시집살이 노래 (4)

자료코드 : 05_18_FOS_20110501_CHS_KMS_0002
조사장소 : 경상북도 의성군 안사면 만리 2리 84-2번지 경로당
조사일시 : 2011.5.1
조 사 자 : 천혜숙, 김영희, 백민정, 권희주, 한지현
제보자 1 : 김말심, 여, 80세
제보자 2 : 황병옥, 여, 86세
구연상황 : '시집살이 노래 (3)'이 끝나고도 시집살이에 대한 이야기가 계속되었다. 황병
옥 제보자는 "시집살이 말도 마라. 친정살이 말도 마라. 시집살이는 흉이 많
고 친정살이는 말이 많더라."며 당시의 기분을 노래처럼 표현했다. 이어서 김
말심 제보자가 시집갈 당시의 기분을 표현하며, 이 노래가 시작되었다. 김말
심 제보자의 구연에 이어 황병옥 제보자가 불렀다. 이 노래의 구연이 끝난 후
에도 시집살이 이야기는 끝나지 않았다.

[먼저 말로 설명하며]

친정 갈 적 좋아가지고,

(청중 1 : 그래.)

야(예), 오동나무 꺾어들고 오동오동 친정가고, 올 적으은(적에는) 참 오

기 싫어 모도 울고. 예전에는,

　(청중 1 : 느릅나무 꺾어 느릿느릿 온다.)

　(청중 2 : 그카는가?)

　[제보자 두 명이 번갈아가며 부른다.]

제보자 2 친정에라 가라카이

　　　　　오동나무 꺾어

　　　　　오동오동 갔는데

　　　　　친정에 한달있다 보이(보니)

　　　　　오라카이 애타게

제보자 1 오기싫어 울고

제보자 2 타래타래 시집을왔어

제보자 1 친정가마(가며) 울고

제보자 2 그래서 집에서 올라그니

　　　　　타래타래 시집을 왔어

　(청중 1 : 울 언니도 마이 울었어. 안 갈라고.)

　어, 어, "오마이(어머니) 아바이(아버지), 오마이, 아바이 옆집에, 그 집에 가서 살아라." 카이.

제보자 1 타래나무 꺾어

　　　　　타래타래 오고

　　　　　오동나무 꺾어쥐고

제보자 2 오동오동 가이께

　　　　　시집을 타래타래 왔어

달거리

자료코드 : 05_18_FOS_20110501_CHS_HTB_0001
조사장소 : 경상북도 의성군 안사면 만리 2리 402-2번지 앞 차량 내
조사일시 : 2011.5.1
조 사 자 : 천혜숙, 김영희, 백민정, 권희주, 한지현
제 보 자 : 한태봉, 남, 77세
구연상황 : 만리 1리에서는 황영육 씨 외에는 눈에 띄는 제보자를 찾을 수 없었다. 무엇
보다 판이 마련되지 않아서, '수원 백씨 아기장수' 이야기의 본향인 만리 2리
로 향했다. 황영육 씨는 만리 2리의 한태봉 씨를 찾아가면 아기장수에 관한
더 자세한 이야기를 들을 수 있을 것이라고 했다. 만리 1리와 꽤나 떨어져 있
는 만리 2리를 들어서서 한태봉 제보자의 댁을 찾아갔다. 인사를 드리고 조사
취지를 설명하자 바로 조사에 응해 주었다. 이 마을에서도 여전히 바람이 심
하게 불었으므로 녹음상 어려움이 있었다. 결국 손님이 와 있어 곤란해 하는
이 분을 조사자들이 타고 간 자동차로 안내했다. 자동차 속에서 이야기판이
이루어졌다. 한태봉 제보자는 "녹음 시작하이소."라고 말하고선 큰소리로 이
노래를 읊어주었다. 마치 책을 읽듯이, 또는 변사의 말처럼 들렸다. 끝나고는
"잘하지요?"라며 자신의 노래에 아주 흡족해하는 듯했다. '청상과부의 망부가'
라고 했다.

정월이라 십오일에 새해로다 새해로다

산위에 높이올라 달구경하는 처녀총각

우리서방님은 어데가고(어디가고) 달구경하러 못오신고

그달그믐 다보내고 이월이라 한식일에

원근산 봄이드니 불탄풀이 속잎나고

집집마다 찬밥이니 개자추의 넋이로다

적막한 이봄날에 말달리는 처녀총각

우리서방님은 어데가고 한식절을 모르신고

그날그믐 다보내고 삼월이라 삼짇날에

연자109)는 날아들어 옛집에 찾아오고

---

109) '제비'의 다른 말이다.

호적도 분분하여 옛빛을 자랑하네

봄바람 야외길로 노니는 처녀총각

우리서방님은 어데가고 삼진절을 모르신고

그달그믐 다보내고 사월이라 초파일에

삼각산 제일봉에 봉앉아 춤을추고

한강수 깊은물에 동해물에 찬양할세

장안만호(長安萬戶) 집집마다 관등하는 처녀총각

우리서방님은 어데가고 관등절을 모르신고

그달그믐 다보내고 오월이라 단오일에

나물먹고 물마시고 팔을베고 누웠으니

여름구름이 구름이오 자귀새울음이 울음일세

송백양구 양육높은 낭게(나무에) 그네뛰는 처녀들아

우리서방님은 어데가고 그네뛰러 못오신고

그달그믐 다보내고 유월이라 유두일에

즐거울손 선풍인데 치마옷깃 폴랑이니

바람마다 한숨이오 한숨마다 노래일세

김메고 방아찧고 목욕하는 처녀총각

우리서방님은 어데가고 유두절을 모르신고

그달그믐 다보내고 칠월이라 칠석날에

아미사론 반륜110) 이태백이 청운이요

견우직녀 바라보고 눈물짓는 날이로다

추수공장 천일석에 죽장망혜(竹杖芒鞋) 처녀총각

우리서방님은 어데가고 칠석절을(칠석절을) 모르신고

그달그믐 다보내고 팔월이라 추석날에

---

110) 무슨 말인지 알 수 없다.

백곡이 풍성하니 즐거울손 추석인데

일곡누에 옷깃짜는 이내신세 누가알리

찬바람 절사따라 벌초가는 총각들아

우리서방님은 어데가고 벌초하러 못오신고

그달그믐 다보내고 구월이라 중구일에

천봉이 다시높아 구름인듯 둘렀는데

만학에 단풍들이 꽃이핀듯 반가워라

지리산 천왕봉에 등산온 처녀총각

우리서방님은 어데가고 중구절을 모르신고

그달그믐 다보내고 시월이라 천마일에(天馬日에)

공상에는 기러기요 독수공방(獨守空房) 이내몸가

저리궁천 높은달아 혼자밝아 무상하며

등잔불 끄고앉아 풍월읊는 처녀총각

우리서방님은 어데가고 천마일을 모르신고

그달그믐 다보내고 동짓달 동짓날에

왕상이란 명장보다 효자라 이름타니

가신부모 따라가서 남은효성 받치는가

혼자앉아 술을들고 서럼진정 하는차에

어디서 글소리는 나의애를 다시끊노

그달그믐 다보내고 섣달이라 제석날에

설한풍 몰아치는 캄캄타 한밤이오

어이혼자 살단말가 돌아오는 구심○○

물과함께 맞으리오 슬프도다 이내정절

높이높이 지키리라

잘하지요.

시집살이 노래 (2)

자료코드 : 05_18_FOS_20110501_CHS_HBO_0001
조사장소 : 경상북도 의성군 안사면 만리 2리 84-2번지 경로당
조사일시 : 2011.5.1
조 사 자 : 천혜숙, 김영희, 백민정, 권희주, 한지현
제 보 자 : 황병옥, 여, 86세
구연상황 : '방구쟁이 며느리' 이야기가 끝나고 시집살이에 대한 잡담이 이어졌다. 잡담
이 이어지는 와중에 제보자가 이 노래를 불렀다.

시애비상에 엉거꾸(엉겅퀴)뜯어

엉컬시놓고

시미미상에는 쪼바리(작은 조각)

쪼불시놓고

신랑상에 미나리 밀치나

시애비는 엉거쿠(엉겅퀴) 같애, 엉컬시 놓고. 시애미는 쪼바리(멍청이)
같애.

쪼바리놓구 신랑상에는

미나리해서 밀치놓고

옛날에는 시집살이 그래했어.

시집살이 노래 (3)

자료코드 : 05_18_FOS_20110501_CHS_HBO_0002
조사장소 : 경상북도 의성군 안사면 만리 2리 경로당
조사일시 : 2011.5.1
조 사 자 : 천혜숙, 김영희, 백민정, 권희주, 한지현

제 보 자 : 황병옥, 여, 86세

구연상황 : '시집살이 노래 (2)'가 끝나고도 시집살이 경험담들이 이어졌다. 임분임 씨는
　　　　　시집살이를 겪을 때 맏동서 때문에 고추장에 밥도 마음대로 비벼먹을 수 없
　　　　　었다며 당시의 서러움을 토로했다. 이에 제보자는 임분임 씨의 말을 듣곤 바
　　　　　로 이 노래를 가창하였다. 노래가 끝난 후 '맏동서 죽으면 제사에 올린 탕국
　　　　　도 내 차지'라는 등의 흥미로운 표현들이 더 보태졌다.

시애미 디지만(죽으면)

큰방차지 내차치고

맏동서 디지만

꼬장단지(고추장단지) 내차지세

적으소.

(조사자 : 네, 좋으네요.)

시집살이 얼매나 그래 살았는데. 시애미 디지면 큰 방 차지고 맏동선
꼬장단지 내 차지래.

(청중 1 : 이전에는 시집살이가 그렇게 고됐어.)

(청중 2 : 그래. 옛날 시집살이 했다 카는 그기래.)

(청중 1 : 맏동시 죽으면 탕국도 내 차지래.)

아리랑

자료코드 : 05_18_MFS_20110501_CHS_KMS_0001
조사장소 : 경상북도 의성군 안사면 만리 2리 경로당
조사일시 : 2011.5.1
조 사 자 : 천혜숙, 김영희, 백민정, 권희주, 한지현
제 보 자 : 김말심, 여, 80세
구연상황 : 임분임 씨의 '청춘가'를 시작으로 자연스럽게 노래판이 형성되었다. 이후 김
　　　　　 말심 제보자가 손뼉을 치며 이 노래를 불렀다. 신민요 '아리랑'이다.

[박수를 치며]

아리랑 아리랑 아라라리요
아리랑 고개로 넘어간다
나를 버리고 가시는님은
십리도 못가서 발병이난다

(청중 : 내 또 한번 더 할게.)

아리랑 아리랑 아라라리요
아리랑 고개는 열두고개

노래가락

자료코드 : 05_18_MFS_20110501_CHS_LBL_0001
조사장소 : 경상북도 의성군 안사면 만리 2리 경로당
조사일시 : 2011.5.1

조 사 자 : 천혜숙, 김영희, 백민정, 권희주, 한지현
제 보 자 : 임분임, 여, 88세
구연상황 : 황병옥 씨의 노래가 끝난 후, 조사자가 최고 연장자인 제보자에게 노래를 청
하자, 박수를 치며 이 노래를 불렀다. 함께 따라 부르는 분도 있었다.

[청중과 함께 박수를 치면서]

노세노세 젊어놀아
늙어지면은 못노나니
하무는 십일홍이요
달도차면은 기우나니
호적적 꽃나비쌍쌍
○○청산에 꾀꼬리쌍쌍(꾀꼬리쌍쌍)

(청중 : 잘한다.)
잘하제요.

청춘가

자료코드 : 05_18_MFS_20110501_CHS_LBL_0002
조사장소 : 경상북도 의성군 안사면 만리 2리 경로당
조사일시 : 2011.5.1
조 사 자 : 천혜숙, 김영희, 백민정, 권희주, 한지현
제 보 자 : 임분임, 여, 88세
구연상황 : 김말심 씨가 '베틀 노래'를 잠시 구연하였으나 길게 부르지 못했다. 이어 임
분임 제보자가 말로 '베틀 노래'의 사설을 약간 읊조렸다. 조사자가 더 적극적
으로 제보자에게 베틀 노래를 해 보라고 권유했지만 다른 노래를 부르겠다고
하고서는 큰소리로 '청춘가'를 불렀다. 아흔이 넘은 고령인데도 씩씩하고 우
렁찬 음성이었다.

[박수를 치며]

일본동경이 얼마나좋아
꽃겉은날놔두고 일본을가노
간다못간다 얼마나울었노
부산연락을 타고나니

(청중 : 옳지, 옳지. 소리 그래 해야 돼.)

한강수물이 얼마나넘어
눈물이 바다가되노 좋다

(청중 : 잘한다.)

신세타령

자료코드 : 05_18_MFS_20110501_CHS_HBO_0001
조사장소 : 경상북도 의성군 안사면 만리 2리 경로당
조사일시 : 2011.5.1
조 사 자 : 천혜숙, 김영희, 백민정, 권희주, 한지현
제 보 자 : 황병옥, 여, 86세
구연상황 : 한태봉 씨 댁을 나와서 만리 2리 경로당으로 갔다. 일곱 분의 할머니들이 경
　　　　　로당에 모여 담소를 나누고 있었다. 조사취지를 설명하고 옛날 노래나 이야기
　　　　　를 청했다. 김말심 씨가 팥죽이야기의 줄거리를 간단히 말하면서 임분임 씨에
　　　　　게 그 이야기를 해 보라고 했지만 임분임 씨는 잘 듣지 못했다. 갑자기 제보
　　　　　자가 한탄이 섞인 어조로 이 노래를 불렀다. 술기운이 더 오른 듯 보였다.

아니아니노지는 못하리라
아이씨지도(쓰지도) 못 한다
내가나이많애 씰곳이없네

가는적에 한고개뿐이로다

아리랑 춘향

자료코드 : 05_18_MFS_20110501_CHS_HBO_0002
조사장소 : 경상북도 의성군 안사면 만리 2리 경로당
조사일시 : 2011.5.1
조 사 자 : 천혜숙, 김영희, 백민정, 권희주, 한지현
제 보 자 : 황병옥, 여, 86세
구연상황 : 얼큰하게 취해 있던 제보자가 김말심 씨의 '아리랑'에 바로 이어서 '아리랑
춘향'을 불렀다.

아리랑 춘향이
보리쌀을 씻타가(씻다가)
이도령 피리소리에
오줌을 쌌시면(쌌으면)
적기나(적게나) 쌌나
낙동강 칠백리
홍수가 났네

[청중 웃음]
내 니 왜, 홍수가 났어. 그 먼 소리꼬?

6. 안평면

경상북도 의성군 안평면 금곡 2리

조사일시 : 2011.6.5

조 사 자 : 천혜숙, 김보라, 한지현, 차정경

금곡 2리 마을 전경

안평면소가 있는 박곡리에서 조금 더 들어가면 나타나는 마을로, 국사봉 자락의 산지로 둘러싸인 산촌이다. 서쪽에는 해망산이 있고 남쪽으로 금곡천이 흐른다. 비안군 외북면에 속했다가 1914년 행정구역 개편 시 의성군 안평면에 속하게 되었다. 그리고 1988년 의성군 조례 제1225호에 의거, 동이리로 변경하여 현재에 이르고 있다.

자연마을로는 누곡, 강새이골, 먹거리가 있다. 누곡은 뉘실 또는 누실이라고도 불리는데, 자손이 죽어나가는 등의 안 좋은 일이 많이 생겨서 비보(裨補) 삼아 더러울 누(陋)자를 붙인 것이라고 한다. 누곡의 더러울 누자는 묶을 누(累)자로 개칭되었다. 조선조에 해주 최씨가 누자를 바꾸었다는 설도 있고, 해방 후에 마을의 동장이 그랬다는 설도 있다. 먹거리는 주막이 있던 곳이어서 일컬어진 이름이다. 옛날 안평장을 보고 돌아오던 마을 사람들이 어김없이 들렀던 곳이다.

15세기에 영천 이씨가 개촌한 것으로 전해지나 정확하지는 않다. 마정에 있다는 영천 이씨 선영은 8대조인 데 비해 해주 최씨와 영일 정씨는 더 윗대 조상 묘가 있다고 한다. 마을이 컸을 때는 80호가 넘었으나 현재는 36호만 산다. 주로 해주 최씨, 영천 이씨, 영일 정씨가 많이 사는 편이고, 나머지는 모두 각성이다. 해주 최씨가 13호로 가장 많다. 지금은 강새이골과 먹거리에 두어 집이 사는 외에는 대부분 누곡에 모여 살고 있다.

주변에는 금당천과 더불어 크고 작은 저수지가 있다. 생업으로는 논농사 외에 자두와 고추 농사를 많이 한다. 새마을 운동 후 비로소 밥을 제대로 먹었을 정도로 예전에는 가난했지만, 지금은 농사지을 사람이 없어 골짜기 전지들을 다 묵히고 있는 실정이다.

마을 앞 도로는 1960년대 개통되었다. 그 후 새마을사업 때 간이상수도가 만들어졌으며, 1990년대 지하수가 개발되면서 물 걱정에서 벗어났다. 마을 여성분들은 추운 겨울날 물을 져다 먹어야 했던 힘든 기억을 공유하고 있다. 전기는 이 마을 출신인 재일교포의 후원으로 다른 마을보다 빨리 들어온 편이다. 마을회관 옆에는 그분의 공적비가 서 있다. 그리고 지금은 옮겨졌지만, 마을 근처에 안평초등학교가 있어서 거랑을 아홉 번씩 건너 이 초등학교에 다녔다는 분들이 많다. 또 이 마을에는 일제강점기 때 선교사들이 세웠다는 금곡교회가 있다. 이 오래된 교회에서 목사가 일곱 분이나 배출되었지만, 지금은 신도가 다섯 남짓 정도로 세가 약해졌다. 교회보다는 마을 인근에 있는 옥련사에 다니는 분이 더 많다.

금곡 2리 마을회관 내 연행 현장

동제에 대한 기억은 아득히 멀어졌을 정도로 오래전에 중단되었다. 1990년경 마을의 지하수 관정 때 돼지머리를 놓고 제사를 지낸 것이 마을 단위 제사의 마지막 기억이다. 정월 보름의 줄다리기 놀이는 중단된 지 오래되지 않았다. 정월 보름날 이 마을 여성들은 외따기 놀이도 했다.

문화재청의 조사보고서인 『의성의 민요』(1995)에서 이 마을 민요 제보자와 항목이 다양한 것을 보고, 이 마을을 조사지로 정했다. 그러나 이미 20년이 훌쩍 넘은 터라 이미 타계하였거나 노환 중인 분이 많아 기대만큼 조사가 쉽지는 않았다. 더욱이 마을을 찾은 때가 자두 수확으로 한창 바쁜 시절이어서 노래판을 벌이기가 거의 불가능해 보였다. 그런데도 바쁜 틈새 노래판이 마련된 것은 마을의 노래문화의 전통이 남달랐던 덕분이 아닌가 생각된다. 20년 전 마을의 소리꾼으로 일컬어졌던 분은 소산아제, 동촌어른, 운호어른 등이었다. 마을 분들은 농사, 의례, 유희의 현장에서 그분들이 소리로 노래판을 주도하던 그 시절을 아주 뚜렷이 기억하고 있었다. 또 마을 여성분들은 문화재청 조사 당시 한복을 갖추어 입고 직접 외따기 놀이를 재연했던 이야기를 자주 했다. 외따기 놀이의 재연에 대한 기억이 이 놀이의 실제 현장에 대한 기억을 지울 정도로 강렬해서, 학술적 현지조사가 지닌 역기능을 생각하게 했다.

그러나 농번기의 망중한(忙中閑)을 틈타 마을의 노인회관에서 벌어진 금곡 2리의 노래판은 충분히 다양하고 흥미로웠다. 25년 전에도 귀한 민요 자료를 제공했던 김분난 씨는 25년이 지났건만 조금도 훼손되지 않은 기억력으로 많은 여성민요를 구연해 주었다. 전통민요로 본다면 25년 전의 선행 조사에 미치지 못하겠지만, 오늘날 노래문화의 변화를 보여주는 흥미로운 자료들을 여러 창자로부터 얻을 수 있었던 것도 수확이었다. 비중이나 질적인 면에서 민요가 설화를 압도하는 마을이었지만, 마을의 '태무덤' 전설을 비롯하여 짧지만 흥미로운 내용을 담은 전설들도 채록되었다.

▌제보자

김덕순, 여, 1946년생

주 소 지 : 경상북도 의성군 안평면 금곡 2리
제보일시 : 2011.6.5
조 사 자 : 천혜숙, 김보라, 한지현, 차정경

안동(安東) 김씨로 친정은 안동 일직면 기미리이다. 20세 때 중매를 통해 이 마을의 김해 김씨 집안으로 시집와서 슬하에 3남을 두었다. 벼농사 외에도 마늘과 자두 농사를 짓고 있다.

부녀회장직을 6여 년 정도 맡았으며, 지금은 노인회 총무로서 마을회관을 관리하면서 노인회 활동을 돕는 역할을 하고 있다. 조사 당일 마을회관으로 주민들을 모이게 하여 노래판을 벌일 수 있도록 도움을 주었고, 구연에도 적극적으로 참여했던 분이다.

구연한 자료는 '이거리저거리 노래 (2)' 외에 변형된 사설의 '신판 각설이타령'이 있다. '쪼이나쪼이나 도까이쇼' 노래를 불러 좌중의 인기를 끌기도 했다. 노래문화의 변화를 읽게 해 주는 귀한 자료들을 제공했다.

제공 자료 목록

05_18_FOS_20110605_CHS_KDS_0001 이거리저거리 노래 (2)
05_18_MFS_20110605_CHS_KDS_0001 신판 각설이타령
05_18_ETC_20110605_CHS_KDS_0001 쪼이나쪼이나 도까이쇼

김문한, 남, 1937년생

주 소 지 : 경상북도 의성군 안평면 금곡 2리
제보일시 : 2011.6.5
조 사 자 : 천혜숙, 김보라, 한지현, 차정경

조사 시 마을회관에서 만난 분이다. 누대로 이 마을에서 살아온 토박이다. 안평국민학교와 안평중학교를 졸업한 후로 집안 농사를 거들다가 27세에 중매를 통해 안평면 박곡리로 장가들었다. 슬하에 3남 2녀를 두었다. 벼농사 외에도 자두와 마늘농사를 짓는다. 현재 마을의 노인회장이며, 제보자 김태늠 씨의 부군이다. 택호는 화산어른이다.

부부가 모두 노래의 구연에 지대한 관심이 있었다. 특히 제보자는 창길 2리 미치골에 사는 외할머니와 외삼촌이 소리를 잘 했던 기억을 뚜렷이 가지고 있다. 음성이 쩌렁쩌렁하고 신명이 있는 분이었다. 구연한 자료로는 '장부타령' 외에, 김분난 씨와 교환창으로 부른 '청춘가'가 있다.

제공 자료 목록
05_18_MFS_20110605_CHS_KMH_0001 장부타령
05_18_MFS_20110605_CHS_KMH_0002 청춘가 (3)

김봉근, 남, 1931년생

주 소 지 : 경상북도 의성군 안평면 금곡 2리
제보일시 : 2011.6.5
조 사 자 : 천혜숙, 김보라, 한지현, 차정경

금곡 2리 마을회관에서 만난 분이다. 일선 김씨(一善 金氏)로 누대로 이

곳 금곡 2리에서 살아온 토박이다. 학교는
다니지 못했고, 성장기에는 농사를 하면서
가계를 도와야 했다. 20세에 봉양면의 최점
년 씨와 혼인을 한 후로도 줄곧 농사를 짓
고 살아왔다. 슬하에 2남 3녀를 두었으며,
모두 성가하여 외지에서 산다. 현재는 부인
과 함께 살고 있다. 택호는 봉실어른이다.

키가 훤칠하고 이목구비가 반듯한 외모를
지녔다. 젊었을 때는 안평면에서 잘생긴 청년으로 이름이 났다고 한다.
마을분들은 제보자가 젊어서부터 노래도 잘 했다고 했다. 특히 '논매기 소
리'나 '상여 소리' 선소리를 잘 불렀던 것을 기억하는 분들이 많다. 또 초
성이 좋고 신명이 있었다고 입을 모았다. 그러나 지금은 연세가 높은 데
다 기력이 많이 쇠해서 소리하는 것이 옛날 같지 않은 듯했다. 부르다가
중단하는 경우도 더러 있었다.

민요에 대한 지식과 민요 보유량이 많은 편이다. '덜구 소리' 외 두 편
의 민요를 제공했다. '달거리'와 '화투풀이'를 두고 이영교 씨와 장르에 대
한 논쟁을 벌이기도 했다.

제공 자료 목록

05_18_FOS_20110605_CHS_KBG_0001 덜구 소리
05_18_FOS_20110605_CHS_KBG_0002 화투풀이
05_18_FOS_20110605_CHS_KBG_0003 각설이타령 (2)

김분난, 여, 1940년생

주 소 지 : 경상북도 의성군 안평면 금곡 2리
제보일시 : 2011.6.5
조 사 자 : 천혜숙, 김보라, 한지현, 차정경

김해 김씨로 신평면 검곡리에서 태어났다. 신평초등학교를 다녔다. 스무 살 되던 해 이 마을의 일선(一善) 김씨 가로 시집을 왔다. 택호는 동호댁이다. 슬하에 3남 2녀를 두어 모두 출가시켰다. 3년 전 남편과 사별하고 지금은 혼자서 살고 있다. 벼농사와 마늘농사를 짓고 있다.

구연한 민요들은 대부분 10-15세 때 배운 것이다. '청춘가'나 '노래가락'과 같은 신민요는 남편에게 배웠다. 돌아가신 남편이 '청춘가', '노래가락', 트로트 등 장르를 가리지 않고 노래를 잘 부른 것으로 마을에서 정평이 나 있다.

마을회관에서 벌어진 구연현장에서 민요 보유량과 탁월한 기억력 면에서 단연 돋보였던 분이다. 청중들은 이 분이 "소리는 이렇게 잘 하는데 노래는 잘 못 한다"고 의아해했다. 옛날소리에는 능한 대신, 오늘날의 가요는 잘 못 한다는 뜻이다. '그네뛰기 노래'와 같은 전통 부요들, '청춘가', '노래가락'과 같은 신민요 외에도 창가, 군가 등, 근대를 전후하여 불렸던 다양한 노래 수십 편의 가락과 사설을 놀라운 기억력으로 재구해 낸 분이다.

제공 자료 목록
05_18_FOS_20110605_CHS_KBN_0001 외따기 노래
05_18_FOS_20110605_CHS_KBN_0002 방망이점 노래
05_18_FOS_20110605_CHS_KBN_0003 남아남아 노래
05_18_FOS_20110605_CHS_KBN_0004 방아 노래 (1)
05_18_FOS_20110605_CHS_KBN_0005 이거리저거리 노래 (1)
05_18_FOS_20110605_CHS_KBN_0006 그네뛰기 노래
05_18_FOS_20110605_CHS_KBN_0007 나물뜯는 노래 (1)
05_18_FOS_20110605_CHS_KBN_0008 방아 노래 (2)

05_18_FOS_20110605_CHS_KBN_0009 실패야 바늘은

05_18_FOS_20110605_CHS_KBN_0010 알강달강

05_18_FOS_20110605_CHS_KBN_0011 애기재우는 노래

05_18_FOS_20110605_CHS_KBN_0012 나물뜯는 노래 (2)

05_18_FOS_20110605_CHS_KBN_0013 찡 노래

05_18_MFS_20110605_CHS_KBN_0001 청춘가 (1)

05_18_MFS_20110605_CHS_KBN_0002 청춘가 (2)

05_18_MFS_20110605_CHS_KBN_0003 노래가락

05_18_MFS_20110605_CHS_KBN_0004 어랑타령 (1)

05_18_MFS_20110605_CHS_KBN_0005 어랑타령 (2)

05_18_MFS_20110605_CHS_KBN_0006 연애 노래

05_18_MFS_20110605_CHS_KMH_0002 청춘가 (3)

05_18_ETC_20110605_CHS_KBN_0001 이수일과 심순애 노래

05_18_ETC_20110605_CHS_KBN_0002 6·25 노래

05_18_ETC_20110605_CHS_KBN_0003 군가

김태늠, 여, 1940년생

주 소 지 : 경상북도 의성군 안평면 금곡 2리

제보일시 : 2011.6.5

조 사 자 : 천혜숙, 김보라, 한지현, 차정경

안평면 박곡리에서 생장했다. 19세에 이 마을로 시집 와서, 지금까지 농사를 지으며 살고 있다. 현재 마을의 노인회장인 김문한 씨와 부부이며, 슬하에 3남 2녀를 두었다. 택호는 화산댁이다.

조사 당일 마을회관에서 벌어진 노래판에 적극적으로 참여하였다. 어린 시절 친정의 외할머니로부터 노래와 이야기를 듣고 배웠  던 기억과 경험이 풍부하다. 그런 경험 덕분에 민요에 대한 지식이 풍부

한 편이지만, 정작 사설은 많이 망각해버려서 온전히 재구해내지 못 했다. 대신 이 분은 김분난 씨의 연행에 중요한 역할을 했다. 김분난 씨에게 노래를 적극적으로 권유하였으며, 기억을 환기하는 데 큰 도움을 주었다. 노래 연행의 맥락을 설명하는 데도 적극적이었다.

구연한 자료로는 '실감기 노래' 한 편이 있다.

제공 자료 목록
05_18_FOS_20110605_CHS_KTN_0001 실감기 노래

이영교, 남, 1931년생

주 소 지 : 경상북도 의성군 안평면 금곡 2리
제보일시 : 2011.6.5
조 사 자 : 천혜숙, 김보라, 한지현, 차정경

영천(永川) 이씨로, 금곡 2리 마을회관에서 만난 분이다. 누대로 이 마을에서 살아왔다. 농사일을 도우면서 어린 시절을 보내다가 안평국민학교에 입학하였으나 6·25전쟁이 나는 바람에 4학년까지만 다니고 말았다. 19세 되던 해에 안동시 길안면 용계리 출신의 류순조 씨와 혼인했다. 농사를 큰 규모로 지으면서 슬하의 3남 5녀를 모두 출가시켰다. 택호는 매실어른이다.

마을에서는 유지어른으로 통하며 노인회장직을 맡기도 했다. 머리가 하얗게 셌고 몸집이 왜소한 편이나, 기품이 느껴지는 분이다. 몇 년 전 후두암 수술을 받은 후로는 말하고 먹는 일이 다소 불편해졌다.

그래서 민요 사설을, 가락을 붙이지 않고 말로 읊는 방식으로 구연했

다. 기력이 약해서 그 소리조차 뚜렷하지 않았지만, 민요에 대한 지식이 풍부하고 사설에 대한 기억도 좋은 편이었다. 젊은 시절 이 분의 초성을 기억하는 마을분들이 무척이나 안타까워했다.

'화투풀이'를 '달가'와 혼동하는 김봉근 씨와 논쟁을 하기도 했는데, 자신의 의견을 끝까지 주장하면서, '달가'를 실제로 불러 보이기까지 했다. '누곡의 지명 유래' 외에 두 편의 전설도 구연했는데, 군더더기가 없고 스토리 라인이 정연한 것이 인상적이었다.

제공 자료 목록
05_18_FOT_20110605_CHS_LYK_0001 태자암 전설
05_18_FOT_20110605_CHS_LYK_0002 누곡의 지명 유래
05_18_FOT_20110605_CHS_LYK_0003 박문수 어사와 현풍 곽씨 열녀비
05_18_FOT_20110605_CHS_LYK_0004 의성 김씨 부자의 구휼 선행
05_18_FOS_20110605_CHS_LYK_0001 달가
05_18_FOS_20110605_CHS_LYK_0002 각설이타령 (1)

태자암 전설

자료코드 : 05_18_FOT_20110605_CHS_LYK_0001
조사장소 : 경상북도 의성군 안평면 금곡 2리 마을회관
조사일시 : 2011.6.5
조 사 자 : 천혜숙, 김보라, 한지현, 차정경
제 보 자 : 이영교, 남, 81세
구연상황 : '청춘가 (1)'이 끝난 뒤 김덕순 씨가 제보자에게 옛날 이야기를 권하였다. 제
보자는 갑작스러운 듯 잘 생각나지 않는다고 했다. 이에 김덕순 씨가 다시
'태 무덤' 이야기를 하라고 권하자 바로 이 이야기를 시작하였다.
줄 거 리 : 어느 시절 나라에 난리가 나서 '봄사리(春生)'라는 동네로 피난을 갔다. 그곳
에서 왕자를 출산하여 주변의 산에 태를 묻었다. 그래서 태 무덤이 있는 골
짜기는 '태자암'이 되었다.

　예전에 어느 시절은 그 확실히 모르고요, 모르고.

　다만 어느 시절, 나라에 인제 난리가 나가주고, 그래 인제 골짝으로 맹
난리가 나면, 피난을 골짝으로 해가지고. 이래 이 너머에 가믄(가면) '봄
사리'카는 동네가 있습니다. 봄생 해가지고 한문으로 하면 봄 춘(春)자, 날
생(生)자, 이제 봄사리 카는 동네에서 피난해가주고.

　그래 이제 그 말하자면 왕자를, 태자를 생산했는데. 태자 생산 했는 그
인제 태 무덤, 태, 태가 아기를 생산하는 태가 있어. 그 인제 태를 여게
인제 태자암 카는 데 저 어데 지금 '바이오'카는 그 산이, 개간해가주 지
금 그 하나 있는데. 거게(거기) 이제 '태자암'이라 카는 골짜기가 있습니
다. 거게 인제 거 태 무덤이 있답니다.

　그래가지고 인제 전설이 니러와가지고 태자암이 됐답니다.

누곡의 지명 유래

자료코드 : 05_18_FOT_20110605_CHS_LYK_0002
조사장소 : 경상북도 의성군 안평면 금곡 2리 마을회관
조사일시 : 2011.6.5
조 사 자 : 천혜숙, 김보라, 한지현, 차정경
제 보 자 : 이영교, 남, 81세
구연상황 : '태자암 전설'이 끝나자 제보자는 이 마을에 전설이 많지 않다고 하면서 마을 지명과 관련된 이야기를 들려주었다.
줄 거 리 : 마을의 고유한 이름은 누곡이다. 해방 전까지는 '더러울 누(陋)'자를 써서 누곡(陋谷)으로 불렸다. 동네에서 사람이 자꾸 죽는 등 좋지 않은 일이 생겨서 동네 이름을 그렇게 지었다고 전한다. 해방 후 어느 동장이 더러울 누자를 쓰는 동명을 좋지 않게 여겨 더러울 누자를 '여러 누(累)자'로 바꾸었다.

그 이 동네에 동명이(洞名이) 관에서 인제 금곡 2리 카니까, 금곡 2동. 예전에는 동(洞) 카고, 지금은 금곡 2리라 카는데.

금곡 2리 하고 또 인제 누곡 하는, 누곡인데. 내가 알기로는 해방 전에는 그 인제 더러울 누자를(陋字) 썼어요. 더러울 누자를 써가주고 인제 누곡이라 캤는데.

근데 그 뭐, 그 어예가지고 더러울 누자를 했는지, 그저 전해오는 말에는 그 이 동네에서 자꾸 뭐 이래 사람이 마이(많이) 죽고 하이께네, 그 인제 아도 뭐 우리 가정에서 예전에 보만 출생해가주고 자꾸 죽고 하마 좀 안 좋은 이름 뭐 뭐, 쑥쟁이니 강아지니 뭐 이래 짓는 매로. 이 동네에서 인제 안 좋은 일이 자꾸 생기이께네, 그래가지고 인제 동네 이름을 더러울 누자로 써가주 인제 누곡이라 했는데.

그러이 이제 해방되고, 동네 이름을 더러울 누자를 써가지고 안 좋다 캐가. 그래 이제 아마 어는(어느) 그 동장님이 새로 인제 동명을 가렸어요. 더러울 누자를 인제 밭 전(田) 밑에 실 사(絲)자, 실 사 했는, 여러 누(累), 여러 누자로 그래 인제 누곡이라고.

박문수 어사와 현풍 곽씨 열녀비

자료코드 : 05_18_FOT_20110605_CHS_LYK_0003
조사장소 : 경상북도 의성군 안평면 금곡 2리 마을회관
조사일시 : 2011.6.5
조 사 자 : 천혜숙, 김보라, 한지현, 차정경
제 보 자 : 이영교, 남, 81세

구연상황 : '신판 각설이타령'이 끝나고는 잡담으로 좌중이 소란스러워졌다. 조사자는
이영교 제보자에게 박문수 어사 이야기를 들어 보셨냐고 물었다. 좌중이 조용
해지면서 모두 제보자를 주목하였다. 제보자는 좋은 이야기가 아니라며 구연
을 시작했다. 구연 후에는 "남의 문중을 비방하는 이야기가 좋은 이야기가 아
니지요."라며 조심스러워했다. 조사자가 "박문수 어사와 현풍 곽씨 이야기는
유명한 것"이라고 보탰다.

줄 거 리 : 옛날에 박문수 어사가 현풍 곽씨가 사는 마을에 갔다. 박문수 어사는 진짜
열녀비는 불에 타지 않는다며 현풍 곽씨 열녀비를 태우려고 하였다. 문중에
서는 가짜 열녀각임을 들킬까 봐 이를 태우지 못하게 했다.

좋은 이야기는 아닌데.

(조사자 : 예, 예. 좋습니다.)

그 박문수 어사가 현풍에 가면은 현풍 곽씨들 그 열녀비가 있답니다.
열녀비가 있는데, 박문수 어사가 어사출두 해가주구 인제 현풍 곽씨네 동
네에 가가주고.

"진짜 열녀, 열녀비는, 열녀비가 있었다면 불을 질러도 안 탄다꼬. 안
탄다는데, 이 곽씨네 열녀각은 진짜 열년지 불을 한번 질러볼라꼬."

시작커이께네,

문중에서,

"못 질르게(지르게) 한다 칸다."

그래이께네 진짜 열녀가 아이라 카는 그런 그런, 인제 전설이 있답
니다.

의성 김씨 부자의 구휼 선행

자료코드 : 05_18_FOT_20110605_CHS_LYK_0004
조사장소 : 경상북도 의성군 안평면 금곡 2리 마을회관
조사일시 : 2011.6.5
조 사 자 : 천혜숙, 김보라, 한지현, 차정경
제 보 자 : 이영교, 남, 81세

구연상황 : '박문수 어사와 현풍 곽씨 열녀비' 이야기가 끝난 후, 조사자가 인근에 큰 부
자가 있었냐고 물었다. 제보자는 큰 부자 이야기는 경주 최부자 이야기가 있
으나, 그건 누구나 아는 이야기라고 했다. 다른 청중은 '하동 최부자'도 거론
했다. 다시 조사자가 "의성에 큰 부자가 났느냐?"고 묻자 제보자가 "의성에는
큰 부자는 없었다."고 하면서 이 이야기를 시작했다. 구연이 끝난 후 한 청중
이 이 이야기에 관심을 보이면서 창기 1리에 있다는 비석에 대해 다시 묻기
도 하였다.

줄 거 리 : 흉년이 크게 졌던 어느 해 의성 농민들은 먹을 것이 없어 다음 해 농사지을
종자까지 다 먹어버렸다. 이를 딱하게 여긴 의성 김씨 부자가 안평 지방 농
민들에게 농사지을 종자를 대 주었다. 그것을 고맙게 여겨 창기 1리에 있는
그 부자의 묘소에 비석을 세운 것이다.

요오 내려다가 안평 소재지 조끔 못가만 창기 1동 카는 동네, 앞에 고
왼편에 고 들 옆에 고오(거기), '의성 김씨들 묘지 싶으다.' 저저 비석이
하나 있어요.

비석이 하나 있는데, 그 비석을 인제 그 고속도로 난 나불에(바람에),
그짝아(그쪽에) 있다가 고리(그리) 옮길 때 내가, 친구가 의성 김씨라가주
고 하문(한번) 참석을 했는데.

그 인제 전해오는 이얘기가,

"그 어예가주고 여어 비각 세웠노?" 이카이께네,

그 어느 해 흉년에, 흉년을 지내고 나이께네 지방 그 농민들이 먹고 살
기 없이이 고만 종자를 다아 띠어(떼어) 머었붔어(먹어버렸어). 다음 해 농
사지을 종자를 다 먹었붔이이끼네 다음 해 종자가 없으이 농사를 못 짓잖
아. 그래 인제 의성 김씨 부자가 부잣집에 곳간에 곡식이 마이(많이) 있으

이께네 그 지방에 인제 안평 전면에 그 종자를 다 대어줬답니다.

그래가지고 인제 얼마나 고마운 일입니까? 그래가주고 그 비가 섰다는 그런 전설을 들었습니다.

이거리저거리 노래 (2)

자료코드 : 05_18_FOS_20110605_CHS_KDS_0001
조사장소 : 경상북도 의성군 안평면 금곡 2리 마을회관
조사일시 : 2011.6.5
조 사 자 : 천혜숙, 김보라, 한지현, 차정경
제 보 자 : 김덕순, 여, 66세
구연상황 : '이거리저거리 노래 (1)'의 마지막 부분이 청중의 웃음소리에 묻혀버려 조사
자들이 다시 불러달라고 권하였으나, 욕이 들어있는 탓인지 꺼리는 분이 많아
서 다시 듣지는 못했다. 조사자가 이 노래의 첫 부분으로 유도하자 제보자가
다른 각편을 대신 불러주었다.

이거리저거리 각거리
천도만도 도만도
짝바리 양반
딜마조끼 단조끼
칠판으로 문지께
동지섣달 대설에

덜구 소리

자료코드 : 05_18_FOS_20110605_CHS_KBG_0001
조사장소 : 경상북도 의성군 안평면 금곡 2리 마을회관
조사일시 : 2011.6.5
조 사 자 : 천혜숙, 김보라, 한지현, 차정경
제 보 자 : 김봉근, 남, 81세
구연상황 : 앞의 노래가 끝나고 잠시 좌중이 산만해졌다. 그때 제보자가 마을회관으로 들

어왔다. 조사자가 방문하게 된 취지를 말씀드리자, 많은 청중들이 제보자에게 노래를 권하였다. 김봉근 제보자는 '금강산 일만이천봉'을 불렀는데 힘이 없어서 잘 안 된다고 하였다. 청중들은 제보자가 '덜구 소리'의 선소리를 잘한다며 권했다. 옆에 있던 이영교 씨는 덜구 소리를 할 때 받는 소리가 지역마다 다르다고 실제로 후렴구를 불러보이며 설명해주었다. 이어서 제보자가 덜구소리 선소리로는 '초한가'도 있고 '망부가'도 있다고 하면서, 이 노래를 시작하였다.

배태운 장사들아
워워 덜구여
초한성우 들어보소
워워 덜구여
말잘하는 이장임은
워워 덜구여
초패황을 인도할때
워워 덜구여
수양없는 장자방에
워워 덜구여
계명사 추양월이
워워 덜구여
일척단소 손에들고
워워 덜구여
일한가 한곡조에
워워 덜구여
월하에 슬퍼부니
워워 덜구여
금옥조에 하얏으대
워워 덜구여

구추삼경 오날밤에

워워 덜구여

하날높고 달밝은데

워워 덜구여

연방객진 저운산은

워워 덜구여

투구철화 굳게하고

워워 덜구여

십삼전쟁 바랄적에

워워 덜구여

내일아침 한싸움에

워워 덜구여

너의부모 생각하니

워워 덜구여

바삐바삐 도망가서

워워 덜구여

부모형제 상봉하라

워워 덜구여

내몸이 선녀로서

워워 덜구여

너애들이 불쌍하야

워워 덜구여

이여타시(이렇듯이) 알려주니

워워 덜구여

바삐바삐 도망가라

워워 덜구여

화투풀이

자료코드 : 05_18_FOS_20110605_CHS_KBG_0002
조사장소 : 경상북도 의성군 안평면 금곡 2리 마을회관
조사일시 : 2011.6.5
조 사 자 : 천혜숙, 김보라, 한지현, 차정경
제 보 자 : 김봉근, 남, 81세
구연상황 : 이영교 씨의 '달가'에 이어 바로 김봉근 제보자가 '화투풀이'를 시작했다. 제
보자는 이 노래를 '달가'로 알고 불렀다. 노래를 마친 제보자가 "이것이 달
가."라고 하자, 이영교 씨가 '화투풀이'라고 정정하였다. 같은 노래에 두 가지
명명을 혼용하고 있음을 알 수 있다.

정월이라 쓸쓸한마음

이월매조에 맺어놓고

삼월사구라(사쿠라) 산란한마음

사월흑조에 허사로다

오월남초 나던(날던)나비

유월목단에 춤을추네

칠월홍조 홀로누버(누워)

팔월공산을 바라보니

구월국화 굳은절개

시월단풍을 바라보니

오동추야 달밝은데

거처없이 가는구나

그기 인제 달간데.

(청중 : 화토풀이.)

각설이타령 (2)

자료코드 : 05_18_FOS_20110605_CHS_KBG_0003
조사장소 : 경상북도 의성군 안평면 금곡 2리 마을회관
조사일시 : 2011.6.5
조 사 자 : 천혜숙, 김보라, 한지현, 차정경
제 보 자 : 김봉근, 남, 81세
구연상황 : 이영교 씨가 앞서서 '각설이타령'을 구연하다가 후반에 가사가 기억이 나지
않는다면서 김봉근 제보자에게 가사를 물었다. 제보자는 이영교 씨가 구연하
는 것을 거들다가, 조사자와 청중이 다시 한 번 구연하기를 청하자 이 노래를
불렀다.

일자나한자 들어보니
이군불사 충신이요
삼자나한장 들고보세
삼총거리 놋촛대는
변숫방에(빈소방에) 지적이라
사자한자 들고보니
사형제 바쁜길은
외나무다리에 만나서
정승참이(점심참이) 늦어간다
오자한자 들고보니
오가천장 가는길은
적두마를 집어타고
제갈공명 찾아간다
육자한자 들고보니
육군대장 승하시는
팔선녀를 희롱한다
칠자한자 들고보니

칠뚝칠뚝 열칠뚝은

일곱군무 옥통수는

장자방에 노리개요

팔자한자 들고보니

아들형제 팔형제는

한서당에 글을배와

경주서울 첫서울에

첫과게만 바래노라

구자한자 들고보니

구름위에 늙은중은

상좌중을 앞서우고

일락서산 넘어가니

궂은소리 절로난다

장자한자 들고보니

장안에 범들었다

일등포수 불달어라

그범한마리 왜못잡노

외따기 노래

자료코드 : 05_18_FOS_20110605_CHS_KBN_0001

조사장소 : 경상북도 의성군 안평면 금곡 2리 마을회관

조사일시 : 2011.6.5

조 사 자 : 천혜숙, 김보라, 한지현, 차정경

제 보 자 : 김분난, 여, 72세

구연상황 : '실감기 노래'가 끝나자 주변에서 다른 노래도 불러보라고 권유했다. 마을에
　　　　　서 부요 잘 부르기로 이름난 제보자가 이 노래로 구연을 시작했다. 여기에도

독특한 사설이 들어 있다.

저지둥이(기둥이) 누지둥이고[111]
나라임금 옥기두이세(옥기둥일세)
동애임재(동애임자) 어데갔노
첩우집에(첩의집에) 놀로갔네
동애한디이[112] 및냥가누(몇냥인가)
이천냥도 가련하구
삼천냥도 가련하다
높은낭개(나무) 유자따고
낮은낭개 성노(석류)딴다
이한디이주게 어떻다고

여, 녹음 되니껴?
(조사자 : 예.)

두디만주게 어떻다고
저달봤나 난도봤다
저별봤나 난도봤다
저 끝에 저처녀는
머리도좋고 키도크네
어라추야 잘도한다

---

111) '누구 기둥인가'의 의미이다.
112) '외 한 덩이'라는 의미이다.

방망이점 노래

자료코드 : 05_18_FOS_20110605_CHS_KBN_0002
조사장소 : 경상북도 의성군 안평면 금곡 2리 마을회관
조사일시 : 2011.6.5
조 사 자 : 천혜숙, 김보라, 한지현, 차정경
제 보 자 : 김분난, 여, 72세
구연상황 : '외따기 노래'를 마친 제보자가 이어서 이 노래를 구연했다.

　천하장군 천하부
　지하장군 지하부
　용마람에(용마름에) 대장군
　한데장군 나서거든
　어깨짚고 사매(소매) 짚고
　서리서리 니리주소(내려주소)

남아남아 노래

자료코드 : 05_18_FOS_20110605_CHS_KBN_0003
조사장소 : 경상북도 의성군 안평면 금곡 2리 마을회관
조사일시 : 2011.6.5
조 사 자 : 천혜숙, 김보라, 한지현, 차정경
제 보 자 : 김분난, 여, 72세
구연상황 : '방망이점 노래'에 이어서 이 노래를 불렀다. 구연 후에는 이 노래가 방망이
점 노래와 어떻게 다른지 서로 의견을 나누었다. 이건 방망이점 노래와 달리
춤추고 노느라 했던 놀이인데, 간혹 신이 내리는 사람도 있다고 했다. 이 노
래가 춤추고 노는 놀이의 기능이 강한 대신, 방망이점 노래는 누군가에게 빙
의가 되어 잃어버린 물건을 찾거나 앞날을 예견하는 주술적 노래로, 청중 대
부분은 두 노래를 분명히 구분하고 있었다.

　남아남아 청춘남아

나이는 십팔세요

생일은 사월초파일이오

오늘저녁에 재밌기 놀어봅시다

방아 노래 (1)

자료코드 : 05_18_FOS_20110605_CHS_KBN_0004
조사장소 : 경상북도 의성군 안평면 금곡 2리 마을회관
조사일시 : 2011.6.5
조 사 자 : 천혜숙, 김보라, 한지현, 차정경
제 보 자 : 김분난, 여, 72세
구연상황 : '남아남아 노래'가 끝난 후 '방망이점 노래'와 어떻게 다른지 한참 의견들을 주고받았다. 그러던 중 김분난 제보자가 생각난 듯이 대뜸 이 노래를 부르기 시작했다.

독장사 독지고

동래울산 살러가네

골미야(골무야) 실패는

내무릎팍 밑으로 돌어라

[청중들이 웃음]

먼데사람 보기좋고

젵에(곁의) 사람 듣기좋네

에헤로 방애요

이방애가 누(누구)방애로

이거리저거리 노래 (1)

자료코드 : 05_18_FOS_20110605_CHS_KBN_0005
조사장소 : 경상북도 의성군 안평면 금곡 2리 마을회관
조사일시 : 2011.6.5
조 사 자 : 천혜숙, 김보라, 한지현, 차정경
제 보 자 : 김분난, 여, 72세
구연상황 : '방아 노래 (1)'이 끝난 뒤, 김덕순 제보자가 "녹음기를 하나 사서 동호덕이
(김분난 제보자의 택호)이 부르는 소리를 녹음해 두자."고 하였고, 청중들은
동감의 뜻으로 크게 웃었다. 흥겨운 분위기가 이어졌다. 청중이 제보자에게
'이거리저거리'를 해 보라고 권했다. 노래가 끝나고, 좌중에는 웃음이 폭발했
다. 청중 한 분은 "뭐 그런 노래를 하느냐"고 언짢아하기도 했다.

이거리저거리 각거리
천사만도 도만도
오리줌치 노래이
좆이뺑 돌아간다

그네뛰기 노래

자료코드 : 05_18_FOS_20110605_CHS_KBN_0006
조사장소 : 경상북도 의성군 안평면 금곡 2리 마을회관
조사일시 : 2011.6.5
조 사 자 : 천혜숙, 김보라, 한지현, 차정경
제 보 자 : 김분난, 여, 72세
구연상황 : 제보자는 '어랑타령 (2)'에 이어서 9살 때 배운 신평초등학교 교가를 부른 뒤,
이 노래를 가창하였다. 노래가 끝나자 김태늠 씨가 그네 뛸 때 부르는 노래라
며, "그네가 위로 올라갔을 때 내려다보면 건너 집에 마소가 다 보이는 것을
말한 것"이라는 해설을 보탰다. 청중 모두 제보자의 총기에 거듭 감탄했다.

군디에(그네에) 올러라

쟁피에이113) 니리라(내려라)

저건네 저무(문)밖에

말도들고 소도들고

어라추야 올러가네

[웃음]

나물뜯는 노래 (1)

자료코드 : 05_18_FOS_20110605_CHS_KBN_0007
조사장소 : 경상북도 의성군 안평면 금곡 2리 마을회관
조사일시 : 2011.6.5
조 사 자 : 천혜숙, 김보라, 한지현, 차정경
제 보 자 : 김분난, 여, 72세
구연상황 : 어렸을 적 불렀던 노래를 다시 부르는 것으로 옛 추억을 떠올리는 제보자에
        게, 조사자가 "할머니, 올라가면 올고사리 내려가면 닐고사리 그것도 아세
        요?"라고 물었더니, 망설임 없이 이 노래를 불렀다. 나물 뜯으러 가서 불렀던
        노래라고 했다.

올라가는 올고사리

내려가는 늦고사리

차례차례 꺾어가주

울아부지 반찬하세

[웃음]

---

113) '쟁피밭에'라고 말하려고 한 것으로 짐작된다.

방아 노래 (2)

자료코드 : 05_18_FOS_20110605_CHS_KBN_0008
조사장소 : 경상북도 의성군 안평면 금곡 2리 마을회관
조사일시 : 2011.6.5
조 사 자 : 천혜숙, 김보라, 한지현, 차정경
제 보 자 : 김분난, 여, 72세
구연상황 : 제보자는 '나물뜯는 노래'를 부른 후 곧바로 '방아 노래 (2)'를 불렀다. 조사
자가 "이거는 뭐 할 때 부르셨습니까?"라고 묻자, 제보자와 김태순 씨가 방아
찧을 때 부르는 노래라며 동작과 함께 설명을 해 주었다.

먼데사람 보기좋고
옆에(곁에)사람 듣기좋고
에헤로오 방해야(방아야)
이방해가 누(누구)방핸고
경상도 태백산에
우리임금 방해로다(방아로다)

[웃음]

실패야 바늘은

자료코드 : 05_18_FOS_20110605_CHS_KBN_0009
조사장소 : 경상북도 의성군 안평면 금곡 2리 마을회관
조사일시 : 2011.6.5
조 사 자 : 천혜숙, 김보라, 한지현, 차정경
제 보 자 : 김분난, 여, 72세
구연상황 : 좌중이 제보자의 기억력에 감탄하던 중, 제보자가 자연스럽게 이 노래를 시작
했다. 청중 일부는 거듭 "문자가 많다."고 하기도 하는 등, 좌중에서는 제보자
에 대한 칭송이 자자했다.

실패야바늘은 내무릎

무릎팍밑으로 돌어다오

카고.

독장사 독지고

동래울산 살로(살러)가자

울염에(울너메) 울양대

우저리주저리 열었구나

알강달강

자료코드 : 05_18_FOS_20110605_CHS_KBN_0010

조사장소 : 경상북도 의성군 안평면 금곡 2리 마을회관

조사일시 : 2011.6.5

조 사 자 : 천혜숙, 김보라, 한지현, 차정경

제 보 자 : 김분난, 여, 72세

구연상황 : 앞의 노래가 끝나고 조사자가 '알강달강' 노래라며 운을 띄우자, 구연을 시작
하였다.

달강달강 우리달강

울아부지 서울가서

밤한발을 실어다가

살강아 묻어놨디이

머리깎은 생쥐란놈

들랑날랑 다까먹고

껍데길랑 할매주고

알은 니캉내캉 둘이먹자

[제보자가 웃자, 청중이 덧붙여서 부른다.]

　　저일랑 아버지주고
　　알을랑 니캉내캉
　　노나먹자

　그카지.

애기재우는 노래

자료코드 : 05_18_FOS_20110605_CHS_KBN_0011
조사장소 : 경상북도 의성군 안평면 금곡 2리 마을회관
조사일시 : 2011.6.5
조 사 자 : 천혜숙, 김보라, 한지현, 차정경
제 보 자 : 김분난, 여, 72세
구연상황 : 앞의 노래 '알강달강'이 끝난 후 바로 이어서 구연하였다. 사설이 특이하다.

　　자장자장 우리자장
　　우리아기 잘도잔다
　　멍멍개야 짖지마라
　　들온밥상 물리주마
　　꼬꼬닭아 우지마라
　　나온싸래기 받아주마

　[웃음]

나물뜯는 노래 (2)

자료코드 : 05_18_FOS_20110605_CHS_KBN_0012
조사장소 : 경상북도 의성군 안평면 금곡 2리 마을회관
조사일시 : 2011.6.5
조 사 자 : 천혜숙, 김보라, 한지현, 차정경
제 보 자 : 김분난, 여, 72세
구연상황 : '애기재우는 노래'가 끝나자 몇몇 청중들이 "이런 노래를 이렇게 잘 하면서
왜 신식 노래는 그렇게 못하는지 모르겠다."며 제보자를 놀렸다. 조사자가 '잠
자리 노래'와 '주저리주저리 열렸고야'라는 노래를 아시냐고 물었더니, 역시
서슴지 않고 구연을 시작하였다. 나물하러 가서 불렀던 노래라고 했다.

울넘에 울양대
우저리주저리 열었네
경상도 태백산
꼬사리꺾어도 일하이세

　　[웃음]

꿩 노래

자료코드 : 05_18_FOS_20110605_CHS_KBN_0013
조사장소 : 경상북도 의성군 안평면 금곡 2리 마을회관
조사일시 : 2011.6.5
조 사 자 : 천혜숙, 김보라, 한지현, 차정경
제 보 자 : 김분난, 여, 72세
구연상황 : '각설이타령 (2)'가 끝나자 제보자는 스스로 '꿩 노래'를 부르겠다고 말하고
바로 구연을 시작했다. '각설이타령'을 들으면서 기억을 떠올린 모양이다. 다
양한 레퍼토리에 거듭 탄성이 흘러나왔다. 역시 어릴 때 배운 노래라고 했다.

껄껄 장서방

자네집이 어덴고

이산저산 넘어가다

장솔밭이 내집일세

[웃음]

실감기 노래

자료코드 : 05_18_FOS_20110605_CHS_KTN_0001
조사장소 : 경상북도 의성군 안평면 금곡 2리 마을회관
조사일시 : 2011.6.5
조 사 자 : 천혜숙, 김보라, 한지현, 차정경
제 보 자 : 김태늠, 여, 72세
구연상황 : 금곡 2리에 들어서자마자 마을회관을 찾았다. 바쁜 농사철이라 그런지 마을
회관은 텅 비어있었다. 마을회관 옆집에 모여 있던 분들께 찾아온 목적을 말
씀드렸더니, 이 바쁜 철에 무슨 노래냐고 마뜩찮아 했다. 자두 수확으로 바쁜
때여서 송구했지만, 일단 이장님을 뵙고 조사취지를 말씀드렸다. 오후에 다시
와보라고 해서 면소로 나가 점심을 먹고 다시 마을을 찾았다. 오전에는 핀잔
을 주었던 김덕순 씨가 적극적으로 나서서 마을 사람들을 모아주었다. 한분
두 분 모이기 시작하면서, 점차 분위기가 잡혔다. 김태늠 제보자가 '방망이점
노래'와 '실감기 노래'를 잠깐 하다가 중단했다. 마침 김분난 씨가 마을회관
으로 들어섰고, 모든 청중이 이 분을 환영했다. 제보자는 아까 부르다 말았던
노래를 다시 불렀다.

실실 감어라

동태실로 감아라

한가락도 좋고

두가락도 좋고

실실 풀어라

동태실로 풀어라

달가

자료코드 : 05_18_FOS_20110605_CHS_LYK_0001
조사장소 : 경상북도 의성군 안평면 금곡 2리 마을회관
조사일시 : 2011.6.5
조 사 자 : 천혜숙, 김보라, 한지현, 차정경
제 보 자 : 이영교, 남, 81세
구연상황 : 이영교 제보자와 김봉근 씨가 '달가'와 '화투풀이'를 놓고 서로 자기가 알고
있는 것이 맞다고 다투었다. 두 분 다 해 보시라고 권하자, 먼저 제보자가 기
억하고 있던 달가를 말로 구연했다. 흔히 '달거리 노래'라고 하는 것인데, 이
마을에서는 '달가'라고 했다. 노래는 미완으로 끝났다.

정월이라 십오일은

망월하는 가절이라(佳節이라)

곳곳마다 망월할때

우리님은 어데가고

망월할줄 모르는고

그달그믐 다보내고

이월달에 당도하니

이월이라 한식일은

개자추의 넋이로다

북망산천 찾아가서

목놓아 울어봐도

무정하신 우리님은

너와나소리가 전혀없다

이 말이라.

그달그믐도 다지내고

삼월이라 삼짇일은

연자폴폴 날아들어
예춘일을 다시찾네
예춘일을 다시찾건만은
한번가신 우리님은
어느천년에 다시찾아오노

인제 이런 말이라.

그달그믐도 다보냈부고
사월이라 초파일은
석가여래 탄신일인데
집집마다 등불밝시고(등불밝히고)
자손발원 비옵는데
우리님은 어이하야
한번가서 다시못오노

만날 인제 남타령이지 뭐.

오월이라 단오일은
추천하는 가절인데
높고높은 그넷줄을
툭툭치며 뛰어놀때
우리님은 어데가고
또인제어예 안오시나

이기고(이것이고).

유월달 유두일은

나 확실히 모리겠는데.

> 그달그믐 다지내고
> 칠월이라 칠석일은
> 견우직녀 만내는데

에, 그 인제 견우직녀. 뭐 그….

> 일년에한번 만내는데
> 우리님은 어데가고
> 한해한번도 못오시노
> 팔월이라 추석일은

(청중 : 자네 그런 문서가 많이 있잖아?)
문서 그거, 그래 그래 그쯤 해 두시소 고만.

각설이타령 (1)

자료코드 : 05_18_FOS_20110605_CHS_LYK_0002
조사장소 : 경상북도 의성군 안평면 금곡 2리 마을회관
조사일시 : 2011.6.5
조 사 자 : 천혜숙, 김보라, 한지현, 차정경
제 보 자 : 이영교, 남, 81세
구연상황 : 앞의 '나물뜯는 노래 (2)'가 끝난 후 한 청중이 빨래하는 소리가 있냐고 물었
지만 그 노래를 아는 사람은 없었다. 조사자가 김분난 씨에게 '각설이타령'을
아시냐고 물으니 조금 불러보다가 "가사가 잘 기억이 나지 않는다."며 중단했
다. 몇몇 청중이 "각설이타령은 문자가 각각이다."라고 하며 기억을 더듬었다.
그 와중에 작은 목소리로 이영교 제보자가 가사를 읊조리기 시작했다. 후반부
에 가서는 가사가 기억이 나지 않는지 옆에 있는 한 청중에게 가사를 물어보
기도 했다. 결국 미완으로 끝났다.

[말로 읊조리며]

　　일자나한장 들고보니
　　일월송송 야송송
　　밤중새별이 완연하다

카고, 이자는 인제 이 행금 북소리, 행금 카는 거는 해금.

　　이행금 북소리
　　팔도귀신 금잘든다
　　삼자나한자 들고보니
　　삼층거리 놋촛대 놋촛대는
　　삼층거리 놋촛대는
　　빈소방으로 드간다(들어간다)
　　빈소방으로 드간다
　　사자나한자 들고나보만
　　사또행차 가는길에
　　외나무다리를 만나서
　　점심때가 늦어진다
　　오자나한잔 들고보니
　　오동복판 거문고를
　　쇠줄매어 골라잡고
　　우줄우줄 키는(켜는)순간

그래 돼요. 그라고,

　　육자나한장 들고보니
　　육군대장 승하시

적토마를 집어타고
제갈선생 찾아간다
칠자나한자 들고보니
칠두칠두 열칠두

(청중 : 일곱군무 옥동서)
일곱명의 옥동서는 장자방에 놀로간다 카고, 팔자는 뭐고?
(청중 : 아들형제 팔형제)

아들형제 팔형제
한서당에 글갈쳐(글가르쳐)
경주서울 첫서울
과거보러 힘쓴다

구자는?
(청중 : 구자나한자 들고보니 구름위에 늙은중이.)
[청중이 함께 읊조린다.]

구름위에 늙은중이
상좌를 앞세우고
일락서산(日落西山) 넘어갈때
휴우소리 절로난다

십자는? 십자 천자 아이가? 십자는 뭐고? 잊어버렸다.
(청중 : 장자나한자 들고보니 장안에 홍을터라 무정세월 보내치마고.)
그건 아이고.

장안에 범들었다

(청중 : 그래 내가 안 카는가?)
[청중이 거드느라 소란스럽다.]

　　장안에 범들었다
　　일등포수 잘하는포수
　　일등포수 불달아라

이카고. 십이월은, 동지는?
(청중 : 오동추야 달밝은데.)

신판 각설이타령

자료코드 : 05_18_MFS_20110605_CHS_KDS_0001
조사장소 : 경상북도 의성군 안평면 금곡 2리 마을회관
조사일시 : 2011.6.5
조 사 자 : 천혜숙, 김보라, 한지현, 차정경
제 보 자 : 김덕순, 여, 66세
구연상황 : '꿩 노래'가 끝나고 좌중에서는 소리를 잘했던 옛날 어른들에 대한 이야기를 오갔다. 그 이야기를 들으면서 조사자는 그 어른들의 이름을 다시 확인하기도 했다. 15초 가량 잡담이 더 오간 후에 제보자가 노래를 자청하며 녹음기를 자신의 앞에 두기를 원했다. 녹음기를 앞에 두었더니 바로 구연을 시작하였다. 구연을 마치자 모두 아주 재밌는 노래라고 감탄을 하였다. 어릴 때 듣고 배운 노래라고 했다.

일자나한잔 들고보소
일만이천 배로도치마(비로드치마)
밥하다가 다쳐댔네[114]
이자나한잔 들고보소
이뿐이처녀 상까리들고
총각집을 찾어간다
삼자나한잔 들고보소
사시야장차(장철) 오시는손님
내심정을 왜모르나
오자나한잔 들고보소
오고가는 중신애비

---

114) '불에 다 태웠다'는 의미이다.

내심정을 몰라주네

육자나한잔 들고보소

육군도좋고 공군도좋고

대학생은 알라부유115)

[웃음]

칠자나한잔 들고보소

칠락팔락 가는서방

농띠서방을 만났구나

팔자나한잔 들고보소

팔지도사지도 못한

농띠서방이 왠말인고

구자나한잔 들고보소

구고간장(九曲肝腸) 다태우고

내간장도 다태우네

장자나한잔 들고보소

장개간지 오십년만에

이혼한단말이 왠말인고

[모두 웃으면서 박수를 쳤다.]

장부타령

자료코드 : 05_18_MFS_20110605_CHS_KMH_0001

조사장소 : 경상북도 의성군 안평면 금곡 2리 마을회관

---

115) 'I love you'로, 대학생이면 가장 좋겠다는 의미로 말한 것이다.

조사일시 : 2011.6.5

조 사 자 : 천혜숙, 김보라, 한지현, 차정경

제 보 자 : 김문한, 남, 75세

구연상황 : 조용히 방 한 구석에 앉아서 다른 사람들의 노래를 듣고만 있던 노인회장 김문한 씨에게 노래를 권했다. 제보자는 쑥스러워 하며 자신은 노래를 잘 못한다고 말했다. 그러자 김분난 씨가 제보자를 향해 "옛날 거를 들으러 오셨잖아요. 어데 잘하는 걸 들으러 오시진 않았잖아요."라고 조사취지에 잘 들어맞는 말씀으로 거들었다. 그러자 제보자는 '장부타령'을 하겠다며 이 노래를 시작했다. 노래를 마친 후에도 크게 웃으면서 쑥스러워 했다.

쳐다보니 천장이요

내려다보니 술상이라

술상옆에 앉으나님은

어떻게보니야 꽃과 같고

어떻게보니야 임과도같네

꽃지거든 지지를말고

임이거든 변치말자

(청중 : 좋다.)

얼씨구나좋다 기화자좋네

이때안놀면 언제노나

청춘가 (3)

자료코드 : 05_18_MFS_20110605_CHS_KMH_0002

조사장소 : 경상북도 의성군 안평면 금곡 2리 마을회관

조사일시 : 2011.6.5

조 사 자 : 천혜숙, 김보라, 한지현, 차정경

제보자 1 : 김문한, 남, 75세

제보자 2 : 김분난, 여, 72세
구연상황 : 김분난 씨의 '노래가락'에 이어 김문한 씨가 '청춘가'를 답가로 불렀다. 그러
　　　　　자 김분난 씨가 또 답가를 불렀고, 자연스레 두 분이 주고받는 형식으로 노래
　　　　　가 계속되었다.

제보자 1 세월아 니월아(네월아)
　　　　　오고가지를 말어라
　　　　　아까운 이팔청춘 좋다
　　　　　다늙어 가는구나

제보자 2 이사마라 다빈곤치면116)
　　　　　북망산천은 왜생겼나

　[말로]
　그래, 이거는 주고받고 해야 된다 카이께.
　[손뼉을 치며 두 분이 주고받으면서 부른다.]

제보자 1 처녀마다 시집가면 좋다
　　　　　기생년될사람은 누가있나
　　　　　서산에 지는헤는
　　　　　지고짚어(가고싶어) 지느냐
　　　　　저기가는 낭군님은 좋다
　　　　　가고짚어 가는냐

제보자 2 기차 전차야
　　　　　소리말고 너가거래이
　　　　　아까운 요내청춘 좋다
　　　　　덧없이 다늙는데이

---

116) 무슨 의미인지 알 수 없다.

제보자 1 청천하늘에 잔별도많고요
　　　　　이내예 가슴에는 좋다
　　　　　수심도 많구나

　　　　　아깝다 춘자야
　　　　　시집도 못가고
　　　　　요모양 요꼴대로 좋다
　　　　　다늙어가는 구내이

　　　　　낙동강 칠백리에
　　　　　뚝떨어져 살아도
　　　　　장모님딸 떨어져서 좋다
　　　　　못사리로 구나

　　　　　당신이 날만치
　　　　　사랑을 준다면
　　　　　까시밭이(가시밭이) 천리래도 좋다
　　　　　맨발로 가노라

제보자 2 사내자식 못난것은
　　　　　대갈통만 크고요
　　　　　계집애 못난것은 좋다
　　　　　젖통이만 크단다

　　[청중 웃음]

제보자 2 남우집에 낭군님은
　　　　　총칼을 미었건만(매었건만)

우리집의 저영감은 좋다
정지칼도(부엌칼도) 못미이네(못매네)

청춘가 (1)

자료코드 : 05_18_MFS_20110605_CHS_KBN_0001
조사장소 : 경상북도 의성군 안평면 금곡 2리 마을회관
조사일시 : 2011.6.5
조 사 자 : 천혜숙, 김보라, 한지현, 차정경
제 보 자 : 김분난, 여, 72세
구연상황 : 조사자가 '노래가락'이나 '청춘가'를 기억하냐고 하자, 좌중은 그런 것도 불러도 되는지 물었다. 그리곤 김분난 제보자를 지목하며 불러보라고 권하였다. 그는 바로 이 노래를 가창했다. 남편에게 배운 노래라고 했다.

우수경칩에 대동강다풀리고
정든임 말씀이 좋다
내가슴 다풀린다
당신이날만치 사랑을준다면 좋다
기시밭이 천리래도 좋다
맨발로 가는구나

[잠시 쉬었다가 다시 구연한다.]

산차지 골차지는
산신령 차지건만
머리좋고 키큰처녀 좋다
총각들 차지로다
앞강에 뜬배는

낚열수(낚을 수) 있건마는

별당안 아가씨는 좋다

낚열수 없구나

임가신 길에는~

잔풀이 돋건만은

임먹던 술잔에는 좋다

옥동주 뜨는구나

기차 전차야~

소리말고 너가거래이

산란한 나의마음 좋다

더산란하는 구나

[잠시 쉬었다가 다시 구연한다.]

삼팔선 전쟁이

얼마나 심했길래

우리같은 무식자를 좋다

맞보고 대는구나

청춘가 (2)

자료코드 : 05_18_MFS_20110605_CHS_KBN_0002
조사장소 : 경상북도 의성군 안평면 금곡 2리 마을회관
조사일시 : 2011.6.5
조 사 자 : 천혜숙, 김보라, 한지현, 차정경
제 보 자 : 김분난, 여, 72세
구연상황 : '누곡의 지명 유래'담이 끝난 뒤, 청중들은 이영교 씨에게 다시 노래를 권하
였다. 이영교 씨는 요즘 유행가가 많이 퍼져서 옛 노래들은 다 들어갔다며 부

르기를 주저했다. 그때 제보자가 갑자기 노래를 시작하였다. 한 청중은 제보자가 남편에게 배워서 노래를 잘한다고 귀띔해 주었다.

임보러 갈라고
뻣었던(빗었던) 내머리가
동남풍 불어서 좋다
남머리[117] 다젖구네

[잠시 멈추었다가 다시 구연한다.]

바람아 강풍아
석달열흘만 불어다오
우리집에 낭군님이 좋다
낚, 고기잡으로 갔는구네

[잠시 멈추었다가 다시 구연한다.]

도끼로 끊어도
못끊을 나의정을
무성한 삼팔선이 좋다
내정을 끊는구나

[잠시 쉬었다가 다시 구연한다.]

산천 초목에
불질러 놓고요
진주라 압록강에 좋다
물실로 가는구나

---

117) 무슨 말인지 알 수 없다.

노래가락

자료코드 : 05_18_MFS_20110605_CHS_KBN_0003
조사장소 : 경상북도 의성군 안평면 금곡 2리 마을회관
조사일시 : 2011.6.5
조 사 자 : 천혜숙, 김보라, 한지현, 차정경
제 보 자 : 김분난, 여, 72세
구연상황 : 김문한 씨의 '장부타령'이 끝나자마자 바로 제보자가 손뼉을 치면서 이 노래
　　　　　를 답가로 불렀다.

　　[손뼉을 치며]

　　　　죽일년아 살릴년아
　　　　대동강물에 목빌년아
　　　　어린아기 잠들이놓고
　　　　병든가장을 멸치놓고(떨쳐놓고)
　　　　새벽바람 찬바람에
　　　　담보따리가 웬말인고

어랑타령 (1)

자료코드 : 05_18_MFS_20110605_CHS_KBN_0004
조사장소 : 경상북도 의성군 안평면 금곡 2리 마을회관
조사일시 : 2011.6.5
조 사 자 : 천혜숙, 김보라, 한지현, 차정경
제 보 자 : 김분난, 여, 72세
구연상황 : '청춘가'를 서로 주고받으면서 소리판의 신명이 더욱 고조되었다. 김태늠 씨
　　　　　가 "논둑 밑에 찬물이 뱅뱅 돌고요."를 해 보라고 권유하자, 제보자가 이 노
　　　　　래를 구연했다.

　　부모형제 이별에는

눈물이밸밸 돌고요

논둑밑에 헐어진데는

찬물이밸밸 도노라

어랑어랑 어허야

요것도내사랑 이로구나

어랑타령 (2)

자료코드 : 05_18_MFS_20110605_CHS_KBN_0005

조사장소 : 경상북도 의성군 안평면 금곡 2리 마을회관

조사일시 : 2011.6.5

조 사 자 : 천혜숙, 김보라, 한지현, 차정경

제 보 자 : 김분난, 여, 72세

구연상황 : '어랑타령 (1)'이 끝나고 '망깨 소리'가 화제가 되었다. 김문한 씨의 외할머니
와 외삼촌이 '망깨 소리'를 잘 불렀다고 했다는 등의 이야기가 오가는 중에
제보자가 이 노래를 불렀다. 노래를 끝내고는 쑥스러운지 큰소리로 웃었다.

이웃집처녀를 볼라고

울타리에 구무를뚫벘디이(구멍을 뚫었디니)

호박줄에 걸려서

육개월징역을 살았단다

어랑어랑 어허야

요것도내사랑 이로구나

연애 노래

자료코드 : 05_18_MFS_20110605_CHS_KBN_0006

조사장소 : 경상북도 의성군 안평면 금곡 2리 마을회관
조사일시 : 2011.6.5
조 사 자 : 천혜숙, 김보라, 한지현, 차정경
제 보 자 : 김분난, 여, 72세
구연상황 : 이영교 씨를 비롯하여 김태늠, 김문한 씨가 노래 사설에 대한 자신들의 생각
을 말했다. 이어서 김문한 씨는 '위치골 외삼촌'의 경우를 예를 들면서 기본
적으로 노래를 잘 하는 사람들은 초성이 좋다고 말했다. 김문한 씨의 말이 끝
나고 나서 제보자는 "아주 옛날 노래"를 하겠다며 이 노래를 부르기 시작했
다. 옛날에 연애할 때 부르는 노래라는 말을 덧붙였다.

십오야 달밝은데 산보를가니
간곳없이 돌아보니 처녀몸일세
실려를(실례를) 무릅쓰고 악수를하니
천만의 말씀이요 미안합니다
부모님의 허락없이 간대로될까
훗분공일날로[118) 만나주세요

---

118) 말한 '후번 쏫日날', 곧 '다음 일요일'을 의미한다.

쪼이나쪼이나 도까이쇼

자료코드 : 05_18_ETC_20110605_CHS_KDS_0001
조사장소 : 경상북도 의성군 안평면 금곡 2리 마을회관
조사일시 : 2011.6.5
조 사 자 : 천혜숙, 김보라, 한지현, 차정경
제 보 자 : 김덕순, 여, 66세
구연상황 : 노래판이 남녀별로 나뉘어져 서로 이야기들을 나누느라 분위기가 다소 산만
해졌다. 여성 이야기판에서 김분난 씨가 '지신밟기 소리'를 기억해 내서 한
소절 불렀다. 이후 제보자가 "나는 청춘가도 아이고, 노래가락도 아인 거 하
나 한다."며 이 노래를 불렀다. 청중들도 익숙하게 알고 있는 노래였다. 좌중
이 온통 웃음바다가 됐다.

꽃같은 처녀가
꽃밭을 매는데
더벅머리 총각이
코랴내손목 잡노라
쪼이나쪼이나 도까이쇼
야이총각아 내손목놓아라
범같은 나의오빠
코랴망보고 있노라
쪼이나쪼이나 도까이쇼
야이처녀야 그말을말어라
범같은 너의오빠
코랴내처남 되노라
쪼이나쪼이나 도까이쇼

[청중 웃음]

이수일과 심순애 노래

자료코드 : 05_18_ETC_20110605_CHS_KBN_0001
조사장소 : 경상북도 의성군 안평면 금곡 2리 마을회관
조사일시 : 2011.6.5
조 사 자 : 천혜숙, 김보라, 한지현, 차정경
제 보 자 : 김분난, 여, 72세
구연상황 : 앞의 '연애 노래'가 끝나자마자, "또 심수일 노래!"라고 운을 떼우고 바로 구
연을 시작하였다. 노래를 마치고는 큰소리로 웃으며 "욕은 하지 마소."라고
했다. 이 노래는 김분난 제보자가 열 살 즈음에 들었던 노래라고 한다. 뒷부
분에서는 변사의 말투를 흉내를 내어 구성지게 읊었고, 마친 뒤에는 쑥스러워
하며 크게 웃었다.

적막한 대동강 푸른 물가에

강가에 들려오는 울음소리

이수일과 심순애의

마지막 상봉지(相逢地)이별이라

잊었던 순애 손을 잡고

이수일을 느껴보니

저녁 강수 흐르는 물결

강가에 변쳤도다(번졌도다)

바람은 살살 물결은

잠잠 달빛에 백사장 아득한데

붙들고 우는 두 사람은

이수일과 심순애의 배옥같이(백옥같이)

사랑하던 나의 순애를 빼옥기고(빼앗기고)

돌아서는 수일이

마음 어떻게 하올소냐

[변사가 하는 말로 구연한다.]

현상을 바라보아라. 임오아 태도는 가히 남아께(남에게) 빠지지 않으나 원수야 말로라 카로 부모 정석에 어리광 피우던 적도도 옛날이었다. 마스 카로 달려가보니 척척 들려온 여자 울음소리였다. 그는 누구던고, 가장 나의 사랑하던 순옥 씨였다. 만약 나의 연애가 실패된다면 두 주먹 불끈 쥐고 시베리아 벌판으로 달릴까. 아침에 피었다 저녁에 지는 나팔꽃 신 세였다.

[큰소리로 웃음]

6·25 노래

자료코드 : 05_18_ETC_20110605_CHS_KBN_0002

조사장소 : 경상북도 의성군 안평면 금곡 2리 마을회관

조사일시 : 2011.6.5

조 사 자 : 천혜숙, 김보라, 한지현, 차정경

제 보 자 : 김분난, 여, 72세

구연상황 : 앞의 '이순일과 심순애 노래'가 끝나자 청중들과 조사자들이 모두 김분난 제 보자의 레퍼토리와 기억력에 감탄하였다. 그러던 도중에 제보자가 열 살 무렵 큰집 오빠가 군에 갈 때 태극기를 두르고 순경이 부르던 노래를 뒤따라가며 들었던 경험을 이야기하고는 이 노래를 부르기 시작했다. 김태늠 씨가 간간이 기억을 도와주었다.

남아 이십 꽃이라면

이십여 세 이 가슴

내일은 싸움험토로(싸움터로) 찾아갑니다
희망도 하소연도
무슨 소양(소용) 있으랴
저곳이 우리 청춘 갈 곳이란다
아버지 어머니여
부대(부디) 안녕하세요
가마귀(까마귀) 우는 곳에 저는 갑니다
삼팔선을 돌파하여 태극기로 날리고
죽어서 돌아올

아이구 거는,
[잠시 멈췄다가 청중이 부르는 가사를 듣고 바로 구연하였다.]

죽어서 되오리만 돌아옵니다
우리들은 이 강산에
사명있는 젊은이
한변(한번) 나서 한번 죽는 정한 이치다
사나이답게 싸와서
사나이답게 죽어라
우리 대한 우리 힘으로
강하이기(강하게) 하세

(청중 : 옛날에 우리도 쪼맨할(조그마할) 때 왜, 우리 오빠 군대 갈 때.)
[청중이 이 노래에 대해서 이야기하고 있는 도중에 노래를 이어나
갔다.]

이북에 솔솔 기는

오랑캐 무리들이

소멸하고 쓰러지자 국군용사들

비나리는(비 내리는) 열두골짝

바람부는 올풍

험한 산천을 진동하면서

바격포(박격포) 어깨 미고(메고)

기어가는 사나이야

전우야 조심해라 적이 가깝다

[웃음]

군가

자료코드 : 05_18_ETC_20110605_CHS_KBN_0003

조사장소 : 경상북도 의성군 안평면 금곡 2리 마을회관

조사일시 : 2011.6.5

조 사 자 : 천혜숙, 김보라, 한지현, 차정경

제 보 자 : 김분난, 여, 72세

구연상황 : 앞의 '6·25 노래'를 끝내자 청중들이 제보자에게 "노래를 잘 부르는 사람
은 돈을 내야 한다."면서 추켜세웠다. 제보자는 멋쩍어하면서 "잘하려고 하는
노래가 아니라 옛날 노래를 하는 것"이라고 답했다. 이에 청중들은 연습하느
라 회관에 늦게 왔다며 김분난 제보자를 놀렸다. 앞에 불렀던 노래에 대해 청
중들이 하는 이야기를 들으면서 제보자가 이 노래를 부르기 시작했다. 노래에
대한 논쟁이 오가기도 하였고, 청중 2명이 이 노래에 관심을 가지고 가사를
이어주거나 함께 부르기도 하였다. 뒤에 부른 노래는 남일수가 부른 '혈서지
원'으로 일제의 침략전쟁 찬가이다.

흙 다시 만져보자

바닷물도 춤을추고

기러이(기어이) 벗이려도

어른님벗님 어찌하려

이날에 사십년

뜨거운피 형제자취니[119]

길이길이 지키오리

이것도 여남은 살 때 했어.

(청중 : 그거 또 군대 갈 적에 또 했던 노래 또 안 있나? 그 머로?)

흙을다시 만져보자

바닷물도 춤을추고

카는 그것도 맹 했데이.

(청중 2 : 그거 말고 또 군대 갈 때 또 우리 불렀는 거 안 있나? 와? 니도 잘 아던데(알던데). 그때 같이 하이께네 금실떡이랑(금실댁이랑) 내하고 서이하께.)

(청중 1 : 사나이 꽃이라면 이십여 세에.)

(청중 2 : 예.)

(청중 1 : 사나이 꽃이라면 이십여 세에.)

[청중이 군가라며 방금 전에 불렀던 군가를 부르자 아까 전에 불렀던 노래라고 하여 중단되었다. 군가에 대한 논쟁이 10초가량 있었다. 청중이 '무명지도 깨물어서'라는 노래가 있다는 말을 듣고 제보자가 구연을 시작하였다. 청중들이 따라 불렀다.]

무명지 끼물어서(깨물어서)

붉은피를 흘려서

---

119) '흘린 자취이니'를 잘못 말한 것이다.

태극기 걸어놓고
천세만세 부르자
한글자 쓰는사연
두글자를 쓰는사연
나랏임께 뱅종되기(병정되기)
소원합니다
신대항 국방부는
뽑는다는 이소실(이소식)

[제보자가 두 청중의 말을 듣고서 다시 구연을 재개하였다. 제보자와 청중 세 분이 함께 부른다.]

손꼽아 기다리고
이소식이 꿈인양
감족에(감격에) 못이겨서
손가락을 깨물어서

아, 이것도 잊었붰다.
[청중이 다시 운을 떼어 부른다.]

나랏임께

[다시 제보자와 청중 세 분이 함께 부른다.]

뱅종되기 소원합니다

7. 의성읍

증편 한국구비문학대계 ● 경상북도 의성군

경상북도 의성군 의성읍 도동리

조사일시 : 2011.6.4
조 사 자 : 천혜숙, 백민정, 차정경

도동리 마을 전경

　동편으로 조그만 능선을 끼고 서편으로는 구봉산을 마주하며 남으로는
도동 4리와 북으로는 의성시장을 접한 도농복합형 대촌이다. 마을에는 남
부초등학교와 의성중학교가 들어서 있다. 1937년에 개교했다는 의성공립
농업실수학교가 1946년에는 의성공립농업중학교가 되면서 현 의성중학교
자리로 옮겨왔으니, 이들이 의성중학교의 전신인 셈이다.
　마을의 개촌 시기나 개촌조는 미상이다. 마을에 회당(悔堂) 신원록(申元

錄)(1516-1576)의 정효각(旌孝閣)이 있는 것으로 미루어서, 오래전에는 아주(亞洲) 신씨(申氏) 문중이 주성을 이루고 살았던 것으로 짐작된다. 현 노인회관 자리도 아주 신씨네 소유였다고 한다. 1914년 3월 행정구역 개편 시 법정동이 되었으며, 1988년 조례 1225호에 따라 동이 리로 바뀌었다. 지금은 총 가구 수 383호 가운데, 김해 김씨 65호, 경주 이씨 42호, 아주 신씨 14호가 산다. 나머지는 각성들이다.

도동리 경로당 내 연행 현장

마을의 이전 지명은 원홍동이었다고 하며, 고을 원(元)이 났다고 해서, 또는 다른 마을보다 삶이 윤택하다고 해서 거기다 흥(興)자를 붙여 원홍동이라고 했다는 설이 있다. 마을 동쪽 산기슭 마을은 옛날부터 위인이 많이 배출되었다고 하여 위인골로 불리었다.

위인골 마을 바로 앞에 신원록의 정효각이 있다. 열한 살 때부터 병환

중의 아버지를 위해 팔공산까지 가서 약을 구해오는 등, 치성으로 부모를 돌보았다. 편모슬하에서도 연친곡 8수를 지어 즐겁게 해드렸으며, 모친상을 당했을 때는 눈비를 무릅쓰고 하루 세 번씩 성묘했다. 또한 훈도로서 후진 양성을 했고 장천서원을 세워 선현을 받들고 학문진흥에 이바지한 인물로도 알려졌다. 공이 돌아가고 39년 후인 1615년(광해군 7년), 조정에까지 그의 효행이 알려져, 공의 고향인 이 마을에 정문(旌門)이 내려진 것이다. 오랜 풍상에 허물어진 것을 근래 후손들이 중수하여 새로 단장했다. 이때 유허비도 함께 세워졌다.

마을에서는 벼농사를 기본으로 마늘, 사과 등의 특용작물을 재배하고 있다. 1945년에 완공된 저수량 8500톤 규모의 원흥지(元興池)가 있다.

동제에 대한 기억이 일정하지 않은 것을 보면 오래전에 중단된 것으로 짐작된다. 음력 정월 보름의 걸립은 오래 남아있었다고 하나, 지금은 하지 않는다. 노인회장 장석돌 씨가 만들었다는 '마을의 노래'를 마을회관의 여성분들이 함께 부르는 것이 인상적이었다. 특징적인 구비문학 자료로는 '장수와 말 무덤'에 관한 전설 외, 지킴이 경험담들이 다수 채록되었다.

■ 제보자

강말수, 여, 1936년생

주 소 지 : 경상북도 의성군 의성읍 도동리
제보일시 : 2011.6.4
조 사 자 : 천혜숙, 백민정, 차정경

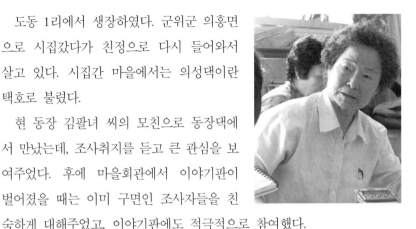

도동 1리에서 생장하였다. 군위군 의흥면으로 시집갔다가 친정으로 다시 들어와서 살고 있다. 시집간 마을에서는 의성댁이란 택호로 불렸다.

현 동장 김팔녀 씨의 모친으로 동장댁에서 만났는데, 조사취지를 듣고 큰 관심을 보여주었다. 후에 마을회관에서 이야기판이 벌어졌을 때는 이미 구면인 조사자들을 친숙하게 대해주었고, 이야기판에도 적극적으로 참여했다.

이야기를 듣고 즐긴 경험이 많고 이야기 보유량도 많아 보였으나, 몇 해 전 사고로 뇌수술을 한 후로 기억력이 급격하게 쇠퇴하여, 구연이 마음같이 되지 않은 듯했다. 그래서 이야기를 시작했다가도 중간을 빼먹거나 거듭하거나 마무리를 제대로 하지 못하거나 했다. 스스로도 안타까워했고, 조사자들로서도 무척 아쉬운 일이었다.

'말 무덤 전설' 외 두 편의 설화를 제공했다.

제공 자료 목록

05_18_FOT_20110604_CHS_KMS_0001 말 무덤 전설
05_18_MPN_20110604_CHS_KMS_0001 토째비 경험담
05_18_MPN_20110604_CHS_KMS_0002 집지킴이 나타나고 패망한 집 (1)

권오규, 여, 1927년생

주 소 지 : 경상북도 의성군 의성읍 도동리
제보일시 : 2011.6.4
조 사 자 : 천혜숙, 백민정, 차정경

1927년생으로 안동이 본관이다. 안동 임
하리에서 영양 일월면의 영양 남씨 집안으
로 시집갔다. 남편은 영양의 일월면소, 의성
의 점곡면소 등에서 면서기로 근무했다.
6·25사변 때 이쪽으로 피난왔다가 이 마을
에 정착한 후로, 농사를 지으면서 지금까지
살고 있다. 슬하에 3남 1녀를 두었으며, 모
두 성가하여 외지로 나가서 산다. 지금은 남
편과 둘이서 집을 지키고 있다.

마을에 들어섰을 때 농번기인 탓인지 인적이 드물었는데, 대문이 없는
집 마당에 제보자 부부 두 분이 앉아계신 것이 눈에 띄어서 이 댁으로 들
어가게 되었다. 안동이 안태고향인 제보자는 안동에서 온 조사자들을 무
척이나 반겨주었다. 후에 마을회관의 이야기판에도 참여하여, 많은 이야
기를 들려주었다.

이야기하기를 좋아하는 데다 쩌렁쩌렁 울리는 음성을 지녔다. 그러나
서사적 이야기보다는 단편적인 사실과 소문 이야기를 더 선호하는 편이
었다. 다른 분의 구연에 지나치게 적극적으로 개입하여 이야기의 흐름을
끊는 경우도 있었다.

구연한 이야기로는 '임하동 임장군비에 얽힌 속신' 외 한 편이 있다.

제공 자료 목록
05_18_FOT_20110604_CHS_KOG_0001 임하동 임장군비에 얽힌 속신
05_18_MPN_20110604_CHS_KJI_0002 점곡 조부자 이야기

김점익, 여, 1936년생

주 소 지 : 경상북도 의성군 의성읍 도동리
제보일시 : 2011.6.4
조 사 자 : 천혜숙, 백민정, 차정경

　1936년생으로, 안동 김씨이다. 안동시 남선면 높실마을에서 생장하였다. 스물한 살 되던 해에 이곳 도동 3리로 시집와서 줄곧 살고 있다. 슬하에 5남매를 두었는데 모두 출가시키고, 현재는 부부만 마을을 지키고 있다.

　조사 첫날 마을회관에서 만났다. 마른 체형으로 한쪽 벽면에 조용히 앉아있었지만, 다른 분의 구연에 개입하는 품이 남달라서 진작 눈에 띄었던 분이다. 전설이나 경험담을 선호하는 편이다. 기억력이 좋고, 말씀도 이로정연한 분이다.

　설화 세 편을 구연했다.

제공 자료 목록
05_18_FOT_20110604_CHS_KJI_0001 일본사람이 혈 지른 점곡 유남마을
05_18_MPN_20110604_CHS_KJI_0001 집지킴이 나타나고 패망한 집 (2)
05_18_MPN_20110604_CHS_KJI_0002 점곡 조부자 이야기

장석돌, 남, 1929년생

주 소 지 : 경상북도 의성군 의성읍 도동리
제보일시 : 2011.6.4
조 사 자 : 천혜숙, 백민정, 차정경

　1929년생으로 금성면 대리 2리가 고향이다. 인동 장씨이다. 스무 살에 도동 3리로 이주하여 62년째 살고 있다. 슬하에 3남 1녀를 두었으나 현재

는 모두 성가하여 외지에서 살고 있다. 도동
리에 있는 농업실습학교를 졸업하였다. 15
년 동안 농협에서 근무하였고, 13년 정도
새마을금고 이사장직을 맡기도 했다. 현재
이 마을의 노인회장을 맡고 있다. 서예를 연
마하는 유서 깊은 모임인 '문소연서회'(聞韶
研書會) 회원이기도 하다.

'마을의 노래'를 직접 작사했을 정도로
마을에 대한 사랑과 영향력이 강한 분이다. 마을분들이 대부분 이 노래를
익히 부를 수 있을 정도이다. 조사 취지를 들은 도동 3리의 동장이 제일
먼저 이 분을 추천하고 연락을 취해주어서 마을회관에서 만났다. 마을회
관에서 벌어진 이야기판에서 술잔이 돌아가자, 제보자는 "술은 하루 한
잔이면 된다."고 사양했다. 자기 관리가 철저한 분이라는 인상을 받았다.

절제되고 합리적인 성향은 구연한 설화에서도 드러난다. 제공한 자료가
전설 위주이고, 지명 유래나 비보풍수와 관련된 내용이 대부분이다. 그러
면서도 자신을 조문국에서 났다고 소개하는 등으로, 유머감각도 없지 않
다. 대체로 짤막하고 군더더기 없이, 의성이나 마을, 산, 문중과 연관된
전설을 구연했다. 대리 2리에서 나오지 않았던 대리 마을 전설도 이 분에
게서 들을 수 있었다.

'오토산의 다섯 명당' 외에 지명 유래, 인물 전설, 풍수 전설 여러 편의
설화를 구연했다.

제공 자료 목록
05_18_FOT_20110604_CHS_JSD_0001 오토산의 다섯 명당
05_18_FOT_20110604_CHS_JSD_0002 오토산에서 보이는 베틀바위
05_18_FOT_20110604_CHS_JSD_0003 위잇골의 지명 유래
05_18_FOT_20110604_CHS_JSD_0004 장여헌 선생 일화

05_18_FOT_20110604_CHS_JSD_0005 비보 자래바우
05_18_FOT_20110604_CHS_JSD_0006 날 가물면 금성산에 묘 판다
05_18_FOT_20110604_CHS_JSD_0007 조문국 패망 전설
05_18_FOT_20110604_CHS_JSD_0008 목화가 잘되는 대리마을

말 무덤 전설

자료코드 : 05_18_FOT_20110604_CHS_KMS_0001

조사장소 : 경상북도 의성군 의성읍 도동 3리 경로당

조사일시 : 2011.6.4

조 사 자 : 천혜숙, 백민정, 차정경

제 보 자 : 강말수, 여, 76세

구연상황 : '위잇골의 지명 유래'담 말미에서 원이 났다고 원흥동이 되었다는 한 청중의
　　　　　말에 생각이 났다면서 강말수 제보자가 장수이야기를 시작했다. 현재 말무덤
　　　　　의 위치를 알려주기도 하였다. 제보자는 자꾸 생각이 난다며 본인의 이야기를
　　　　　재차 반복했다. 본인의 구연에 스스로 흡족해하는 듯했다.

줄 거 리 : 옛날 어떤 장수 한 사람이 현재의 구룡지(九龍池)에서 활을 쏘아서 달리는
　　　　　말과 경기를 했다. 화살 도착 전에 말이 도착했으나 말이 뒤늦게 온 줄 알고
　　　　　말을 죽였다. 후에 말이 화살보다 먼저 도착했다는 사실을 알고 자결했다. 그
　　　　　리고 자기의 애마와 함께 묻혔다.

　(조사자 : 장수가 어데서 왔는데요?)

　(청중 : 덕구.)

　장수가? 저 남쪽에서. 저 구리못('구룡지'를 가리킴.) 있는 데, 저 남쪽
에서 여길 오는데, 여기 도착 전에 화살 도착 전에 화살 오던 전에 이 분
이120) 먼저 도착해야만 되고, 안 오만 안 되는 게라.

　[중간에 말을 죽인 내용이 생략된 듯하다.]

　(조사자 : 그래가주고?)

　그래가주고 이 어른이 오이께서네 저기 화살이 없는 게라, 안 왔는 게
라. 그래, 자기 자신으로 죽었부고('자결'을 의미함.).

---

120) '장수'를 가리키는 말이다.

(조사자 : 말도?)

말도 죽고.

(조사자 : 죽이고.)

그래가 그 말 무덤 카는 게 있어요.

(청중 : 전설에 나와요.)

임하동 임장군비에 얽힌 속신

자료코드 : 05_18_FOT_20110604_CHS_KOG_0001
조사장소 : 경상북도 의성군 의성읍 도동 3리 경로당
조사일시 : 2011.6.4
조 사 자 : 천혜숙, 백민정, 차정경
제 보 자 : 권오규, 여, 85세
구연상황 : '비보 자래바우' 이야기가 끝나고 '정여헌 선생 일화'의 주인공인 여헌 할아버지에 대한 소개가 이어졌다. 조사자는 이야기의 화제를 바꾸고자 우스개 이야기를 청하였다. 그때 권오규 제보자가 이전 이야기의 흐름을 이어 이 이야기를 구연했다.
줄 거 리 : 임하동에는 임장군 비석이 있다. 이가 아플 때 이곳에 가서 빌면 좋아진다는 속신이 있다.

우리 친정 있는 데는요. 말을 타고 이전에 오다가 고오(거기) 죽었부이, 문장군이라꼬. 고 임하동네서 요래 오물재라는 데 가마(가면) 양쪽 서가지고, 아주 비를(碑를) 저저 망두도 서우고(세우고) 잘 그래놨어.

(청중 : 거어는(거기는) 안동 아이가(아닌가)?)

거어는(거기는) 임장, 임장군이라고 카더라.

(청중 : 여어는 의성, 의성장군 없나?)

아이래, 아이래. 거게도 거어도 한 번 저거하면 그럴타 말이다 안동.

그런데 우리 이 아플 때 거어(거기) 가 임장군 뫼에(묘에) 가, 절하고 속새(산이나 들의 습지에 나는 다년초) 가지고 후비면 된다 그래가주고 몇 번 가봤다 그이.

거어 올라가가주고요, 임장군 미(묘) 앞에. 거기는 그래 써났어, 비 서 위놓고.

(청중 : 거어는 성씨가 임씨네.)

그거 양밥이래.

일본사람이 혈 지른 점곡 유남마을

자료코드 : 05_18_FOT_20110604_CHS_KJI_0001
조사장소 : 경상북도 의성군 의성읍 도동 3리 경로당
조사일시 : 2011.6.4
조 사 자 : 천혜숙, 백민정, 차정경
제 보 자 : 김점익, 여, 76세
구연상황 : '목화가 잘 되는 대리마을' 이야기가 끝난 뒤, 잠시 정적이 흘렀다. 조사자가 이 마을에 장수 난 이야기가 있는지 물었다. 이야기판이 다소 어수선해졌는데, 반대편에 앉아 있던 제보자가 이 이야기를 구연하였다. 청중들이 다른 지역의 혈 지른 사례를 보탰다.
줄 거 리 : 일제강점기 때 일본 사람들이 점곡 유남마을의 산에 혈을 질렀다.

옛날 일본 사람들이 저기 혈을 찔렀다 카데요.

(조사자 : 그 얘기도 좋습니다. 어데(어디에) 있는 거예요? 혈 지른 자리가 어디 있는 거예요?)

저, 점곡에, 그 어디요.

(조사자 : 아, 점곡에?)

유남요, 유남에 거어 혈 질렀다 카데예.

(조사자 : 유남?)

혈 질렀다 카더라.

오토산의 다섯 명당

자료코드 : 05_18_FOT_20110604_CHS_JSD_0001
조사장소 : 경상북도 의성군 의성읍 도동 3리 경로당
조사일시 : 2011.6.4
조 사 자 : 천혜숙, 백민정, 차정경
제 보 자 : 장석돌, 남, 83세
구연상황 : 마을 동장인 남광호 씨 댁에서 오전 시간을 보낸 조사자들은 점심을 먹고
　　　　　 마을 경로당으로 향했다. 노인회장을 비롯하여 많은 분이 기다리고 계셨다.
　　　　　 노인회장인 장석돌 제보자는 오전에 동장으로부터 추천받은 분이다. 먼저 조
　　　　　 사 취지를 설명하고 나서, 오토산의 전설에 관해 물었다. 그러자 바로 이 이
　　　　　 야기를 들려주셨다.
줄 거 리 : 도동리의 오토산은 다섯 명지가 있다는 데에서 유래한 이름이다. 현재까지 세
　　　　　 명지밖에 찾지 못했다.

　　오토산 유래 카는 거는 그 몰래 카지요.

　　"오토산에는 명지가 다섯 군 데 있다."

　　알겠어요?

　　그 인제 그래서 지금 현세 세 군데 뺵에(밖에) 못 찾았다고. 두 군데 안
죽(아직) 모른다 카고. 그런 전설이 쫌 있지요.

오토산에서 보이는 베틀바위

자료코드 : 05_18_FOT_20110604_CHS_JSD_0002
조사장소 : 경상북도 의성군 의성읍 도동리 도동3리경로당
조사일시 : 2011.6.4
조 사 자 : 천혜숙, 백민정, 차정경
제 보 자 : 장석돌, 남, 83세
구연상황 : '오토산의 다섯 명당'에 대한 구연이 끝난 후, 오토산에 대해 더 물어 보았다.
　　　　　 더 흥미로운 이야기가 있을 것이라 생각했기 때문이다. 장석돌 제보자는 잠시
　　　　　 머뭇거리다가 이 이야기를 구연하였다.

줄 거 리 : 의성읍 치선 2동에서 오토산을 보면 그 산 위에 베틀바위가 있다. 이 베틀바
위는 선녀가 내려와서 생겼다는 설이 있다.

오토산이 인자 거어 보면 이짝에 서남 카는 데 치선 2동(의성읍에 있는
동네로, 도동 3리와 인접해 있음.)이지요. 거게 가면 인제 비틀바우(베틀
바위)라는 게 있습니다. 비틀바우 카는 게 오토산에서 이래 보만 이짜(이
쪽) 비틀바우가 보이기 돼 있어요.

그래가주고 인제 그런 뭐 전설이, 그래서 인제 뭐 무슨 뭐 각시혈이라
카다? 뭐 이래가주고 인제,

(조사자 : 각시혈?)

옳지. 뭐, 이래가주고 인제 그런 기. 거게서 오토산에 보면 인자 베틀바
우가 인제 그래 보여가지고 거게 뭐 생겼다, 뭐 그런,

"선녀가 니러와가주고 비틀바우가 생겼다."

뭐 이런 말이 나오지요.

(조사자 : 그 베틀바우가 도동 2동에 있습니까?)

그거는 치선 2동입니다.

위인골의 지명 유래

자료코드 : 05_18_FOT_20110604_CHS_JSD_0003
조사장소 : 경상북도 의성군 의성읍 도동 3리 경로당
조사일시 : 2011.6.4
조 사 자 : 천혜숙, 백민정, 차정경
제 보 자 : 장석돌, 남, 83세
구연상황 : '오토산에서 보이는 베틀바위'의 구연이 끝난 후, 잡담으로 잠시 어수선한
분위기가 지속됐다. 조사자가 도동 3리의 자연마을에 대해 물었다. 장석돌 제
보자가 이 이야기로 답을 주셨다.
줄 거 리 : 도동 3리의 마을명은 원흥이다. 언제부터인지 알 수 없으나, 이 마을에 위인

이 낫다고 하여 위인골이라 불렀다. 고을 원이 났다고 하는 설도 있다. 호밋 골이란 자연마을도 있는데, 지금은 비밋골로 불린다.

원래 원흥인데, 위인골 카는 건 여어(여기) 위인이 났이이 뭐 인자 위인 으로 고마, 위인골 위인골 이래 카는 거고.

저어는 호밋골, 호밋골 이래 되는 기요. 그래, 호밋골 그기 고마 비밋골 이 됐부고. 여는 외인골이 됐부고.

(청중 : 또 이 소리도 있습니다. 원(員) 났다꼬, 그래 원흥동이라.)

장여헌 선생 일화

자료코드 : 05_18_FOT_20110604_CHS_JSD_0004
조사장소 : 경상북도 의성군 의성읍 도동 3리 경로당
조사일시 : 2011.6.4
조 사 자 : 천혜숙, 백민정, 차정경
제 보 자 : 장석돌, 남, 83세
구연상황 : 강말수 씨는 '말무덤 전설'을 거듭 반복했다. 세 번의 반복 후에 이야기가 멈 췄다. 조사자가 다른 이야기를 청했다. 제보자는 서원에 대한 이야기를 하려 고 했지만, 기억이 불완전하여 이어가질 못했다. 결국, 장여헌 할아버지로 화 두를 바꾸어 이 이야기를 시작했다.
줄 거 리 : 장여헌 선생은 생전에 의성의 동네 이름을 다수 지어주고, 볍씨를 구할 방법 을 알려주기도 했다.

우리 할배 자랑할라 카면 나오는데, 여헌(旅軒) 할배, 장현광(張顯光) 의 성 군. 인제 그 현령 했잖아요, 군수로 있다가. ○○ 육 개월 하다 보마, 그 어른 뭐 비슬(벼슬) 줘도, 영의정 줘도 안 하고 카고 전부 안 가고 이 랬지.

그래가주고 그 어른 살 때 인제 구봉산, 안 그래 구봉산, 후죽동 카는 기 인제 뭐 봉학은 죽송을(죽순을) 좋아한다 캐가주 저거를 인제 명명을

(命名을) 그 어른이 전부 지있다(지었다) 이래 나오거든. 그래, 이 동명도
마찬가지고. 뭐, 도서동 카는 이거 전부 이제 이런 거도 하고.

여, 인제, 남쪽들에 인제 그때 마침 인제 글때 마침 상강(霜降)이 일찍
이 된다 이라마 나락에 씨를 못 구한다 캐가주고. 이 어른이 캐가주고 천
막을 쳐가주고 그래가 씨를 구했다.

그래가 의성지에도, 의성군지에도 나올 꺼요.

(조사자 : 어떤 씨를 구했다고요?)

나락, 나락. 나락 벼씨를.

(조사자 : 아, 예.)

일찍 상강이 오이끼네, 그래가주고 천막을 쳐라 캐가주골랑 그래가 씨
를 구했다, 남안뜰.

비보 자래바우

자료코드 : 05_18_FOT_20110604_CHS_JSD_0005
조사장소 : 경상북도 의성군 의성읍 도동 3리 경로당
조사일시 : 2011.6.4
조 사 자 : 천혜숙, 백민정, 차정경
제 보 자 : 장석돌, 남, 83세
구연상황 : '장여헌 선생 일화'가 끝난 후, 마을에 비석이 있다며 바로 이 이야기를 시작
했다.
줄 거 리 : 금성산은 액산(厄山)이므로 의성에 좋지 않은 일이 많다고 한다. 그래서 금성
산이 보이지 않도록 자라바위를 남안뜰 앞 논둑에다 갖다 놓았다.

그리고 여어(여기) 또 있지 왜. 지금도 거어(거기) 비(碑)가 서 있, 그 읍
단위로 쌓아났는데. 자래바우라고.

(조사자 : 예. 자래바우.)

자래바우라고 여어(여기) 인자 남천, 남천교 있는 데 있는데.

그래가 그기 인자 의성서 보만 저 금성산이 보인다꼬. 금성산이 저 액산(厄山)이다. 그래서 여가 자꾸 고장이(탈이) 많이 난다, 그 의성에.

그래서 인제 그면 그걸 인제 자래바우를 갖딸랑 남안뜰 앞에다 갖다 인제 논둑에 갖다 놔난 기라. 그라고 오새, 오새 그쪽으로 옮겨놨지, 바로 다리걸에.

날 가물면 금성산에 묘 판다

자료코드 : 05_18_FOT_20110604_CHS_JSD_0006
조사장소 : 경상북도 의성군 의성읍 도동 3리 경로당
조사일시 : 2011.6.4
조 사 자 : 천혜숙, 백민정, 차정경
제 보 자 : 장석돌, 남, 83세
구연상황 : '점곡 조부자 이야기'가 끝난 뒤 다시 정적이 흘렀다. 이때 조사자가 금성산이 명당이라고 말하자 제보자가 이야기를 시작하였다.
줄 거 리 : 금성산은 명산으로, 처녀 머리를 풀어놓은 형태이다. 금성산 상상봉은 사질양토가 5m 정도 되어 있고 아래는 바위로 이루어져 경치가 매우 멋지다. 그곳에 묘를 쓰면 벼락부자가 된다고 하여, 몰래 묘를 쓰는 이가 많았다. 금성산 주변 마을들이 가물 때, 금성산에 올라가 묘를 파내면 비가 내린다는 속설이 있다. 그 때문에 가뭄이 들면 금성, 사곡, 가음, 춘산 등의 마을 사람들이 묘를 파러 가기도 했다. 그리고 나면 사람들이 금성산을 다 내려가기도 전에 소나기가 내렸다.

금성산에 그기 혈이요. 처녀, 처녀 머리 산발형, 이래, 이래 돼있습니다. 그래 그 우에(위에) 에, 산에 올라가면, 참 뻗어나가는 기 꼭 머, 머리 풀어난 겉이(같이) 그래 형세가 그래 돼 있습니다. 그러고 금성산 카는 저거는 참 명산 아입니까?

그 전에는 그 우○○해도 마구, 아 그래, 거게 막 가물만, 거 이제 그 여 인제 금성하고 사곡, 가음, 춘산, 의성 전부 올러, 산 올러가가주골랑 묘를 파내는 겁니다. 그 상상봉에 가면 그 흘(흙)이 인제 사질양토로 돼가지고 우에는(위에는) 천부(전부) 흘이요(흙이요), 아주 멋집니다. 그래가 그기 말이지, 한 오 미터(5m) 이상 그기 돼있고, 밑에는 전부 인제 바위로 돼 있고, 이래 돼있거든요. 그래,

"거게 묘에, 묘를 쓰만 고만 맹 뭐 벼락부자가 된다."

뭐 이런 기 있겠지. 그래서 가마이(몰래) 갖다 써, 써.

(청중 : 날은 가무고.)

그래 썼부이(써버리니) 그냥 날이 가문다. 가무이께,

"금성산에 묘 썼구나."

그래가지고 한 4개 면이 한목 올라가가주고 디리 파내고.

(조사자 : 4개 면.)

파내다 꺼내놓오마 비가 와요, 소나기가. 니러오기(내려오기) 전에. 그래 인제 그래가주 거어서 참 시체를 파가주골랑 말이지, 구부는 것꺼정 봤거든요.

(조사자 : 오오오, 밑으로?)

밑으로 구불렀분께, ○○하고 이런 데다.

그런 그 명산이지요, 그게. 명산이지.

조문국 패망 전설

자료코드 : 05_18_FOT_20110604_CHS_JSD_0007
조사장소 : 경상북도 의성군 의성읍 도동 3리 경로당
조사일시 : 2011.6.4
조 사 자 : 천혜숙, 백민정, 차정경
제 보 자 : 장석돌, 남, 83세
구연상황 : 금성산에 관련된 잡담들이 오갔다. 장석돌 제보자는 자연스럽게 조문국이 망한 이야기를 시작했다.

줄 거 리 : 조문국은 신라보다 먼저 생긴 나라다. 그런데 조문국이 점점 커지자 위기의식
을 느낀 신라는 사벌국을 통해 조문국을 공격하도록 하였다. 사벌국의 공격
을 받고 결국 조문국은 망했다. 금성산에 가면 성이 하나 있는데, 사벌국과
조문국 간의 전쟁이 일어났을 때 큰 접전이 있었던 곳이다. 그리고 금성산
계곡에 가면 '건들바위'가 있는데, 한 명이 밀든 열 명이 밀든 바위가 넘어가
지 않는다. 수정사 절에서 금성산 정상이 바로 보이기 때문에 수정사 몰래
그 산에는 묘를 쓰지 못 한다.

'조문국이 인제 왜 망했노?' 카만, 원래 신라보다가 이기(조문국 가리킨
다.) 미리라(먼저 생겼다), 이기라요. 그런데 이 신라보다가 이 조문국이
자꾸 말이지 확창이(확장이) 되는 기라. 그래서 이 신라에서 가만히 보이
(보니),

"안 되겠다."

여 사벌국이라고 저 상주 사벌국. 사벌국 보걸랑,

"너거 봐라, 저 조문국 좀 쳐부라(쳐라)."

이래가주고, 그 그래서 망했는(망한) 거예요.

그래가주고 금성산에 가면 성이요, 저 뒤에 이제 수정사 드가는(들어가
는) 쪽에 보만(보면) 인제 동쪽에 보만 이제 계단 성이 있습니다. 지금도
돌도 쫙 나, 놓여 있어요. 전에는 거 올라가는데 돌 밟고 올라갑니다. 우
리도 그래 함(한번) 올라가 봤고, 이 짝으로도 올라가보고 밎(몇) 분(번)
가봤는데. 그게 이제 성이 금성성이라 그러거든요.

금성산에 성인데, 그기 인제 전쟁 때 조문국하고 사벌국하고 싸울 때
그 성 안에 인제 있으이께 인제 전부 들어오고 그래서 거기 접전이 벌어
졌는 데래요. 그래서 금성산은 유명하지요.

고(거기) 감(가면) 또 금성산 계곡에 가만 이 '건들바우'카는 게 있어요.
커다란 바윈데, 열이가(열이) 밀어도 간들, 혼자 밀어도 간들, 넘어가지를
안 하고. 그래 인제 건들바우 카는 게 있지.

[잠시 쉬다가 구연을 재개하였다.]

금성산이 참 유명하지. 그 수정사 절에서 보면 그 인제 금성산에 인제 그 정상이 보이는 겁니다, 수정사에서. 그래서 그래노이 수정사 모르고 가마이는(몰래는) 거어(거기) 모한다(못 한다) 이런 게.

(조사자: 가마이를 못 한다는 게 뭘를?)

가마이(몰래) 묘를 못 쓴다 이게라. 절에서는 고만(그만) 아는 기라요(거 예요), 바로 보이께네.

목화가 잘되는 대리 마을

자료코드: 05_18_FOT_20110604_CHS_JSD_0008
조사장소: 경상북도 의성군 의성읍 도동 3리 경로당
조사일시: 2011.6.4
조 사 자: 천혜숙, 백민정, 차정경
제 보 자: 장석돌, 남, 83세
구연상황: 이야기판은 금성산에 대한 이야기로 열기가 올랐다. 예전에는 금성산에 묘를 쓰면 그 주변의 마을이 가물었다고 하지만, 지금은 금성산에 묘를 써도 비가 자주 온다는 이야기도 있었다. 조사자가 '대리마을'의 지명 유래에 관해서 묻자 제보자가 이 이야기를 구연하였다.
줄 거 리: 문익점 선생은 중국에서 목화씨를 가지고 와서 대리마을에 최초로 심었다. 처음으로 심은 곳이 전라도라는 설도 있다. 문익점 선생 기념비는 의성군 제오 동에 있었는데 현재는 의성군 대리에 있다. 기념비 옆에는 문익점을 위하는 공원도 있다. 마을의 흙이 좋아 비석을 대리 마을로 옮긴 것이다.

거게 보면 인제 그 땅이 인제 벌겋습니다. 황토, 이제 ○○○가지고, 그 래서 그거 이제, 목화가 화가 잘 된다 그래가주고 문익점 선생 비(碑)가 거어 짐(지금) 서 있잖아요.

그래 인제 에, 우리 경북에서는 인제 문익점 선생이 첨에 중국에서 붓 대롱에 말이지, 목화씨를 넣어가 가마이(몰래) 와가주고 심었는데, 여기 대리에 여(여기) 심았다, 뭐 이카는데. 실제로 또 전라돕니다. 전라도 미리 심았다 카는 데 있어요. 그러이께네 어디가 뭐 숫까마이(숫까마귀) 암까마이(암까마귀) 그건 확실하게 모르고.[121]

그래 여게 이제 목화가 잘 됐어요. 잘 되이까 인제 거기서 문익점 선생 비를 세우고 인제 오새 거어 공원 만들어 놨잖아요.

(조사자 : 심은 분도 여 문익점 선생이 여 들어와서 직접 심으셨는가? 아니면 다른 분이 심었나요?)

아이겠지, 그 여 주민들이.

(조사자 : 예, 주민들이 심으셨죠?)

주민들이 그 사람 씨로 했으이 그걸 기리기 위해서.

그리고 그 앞에 또, 여, 에, 제오동 카는 데 고 건니, 요 안에 드가면 골짜아 거 저, 공룡 발자국 있다 카는 데, 거 제오동에 거게 가면 문익점 선생 첨에 비는 거어(거기) 세웠다고. 첨머이(처음에) 심았기는 거기 심았다 카이. 그래서 거어 보다가 그 뻘건 흙에 잘 되이 그래서 거어로 옮깄는 거야. 그래서 인제 문익점 선생 비를 거어, 첨머이는(처음에는) 제오동에 있었어.

---

121) '어느 말이 진실인지 알 수 없다'는 뜻이다.

토째비 경험담

자료코드: 05_18_MPN_20110604_CHS_KMS_0001
조사장소: 경상북도 의성군 의성읍 도동 3리 경로당
조사일시: 2011.6.4
조 사 자: 천혜숙, 백민정, 차정경
제 보 자: 강말수, 여, 76세
구연상황: '임하동 임장군비에 얽힌 속신' 이야기가 끝나고 어수선한 분위기가 지속되었
    다. 장석돌 씨와 조문국에 대한 대화를 더 나누었다. 10여 분이 지난 뒤 어수
    선한 분위기를 정리하고자 조사자가 호랑이 이야기를 청하였지만 들을 수 없
    었다. 이때 갑자기 강말수 제보자가 "허깨비 지나간 이야기 하나 할까?" 하며
    이야기를 시작했다. 이 이야기가 끝나고 권오규 씨가 이야기 속의 장소를 묻
    자, 제보자는 그곳을 손으로 가리키며 이야기를 거듭하였다.
줄 거 리: 나는 언니, 언니 친구들 함께 밤중에 추자를 따러 갔다. 두 명은 밑에서 망을
    보고 나머지는 나무 위에 올라가 추자를 땄다. 망을 보며 대화를 나누던 중
    뒤를 보았는데 도깨비가 서 있었다. 두 언니 모두 그 도깨비를 보았다고 한다.

근데 이, 허깨비, 허깨비 지내간 이얘기 하나 할까?

어디쯤 되노? 도동동인데, 도동동인데 고게 여기 여기 전부 이 마카(모
두) 들이랬거든요. 집이 없었고 들이고. 우리 고 친정집이 남쪽에, 남쪽에
있고 남쪽 끝이랬어. 그리고 고게 앞에 마카(전부) 들이고, 고게 가마 또
조정 응, 웅디이가(웅덩이가) 하나 있었고. 그래 거게 보마 고 뒤에는 아
주 큰 부자 사는 게와집이(기와집이) 있었고.

고 앞에, 터밭 앞에 낭기(나무), 추자나무, 큰 추자낭기 있었어요. 추자
낭기 있어가 가을되마 마카 거 따먹으러 가고 이래했는데. 그래가지고 처
자들이 언니 클 때 친구들이 그 인제 추자 따러 밤에 갔어. 가가지고 어
두분(어두운) 데 거, 거, 웅디(웅덩이) 있고 무서웠어요.

옛날에 토째비, 허깨비하며 그런 소리 마이(많이) 있었지.

그런데 처녀들 몇이가 마쿰(모두) 머리꽁지 이만침 이래가, 그래 가가 몇이는 올라가고 우리 언니하고 누구하고 둘이는 밑에서 서가주고 망보고 있고 어두분데, 캄캄한데.

그래서 인제 막 딴다고,

"사람 오나?" 카고,

"안 온다. 따라." 카고,

뭐 서로 이카는 도중인데. 그 둘이가 섰다가 어예가주 어에 겉어(훑어) 본다고 보이, 뒤에 팔대장승겉은 사람이 목안지도 없고, 목 없는 그런 그기 허깨비지, 그런 허깨비가 하나 서가주고.

고마 이 둘이가 우리 언니 하나뿐 아이라 둘이가, 내 죽는다꼬 마구 뭐 뭐 달려오고 뭐뭐. 저저 낭게 섰던 사람들은 '인제 오는 갑다' 마구 니러 와가주(내려와서) 다치기도 하고 이래가주 마카 모도(모두) 왔어요.

그래 우리 내가 어릴 때인데, 어릴 땐데, 내가 어릴 때이꺼세네 칠십 년 전이가, 칠십 년 전 일이가? 내가 한 열 두어 살 먹었을 께다. 열 두어 살 됐으면 칠십 년 아이가?

(청중 : 그게 뭔데?)

응?

(청중 : 뭔데?)

그래, 그게 몰래, 그게.

집지킴이 나타나고 패망한 집 (1)

자료코드 : 05_18_MPN_20110604_CHS_KMS_0002
조사장소 : 경상북도 의성군 의성읍 도동 3리 경로당
조사일시 : 2011.6.4

조 사 자 : 천혜숙, 백민정, 차정경
제 보 자 : 강말수, 여, 76세
구연상황 : 앞의 '토째비 경험담'이 끝난 후, 조사자가 지킴이 이야기를 아시느냐고 물
　　　　어보니 한 청중이 "가정에서 구렁이, 집집마다 한 분씩 들여 있었을 걸요?"라
　　　　며 관심을 보였다. 그러자 강말수 제보자가 이야기가 생각난 듯 "집지킴이 나
　　　　왔다는 이야기?"라고 물어보았다. 이에 조사자가 그런 이야기가 맞다며 청하
　　　　였다. 이 말을 듣고 있던 노인회장은 옛날에는 집지킴이를 집집마다 한 분씩
　　　　모시고 있었다고도 했다. 이야기가 진행되던 도중 다른 청중이 끼어들어 이야
　　　　기하는 바람에 다소 혼선이 있었다. 끝내는 모두 강말수 제보자의 구연에 주
　　　　목하였다. 제보자는 구연을 마치고는 친정 곳에서 실제로 있었던 이야기라고
　　　　강조했다. 그리고 집지킴이가 나타나면 반드시 빌어야 한다고 덧붙였다.
줄 거 리 : 호박집이라고 부르는 집 모녀가 방아를 찧으러 갔는데, 딸이 먼저 집으로 돌
　　　　아왔다. 방 안으로 들어가자 뱀이 큰 똬리를 틀고 있었다. 딸은 너무 놀라 기
　　　　절했다가 정신을 차리고 나서 아버지를 불렀다. 하지만 뱀은 사라졌고 그 후
　　　　로 집이 망했다. 실제로 있었던 일이다.

춘추. 그거 그 미장원 있는 고 어데 요쪽(이쪽) 핀(편)으로 고 가도에(모
퉁이에) 옛날에 옛날 오두막살이 집이 있었어. 그 집에서 사는데 그 집의
빌가(別號)가 호박집이라. 호박집인데, 호박, 가을 돼만 막 호박을 하도 많
이 따다 재(재어) 무져나가주고(묻어놓아서). 옛날에 오두막살이 집에 고
마 호박 참 덩거리랬어. 그래가 예. 그래가주고 인제 빌호가, 호박집, 호
박집이랬는데.

그래 인제 그 집 모녀가, 큰 딸이 하매 나이가,

[잠시 생각하며]

내(나이)가 팔십 둘이이, 그 한 백 살 되나, 덜 되나? 그래 사다가 살은
분인데 그 큰 딸이, 그 모녀분이 인제 방아 찧이러(찧으러) 갔어. 이웃집
에 방아를 찧이가주고 어마이는 거어서(거기서) 인제 까불고 있고 딸은
인제 찧이주고 집엘 먼저 왔어.

먼저 오이, 거 웃채(윗채) 말고 아랫채 거어 저어 아부지가 거처를 했는
데. 거기를, 여름인데 오이, 그 방에 쪼맨한(조만한) 방에 크다난 방석 겉

은 기 마, 한 마리 따배이를(또아리를) 틀고 있더래요. 있는데, 이거는 마커(모두) 내가 실지(실제) 들었는 이얘기래요.

그래 틀고 있는데, 그래 고만 이 딸이 뭐뭐 기절을 했을 것 아이래요. 아가씨가, 처녀데.

그래 인지 와가주고 막 이얘기해가, 그래 막 저거 아부지 노는 데 그 처녀가 막 가가주고,

"아부지요, 아부지요, 집에 빨리 와 보소."

그래 인지 참 와보이,

[목소리를 낮추며]

없어졌부랬어, 없어졌부랬어.

그래 이 사람들이 그걸 있어가주고 어예 참말로 새로 또 뭐 앉추든지(앉히든지) 뭐 이래 빌었으면 되는데. 옛날에 그런 말이 있지 왜요.

그런데 그래 갔다가 아버지 디러(데려) 오이, 없어졌부랬어. 그래 그 눈에만 띄고. 그래 고만 그래 고만 망가졌부리요. 그기 인자 안 좋을라고, 그런 기.

이건 실지가(실제가) 그랬어요. 예.

집지킴이 나타나고 패망한 집 (2)

자료코드 : 05_18_MPN_20110604_CHS_KJI_0001
조사장소 : 경상북도 의성군 의성읍 도동 3리 경로당
조사일시 : 2011.6.4
조 사 자 : 천혜숙, 백민정, 차정경
제 보 자 : 김점익, 여, 76세
구연상황 : '집지킴이 해하고 패망한 집 (1)'을 구연했던 강말수 씨가 집지킴이가 나타나
면 반드시 빌어야 한다고 강조하는 이야기를 듣고 제보자가 구연을 시작했다.
이야기 도중 한 청중이 자신이 들었던 이야기를 하는 바람에 혼선이 있었지

만, 좌중은 다시 제보자의 이야기에 집중했다. 이야기를 마친 후에는 제보자도 집지킴이가 눈에 띄면 안 좋기 때문인지 사돈뿐만 아니라 자신의 딸도 신수가 좋지 않았다고 덧붙였다.

줄 거 리 : 사돈집에 집지킴이가 나타나서 물 한 그릇을 떠 놓고 빌었다. 그러나 그 뒤로 좋지 않은 일이 생겼다. 또 동옥 씨 집에 있는 다락에서 집지킴이가 떨어져 죽었다. 삼베옷을 입혀서 갖다 묻어주었는데도 집이 망했다.

저 못안 사돈이, 못안 사돈이, 못안 사돈이 그래 끔쩍하더라는데[122] 뭐. 집지키미 겉애가주고(같아서) 그래가,

[청중 웃음]

집지키미 겉애가주골랑(같아설랑) 얼릉 들와 물 한 그릇 떠 놓고 빌었다니더. 빌고, 예 빌고 나가이께네 간 곳도 없더라. 그래 그 뒤로 저어 딸도 아팠지, 사돈 지금 안죽(아직) 저래가 있지.

그라고 옛날 왜 동옥 씨 아시제요? 그기(거기) 다락이 있었거든요. 큰 다락이 있었는데, 정월달인데.

(청중 1 : 점곡 왜, 조부자네도 머 말이 있던데. 조부자네도 뭐 어예가주고 업이 나갔부고, 살림살이가 고만 싹 망해졌부랬어. 싹 망해졌부랬어. 그래 조부제, 조부제 소문났잖아.)

맹 저 이모가 저긴데 큰, 차암(참) 큰 집지킴이인데.

[청중들이 청중 1에게 이야기하는 데 끼어든다고 핀잔을 주었지만 계속 다른 이야기를 했다.]

다락에서 정월달인데, 이모가 말이다, 거, 정월달인데 다락에서 용단지도 바로 거 있었고, 용단지 우에(위에) 다락이 있었거든.

[다시 청중 1이 이야기에 끼어들어 이야기를 한다.]

거어서 떨어졌는데 저는 이야기만 들었거든요. 그래가 삼비옷을(삼베옷을) 입히가주고 어데 갖다 묻었답니다. 그래 자리에서 고만 죽었답니다.

---

122) 무엇인가 움찔하고 움직였다는 뜻이다.

(청중 : 그래 빌어야 된다. 빌어야 된다.)

그 뒤로 집이 막 고만 막 내리가, 내리막 만나기 시작하는데.

(조사자 : 삼베옷을 입혔는데도?)

입혀가주 갖다 묻었대요. 디떨어져 고만 죽었다 카데요.

(청중 1 : 떨어진다고 어예 죽노? 희안하네. 떨어진다고 어예 죽노?)

높으거든, 집 높으다 거게. 그게 안 좋을라꼬 그렇제. 그라고 손자 하나
저거하고, 그 그 뒤로 막 그 집이 그쿠 저거 하더라 카이. 집이 내려앉기
시작는데 그랬다 카이. 워낙 있던 집이 돼가주고, 있던 집이 돼가주고 그
래도 안죽(아직) 껄띠기가[123] 저래가 있지. 그래 됐다 카이.

점곡 조부자 이야기

자료코드 : 05_18_MPN_20110604_CHS_KJI_0002
조사장소 : 경상북도 의성군 의성읍 도동 3리 경로당
조사일시 : 2011.6.4
조 사 자 : 천혜숙, 백민정, 차정경
제보자 1 : 김점익, 여, 76세
제보자 2 : 권오규, 여, 85세
구연상황 : 집지킴이 경험담이 오고가면서 누군가가 조 부자를 언급했다. 조사자는 이를
　　　　　기억했다가 이야기가 끝난 뒤 조 부자에 대한 이야기를 청했다. 두 제보자가
　　　　　함께 이 이야기를 구연했다.
줄 거 리 : 의성군 점곡면에 열두 칸 집을 가진 조 부자가 있었는데, 망해버렸다. 조 부
　　　　　자 부인은 자신이 몹시 구박했던 서자에게 가서 죽었다. 그 집에는 일꾼들이
　　　　　소코뚜레를 다 짊어지지 못할 정도로 소가 많았다고 한다.

점곡에 점곡에 조부자,

(제보자 2 : 조부자네가 점곡서 잘 살았는데, 그게 뭐 뭐가 안 될라 거

---

123) '부자가 망해도 남은 살림이 있다'는 의미이다.

이 고만 저거하디 그 길로 그만 싹 들어먹어.)

(청중 : 그게 보인데이.)

그기 열두 칸 집이랬다 카잖아.

(제보자 2 : 그래 조부자 그 마누래가 저저, 죽을 때 서(庶), 서 아들한
테 가이(가서) 죽었단다만은. 그쿠 잘 살고 서(庶) 아들을 몹시 하다가 내
중에 저거해가지고 서울가여, 그, 서 아들한테 거기 있다 죽었어.)

부자래가 코끈디이가(소코뚜레를) 큰 일꾼이 못 짊어졌다 카데. 코끈
디이 그거 뭐 얼마 되니껴? 그 정도로 부자랬다 카데. 코끈디이 뭐 요런
건데 그거 일꾼이, 큰 일꾼이 짊어질라 카면 힘들었다 카이. 그 정도로
부자…

(제보자 2 : 뭐?)

조부자댁이요.

(제보자 2 : 그케 뭐를?)

소꼰디기요. 소 끼는 저거요. 옛날에 소 끼는 저거 있잖니껴, 코 끼
는 거.

8. 점곡면

증편 한국구비문학대계 • 경상북도 의성군

▌조사마을

경상북도 의성군 점곡면 서변 2리·사촌 3리

조사일시 : 2011.4.3

조 사 자 : 천혜숙, 민윤숙, 김보라, 권희주

서변 2리는 서편으로는 사촌 3리와, 동편으로는 서변 1리와 접해 있는 마을이다. 남쪽으로 낙동강의 지류인 미천(眉川)이 흐르고 북쪽으로는 생 이봉이 높이 솟아 있다. 원래 사촌마을에 속해 있다가 1914년 행정구역 개편 시 인구의 증가로 사촌에서 갈라져 나왔으며, 동변동의 서편에 있다 고 해서 서변동으로 명명되었다. 이때 사촌은 1·2·3동, 서변은 1·2동 으로 분동되었으며, 1988년 의성군 조례 제1225호에 의거해서 동(洞)이 리(里)로 바뀌어 오늘에 이르고 있다.

서변 2리 회관

특히 서변 2리는 선안동 김씨 또는 사촌(沙村) 김씨 집성촌인 사촌 3리와는 경계가 불분명할 정도로 연접해 있다. 더욱이 이 마을에도 사촌 김씨들이 여전히 주성으로 살고 있어서 현재까지 두 마을은 여러 가지 면에서 밀접하게 연계된 삶을 살아왔다. 두 마을은 특히 농업노동의 교환, 상호부조 교환을 공동으로 해 온 생활공동체이자, 동제를 함께 지내 온 종교공동체이다. 사회조직도 마을 중심이 아니라, 사촌 김씨 문중을 중심으로 대문중의 화수회와 각 지파의 친목계가 중심이다. 상장례도 문중조직 중심으로 이루어졌고, 화전놀이 또한, 사촌 김씨 지파별로 이루어졌다. 그리고 청년회도 사촌과 서변에 거주하는 사촌 김씨 문중의 청년들로 구성되었다.

사촌 마을의 역사는 마을 자하산 중턱에 신라시대 나정승의 묘로 전해지는 고총이 남아 있어 가히 천 년을 소급할 수 있다. 고려시대에는 장기에서 온 손 씨가 살았다고 전해지나 증빙할 만한 기록은 전하지 않는다. 현재 사촌 김씨 동성촌을 이루고 있는 선안동 김씨의 입향조는 감목공 김자첨 어른으로 김방경 장군의 6대 손으로 알려져 있다. 다른 집성으로는 15세기에 입향한 안동 권씨와 18세기에 입향한 풍산 류씨가 있으며, 모두 사촌 김씨 문중의 사위로 이 마을로 들어와 정착하였다. 그 중 안동 권씨 입향조의 후손들은 현재 윤암 3리와 서변 1리에서 살고 있다. 풍산 류씨 입향조의 후손들은 서변 1리인 태동에서 세거해 왔다. 이들 동성집단은 대부분 사촌 김씨 문중과 혼인관계를 맺어 이 마을로 이주한 후로 사촌의 인근 마을에 동성촌을 형성하고 세거해 온 것이다. 사촌마을은 17세기부터 안동 김씨 동성마을로서 인적 기반과 문중을 갖추어 번성했다. 주로 안동 김씨 도평의공파의 지파 중 만취당파와 후송재파의 후손들로 구성되었다. 현재 이 마을은 경북 북부 유교문화권 개발의 일환으로 '사촌 선비마을'로 지정되어 있다.

마을에는 약 400여 년 전 신라 때의 사찰 문루를 뜯어 옮겨지었다는 만취당(晩翠堂)이 있다. 조선조 특유의 열 한 칸 대청 건물로 사촌 김씨 종실로 사용됐으며, 지금도 문중 집회 장소이자 교육공간으로 활용된다. 문중 경로당의 구실도 한다. 또 사촌마을 서편 매봉산 기슭을 따라 길이 약 1,040m, 폭 40m의 방풍림이 가로로 길게 조성되어 있다, 그래서 '가로숲'이라고도 하고 '서림(西林)'이라고도 부른다. 600여 년 전 안동 김씨 입향조인 김자첨 선생이 서편에서 불어오는 바람을 막기 위해 조성한 방풍림이자 비보숲이다. 이곳에서 서애 류성룡 선생이 태어났다는 전설이 전해진다. 또 지금은 기령산에 모셔진 동신이 처음에는 이곳 서림에 있었다고 한다.

서변 2리의 폐교된 점곡 중고등학교 뒤편에 있는 주산 기령산에는 사촌 3리와 서변 1, 2리 그리고 동변 3리에서 공동으로 모셔온 성황당이 있다. 성황을 모셔 온 이는 고려 말엽 이 마을에 살았던 손장기 어른이다. 그는 개성에서 과거를 보고 오던 길에 문경새재에서 말발굽이 떨어지지 않아 땅 밑을 파보니 방울이 나왔다고 한다. 또 그날 밤 신인이 꿈에 나타나 '자신은 문경새재를 지키는 신인데 여기서는 돌아보지 않으니 섬겨 달라'고 현몽을 했다는 것이다. 그래서 그 방울을 가져와 서림에다 모셨는데, 1774년 그 신이 다시 천사 김종덕 선생에게 현몽하여 "풍우를 피할 수 있도록 다른 곳에 옮겨 달라."고 요청하였으므로 이곳 기령산에 성황당사를 지어 이건하게 된 것이다. 또 1924년에는 당시 점곡 보통공립학교의 일본인 교장이었던 다카하시(高橋耕一郎)의 발의로 성황당을 기와로 중수하고 현판을 '신사(神祠)'로 바꾸어 걸었다. 그 전말에 대한 기록이 '기령산신기(奇靈山神記)'에 있다.

이곳에서는 매년 보름마다 사촌 3리, 서변 1·2리, 동변 3리에서 제비를 거두고 매년 돌아가면서 제관을 선출하여 동제를 지냈다. 1970년대까지만 해도 주로 안동 김씨, 안동 권씨, 풍산 류씨가 유사를 역임했다. 제관은 안동 김씨가 압도적으로 많았다고 한다. 새마을운동과 미신담론의 여파로 동변 2리가 빠지고, 1996년부터는 서변 1·2리가 제관 선출의 어려움을 들어 제비만 부담하는 등으로, 동제의 주재 집단이 들고나거나 축소되는 변화가 일어나게 된다. 2001년부터는 사촌 3리 단독의 동제가 되었으나 지금도 서변 2리 사람들은 동제에 맞추어 인사를 가기도 한다. 2000년 3월에 당집의 기와가 무너지고 물이 새는 것을 본 당시 김운두 점곡면장이 당집을 보수하고 비로소 '신사'의 현판을 떼고 성황당이라 고쳐 걸었다.

서변 2리 경로당 내 연행 현장

서변 2리의 주민은 총 64호로 그 가운데 안동 김씨가 50여 호 가까이 되며 나머지는 안동 권씨와 풍산 류씨로 구성되어 있다. 대부분이 농사를 짓고 살며, 면소재지인 서변 1리와 인접한 도로변으로 상가가 형성되어 있다. 의성군 내에서도 한건한 지역이고 토질도 사질 양토여서 수리시설이 발달하기 전까지는 밭작물이 대부분이었다. '사촌 마을 처녀들 시집가기 전까지 나락 서 말 먹으면 많이 먹은 것'이란 향언이 전해질 정도였다. 지금도 여전히 밭농사가 중심이지만, 60여 년 전부터는 사과농사를 시작했고, 요즘은 담배와 고추 농사도 많이 한다. 60년 전까지만 해도 동변리 걸마골의 허어리장(혹은 각골장)을 이용했으나 이 시장은 면소재지인 서변 1리로 옮겨졌다가 1990년대 후반이 되면서 거의 쇠퇴하고 말았다. 교통이 발달하면서 의성장과 안동장을 이용하는 사람들이 더 많아졌기 때문이다.

서변 2리에 거주하는 후송재파 주손 김창회 어른으로부터 사촌 김씨 문중의 인물담들을 다수 얻었다. 할머니 경로당에서도 문중의 전설들을 들을 수 있는 마을이었다. 또 선소리꾼 김대완 씨(동변리 거주)를 이 마을에서 만나서 상여 소리, 덜구 소리, 지신밟기 소리 등을 채록할 수 있었던 것도 큰 행운이었다.

김갑대, 여, 1926년생

주 소 지 : 경상북도 의성군 점곡면 서변 2리
제보일시 : 2011.4.3
조 사 자 : 천혜숙, 민윤숙, 김보라, 권희주

의성 김씨로 안동 길안면 대곡동에서 생
장했다. 17세에 이곳 서변리 안동(사촌) 김
씨 집안으로 시집왔다. '갑대'란 이름은 아
들 동생을 얻기 위해 친정 어른들이 지어준
것이라고 했다. 친정이 대곡동이어서 한실
댁이란 택호로 불리었다. 혼인 전 친정에서
야학을 3년 정도 다니면서 한글을 깨쳤다.
일본어도 조금 배웠다. 어깨너머로 배운 한
자 실력도 만만치 않다. 어린 시절에는 총기가 있다는 말을 많이 들었다.
혼인할 때 '화전가', '세덕가' 등의 가사를 가지고 왔다. '세덕가'는 자랄
때 둘째 종질인 선비가 써 준 것으로 거의 헤졌지만 지금도 소중하게 보
관하고 있다.

일제강점기 때 징용으로 끌려갔다가 돌아온 남편은 6·25사변 때 다시
인민군에게 끌려간 후로 종적이 없다. 당시는 '재혼법이 없던 시절'이어
서, 시부모님을 모시고 시동생과 함께 살아왔다. 혼자 된 형수가 안쓰러
웠던 시동생은 큰집의 봉사를 대신하였을 뿐 아니라 자신의 맏아들을 양
자로 주어 집안의 대를 잇게 해 주었다. 그 아들이 지금은 대구로 나가
살고 있어 제보자 혼자서 집을 지키고 있다. 제보자는 그렇게 살아온 자
신의 삶에 대해서 더 여한이 없다고 했다.

서변 2리의 할머니 경로당에 들러서 조사 취지를 말씀드렸을 때 제일 큰 관심을 보여 준 분이다. 기억력도 좋고 총기가 있는 편이었는데 이제는 안 된다고 허탈해하나, 여전히 '세덕가'를 욀 수 있을 정도이다. 서애 대감 이야기, 도깨비 이야기를 논리정연하게 구연했다.

설화 세 편을 제공했다.

제공 자료 목록

05_18_FOT_20110403_CHS_KGD_0001 외가마을의 쑤에서 태어난 서애 대감
05_18_FOT_20110403_CHS_KGD_0002 서림을 지키는 황새떼
05_18_FOT_20110403_CHS_KGD_0003 쇄기가 화해서 된 토째비

김대완, 남, 1941년생

주 소 지 : 경상북도 의성군 점곡면 동변리
제보일시 : 2011.4.3
조 사 자 : 천혜숙, 민윤숙, 김보라, 권희주

안동 김씨이다. 점곡면 일대에서 널리 알려진 상여소리꾼으로 안동 일직이 고향이다. 24세에 혼인을 한 후 점곡면 서변 2리로 이주하여 살다가, 지금은 동변리에서 살고 있다. 기와 잇는 미장일을 하다가 지금은 과수원 농사를 짓고 있다. 슬하에 2남 2녀를 두었다.

일제강점기 때 소학교를 2학년까지 다녔고, 해방 후 초등학교를 4학년까지 다니다가 중퇴했다. 이후로는 농사일이나 미장일 등을 하면서 소리와 매구도 배웠다. 젊은 시절부터 꽹과리와 매구를 잘 쳤다. 마을 어른들이 하는 것을 보고 배웠으며, 이때 여러 의식요들의 선소리도 함께 익혔다. 특히 안동 일직면 용각리에 사는 소리꾼

처삼촌의 영향을 많이 받았다. 군대 시절에는 사단농악대에서 활동했고 제대한 후에도 전업은 아니지만, 상여 및 지신밟기 등의 선소리꾼으로서 활동하면서 일정한 수입을 얻었다. 신축한 집에 가서 성주지신을 눌러주고 50만 원까지 받은 적도 있다.

서변 2리에서 처음으로 만난 제보자이다. 국도변에 있는 이발소 앞을 청소하시던 분께 제보자가 될 만한 분을 수소문했더니, 친구 중에 인근에서 이름난 소리꾼이 있다고 하면서 전화를 걸어주셨다. 마침 제보자가 이 마을을 지나던 길이어서, 바로 만날 수 있었다. 누구보다도 구비문학 조사의 필요성을 잘 이해하는 분이었다. 요구하기도 전에 노래할 목록을 미리 알아서 불러주었다. 실제 상황이 아닌데도 불구하고, '운상 소리'를 부르면서 "이제 오르막 올라간다"라고 하면서 변화를 주는가 하면, "이제는 덜구도 메겨야지"라면서 자연스레 '덜구 소리'로 넘어갔다. "지신밟기는 우물의 용왕부터 밟아야 진짜 소리꾼"이란 말도 했다. 그리고 결코 구연의 자연스런 흐름을 방해하지 않는 선에서 구연상황에 대한 필요하고도 적절한 설명을 덧붙이곤 했다.

민요의 구연능력이 아주 뛰어난 분이다. 자신의 노래 기량에 대한 자부심도 대단하다. 상여 소리의 경우 필요한 대목에서 "상주들의 눈물이 쏙쏙 빠지게" 하고, "그 대목에서 상주들이 노잣돈을 안 내놓을 수 없다"면서, 자신의 기량을 수시로 자랑했다. 실제로 이 분이 불러준 노래의 풍부한 사설과 구성진 가락을 듣노라면, 그 자랑이 결코 과장이 아님을 실감할 수 있다.

점곡면 일대, 특히 중리, 서변, 동변 등지의 마을에서 초상이 나면 으레 초빙되었던 소리꾼이었다. 꽃상여를 만드는 관덕리의 장인과 한 조로 활동하기도 했다. 그러나 요즘은 선소리꾼으로서 활동이 예전 같지 않다. 시골이라 해도 주로 병원이나 장의사에서 상장례를 주관하는 데다, 꽃상여길이 예전처럼 길지 않고 운상이 주로 자동차로 이루어지다 보니, 더

길고 다양한 '상여 소리' 사설이 요구되지 않게 된 탓이다. 장의사가 상여 앞소리꾼과 협업을 하는 경우가 있지만, 묘역 조성시 덜구질 소리 정도가 요구되는 사정에서 굳이 전문적 기량을 지닌 상여 소리꾼을 돈을 들여서 청할 필요가 없어진 것이다. 이 분의 경우는 고령인 데다 안어른의 큰 반대도 부정적으로 작용한 듯하다.

그래서인지 구연 시에는 선소리꾼으로서 마음먹은 대로 상주들을 웃기고 울리고 하던 시절에 대한 그리움을 자주 내비치곤 했다. 점곡면 내에는 자기만큼 잘하는 사람은 없을 것이라는 자긍이, 이제 예전과 같지 않은 현실과의 괴리 때문에 다소는 안타깝고 서글프게 느껴졌다.

'상여 소리', '덜구 소리', '지신밟기 소리'의 흥미로운 각편들을 이 분으로부터 채록할 수 있었던 것은 큰 수확이다. 상여 소리는 9층(채)까지도 해 보았으나 다 하려면 너무 길다면서 2층까지만 불러주셨다. 가락과 사설이 거의 완벽한 '상여 소리' 각편이라 할 만한 것이었다. 타고난 목청에다, 가락의 꺾임이나 파격, 사설의 구사가 뛰어난 소리꾼이었다. 더불어 구연한 '청춘가', '노래가락', '각설이타령'도 압권이라 할 만하다. 모두 아홉 편의 민요 또는 신민요를 제공했다.

제공 자료 목록

05_18_FOS_20110403_CHS_KDW_0001 상여 소리

05_18_FOS_20110403_CHS_KDW_0002 덜구 소리

05_18_FOS_20110403_CHS_KDW_0003 지신밟기 소리

05_18_FOS_20110403_CHS_KDW_0004 각설이타령

05_18_FOS_20110403_CHS_KDW_0005 논매기 소리

05_18_MFS_20110403_CHS_KDW_0001 노래가락 (1)

05_18_MFS_20110403_CHS_KDW_0002 양산도

05_18_MFS_20110403_CHS_KDW_0003 노래가락 (2)

05_18_MFS_20110403_CHS_KDW_0004 사위 노래

김창회, 남, 1935년생

주 소 지 : 경상북도 의성군 점곡면 서변 2리
제보일시 : 2011.4.3
조 사 자 : 천혜숙, 민윤숙, 김보라, 권희주

사촌 마을 태생이며, 3남 3녀의 장남으로 태어났다. 선안동 김씨로 천사(川沙) 김종덕(金宗德) 선생의 7대 주손이다. 집안 가풍으로 인해 어린 시절부터 고조부에게 한학을 배웠고, 이후 고운사에 들어가 한학을 더 깊이 탐구했다.

22세 되던 해 안동 풍산읍 오미리 풍산 김씨 집안과 혼담이 오고 갔는데, 이듬해 군대에 가는 바람에 무산되었다. 다시 그 집안과 혼담이 재개되어 25세 때 휴가를 나와서 그 댁의 종녀와 혼인했다. 이후 점곡면 일대에서 공무원 생활을 하다가 의성도서관장직을 마지막으로 퇴직했다. 슬하에 2남 2녀를 두었다.

현재는 유도회, 대종회, 박약회 등의 모임에 참여하면서 문중 유림 및 영남 유림을 지키고 그 앞날을 모색하는 데 주도적 역할을 하고 있다. 현재 비문 등을 짓는 것으로는 영남 유림에서는 최고라는 찬사를 들을 정도로 글이 좋은 분으로 알려졌다.

연세보다 정정해 보이는 데다 아주 꼿꼿한 자세를 지니고 있어 유가의 선비를 연상시키는 모습이다. 말씀도 논리정연하다. 사촌 김씨 문중과 관련된 인물 전설을 주로 구연했는데, 아무래도 설화적 상상력보다는 합리적 해석이 두드러진 내용적 특징이 나타난다.

구연한 설화는 '현몽으로 사촌마을에 좌정한 새재 성황' 외 세 편이다.

제공 자료 목록

05_18_FOT_20110403_CHS_KCH_0001 현몽으로 사촌마을에 좌정한 새재 성황

05_18_FOT_20110403_CHS_KCH_0002 천사 선생댁 사형제의 면학

05_18_FOT_20110403_CHS_KCH_0003 용알 태몽 꾸고 낳은 천사 선생댁 사형제

05_18_FOT_20110403_CHS_KCH_0004 외가 종가 안채에서 태어난 서애 선생

외가마을의 쑤에서 태어난 서애 대감

자료코드 : 05_18_FOT_20110403_CHS_KGD_0001
조사장소 : 경상북도 의성군 금성면 서변 2리 경로당
조사일시 : 2011.4.3
조 사 자 : 천혜숙, 민윤숙, 김보라, 권희주
제 보 자 : 김갑대, 여, 86세
구연상황 : 소리꾼 김대완 씨와는 다음에 만날 기약을 하고 헤어졌다. 그 후 같은 도로
변에 인접해 있는 사촌 김씨 집성촌인 사촌 3리로 향했다. 오래된 기와집들이
정결하게 줄지어 있는 마을이었다. 사촌 3리 마을회관에 들러 모여 계신 할머
니들에게 조사 취지를 설명하고 이야기를 청해 보았지만, 일상적인 잡담을 나
누는 데 그쳤다. 한결같이 사촌 김씨 주손인 김창회 씨를 만나라고 권했다.
김창회 씨와는 이미 약속이 되어 있었는데 약속시간까지는 두어 시간 정도
여유가 있었으므로 다시 서변 2리로 들어왔다. 두 마을은 바로 인접해 있는
데다 동변 1리, 서변 1리와 함께 네 마을이 오랫동안 동고사를 함께 지내온
터라 마을 간의 경계가 약한 편이었다. 김창회 씨 댁도 서변 2리에 있었다.
서변 2리 마을회관에는 여섯 분의 할머니들이 모여 계셨다. 마을의 주성에 대
해서 묻는 중에 이 마을이 서애 대감의 외가곳이라는 말을 듣고, 서애 대감이
외가곳에서 태어났다는 전설을 아는지 물어 보았다. 안동에서 이 마을로 시집
왔다는 제보자가 각별한 관심을 보이면서 서애 대감이 마을의 쑤에서 태어난
전설을 들려주었다.
줄 거 리 : 이 마을에는 정승이 날 터가 세 군데가 있다. 마침 서애 대감의 어머니가 출
산할 때가 가까워서 친정에 와 있었다. 그런데 문중에서는 시집간 딸네들이
낳은 자식이 정승이 될까 봐 그 어머니를 다시 돌려보냈다. 어머니는 시집으
로 돌아가다가 마을 앞 쑤에서 서애 대감을 낳았다. 후에 서애 대감이 외가
곳인 이 마을에 도움을 많이 주었다.

여게가,

(조사자 : 그 얘기 좀 해 주세요.)

여게가, 정승 날 참 터가 참 세 군데라니더. 그런데 그래 딸네들이 와 있다가 혹시 좀 낳으면 고마 정승 되부까(되어버릴까) 봐 내보냈다니더.[124]

내보내, 나가다 쑤에서[125] 낳아가주(낳아서) 그래됐니더. 그래가 고마 여 외가에 ○○○.

그래도 외가 도움 많이 해요.

서림을 지키는 황새떼

자료코드 : 05_18_FOT_20110403_CHS_KGD_0002
조사장소 : 경상북도 의성군 금성면 서변 2리 경로당
조사일시 : 2011.4.3
조 사 자 : 천혜숙, 민윤숙, 김보라, 권희주
제 보 자 : 김갑대, 여, 86세
구연상황 : 서애 대감이 외가곳에서 태어난 이야기가 끝난 후, '서림'이라는 숲이 그 '쑤'
가 맞는지 물어보았더니 그렇다고 답했다. 자연스럽게 사촌 김씨가 그 숲을
조성하게 된 이야기가 화제가 되었다.
줄 거 리 : 마을에 바람을 막기 위한 비보(裨補)로 '쑤'(서림)를 조성했는데 황새들이 날
아왔다. 쑤를 버린다고 쫓아냈는데 다시 와서 운집하고 있다. 이 황새들 덕분
에 사촌 김씨네가 좋다는 말도 있다.

그 김씨들이 그래 여 바람이 세다고 그래 쑤를[126] 고마큼 그래 했다니더.

(청중 : 마을에 바람막이.)

마을에 바람이 와 앞에 튀여가(트여서) 마이(많이) 안 들온, 그래가 그
랬다니더.

---

124) 다른 가문으로 시집 간 사촌 김씨 딸네들이 와서 혹시라도 아기를 낳으면 정승으로
발복할 수 있는 명당의 명기가 그 시집 가문으로 가버릴까 염려하여, 서애 선생의
어머니를 마을에서 내보냈다는 의미이다.
125) 비보(裨補)를 위한 숲을 의미하는 지역 방언으로 여기서는 마을 어구에 있는 서림(西
林)을 말한 것이다.
126) 역시 동구(洞口)의 서림을 가리킨다.

그래 인제 여 왜 저 아래 가면 황새, 황새 카는, 왜 이래 목 기다란 거 안 있니껴? 그 인제 쑤를 베린다고(버린다고) 쫓아부이께네 기여이 또 고향에 그 와 가지고 그 쑤에 고 넘에(넘어) 고게(거기), 산에 마구 우림하고 (운집하고) 또 있어요. 마 얼마나 짹짹거리는 동 어제도 보이께네 얼마나 짹짹.

(조사자 : 아, 황새들이.)

황새들이 마구 짹짹거리고 우더라.

그 쫓아 보냈는데 그래 마구(전부), 다부(다시) 와가주고 거어 산다 카 이꺼네. 그래 또 와가 사는 때미로(때문에) 여 사촌 김씨들이 좋다니더.

쒜기가 화해서 된 토째비

자료코드 : 05_18_FOT_20110403_CHS_KGD_0003
조사장소 : 경상북도 의성군 금성면 서변 2리 경로당
조사일시 : 2011.4.3
조 사 자 : 천혜숙, 민윤숙, 김보라, 권희주
제 보 자 : 김갑대, 여, 86세
구연상황 : 마을의 '쑤' 이야기가 끝난 후, '토째비 이야기'를 들어봤는가 물으니, 제보자가 "그 이야기는 아는 게 하나 있다."며 구연을 시작하였다.
줄 거 리 : 할아버지가 한통이골로 밭을 갈러 갔다. 할머니가 아침을 가지고 갔는데, 할아버지가 명 잣는 쒜기를 등에 업고 밭을 갈고 있었다. 할머니가 이유를 물으니, 토째비를 붙잡아서 지게에 동여매고 일하는 중이라 답했다. 할머니는 토째비가 아니라 명 잣는 쒜기라고 일깨워 주었다. 옛날에는 여자의 월경혈이 쒜기에 묻으면 토째비로 화한다는 말도 있었다.

어떤 인제 우리는 그 친정어서,

(조사자 : 좋습니다.)

어떤 인제 참 할아버지가 밭에 밭 갈로(갈러) 가신다꼬 일찍이 갔다니더. 골이 한통이 카는 덴데, 한통이 카는 골인데 거어(거기) 갔다이께네.

아즉에(아침에) 인제 그 할매가 아침을 가져가시이께네, 저 왜 명 잣는 쐐기 아(안) 있니껴, 이래 이래 돌리는 거? 그걸 업고 막 밭을 가더라네.

그래,

"쐐기를 왜 업고 그래 밭을 가노?" 카이께네,

"그래 자꾸 내하고 산에 올라가자 캐가주고."

그래가 토째비가(도깨비가) 인제 참, 쐐기가 토째비 됐던 모양이래요.

"그래 토째비가 내리와가주고 자꾸 산에 가자 캐가주고, 내가 붙잡아가 주고 지게에 인제 꼬리를 풀어가주고 동여가, 매가 있는 게 이게 토째비 아이라?"

이카더라니더, 그 할매한테.

"토째비 아이고 명 앗는 쐐기다만." 이카이께네,

그래 그거 토째비가 참 명 잣는, 옛날에 일타니더(이랬다고 합니다.).

그 명 잣는 저 그거에다가, 여자들 왜 다 저거 아(안) 있잖니껴? 경도 (월경) 아(안) 있니껴? 그 경도를 있는데 그만 거어(거기) 앉어가주고 그 아수며는 그게 묻으면 그게 고마 화해가(化해서) 토째비 됐분다니더. 그카 데요.

현몽으로 사촌마을에 좌정한 새재 성황

자료코드 : 05_18_FOT_20110403_CHS_KCH_0001
조사장소 : 경상북도 의성군 점곡면 서변 2리 193번지 김창회 씨댁
조사일시 : 2011.4.3
조 사 자 : 천혜숙, 민윤숙, 김보라, 권희주
제 보 자 : 김창회, 남, 77세
구연상황 : 마을회관에서는 김갑대 씨 외에 특별히 이야기를 할 만한 분이 없었다. 마침 김창회 제보자와 약속된 시간도 가까웠다. 김창회 제보자 댁을 방문하여 조사

취지를 말씀드리니, 궁금한 것을 구체적으로 물어보라고 했다. 마을의 역사나 인물에 관한 전설이 있으면 이야기해 주십사고 청했다. 천사(川沙) 선생이 마을의 동고사와 관계되기도 했다면서 이 이야기를 구연했다.

줄 거 리 : 고려 말엽에 손장기라는 분이 문경새재를 넘다가 잠이 들었는데, 꿈에 문경새재의 신이 나타나 자신을 대접해 달라고 했다. 잠에서 깼는데, 이번에는 말발이 움직이지 않았다. 그래서 말이 선 자리를 파보았더니 방울이 있었다. 그 방울을 사촌마을의 서림에다 모셔두고 제사를 지냈다. 1750년 천사(川沙) 김종덕(金宗德) 선생에게 그 신이 다시 현몽을 하여 비바람을 피할 수 있도록 해 달라고 했다. 그래서 기령산에다 초가를 지어 신을 모시고 매년 정월 보름에 제사를 지냈다. 일제강점기 때 일본인 교장이 초가를 기와로 바꾸었다. 요즘 동제가 많이 사라졌지만 이 마을에서는 여전히 지내고 있다.

전설 겉으면은, 그 어른이 이 동고사하고 관계가 돼요.

(조사자 : 그 이야기를. 예, 좋습니다.)

동고사하고 관계가 되는데,

동고사가 본데(본래), 이기 저 첨에 있을 때, 고려 말에 손장기 카는 벼슬핸 분이 있었는데. 장기 고을 사는 분이 있었는데. 그분이 그때 고려 당시니까 그 개성에 과거보러 갔다 오는 길에 문경새재를 넘다가, 넘다가 말을 세워놓고 잠깐 잠이 들었다 그래.

잠이, 잠이 들었는데, 잠이 깨 보니까, 그 어떤, 잠이 들었는데, 잠에 꿈에 신선 같은 사람이 현몽이 대가주고 하는 이야기가,

"나는 문경새재를 지키는 신인데 여기에서 아무런 대접을 못 받고 있으니까 당신이 나를 좀 대접해 달라."

그런 부탁을 받았더래요. 잠을 깨보니까 꿈이라요.

그래 말을 세워놨던 자리를 파 보니까, 말이 움직이질 않애요. 발이 붙어서 움직이질 않애요. 그래 발 붙은 자리를 구덩이를 파고 보니까 방울이 들었더라네.

그 방울을 갖다, 방울, 그 방울을 바로 신으로 모시고 여 사촌 서림 카는 데, 가로숲에 거기 갖다 모셔놓고, 인제 일 년 한 번씩 동민의 무사안

녕을 비는 그 제사를 지냈어요. 제사를 지내다가 세월이 오래 지내고 난 뒤에 그때는 인제 집도 없고 그냥 요새 ○○ 나무에다가 뭐 금색(禁索)[127] 해놓고 하는 겉이 지냈는데.

그라다가 세월이 오래 가고 난 뒤에 천사(川沙) 김종덕(金宗德)[128] 그 어른 당시는 지금 언제로 카면 천 칠백, 그 어른이 활동시기가 천 칠백, 한 오십년부터 한 구십년까지, 그때까지 인제 활동하신 분인데. 그때 그 서림에 있는 봉해 났던 그 신이 다시 천사 김종덕에게 현몽을 해가주고,

"내가 여기 있으니까 비바람을 피할 수가 없다. 비바람을 피할 수가 없으니 나를 비바람 좀 피하도록 해 다고."

그래서 여기요, 뒷 기령산이라 카는, 그 산에다가 갖다 집을 짓고, 그때 뭐 돈이 귀할 때니까 초가집을 지가주고 그래 인제 해마다 정월 보름날 제사를 지내고 했는데.

그래 오다가 사무(사뭇) 초가집으로 있으이까 해마다 집을 이고 이래 해도 참 허물어지고.

일본 시대 때 일본사람, 초등학교 교장, 고교(高橋)라는[129], 그 교장이 왔어요. 와가주골랑,

"아, 이거를 그냥 이래 초가로 놔도(놓아두어) 안 되겠다."

그래 기와를 이있어요(이었어요). 기와를 이가주고, 그래 해마다 제사를 지내고.

그 축문에도 보면 인제 '신령이 그 조령에서부터 손장기를 따라왔다가 천사에게 현몽을 해서 이 기령산에 옮겼다' 카는 그런 말이 있습니다. 그래가주고 여기 인제 기령산에 옮겨져가 지금도 인자 제사지내고.

요즘 거의 동고사가 거의 다 없어졌어요. 거의 다 없어졌는데,

---

127) 금기의 의미로 달아놓은 새끼줄을 의미한다.
128) 점곡면 사촌마을 출신의 유학자이자 석학으로 대산 이상정의 문인이었다.
129) '다카하시'로 일제시대 당시 사촌마을에 와 있었던 소학교 교장을 말한다.

(조사자 : 많이 없어졌어요.)

여기는 아직도 맹 그냥 그대로 지내고.

천사 선생댁 사형제의 면학

자료코드 : 05_18_FOT_20110403_CHS_KCH_0002
조사장소 : 경상북도 의성군 점곡면 서변 2리 193번지 김창회 씨댁
조사일시 : 2011.4.3
조 사 자 : 천혜숙, 민윤숙, 김보라, 권희주
제 보 자 : 김창회, 남, 77세
구연상황 : '현몽으로 사촌마을에 좌정한 새재 성황' 이야기를 끝내고 천사 어른에 대한 전설을 하나 더 하겠다며 이 이야기를 들려주었다.
줄 거 리 : 천사 김종덕은 사형제 중 맏이였다. 당시에는 여름에 농사를 짓고 겨울에는 공부를 위해 유학을 갔지만, 맏이인 천사 선생은 부모님을 모시기 위해 가지 않았다. 대신 세 동생들만 고운사로 글공부를 보내면서 공부하다가 먹으라고 이불 속에 떡을 싸 넣어 보냈다. 이듬해 봄에 집으로 돌아왔을 때 이불 속을 보니 떡이 썩어 있었다. 삼형제가 너무 열심히 공부를 하느라 이불을 펴 보지 않았기 때문이다. 사형제 모두 과거급제를 했다.

이 어른이 그 형제분이 사형제 분인데.

사형제 분이 늘 그때 당시에는 가을에, 여름에는 농사를 짓고, 겨울에는 공부하러 유학을 가는데. 여기서 제일 가까운 곳이 고운사라. 고운사에 늘 자주 가서 거어 가서 공부를 하시는데.

이 어른 맏어른은 천사 김종덕, 이 어른은 맏이니까 집에서 참 부모를 모시고. 동생 세 분을 고운사에 인자 겨울철에 공부하러 보낼 때, 가을철에 인제, 해, 새로 나온 찹쌀을 가주고 인제 떡을 해가주고 이불 속에 싸 옇어서(넣어서) 이불 속에 싸 옇어서 그래가주골랑 공부를 하러 보냈는데. 밤에 자다가 공부하다 이불 피면 떡이 나올 챔이이까(참이니까), 나오거든 먹고 공부하라고 그래 보냈는데.

이 공부하러 보낸 세 분이 어찌 공부를 열심히 했는지. 실합니다. 잠을, 밤에 이불 피(펴) 보질 안 했어요. 그냥 고마 좀 이불에 기대 자다가 또 공부하고 자다 공부하고.

그래서 여름, 봄에 봄이 나고 또 새로 농사지을 때가 돼가 나오실 때, 그때 와 보니까 이불이 떡하고 한데 붙어가 썩었부렀대요.

그래 그 사형제 분은 모두 다 과거를 다 했어요.

(조사자 : 급제를 했네요.)

다 과거 급제를 다 했습니다.

용알 태몽 꾸고 낳은 천사 선생댁 사형제

자료코드 : 05_18_FOT_20110403_CHS_KCH_0003
조사장소 : 경상북도 의성군 점곡면 서변 2리 193번지 김창회 씨댁
조사일시 : 2011.4.3
조 사 자 : 천혜숙, 민윤숙, 김보라, 권희주
제 보 자 : 김창회, 남, 77세
구연상황 : 계속해서 천사(川沙) 선생에 관한 이야기를 하겠다며 구연했다.
줄 거 리 : 천사 김종덕 선생의 어머니가 서당웅덩이에서 용알 네 개를 얻는 꿈을 꾸었
다. 그리고 나서 천사 김종덕의 사형제가 태어났다.

그 다음에 또 인제 한 가지 전설은, 오다 보면 저 마을자료관 앞에 그 웅텅이 하나 있어요. 웅텅이. ○○ 웅텅이 하나.

(조사자 : 웅덩이.)

지당(池塘), 지당인데, 그거 인자 서당웅텅이라고 카는데. 그 웅덩이에 천사 김종덕 선생의 어머니 순천 김씨가 태몽을 꿨는데. 태몽을 꿨는데, 거게서 용알 네 개를 얻었다. 용알 네 개를 얻었다. 그라고 난 뒤에, 사형제 분이 태어났다. 그와 같은 설화가 있습니다.

외가 종가의 안채에서 태어난 서애 선생

자료코드 : 05_18_FOT_20110403_CHS_KCH_0004

조사장소 : 경상북도 의성군 점곡면 서변 2리 193번지 김창회 씨댁

조사일시 : 2011.4.3

조 사 자 : 천혜숙, 민윤숙, 김보라, 권희주

제 보 자 : 김창회, 남, 77세

구연상황 : 사촌 김씨 문중의 역사와 인물에 대한 이야기를 계속하다가 송은(松隱) 김광수(金光粹)에 대한 이야기에 이르자, 그 외손이 서애 선생이며 종가 안채에서 태어났다는 말이 자연스럽게 나왔다. 서애 선생이 '서림'에서 태어났다는 민간의 전설과 달랐으므로 그 이야기를 청해서 들었다. 같은 마을의 김갑대 씨가 구연한 '외가마을의 쑤에서 태어난 서애 대감' 이야기와 다른 내용인 것이 주목된다.

줄 거 리 : 서애 선생의 어머니가 친정에서 쫓겨나 마을의 서림에서 서애를 낳았다는 것은 서애 선생이 위대하기 때문에 따르게 된 전설이다. 어느 아버지가, 하물며 학문하는 점잖은 외조부 송은 선생이 출산하러 친정에 온 딸을 쫓아냈겠는가? 전설일 뿐이다. 서애 선생은 사촌 김씨 종가의 안채에서 태어났다.

그 이야기는,

(조사자 : 마을에서 싫어하셨다면서요?)

아 싫어했다 카는 그런 건 전설입니다.

(조사자 : 전설이에요?)

전설이고.

그 서애가, 나는 그런 이야길 늘 자주 합니다. 서애가 만약 평범한 사람, 우리 겉은 사람같았으면은 뭐 어데서 태어나고 뭐 그 뭐 관계하겠습니까? 관계하지 않지만은도, 옛날에는 자고로 사람이 위대하면은 위대한 만큼 전설이 따라요.

(조사자 : 그렇죠.)

전설이 많게(따르게) 돼 있어. 그러이까 서애가 위대하이까 서애가 보통사람 겉으면 뭐 어데 태어났던지 말할 것도 없지만도. 참, 뭐, 위대하니

까 인제 전설을 만들어가주고 에,

"친정에서 해산시키면은 해랍다(해롭다) 카, 안 된, 지기(地氣) 뺏어 간다 카더라, 그래가 쫓아내니까 가다가 인제 가로쑤에서 낳았다."

이건 하나의 전설이고.

그래 우리 한 번 생각을 해 보세요. 여러분도 아버지가 다 계실 것 아닙니까? 어느 아버지가 그래,

(조사자 : 친정.)

친정에 와가주고 아아(아기) 날라 하는 걸 못 낳거러 쫓아 보낼 아버지가 어딨겠습니까? 더구나 그 송은(松隱) 선생 카면 학문하고 점잖은 어른, 서원에서 제사도 모시는 어른인데. 그 그 어른이 그래 그 나쁜 일을 그래 하겠습니까?

그거는 하나의 전설.

(조사자 : 집안에 인제, 안채, 안채에서 사랑채에서, 안채에서, 안채에서 태어났습니까?)

그렇지. 맹 우리 종가 안채에서 태어났어요. 태어나가주고, 서애 류성룡이 태어났고.

상여 소리

자료코드 : 05_18_FOS_20110403_CHS_KDW_0001
조사장소 : 경상북도 의성군 점곡면 서변 2리 상록수 이용소
조사일시 : 2011.4.3
조 사 자 : 천혜숙, 민윤숙, 김보라, 권희주
제 보 자 : 김대완, 남, 75세
구연상황 : 흐린 날씨였다. 우선 점곡면소에 들러 필요한 정보를 얻으려 했지만 일요일
이라 '일직'하는 분밖에 없어서 여의치 못했다. 사촌 김씨 문중의 주손 김창
회 씨는 출타 중이었다. 우연히 대로변의 이발소 앞에 계시던 어른께 조사
취지를 설명하였더니, 동변 1리에 사는 자신의 친구이자 앞소리꾼 김대완
제보자를 추천해 주었다. 그리고는 직접 김대완 제보자를 불러내서 자신의
이발소에서 노래판을 마련해 주었다. 김대완 제보자로부터 마을 인근에서
선소리꾼으로 활동한 이력을 듣고 '상여 소리'를 청했더니, 제보자는 녹음
여부를 확인하고 바로 구연을 시작했다. 소리뿐만 아니라 소리를 부르는 상
황에 대해서도 설명을 덧붙였는데, 말씀이 조리가 있고 재미있었다. 후렴은
조사자들이 맡았다.

　　너허너허어 너화넘차 너호옹

　이카마 뒷소리를 하거든요.

　　간다간다 나는간다
　　북망산천(北邙山川) 나는간다
　　너화넘차 너호옹

　카만 인제 또 뒷소리를 하거든요.

　　원통해서 내못갈데이

원통하다 원통하다
너화넘차 너호옹

그 다음에 인제 뒷소리가 인제 나오거든요.

대궐같은 나의집을두고
간다간다 나는간다
너화넘차 너호옹

카면 인제 또 뒷소리를 하거든요.

어허~
상줏네들 하직하자
간다간다 나는간데이
너화넘차 너호옹

이라만 뒷소리 나오는 기래요. 그래가주고 인제,

가자가자 어서가자
북망산천 어서가재이
너화넘차 너호옹

(조사자 : 계속하시죠, 사설을.)

명사십리 해당화야
꽃진다고 서러마래이
명년삼월 춘삼월이
꽃이지고 잎이핀데이
우리인생 한번가면

다시오기 어렵도데이

너화넘차 너호옹

   그건 인제 가는 데꺼정 인제 끝났어요.

   그 인제 산지가 머만(멀면) 자꾸 인제 더 질게(길게) 하는데, 산지가 가깝다고 서야 되지, 안 그래 이거 오래, 그 뒤도 연속 잇옸는다고(잇는다고) 생각을 하면 알 수 있잖아.

   딴, 또, 딴 저게 맹 나오잖아요? 그러이 인제 산뙤배기 맹 올라가만 으이 인제 저 뭐로 거어는 마구 이 고바위가 마이(많이) 지고[130] 할 때는, [장단이 바뀜.]

     올러간다 어야서어

     앞장군아 땡겨다오

     우여사호 올러간다

     앞장군은 땡겨주고

     우여사하아

     뒷장군은 밀어주고

     올러간다 올러간다

     목적지를 도착했데이

     우여사 우여사

     쉬어가자 쉬어가자

     정자좋고 물좋은데

     쉬어가자 쉬어가자

     허어 놓자 놓자

   카고 그래 거어 쉬어가는 게래요.

---

130) '높은 바위가 많고'라는 뜻으로 길이 험난함을 의미한다.

덜구 소리

자료코드 : 05_18_FOS_20110403_CHS_KDW_0002
조사장소 : 경상북도 의성군 점곡면 서변 2리 상록수 이용소
조사일시 : 2011.4.3
조 사 자 : 천혜숙, 민윤숙, 김보라, 권희주
제 보 자 : 김대완, 남, 75세
구연상황 : 앞의 노래('상여 소리') 구연이 끝난 후에 "목적지 도착했다고 치고, 광중을
파놓은 데서 덜구를 다려야 한다."면서 이 노래를 시작했다. 후렴은 조사자들
이 맡았다.

어허이 덜구야
덜구꾼아 눌려다오
어허이 덜구야

카마 맹 또 그 사람들 그칼(그럴) 끼거든요.

먼데사람 듣기좋게
옆에사람 보기좋게
어허이 덜구야

카면, 또 그 사람들은

어허이 덜구야
명산이다 명산이다
천하명산 여기로데이
어허이 덜구야
덜구꾼아 멀구꾼아
어허이 덜구야
명사십리 해당화야
꽃진다고 서러마래이

어허이 덜구야

명년삼월 춘삼월에

꽃이피고 잎이핀데이

어허이 덜구야

우리인생 이러다가

어허이 덜구야

어차한번 죽어지면

어허이 덜구야

이세상은 사요나라[131]

어허이 덜구야

덜구꾼아 눌러주세이

어허이 덜구야

불러보자 불러보재이

어허이 덜구야

맏상주를 불러보재이

어허이 덜구야

맏상주는 어디가고

어허이 덜구야

둘째상주도 어디가고

어허이 덜구야

에이고에이고 하지말고

어허이 덜구야

손이라도 잡아보재이

어허이 덜구야

---

131) '사요나라'(さよなら)는 일본어로 헤어질 때하는 인사말이다.

내못갈대이 내못갈대이

어허이 덜구야

원통해서 내못갈대이

어허이 덜구야

노자없어 내못갈대이

어허이 덜구야

저승길을 갈라하면

어허이 덜구야

버스도 타야되고

어허이 덜구야

막걸리도 먹어야되고

어허이 덜구야

숨차서 내못할대이

어허이 덜구야

덜구꾼아 위겨주세이

어허이 덜구야

쿵떡쿵떡 위겨주세이

어허이 덜구야

어젯날에 편턴몸이

어허이 덜구야

오늘날에 병이드니

어허이 덜구야

찾는것은 엄마로다

어허이 덜구야

부르는것은 냉수로다

고오 잘못됐다. 한 가지 잘못됐다.

찾는것으는 엄마로다
부르는것으는 냉수로다
덜구꾼아 멀구꾼애이
어허이 덜구야
덜구꾼아 멀구꾼애이
어허이 덜구야
꿍떡꿍떡 위겨주쇼
어허이 덜구야
일막으는 끝이나재이
어허이 덜구야
에이홍

이래나가는 게래요.

(조사자 : 아이구, 좋은데요. 어르신.)

인제는 인제는 이께는 칠 단계꺼정도 있지만은 내가 그거 다 할라 카마 내가 뭐 목안지도(목도) 아프고, 다 할라 카마 안 되고. 원래는 인제 칠 단계, 잘 사는 집에는 가면 칠 단계까짐도 우리 해줘요, 해줬는데.

(조사자 : 한 채, 두 채 그럽니까?)

그렇지! 칠 층. 잘 사지, 옛날에는. 잘 사는 사람으는 구 단계꺼정도, 아들 많이 받채는[132] 사람은 구 단계꺼정도 해달라 이카거든. 그래 해줬는데, 오새는(요새는) 주로 삼 단계라.

(조사자 : 요새?)

삼 단계래요.

---

132) '아들이 많아서 든든히 받쳐주는'의 의미이다.

(조사자 : 어르신, 그럼 일채 이채 삼채 이렇게 하시잖아요. 그면은 일채 할 때랑 이채 할 때랑 삼채 할 때랑 다르시잖아요? 그게 말.)

그렇지!

(조사자 : 가사가?)

그렇지, 그렇지.

(조사자 : 지금 하신 거는 첫 번째? 일채 할 때.)

일층했죠. 해줬죠.

(조사자 : 일층이라고 하십니까?)

예, 예. 일층. 할라 카만 구층까지 할라 카만 그거 뭐 참 뭐.

(조사자 : 우리가 쉬엄쉬엄 또 찾아 뵐 테니까 구채까지 해 주시죠.)

구채까지 다 모하지요. 구층까지 할라 카만 돈 막 내놔도 인제 지엄어 (지겨워), 지엽고(지겹고).

(조사자 : 구채까지 하면 보통 얼마 정도 내놓습니까?)

그거 뭐 잘 사는 집은 뭐어 대중없지. 보통 한 층 같은 거는 다릴라 카마, 첫 번엔 마고 삼층, 옛날엔 삼층에 돈이 많이 나오거든요. 삼층에 돈 많이 나오는데 전부 머이, "찾아보자 찾아보자 머이, 둘째 사우도 찾아보자" 이카고 뭐 으이, 전부 뭐 이름을 싹싹 불러 대놓으면, 그 집에 그렇지.

"니 손목 좀 잡아보자" 이카고 으이,

그리 머 이래 하만.

"우애있게, 너의 남매 우애있게 부디부디 잘 살어라" 카고,

이캐 ○○해놓으마, 자꾸 돈 내놓지 뭐. 집에 돈, 뭐 때까리가(땟거리가)[133] 없어도 막 내놓는다. 이건 출출 나오도록 내 맨들거든. 꼼짝없이 ○○○○ 어 내가 안 그래?

너도한번 죽어봐라

---

[133] '끼니를 때울 만한 먹을 거리'를 의미한다.

운짐달 때(답답할때) 있을께데이

캐놓으마 자꾸 내놓지 뭐어.

(조사자 : 우아 이것 참.)

이층은 또 내가 하나 해주지. 이층은 내가 하나 해주는 거는 내가 뭐어
팔층 구층 뭐 이랜 모하고. 내가 머어 이층은 내가 해주는 거는 인제 참.

어허어 덜구야
덜구꾼아 멀구꾼애이
어허이 덜구야
이겨보자 위겨보재이
어허이 덜구야
꿍덕꿍덕 위겨다오
어허이 덜구야
먼데사람 듣게좋게
어허이 덜구야
젚에사람 보기좋게
어허이 덜구야
위겨보자 위겨보자
어허이 덜구야
쿵덕쿵덕 위겨보재이
어허이 덜구야
어허이 덜구야
높은산에 눈날리고
어허이 덜구야
낮인산에 재날리고
어허이 덜구야

덜구꾼아 위겨주소

어허이 덜구야

상탕에 ○○○ 짓고

어허이 덜구야

중탕에 목욕하고

어허이 덜구야

하탕에 수족씻고

어허이 덜구야

덜구꾼아 위겨주세이

어허이 덜구야

촛대한상 벌려놓고

어허이 덜구야

소재한장(소지한장) 띄운뒤에

어허이 덜구야

가네가네 나는가네

어허이 덜구야

황천길을 나는가네이

어허이 덜구야

어디가노 어디가노

어허이 덜구야

저승길을 나는가네이

어허이 덜구야

저승길을 갈라하면

어허이 덜구야

노자돈이 필요하니

어허이 덜구야

아들딸이 어디갔노

어허이 덜구야

이리온나 이리온네이

어허이 덜구야

어디가고 아니오노

어허이 덜구야

손목이라도 쥐어보재이

어허이 덜구야

일곡이라도 하고가래이

어허이 덜구야

저승길을 들어가네이

어허이 덜구야

열시왕이 차지하고

어허이 덜구야

재판관이 문서잡고

어허이 덜구야

죄인들을 골려가면

어허이 덜구야

남은사람 저리가고

어허이 덜구야

좋은사람은 저리가고

어허이 덜구야

광산으로 보내는사람

어허이 덜구야

지옥으로 보내는사람

어허이 덜구야

각지각층 헤어지고

어허이 덜구야

어허어 덜구야

어허어 덜구야

덜구꾼아 위겨주세이

어허이 덜구야

우리인생 태어날때

어허이 덜구야

석가여래 공덕으로

어허이 덜구야

아버님 뼈를빌어

어허이 덜구야

어머님전 살을빌어

어허이 덜구야

삼신할매 복을빌어

어허이 덜구야

열달만에 태어나니

어허이 덜구야

부모님의 공덕으로

어허이 덜구야

추울때는 추울세라

어허이 덜구야

더울때는 더울세라

어허이 덜구야

오월유월 삼복더위

어허이 덜구야

빈대모구 뜯겨가메

어허이 덜구야

너의배를 어루만져

어허이 덜구야

설렁설렁 부채질하메

어허이 덜구야

키웠건만 키웠건만

어허이 덜구야

고이고이 키웠건만

어허이 덜구야

왼젖일랑 빨래놓고(빨려놓고)

어허이 덜구야

너에하나 키웠건만

어허이 덜구야

잘살어라 잘살어래이

어허이 덜구야

부디부디 잘살어래이

어허이 덜구야

나는비록 갈몸인정

어허이 덜구야

너의남매 우애있게

어허이 덜구야

부디부디 잘 살어래이

어허이 덜구야

에이홍 에이홍

요기 이단겐데.

지신밟기 소리

자료코드 : 05_18_FOS_20110403_CHS_KDW_0003
조사장소 : 경상북도 의성군 점곡면 서변 2리 상록수 이용소
조사일시 : 2011.4.3
조 사 자 : 천혜숙, 민윤숙, 김보라, 권희주
제 보 자 : 김대완, 남, 75세
구연상황 : 앞의 노래('덜구 소리')가 끝나자 이발소 주인이 이발소에서 덜구질을 하면
　　　　　어쩌냐고 장난 섞인 투정을 했다. 제보자는 '자네가 벌인 일'이라며 응수하고
　　　　　는 지신밟기를 2단계 정도 해주고 집에 가겠다고 했다. 녹음이 되고 있는지
　　　　　확인한 후, 노래를 부르는 맥락과 노래 부르는 방법 등에 대해 설명하고 구연
　　　　　을 시작했다. 지신밟기를 할 때 용왕님부터 눌러야지, 성주신부터 눌리는 것
　　　　　은 잘못되었다고 강조하면서 시작했다.

우물지신으로 딱 들어가마,

　　눌려보자 눌려보자
　　용왕님을 눌러보자
　　개갱개갱 갱갱[134]
　　동해도 용왕님
　　서해도 용왕님
　　개갱개갱 갱갱
　　남해도 용왕님
　　북해도 용왕님
　　개갱개갱 갱개개갱

---

[134] 악기를 직접 칠 수 없는 상황으로 인해 사설이 끝난 후 꽹과리 장단을 구음한 것이다.

사해의 용왕님을

저수지를 뚫버보자(뚫어보자)

뚫버보자 뚫버보자

저수지를 뚫버보자

개갱개갱 갱개개갱

땡겨보자(당겨보자) 땡겨보자

백암온천을 땡겨보자

개갱개갱 갱개개갱

사해의 용왕님이

저장지를 뚫벘구나

개갱개갱 갱개개갱

아그야 물맛좋다

꿀떡꿀떡 넘어간다

개갱개갱 갱개개갱

눌렸구나 눌렸구나

용왕님을 눌렸구나

개갱개갱 갱개개갱

잡구잡신은 물알로(물 아래로)

만복은 일루료(이리로)

개갱개갱 갱개개갱

이래 딱 나오고. 우물, 우물에는 그치 사해용왕님을 눌려가주고 백암온천 땡겨놨으이께네 그렇찮아요?

(조사자 : 걱정없다.)

그렇제. 그건 멋지지 뭐, 안 그래요? 집에, 인제 성주지신을 눌리는 데 드가는 게래요.

눌려보자 눌려보자
성주지신을 눌려보재이
개갱개갱 갱개개갱
불러보자 불러보자
대주양반을 불러보자

주인을 불러보자 이 말이래요.

앞집에 김대목에
뒷집에 김대목아
개갱개갱 갱개개갱
비로가자(베러가자) 비로가자
성주목을 비러가재이
개갱개갱 갱개개갱
금도끼를 갈아들고
금강산을 들어가니
개갱개갱 갱개개갱
그에낭근(그나무는) 좋건마는
비어보자 비어보자
개갱개갱 갱개개갱
쿵덕쿵덕 비어보자
비었구나 비었구나
개갱개갱 갱개개갱
짓네짓네 집을짓네
깐치까마귀가 집을짓네

그건 헛빵이라 이말이라.

또한고개 넘어가니
그에낭근 좋건마는
비어보자 비어보자
실근실근 비어보재이
개갱개갱 갱개개갱
짓네짓네 집을짓네
황새덕새가 집을짓네
개갱개갱 갱개개갱
또한고개 넘어가니
그의낭근 좋건만은
개갱개갱 갱개개갱
비어보자 비어보자
쿵덕쿵덕 비어보재이
개갱개갱 갱개개갱
비었구나 비었구나
성주목을 비었구나
개갱개갱 갱개개갱
지어보자 지어보자
오칸댓집을 지어보자
개갱개갱 갱개개갱
지었구나 지었구나
오칸접집을 지었구나
개갱개갱 갱개개갱
니뀌에(네귀에) 핑경달고
핑경소리는 요란하대이
개갱개갱 갱개개갱

아들형제 팔형제
한서당에 글을배워
개갱개갱 갱개개갱
났네났네 하나났네
검판사가 하나나고
개갱개갱 갱개개갱
났네났네 둘이났네
대령급이 하나나고
개갱개갱 갱개개갱

속상하면 또오.

났네났네 하나났네
학교소사가 하나나고

돈 안내 놓으면 그칸다꼬. 고집 피우가지고 인제, 그래가주고 으이.

눌렸구나 눌렸구나

아이고이,

애기딸을 놓거들랑(낳거들랑)
춘양본을 따러라[135]

이카고이, 그래.

잡구잡신은 물알로(물아래로)
만복은 욜로로(이리로)

---

135) '춘향의 본을 따르게 하라'의 의미이다.

이래 나오는 기라, 알았어요? 애기들을 놓으면 춘양본을 따라야지.

(조사자 : 춘향본을 따라요?)

그렇죠. 고래 딱 하고 어더로 간, 부엌에 따라가는 기라. 조왕지신을 눌리만, 마구 해가주고 그래 인제 인제 정지각시를 인제 불러요, 또.

> 불러보자 불러보자
> 정지각시를 불러보자
> 개갱개갱 갱개개갱
> 얽은각시는 제치고
> 고운각시를 이루재이

[웃음]

> 개갱개갱 갱개개갱
> 서말지는 버리고
> 이루자 이루자
> 반말지로 이룻차

이래 나오지. 그래놓고는,

> 섬우에 섬을얹고
> 독우에 독을얹고
> 개갱개갱 갱개개갱
> 제쳐라 제쳐라
> 소두베이꼭지로(솥뚜껑꼭지로) 제치고[136]
> 개갱개갱 갱개개갱
> 말양푼이도 제치고

---

136) '젖히라'로, 거기 쌀을 담글 수 있도록 열어젖히라는 의미이다.

개갱개갱 갱개개갱
사발그릇도 제
사발그릇도 제치고
개갱개갱 갱개개갱

쌀을 이래 퍼놔 놓거든요. 이래가주고이, 이래가주고이 그래 따악 해놓고

얽은각시는 제치고
고운각시는 이루코

해놓고는 인제,

잡어라 잡어라
조리짝도 잡어봐라

이래 하고 인지 이래 하면 조리짝 잡고 춤을 추면은 돈을 자꾸 내놔요.
(조사자 : 그렇습니까?)

잡구잡신은 물알로
만복은 일로로

요라면(이러면) 인제 고건 성주지신은 다 됐고,
(조사자 : 그건 끝나는 거네요?)
고방지신도 있지, 고방에 인제 으잉.
(조사자 : 고방까지도 해주시죠.)
고방에는 인자 으이 간단하지. 간단하고요. 또 빙 도다이(돌다니),

마당에도 천석

그렇지요?

고방에도 천석

개갱개갱 갱개개갱

여기나온 곡물은

개갱개갱 갱개개갱

수위국도(스위스로) 수출되고

일본으로도 수출되고

개갱개갱 갱개개갱

대한민국 수출은

남한일대 일등일세

개갱개갱 갱개개갱

불러보자 불러보자

대주양반을 불러보자

개갱개갱 갱개개갱

가마이그릇도 대놓고

말통도 대여놓고

개갱개갱 갱개개갱

마당에서 천석

누런 황금이

구릉구릉 끓는다

개갱개갱 갱개개갱

잡구잡신은 물알로

만복은 욜로로

개갱개갱 갱개개갱

불러, 또 인제 마구로 갑니다잉.

[목소리를 가다듬고]

불러보자 불러보자
마구장군을 눌러보재이
개갱개갱 갱개개갱
불러보자 불러보세이
노랑소로만 부르자
개갱개갱 갱개개갱
제쳐라

돈을 내놓으면 놔두고

제쳐라 제쳐라
호이그리도(호미걸이도) 제쳐보고
개갱개갱 갱개개갱
먹어라 먹어라
어구겉이 먹어래이
개갱개갱 갱개개갱
마당너구리 나갈 때는
빈거줄로(빈몸으로) 나가더니
개갱개갱 갱개개갱
마당너구리 들올때는
한짐싣고 들오더라
개갱개갱 갱개개갱
지신지신 울리세
노랑소로만 불렀는데
개갱개갱 갱개개갱
눌렀네 눌렀네

마구장군을 눌렀네

개갱개갱 갱개개갱

　내가 인제 그카는 거는 돈 좀 안 나오마 인제 지래미거리도 제치고 짐 실을 때 마구 머 우에 소등다리 마구 얹어마 이래 막 해뿌라 이 말이라. 밭골 팔 쩍에도 호이거리도 막 제쳐라 일로 절로 갔부라 했어. 수가 틀리면 그카고.

　안 그라만 마당너구리 카는 거를, 소를 가지고 마당너구리라 카거든. 나갈 땐 빈 거줄로 나가디만 짐을 마 한게(가득) 싣고 들어오더라 이 말이라. 그래 하면은 주인들이 기분 좋아하제요.

각설이타령

자료코드 : 05_18_FOS_20110403_CHS_KDW_0004

조사장소 : 경상북도 의성군 점곡면 서변 2리 112-2번지 제일식당

조사일시 : 2011.4.3

조 사 자 : 천혜숙, 민윤숙, 김보라, 권희주

제 보 자 : 김대완, 남, 75세

구연상황: 앞의 노래가 끝나고 무슨 노래를 부를까 잠시 고민할 때, 조사자가 '각설이 타령'을 아시는가 물었다. 사설을 조금 읊어보다가 구연을 시작했다.

허어씨구 씨구씨구 들어간다

일자나한자 들고보소

일선에가신 나의남편

허어 품마나하고 잘한다

어헐씨구 들어간다

품마나하기나 잘도한다

나는꼬리는 꾀꼬리

　　　　뛰는꼬리는 굿거리
　　　　잡는꼬리는

[식당으로 손님 한 분이 들어오셔서 장단을 맞췄다.]
(청중 : 좋다.)

　　　　나는꼬리는 꾀꼬리

(청중 : 좋다.)

　　　　잡는꼬리는 문꼬리(문고리)
　　　　어헐씨구 들어간다

(청중 : 좋다.)

　　　　너선상이(네선생이) 누구신지
　　　　내보다도 잘하나
　　　　똥물이나 먹었는지
　　　　걸신걸신 잘도하고
　　　　공자맹자를 일렀는지(읽었는지)

(청중 : 좋지.)

　　　　잘도나잘도나 하는구나

(청중 : 이거하면 돈주나 어예 되나 ○○○)

　　　　어헐씨구 들어간다
　　　　삼월에 삼진날
　　　　제비가한쌍 날아들어

어헐씨구 들어간다

푸루루품마나 각설아

삼월에 삼진날

제비가한쌍이 날아오면

대목장을 못보면

겨울살이는 벗는데

푸루루품마나 각설아

각설이도 각설이

작년에왔던 각설이가

죽지도않고 또왔네

푸루루품마나 각설아

똥물이나 먹었는지

컬컬하게 잘도하고

지름통이나(기름통이나) 먹었는지

미끌미끌 잘도하네

푸루루

논매기 소리

자료코드 : 05_18_FOS_20110403_CHS_KDW_0005
조사장소 : 경상북도 의성군 점곡면 서변 2리 112-2번지 제일식당
조사일시 : 2011.4.3
조 사 자 : 천혜숙, 민윤숙, 김보라, 권희주
제 보 자 : 김대완, 남, 75세
구연상황 : 식당의 술 취한 손님이 계속 참견을 해서 노래를 계속하기가 어려워졌다. 서
　　　　　로의 술버릇까지 잘 아는 마을 분이었다. 제보자는 그분이 노래판 주변을 왔
　　　　　다 갔다 하면서 참견하는 것을 못마땅해 하면서 노래하기를 꺼렸다. 노래 연

행의 맥락에 대한 이런 저런 이야기를 나누는 중, 마침 그 손님이 뒤쪽 방으로 들어갔다. 그래서 제보자에게 '모심기 노래'를 청해 보았다. "배우기사 좀 배웠지만…"이라고 말끝을 흐리다가 논을 매고 집으로 돌아오면서 부르는 노래라며 이 노래를 구연하기 시작했다.

허 허 허 허 허이나 허 허허하
허허 허 허이나 허 허 허이나 허허하
잘도한다 잘도한다
허 허이나 허허하

그카면 인제

허 허 허 허이나 허 허이나 허허하
간다간다 어서가자
허 허이나 허허하
허 허 허 허이나 허 허이나 허허하
집으로가자 집으로가자
허 허이나 허허허
허허 허 허이나 허 허이나 허허하
다왔구나 다왔구나
허 허이나 허허하

그래 인제 옛날에는 인제 논을 다 매고는 그래 집으로 오고 이렇게 했어요. 내가 알기론 그랬어요.

노래가락 (1)

자료코드 : 05_18_MFS_20110403_CHS_KDW_0001
조사장소 : 경상북도 의성군 점곡면 서변 2리 상록수 이용소
조사일시 : 2011.4.3
조 사 자 : 천혜숙, 민윤숙, 김보라, 권희주
제 보 자 : 김대완, 남, 75세
구연상황 : 조사자들이 제보자의 구연능력에 감탄을 했다. 다른 노래도 아시냐고 묻자 자
신감 있게 이 노래를 구연했다.

> 일본이라 왜적시일(왜정시대)
>
> 후○○○나종손은 왠말이냐
>
> 연락에다 몸을실고
>
> 부산땅을 내려보니
>
> 집집마다 대곡이요
>
> 거리마다는 만세나소리
>
> 울으나임은(우리님은)[137) 다오시는데
>
> 울은님은(우리님은) 왜못오나
>
> 백두산이 무너져서
>
> 평지가되거들랑 오실런가
>
> 평풍안에(병풍안에) 그린 닭이
>
> 홰치거들랑 오실런가
>
> 얼씨구절씨구 지화자좋네
>
> 아니나놀지는 못하리로다

---

137) '다른 님은'으로 해야 할 것을 잘못 말했다.

양산도

자료코드 : 05_18_MFS_20110403_CHS_KDW_0002
조사장소 : 경상북도 의성군 점곡면 서변 2리 상록수 이용소
조사일시 : 2011.4.3
조 사 자 : 천혜숙, 민윤숙, 김보라, 권희주
제 보 자 : 김대완, 남, 75세
구연상황 : 앞의 노래('노래가락 (1)')가 끝나고 조사자가 더 아는 노래가 많을 것이라고
하자 바로 구연을 시작했다. 손으로 가락을 타면서 노래를 하는 신명이 보통
이 아니었다.

에에~이~요~

노자좋구나 저젊어노자~

늙고야 병들면

나는못 노니라~

에라~ 누여라

잡았던 손목이

쑥둘러 빠져도

나는못 노니다

에에~이~요~

오는새 가는새는

떠거리밑에서 놀~고

오는임 가는임은

내품안에 잠들어라

에라~ 누여라

하이깔래가(하이칼라가) 쑥들러빠져도

나는못 노니라~

노래가락 (2)

자료코드 : 05_18_MFS_20110403_CHS_KDW_0003
조사장소 : 경상북도 의성군 점곡면 서변 2리 상록수 이용소
조사일시 : 2011.4.3
조 사 자 : 천혜숙, 민윤숙, 김보라, 권희주
제 보 자 : 김대완, 남, 75세
구연상황 : 앞의 노래('양산도')가 끝이 나고, 조사자들은 제보자의 신명과 총기, 구연능
력에 거듭 감탄했다. 유일한 청중이었던 이발소 사장님은 이 분이 원래 잘 논
다면서 술을 한 잔 하면 더 잘 한다고 추켜세웠다. 그러던 중 제보자가 이 노
래를 불렀다. 17살 무렵 귀로 듣고, 선배들 부르는 것을 보고 배웠다고 한다.

    노다지평풍(병풍) 연다지안에
    잠자는아가씨야 문열어라
    바람불고 비올줄알면
    나올줄모르고 문걸었나
    밀창딜창다열어 제쳐놓고
    고개나살짝이나 돌아보소
    커이커이

이래 나오지.

    간다간다 나는간다
    첩의집을 나는간다
    첩의집은 꽃밭이요
    요내나집은 연무나소라(연못소라)
    얼씨구절씨구 지화자댕댕
    아니놀지는 못하리로다
    하하

이래 나오지요.

어름푸름 봄배추는

찬이슬오기만 고대하고

옥에갇힌 춘향이는

이도령오기만 고대한다

허이!

얼씨구절씨구 기화자좋구나

아니나놀지는 못하리로다

하 청청!

이래 나오지요.

사위 노래

자료코드 : 05_18_MFS_20110403_CHS_KDW_0004

조사장소 : 경상북도 의성군 점곡면 서변 2리 112-2번지 제일식당

조사일시 : 2011.4.3

조 사 자 : 천혜숙, 민윤숙, 김보라, 권희주

제 보 자 : 김대완, 남, 75세

구연상황 : 이발소에서 벌였던 노래판을 거두고, 이발소 주인과 함께 맞은편에 있는 식당으로 자리를 옮겼다. 음식을 주문하고 자리에 앉자마자 제보자는 녹음기가 작동되는지 확인을 하고 이 노래를 시작했다. 손으로 상을 치면서 장단을 맞추었다.

이청저청 마루청에

밸밸도는 우리나장모

약주청주한잔에 청춘가요

약주한잔에 양산도라

얼씨구절씨구 기화자댕댕

아니나놀지는 못하리로다

┃엮은이 소개

천혜숙 계명대학교 국어국문학과를 졸업하고 동 대학원에서 문학박사 학위를 받았
다. 현재 안동대학교 인문대학 민속학과 교수, 동대학 박물관장으로 재직 중
이다. 주요 저서로『한국 구비문학의 이해』(공저, 월인, 2000),『동해안 마을
의 신당과 제의』(민속원, 2007) 등이 있다.

김영희 연세대학교 국어국문학과를 졸업하고 동 대학원에서 문학박사 학위를 받았
다. 현재 연세대학교 문과대학 국어국문학과 교수로 재직 중이다. 주요 저서
로『구전이야기 현장』(공저, 이회, 2006),『숲골마을의 구전문화』(공저, 이회,
2006),『구전이야기 연행과 공동체』(민속원, 2013),『연행 주체란 누구인가』
(민속원, 2013),『한국 구전서사의 부친살해』(월인, 2013) 등이 있다.

김보라 안동대학교 민속학과를 졸업하고 동 대학원에서 석사학위를 받은 후 현재
서울역사박물관 연구원으로 재직 중이다.

백민정 안동대학교 민속학과를 졸업하고 동 대학원에서 석사학위를 받은 후 현재
농협중앙회 농업박물관 학예사로 재직 중이다.

증편 한국구비문학대계 7-23
경상북도 의성군

초판 인쇄 2017년 12월 21일
초판 발행 2017년 12월 28일

엮 은 이 천혜숙 김영희 김보라 백민정
엮 은 곳 한국학중앙연구원 어문생활사연구소
출판기획 유진아

펴 낸 이 이대현
펴 낸 곳 도서출판 역락
편   집 권분옥
디 자 인 안혜진

주   소 서울시 서초구 동광로46길 6-6(반포4동 577-25) 문창빌딩 2층
등   록 1999년 4월 19일 제303-2002-000014호
전   화 02-3409-2058, 2060
팩   스 02-3409-2059
이 메 일 youkrack@hanmail.net

값 50,000원

ISBN 979-11-6244-156-5 94810
     978-89-5556-084-8(세트)